KB054562

설문학도론

說文學導論

余國慶 著

임진호 역

문현
MUN HYUN

『설문학도론』 한국어서문

한자는 형形과 의意의 체계로 구성된 문자이다. 즉 한자는 형상을 따르는 까닭에 형상을 눈으로 보면 그 뜻을 알 수 있다. 전통적인 견해에 따르면, 중국의 고대문화와 고전을 숙달하고자 한다면 반드시 문자학 지식을 갖추어야 하며, 또한 문자학 지식을 갖추기 위해서는 우선 『설문해자』를 깊이 연구해야 한다. 그러므로 『설문해자』에 대한 숙지는 바로 한학漢學의 기초를 연구하는 것이라 말할 수 있을 것이다. 필자의 졸저 『설문해자도론說文解字導論』은 바로 『설문』 연구에 뜻을 둔 사람들에게 간단명료하면서도 빠르게 입문할 수 있는 길을 제공하기 위해 저술되었다. 본서에서는 작자의 생평과 『설문』을 이해할 수 있는 열쇠(즉 『설문』의 의례義例를 소개하는 한편, 『설문』학의 전승 역사와 근대 및 근현대의 『설문』학 연구에 대한 개황, 그리고 더 나아가 『설문』의 용도, 『설문』의 검색방법 등등을 소개하였다. 따라서 독자들은 많은 시간을 할애하지 않아도, 즉 본 학문 분야에 대해 충분히 개괄적인 이해를 구할 수 있으리라 생각된다.

한국 초당대학교의 임진호 교수가 장차 이 책의 한국어 번역에 뜻을 두고 한국의 독자들에게 소개한다고 하니 나로서는 말로 표현할 수 없는 감동스러운 일이라 하겠다. 이 책의 출판을 통해 한국의 독자들이 중국 전통문화의 정수에 대한 기본적인 이해를 얻을 수 있게 된다면 본 작자로서는 큰 위안을 받을 수 있을 것이다. 임교수는 나와 같은 "훈장"의 길을 걷는 사람으로서 문명을 전파하는 임무를 책임지고 있는 까닭에 충분히 그의 진심을 느낄 수 있었으며, 나 또한 비루함을 마다하지 않고 위와 같이 몇 마디 말로서 필자의 한국어본 서문을 대신하고자 한다. 한·중 양국은 서로 산과 바다를 의지하며 오랫동안 문화를 함께 공유해 왔다. 이제 우리 양국의 학자들이 공통으로 서로의 우의를 다지며 빛나는 동방문화의 발전을 위해 노력을 기울이는 일에 힘써 주기를 바란다. 이것이 바로 필자가 진심으로 바라는 바이다.

2012. 3

중국의 안휘대학에서

여국경余國慶

역자 서문

이 책은 여국경 선생이 오랫동안 대학의 강단에서 학생들에게 강의를 진행하며 심혈을 기울여 축적한 자신의 연구 성과 토대 위에 새롭게 관련 연구 자료를 수집하여 분석하고, 여기에 체계적인 설명과 분석을 덧붙여 『설문』학 연구에 뜻을 둔 사람들이 빠르고 쉽게 입문할 수 있도록 1995년 간행된 『설문』학 안내서이다.

이 책은 저자가 일찍이 서문과 후기에서 밝혀 놓은 바와 같이 "211프로젝트" 가운데 하나로 기획된 것으로 『설문』학에 관심을 가진 학술전당의 학자들과 연구자들이 유용하게 활용할 수 있도록 허신의 생평을 비롯해 『설문』을 이해하는데 중요한 관건이 되는 구체적인 의례義例에 대한 소개, 『설문』학에 대한 전승과 연구의 근·현대적 개황, 그리고 더 나아가 『설문』에 대한 용도와 검색 방법 등을 체계적으로 소개해 놓음으로서 독자들이 쉽고 빠르게 설문학에 대한 개괄적인 이해를 구할 수 있다는 점에서 이 책의 학술적 가치와 효용성을 높이 평가할 수 있을 것이다.

그럼 허신의 『설문해자』는 어떠한 책인가? 『설문해자』는 무려 9,353자에 달하는 글자를 모아 "육서"이론에 입각해 글자 하나하나에 대해, 본래의 글자 형상과 뜻, 그리고 발음을 해설해 놓은 책이라고 할 수 있다. 다시 말해서 처음 글자가 만들어질 때의 형상과 뜻, 그리고 독음 방법 등에 대해 구체적인 사례를 들어 설명한 중국 최초의 자전字典이라고 정의할 수 있을 것이다. 이 때문에 지금까지도 한자의 자형字形을 연구하는 문자학, 자음字音을 연구하는 성운학聲韻學, 자의字義를 연구하는 훈고학訓詁學, 그리고 유가의 경전을 연구하는 경학經學 등의 분야에서 모두 필독서로 꼽히고 있으며, 특히 중국의 현대언어학연구 분야에서도 경전으로 여겨질 만큼 중국학 연구에서 가장 기본적인 연구서로서 그 가치를 인정받고 있다. 그래서 일찍이 왕명성王鳴盛은 『설문해자정의說文解字正義』 서문에서 『설문해자』는 천하에 으뜸가는 책이라고 칭송하는 한편, 천하의 책을 두루 읽었다고 해도 『설문해자』를 읽지 않았다면, 그것은 책을 읽지 않은 것과 같다. 그렇기 때문에 『설문해자』에 능통하다면 나머지 책들을 다 읽지 않았다고 해도 그를 통유通儒, 즉 석학碩學이라고 일컫지 않을 수 없다는 말을 남겼다. 사실 이 말이 어느 정도 과장되기는 했지만, 『설문해자』의 가치와 중요성이 어느 정도인지 잘 나타내주는 말이다.

허신이 『설문해자』를 저술한 의도는 무엇인가? 허신이 생활했던 동한 시대의 사람들은 문자라는 것은 부모와 자식 사이에 직접 전해지는 것이기 때문에, 글자의 모양이나 의미에 변화란 있을 수가 없다고 생각하였다. 따라서 그들은 당시에 일반적으로 통용되던 예서隸書가 바로 창힐倉頡이 창조했다는 원래의 한자라고 믿었다. 그리고 글자의 표준 형태가 확립되지 않은 예서의 글자 모양에 근거하여 문자를 해설한 결과, 심한 오류가 빚어졌음은 물론이고, 이런 잘못된 문자 해설이 경전의 해석에까지 적용되기에 이르렀다. 이러한 상황 속에서 경문에 정통했던 허신은 이와 같은 황당무계한 오류와 잘못된 경전의 해석을 바로잡고자하는 의도에서 『설문해자』를 저술하게 되었던 것이다. 그래서 그는 먼저 오경五經에 대한 이설을 비교 검토해 『오경이의五經異義』 10권을 저술하는 한편, 필생의 심혈을 기울여 동한의 화제和帝 때 한자의 자형을 근거로 체계적으로 분석한 『설문해자』 15편을 완성하였다. 따라서 『설문해자』는 동한 이전의 중국문자학, 즉 한자학의 연구 성과를 집대성해 놓음으로써, 고대 유가의 경전을 비롯한 제자백가의 문헌을 이해하는데 있어 그 어떤 책보다 훌륭한 길잡이 역할을 할 수 있는 불후의 역작이라고 말할 수 있을 것이다.

『설문해자』가 한자학 연구에 있어서 어떠한 가치를 지니는가? 『설문해자』의 가치는 동한 이전의 한자학 연구 성과를 집대성해 놓았다는 점에서 찾을 수 있을 것이다. 그 규모면에서 글자 수의 방대함은 물론이고, 각 글자의 다양한 형태와 수록된 글자의 배열 방법, 종합적인 연구 등에서도 아주 획기적인 연구 성과를 거두었다. 그 첫째가 허신이 최초로 부수를 창안해 활용했다는 점이다. 그는 우선 모든 한자의 구성 요소를 분석하고 정리한 다음, 그 공통된 부분을 추출해 부수를 창안하였으며, 이 부수에 따라 모든 한자를 분류해 수록했는데, 이러한 부수의 분류 방법은 지금도 한자 자전이나 중국어 사전 편찬에서 가장 보편적으로 사용되고 있다. 둘째는 당시 볼 수 있었던 한자의 모든 자형을 수록해 놓았다는 점이다. 여기에 수록된 자형은 소전小篆을 비롯해 주문籒文, 고문古文, 기자奇字, 혹체자或體字, 속자俗字 및 기타 이체자異體字 등이 모두 포함되어 있다. 셋째는 최초로 육서六書에 대한 해설체제를 갖추고 이에 대한 정의를 분명하게 설명해 놓았다는 점이다. 먼저 소전체小篆體를 표제자로 앞에 내세운 다음 그 글자의 뜻을 해설하고, 그 다음에 자형字形의 구조를 해설하는 순서를 기본적인 틀로 삼고 있다. 그리고 경우에 따라 발음을 설명하기도 하고, 다른 학자들의 학설이나 참고 자료, 혹은 예시문과 이체자의 구조에 대한 해설 등을 덧붙이는 형식으로 되어 있다. 그런데 이렇게 간략한 해설 형식에도 불구하고 『설문해자』가 높게 평가되는 주요 원인은 자의字義·자형字形·자음字音이라는 세 가지 요소를 종합적으로 연구 정리하고, 그 각각의 본원本源, 즉 본의本義·본형本形·본음本音을 규명해 놓았다는 점에서 그 가치를 찾을 수 있을 것이다.

그렇다면 『설문해자』는 도대체 어떠한 효용 가치가 있는가? 물론 여러 가지 측면에서 다양한 효용 가치를 논할 수 있지만, 가장 중요한 것은 갑골문이나 금문과 같은 고문자에 대한 고증과 해석은 물론, 유가의 경전과 선진시대의 제자백가서를 비롯한 상고시대의 문헌 해독에도 더할 나위 없이 좋은 길잡이가 된다는 점이다. 그 구체적인 내용을 살펴보면, ① 문자의 근원이 되는 초문初文의 흔적이 많이 남아 있어 문자 발전의 궤적을 짚어볼 수 있다. ② 고주자古籀字가 수록되어 있어 상주商周 시대 이전의 문자 원류에 대한 그 대략을 살펴볼 수 있다. ③『설문』이전의 고문 형체는 그림의 흔적을 완전히 벗어나지 못해 다양한 형체를 보여주었으나, 소전小篆을 위주로 한『설문』에 이르러 문자의 형체가 정형화 되었다. ④ 자례字例의 규칙을 구체적으로 밝혀 문자를 만드는 육서 이론을 분명하게 천명하였다. ⑤ 글자가 만들어질 때의 고음古音인 형성자가 대략 80%가 수록되어 있어, 한대 이전의 고음에 대한 면모를 살펴볼 수 있다. ⑥ 고의古義를 취합함으로써 종전까지 본의가 불분명하고 가차의가 성행되던 상황이 사라지고 본의와 가차의를 뚜렷하게 구분할 수 있게 되었다. ⑦ 글자의 음을 밝히고 있어 어근語根을 찾는데 중요한 근거 자료가 되고 있다. ⑧ 언어 변천의 흔적을 기록하고 있어 시간의 흐름과 사회 환경 등의 변화에 따라 변화한 언어 발전의 궤적을 살펴볼 수 있다. ⑨ 한대 이전 사람들의 일상생활을 비롯하여 수렵생활, 영농생활, 목축생활 등의 역사를 알 수 있는 내용이 대량으로 수록되어 있다. ⑩ 당시의 산이나 물, 또는 지명 등이 기록되어 있어 고대의 지명과 소재를 고증하는데 귀중한 자료가 되고 있다. ⑪ 경전을 널리 인용하고 있어 『설문』을 통해 그 바름과 그릇됨을 고증할 수 있다. 이외에도 풀, 나무, 곤충, 짐승, 가축 등의 여러 가지 박물博物을 해설하고 박물학에 필요한 귀중한 자료를 제공해 주고 있다. 따라서 이를 바탕으로 중국 고대 문헌의 언어문자에 대한 고증과 해석을 비롯하여 문학, 역사, 철학, 사회, 정치, 경제상황 등을 연구하는 데 있어 매우 귀중한 역할을 하고 있다.

이 책의 저자 여국경 선생은 1936년 광동성 조주潮州에서 태어나 1963년 북경사범대학 중문과 고한어연구반을 졸업하고, 안휘대학 중문학과 교수를 역임하였으며, 하남성 사회과학원 허신연구소 특약연구원, 안휘성 고적편심위원회 위원을 역임하였다. 여선생의 주요 전공은 고대한어, 『설문』학, 고적정리, 사서辭書 편찬 등이며, 평생 동안 대학 강단에서 고대한어, 설문학도론, 경전명저정독, 논어도독, 설문단주연구 등의 과목을 담당하였다. 여선생은 학술적 조예가 깊고, 강의가 훌륭하고 뛰어나며, 스승으로서 덕이 높아 많은 학생들로부터 존경을 받아 1994년 제1회 안휘성 서비홍교육기금 2등상을 수상하였으며, 그의 저서 『설문학도론說文學導論』은 교내 우수 교재 2등상을 수상하기도 했다. 또한 『설문가차의증說文假借義證』·『논어해주합편論語解注合編』·『대진전서戴震全書·어언문자語言文字』 분책 등의 고적 200만자를 교열하여 정정하였으며, 『정요전전집程瑤田全集』·『유정섭전집兪正燮全集』·『전간시학田間詩學』·『청계문집淸溪文集』·『대진전서戴震全書·경학經學』 분책 등 400만 자에 가까운 고적을 교열하였다. 그리고 『실용고한어대사전實用古代漢語大辭典』·『속경적찬고續經籍纂詁』·『고시사전고사전古詩詞典故辭典』·『중화전광대사전中華典礦大辭典』 등의 사서 편찬에 부주편과 편찬위원으로 참여하였으며, 『간명통가자자전簡明通假字字典』의 참고서를 심의 수정하였다. 이외에도 『소학생독고문小學生讀古文』·『논어금역論語今譯』·『시경선역詩經選譯』·『맹자해독孟子解讀』 『고문관지古文觀止』 정독·『중화전통문화경전도독中華傳統文化經典導讀·소학생독본小學生讀本』 등의 참고용 도서를 출간하였으며, 『고한어연구』·『사서연구』·『공자연구』 등의 학술지에 10여 편의 논문을 발표하였다.

지금까지 『설문』학에 관한 많은 저서들이 등장하였지만, 이 책만큼 독자들이 쉽게 이해할 수 있도록 『설문』학에 대한 연구 성과를 체계적으로 소개한 책도 드물 것이다. 여선생은 평생 동안 대학 강단에서 축적해 온 자신의 연구 성과를 토대로 전대의 연구 성과, 설문의 오류, 고문자학, 사원학, 고음학 등에 대한 구체적이고 종합적인 연구 사례를 통해 설문학을 이해할 수 있는 중요한 내용을 담아 놓았다. 하지만 역자 능력의 한계로 인해 미숙하고 부족한 부분에 대한 아쉬움이 남는다. 이 책을 보시는 모든 분들의 따뜻한 충고와 기탄없는 지적을 기대한다.

현대를 살아가는 우리들이 문자를 배우는 목적은 사람들이 남긴 발자취를 돌아보고 분석하여 그들의 장점을 배우고, 단점은 반성하여 세상을 살아가는 데 반드시 필요한 지혜를 일깨우고 용기를 북돋아 미래를 예견하는 안목을 기르기 위해서일 것이다. 따라서 이 책이 단순히 학술적인 접근을 떠나서 오늘을 살아가는 우리 현대인들에게 조금이나마 삶의 밝은 지혜를 줄 수 있는 참고서가 된다면 이 책을 번역한 보람이 있으리라 생각해 본다.

끝으로 이 책의 번역을 허락해 주신 여국경 선생께 다시 한 번 진심으로 감사의 말씀을 드리며, 아울러 이 책의 출판을 맡아 수고해 주신 문현 출판사의 한신규 사장께 감사를 드린다.

2017년 5월
동학골에서
임진호

차례

서론

『설문해자』는 동한東漢 때 허신許愼이 지은 저서로써 중국뿐만 아니라 세계에서도 최초로 쓰여 진 자전字典이다. 『설문해자』는 한나라 때 통용되던 9천 여 개의 한자를 모아 "육서六書"의 이론에 근거하여 한자의 형태形와 소리音, 그리고 그 뜻義에 대해 주석을 덧붙여 놓은 서적이다. 그렇기 때문에 한자의 형태 분석을 통해 한자의 본의本義를 확정지을 수 있을 뿐만 아니라, 이로부터 파생된 의미를 분석할 수 있게 해준다. 이는 문자학과 어휘학, 사전학에 대한 연구와 고대 문헌의 언어문자에 대한 고증과 해석, 그리고 이를 바탕으로 한 고대

許愼의 『說文解字』

의 문학, 역사, 철학을 연구하는 데 있어 매우 중요한 역할을 한다. 따라서 『설문해자』는 중국학술사에서 매우 숭고한 지위를 차지하고 있다. 이 책이 세상에 나온 이후, 역대로 『설문해자』에 대한 연구 서적들이 실타래에 감겨 있는 실처럼 끊어지지 않고 지속적으로 출현하였으며, 청대에 이르러서는 하나의 장관을 이룰만한 뛰어난 서적들이 세상에 등장하여 마침내 전문적인 학과를 형성하게 되었으며, 사람들은 이를 "허학許學", 혹은 "『설문』학"이라 일컫게 되었다.

문자는 바로 인류문명을 나타내는 지표이다. 그래서 언어는 사람을 금수와 구별하게 해주고, 문자는 문명을 야만과 구별하게 해준다. 문자는 언어가 시간과 공간의 제한을 받지 않고 후세에 전할 수 있게 해주며, 또한 먼 곳까지 전달할 수 있게 해줌으로써 고금의 뜻을 이해하고, 세상에 뜻(情)을 전할 수 있게 해준다. 일찍이 육기陸機는 『문부文賦』에서 "잠깐 사이에 고금의 것을 다 살펴보고, 눈 깜짝할 사이에 천하를 다 돌아다닌다."(觀古今于須臾，撫四海于一瞬.)는 말을 남겼고, 유견오庾肩吾는 『서품書品』에서 "책을 펴고 옛 일을 살피면 천 년 후의 일을 환하게 알 수 있고, 죽간에 글을 새겨 지금의 일을 전하면 만 리에 떨어져 있어도 얼굴을 마주 대하듯이 알 수 있다."(開篇玩古，則千載共明. 削簡傳今，則萬里對面.)고 하였는데, 이는 모두 문자의 작용을 설명한 것이라고 볼 수 있다.

은허殷墟 갑골문甲骨文은 지금으로부터 약 3,500년에 출현하였으며, 오늘날까지 이미 5천여 개에 이르는 글자(해독 가능한 글자는 약 2천 자이다)가 발견되었다. 이들 고문자는 대부분 문자의 형태를 비교적 완전하게 갖추고 있다. 서안의 반파半坡 유적지에서 발견된 도기상의 부호(刻符)는 20여 가지가 넘는데, 이는 지금으로부터 6,000여 년 전이나 거슬러 올라간다. 1987년에 하남성 무양舞陽 가호賈湖 신석기유적지에서 출토된 갑골의 각계

刻契 부호는 은허의 복사卜辭보다 4,000년이나 빠른데, 이는 세계 최초의 문자로 알려진 이집트의 문자보다 앞서는 것으로, C^{14}의 측정을 거친 결과, 지금으로부터 약 8,000년이나 거슬러 올라간다. 감숙성의 태안泰安 대지만大地灣에서도 7,000년 전에 이미 안료를 사용해 도발陶鉢(진흙으로 만든 그릇) 안쪽에 그린 부호가 발견되었다. 이러한 모든 예들은 중국의 문자 기원이 대단히 빨랐다는 사실을 증명해주는 것이라 하겠다.

형체가 일정한 한자는 민족의 심리구조 형성에 매우 중요한 작용을 하였다. 고금자古今字의 발음이 대부분 서로 달라 지방마다 방언이 생겨났지만, 동일한 문자는 고금古今이나 전국에 모두 통용됨으로써 정치와 문화적인 통일을 촉진시켜 민족의 결속력을 다질 수 있었다. 일찍이 스웨덴의 문자학자 칼그렌(Klas Johanes Bernhard Karlgren)은 "중국이 자신들의 특수한 문자를 버리지 않고 우리의 병음 문자를 채택해 쓴 것은 결코 우매하거나 완고한 보수성에서 나온 것이 아니다. …… 중국이 한자를 포기하는 날이 바로 그들 자신의 문화적 토대를 포기하는 때이다."고 하였는데, 이 말이야말로 정곡을 찌른 정확한 표현이라고 하겠다.

한자는 거대한 세계의 문화적 가치를 지니고 있다. 일찍이 유럽의 라이프니츠(Gottfried Wilhelm Leibniz)는 중국은 물질적인 측면에서 유럽의 귀감이 되었을 뿐만 아니라, 또한 중국의 방괴자方塊字(네모난 글자라는 뜻으로, 한자의 다른 이름) 역시 세계문자의 모범이 되었다고 언급하였다. 오늘날의 세계 각국의 언어문자는 대부분 병음체계로 이루어져 있다. 그러나 중국의 문자는 거의 대부분 여전히 상형을 근저로 삼고 있을 뿐만 아니라 매우 광범위하게 응용되고 있는 유일한 문자이기도 하다. 그렇기 때문에 한자는 세계 각국의 문자학자들이 형상적인 사유를 운용해 문자를 창조한 원시민족을 연구하는데 있어 귀중한 자료가 되고 있다.

한어漢語(즉 중국어)는 유엔의 회의, 문건, 사무 등을 기록하기 위해 정한 6가지 언어(한어, 영어, 불어, 러시아어, 스페인어, 아랍어) 가운데 하나이다. 과학 분야 종사자들의 노력을 통해 현재 한자는 이미 컴퓨터의 문제를 해결하였으며, 또한 간체자와 번체자를 서로 호환해 사용할 수 있게 되었다. 한어와 한자의 명확하면서도 간단한 특징, 한어의 성조, 그리고 질서 정연해 식별하기 쉬운 음절의 특징, 한자에 담겨 있는 정보 등의 과학적 매력은 컴퓨터 분야의 과학자들을 매료시켜 주고 있다. 이 때문에 어떤 사람은 예언하길, 사람과 기계가 서로 대화를 나눈다는 측면에서 한어와 한자는 장차 21세기에 커다란 우위를 차지할 것으로 예측되며, 그 때 한자가 위력을 발휘하는 시대가 될 것이라고 하였다.

한자는 세계사에 중요한 영향을 끼쳤다. 동남아시아 지역에서 한자는 기원전 4세기부터 조선, 일본, 베트남 등의 국가에 전해지면서 이들 국가에서 통행되었던 유일한 공용문자 및 국제교류에 통용되는 문자가 되었다. 한자의 전파에 따라 중국의 문물제도, 학술, 종교(중국화한 불교), 과학기술 역시 각 나라에 전파됨으로써 공동의 문화적 요소를 갖춘 중국문화권을 형성하게 되었다. 그래서 중국문화권 역시 한자문화권으로 일컬어지고 있다. 일본의 명인明仁 천황의 연호는 "평성平成이다. 즉 『사기史記 · 오제본기五帝本紀』의 "내평외성內平外成"과 『상서 · 대우모』의 "지평천성地平天成"에서 취한 것으로, 나라의 안과 밖, 하늘과 땅 사이의 화평을 이룬다는 뜻이다. 한족은 현재 중국 인구의 90%를 차지하고 있으며, 한자를 사용하는 사람 역시 이미 10억 명을 넘어 섰다. 그래서 중국문화권은 기독교, 그리스정교회, 회교, 인도문화권과 더불어 세계 5대 문화권이라 일컬어지고 있다.

한자의 조자造字 원칙은 "사물의 형체에 의거하여 비슷하게 본뜨고"(依

類象形), "자연에서 비롯된 것"(肇于自然)이기 때문에 이미 실용적 성격을 가지고 있을 뿐만 아니라, 또한 미적인 요소도 함께 가지고 있다. 창힐蒼頡이 글자를 만들었다는 전설 가운데 "온갖 아름다움을 모아서 이를 합쳐 글자를 만들었다."(博采衆美, 合而爲字)고 하는 표현을 통해서도 이미 풍부한 미학적 의미를 내포하고 있다는 사실을 엿볼 수 있을 것이다.

한자는 그 형태를 보면 뜻을 알 수 있고, 눈으로 보는 즉시 마음이 일기 때문에 중국만의 독특한 서법예술을 배태해 내었던 것이다. 또한 변화가 다채로운 한자의 필획은 시각의 미를 표현하는데 매우 적합한 형태를 가지고 있다. 중국의 서법예술은 민족성을 표현한 것으로, 중국인들의 공통적인 심미안을 구현한 것이라 하겠다. 중국의 전통적 인쇄예술이 비록 조각彫刻을 통해 표현하는 수법을 취하고 있지만 실제로는 중국 문자에 담겨진 선(윤곽의 선)의 미적 아름다움을 표현한 것이라 볼 수 있다. 다양한 변화를 지닌 새인璽印(도장)의 문자는 스스로 하나의 체계를 형성하였을 뿐만 아니라, 여기에 자형字形상의 배치 및 각 글자 간의 구성을 더함으로써 중국문자 형체의 아름다움을 최고의 수준에 이르게 하였다. 이러한 것이야말로 모두 한자를 인식하고 이해하는데 있어 매우 중요한 요소들이다.

한자의 특징은 문학에 대해서도 커다란 영향을 주었다. 예를 들면, 변려문騈儷文, 대우對偶, 평측平仄, 회문回文, 자미字謎 등등으로 모두 문자기교에 대한 운용이다.

따라서 체계적으로 완전하게 한자의 기본적인 지식을 파악하고자 한다면, 반드시 먼저 『설문해자』에 대한 바른 이해가 있어야 한다. 『설문해자』는 다음과 같은 가치를 지니고 있다.

첫 번째, 『설문해자』는 세계 최초의 사전이라는 가치를 지니고 있다.

『설문』에는 한나라 때의 모든 어휘가 체계적으로 수록되어 있다. 즉 글자의 형체(形)와 소리(音)와 뜻(義)에 대한 해석을 덧붙여 놓았을 뿐만 아니라, 최초로 전적을 인용해 증명하는 동시에 부수 검자법檢字法을 만들어 사용함으로써 이미 현대적인 의미의 사전적 요소를 모두 갖추고 있었으며, 또한 이 책은 동일한 유형의 서양 사전보다 대략 1400년이나 앞서고 있다.

『설문』은 "육서"의 이론을 자세하게 밝혀놓았다. 허신 이전에는 단지 한자에 대한 개별적인 감성적 인식만 있었지 귀납할 수 있는 체계적인 방법이 없었다. 예를 들면, 공자가 일찍이 언급한 "우牛와 양羊의 글자는 그 형태를 가지고 말한 것이며"(牛羊之字, 以形擧也), "견犬자는 개의 형상을 그렸음을 알 수 있다."(視犬之字, 如畵狗也), 『좌전』에서 언급한 "지止와 과戈가 조합해 이루어진 것이 무武자이며(止戈爲武)", "명皿과 충蟲이 조합해 이루어진 것이 고蠱자이다."(皿蟲爲蠱), "정正자를 뒤집으면 핍乏자가 된다."(反正爲乏), 그리고 『한비자』에서 언급한 "자신의 주위를 둘러싼 것이 사私자이다(自環爲私)" 등등의 예들처럼 지엽적이며 탐색적인 성격의 설명이 대부분이었지만, 허신의 "육서" 이론에 이르러 비로소 완전하게 성숙되었다. 그래서 단옥재段玉裁는 주석에서 만일 "『설문해자』가 없었다고 한다면, 창힐이 문자를 만든 심오한 뜻과 주공周公과 공자가 경經을 전한 큰 뜻이 그대로 묻혀 영원히 전해지지 않았을 것이다."(無『說文解字』, 則倉頡造字之精意, 周孔傳經之大旨, 埋蘊不傳于終古矣. 『설문해자 · 서』주)는 말을 남겼던 것이다. 또한 안지추顔之推는 "대저 그 책의 내용을 따라야 하는데, 그 이유는 문자를 부수에 의거해 체계적으로 배열하고 문자의 형체와 본의를 분석하고 탐구하였다. …… 만일 허신의 말을 따르지 않는다면, 너무 막막해 한 점 한 획이 무슨 뜻을 지니고 있는 알지 못할 것이다."(大抵服

其爲書, 隱括有條例, 剖析窮根源, ……… 若不信其說, 則冥冥不知一點一劃有何意焉.『안씨가훈 · 서증편』)는 말을 남겼는데, 이들의『설문』에 대한 평가는 대단히 정확하다고 볼 수 있다.

두 번째,『설문』은 고문자와 소통할 수 있는 매개체이다. 예변隸變은 고문자와 금문자의 중요한 분수령이다. 예변 이후 고문자의 상형적인 의미가 모두 사라지고 말았다.『설문』에 수록된 고문古文, 주문籀文, 전문篆文, 혹체或體에는 갑골문과 금문의 흔적이 남아 있다. 현재 전하고 있는 갑골문과 금문은 뿔뿔이 흩어져 분산되어 있을 뿐만 아니라 문헌적 근거 자료로 삼을 수 있을 만큼 영향력 있는 많은 양의 글자가 남아 있지 않다. 그렇지만『설문』에 수록된 많은 글자들은 여전히 갑골문과 금문의 본래 면모를 보존하고 있다. 단순히 전문篆文의 형체구조와 초기 고문자를 비교해 볼 때 각기 서로 다른 와변訛變현상이 출현했다고는 하지만, 구조적으로 의미를 취하는 데 문제가 없다면 여전히 이를 근거로 고문자를 이해하는데 문제가 없다. 즉 설사 구조적으로 초기의 부분적인 의미를 상실했다고 해도, 상고시대 문자와의 관련이 완전히 끊어진 상태가 아니라면 여전히 고문자를 해독할 수 있는 중요한 참고 가치를 지니고 있다고 하겠다. 그래서 이미 고인이 되어버린 고문자학자 당란唐蘭은 "지금까지 우리가 새로 발견되는 고문자를 만나게 되면 가장 먼저 하는 일은『설문』을 찾아보는 일인데, 이는 반드시 거쳐야 하는 절차이다."(一直到現在, 我遇到一個新發現的古文字, 第一步就得查『說文』, 差不多是一定的手續."(『고문자학도론 古文字學導論』)고 언급하였다.

세 번째,『설문』은 한어의 사의詞意 연구에 있어 대단히 중요한 성격을 지니고 있다. 본의本義는 문자의 구조로부터 표현된 조자造字의 의미를 가지고 있으며, 이러한 본의를 밝히는 것이 바로『설문』의 주요 목적이다.

본의는 다시 말해서 고의古義를 말하는 것으로 선진시대 고적을 읽고 이해하는데 절대적으로 필요하며, 고적을 정리하는데 있어서는 본의가 더 더욱 필요하다. 본의는 사의詞義 체계 중에서 중심 위치를 차지하고 있으며, 그 특징은 사의詞義의 파생과 발전 과정을 결정짓는다. 그렇기 때문에 사詞의 여러 가지 의미를 하나로 연결시키고자 할 때 이미 수립된 한어사휘사漢語詞彙史나 『설문』, 그리고 후인의 연구(예를 들어, 단옥재의 『설문해자주』, 주준성朱駿聲의 『설문통훈정성說文通訓定聲』) 등이 우리에게 풍부한 자료를 제공해 준다. 『설문』 역시 훈고학 분야의 전문서적이다. 그래서 단옥재는 "『설문』과 『이아』는 서로 표리의 관계이다."(『說文』『爾雅』相爲表裏. 『설문해자·서』주)는 말을 남겼고, 왕념손王念孫은 "『설문』의 글자는 문자에 성음聲音과 훈고訓詁를 겸한 것이다."(『說文』之爲書, 以文字而兼聲音、訓詁者也. 『설문해자주·서』)는 말을 남겼다. 동의사同義詞 연구에 있어서도 『설문』은 적지 않은 곳에서 호훈互訓, 체훈遞訓, 동훈同訓 등의 방법을 채용하였는데, 여기에 사용된 절대다수가 모두 동의사이다. 주준성의 『정성定聲』 가운데 『이아·석고편』 중에도 적지 않은 동의사를 수집해 놓았으며, 단옥재의 주석 중에서도 상당히 심오한 논술이 보인다. 『설문』중의 성훈聲訓과 형성形聲 체계는 어원학 연구에 있어 지극히 중요한 성격을 지니고 있다. 요컨대, 전대 사람들은 『설문』을 모든

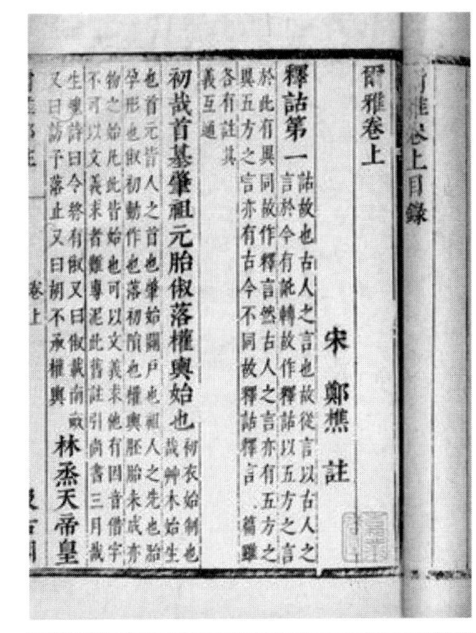
爾雅卷上

宋 鄭樵 註

釋詁第一

初哉首基肇祖元胎俶落權輿始也

林烝天帝皇

『爾雅』

학술의 기초라고 여겼다. 그래서 그들은 문장을 지으려면 반드시 역사서를 읽어야 하며, 역사에 밝으려면 반드시 경서에 통달해야 하며, 경서에 통달하려면 반드시 소학을 배워야 하며, 소학을 배우려면 반드시 먼저 『설문』을 읽어야 한다는 귀납적인 공식을 적용하였던 것이다.

네 번째, 고대의 음운연구에 있어서도 『설문』과 불가분의 관계를 가지고 있다. 청대의 유학자들이 고대 음운을 연구 할 때 주로 의지했던 것은 바로 선진시대의 운문韻文과 『설문』의 형성체계였다. 운문의 입운자入韻字는 한계가 있어 정확하게 매 글자의 운부韻部를 확정하기에는 부족한 점이 있었기 때문에 반드시 『설문』의 형성체계를 이용해 검증과 보충을 거쳐야만 하였다. 단옥재는 이러한 체계를 운용해 "성부聲符가 서로 같은 글자는 반드시 동일한 운부에 속한다(同諧聲必同部)"는 결론을 내렸다. 『설문』의 이문異文과 성훈聲訓 역시 고음古音을 연구하는 데 있어 귀중한 자료이며, 『설문』의 "독약讀若" 역시 한대의 어음語音을 반영하고 있어 어음의 변천 연구에 있어서 상당한 도움이 되고 있다.

다섯째, 『설문』 중에는 대단히 풍부한 중국문화사 관련 자료들이 수록되어 있지만, 『설문해자』는 이해하기 매우 어려운 까닭에 필자는 본서에서 허신 본인의 생애와 『설문』의 체례, 『설문』에 대한 역대 학자들의 연구, 그리고 『설문』의 운용, 『설문』에 존재하고 있는 결함, 『설문』의 검색 등에 관한 몇 가지 문제들을 설명하는 데 주안점을 두었다. 즉 독자들로 하여금 짧은 시간 내에 『설문』의 핵심적인 지식을 파악하고, 대략적이나마 "『설문』학"의 정수를 이해함으로써 『설문』을 이용해 타 분야와 학술연구에 훌륭한 기초가 될 수 있도록 그 토대를 마련하는데 힘썼다.

제1장

허신의 생애와 『설문해자 · 서』

1. 허신의 생애와 고향

1) 허신의 생애

허신의 생평과 관련된 사적이 『후한서後漢書 · 유림전儒林傳』에 다음과 같이 보인다.

> 허신의 자는 숙중叔重이며, 여남군汝南郡 소릉현召陵縣(지금의 하남성 탑하시 소릉) 사람이다. 그는 성격이 순독淳篤하며, 어릴 때에 경적經籍을 널리 배웠고, 마융馬融(79~166)이 항상 그를 공경하고 받들었다. 당시 사람들은 그에 대해 "허숙중許叔重과 오경五經을 견줄 만한 사람이 없다."고 하였다. 군郡의 공조功曹가 되었다가 다시 효렴孝廉에 천거되었으며, 후에 효현洨縣의 장長에 제수되었다. 집에서 생을 마치었다. 당초 허신은 오경五經의 전傳과 설說의 장부臧否가 같지 않다고 여

겨 『오경이의五經異義』를 편찬하고, 『설문해자』 14편을 지었는데, 이들 저서가 모두 세상에 전한다. (『後漢書 · 儒林傳』云: 許愼, 字叔重, 汝南召陵人也. 性淳篤, 少博學經籍, 馬融常推敬之, 時人爲之語曰: “『五經』無雙許叔重.”爲郡功曹, 擧孝廉, 再遷除洨長. 卒于家. 初, 愼以『五經』傳說臧否不同, 于是撰爲『五經異議』, 又作『說文解字』十四篇, 皆傳于世.)

이렇게 짧은 85자의 기록과 허신의 사적에 대한 역대 학자들의 고증을 통해 허신의 본적이 동한 시기 예주豫州 여남군汝南郡 소릉현召陵縣의 사람이라는 사실을 대강 알 수 있다. 그는 성격이 소박하고 돈후하며, 또한 성실하고 선량했으며, 이미 어려서부터 여러 경적에 두루 통달하여 세상 사람들에 의해 “오경을 견줄만한 사람이 없다.”(『五經』無雙)는 칭찬을 받았을 뿐만 아니라 여남군의 공조功曹 벼슬에 선발되었다는 사실을 알 수 있다. 공조는 주군州郡의 좌리佐吏(즉 속료)로써 군수의 공무 처리를 도와주고 인사와 공로를 조사해 기록하는 일을 담당하는 직책이었다. 『여남선현전汝南先賢傳』에 의하면, “(허신)이 군의 공조가 되어 윗사람을 받들 때는 돈독한 의리를 다했고, 아랫사람을 거느릴 때는 공손함과 관대함으로 대하였다.”(爲郡工曹, 奉上以篤義, 率下以恭寬)고 한다. 이를 통해 맡은 일에 충실하고 상급자를 대할 때는 충성忠誠을 다했으며, 동료나 하급자를 대할 때는 공손하면서도 겸손함을 잃지 않았다는 사실을 알 수 있다. 후에 그는 효렴孝廉에 천거되었다가 다시 태위부太尉府 남각제주南閣祭酒에 임명되었다. 태위는 나라의 삼공三公(승상, 태위, 어사대부) 가운데 하나이며, 군사軍事의 수뇌를 뜻한다. 제주祭酒는 박사제주博士祭酒를 일컫는 말이며, 태위부 조속曹屬의 주요 인물 가운데 하나이다. 단옥재는 이에 대해 “태위의 남각제주는 태위부 연조掾曹로 남각南閣에 출입하는 수령이다.”고 하였다. 이 때문에 후인들 역시 허신을 허남각許南閣, 혹은 허제주許祭酒라고 불렀다. 그가 중앙의 조정에 몸담고 있었기 때문에 자연스럽게 박사와 유생들을 많이 접촉할 수 있었다. 당시는 경학의 금문파와 고문파가 대단히 심각하게 대립하여 양자의 투쟁이 격렬하던 시기였다. 이에 대해 허신은 자신의 뜻을 표명하기 위해 『오경이의』를 찬술하였으며, 또한 이외에도 『효경공씨고문설孝經孔氏古文說』과 『회남자주淮南子注』를 완성하였다. 후에 그는 당시 대학자로 추앙받던 가규賈逵를 스승으로 삼아 체계적으로 전대의 자서字書와 문헌자료를 연구하여 "육서"에 관한 전대인들의 이론을 종합 정리해 『설문해자』를 찬술하기 시작하였다. 한대 안제安帝 년간(기원전 100년) 조정에서 궁중에 소장되어 있던 비서秘書 교감을 위해 학자들을 동관東觀에 불러 모았는데, 이 때 허신 역시 그 일에 참여 하였으며, 당시 교서랑중校書郎中으로 있던 마융으로부터 높은 평가를 받았다. 또한 이 시기에 황제를 모시던 소황문小黃門 등의 환관들에게 『설문해자』를 강의 하였다. 후에 그는 효현洨縣의 현장縣長에 임명되었으나 나이가 많고 병이 들었다는 핑계를 들어 벼슬에 나아가지 않았다. 집에 머물며 후학을 위해 강학을 하다가 생을 마쳤다.

舒新城 主編 『辭海』

허신의 생졸 년대에 관해서는 이미 고증할 방법이 없다. 물론 일찍이 역대의 학자들이 이에 대한 고증을 시도했으나 아직까지 일치된 결론을 내리지 못하고 있다. 하지만 그의 활동 시기가 동한 광무제光武帝 말년부터 명제明帝, 장제章帝, 화제和帝, 상제殤帝, 안제安帝였다는 사실은 의심할 여지가 없다. 송대 홍적洪适은 허신이 광무제 건무建武 말년에 태어나 안제 말년에 세상을 떠났다고 주장하였는데, 수정본 『사원辭源』에서는 이 설을 받아들여 기원전 30~124년이라고 표기하였다. 청대 엄가균嚴可均은 허신이 명제 영평永平 연간에 태어나 환제 연간에 세상을 떠났다고 추단하였는데, 신판 『사원辭海』에서는 이 설을 받아들여 약 기원전 58~147년이라고 명기하였다. 허신은 그의 스승인 가규(31~102년)의 나이보다는 적고, 마융(79~166년)보다는 나이가 많다는 점에 근거해 추론해보면, 허신은 아마도 광무제 말년에 태어났다고 보는 것이 타당할 것이다. 그의 아들 허충許沖이 한대 안제 건광建光 원년(122년)에 『설문해자』를 황제에게 헌상하였는데, 이 때 허신이 이미 병중에 있었기 때문에 그 후 얼마 안 되어 세상을 떠났을 것으로 보인다. 따라서 허신의 생졸 년대는 대략 50~125년 사이였을 것으로 추정되며, 이 설이 비교적 역사적 사실에 부합한다고 보인다.

2) 허신의 고향

하남성 언성현郾城縣 동쪽 15리에 한대의 소릉召陵 고성故城이 있으며, 그 고성 서쪽으로 4km 지역에 허장許莊(명대는 흑허黑許라고 불렀다.)이 있는데, 이곳이 바로 허신의 고향이다. 이 마을에는 허씨 성을 가진 사람이 많이 살고 있으며, 그들 스스로 자신들이 허신의 후예라고 말한다. 1930년대 그 지역 사람들은 선철先哲 허신을 기념하기 위해 일찍이 허신의 자를 가지고 허장 지역을 "숙중향叔重鄉"이라고 명명하였다.

『하남통지河南通志』에 실려 있는 기록에 의하면, 허신의 묘는 언성현 동쪽 35리 소릉성 아래에 있다고 하며, 『언성현기郾城縣記』의 기록에는 흑허장黑許庄 동쪽에 제주祭酒의 묘가 있는데, 사방의 둘레는 40여 장이고, 높이는 1장 남짓하며, 흑허장 서쪽에 공승충公乘沖의 묘가 있다는 내용이 보인다. 허장에 사는 노인들은 원래 허신의 묘는 높이가 2장丈 정도였고, 면적이 1무畝 남짓하며 그 주위에 잣나무가 백 여 그루 심어져 있었다고 한다. 그리고 묘 옆에 사당과 사전祠田 120무畝가 있었다고 한다. 19세기 초에 비가 내려 침식되는 바람에 허충許沖의 봉분이 무너져 내렸다고 하며, 그 곳에서 어떤 사람이 일찍이 그의 묘지를 발견한 적이 있는데, 그 크기는 대략 2척의 정방형 석각石刻이었다고 하나 지금은 실전되어 전하지 않는다. 1923년 묘권墓券이 다시 붕괴되자 당시 마을의 허두許斗라는 사람이 묘에 내려가 본 적이 있는데, 그 안의 폭은 대략 2m이고, 길이는 대략 3,5m이었으며, 푸른 벽돌을 쌓아서 만들었는데 기물器物은 보지 못했다고 한다. 지금 허장촌許庄村의 동쪽 500m 지점에 허신의 묘가 있는데, 흙으로 쌓은 토총土塚으로 높이는 3.3m이며, 바닥은 직경이 13.1m이다. 허장촌 서쪽 끝에 있는 허충의 묘 역시 토총으로 높이는 1.1m이고, 바닥의 직경은 2.1m이다. 이 두 개의 묘 모두 다른 부장품은 보이지 않는다.

청나라 사람 허동신許同莘이 지은 『한태위남각제주허신사묘의복봉사생의漢太尉南閣祭酒許愼祠墓宜復奉祀生議』에 실려 있는 내용을 근거로 해볼 때, 허신의 묘 옆에 사당과 사전祠田이 있었는데, 명대 말기 농민의 봉기로 인해 흔적도 없이 사라졌음을 알 수 있다. 함풍咸豊 연간에 농민이 허신의 묘 서쪽 땅을 파다가 사당의 터와 함께 사전祠田 비석을 발견하였는데, 현재 이 사당 터가 앵도원櫻桃園으로 변했다고는 하지만 지금도 여전히 대문과 두 개의 행랑채, 그리고 북쪽방 등은 그 흔적을 찾아볼 수 있다. 사당은 동쪽으로 허신의 묘와 약 500m 정도 떨어져 있으며, 서남쪽 약 100m 거리에 허충의 묘가 있다. 청나라 말 언성현郾城縣에 허남각사許南閣祠가 있었는데, 총 면적은 3.3무畝이고 방은 모두 21칸이었다. 또한 전원前院과 후원後院으로 나누어져 있었는데, 후원은 허신을 위한 향당享堂으로 "오경무쌍五經無雙"이라는 황금색 글자로 쓴 편액이 걸려 있다. 앞뒤 대청과 동서 행랑채 사방 벽에 단향목으로 만든 8척 가량의 장방형 난판欄板에 황금색 전문篆文으로 쓴 『설문』 540부와 서목敍目이 양각되어 있다. 현재 이 사당은 언성제일중학교로 사용되고 있으며, 향당은 중학교 교무처가 위치하고 있다.

1885년 5월 제1회 전국 "허신학술기념토론회"가 하남성에서 개최되었는데, 당시 이 회의에 참석한 백여 명에 가까운 학자들이 허신의 묘를 참배하였으며, 중국훈고학연구회의 회장과 북경사범대학교 육종달 교수가 이 기념활동을 위한 비문을 작성하였다. 또한 언성현 정부는 청대의 양통석비兩通石碑를 붙여 수리한 다음 삼통석비三通石碑와 함께 허신의 묘 옆에 세웠으며, 하남성 정부는 언성현에 허신의 기념관을 세웠다.(뒤이어 하남성 사회과학원에서는 허신연구소를 세웠다.) 그리고 낙양시 도서관 앞에 허신의 석조상石彫像을 세움으로써 중국 역사 속의 문화 명인으로서 허신은 자신의 고향에서 더욱 더 많은 사람들로부터 존경과 공경을 받게 되었다.

2. 『설문해자 · 서』

1) 서문의 역할

고대에 서문은 책의 맨 뒤에 놓았는데(혹은 서敍라고 썼다), 그 책을 저술한 목적을 종합해 서술하였다. 예를 들면, 『사기史記 · 태사공자서太史公自序』, 『한서漢書 · 서전敍傳』, 『회남자淮南子 · 요략要略』, 『논형論衡 · 자기편自記篇』, 『문심조룡文心雕龍 · 서지序志』 등이 모두 이러하며, 『설문 · 서』 역시 마찬가지이다.

상고시대의 저술은 대부분 단편으로 이루어져 있어 언급할만한 목록이 없다. 하지만 후에 엮어 만든 저서는 저술한 이의 자서自序에서 상세하게 저술한 원인을 서술해 놓음으로써 목록의 성격을 갖추고 있다. 『사기 · 태사공자서』와 『한서 · 서전』에서는 모두 저서 가운데 매 편의 내용을 언급하였다. 후에 어떤 사람이 책을 엮으면서 편리한 검색을 위해 저서 뒷면에 목록을 열거해 놓았다. 『설문』의 목록은 바로 『서』 중간에 끼어 있었는데, 유지기劉知幾의 『사통史通 · 인습편因習篇』에서 범엽范曄이 권머리에 제목을 옮겨놓았다고 언급하였다. 따라서 책의 목록을 책 앞부분에 놓기 시작한 것이 남북조 유송劉宋시기, 즉 범엽이 살았던 시대에 기원하고 있다는 사실을 알 수 있다.

서문은 강령을 제시한다는 의미를 지니고 있다. 저자 자신이 서문을 지을 때, 때때로 자신의 생애, 학술적 관점, 저서의 상황, 저술한 책의 내용 등을 언급하기도 한다. 이러한 내용은 때때로 사람들에게 이 책을 읽는 단서를 제시해주기도 하기 때문

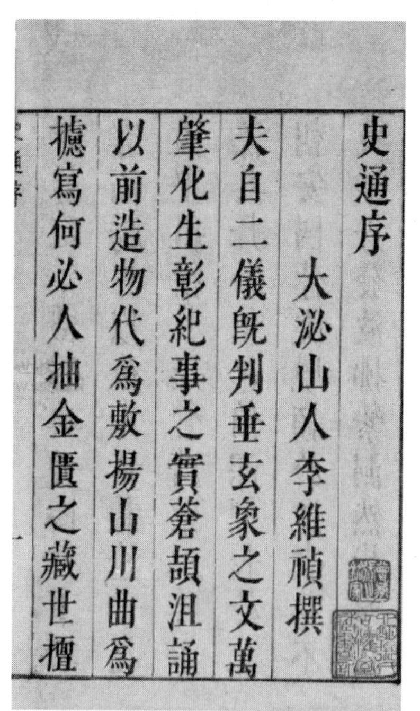
史通序
大泌山人李維禎撰
夫自二儀既判垂玄象之文萬
肇化生彰紀事之實蒼頡沮誦
以前造物代爲敷揚山川曲爲
攄寫何必人抽金匱之藏世擅

劉知幾의 『史通』

에 책을 읽을 때는 반드시 서문 부분을 먼저 자세히 읽어 책에서 언급하고 있는 전반적인 내용을 잘 파악해야 한다. 허신은 『설문 · 서』에서 주대周代 이전의 문자 원류와 주진周秦시대 문자의 변화 발전에 대해 상세하게 설명하는 한편, 한자의 "육서"에 대한 개념을 개괄하고 서한西漢시대 문자에 대한 개략적인 상황과 그 연구에 대해 기술해 놓았을 뿐만 아니라, 동한東漢시대 문자 해석의 혼란과 잘못을 지적해 우리로 하여금 『설문해자』의 출현 배경과 찬술 동기를 이해할 수 있도록 해 주었다. 이외에도 문장 중에서 그는 자신의 글 쓰는 태도와 의의, 그리고 찬술한 체례에 대해서도 서술해 놓았다. 이제 아래에서 서문을 여섯 단락으로 나누어 그 내용을 분석해 보고자 한다.

2) 서문의 내용 분석

(1) 주대 이전의 문자 원류

> 옛날에 복희씨가 왕이 되어 천하를 다스릴 때, 그는 위로는 하늘의 현상(해와 달과 별)을 관찰하였고, 아래로는 지리의 현상을 관찰하였으며, 새와 짐승의 무늬(발자국)와 지리의 형모形貌를 관찰하였으며, 가까이는 사람의 몸에서 그 형상을 취하고, 멀리는 사물에서 그 형상을 취하여, 이에 처음으로 『역』의 팔괘를 만들어, 이로써 자연계의 현상을 나타내었다. (古者庖犧氏之王天下也, 仰則觀象於天, 俯則觀法於地, 觀鳥獸之文與地之宜, 近取諸身, 遠取諸物, 於是始作『易』八卦, 以垂憲象.)

포희庖犧는 또한 복희伏犧라고 칭하기도 한다. 전설에 따르면, 그는 백성들에게 그물을 엮어서 어렵漁獵과 목축牧畜에 종사하도록 하였으며, 아울러 팔괘를 만들어 중국 고대 제왕의 한 사람으로 우러러 받들어진다. "古者…… 八卦"는 『주역·계사하』에 보이는 문장이다. 상象과 법法은 모두 현상現象이란 뜻이다. 문文은 문리紋理(무늬)이다. 땅의 마땅함(地之宜)은 식물을 가리키는 것이다. 만물은 땅에서 나오기 때문에 각자 그 적합한 것이 있다. 가까이는 몸에서 취한다(近取諸身)고 하는 말은 『주역·설괘』에서 "건괘는 머리이고, 곤괘는 배이고, 진괘는 발이고, 손괘는 다리이고, 감괘는 귀이고, 이괘는 눈이고, 간괘는 손이고, 태괘는 입이다."(乾爲首, 坤爲腹, 震爲足, 巽爲股, 坎爲耳, 離爲目, 艮爲手, 兌爲口.)고 한 말처럼 사람의 신체 가운데 여덟 가지 기관을 들어 팔괘가 형상을 취한 뜻을 설명한 것이다. 공영달孔穎達의 소疏에서 "이 구절은 팔괘가 사람 몸의 형상을 취하고 있는 것을 말한 것으로, 가까이는 몸에서 취하였다는 사실을 간략하게 설명한 것이다."(此一節說八卦人身之象, 略明近取諸身也.) 멀리는 사물에서 취하였다(遠取諸物)는 말은 『주역·설괘』에서 "건괘는 말이고, 곤괘는 소이고, 진괘는 용이고, 손괘는 닭이고, 감괘는 돼지이고, 이괘는 꿩이고, 간괘는 개이고, 태괘는 양이다."(乾爲馬, 坤爲牛, 震爲龍, 巽爲雞, 坎爲豕, 離爲雉, 艮爲狗, 兌爲羊.)고 한 말처럼 여덟 종류의 동물 형상을 들어 팔괘가 형상을 취한 뜻을 설명한 것이다. 공영달의 소에서 "이 구절은 팔괘의 가축 형상을 말한 것으로, 멀리서는 만물에서 취하였다는 사실을 간략하게 설명한 것이다."(此一節說八卦畜獸之象, 略明遠取諸物也.) 팔괘八卦는 『주역』에 보이는 여덟 가지 부호로써 '—' 『양효陽爻』와 '--' 『음효陰爻』라는 두 가지 부호를 이용해 이를 조합하여 여덟 가지 도형으로 만든 것이다. 즉, 건(乾：☰)·곤(坤：☷)·진(震：☳)·손(巽：☴)·감(坎：☵)·이(離：☲)·간

(艮 : ☶) · 태(兌 : ☱) 등을 말한다. 옛날 사람들은 팔괘를 한자가 만들어지기 이전의 원시적 형태라고 보았다. 그렇지만 팔괘는 형체적 측면에서 문자와 결코 아무런 계승 관계도 없다. 팔괘는 아마도 처음에 사건을 기록하는 기사記事부호로 사용되었다고 보여 진다. 팔괘를 기억하기 쉽게 괘형卦形, 괘명卦名, 괘상卦象, 괘형가卦形歌를 아래와 같이 표로 열거해 볼 수 있다.

卦 形	卦 名	卦 象	卦 形 歌
☰	乾	天	乾三連
☷	坤	地	坤六段
☳	震	雷	震仰盂
☶	艮	山	艮覆碗
☲	離	火	離中虛
☵	坎	水	坎中滿
☱	兌	澤	兌上缺
☴	巽	風	巽下斷

법의 형상을 드리웠다(以垂憲象)는 말에서, 수垂는 나타낸다는 뜻이고, 헌상憲象은 법상法象으로, 즉 자연계의 모든 현상을 뜻한다.

> 신농씨神農氏에 이르러, 결승結繩으로 세상을 다스리고 일을 기록하였다. 많은 일들이 날로 번다해져 꾸미고 속이는 일들이 싹트기 시작

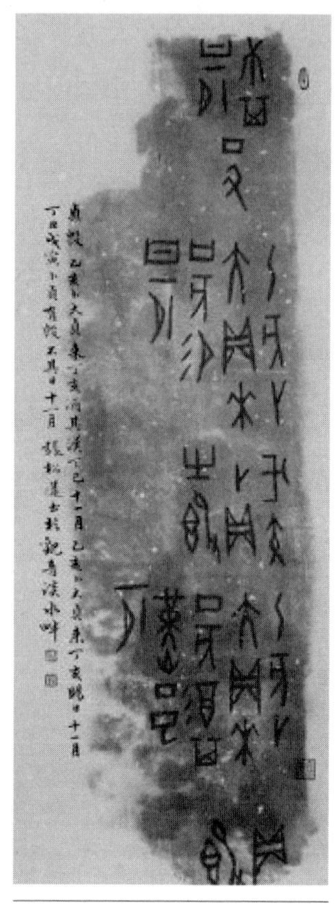

書契文字

하였다. (황제시대에 이르러) 황제皇帝의 사관 창힐倉頡이 새 발톱 자국과 짐승의 발자국을 보고 그 무늬를 분별할 줄 알아서 새와 짐승을 가려내어 처음으로 서계書契를 만들었다. (문자를 사회에서 사용한 후로) 백관은 문자를 통해서 다스릴 수 있었고, 온갖 사물은 문자를 통해 변별하고 살필 수 있었다. (창힐이 문자를 창조한 본래의 뜻은) 대체로 주역의 『쾌괘夬卦』에서 그 뜻을 취한 것이다. "『쾌괘』는 왕의 조정에서 드러나는 것을 말하는 것이니" 문자는 제왕의 조정에서 가르침을 베풀어 교화를 밝히는 것을 말한다. 군자는 문자를 운용하여 은혜를 베풀어 아래 백성들에게까지 미치게 하고, 덕을 닦아 쌓아 금기의 법칙을 세웠다는 것을 말한다.(及神農氏, 結繩爲治而統其事. 庶業其繁, 飾僞萌生, 黃帝史官倉頡, 見鳥獸蹏迒之跡, 知分理之可相別異也, 初造書契. 百工以乂, 萬品以察. 蓋取諸夬. "夬, 揚於王庭."言文者宣教明化於王者朝廷, 君子所以施祿及下, 居德則忌也.)

신농씨는 전설에 의하면, 그가 농기구를 제작해 백성들에게 경작을 가르쳤으며, 약초를 발견해 백성들의 병을 고쳐주었다고 한다. 신농씨 역시

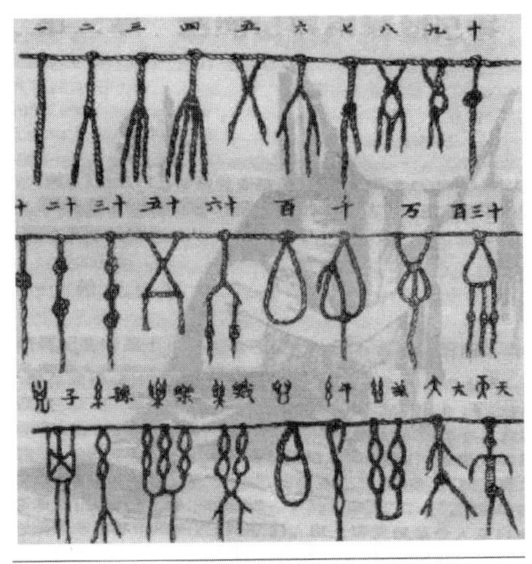
結繩文字

중국의 고대 제왕 가운데 한 사람으로 높이 추앙되고 있다. 결승으로 다스린다(結繩爲治)는 말은 『주역 · 계사하』에서 "상고시대는 결승으로 천하를 다스렸다"(上古結繩而治)고 말한 바를 가리키는 것이다. 그래서 공영달은 소疏에서 정현鄭玄의 주를 인용해 "일이 크고 중요하면 큰 매듭을 묶었으며, 일이 작으면 작은 매듭을 묶었다."(事大, 大結其繩; 事小, 小結其繩.)고 하였다. 또한 『노자 · 팔십장』에서는 "백성들에게 결승을 회복해 쓰게 한다."(使民復結繩而用之.)고 하였는데, 이는 상고시대에 결승으로 천하를 다스렸던 상황이 있었음을 설명한 것이다. 그렇지만 결승은 단지 사람의 기억을 돕는 작용만 할 뿐, 그것이 문자가 아니었기 때문에 서로 주고받을 수 있는 역할을 할 수가 없었다. 통統은 다스린다(기紀)는 뜻이다. 즉 그 일을 다스린다(統其事)는 것은 결승으로 일을 기록한다는 의미이다. 서업庶業은 여러 가지 일을 말하며, 기其는 기綦와 같은 뜻이며, 극極(다하다. 대단히)의 뜻을 나타낸다. 식위飾僞는 꾸며서 가리는 것과 속이는 일을 말한다. 이는 사회가 점점 진화함에 따라 결승이 이미 더 이상 사람들의 교제 수요에 부응하지 못함을 반영한 것이다. 황제黃帝는 전설 중에서 중국의 중원 각 부족의 선조로 일컬어져 왔다. 사史는 사관을 뜻하며, 정사를 기록하는 관리를 가리킨다. 창힐倉頡의 창倉은 창蒼이라 쓰기도 하며, 한자를 처음으로 만든 사람으로 알려져 있다. 『한비자韓非子 · 오두五蠹』, 『여씨춘추呂氏春秋 ·

군수君守』, 『회남자淮南子 · 수무훈修務訓』, 『순자荀子 · 해폐解蔽』, 『논형論衡 · 골상骨相』 등에 이와 유사한 견해가 전해지고 있다. 창힐은 아마도 역사상에 정말로 창힐이란 인물이 있어서, 그가 문자를 수집하고 정리했을지도 모르지만, 그러나 문자의 출현은 하나의 길고 긴 과정을 거쳐 발전되어온 것이기 때문에 결코 한 사람의 손에 의해 만들어진 것은 아니라고 하겠다. 제항蹄迒은 들짐승의 발자국을 말한다. 분리分理는 문리紋理(무늬)이며, 별리別異는 구별을 뜻한다. 따라서 이 문장의 뜻은 새가 남긴 발자국 무늬를 보고서 새인 줄을 알고 짐승이 남긴 발자국 무늬를 보고서 짐승인 줄을 알아, 이를 통해 깨우침을 얻어 문자를 창조했다는 것을 말한 것이다. 그래서 『여씨춘추 · 군수』의 주석 가운데 고유高誘 역시 그의 주에서 "창힐은 태어나면서부터 글자를 알았으며, 새의 발자국을 그대로 본떠서 문자를 만들었다."(倉詰生而知書, 寫仿鳥迹以造文字.)고 한 것이다. 서계는 문자를 뜻하는 것으로 나무에 문자를 써서 새기는 것을 말한 것이다. 백공百工은 백관을 일컫는다. 만품萬品은 만사만물을 가리킨다. 찰察은 명明을 뜻하며, 고찰할 수 있음을 가리킨다. 쾌夬는 64괘 가운데 하나로 위는 태괘台卦이고, 아래는 건괘乾卦로 이루어져 있다. 태兌는 작은 나무를 가리키는 것이며, 또한 대나무를 가리킨다. 건乾은 금을 가리킨다. 옛날 사람들이 문자를 창조할 때, 칼로 나무 조각이나 대나무 조각 위에 새겨서 일을 기록했기 때문에 서계를 만들 때 쾌괘에서 형상을 취한 것이다. 허신이 말하고자 한 의미는 문자가 생긴 이후로 백관들이 문자를 통해 다스릴 수 있게 되었고, 문자로 말미암아 만물을 고찰할 수 있게 되었다는 것으로, 바로 쾌괘에서 이러한 계시를 얻게 되었다는 사실을 말한 것이다.

"쾌괘가 조정에서 드날렸다"(夬, 揚於王庭.)는 말은 『주역 · 쾌괘』에서 나온 문장이다. 여기서 문文은 문자를 가리킨다. 가르침을 베풀어 교화를 밝혔다(宣教明化)는 말은 교화를 밝게 드러내었다는 것을 말한 것이다. 즉 여기서 말하는 문장의 의미는 문자가 바로 왕의 조정에서 교화를 밝게 펼치는 도구라는 점이다. 군자는 백관을 의미하고, 녹祿은 은혜를 뜻한다. 그리고 하下는 아래의 백성을 가리킨다. 그러므로 이 말은 백관이 문자에 의지해 백성들에게 은혜를 베푼다는 것을 말한 것이다. 덕을 쌓고 금기의 법칙을 세웠다(居德則忌)는 말에서 기忌는 금기를 안다는 것을 말한 것이다. 즉 백관은 문자에 의거하여 자신들이 덕을 닦고 쌓아 금기할 것을 명백하게 하거나, 혹은 관직을 맡은 관리가 자신을 단속해 당연히 덕을 귀하게 여기기 때문에 문자를 귀하게 여기지 않는다는 것을 말한 것이다.

> 창힐이 처음 글자를 만든 것은 대체로 사물의 종류에 의거하여 형체를 본떠 만든 것이므로, 그것을 문文이라 말한다. 그 후에 형상(形)과 소리(聲)가 서로 합쳐서 만들었는데, 그것을 자字라고 말한다. 자字란 문文에서 파생되어 나와 점점 많아진 것을 말한다. 문자를 대나무나 비단에 쓴 것을 서書라 말한다. 서書는 (사물의 형상과) 같다는 뜻이다. 오제五帝와 삼왕三王 시대를 거치면서, 다른 형체의 문자로 바뀌었기 때문에 태산에 봉선封禪하여 하늘에 제사를 지낸 72명의 군주가 남긴 각석刻石에는 형체가 같은 문자가 하나도 없다.(倉頡之初作書, 蓋依類象形, 故謂之文. 其後形聲相益, 卽謂之字. 字者, 言孳乳而浸多也. 著於竹帛謂之書, 書者如也. 以迄五帝三王之世, 改易殊體. 封於泰山者七十有二代, 靡有同焉.)

이 단락에서는 문자의 발전 특징과 그 맥락을 서술하였다. 의류상형依類象形이란 말은 사물의 형체에 의거해 묘사하는 것을 의미한다. 그래서 단옥재는 "지사와 상형 두 가지를 일컬으면서 지사 역시 형체를 본뜬 것이다."(謂指事・象形二者也, 指事亦所以以象形也.)"고 하였다. 형태와 소리를 서로 더한다고 하는 형성상익形聲相益이란 말 중에서 익益은 보탠다(부附)는 뜻으로 형성形聲을 가리키며, 또한 회의會意를 포함하고 있다. 단옥재는 "형체가 있으면 반드시 소리가 있으며, 소리와 형체가 서로 더해진 것이 형성이며, 형체와 형체가 서로 더해진 것이 회의이다.(有形則必有聲, 聲與形相附爲形聲, 形與形相附爲會意.)"고 설명하였다. 한자는 기본이 되는 형체들이 조합되어 이루어진 것으로 독체獨體를 문文이라 하고, 합체合體를 자字라 한다. 따라서 이를 종합해 말한다면, 문자는 하나의 완전한 개념을 의미한다. 단옥재는 『좌전・선공15년』 공영달의 소에 "문文은 사물 형상의 근본이며, 자字는 문으로부터 파생된 것이다.(文者物象之本, 字者孳乳而生.)"는 어구를 보고 "자字는 문으로부터 파생되어 점점 더 많아졌다字者, 言孳乳而浸多也."라는 구절 위에 "문은 사물 형상의 근본이다"(文者, 物象之本.)는 여섯 글자를 덧붙여 써야 한다고 보았다. 이 말은 사물에는 본연의 형상이 있는데, 문文 역시 마찬가지라는 의미이다. 즉 자유孳乳는 자생滋生한다, 또는 파생派生한다는 뜻을 지니고 있으며, 자字의 어원은 자孳(불어난다)에서 그 뜻을 취한 것이다.

서書는 여如이기 때문에 "여如"로써 서書를 해석하는 방법을 일러 성훈聲訓이라고 하는데, 이는 문자가 만들어진 초기에는 글자의 형태가 사물의 형상과 같았다는 것을 말한 것이다. 흘迄은 이른다(지至)는 뜻이다. 오제五帝는 황제皇帝, 전욱顓頊, 제곡帝嚳, 요堯, 순舜을 이른다. 삼왕三王은 우禹, 탕湯, 문무文武이다. 개역수체改易殊體이라는 말은 문자가 여러 차례 변화와 수정을 거치면서 다른 형체가 된 것을 말한다. 봉어태산封於泰山이란 말은 태산 위에 흙을 쌓아 단壇을 만들어 하늘에 제사를 지내고, 태산 옆에 있는 작은 산 위에 흙을 깨끗이 쓸고 정리해 선墠을 만들어 땅에 제사를 지냈는데, 이와 같은 제사 의식을 전국戰國과 진한秦漢시대에는 봉선封禪이라 불렀다. 『사기 · 봉선서』에서 "관중이 옛날 태산에 단壇을 만들어 하늘에 제사를 지내고, 양보梁父에 선墠을 만들고 땅에 제사를 지낸 이가 72명이나 있었다."(封泰山禪梁父者七十二家.)는 말이 보이고, 또 환담桓譚의 『신론新論』에서도 "태산 위에 각석이 모두 1천 8백 여 개나 되는데, 그 중에 분명하게 알 수 있는 각석이 72개이다."(泰山之上有刻石, 凡千八百餘處, 而可識者七十有二.)는 말이 전한다. 여기서 미靡는 없다(무無)는 뜻이고, 이른바 "칠십이대七十二代"라는 말은 그 수가 많음을 형용한 말이기 때문에 이를 실제 숫자로 여겨 탐구할 필요는 없다.

(2) 주대 문자의 변화 발전

『주례』에 여덟 살에 소학小學에 들어가면 보씨保氏가 공경대부公卿大夫의 자제들을 가르치는데, 먼저 육서로써 하였다(周禮 : 八歲入小學, 保氏教國子, 先以六書.)는 말이 보인다. 여기서 주례는 주대의 제도로써 고대에서 말하는 예禮는 제도를 겸해 말한 것이다. 『백호통白虎通』에 보면, 고대 공경대부의 자제들은 8세에 소학에 들어가고 15세에 대학에 들어갔다고 기록하고 있다. 보씨保氏는 교육을 맡은 관리이며, 국자國子는 공경대부의 자제를 일컫는다. 『주례 · 지관 · 보씨』에서 "보씨는 왕의 잘못을 간언하고 공경의 자제를 도예道藝로써 가르치는 일을 맡았다. 바로 그들에게 육예六藝

周禮卷第一
天官冢宰第一　周禮　鄭氏注
惟王建國建立也周公居攝而作六典之職
謂之周禮營邑於土中七年致政
成王以此禮授之使居雒邑治天下司徒職
曰日至之景尺有五寸謂之地中天地之所
合也四時之所交也風雨之所會也陰陽
之所和也然則百物阜安乃建王國焉辨
方正位辨別也鄭司農云別四方正君臣
之位君南面臣北面之屬玄謂考工匠
人建國水地以縣置槷以縣視以景爲規識
日出之景與日入之景晝參諸日中之景夜
考之極星以正朝夕是別四方召誥曰越三
日戊申太保朝至于雒卜宅厥既得卜則經

鄭玄注『周禮』

를 가르쳤는데, 첫째는 오례五禮, 둘째는 육악六樂, 셋째는 오사五射, 넷째는 오어五馭, 다섯째는 육서六書, 여섯째는 구수九數를 말한다."(掌諫王惡, 而養國子以道. 乃敎之六藝, 一曰五禮, 二曰六樂, 三曰五射, 四曰五馭, 五曰六書, 六曰九數.)고 하였다. 다시 말해서 예禮(예절), 악樂(음악), 사射(활쏘기), 어馭(말타기), 서書(문자), 수數(산수)를 합쳐 육예라 칭하는 것이다. 육서는 한자의 구조를 설명하는 지식이다. 그래서 단옥재는 육서란 문자와 성음, 그리고 의리를 종합한 것이라고 언급했던 것이다.

> 첫째는 지사라 하며, 지사는 자형을 보고 가리키는 것을 알 수 있지만, 반드시 관찰한 후에 그 뜻을 알 수 있다. 상上자와 하下자가 바로 이러한 예에 속한다.(一曰指事, 指事者, 視而可識, 察而見意, 上下是也.)

"육서"의 명칭과 배열순서는 고대의 각 학자들마다 약간씩 다르게 기록하고 있다. 『한서漢書·예문지藝文志』에서는 상형象形, 상사象事, 상의象意, 상성象聲, 전주轉注, 가차假借라 하였고, 정현의 『주역』주에서는 상형象形, 회의會意, 전주轉注, 처사處事, 가차假借, 해성諧聲이라 하였다. 후대에는 일반적으로 육서의 순서는 반고가 정한 것을 채택하고, 명칭은 허신의 것을 채택하고 있다. 반고의 『한서 · 예문지』는 유흠劉歆의 『칠략七略』에 근본을 두고 있다. 정중鄭衆의 부친 정흥鄭興은 바로 유흠의 제자이고, 허신의 스승은 가규賈逵이며, 가규의 부친 가휘賈徽 역시 유흠의 제자이다. 따라서 반고, 정중, 허신 이 세 사람의 "육서"에 대한 학설의 기원이 유흠에 두고 있기 때문에 본질적인 측면에서 서로 다른 점이 없다.

姚振宗의 『七略』

허신은 이 단락 속에서 운어韻語를 사용해 "육서"에 대한 정의를 내렸다. 지사의 정의는 글자의 형체를 보면 그 글자를 알 수 있지만, 그러나 반드시 관찰과 분석을 거쳐야만 비로소 그 글자의 뜻을 깨달을 수 있다. 즉, 다시 말해서 지시적 성격의 부호를 가지고 비교적 개괄적으로 사물을 나타내는 것이다.

> 둘째는 상형이라 하며, 상형은 사물의 모양을 그려서 이루어지며, 필획은 그 물체의 모양을 따라 구불구불 그리는 것으로, 일日자와 월月자가 바로 이러한 예에 속한다. (二曰象形, 象形者, 畫成其物, 隨體詰詘, 日月是也.)

힐굴詰詘은 굴곡屈曲, 굴절屈折과 같은 뜻이며, 굴詘자는 굴屈자와 통한다. 상형의 정의는 사물의 형체를 그대로 본뜨되, 선(필획)은 물체의 윤곽을 따라서 구불구불하게 그린다는 뜻이다.

> 셋째는 형성이라 하며, 형성은 사事와 물物에 근거하여 글자를 골라 새로운 글자의 형부形符로 삼고, 다른 하나의 글자를 골라 새로운 글자의 성부聲符로 삼음으로써 형부와 성부를 배합하여 새로운 글자를 만드는 것으로, 강江자와 하河자가 바로 이러한 예에 속한다.(三曰形聲, 形聲者, 以事爲名, 取譬相成, 江河是也.)

사事는 상형의 물物과 지사의 사事를 가리키며, 명名은 자字를 가리키는데, 고대에는 자字를 명名이라 칭하였다. 『주례・외사』주에서 "옛날에는 명名이라 하였고, 지금은 자字라 한다."(古曰名, 今曰字.)고 하였고, 『의례儀禮』주에서 "명名은 서문書文(문자)이며, 지금은 명名을 자字라고 말한다."(名, 書文也, 今謂之字.)고 하였다. 비譬는 가까운 것을 비유하다, 혹은 근사하다는 뜻을 가지고 있다. 형성의 정의는 사물에 근거하여 글자를 만들고, 다시 하나의 비슷한 성부聲符를 취해 이를 배합하여 만든다는 뜻이다. 다시 말하면, 바로 사류事類의 글자로서 의부意符를 나타내고, 만들고자 하는 해당 글자의 성음聲音에 가까운 글자를 성부聲符로 삼아, 성부를 의부에 배합시켜 하나의 새로운 글자를 만드는 것을 말한다.

> 넷째는 회의라 하며, 회의는 관련되는 글자들의 의미를 합해 새로운 의미를 나타내는 것으로, 무武자와 신信자가 바로 이러한 예에 속한다.(四曰會意, 會意者 比類合誼 以見指撝 武信是也.)

비比는 합하다, 조합하다는 뜻을 지니고 있다. 류類는 자류字類이며, 자군字群이다. 의誼는 의義의 고자古字이다. 지휘持撝에서 휘撝자는 휘揮자와 통하며, 가리키는 바의 새로운 뜻을 말한다. 회의의 정의는 자군字群을 조합하고, 그 글자들의 뜻을 합쳐서 가리키는 바의 사事나 물物을 나타낸다는 뜻이다. 다시 말하면, 사류事類를 나타내는 글자를 함께 놓고, 아울러 그 글자들의 뜻을 함께 합쳐 하나의 새로운 의미를 지닌 글자를 표시하는 것이다. 『좌전 · 선공12년』에 "대저 글자를 보면, 지止와 과戈가 합쳐져 이루어진 글자가 바로 무武자이다."(夫文, 止戈爲武.)고 하였고, 『곡량전穀梁傳 · 희공僖公22년』에는 "인人자와 언言자가 합쳐져 이루어진 글자가 바로 신信자이다."(人言爲信)고 하였다. 이는 춘추시대 사람들의 관념 속에서 창(戈 : 싸움)을 제지하는 것이 바로 위무威武의 표현이고, 사람이 말을 할 때 성실과 수신守信을 귀하게 여겼음을 표시한 것이다. 『좌전 · 선공15년』에 "백종이 말하길, 그러므로 글자에서 정正자를 뒤집으면 핍乏자가 된다고 하였다."(伯宗曰 : 故文, 反正爲乏.)고 하였고, 또한 『좌전 · 선공15년』에서 "의화醫和가 말하길, 문자에서 명皿자와 충蟲자가 합쳐져 고蠱자가 된다."(醫和曰: 于文, 皿蟲爲蠱.)고 하였다. 이러한 예들은 사람들이 모두 자형에 대한 분석을 통해 글자의 뜻을 탐색하려고 했던 경우들이라고 할 수 있다.

> 다섯째 전주라 하며, 전주는 같은 의미의 문자 종류를 하나의 기준으로 세워서 같은 뜻끼리 서로 주고받는 것이니 고考자와 노老자가 바로 이러한 예에 속한다.(五曰轉注, 轉注者 建類一首 同意相受 考老是也.)

전주에 대해 허신의 해설이 간략하고 후세에 여러 가지 설이 분분하며, 또한 학자들마다 각자 서로 다르게 이해함에 따라 지금까지도 여전히 권위적인 정론을 정하지 못하고 있다. 『설문해자고림說文解字詁林』에서 이를 분석하여 18가지 견해를 정리해 놓았는데, 주로 뜻(義), 형체(形), 소리(聲)를 위주로 하는 세 가지 형태를 보이고 있다.

뜻을 위주로 하는 주의설主義說

서개徐鍇의 『설문해자계전說文解字系傳』에서 "상上"자에 대한 주석에서 "그러므로 단편적으로 말한 것을 형성이라 하고, 총괄해 말한 것을 전주라 하며, 기耆・모耄・질耋・수壽・구耇는 모두 노老자의 뜻을 지니고 있다. 대저 이 다섯 글자는 『이아』 등에 의거해 볼 때, 구耇・수壽・질耋・모耄・기耆 등은 모두 노老자의 뜻을 지니고 있다고 말할 수 있으며, 노老자 역시 기耆자의 뜻으로 쓸 수 있어 양자가 서로 통하는 까닭에 전주라 하는 것이며, 이는 총괄해 말한 것이다."(故曰散言之曰形聲, 總言之曰轉注, 謂耆耋耄壽耇皆老也. 凡五字, 試依『爾雅』之類言之, 耆・耄・耋・壽, 老也. 又耇・壽・耋・耄・耆可同謂之老, 老亦可同謂之耆, 往來皆通, 故曰轉注; 總而言之也.)고 하였다.

대진戴震의 『답강신수선생논소학서答江愼修先生論小學書』에서 "전주란 옛 사람들이 그 언어를 가지고 명류名類를 세워 금인今人의 언어로 통하게 한 것이기 때문에 이를 '호훈互訓'이라고 말하는 것이다. 전상轉相은 주석하는 것이고, 호상互相은 훈석하는 것이니 고금古今의 언어를 가리킨다. 『설문』에서 '고考'자의 훈석을 '노老'자로 하고, '노老'자의 훈석을 '고考'자로 말하였는데, 이것은 『서』 중에서 전주를 언급하면서 거론한 부분이다. 『이아・

훈서고』에서 많게는 40자가 모두 하나의 뜻을 가지고 있는데, 이것이 '육서' 전주의 법칙이란 말인가? 각자 풍속과 말이 다르며, 말의 고상함과 저급함이 다르지만 전주를 통해 그 뜻을 이해할 수 있다. 그러한 까닭에 '같은 의미의 문자 종류를 하나의 기준으로 세워서 같은 뜻끼리 서로 주고받는 것이니' …… 숫자를 모두 하나로 사용하는 것과 같은 예이다. 가령, 초初 · 재哉 · 수首 · 기基는 모두 시작한다는 시始자의 의미로 쓰이며, 또한 앙卬, 오吾, 태台, 여予 등이 모두 나를 의미하는 아我자로 쓰이는 것과 같다. 그러므로 그 의미를 전상轉相하여 주석하는 것이니 이를 일러 전주라 하는 것이다."(轉注之云, 古人以其語言立爲名類, 通以今人語言, 猶曰'互訓'云爾. 轉相爲注, 互相爲訓, 古今語也.『說文』于'考'字訓之曰'老也', 于'老'子訓之曰'考也', 是以『叙』中論轉注擧之.『爾雅 · 釋釋詁』有多至四十字共一義, 其'六書'轉注之法歟? 别俗異言, 古雅殊語, 轉注而可知, 故曰'建類一首, 同意相受'. …… 數字共一用者, 如初 · 哉 · 首 · 基之皆爲始, 卬 · 吾 · 台 · 予之皆爲我, 其義轉相爲注曰轉注.)

단옥재는 대진의 설을 그대로 본받아 단옥재의『설문해자주』에서 "건류일수建類一首는 그 뜻이 같은 의미의 글자들을 하나의 기준으로 세워 나누는 것을 이르는데, 예를 들면,『이아 · 석고』의 첫 번째 조목에서 말한 '시始'자가 바로 이것이다. 그리고 동의상수同意相受는 여러 글자의 가리키는 뜻이 대략 같아 서로 뜻을 받을 수 있고, 또한 서로 관주灌注하여 하나의 기준에 귀납할 수 있는 것을 이르는데, 예를 들면, 초初 · 재哉 · 수首 · 기基 · 조肇 · 조祖 · 원元 · 태胎 · 숙俶 · 낙落 · 권여權輿 등은 문자의 뜻에 있어 혹 가까운 뜻이거나 먼 뜻일지라도 모두 서로 시작한다는 의미의 '시始'자로 훈석할 수 있는 것이 바로 이것이다."(建類一首, 謂分立其義之類, 而一其首, 如『爾雅 · 釋詁』第一條說 '始'是也. 同意相受, 謂無慮諸字意指略同, 義可互受, 相灌注而歸於一首, 如初 · 哉 · 首 · 基 · 肇 · 祖 · 元 · 胎 · 俶 · 落 · 權輿,

其於義或近或遠, 皆可互相訓釋, 而同謂之 '始'是也.)고 하였다.

청대에 대진과 단옥재의 설을 계승한 사람으로는 계복桂馥, 홍량길洪亮吉, 유태공劉台拱, 왕균王筠, 황이주黃以周 등이 있다. 호박안胡朴安은 『중국문자학사中國文字學史』에서 이러한 설들을 다시 개괄하여 같은 의미의 문자 종류를 하나의 기준에 의해 세우는 건류일수建類一首는 동부同部를 말하고, 같은 뜻끼리 서로 주고받는 동의상수同意相受는 호훈互訓을 말하는 것이라고 주장하였다. 그래서 동부同部이면서 호훈互訓하는 것이 바로 전주의 바른 예이며, 반드시 건류일수建類一首 할 필요 없이 뜻이 같은 글자끼리 서로 주고받을 수 있는 것이 모두 전주의 변례變例에 속한다고 여겼던 것이다.

장선국蔣善國의 견해 역시 "호훈互訓"설 가운데 하나로 귀납시킬 수 있지만, 이는 전인들보다 발전된 견해라고 하겠다. 그는 『한자의 구성과 성질漢字的組成和性質』에서 건류建類는 하나의 물건이나 혹은 한 가지 일의 명칭을 수립하는 것으로, 이는 전주하는 글자의 체體로 삼는다고 말하였다. 예를 들면, 우盂와 완盌은 모두 음식을 담는 용기이지만 명皿자를 체體로 삼는다. 그렇기 때문에 우리는 "류類"자를 당연히 일반적인 사물의 종류나 혹은 유별類別의 "류類"로 보아야 하며, 『설문』 540부部의 형류形類나 혹은 고운古韻 23부部의 성류聲類로 보아서는 안 된다. 건류建類는 바로 일事이나 혹은 사물物의 종류를 세우는 것이기에 전주자轉注字의 구조를 이루는 형체의 기초로 삼는 것이다. 다시 말해서 사물을 가지고 주체로 삼는다는 의미이다. 수首는 바로 단서이고, 시초이다. 그러므로 건류일수建類一首는 일이나 물건을 시초로 삼는다는 의미이다. 왼쪽 글자를 시초로 삼았으면, 오른쪽 글자와 연결시켜 전주하고, 위 글자를 시초로 삼았으면, 아래 글자와 연결시켜 전주를 하는데, 이것이 바로 동의상수同意相受이다. 동의상수同意相受는 결코 동의상의同義相受의 의미가 아니다. 여기서 동의同意는 동의同義의 글자를 포괄할 뿐만 아니라, 반의反義의 글자도 포괄한다. 상수相受는 서로 주고받는다는 의미로써 예를 들면, 먼저 위의 글자를 만들어 아래 글자를 전주하고, 먼저 왼쪽 글자를 만들어 오른쪽의 글자를 전주한다. 위와 아래, 혹은 왼쪽과 오른쪽은 의미적 측면에서 볼 때, 원래 서로 대항對抗하는 성격을 가지고 있지만, 그러나 창조적인 관점에서 볼 때는 오히려 동의同意가 서로 주고받는다고 할 수 있을 것이다.

형태를 위주로 하는 주형설主形說

서개徐鍇는 전주에 대해서도 역시 형形 위주의 견해를 피력하였다. 그는 『설문해자계전』의 "상上"자 주석에서 또 말하길 "전주는 같은 의미의 문자 종류를 하나의 기준에 의해 세우서 같은 뜻끼리 서로 주고받는 것으로, 노老의 다른 명칭으로 기耆 · 질耋 · 수壽 · 모耄 등이 있고, 또한 효孝자는 자식이 노인을 봉양한다는 의미로 역시 이러한 예에 속한다. 일수一首는 이와 같이 여러 글자가 모두 노老자에서 그 뜻을 취하는 까닭에 모두 노老자를 따르게 되는 것을 말한다. 예를 들면, 송松자나 백栢자 등은 모두 목木자의 다른 명칭으로 목木자에서 그 뜻을 취하였기 때문에 모두 목木자를 따르는 것이다." (轉注者, 建類一首, 同意相受, 謂老之別

徐鍇(920-974)

名有耆、有耋、有壽、有耄, 又: 孝, 子養老, 是也. 一首者謂此等諸字皆取類于老, 則皆從老. 若松柏等皆木之別名, 皆同受意于木, 故皆從木.)고 하였다.

형形을 위주로 하는 주형설主形說은 강성江聲의 견해가 가장 대표적이다. 그는 『육서설六書說』에서 " '노老'자를 세워 부수로 삼은 것을 이른바 건류일수建類一首라고 한다. 고考자와 노老자가 같은 뜻이기 때문에, 노老자를 받아들여 노老자의 생략된 형체를 따른 것이다. 노老자 이외에도 예를 들면, 기耆자, 질耋자, 구耇자 등과 같은 종류의 글자들은 모두 노老자와 뜻이 같은 글자들로 일부 필획이 생략된 노老자를 따르며 노老자에 속한다. 이는 한 글자에서 그 뜻을 취해 여러 개의 글자를 개괄한 것으로, 이것이 바로 이른바 동의상수同意相受이다. 숙중叔重(허신)은 오직 고考자만을 언급했는데, 이는 하나를 들어 나머지 글자의 예로 삼았기 때문이다. 이로써 미루어 볼 때, 『설문해자』에 수록된 540부에서 그 나누어진 부部가 바로 건류建類이다. 일一자로 시작해 해亥자로 끝나는 540부의 첫 번째 글자가 바로 일수一首이다. 그 아래에 '어떤 글자에 속한 글자는 모두 어떤 글자를 따른다.'고 말한 것이 바로 동의상수同意相受이다."(立'老'字以爲部首, 卽所謂建類一首. 考與老同意, 故受老字而從老省. 老字之外, 如耆、耋、耇之類凡与老同意者, 皆從老省而屬老, 是取一字之意以概數字, 所謂同意相受. 叔重(許愼)但言考者, 擧一以例其餘爾. 由此推之, 則『說文解字』一書, 凡五百四十部, 其分部卽建類也; 其始一終亥五百四十部之首, 卽所謂一首也. 下云'凡某之屬皆從某', 卽同意相受也.)고 하였다.

하흔夏炘의 『육서전주설六書轉注說』에서 "건류建類는 바로 부분部分의 류類로써 예를 들면, '일一'부部에 속해 있는 원元자·천天자·비丕자·리吏자 등이 류類이며, '상上'자에 속해 있는 제帝자·방旁자·하下자 등이 류類이며, '시示'부部에 속해 있는 호祜자·예禮자·희禧자·녹祿자 등이 류類인 것이 바로 이러한 예에 속한다. 그러므로 일수一首는 바로 각 부部의 첫 번째 글자를 일컫는 것으로, 예를 들면, 원元자 · 천天자 · 비丕자 · 리吏자 등이 류類이며, 부수는 모두 '일一'자에 속한다. …… 동의상수同意相受는 각 부部의 같은 류類의 글자들이 모두 이 부部의 처음 글자 뜻을 근본으로 삼아 번갈아가며 서로 뜻을 주고받는 것을 말한다. 예를 들면, 첫 번째 부部의 '일一'자는 수목數目의 시작이며, 부部 가운데 원元자는 일一자를 따라 시작하다(始)는 뜻으로 해석하였고, 천天자는 일一과 대大를 따라 정수리라는 뜻으로 해석하였다. 비丕자는 일一을 따라 크다고 해석하였고, 리吏자는 일一과 사史자를 따라 오로지 한 마음으로 국사國史를 집필하는 일로 해석하였는데, 이러한 글자는 모두 '일一'과 같은 뜻으로 쓰였다. …… 540부를 이로써 유추해 볼 때, 여기에 부합되지 않는 글자는 한 글자도 없다."(建類者卽部分之類, 如'一'部元 · 天 · 丕 · 吏等字爲類, '上'部帝 · 旁 · 下等字爲類, '示'部祜 · 禮 · 禧 · 祿等字爲類是也. 一首者卽每部之首, 如元 · 天 · 丕 · 吏等爲類, 部首共屬"一"字 …… 同意相受者, 謂每部同類之字, 皆本此部首一字之意, 遞相授受也. 如第一部"一"字爲數目之始, 部中元字從一訓始, 天字從一大訓顚, 丕字從一訓大, 吏字從一史, 謂一心史事, 皆與'一'同意. …… 五百四十部, 以此類推, 無一字不合.")고 하였다.

장행부張行孚의 『설문발의說文發疑』에서 "대체로 글자가 창조되던 초기에는 글자의 파생과 증가가 매우 어려워 각 류類마다 일수一首를 세우고, 그 나머지 동류同類의 글자를 첫 번째 글자 뜻에 의거해 이리저리 사용하여 증가시킴으로써 글자의 수가 계속 늘어나 끝이 없게 하였다."(蓋造字之初, 苦難孳乳, 每類立一首字, 而其餘同類之字依首字之意輾轉增之, 則生生而不窮窮矣.)고 하였다.

청대의 전점錢坫, 공광거孔廣居, 허종언許宗彦, 위원魏源, 진례陳澧 등 역시 모두 주형설主形說을 지지하였다.

주병균周秉鈞의 『고한어강요古漢語綱要』에서 "건류建類는 글자의 류類를 만드는 것이고, 일수一首는 그 류類의 부수를 통일하는 것이며, 수受는 보탠다는 의미이다. 그러므로 동의상수同意相受는 동의同意의 글자를 만들어진 글자에 더하는 것을 이른다. 예를 들면, 서로 각기 다른 지역에서 '부父(아버지)'를 ba·ya·duo라 말하는 까닭에 파巴자·야耶자·다多자 위에 동의同意자인 '부父'자를 덧붙여 파爸자·야爺자·다爹자로 만드는 것을 말한다." (建類, 造字之類也; 一首, 統一其部首也. 受, 加也. 同意相受, 以同意之字加給所造之字. 如不同地域謂父曰ba·ya·duo, 于是卽于巴·耶·多之上各加同意字'父'而造爸·爺·爹三字.)고 하였는데, 이 역시 주형설主形說과 같은 유형으로 귀납시킬 수 있으며, 다소 발전된 형태를 취하고 있다.

소리를 위주로 하는 주성설主聲說

송대의 장유張有는 『복고편復古編』에서 "전주는 그 글자의 음을 전전展轉하여 다른 글자를 주석하는 방법이다. 예를 들면, 기其자·무無자·소少자·장長자 등이며,"(轉注者, 展轉其聲, 注釋他字之用也, 如其·無·少·長之類.) "전주는 그 글자의 음을 전전하여 그 글자의 뜻을 주석하는 것이다." (轉注者, 轉其聲, 注其義.)고 하였다. 장유는 『설문』에 "기箕"자는 보이지만 "기其"자는 보이지 않으며, "기其"자는 원래 "기箕"자의 주문籒文으로 가차하여 사용함에 따라 기연其然의 "기其"자가 된 것이다. 번무繁蕪의 "무蕪"자는 상성上聲으로 읽으나 가차하여 사용함에 따라 유무有無의 "무無"자가 된 것이며, 평성平聲으로 읽는다. 다소多少의 "소少"자는 상성上聲으로 읽지만 가차해 사용함에 따라 노소老少의 "소少"자가 된 것이며, 거성去聲으로 읽는다. 장단長短의 "장長"자는 평성으로 읽지만 가차해 사용함에 따라 장유長幼의 "장長"자가 된 것이며, 상성으로 읽는다는 등등의 경우이다.

고염무顧炎武의 『음론音論』에서 "대체로 상성 · 거성 · 입성의 글자는 각각 2성 혹은 3성, 4성을 가지고 있어 서로 번갈아가며 상성에서 평성으로 읽히기도 하는데, 고인은 이를 전주라 하였다. 예를 들면, 오惡자가 애오愛惡의 '오惡'자의 의미로 쓰일 때는 거성이지만, 미악美惡의 '악惡'의 의미로 쓰일 때는 입성이 된다."(凡上 · 去 · 入之字各有二聲或三聲四聲, 可遞轉而上同以至于平, 古人謂之轉注. 如惡爲愛惡之'惡'則去聲, 爲美惡之'惡'則入聲.)고 하였다.

장태염章太炎은 『국고논형國故論衡 · 전주가차설轉注假借說』에서 "류類는 성류聲類를 말하는 것으로 540부를 말하는 것은 아니다. 수首는 성음聲音을 말하는 것으로 '대저 어떤 글자들이 모두 어떤 글자를 따른다.'는 것을 말하는 것은 아니다."(類卽聲類, 不謂五百四十部也. 首謂聲音, 不謂'凡某之屬皆從某'也.)고 하였다. 또한 그는 "수首는 지금 말하는 어기語基이다. …… 고考자와 노老자는 모두 유류幽類에 속하므로, 그 뜻은 서로 수용할 수 있지만, 그 음은 작은 변화가 있기 마련이다. 형체에 따라 구별이 생기는 까닭에 그 어음語言을 살펴 동주同株를 근본으로 해야 한다. 비록 문자를 다르게 만들었다고 하지만 사실은 모두 일족이다."(首者, 今所謂語基 …… 考老同在幽類, 其義相互容受; 其音小變. 按形體, 成枝別; 審語言, 本同株, 雖制殊文, 其實公族也.)고 하였다. 그는 또한 "문자를 가지고 어음語言을 대표하는데, 각자 그 성聲에 의거해 말에 차이가 생기게 되었다고는 하지만 글자의 뜻은 하나이다. 그 음音은 쌍성雙聲을 서로 전주하거나 혹은 첩운疊韻을 서로 중첩시켜 다시 하나의 글자를 만드는데, 이것이 이른바 전주이다."(以文字代語

言, 各循其聲, 方語有殊, 名義一也. 其音或雙聲相轉, 或疊韻相迤, 則爲更造一字, 此所謂轉注也.)고 하였다.

황계강黃季剛 역시 장태염의 설을 지지해 그의 『문자학필기文字學筆記』 중에서 “음이 같고 뜻이 같으나 글자가 다른 것이 바로 전주이다. 혹은 성음聲音이 조금 변하였거나 혹은 뜻이 조금 차이가 나도 역시 전주라 말할 수 있다.”(同聲同義而異字, 卽轉注也. 其或聲音小變, 或義界稍異, 亦得謂之轉注.)고 하였다. 즉 황계강 선생은 전주란 쌍성과 첩운으로 동음同音의 글자를 서로 훈석한다고 생각한 것이다. 쌍성의 전주는 예를 들면, 방旁과 부溥, 화禍와 해害, 전顚과 정頂 등의 경우이며, 첩운의 전주로는 예를 들면, 천天과 전顚, 광光과 명明, 우憂와 수愁 등의 경우이다. 그리고 동음同音의 전주로는 예를 들면, 가家와 거居, 문門과 문聞, 평苹과 평萍 등의 경우이다.

육영명陸穎明(宗達) 선생은 장태염과 황계강의 학설을 계승해 전주에 대한 해석을 전체적으로 한 단계 더 깊이 있는 분석을 시도하였다. 그의 저서 『설문해자통론說文解字通論』에서 “어떤 한 어원에서 파생되어 나온 새로운 단어는 새로운 글자를 만드는데, 이것은 한자 발전의 중요한 법칙 가운데 하나로써, 이것이 바로 ‘전주’이다.”(爲從某一語源派生的新詞制造新字, 這是漢字發展的一條重要法則, 也就是‘轉注’.)고 주장하였다. 또한 그는 “전주는 대체로 세 가지 상황으로 귀납할 수 있다고 주장하였다. 첫째, 방언이 서로 다르거나 혹은 고금의 음音이 변함으로 인해서 글자가 만들어진다. 중국은 땅이 넓고 방언이 많아서 같은 하나의 단어일지라도 갑이라는 지역에서는 이렇게 말하고, 을이라는 지역에서는 저렇게 말하기 때문에, 그래서 서로 다른 방언을 사용하는 사람들은 각자 자신이 사는 지역의 어음에 의거해 글자를 만들게 되는 것이다. 그렇기 때문에 이처럼 하나의 단어 뜻이 두 개의 단어와 두 개의 글자로 나누어지게 된 것이다.”(轉注大體可以

歸納納爲三種情況; 第一, 因方言殊異或古今音變而制字. 中國地幅廣袤, 方言繁多, 同樣一個詞在甲地這樣說, 在乙地却那樣說, 于是使用不同方言的人各自按照本地的語音造字, 這樣, 一個詞義就分成兩個詞兩個字了.)고 언급하였다. 『설문』의 예를 들어 보면, 역逆자를 관동(함곡관 동쪽) 지역에서는 역逆이라 말하지만, 관서(함곡관 서쪽) 지역에서는 영迎이라 말한다. 또한 저姐자를 촉蜀의 지역에서는 어머니를 저姐라고 말하지만 회남 지역에서는 사社라고 말한다고 한다. 둘째, 단어의 뜻에 변화가 생김으로 인해서 글자가 만들어지는 경우이다. 사회의 발전으로 인해 인류의 인식 또한 단순한 생각에서 점차 복잡하게 발전하였고, 이에 따라 단어의 뜻 역시 변화가 일어나게 되었으며, 이와 아울러 새로운 단어와 글자가 생겨나게 되었던 것이다. 그렇기 때문에 이렇게 생겨난 새로운 단어는 옛 단어와 음의音義적 측면에서 상호 관련성을 가지고 있는 것이다.(第二, 因詞義發生變化而制字. 由于社會的發展, 人類認識也由簡趣繁, 于是詞義也隨之而發生變化, 并且因此而產生新詞新字. 這樣產生的新詞和舊詞之間, 在音義上是互相關聯的.)고 주장하였다. 예를 들면, 할割, 개犗, 편騸자는 모두 동일한 어원에서 파생된 단어이지만 조자造字 측면에서 전주라고 말할 수 있다. "셋째, 동일한 어근에서 파생되었으나 상호 대립되는 단어가 생김으로써 글자가 만들어지는 경우이다. 모든 사물은 서로 모순되는 두 측면을 포함하고 있으며, 아울러 이로 인해 사물의 발전을 촉진시킨다. 어휘와 말의 발전 역시 이러한 법칙에 부합되기 때문에, 하나의 어원으로부터 발전해 두 개의 서로 대립하는 단어가 될 수 있는데, 이것을 어원학에서는 '상반동근相反同根'이라 부르고, 훈고학에서는 '시수동사施受同詞'라고 부른다. 대체로 '상반동근相反同根'과 '시수동사施受同詞'의 법칙에 의거해 새로운 단어가 생기거나, 혹은 새로운 글자가 만들어지는 것 역시 전주라 한다."(第三, 爲由同一語根派生的相互對立的詞制字. 一切事

物都包含着矛盾的兩個方面, 幷由此而推動事物的發展. 詞彙、詞義的發展也符合這個法則. 由一個詞源可以發展成爲兩個互相對立的詞, 這在語源學上稱爲'相反同根', 在訓詁學上稱爲'施受同詞'. 凡是依照'相反同根'和'施受同詞'的法則來産生新詞或制造新字也是轉注.)고 주장하였는데, 예를 들어, 수受와 수授, 시示와 시視, 부付와 봉奉, 매買와 매賣 등과 같은 경우가 이러한 예에 속한다.

결론적으로 주의설主義說(互訓)은 "동의상수同意相受"와 부합되지만, 그러나 "건류일수建類一首"에 대해서는 그 해석 방법을 내놓지 못하였다. 호훈互訓은 글자를 만드는 방법이라기보다는 훈고학적 문제이기 때문에, 대진戴震과 같은 이는 "육서"에 대해 "사체이용四體二用"과 같은 설을 제기했던 것이다. 주형설主形說(部首)은 "건류일수建類一首"에는 부합하지만 "동의상수同意相受"에는 부합되지 않기 때문에 동일한 부수의 글자는 단지 동일한 물류物類에 속할 뿐이지, 동일한 뜻의 단어는 아니라고 할 수 있다.

주성설主聲說(語源)은 장유張有의 이론은 가차와 분명하게 구분되지 않고, 고염무顧炎武의 주장은 단지 성조만을 가지고 뜻을 구별(聲調別義)한 까닭에 그 범위가 매우 협소한 측면이 있다. 장태염章太炎과 황간黃侃의 설은 비교적 주도면밀하다고 볼 수 있으며, 특히 육종달 선생의 논술을 거치면서 이론이 더욱 치밀해지고 완전해져 지금까지 많은 사람들이 가장 신빙성 있는 학설로 믿고 따르는 관점이다. 우리가 생각하기에 전주 역시 조자법 가운데 하나이기 때문에 고금古今과 지역의 다름에 따라 동일한 뜻의 단어가 만들어졌다고 보이며, 또한 이러한 말은 어음語音상에서 대부분 관련을 가지고 있기 때문에 그 중에는 어의가 파생됨으로써 분화된 글자와 구별되는 글자가 있다고 보인다. "건류일수建類一首"는 성음聲音이 서로 가깝고, "동의상수同意相受"는 뜻이 서로 관련이 있으니, 이것이 혹시 허신이 제시한 원래의 의미에 가장 부합되는 것이 아닌가 싶다.

> 여섯째는 가차라 하는데, 가차는 원래 그 글자가 없어서 소리에 의지해 사실을 기탁하는 것으로, 영令자와 장長자가 이러한 예에 속한다.(六曰假借, 假借者, 本無其字, 依聲托事, 令長是也.)

"본무기자本無其字"에서 말하는 것은 자형字形이다. 즉 언어 가운데 어떤 한 단어가 있으나, 그 단어를 대표할 전문적인 글자가 없는 경우를 말하는 것이다. 그리고 "의성탁사依聲托事"에서 말하는 것은 자음字音과 자의字意를 가리키는 것이다. 즉 다시 말해서 성음聲音에 의거하여 음音이 같은 글자를 빌려 "본무기자本無其字"인 단어의 뜻을 기탁하는 것을 말한다. 가차의 정의는 본래 그 글자가 없는 까닭에, 독음讀音은 서로 같으나 자의가 다른 글자를 이용해 그것을 기록하는 것을 말한다. 장순휘張舜徽는 『설문해자약주說文解字約注』에서 "대체로 글자를 만들 때의 가차는 이 뜻은 있으나 아직 글자가 만들어지지 않은 것을 이른다. 즉 저 글자를 빌려 이 뜻으로 사용하는 것으로, 글자를 만들지 않고 글자를 만들어 쓰는 것이기 때문에 상형, 지사, 회의, 형성, 전주의 궁함을 해결할 수 있으며, 궁하지 않은 글자를 써서 통하는 까닭에 이 역시 육서 가운데 하나이다."(蓋造字時之假借, 乃謂有此義而未曾造字, 卽借彼字以當此義之用, 以不造字爲造字, 所以濟象形指事 · 會意 · 形聲 · 轉注之窮, 而通其用于不窮者, 故亦爲六書之一耳.)고 하였는데, 그의 이러한 견해는 옳은 견해이기 때문에 당연히 가차를 조자법造字法 가운데 하나로 인정해야 한다.

허신이 말하는 가차는 사실상 어의의 인신을 포함시키고 있다고 하겠다. 가차와 인신은 서로 공통점이 있는데, 즉 자형은 변하지 않으나 자의

가 변하는 것을 가리킨다. 그러나 가차는 동음자同音字의 차용이며, 인신은 자의字義의 확장이기 때문에 이 두 가지를 혼용하는 것은 과학적이지 못하다. 그래서 주준성朱駿聲은 "영令"자와 "장長"자를 인신자引伸字(전주)의 예라고 간주하여 "전주란 형체는 바꾸지 않고 뜻을 인신해 서로 받는 것이니 영令자와 장長자가 바로 이러한 예이다.(轉注者, 體不改造, 引意相受, 令長是也.)"고 말하는 동시에 "가차는 본래 그 뜻이 없기 때문에 소리를 글자에 기탁하는 것으로, 붕朋자와 래來자가 이러한 예에 속한다.(假借者, 本無其字, 依聲托字, 朋來是也)"고 주장하였다. 주준성의 관점은 앞으로 제3장에서 다시 소개하고자 한다.

우리는 응당 조자造字한 가차와 용자用字한 가차의 구별에 주의해야 한다. 문자학에서 말하고 있는 것은 조자한 가차로서, 즉 본래 그 글자가 없는 가차를 가리킨다. 예를 들면, "서西", "래來", "오烏" 등의 글자이다. 훈고학에서 말하는 가차는 동음同音 통가通假로써, 즉 본래 그 글자가 있는 가차를 가리킨다. 이는 바로 정현이 언급한 바와 같이 "처음에 글자를 쓰고자 하나 별안간 그 글자가 없어 간혹 음音이 같은 글자를 빌려다가 가차해 써서 본래 쓰고자 하는 글자의 뜻에 가깝도록 하는 것일 뿐이다."(其始書之也, 倉卒無其字, 或以音類比方, 假借爲之, 趣于近之而已.)"는 의미이다. 다시 말해서 이 말의 뜻은 본래 글자는 있으나 사용하지 않고 다른 동음同音의 글자를 가차해 대체하였다는 말이다.

> 주나라 선왕宣王의 태사太史 주籒가 대전大篆 15편을 지었는데, 고문과는 간혹 차이가 있었다. 공자가 육경六經을 쓰고, 좌구명左丘明이 『춘추전』을 저술할 무렵(춘추시대)에는 모두 고문을 사용하였으며, 그 뜻을 해석할 수 있었다. (及宣王太史籒, 著大篆十五篇, 與古文或異. 至

孔子書六經, 左丘明述『春秋傳』, 皆以古文, 厥意可得而說也.)

태사太史는 관직명이며, 주籒는 인명이다. 『한서 · 예문지』에서 "『사주』 15편(반고班固의 자주自注에, 주나라 선왕 태사가 대전 15편을 지었다."(『史籒』十五篇. 班固自注 : 周宣王太史作大篆十五篇)고 하였으며, 또한 "『사주편』은 주나라 사관이 학동을 가르치던 책이며, 공자 옛 집의 벽 속에서 발견된 고문과는 형체가 다르다."(『史籒篇』者, 周時史官教學童書也, 與孔氏壁中古文異體)고 하였다. 대전大篆은 또한 주문籒文이라고도 하며, 『설문』 가운데 주문籒文이라고 주석을 달아 밝힌 글자는 223자가 있다. 고문古文은 공자 옛 집의 벽 속에서 발견된 책에 쓰인 문자를 가리킨다. 한나라 때 공자의 집 벽 속에서 장서藏書가 발견되었는데, 그 서체가 머리는 크고 꼬리는 가늘어 형체가 마치 올챙이와 같았던 까닭에 고문을 과두문蝌蚪文이라고도 불렀다. 고문은 실제로 육국六國의 문자였다. 한나라 사람들이 일찍이 갑골문을 보지 못했고, 종정문鐘鼎文 또한 본 것이 적어 대전大篆 · 소전小篆과 형체가 다른 이 글자를 가장 오래된 문자로 오인해 고문이라 칭했던 것이다. 『설문』에서 주석을 통해 밝힌 고문자는 모두 396자가 있다. 육경六經은 『역경』 · 『서경』 · 『시경』 · 『예경』 · 『악경』 · 『춘추경』을 가리키며, 궐의厥意는 고문을 구성한 뜻을 가리킨다. 여기서 설說은 해설이라는 의미이며, 의意는 고문자의 뜻을 여전히 분명하게 해설할 수 있음을 말한다.

그 후(전국시대에 이르러), 제후들이 무력으로 서로 정벌하며, 주나라 천자에게 복종하지 않았다. 또한 그들은 예악이 자신들에게 해를 끼치는 것이 싫어 이와 관련된 전적을 모두 없앴다. 7국으로 나누어지자 논밭의 측량 방법이 다르게 되고, 수레의 규격과 치수가 다르게 되었으며, 율령의 법이 다르게 되었다. 또한 의복과 모자의 규정이 다르게 되었으며, 말의 소리가 달라지고, 문자의 형체가 다르게 되었다. (其後諸侯力政, 不統於王, 惡禮樂之害己, 而皆去其典籍. 分爲七國, 田疇異畝, 車途異軌, 律令異法, 衣冠異制, 言語異聲, 文字異形.)

역정力政의 정政자는 정征자와 통하며, 무력으로 서로 정벌한다는 뜻이다. 『맹자·만장하』에서 "제후들은 (예악이) 자신들에게 해를 끼치는 것이 싫어 그 전적을 모두 버렸다."(諸侯惡其害己也, 而皆棄其籍.)고 말한 구절은 "악례악지해기惡禮樂之害己"의 근거와 설명으로 삼을 수 있을 것이다. 칠국七國은 바로 전국시대의 칠웅인 진秦, 초楚, 연燕, 제齊, 한韓, 조趙, 위魏를 가리킨다. 전주田疇는 전지田地를 말한다. 이무異畝는 각 제후국의 무제畝制(토지단위제도)가 통일되지 않아 주나라가 6척尺이 1보步이고, 100보步가 1무畝였으나 진秦나라 효공孝公은 240보步를 1무畝로 정하였다. 이궤異軌는 7국의 각 나라마다 수레바퀴의 넓이가 다른 것을 가리키며, 의관이제衣冠異制는 의복과 모자의 양식이 다른 것을 말한 것이다. 예를 들면, 조나라 무령왕武靈王은 호복胡服을 입고 말을 타며 활을 쏘았는데, 머리에는 혜문관惠文冠을 쓰고 앞에는 담비의 꼬리를 꽂았으며 가죽신을 신었던 반면에, 제나라 왕은 측주관側注冠을 썼으며, 초나라 왕은 해치관獬豸冠 등을 썼다고 한다.

진시황이 처음으로 천하를 겸병하자 승상 이사가 각국의 이체異體문자의 통일을 상주하여 진나라 문자와 일치되지 않는 글자를 파기하였다. 이사가 『창힐편』을 지었고, 중거부령 조고가 『원력편』을 지었으며, 태사령 호무경이 『박학편』을 지었는데, 이들은 모두 사주史籒

의 대전大篆을 취하였으나 간혹 조금 생략하거나 고쳤는데, 이 글자가 이른바 소전小篆이다. (秦始皇初兼天下, 丞相李斯乃奏同之, 罷其不與秦文合作者. 斯作『倉頡篇』, 中車府令趙高作『爰歷篇』, 太史令胡毋敬作『博學篇』, 皆取史籀大篆, 或頗省改, 所謂小篆者也.)

겸兼은 겸병을 뜻한다. 동지同之에서 동同자는 바로 통일시킨다는 뜻이며, 지之자는 천하의 각국 글자가 다르다는 것을 가리킨다. 파罷는 없애다는 뜻이다. 『창힐편』·『애력편』·『박학편』은 자서字書의 명칭이거나 혹은 글자를 가르치는 교본이었을 것이다. 세상에 전하는 『급취편』은 당시 상용되던 단자單字(단어)를 기억하기 편리하도록 3언, 4언, 7언의 운어韻語로 엮어 놓았는데, 이 세 편의 체례는 아마도 『급취편』과 유사했을 것이라 생각된다. 『한서 · 예문지』에서는 "한나라 때에 이르러, 향리에서 글자를 가르치는 선생이 『창힐편』·『원력편』·『박학편』의 3편을 합쳐서 60개의 글자를 1장으로 끊어 무릇 55장을 『창힐편』에 병합시켜 놓았다." (漢興, 閭里書師合『倉頡』·『爰歷』·『博學』三篇, 斷六十字以爲一章, 凡55章, 幷爲『倉頡篇』)고 하였다. 중거부령은 관직명이며, 천자가 타는 수레를 관장하였다. 태사령은 관직명이며, 천문과 역법을 관장하였다. 호무胡毋는 성姓씨이다. 파頗는 략略이며, 조금, 약간이라는 뜻이다. 일찍이 단옥재는 "성省이란 그 번중繁重함을 줄인 것이고, 개改란 글자의 기괴한 형체를 고쳤다는 의미이다. 혹或이라 말한 것은 전부 줄이거나 고친 것이 아니라는 뜻이다. 고치지 않은 것이 많다는 것은 허신이 열거한 소전이 본래 고문이자 대전이라는 말이다. 그가 '고문은 어떤 글자로 쓴다', '주문은 어떤 글자로 쓴다.'고 말하지 않은 것은 고문과 주문이 소전과 같았기 때문이다. 그가 이미 소전을 쓰고, 또 '고문은 어떤 글자로 쓴다', '주문은 어떤 글자로 쓴다.'고 말한 것은 이른 바 간혹 조금 생략하거나 고쳤기 때문이다."(省者, 減其繁重, 改者, 改其怪奇. 或之云者, 不盡省改也. 不改者多, 則許所列小篆, 固皆古文·大篆, 其不云'古文作某', '籒文作某'者. 古·籒同小篆也; 其既出小篆, 又云'古文作某', '籒文作某'者, 則所謂或頗省改也.)고 하였다. 소전小篆은 진나라 때 통행되던 글자로써 고문과 주문을 토대로 가공하고 정리해 만들어진 글자이다. 이와 같은 정리는 주로 필획을 줄이고 자형을 조정해 질서정연한 형태를 갖추게 하였다.

> 이때 진시황이 경서를 불태우고 옛날 전적을 모두 없애는 동시에 대대적으로 병졸을 징발해 수자리 요역을 보내는 상황이 발생함으로써 관부와 감옥의 직무가 날로 많아지게 되었다. 이에 처음으로 예서가 생겨나게 되었으며, 자형을 줄여 서사書寫에 편리함을 추구하게 되면서 이로부터 고문이 끊어지게 되었다.(是時秦燒滅經書, 滌除舊典, 大發隸卒, 興役戍, 官獄職務日繁. 初有隸書, 以趣約易, 而古文由此絶矣.)

척제滌除는 깨끗하게 없앤다는 뜻이고, 구전舊典은 고대 전적을 가리킨다. 대발례졸大發隸卒은 대규모로 병졸을 징발해 여궁驪宮을 짓고 장성을 쌓은 일을 말한다. 관官은 관부를 말하며, 옥獄은 송사나 법률을 주관하는 기관을 말한다. 처음으로 예서가 생겨나게 되었다는 초유례서初有隸書에 대해 『한서·예문지』에서는 "이때 처음으로 예서를 만들었는데, 관청이나 옥사의 일이 많아져 임시로 변통하기 위해 간단하고 쉽게 필획을 줄여 옥졸들에게 사용하도록 하였다."(是時始造隸書矣, 起于官獄多事, 苟趣省易, 施之于徒隸也.)고 하였다. 취趣는 나아간다는 뜻이고, 약約은 형체의 간략화를 가리킨다. 그리고 이易는 쓰기에 편리하도록 했다는 것을 가리킨다. 서개徐鍇는 왕승건王僧虔의 말을 인용해 "진나라의 옥리였던 정막程邈은 대전에 정통하였는데, 진시황에게 죄를 얻어 운양雲陽 감옥에 갇히게 되자 대전을 증절增絶하고 그 번잡한 필획을 없앴다. 진시황이 이를 좋게 여겨 감옥에서 나와 어사로 발탁되었으며, 그 글자를 예서라 이름 하였다."(秦獄吏程邈善大篆, 得罪繫雲陽獄, 增絶大篆, 去其繁復. 始皇善之, 出爲御史, 名其書曰隸書.)고 말하였다. 위항衛恒의 『사체서세四體書勢』에서는 "진나라에서 일찍이 전서篆書를 사용했는데, 주청하는 일이 많아져 전자篆字로 처리하기 쉽지 않았다. 이에 예인隸人(서리)에게 쓰는 것을 돕도록 하였는데, 이름하여 예자隸字라 하였다."(秦旣用篆, 奏事繁多, 篆字難成. 卽令隸人(胥吏)佐書, 曰隸字.)고 하였다. 예서는 둥글게 빙빙 돌리는 필획을 방절方折함에 따라 글씨 쓰는 것이 소전 보다 편리하였다. 아마도 정막程邈이 이러한 글씨체를 옥졸들에게 쓰게 한(혹은 서리에게 쓰도록 제공한) 다음 이 서체들을 모아서 정리해 완전한 체제를 갖춤으로써 후세에 정막이 예서를 처음 만들었다는 전설이 전해지게 되었다고 본다. 고문의 자체字體가 끊어졌을 뿐만 아니라 세상에 전하는 『태산각석泰山刻石』과 『낭야대각석낭야대각석琅琊臺刻石琅琊臺刻石』이 모두 소전체小篆體였던 까닭에 한나라 사람들은 벽중서壁中書(공자의 옛집 벽 속에서 발견된 경서)를 알지 못하였다. 이를 통해 고문이 이미 더 이상 세상에 통행되지 않았다는 사실을 알 수 있다.

이로부터 진나라의 글자에는 여덟 가지의 글자 형체가 있게 되었는데, 첫째는 대전大篆, 둘째는 소전小篆, 셋째는 각부刻符, 넷째는 충서蟲書, 다섯째는 모인摹印, 여섯째는 서서署書, 일곱째는 수서殳書, 여덟째는 예서隸書이다. (自爾秦書的八體: 一曰大篆, 二曰小篆, 三曰刻符, 四

曰蟲書, 五曰摹印, 六曰署書, 七曰殳書, 八曰隸書.)

자이自爾는 이로부터라는 뜻이다. 대전大篆은 또한 주문籒文이라고도 하는데, 이는 『사주편』에서 이름을 얻었기 때문이다. 왕국유王國維의 고증에 의하면, 주문은 주周·진秦시대의 서토문자西土文字라고 한다. 각부刻符는 부신符信(호부虎符) 위에 새긴 문자이고, 충서蟲書는 또한 조충서鳥蟲書라고도 하는데, 필획의 처음과 끝이 마치 새 머리와 벌레의 몸체와 같은 형태이기 때문에 조충서란 이름을 얻었다. 충서蟲書는 깃발과 부신符信 위에 사용하였다. 모인摹印은 인새印璽에 사용하던 문자이며, 서서署書는 봉검封檢과 제자題字에 사용하던 문자이다. 그러나 서서署書는 이미 찾아볼 수 있는 실물이 없으며, 수서殳書는 병기 자루 위에 새겨진 문자이다. 이 여덟 가지 서체 가운데 대전·소전·예서를 제외하고 나머지는 총칭하여 잡체雜體문자라고 하는데, 필획이 복잡하고 번잡하여 장식적인 성격의 미술자美術字이다. 다시 말해서 대전과 소전의 예술체藝術體라고 하겠다.

(3) 서한 문자의 개황과 그 연구

한나라 왕조가 흥하고 나서 초서草書가 출현하였다. 정위廷尉의 율령에서 학동이 17세 이상이 되어야 비로소 시험에 응시할 수 있었으며, 위율尉律의 문장을 외워서 추리와 연역을 통해 9천자를 쓸 수 있는 사람만이 관리가 될 수 있었다. 또한 여덟 가지 서체를 가지고 시험하였으며, 군郡에서는 태사령에 보내 함께 시험을 보도록 하였다. 이 중에서 가장 뛰어난 자는 상서령사에 임명되었다. 서체가 혹여 규범에 맞지 않을 경우에는 곧바로 탄핵을 받았다. 비록 지금 정위의 율령이 그대로 남아 있지만 배우는 자가 없고 소학小學 역시 아무도 익히지 않아 문자가 이루어지는 이치를 알지 못한 지가 이미 너무 오래 되었다.(漢興, 有草書. 尉律: 學童十七以上, 始試, 諷籒書九千字, 乃得爲吏. 又以八體試之, 郡移太史並課, 最者以爲尙書史. 書或不正, 輒擧劾之. 今雖有尉律, 不課, 小學不修, 莫達其說久矣.)

초서에 대해 단옥재는 "초서의 명칭은 초고草稿에서 시작되었다."(草書之稱, 起于草稿)고 하였다. 즉, 초고草稿를 쓸 때 아무렇게나 대충 쓰는 방법을 일컫는다. 초서의 특징은 필획을 끊지 않고 이어서 간략하게 쓰는 것을 가리킨다. 위율尉律은 정위廷尉가 관장하던 율령이며, 정위는 형율刑律을 관장하던 관리이다. 시시始試는 처음으로 시험에 응시하였다는 뜻이다. 풍諷은 외운다는 뜻이다. 『주례』주에서 "문장을 외우는 것을 풍諷이라 한다."(倍(背)文曰諷)고 하였다. 주籒는 추리하고 연역해 이해하는 것을 말한다. 그래서 단옥재는 "풍諷은 위율의 문장을 외울 수 있는 것을 말하며, 주서籒書는 위율의 문장을 외워서 추리와 연역을 통해 9천자 이상의 글자를 쓸 수 있는 것을 말한다."(諷謂能背誦尉律之文, 籒書謂能取尉律之文推演發揮而繕寫至九千字之多.)고 하였다. 또한 『한서 · 예문지』에서는 "9천자 이상의 글자를 외워서 쓸 수 있으면 관리가 될 수 있다."(能諷書九千字以上, 乃得爲史.)고 하였다. 리吏는 군현의 문서를 담당하는 관리이고, 태사는 태사령을 가리킨다. 병과並課는 함께 시험 보는 것으로, 즉 9천자를 외우고 읽고 쓰는 것을 시험하고, 아울러 팔체八體를 가지고 그들의 필적을 시험하였다. 최最는 우수한 사람을 말한다. 거핵擧劾은 법으로 죄가 있는 사람을 바로 잡는다는 뜻이다. 한나라 시기에는 정자법正字法에 대한 요구가 매우 엄격하였다. 『사기史記 · 만석전萬石傳』에 "석건石建이 낭중령郎中令이 되어 주청하는 글을 올리자 황제가 비답을 붙여 내렸다. 석건이 이를 읽고서 '잘못 썼구나! 마馬자는 꼬리까지 합쳐 마땅히 다섯 획이건만, 지금은 네 획이니 한 획이 부족하다. 폐하께서 이를 책망하시면 나는 죽었구나!'"([石]建爲郎中令, 書奏事, 事下, 建讀之, 曰: '誤書! 馬字與尾當五, 今乃四, 不足一, 上譴, 死矣!)와 같은 기록이 보인다.

소학小學은 문자학을 가리키며, 옛날에는 8살에 소학에 입학해 배웠던 과목이다. 수修는 익히고 연구하다는 뜻이고, 달達은 통달하여 환하게 안다는 뜻이다. 기설其說은 문자의 구성형태에 대한 주장을 가리키며, 또한 바로 "육서"를 가지고서 문자를 해석하는 설이다.

> 효선제孝宣帝 때 『창힐편』의 해석에 능통한 자들을 불러 장창張敞이 그에게 『창힐편』의 음의音義를 배웠다. 양주자사 두업杜業, 패沛의 원예爰禮, 강학대부講學大夫 진근秦近 등 역시 모두 고문자를 알았다. 효평제孝平帝 때 원례 등의 백 여 명을 불러 그들에게 미앙궁에서 문자학을 강설하게 하는 한편, 원례를 소학원사小學元士에 임명하였다. 황문시랑 양웅揚雄이 이러한 성과를 모아서 『훈찬편』을 지었다. 무릇 『창힐편』을 포함한 14편에는 총5,340자를 수록하였는데, 여러 전적에 실려 있는 글자들이 대부분 이 책 안에 수록되어 있다. (孝宣時, 召通倉頡讀者，張敞從受之. 涼州刺史杜業、沛人爰禮、講學大夫秦近, 亦能言之. 孝平時, 征禮等百餘人, 令說文字未央廷中, 以禮爲小學元士. 黃門侍郎揚雄采以作『訓纂篇』. 凡『倉頡』以下十四篇, 凡五千三百四十字, 群書所載, 略存之矣.)

두讀은 설명하고 해석한다는 뜻이다. 옛 사람들은 글을 읽을 때, 먼저 구두句讀를 정확하게 하고, 그 다음에 문장의 뜻을 해석했던 까닭에 뜻의 해석을 또한 "두讀"라고 칭하였다. 창힐두倉頡讀란 말은 바로 이사가 지은 『창힐편』에 대한 해석이다. 종수지從受之라는 말은 종지수업從之受業으로, 즉 창힐편의 해석에 능통한 사람에게 『창힐편』의 음의音義를 배우게 했다는 뜻이다. 장창張敞은 선제宣帝 때 태중대부太中大夫와 경조윤京兆尹을 지냈다. 두업杜業은 장창의 외손자이다. 원례爰禮와 진근秦近의 생애는 자세하게 알려져 있지 않다. 『한서 · 예문지』에서는 "원시元始 연간에 이르러, 천하에서 소학小學에 통달한 자들을 불러 모았는데, 그 수가 백 명에 이르렀다. 그들에게 궁중에서 각자 글자를 기록하도록 하였으며, 이중에서 양웅이 유용한 글자들을 취해 『훈찬편』을 지었다."(至元始中, 徵天下通小學者, 以百數, 各令記字于庭中, 揚雄取其有用者, 以作『訓纂篇』.)고 하였다. 양웅揚雄(기원 전 58-기원 후 18년)은 서한시대의 학자이며, 지금의 사천성 성도成都 사람이다. 그의 저서로는 『법언法言』 · 『태현太玄』 · 『방언方言』 · 『훈찬편訓纂篇』 · 『장양부長楊賦』 · 『감천부甘泉賦』 등이 있다. 『훈찬편』은 자서字書로서 60자를 한 장으로 모두 34장으로 구성되어 있으며, 총 2,014자가 수록되어 있다. 이 책은 이미 망실되었으나 『옥함산방집일본玉函山房輯佚本』에 그 집본輯本이 전한다. 범凡은 총계라는 뜻을 지니고 있다. 『창힐편』 · 『원력편』 · 『박학편』은 60자가 한 장으로 55장으로 구성되어 있고, 총 3,300자가 수록되어 있다. 『창힐편』부터 『훈찬편』에 이르기까지 총 14편의 자서로 이루어져 있으며, 수록되어 있는 글자는 총 5,340자이다.

왕망王莽이 섭정할 때 대사공大司空 견풍甄豐 등을 각 부서에 파견해 문서를 교정하게 하였다. 견풍은 마땅히 해야 할 황제의 명이라 여겨 고문을 다시 고쳐 확정하였다. 그때 여섯 가지 서체가 있었는데, 첫째는 고문으로 공자의 집 벽 속에서 발견된 장서에 수록되어 있던 서체이다. 둘째는 기자奇字로써 이 역시 고문이지만 자체字體가 고문자와 차이가 있다. 셋째는 전서篆書, 즉 소전小篆으로 진시황제가 하두下杜(지금의 협서성 서안시 남쪽)의 정막程邈에게 만들도록 한 서체이다. 넷째는 좌서佐書를 가리키며, 이는 바로 바로 진나라의 예서를 이른다. 다섯째는 무전繆篆이며, 인장을 모각할 때 사용하던 서체이다. 여섯째는 조충서이며, 깃발과 부절符節 위에 사용한 서체이다.(及亡新居攝, 使大司空甄豐等校文書之部, 自以爲應制作, 頗改定古文. 時有六書: 一曰古文, 孔子壁中書也. 二曰奇字, 卽古文而異者也. 三曰篆書, 卽小篆, 秦始皇帝使下杜人程邈所作也. 四曰佐書, 卽秦隸書. 五曰繆篆, 所以摹印也. 六曰鳥蟲書, 所以書幡信也.)

망신거섭亡新居攝은 왕망王莽이 섭정한 때를 가리킨다. 신新은 왕망이 한나라를 찬탈해 세운 국호이며, 후에 유수劉秀에게 멸망되었기 때문에 망신亡新이라 칭한 것이다. 대사공大司空은 관직의 명칭으로 탄핵과 규찰糾察을 주관하는 동시에 도적圖籍과 비서秘書를 관장하였다. 파頗는 간혹이라는 의미를 지니고 있다. 개정고문改定古文이란 말은 예를 들면, 『설문』에서 "첩疊자는 양웅의 견해에 따르면, 옛날에 이관理官(사법을 관장하는 관리)이 죄를 판결할 때는 3일 안에 결정을 내리고 이를 바로 시행하는 것을 말하는 것이라고 하며, 정晶자와 의宜자로 이루어진 회의자이다. 왕망은 첩疊자에 쓰인 세 개의 일日이 너무 많다고 여겨 세 개의 전田으로 고쳤다."(疊, 揚雄說, 以爲古理官決罪, 三日得其宜, 乃行之. 從晶, 從宜. 亡新以爲疊從三日太盛, 改爲三田.)고 하였는데, 이것이 바로 이러한 예에 속하는 것이다. 육서는 여섯 가지 자체를 말하는 것으로, 한자의 구조를 분석하는 육서의 명칭과 같지만 실제로는 서로 다른 것이다. 기자奇字는 고문의 이체자이다. 『설문』에 보이는 기자奇字는 예를 들면, "무無"자를 "无"라고 쓰고, "인人"자를 "儿"이라 쓰고, "탁涿"자를 "𠮨"으로 쓰는 것 등이 바로 이러한 기자奇字이다.

진시황제가 하두下杜의 정막程邈으로 하여금 만들게 했다(秦始皇帝 …… 使下杜人程邈所作也)는 구절에 대해, 단옥재는 "이 열 세자의 글자는 당연히 '左書, 卽秦隸書'라는 문장 아래에 있어야 한다. 위의 문장에서 이미 이사 · 조고 · 호무경이 모두 사주史籀의 대전大篆을 취해 줄이고 고쳤다고 분명하게 말함으로써 소전을 만든 사람에 대해 이미 분명하게 밝히고 있는데, 어찌 여기에 불필요하게 집어넣어 서로 모순되게 할 필요가 있겠는가?"(按此十三字當在下文"左書, 卽秦隸書"之下. 上文明言李斯、趙高、胡毋敬皆取史籀大篆省改, 所謂小篆, 則作小篆之人旣顯白矣, 何容贅此, 自相矛盾耶?)라고 밝혀 놓았다. 좌서左書는 예서를 말하는 것이며, 좌左는 보조한다는 뜻이다. 예서는 쓰기에 편리하고 빠르기 때문에, 전서가 미치지 못하는 점을 보완할 수 있다. 무전繆篆에 대해 안사고顔師古는 "무전繆篆은 글자가 구불구불하게 서로 얽혀 있는 까닭에 인장을 새기는 것이다."(繆篆, 謂其文屈曲纏繞, 所以摹印章也.)고 하였는데, 이것이 바로 진서秦書 팔체八體 가운데 하나인 "무인繆印"이다. 조충서鳥蟲書는 진서秦書 팔체八體 가운데 하나인 "충서蟲書"를 가리킨다. 번幡은 번旛자와 통하며, 신信은 부절符節을 뜻한다. 조충서는 깃발과 부절 위에 쓸 때 사용하는 글자 형태이다.

(4) 동한시대 문자 해석의 혼란과 착오를 서술하였다

> 벽중서壁中書는 노나라 공왕恭王이 공자의 옛집을 허물다가 얻은 『예』·『기記』·『상서』·『춘추』·『논어』·『효경』을 말한다. 또한 북평후北平侯 장창張蒼이 『춘추좌씨전』을 바쳤고, 군국郡國의 각 지역 산천에서도 종종 솥과 술동이 등의 기물器物이 발견되었는데, 여기에 새겨진 글자들이 바로 전대의 고문이었으며, 글자의 형체가 모두 비슷하였다. 비록 이러한 자료를 통해 상고시대 고문자의 변천을 돌이켜보기 어렵다고는 하지만 그 상세함을 대략적으로나마 말할 수는 있을 것이다.(壁中書者, 魯恭王壞孔子屋而得『禮』·『記』·『尙書』·『春秋』·『論語』·『孝經』. 又北平侯張蒼獻『春秋左氏傳』, 郡國亦往往於山川得鼎彝, 其銘卽前代之古文, 皆自相似. 雖叵復見遠流, 其詳可得略說也.)

노魯나라 공왕恭王은 한나라 경제景帝의 아들 유여劉餘로써 노나라에 봉해졌으며, 그가 죽은 후에 시호를 공왕이라 하였다. 예禮는 『예禮』고경古經 56권을 가리키며, 당대 이르러 17권만이 잔존하고 나머지는 산실되었는데, 이것이 바로 지금의 『의례儀禮』이다. 기記는 『예기禮記』를 가리킨다. 학자들이 『설문』에 주해를 하면서 예禮와 기記를 합쳐 하나의 서명으로 삼았다. 홍성洪誠은 일찍이 예禮는 『예禮』고경古經 56권을 가리키고, 『기記』는 『기記』 130편을 가리키는 것이라고 지적하였는데, 『설문』의 예를 살펴보면, 『기記』의 내용을 인용한 곳에서는 예禮라 하거나, 혹은 예기禮記라 표기하였지만, 『예禮』경經을 인용한 곳에서는 예禮라고만 표기하였을 뿐, 예기라고는 말하지 않았다. 따라서 홍성의 설은 우리가 참고할 만한 가치를 지니고 있다고 하겠다. 장창張蒼은 진秦나라 때 어사御史를 지냈으며, 후에 한나라에 귀순해 북평후北平侯에 봉해져 승상을 지냈다. 한나라 혜제惠帝 3년에 이르러 진나라 때부터 행해져 왔던 협서율挾書律을 폐지하자 장창이 『춘추좌씨전』을 황제에게 바쳤다. 정鼎은 본래 밥을 짓던 도구였으며, 이彝는 술을 담는 동이었는데, 후대에 이것을 합쳐서 청동기를 가리킨다. 파叵는 어렵다는 뜻이다. 그래서 마지막 문장의 뜻은 비록 상고시대 고문자의 변천을 돌이켜보기는 어렵지만 그나마 문자를 만든 상세함(문자의 대체적인 상황)을 대략적으로나마 엿볼 수 있다는 의미이다. 그래서 단옥재는 "비록 상고시대 고문자의 원류에 대해서 더 이상 상세하게 알 수는 없지만, 그 상세함에 대해서 대략적으로나마 설명할 수 있다."(雖不可再見古昔原流之詳, 而其詳亦可得略說之.)고 말한 것이다.

그러나 세상 사람들은 이러한 고문을 크게 비방하고 헐뜯으면서 고문을 연구하는 사람들이 기이한 것을 자랑하고 다른 설을 내세워 고의로 예서를 고치고, 공자의 옛집 벽속에서 나온 근거를 알 수 없는 글자를 가지고 세상을 어지럽혀 사람들을 현혹시키려 한다고 여겼다. 태학太學의 유생들은 다투어 예서에 의거해 경서의 뜻을 해석하면서 진秦나라의 예서는 창힐 시대에 만들어진 글자인 까닭에 아버지와 아들이 대대로 전승해 온 것이거늘, 어찌 마음대로 고치고 바꿀 수 있겠는가?라고 주장하였다. 이에 그들은 제멋대로 "말머리를 한 사람이 장長자"라고 하고, "사람이 십+자 문양을 잡고 있는 자가 두斗자"라고 하며, "충蟲자는 중中자가 굽은 것"이라고 떠든다. 정위廷尉가 법률을 해석할 때, 예서의 자형을 가지고 사건을 판결하는 지경에까지 이르러, '검사하는 사람이 뇌물을 받는다.'는 뜻의 "가苛"자를 "지止자와 구句자로 이루어진 글자이다"라고 해석하였는데, 이와 같은 유사한 예가 대단히 많다. 이러한 해석은 공씨(공자의 옛 집 벽속에서 발견된 고문古文)의 조자造字 방법과 어긋날 뿐만 아니라 사주史籒에도 어긋난다.(而世人大共非訾, 以爲好奇者也, 故詭更正文, 鄉壁虛造不可知之書, 變亂常行, 以耀於世. 諸生競說字解經誼, 稱秦之隸書爲倉頡時書, 云父子相傳, 何得改易. 乃猥曰: "馬頭人爲長", "人持十爲斗", "虫者, 屈中也." 廷尉說律, 至以字斷法: 苛人受錢, 苛之字, 止句也. 若此者甚衆, 皆不合孔氏古文, 謬於史籒.)

비자非訾는 훼방毁謗 놓는다는 뜻으로, 고문에 통달한 사람들이 기이한 것을 좋아한다는 것을 비방하고 헐뜯은 사실을 가리킨다. 고故는 일부러, 혹은 고의적이라는 뜻을 가지고 있다. 궤경詭更은 상규常規에 의거하지 않고 고치는 것을 말하며, 정문正文은 예서를 가리킨다. 향벽鄉壁의 향鄉은 "향向"자의 고자古字이며, 공자의 옛 집 벽속에서 근거 없이 글자를 만들어 내고, 후에 이것을 가지고 터무니없이 날조했다는 뜻이다. 상행常行은 통행되던 자체로, 즉 예서를 말한다. 요耀는 현혹시킨다는 뜻이다. "설자해경의說字解經誼"에서 의誼자는 의義자의 고자古字이며, 태학생들이 서로 다투어 진秦나라 예서체에 근거해 경서에 담겨진 의미를 견강부회한 것을 말한다. 외猥는 제멋대로라는 뜻이다. "마두인위장馬頭人爲長"이라는 말은 예서체 가운데 "장長"자 윗부분이 "마馬"자의 머리 부분이고, 아래 부분이 "인人"자라는 의미이다. "인지십위두人持十爲斗"라는 말은 예서체의 "두斗"자는 왼쪽이 "인人"자이고, 오른쪽이 "십+"자라는 뜻이다. 그러나 "두斗"자는 본래 상형자이다. 충虫자는 중中을 구부려 놓은 형태의 글자로 보았는데, 이는 예서체의 "충虫"자 중간에 한 획이 약간 구부려져 있는 까닭에 이러한 논리가 생겨난 것이다. 이상에서 언급한 세 가지의 예는 모두 예서에 의거해 문자를 해설함에 따라 생겨난 잘못이라고 할 수 있다. "가인수전苛人受錢"에서 가인苛人이라는 말은 검사하는 사람을 가리키며, 수전受錢은 뇌물을 받는 것을 말한다. "가苛"자는 "초艹"와 "가可"자로 이루어진 글자이다. 예서체에서는 "지止"와 "구句"로 해석함으로써 사람을 협박해 돈을 갈취한다는 의미로 설명하였다. 이와 같은 해석 역시 글자의 형체만 보고, 그 뜻을 대충 짐작해서 생겨난 일이라 하겠다.

조속하고 천박한 유생들은 자신들이 익혀서 아는 것만을 좋아하기 때문에 문자에 대해 정확하게 아는 것이 적을 뿐만 아니라, 또한 널리 문자 지식에 통달한 학자를 만난 적이 없고, 일찍이 "육서"의 규칙에 의거해 글자를 만들어 본 경험이 없어 고문 전적을 괴이하게 여기는 반면, 비루한 말을 오히려 정통이라 여긴다. 그리고 자신들이 알고 있는 지식을 신비하고 오묘한 성인의 뜻을 밝혀 궁구한 것이라 자랑한다. 이 뿐만 아니라 그들은 『창힐편』가운데 "학동學童이 스승의 가르침을 이어 받는다."는 구절에 대해 "『창힐편』은 황제가 지은 것이니, 그 말 속에는 신선의 술수가 들어있다."고 설명하였다. 그들이 옳고 그름을 분간하지 못해 생긴 오류를 깨닫지 못하니, 어찌 도리에 어긋나지 않을 수 있겠는가! (俗儒鄙夫, 玩其所習, 蔽所稀聞, 不見通學, 未嘗睹字例之條, 怪舊藝而善野言, 以其所知爲秘妙, 究洞聖人之微恉. 又見『倉頡』篇中"幼子承詔", 因曰: "古帝之所作也, 其辭有神仙之術焉." 其迷誤不諭, 豈不悖哉!)

"비부鄙夫"는 비루하고 천박한 사람을 가리킨다. "완玩"자는 좋아한다는 뜻으로, 자신들이 잘 아는 것만을 좋아한다는 말이다. "폐소희문蔽所稀聞"이라는 말은 들은 지식이 적거나 정확한 문자 지식이 없음을 가리킨다. "폐廢"자는 잘 알지 못한다는 뜻이고, "통학通學"은 학문이 넓은 사람을 가리킨다. 그리고 "자례지조字例之條"라는 말은 육서를 만드는 규칙을 가리키는 것이고, "괴구예이선야언怪舊藝而善野言"이라는 말은 고전문화에 대한 지식을 황당무계하게 여기고, 오히려 근거 없는 주장을 옳은 것으로 생각하는 것을 가리킨다는 의미이다. "미지微旨"는 심오하면서도 은밀하다는 의미를 말하는 것이다. 즉 천박한 사람은 자신이 알고 있는 것에 대해 대단히 오묘하게 여기는 까닭에 오직 자신만이 성인의 심오한 뜻을 훤히 통달하였다고 생각하는 것이다. 하지만 이는 사실상 어리석은 사람이 자신을 대단하게 여겨 제멋대로 행동하는 것을 말한다. "유자승조幼子承詔"라는 말은 『창힐편』 가운데 한 구절로써 학동學童이 스승의 가르침을 이어받는다는 뜻이다. 그러나 저속한 유생들이 후세에 "임금의 명령을 조詔라 한다."(君命曰詔)는 뜻이 있음을 보고, 『창힐편』이 황제黃帝가 지은 것이라 견강부회 하였던 것이다. "유諭"자는 깨우치다, 안다는 뜻이며, "패悖"자는 어긋난다는 뜻이다. 본 단락의 서술을 통해 『설문』이 등장하게 된 배경과 허신의 『설문』 저술 동기를 엿볼 수 있을 것이다.

(5) 자서를 지은 허신의 태도와 의의, 그리고 『설문』의 체례를 서술하였다

『상서』에서 "나는 고인의 물상物象을 보고자 한다."는 말이 있는데,

이 말은 반드시 전대의 문물과 제도를 계승하고 연구해야지 견강부회해서는 안 된다는 것을 말한 것이다. 공자가 "나는 오히려 사관들이 글을 빼놓고 기록하지 않는 것도 지금에 이르러 이미 모두 없어졌도다!"고 말하였는데, 이 말은 그릇되었다는 것을 알지 못하면서도 묻지도 않고, 또한 사사로이 자신의 견해를 내세워 옳고 그름을 판단하지 못하면서도 교묘한 말과 비뚤어진 말을 함으로써 천하 학자들로부터 의심을 사게 한다.(『書』曰: "予欲觀古人之象." 言必遵修舊文而不穿鑿. 孔子曰: "吾猶及史之闕文, 今亡也夫!" 蓋非其不知而不問, 人用己私, 是非無正, 巧說衺辭, 使天下學者疑.)

"서書"자는 『상서 · 익직』편의 문장을 가리키며, 그 뜻은 고인의 물상物象을 보고 싶다는 의미로 반드시 전대의 문물과 제도를 계승해야 한다는 것을 설명한 것이다. "준遵"자는 따른다는 뜻이며, "수修"자는 연구한다는 뜻이다. "구문舊文"은 고대의 기록을 가리킨다. 그리고 "공자왈孔子曰"은 『논어 · 위령공』편에 보이며, 나는 또한 사관들이 글을 빼놓고 기록하지 않은 것도 지금에 이르러 이미 모두 없어졌다는 뜻이다. 허신이 이러한 문장을 인용한 것은 한나라 때 소학가小學家들이 의심이 나기 때문에 그대로 비워놓은 고인들의 뜻을 알지 못하고 제멋대로 견강부회하는 것을 개탄한 것이다. "비非"자는 부정하다, 혹은 비평하다는 뜻이다. "인용기사人用己私"는 사람들이 각자 자신의 주관적 견해에 따라 해설하는 것을 지적한 것이다. 장순휘張舜徽는 "『상서』와 공자의 말을 인용해 자신이 책을 쓰게 된 동기를 밝혔다. 첫째는 전대의 문물과 제도를 계승하고 연구해야지 마음대로 견강부회해서는 안 된다는 것을 밝힌 것으로, 이는 말을 내놓았으면 반드시 근거가 있어야 한다는 것을 말한 것이다. 둘째는 알지 못하면 비워두고 스스로 자부해 제멋대로 고쳐서는 안 된다는 것을 밝힌 것으로, 이는 자신을 낮추고 많이 배우고 받아들여야 한다는 것을 밝힌 것이다. 허신은 『설문』을 지으면서 이 두 가지 원칙을 가지고 『설문』 전체를 관철시켰다.”(引『尙書』及孔子語以明著書之本, 一曰: 遵修舊文而不穿鑿, 謂立言必有據也; 二曰: 不知則闕而不自用, 謂虛己多受也. 許君撰『說文』, 以斯二者貫其全書.)고 하였다.

> 문자는 육경의 근본이고 왕도정치의 시작이다. 전대인들은 문자를 통해 문화를 후대에 전하고, 후대 사람들은 문자에 의거해 고대문화를 안다. 그러므로 『논어』에서 “근본이 서면 도가 생긴다.”고 말한 것이고, 『주역・계사』에서도 “천하의 지극히 심오한 이치를 알면 어지럽게 해서는 안 된다.”고 한 것이다. (蓋文字者, 經藝之本, 王政之始, 前人所以垂後, 後人所以識古. 故曰: “本立而道生”, “知天下之至嘖而不可亂也”.)

“경예지본經藝之本”이라는 말은 육경의 근본이라는 뜻이다. “시始”자는 기초를 뜻하고, “수垂”자는 전한다는 뜻이며, “식識”자는 안다는 뜻이다. 전인들이 문자를 통해 문화를 후대 사람들에게 전하고, 후대 사람들은 문자에 의거해 고대문화를 안다는 의미이다. 그래서 『논어・학이편』에서 “군자는 근본에 힘쓰나니, 근본이 서면 도가 생긴다.”(君子務本, 本立而道生.)고 말한 것이다. 즉 허신은 문자를 근본으로 삼아 기초를 세운 후에야 비로소 도를 알 수 있다고 말한 것이며, 후에 한유가 “문이재도文以載道”의 주장을 제창했던 것이다. 『주역・계사상』에서도 “천하의 지극히 심오하고 미묘한 도리를 말하되 싫어해서는 안 되며, 천하의 지극한 움직임을 말하되 어지럽게 해서는 안 된다."(言天下之至賾而不可惡也, 言天下之至動而不可亂也.)고 하였는데, 이러한 내용을 서문에서 간략하게 거론하였다. "책嘖"자는 "책賾"자와 통하며, 심원深遠한 이치를 가리킨다. "난亂"자는 어지럽게 하다, 혹은 위배하다는 뜻을 지니고 있다. 즉 천하의 심오한 도리를 알면 그것을 어겨서는 안 된다는 뜻이다.

지금 전문篆文을 설명하면서 고문과 주문을 덧붙이고, 여기에 저명한 학자들의 견해를 널리 채택함으로써 크고 작은 각종 문제에 대해 믿을만한 근거를 제시하였다. 글자마다 형形 · 음音 · 뜻義을 고찰 분석했는데, 이는 장차 사물의 명칭을 조리 있게 밝혀 그릇된 오류를 바로잡아 학자들에게 알림으로써 문자결구의 신묘한 뜻을 분명하게 깨닫도록 하고자 함이다. 글자의 배열을 각각 나누어 서로 섞여 혼란스럽지 않도록 하였다. 따라서 본서에 만물이 모두 언급되어 있어 망라하지 않은 것이 없다. 자의字義에 대한 해석이 분명하지 않은 부분에 대해서는 경전을 인용해 설명하였다. 그 가운데 인용된 책은 맹희본孟喜本 『주역』, 공안국본孔安國本 『상서』, 모형전毛亨傳 『시경』, 『예』, 『주관周官』, 『좌씨춘추』, 『논어』, 『효경』 등으로 모두 고문경이다. 알지 못하는 것들에 대해서 의심나는 부분은 그대로 비워두고 논하지 않았다.(今敘篆文, 合以古籀, 博采通人, 至於小大, 信而有證. 稽撰其說, 將以理群類, 解謬誤, 曉學者, 達神旨. 分別部居, 不相雜廁. 萬物咸睹, 靡不兼載. 厥義不昭, 爰明以諭. 其稱『易』, 孟氏;『書』, 孔氏;『詩』毛氏;『禮』;『周官』;『春秋』, 左氏;『論語』,『孝經』, 皆古文也. 其於所

不知, 蓋闕如也.)

이 단락에서는 주로 책의 체례에 대해서 집중적으로 논하였다. 『설문』은 세상 사람들의 마음속에 소전小篆의 자전字典으로 인식되고 있는데, 그 이유는 소전小篆을 주요 자체字體로 삼고 있기 때문이다. 그래서 단옥재는 “소전 중에는 고문과 주문籒文을 그대로 따랐기 때문에 변하지 않은 글자들이 많이 있다. 그렇기 때문에 전문篆文을 먼저 언급한 것이며, 이것은 바로 고문과 주문을 말한 것이다.”(小篆因古籒而不變者多, 故先篆文, 正所以說古籒也.)고 하였고, 또한 “그 가운데 어떤 소전은 이미 고문과 주문을 고쳐 쓴 것이며, 고문과 주문의 형체가 소전과 다른 글자는 고문과 주문을 소전 뒤에 덧붙여 놓고 고문에서는 모某자라고 하며, 주문에서는 모某자라고 한다고 하였다. 이것은 책 전체에 통하는 전례이다. 형체가 이미 변한 경우에는 고문과 주문을 앞에 놓고 소전을 뒤에 놓았다.”(其有小篆已改古籒, 古籒異于小篆者, 則以古籒附小篆之後, 曰古文作某, 籒文作某. 此全書之通例也. 其變例則先古籒, 後小篆.)고 하였다. 그리고 “대체로 책에 고문과 주문을 앞에 놓고 소전을 뒤에 놓은 것은 모두 부수로 말미암은 까닭이다.”(凡全書有先古籒後小篆者, 皆由部首之故也.)고 하였다. 장순휘張舜徽 역시 “소전을 앞에 놓은 것은 위로 고문과 주문을 계승하고 아래로 예서와 초서를 열기 위함이니, 오히려 이에 의거하면 글자를 만든 본래의 뜻을 분명하게 드러내기에 충분하다.”(先小篆者, 爲其上承古籒而下開隸草, 猶足據以闡明造字本意也.)고 지적하였다. “박채통인博采通人”은 이름 있는 학자들의 견해를 널리 채택해 참고한 것을 말하며, “통인通人”은 학식이 박식한 전문가를 말한다. “신信”자는 믿을 수 있다는 뜻이며, “증證”자는 증험證驗을 가리킨다. “계稽”자는 조사하고 고증한다는 뜻이다. “찬撰”자는 전석銓釋한다는 뜻이다. "이군류理群類"에 대해 단옥재는 "허충許沖이 말한 '천지, 귀신, 산천, 초목, 조수, 곤충, 잡물雜物, 기괴奇怪, 왕제王制, 예의, 세간의 인사 등 실지 않는 것이 없다.'고 한 것은 모두 문자에 관한 말로서 그 이치를 설명한 것이다."(謂如許沖所云 '天地・鬼神・山川・草木・鳥獸・昆蟲・雜物・奇怪・王制・禮儀, 世間人事, 靡不畢載', 皆以文字之說說其條理也.)고 하였다. "해료오解謬誤"는 저속한 유생과 천박한 사람의 설을 깨트리는 것을 말한다. "효曉"자는 안다는 뜻이고, "달達"자는 통달한다는 뜻이다. "신지神旨"는 심오하다는 뜻으로, 문자결구의 신묘한 의미를 가리킨다. 즉 "육서"를 나타낸다. "분별부거分別部居"는 부류部類를 분별하는 것이라고 하겠다. 부수는 허신이 처음 창조하였으며, 혼란스럽고 복잡한 문자를 질서 정연하게 배열해 그 체계를 분명하게 정리해 놓았다. "부상잡측不相雜廁"의 "측廁"자는 놓는다(置)는 뜻을 가지고 있다. 즉 이는 뒤죽박죽 체계 없이 한데 쌓아놓지 않는다는 의미로, 이전의 『창힐편』과 같은 자서들은 단지 상용자의 운어韻語를 한데 모아 엮어놓은 것이기 때문에, 『설문』의 과학적인 체계와는 비교할 수가 없다는 뜻이다. "함咸"자는 모두라는 뜻을 가지고 있고, "미靡"자는 없다는 뜻을 나타낸다. "겸재兼載"는 모두 기록했다는 뜻을 가지고 있는데, 이는 한자에 대한 분석을 통해 세상의 만사와 만물을 모두 이해할 수 있을 뿐만 아니라, 수록하지 않은 것이 없다는 것을 말한다. "궐厥"자는 3인칭대명사로써 그(其)라는 뜻이고, "소昭"자는 밝힌다는 뜻이다. 그리고 "유諭"자는 경전을 인용한 것을 가리킨다. 만약 자의字義가 분명하거나 명확하지 않은 경우에는 전대의 경전을 인용해 설명하였다는 뜻이다. "칭稱"자는 거擧의 뜻으로 증거를 인용해 설명한다는 말과 같은 의미이다. 즉 아래에는 인용한 경전을 열거하는 동시에 학자들에 대한 설명을 덧붙여 놓았다. 맹씨는 맹희孟喜이며, 『역장구易章句』를 지었고,

공씨孔氏는 공안국孔安國이며, 『고문상서전古文尙書傳』을 지었다. 모씨毛氏는 모형毛亨이며, 『시고훈전詩古訓傳』을 지었다. 『예』는 당대 이후에 『의례儀禮』라고 불리웠다. 『주관周官』은 한대의 『주관周官』경經이라고 일컬어졌으나 지금은 『주례周禮』라고 불리운다. 허신은 한대의 고문경 학자였던 까닭에 그가 인용해 언급한 전적은 모두 고문경전이었다. "궐여闕如"라는 말은 『논어 · 자로』편에서 "군자는 자신이 모르는 것에 대해 대체로 말하지 않고 가만히 있는 것이다."(君子於其所不知, 蓋闕如也.)고 한 말에 근본을 두고 있다. "궐闕"자는 결缺자와 같은 뜻이며, "여如"자는 조사로 쓰였다. 궐여闕如는 의심이 있으면 그대로 비워두고 논하지 않는다는 의미를 가지고 있다. 후대에서 "궐여闕如"를 칭할 때 "개궐蓋闕"이라고도 하였다.

(6) 부수의 체례와 작자의 일생, 그리고 저술 목적에 대해 서술하였다

이 책 14편은 540부로 구성되어 있는데, 정문은 9,350자이고, 중문은 1,163자가 수록되어 있으며, 해설이 무릇 133,441자에 이른다. 부수를 분류해 배열할 때 "일一"부를 시작으로 삼았다. 바야흐로 동일한 부류의 글자를 모으고, 사물은 각기 동일한 무리로 나누었기 때문에 동일한 체계로 구성되어 있으며, 또한 공통된 이치가 서로 꿰뚫고 있다. 비록 복잡하나 사물의 이치를 초월하지 않고 자형에 따라 연계되어 있으며, 이것을 확대시켜 만물의 근원을 궁구하였다. 해亥에서 마쳐 사물의 깊고 미묘한 이치를 깊이 탐구하였다.(此十四篇, 五百四十部, 九千三百五十三文, 重一千一百六十三, 解說凡十三萬三千四百四十一字. 其建首也, 立一爲端. 方以類聚, 物以群分, 同條牽屬, 共理相

貫, 雜而不越據形繫聯, 引而申之, 以究萬源. 畢終于亥, 知化窮冥.)

여섯 번째 단락에 대해 서개敍錯는 후서後敍라고 칭하였으며, 단옥재와 왕균은 앞의 다섯 번째 단락과 더불어 이미 완전한 문장체계를 갖추고 있지만 중간에 목록을 삽입시켜 놓은 것은 『사기 · 태사공자서』의 체례에 맞추고자 한 것이라고 여겼다. 이들의 견해가 일리가 있어 여기에서는 이들의 주장을 따르고자 한다. 단옥재는 세상에 전해져 오는 대서본大徐本과 대조해 정문正文 78자와 중문重文 116자를 더 늘이는 반면, 그 해설 내용은 10,742자를 줄였다. 시대가 너무 오래되고 대대로 정리를 거치면서 오늘날의 판본은 이미 허신이 책을 쓸 때의 원래 모습이 아닌 까닭에 그 증감된 자세한 상황에 대해서 이미 알 길이 없다. 여기서 건수建首라 함은 540자를 부수로 세운 것을 말하는 것이고, "입일위단立一爲端"이란 말은 "필종우해畢終于亥"라는 말과 서로 호응관계이기 때문에 『설문』 부수의 배열을 "일一자에서 시작해 해亥자로 끝을 맺었다."(始一終亥)고 한 것이다. "방이류취方以類聚, 물이군분物以群分"이란 말에 대해 단옥재는 부수가 같은 동부同部를 류類로 모아 이를 다시 540부의 군群으로 나눈 것이라고 여겼던 반면에 왕균은 류취類聚란 부서部敍의 뜻을 언급한 것으로, 자의에 의거해 순서대로 배열한 것을 가리킨다고 여겼다. 즉 예를 들면, 인人자부터 그 아래 62부는 모두 사람(人)을 말한 것이고, 시豕자부터 그 아래 12부는 모두 짐승(獸)을 말한 것이라고 여겼다. 또한 그는 군분群分은 자형에 의거해 순서대로 배열한 것을 가리킨다고 여겼다. 예를 들면, 제비燕의 꼬리 모양이 물고기魚의 꼬리 모양과 서로 비슷한 까닭에 바로 어부魚部 뒤에 놓고 추부隹部 · 어부鳥部의 순서에 의거하지 않았다고 했는데, 이러한 견해는 단옥재가 왕균의 견해 보다 더 낫다고 볼 수 있다. "동조견속同條牽屬,

공리상관共理相貫"이라는 문장 중에서 "동조공리同條共理"라는 말은 540부가 서로 관련되어 있음을 가리킨 것으로, 즉 마치 뿌리에서 가지가 나오고, 가지에서 잎이 나오는 것과 같은 이치를 말한 것이다. 이어서 "잡이불월雜而不越, 거형계련據形繫聯"이란 말은 540부가 각기 포함하는 글자가 서로 다르기 때문에 함께 뒤섞이지 않아 혼란스럽지 않으며, 부수의 차례는 대체로 자형에 의거해 그 순서를 배열한 까닭에 540부 가운데 자의에 의거해 순서를 배열한 것은 겨우 10분의 1에도 못 미친다는 것을 말한 것이다. "인이신지引而申之"라는 말은 1부部로부터 540부部까지 확대시켜 나간다는 것을 가리키는 말이며, "이구만원以究萬源"이란 말은 바로 위 단락에서 사물의 명칭을 조리 있게 밝힌다는 "이군류理群類"와 같은 의미이다. "필종우해畢終于亥"의 해亥자는 지지地支의 끝이라 만물을 수장收藏하고 있기 때문에 도道는 일一에서 나와 마침내 해亥에서 끝난다는 의미로서 이것은 바로 음양오행설이다. "지화궁명知化窮冥"이란 말은 『주역』에서 언급한 "사물의 변화를 이해하고, 사물의 신묘함을 궁구한다."(知化窮神)는 의미로서, 그 뜻은 자연과 인사人事의 오묘한 신비를 탐색한다는 것을 가리킨다.

> 동한대에 이르러 성덕이 밝게 빛나 하늘의 도를 계승한 당요唐堯의 덕을 이어받아 성대한 예禮를 갖추어 하늘에 고하니, 사방이 황제의 은택을 입어 은혜가 온 세상에 널리 미쳤다. 역대의 황제께서 경학을 중시하여 깊은 이치를 탐구하니 선비들이 그 나아갈 바를 알게 되었으며, 또한 사물의 은벽隱僻한 이치를 찾아 궁구함으로써 그 뜻을 전할 수 있게 되었다.(于時大漢, 聖德熙明, 承天稽唐, 敷崇殷中, 遐邇被澤, 渥衍沛滂, 廣業甄微, 學士知方. 探嘖索隱, 厥義可傳.)

이 단락은 조정의 성덕과 학술의 홍양弘揚을 찬양하고, 소학小學을 밝힐 수 있는 조건이 갖추어져 있었던 당시 상황을 언급하였다. "승천계당承天稽唐"이란 말은 한 광무제가 천명을 받들어 당요(요임금)의 고사에 따라 태산에 올라 하늘에 제사를 지내 그 공에 보답하는 한편, 태산 아래 양보산梁父山에서 땅에 제사를 지내 그 공에 보답하고 성대한 예를 펼쳐 하늘에 성공을 고한 것을 말한다. 여기서 "은殷"자는 성대하다는 의미이며, "중中"자는 이룬다는 말로써 성공을 고한다는 뜻이다. "하이遐邇"는 멀고 가깝다는 뜻으로, 여러 곳을 나타내는 도처到處와 같은 말이다. "피被"자는 입는다는 뜻이며, "악渥"자는 적신다는 뜻이다. "연衍"자는 널리 퍼진다는 뜻이며, "패방沛滂"이란 말은 일반적으로 "방패滂沛"라고 하는데, 여기서는 압운을 위해 고친 것이다. 이 말의 뜻은 물이 한없이 넓고 멀리 흘러 파도가 크고 넓음을 형용하는 것으로, 즉 황제의 은혜가 한없이 넓고 크다는 것을 뜻하는 말이다. "광업견미廣業甄微, 학사지방學士知方"이란 말은 역대의 황제들이 경학을 중시하고, 광무제가 14명의 오경박사를 세운 것을 가리킨다. 또한 일찍이 한의 장제章帝가 백호관白虎觀에 유학자들을 불러 모아 『오경』의 동이同異를 살피게 하는 한편, 학문이 뛰어난 유생들을 불러 고문 『상서』 · 『모시』 · 『좌씨춘추』 등을 배우게 하였다. 한의 화제和帝 역시 여러 차례 동관東觀에 행차해 서림書林을 열람하였다. "견甄"자는 세상에 알려지지 않았던 것을 드러내어 밝힌다는 뜻이며, "책賾"자는 심오하다는 뜻이다. 그리고 "색은索隱"이란 말은 사물의 은벽隱僻한 이치를 찾는다는 뜻이다. 이 단락에서 말하고자 하는 속뜻은 동한 때 경학이 크게 융성하였다고는 하지만 "소학小學을 익히지 않아 그 설에 통달한 사람이 없고"(小學不修, 莫達其說), "저속하고 천박한 유생들은 자신들이 익혀 익숙한 것만을 좋아하고, 정확한 문자 지식에 대해서 아는 것이 적었다."(俗儒鄙夫, 玩

其所習, 蔽所稀聞)고 하는 상황 때문에, 이 『설문해자』를 지어 경학에 힘쓰게 했다는 사실을 밝히고자 한 것이다.

화제 12년 정월 초하루, 나(허신)의 먼 조상은 바로 염제炎帝 신농씨이다. 황제 때 재상을 지낸 진운씨縉雲氏가 있었고, 고신제高辛氏 때는 공공共工이 있었으며, 하나라 우임금 때는 태악太岳에 봉해져 우임금을 보좌하였다. 그리고 주 무왕 때 여숙呂叔은 천자의 중신重臣이었으며, 후에 허후許侯에 봉해져 대대로 천자의 봉록을 누려 왔다. 후에 나의 조상께서 소릉으로 옮겨 여수 근처에 정착해 살았다. 나는 숭고한 덕을 우러러 사모하여 대담하게도 육예의 학문을 공구攻求하였다. 성현의 학문은 마치 남산처럼 높고 크지만, 오직 한 마음으로 학문에 매진해 더 이상 그만두고 싶어도 그만둘 수 없는 지경에 이를 정도로 나의 모든 심혈을 기울였다. 나는 문자의 오묘한 신비를 규명함에 있어 그 의미가 다함이 없음을 좋아한다. 그래서 책을 찬술할 때 들은 것은 반드시 기록하였는데, 이 과정은 마치 문왕이 『주역』을 편찬할 때와 마찬가지로 문자에 내재된 규칙을 분명하게 설명하려고 애썼으며, 간혹 나의 천박한 생각을 덧붙이기도 했다. 목전에 문자의 도에 통달한 선비가 적다고는 하지만 만약 이 책에 잘못된 부분이 드러나면 그 오류를 지적해 바로 잡아주기를 바란다. (粵在永元, 困頓之年, 孟陬之月, 朔日甲申, 曾曾小子, 祖自炎神. 縉雲相黃, 共承高辛. 太岳佐夏, 呂叔作藩, 俾侯于許, 世祚遺靈. 自彼徂召, 宅此汝瀕. 竊印景行, 敢涉聖門, 其弘如何, 節彼南山, 欲罷不能, 旣竭愚才. 惜道之味, 聞疑載疑, 演贊其志, 次列微辭. 知此者稀, 儻昭所尤, 庶有達

者, 理而董之.)

"월粵"자는 문장 앞에 오는 어기사이며, "영원永元"은 한대 화제和帝의 연호를 가리킨다. 그리고 "곤돈지년困頓之年"이란 말은 영원 12년(100년) 경자庚子년을 가리킨다. 일찍이 『이아 · 석천』편에서 "(그 해의 간지가) 자子(쥐)에 있는 것을 곤돈이라 한다."(太歲)在子曰困頓.)고 하였다. "맹추孟陬"라는 말은 정월을 가리킨다. 『이아 · 석천』편에서 "정월이 추陬이다."(正月爲陬.)고 하였다. "삭朔"자는 초하루를 가리킨다. 이 말들은 허신이 서문을 지은 시점을 언급한 것이다. "증증소자曾曾小子"라는 말은 허신 자신을 가리키는 말이다. 즉 "증曾"자는 멀다(遠)는 뜻을 가지고 있으며, 고대에는 예손裔孫을 증손曾孫이라 통칭하였다. 그리고 이어서 그는 자신에 대한 먼 조상의 세계世系를 하나하나 열거하고 있는데, 모두 신화와 전설 속에 나오는 인물들이다. 염신炎神은 염제 신농씨를 가리킨다. "진운상황縉雲相黃"라는 말은 진운씨縉雲氏가 황제 때 재상을 지냈다는 말이다. "공승고신共承高辛"이란 말은 고신씨高辛氏가 임금의 자리에 올랐을 때, 허신의 선조가 공공共工이었으며, "승承"자는 존중해 받들었다는 뜻이다. 전설에 따르면 공공은 고신씨와 왕의 자리를 다투다가 종족이 모두 전멸 당했다고 전해진다. 하지만 여기서 이 일을 회피하고자 하는 허신의 의도를 엿볼 수 있다. "태악좌하太岳佐夏"라는 말은 하夏 왕조 때 허씨의 선조가 대우大禹를 보좌했던 일을 말한 것이다. 강姜의 성姓을 하사받았고, 씨氏는 유여有呂이다. "여숙작번呂叔作藩"이란 말은 주나라 무왕 때 허許씨를 문후에 봉하고 번병藩屏으로 삼은 것을 말한다. "비후우허俾侯于許"라는 말은 허許씨를 후侯에 봉한 것을 말한다. 『설문』에서 "허鄦는 염제 태악의 후예 보후甫侯에게 봉한 나라로, 영천潁川에 있다. 읍邑은 형부形部이고, 무無는 성부聲部이다. 허許자와 같이 읽는다."(鄦, 炎帝太岳之胤甫侯所封, 在穎川. 從邑, 無聲. 讀若許)고 하였다. "허鄦"는 지금의 허창許昌을 가리키며, 세조世祚는 세록을 말한다. "영靈"자는 "선善"자의 뜻으로, 허신의 세계世系가 매우 오래 되었다는 것을 말한다. "자피조소自彼徂召, 댁차여빈宅此汝瀕"과 관련된 내용이 『좌전·성공』15년에 "허의 영공靈公이 정鄭나라의 핍박을 두려워해 초나라 땅으로 옮길 것을 청하였다. 신축년에 초나라 공자 신申이 허나라를 섭葉으로 옮겼다."(許靈公畏逼于鄭, 請遷于楚. 辛丑, 楚公子申遷許于葉.)고 하는 기록이 보인다. 허나라는 이때부터 초나라의 속국이 되었으며, 허신의 선조 가운데 한 지파가 여수汝水가의 소릉으로 옮겨가 살았다고 한다. "절앙경행竊卬景行"이란 말은 『시·소아·거할편』에 덕이 "높은 산과 같아 사람들이 우러르고, 큰 길과 같아 사람들이 따른다."(高山仰止, 景行行止.)고 하는 말이 보이는 것처럼 "앙卬자"는 "앙仰자"와 통한다. 즉 시의 뜻은 우뚝 솟은 산이 높아 우러러 보아야만 볼 수 있으며, 대도大道는 많은 사람들이 다닐 수 있을 정도로 넓은 길을 말한 것으로, 허신은 이 시의 뜻을 빌려 숭고한 도덕을 우러러 사모했음을 비유한 것이다. "성문聖門"은 육예에 조예가 깊은 오제五帝, 삼왕三王, 주공周公, 공자孔子, 좌씨左氏, 창힐倉頡 등의 성현을 가리킨다. "절피남산節彼南山"에서 "절節"자는 높고 험준한 모양을 뜻하며, "남산南山"은 종남산을 가리킨다. "대도大道"와 "성문聖門"은 마치 종남산처럼 높고 험준하다는 것을 말한다. "욕파불능欲罷不能"은 『논어』에서 안연이 공자를 찬탄했던 말의 뜻을 차용해 쓴 것이다. 즉 『논어·자한』편에서 "안연이 한숨을 쉬고 탄식하면서, 선생님의 도는 우러러 볼수록 더욱 높게 느껴지고, 뚫을수록 더욱 견고하게 느껴진다. 앞에 있는 것을 보았는데, 갑자기 뒤에 계신다. 선생께서는 차근차근 사람을 잘 이끌어 문장으로 나를 넓혀 주시고, 예절로써 나를 단속하시니, 내가 배우기를 그만 두고

자 해도 할 수 없다. 이미 내가 가진 재능을 다 하였으나, 선생의 도는 여전히 나의 앞에 우뚝 서 있어, 비록 그것을 따르고자 하나 따를 방법이 없다."(顔淵喟然歎曰 : '仰之彌高, 鑽之彌堅, 瞻之在前, 忽焉在後. 夫子循循然善誘人, 博我以文, 約我以禮, 欲罷不能. 旣竭吾才, 如有所立卓爾. 雖欲從之, 末由也已.')고 하였다. "석도지미惜道之味"란 말은 본래 문자의 오묘한 신비를 탐색해 그 의미가 다함이 없음을 좋아하는 것을 말한다. "문의재의聞疑載疑"라는 말은 바로 앞 문장에서 언급한 "기어소불지其於所不知, 개궐여야蓋闕如也"의 뜻이다. "연찬기지演贊其志"라는 말은 문왕이 『주역』을 창제하고, 공자가 『주역』을 설명하였는데, 허신 역시 이들의 뜻을 존중하고 받들어 문자를 만드는 조자造字의 규칙을 설명하고자 했다는 자신의 의지를 천명한 것이다. "차렬미사次列微辭"라는 말은 허신이 『설문』을 지을 때, 믿을 수 있고 증거가 있는 자료를 채택하였으며, 먼저 고인의 설을 채택한 다음 자신의 뜻을 덧붙여 설명하였는데, 자신의 말은 "미말未末"이라 하여 자신을 낮추어 말한 것을 가리킨다. "지차자희知此者稀"라는 말은 지금 문자의 도를 아는 사람이 적음을 가리킨다. "당소소우儻昭所尤"에서 "소昭"자는 밝다 또는 알다는 뜻이고, "우尤"자는 과실을 뜻한다. 즉 만약 이 책에서 "잘못된 점이 드러난다면"이라는 말이다. "서庶"자는 바란다는 뜻이며, "달자達者"는 통달한 사람을 가리킨다. "리이동지理而董之"라는 말은 "그것을 다스려 바로잡는다"는 말이다. 즉 전문가가 그 오류를 지적하고 바로잡아주기를 희망한다는 뜻을 나타낸다.

3) 서문敍文의 금역今譯

아주 옛날에 포희씨庖犧氏가 천하에서 왕이라 칭할 때, 그는 머리를 들어 하늘의 모습을 관찰하였고, 머리를 숙여 만물의 모습을 관찰하였습니다. 그리고 새와 짐승의 겉모습과 식물의 형상을 살펴 가까운 곳에서는 몸의 특징을 취하고, 먼 곳에서는 생물의 형상을 취하여 『역易』의 팔괘八卦를 그렸으며, 이것을 가지고 대자연의 법상法象을 상징적으로 나타내었습니다.

신농씨 때에 이르러 결승結繩을 이용해 사람의 기억을 도왔으나, 사회에 여러 가지 번잡한 일이 많아지고, 속이고 꾸미는 일이 증가함에 따라 황제의 사관이었던 창힐이 짐승의 발자국과 새의 흔적을 보고 도안圖案이 서로 다름을 깨달아 이에 처음으로 문자를 만들었다고 합니다. 이로부터 백관의 일이 문자를 통해 다스려질 수 있게 되었고, 세상의 모든 일 또한 문자를 통해 분명하게 살필 수 있게 되었는데, 이것은 대체로 주역의 『쾌괘夬卦』에서 결정한 모양에서 그 방법을 취한 것입니다. "쾌"괘의 괘사卦辭에서 "군왕의 조정에서 선양하고 공포한다."고 말하였는데, 이 말은 문자가 군왕이 조정에서 교화를 베푸는 도구일 뿐만 아니라, 백관이 문자를 가지고 백성들에게 은혜를 베풀 수 있기 때문에 관직에 있는 사람은 마땅히 먼저 자신의 덕을 닦아 실행하지 못할 일은 극력 삼가야 한다는 것을 설명한 것입니다.

창힐이 처음 글자를 만들 때, 대체로 사물의 형체를 근거로 삼아 그 도상圖象을 본떠 만들었기 때문에 그래서 그것을 일러 문文이라고 하였으며, 그 후에 형방形旁과 성방聲旁을 이용해 서로 덧붙여 보태었는데, 이로서 생겨난 부호를 일러 글자字라고 하였습니다. 문文은 단지 사물의 본질적인 특징을 나타낼 뿐이지만, 자字는 오히려 자생滋生하게 됨에 따라 점차 많아져 증가하게 되었습니다. 죽간竹簡이나 견백絹帛 위에 쓴 글자를 서書라고 부르는데, 서書의 특징은 바로 그 묘사한 사물의 형상과 같다는 점에 있습니다. 오제五帝와 삼왕三王이라는 오랜 시기를 거치면서 문자가 여러 차례 바뀌고 변해 갖가지 서로 다른 형체가 등장함에 따라 역대의 제왕이 태산에 봉선하면서 남긴 석각石刻이 많이 남아 있음에도 불구하고 서체가 같은 것이 하나도 없습니다.

주나라의 예제禮制에서 아동이 여덟 살에 소학小學에 입학하면, 보씨保氏가 공경대부의 자제들을 가르치도록 규정해 놓았는데, 가장 먼저 가르치는 수업이 "육서"였습니다. 이 "육서" 중에 첫 번째가 지사指事로서, 이른바 지사란 자형을 보자마자 바로 알아볼 수 있지만, 반드시 분석을 거쳐야만 그 뜻을 이해할 수 있습니다. "상上"자와 "하下"자가 바로 이러한 예입니다. 두 번째는 상형이라 하는데, 이른 바 상형이란 어떤 물체의 형상을 묘사하되, 그 물체의 윤곽을 따라 필획을 구불구불 그리는 것입니다. "일日"자와 "월月"자가 바로 이러한 예입니다. 세 번째는 형성이라 하는데, 이른 바 형성이란 사물에 근거해 글자를 만들되, 다시 하나의 비슷한 성부聲符를 취하여 배합하는 것입니다. "강江"자와 "하河"자가 바로 이러한 예입니다. 네 번째는 회의라 하는데, 이른 바 회의란, 바로 자군字群을 조합하고 그 뜻을 합쳐 가리키는 사물을 표시하는 것입니다. "무武"자와 "신信"자가 바로 이러한 예입니다. 다섯 번째는 전주라 하는데, 이른 바 전주란 바로 두 글자의 동일한 부수를 가리키는 것으로, 자의가 서로 같아 양자가 서로 주석할 수 있는 것입니다. "고考"자와 "노老"자가 바로 이러한 예입니다. 여섯 번째는 가차라 하는데, 이른 바 가차란 바로 본래 그 글자가 없어 음이 같은 글자를 빌려 표시하는 것입니다. "영令"자와

"장長"자가 바로 이러한 예입니다. 주나라 선왕宣王 때에 이르러, 태사 주籒가 대전大篆을 사용해 『사주史籒』15편을 지었는데, 그 서체가 고문과 조금 다른 점이 있었습니다. 공자가 육경을 정리하고, 좌구명이 『춘추전』을 저술할 때까지만 해도 사용한 글자가 모두 고문이었기 때문에 글자를 구성하고 있는 뜻을 여전히 분명하게 해석할 수 있었습니다. 이 후, 각국의 제후들이 무력으로 서로 정벌하는 혼란스러운 상황은 주周 천자의 중앙 권력을 약화시키는 계기가 되었습니다. 이 때문에 그들은 유가가 창립한 일련의 예악제도가 자신들이 하고자 하는 일들을 방해한다고 여겨 분분히 예악과 관련된 규범과 제도를 기록한 전적을 폐기해 버렸습니다. 당시는 천하가 전국칠웅戰國七雄으로 나뉘어져 각국 논밭의 크기뿐만 아니라 수레와 길의 폭도 서로 각각 달랐습니다. 이외에도 각국의 법령과 제도, 의복과 모자 양식, 언어의 발음, 문자의 형체가 모두 각각 달랐습니다.

진시황이 천하를 통일한 지 얼마 안 되어 승상 이사가 상주문을 올려 이러한 혼란한 현상을 통일시키기 위해 진나라 서토문자西土文字와 다른 서체들을 모두 폐기할 것을 건의하였습니다. 이에 이사李斯가 『창힐편蒼頡篇』을 지었고, 중거부령中車府令 조고趙高가 『원력편爰歷篇』을 지었습니다. 그리고 태사령太史令 호무경胡毋敬이 『박학편博學篇』을 지었는데, 서체는 모두 『사주편』의 대전大篆을 채택해 썼지만, 어떤 글자는 간략하게 하거나, 혹은 고쳐 썼습니다. 이것이 바로 오늘날 소전小篆이라고 일컬어지는 서체입니다. 이때 진시황이 유가의 경서를 불태우고 고대의 전적을 폐기하였으며, 또한 대규모의 병졸을 징발해 변방을 지키게 하고 장성을 쌓게 함에 따라 관부의 송옥訟獄이 번잡해져 예서隸書가 출현하기 시작하였습니다. 글자의 간단함과 편리함을 추구하는 예서의 출현으로 인해 고문은 이로부터 더 이상 통용되지 않게 되었습니다. 이후 진나라의 서체는 모두 여덟 가지 형식이 등장하게 되었는데, 첫째가 대전大篆이고, 둘째가 소전小篆, 셋째가 각부刻符, 넷째가 충서蟲書, 다섯째가 모인摹印, 여섯째가 서서署書, 일곱째가 수서殳書, 여덟째가 예서隸書였습니다. 한나라 왕조가 건립되고 초서草書가 출현하였는데, 정위廷尉의 율령에 의하면, 학동은 17세가 되어야 비로소 시험에 응시할 수 있었으며, 정위의 율령을 외우고 아울러 9천자의 문장을 연역해 쓸 수 있는 사람만이 군현郡縣의 문서를 관장하는 관리가 될 수 있게 규정해 놓았습니다. 또한 진대秦代의 여덟 가지 서체를 가지고 그들을 시험하였는데, 군현에서는 다시 그들을 조정에 보내 태사령이 주관하는 회시會試에 응시하도록 했으며, 그 중에서 성적이 가장 우수한 사람만을 상서령사尙書令史에 임명하였습니다. 상서령사에 임명된 후에도 만약 서체가 규범에 맞지 않을 경우에는 때때로 탄핵을 받기도 했습니다. 비록 지금도 정위廷尉의 율령이 있기는 하지만, 시험을 실시하지 않고 있습니다. 이제 더 이상 문자에 대한 공부를 중시하지 않는 풍토로 인해 사람들이 문자를 구성하는 이치를 알지 못하게 된 지 이미 오래 되었습니다. 효선孝宣 황제가 재위할 때, 일찍이 『창힐편』에 정통한 학자들을 부른 다음 장창張敞을 보내 그들에게 배우도록 하였습니다. 당시 양주자사凉州子史 두업杜業, 패국沛國의 원례爰禮, 강학대부講學大夫인 진근秦近 등 역시 모두 문자지식을 충분히 강의 할 수 있었습니다. 효평孝平 황제는 재위시절 원례를 비롯한 백여 명의 학자들을 미앙궁에 불러 문자학을 강설하도록 하였으며, 이와 아울러 원례를 소학원사小學元士에 봉하였습니다. 황문시랑黃門侍郎 양웅揚雄이 이러한 성과들을 모아서 『훈찬편』을 편찬하였습니다. 종합해 볼 때, 『창힐편』에서 『훈찬편』에 이르는 총 14편의 자서字書에는 총 5,340자가 수록되어 있으며, 각종 서적에 출현하는 글자 역시 대부분 이 안에 포함되어 있습니다. 왕망王莽이 섭정할 때, 대사공大司空 견풍甄

豊 등을 파견해 문자를 교정하도록 하였습니다. 견풍은 황제의 칙령을 받아 진행하는 일이라 여겨 고문에 대해 개정을 단행하였습니다. 이때 세상에는 여섯 가지 서체가 존재하고 있었습니다. 그 첫 번째가 고문이며, 고문은 공자의 옛집 벽속에서 발견된 장서에 쓰인 서체입니다. 두 번째는 기자奇字이며, 이 서체는 고문의 이체異體입니다. 세 번째는 전서篆書이며, 소전小篆을 가리킵니다. 네 번째는 좌서佐書라 하며, 이는 진대의 예서를 가리킵니다. 이 서체는 진시황이 하두下杜 사람 정막程邈에게 정정토록 지시해 만들어진 서체입니다. 다섯 번째는 무전繆篆이라 하며, 인장을 모각할 때 사용하던 서체입니다. 여섯 번째는 조충서鳥蟲書라 하며, 깃발과 부절符節 위에 사용하던 서체입니다.

이른 바 벽중서壁中書라는 것은 노魯나라 공왕恭王이 공자의 옛집을 허물다가 얻은 『예』·『예기』·『상서』·『춘추』·『논어』·『효경』 등을 말합니다. 이외에도 북평후 장창이 『춘추좌씨전』을 조정에 바쳤고, 각 제후국에서 지역의 산과 들에서 종정이기鐘鼎彝器가 발견되었는데, 이 기물 위에 새겨진 글자가 바로 전대의 고문이었으며, 이들의 서체가 모두 유사하였습니다. 비록 이러한 자료들을 통해 상고시대 문자의 변천을 직접 엿볼 수는 없다고 하지만, 옛 사람들이 글자를 만든 상황에 대해서 대체로 어느 정도는 설명이 가능하다고 할 수 있습니다. 그렇지만 사회상의 일부 사람들은 이러한 고문에 대해 비방과 비난을 퍼부었는데, 그들은 고문을 연구하는 사람들이 기이한 것을 좋아해 고의로 정체正體를 고치고, 공자의 옛집 벽속에서 나왔다고 하는 이해하기 어려운 근거 없는 글자를 가지고 통행하는 예서와 뒤섞어 세상을 어지럽게 함으로써 사람들을 현혹시킨다고 여겼습니다. 태학생들이 다투어 예서의 형체에 의거해 경서의 뜻을 해석하면서도 진나라의 예서가 창힐이 창조할 때의 문자라고 말하는가 하면, 또한 문자라는 것은 아버지와 아들이 대대로 전해 오는 것이거늘, 어찌 마음대로 고칠 수 있단 말인가라고 주장하였습니다. 그들은 "장長"자가 말 머리를 한 사람이며, "두斗"자가 사람이 십+자를 잡고 있는 모양이며, "충虫"자가 중中자를 구부려 만든 글자라고 제멋대로 헛소리를 했습니다. 정위廷尉가 법률을 해석할 때, 예서의 자형을 가지고 안건을 판결해 "검사하는 사람이 뇌물을 받는다."는 뜻의 "가苛"자를 "지止자와 구句자로 이루어진 글자"라고 해석하였는데 이와 같은 유사한 일들이 매우 많이 있었습니다. 이러한 해설은 공자의 옛집 벽속에서 발견된 고문의 조자造字 본의에도 부합되지 않을 뿐만 아니라, 대전大篆의 자의字義와도 어긋나는 것입니다. 그러나 천박한 유생들은 자신들이 익숙하게 아는 것만을 좋아해 정확한 문자 지식을 알지 못하면서도 문자에 통달한 학자를 만나지 않으며, 또한 "육서"의 조자造字 규칙을 설명하지 못하면서도 전통문화를 괴기하다 여기어 비루한 학문을 오히려 정종正宗으로 삼고, 자신이 알고 있는 지식이야말로 대단히 오묘하고 신비하기 때문에 능히 성인의 심오한 뜻을 통찰할 수 있다고 자랑합니다. 그들은 『창힐편』에서 "학동이 스승의 가르침을 이어 받는다."(幼子承詔)는 구절을 보고서 『창힐편』이 황제가 지은 것으로 생각했기 때문에, 그 글자와 행간에 심신을 수련해 신선이 되는 정보가 드러나 있다고 여겼습니다. 그들이 잘못된 집착을 깨닫지 못하고 있으니, 어찌 황당하다고 말하지 않을 수 있겠습니까!

『상서』에 "나는 고인의 물상物象을 보고자 한다."는 말이 보이는데, 이 말이 가리키는 것은 반드시 전대의 문물과 제도를 계승해 견강부회해서는 안 된다는 말입니다. 그리고 공자도 "나는 일찍이 사서史書 속에서 의심나는 곳에 문자를 비워놓은 경우를 보았는데, 그러나 지금은 없어졌다!"는 말을 남겼는데, 이러한 말들은 모르면서 묻지도 않고, 오히려 옳고 그름의 준칙도 없이 제멋대로 자기의 생각을 함부로 말해 배우는 사람들을 어리둥절하게 만드는 사람들을 비평한 것입니다. 본래 문자에 대한 학습은 육경의 근본이고, 왕도정치의 토대가 되기 때문에 전대 사람은 문자를 통해 문화를 후대에 전하고, 후대는 문자에 의거해 고대문화를 알 수 있는 것입니다. 그러므로 『논어』에서 "기초가 수립되면 도가 생길 수 있다."고 말한 것이고, 『주역 · 계사』편에서도 "천하의 심오한 이치를 알면 그것을 어겨서는 안 된다."고 말한 것입니다. 내가 이 책 속에서 설명하고 분석한 전문篆文 역시 고문과 주문籀文을 덧붙이고 저명한 학자들의 견해를 광범위하게 채용했기 때문에 크고 작은 갖가지 문제에 대한 해석 모두 근거가 있어 믿을 수 있습니다. 매 글자마다 형 · 음 · 의를 상세하게 고찰한 것은 세상의 사물 명칭을 조리 있게 말함으로써 저속한 유생들의 잘못된 생각을 타파해 이 책을 읽는 사람들이 문자가 만들어지는 신묘한 뜻을 분명히 알게 하고자 함입니다. 글자의 배열은 부분별로 나눔으로써 어지럽게 섞여 혼동되지 않도록 하였으며, 또한 본서 중에서 만사와 만물을 모두 찾을 수 있도록 망라하지 않은 것이 없습니다. 만약 자의字義에 대한 해석이 분명하지 않을 경우에는 바로 경전을 인용해 설명을 하였습니다. 책 속에서 증명하기 위해 인용한 자료는 맹희본孟喜本 『주역』, 공안국본孔安國本 『상서』 · 모형전毛亨傳 『시경』 · 『예』 · 『주관周官』 · 『좌씨춘추』 · 『논어』 · 『효경』 등과 같이 모두 고문경에 속하는 책들입니다. 그래도 여전히 분명하지 않은 점에 대해서는 의심나는 부분을 그대로 남겨두고 더 이상 논하지 않았습니다.

이 책은 14편으로 구성되어 있으며, 540개의 부수로 나누어 구분하였습니다. 그리고 수록한 문文이 모두 9,350개이고, 첨부한 중문重文이 1,163

개입니다. 이외에도 단어를 해석한 글자의 수가 모두 133,441자 수록되어 있습니다. 제가 부수를 배열할 때, "일一"을 시작으로 삼았으며, 같은 부수의 글자들은 류類로 모아 모두 540개의 부部로 나누었습니다. 부部와 부部 간에는 조리가 있고 사리가 서로 통하는 까닭에 아래까지 모두 연관聯貫되어 서로 혼란스럽게 섞이지 않으면서도 대체로 자형에 의거해 서로 연결됩니다. 그렇기 때문에 이러한 글자들이 파생되어 나옴으로써 세상의 사물을 모두 다 알 수 있는 것입니다. 책의 마지막은 "해亥"자로 마무리하였는데, 이는 자연과 인사人事의 심오하고 신비한 뜻을 체현하고 궁구하기 위한 것입니다. 나의 한 왕조는 천자의 성덕盛德과 성명聖明으로 천명을 공손히 받들어 위로는 당요唐堯를 계승해 예교禮教를 존숭하고 성공을 경하함에 백성들이 도처에서 은택을 입으니 황제의 은혜가 한없이 넓고 크다고 하겠습니다. 역대의 황제들께서 경학을 중시하시어 그 깊은 뜻과 은벽隱僻한 이치를 탐구해 같고 다름의 동이同異를 자세히 고찰해 놓으심에 유학의 선비들이 모두 그 나아갈 바를 알고 있으니, 문화는 장차 영원히 전승될 것입니다. 화제和帝 12년 정월 초하루, 소신 허신의 먼 선조가 바로 염제 신농씨이고, 황제 때는 진운씨縉雲氏였으며, 고신제高辛帝 때는 공공共工이었으며, 하나라 우임금 때는 태악太岳에 봉해졌고, 주나라 무왕武王 때 여숙呂叔은 천자의 중신重臣이었는데, 후에 허후許侯에 봉해져 대대로 천자의 봉록을 누렸으니 집안의 역사가 유구하다고 할 수 있습니다. 제 조상께서 다시 소릉召陵으로 옮겨 여수汝水가에 정착해 살았습니다. 소신은 개인적으로 숭고한 사업에 몸 바쳐 일하기를 원해 대담하게도 육예六藝의 학문을 궁구하였습니다. 오직 한 마음으로 학문에 매진해 더 이상 그만두고 싶어도 그만둘 수 없는 지경에 이를 정도로 제 모든 심혈을 기울였습니다. 저는 문자의 오묘한 신비를 규명함에 있어 그 의미가 다함이 없음을 좋아합니다. 그래서 책을 찬술할 때 들은 것은 반드시 기록해 놓았는데, 이 과정은 마치 문왕이 『주역』을 편찬할 때와 마찬가지로 문자에 내재된 규칙을 분명하게 설명하려고 애썼으며, 간혹 저의 천박한 생각을 덧붙이기도 했습니다. 목전에 문자의 도에 통달한 선비가 적다고는 하지만 만약 이 책에 잘못된 부분이 드러나면 그 오류를 지적해 바로 잡아주기를 바라는 바입니다.

3. 『설문해자 · 서문』을 통해 본 허신의 언어관과 문자관

1) 허신의 언어관

(1) 발전적 관점의 문자기원설

전국시대부터 진한시대에 이르기까지 문자의 기원을 논할 때면 사람들은 언제나 어떤 한 성인에게 그 공로를 돌리곤 하는데, 가장 많이 언급되는 사람이 바로 창힐이다. 『순자荀子 · 해폐편解蔽篇』에서 "옛날에 글을 잘 쓰는 사람이 많았지만 오직 창힐 한 사람만이 세상에 전해졌을 뿐이다."(好書者衆矣, 而倉頡獨傳者, 一也.)고 하였고, 『회남자淮南子 · 본경훈本經訓』에서는 "창힐이 글자를 만들자 하늘에서 곡식이 비처럼 내렸고, 귀신이 밤에 크게 울었다."(倉頡作書而天雨粟, 鬼夜哭.)고 하였다. 또한 『논형論衡 · 골상편骨相篇』에서는 "창힐은 눈이 네 개다."(倉頡四目)고 하였다. 이러한 전설의 영향으로 인해 허신 역시 비록 표면적으로 "창힐이 처음 글자를 만들었다"고 언급하였지만, 그러나 그는 『서문』의 전체 내용을 통해서 문자의 출현이 어느 특정한 한 시기에 한 장소에서 한 사람이 만든 것이 아니라 오랜 역사적 발전과정을 거쳐 생겨난 것이라는 입장을 표명하였다는 사실을 알 수 있다. 이 과정을 그는 "아주 옛날 포희씨가 천하에서 왕이라고 칭해질 때 …… 이에 처음으로 『역』의 팔괘를 만들었고", "신농씨에 이르러 결승의 방법을 채택해 기억을 도왔으며", "황제의 사관인 창힐이 …… 처음으로 문자를 만들었고", "오제五帝와 삼왕三王이라는 오랜 세월을 거치면서 태산에 봉선한 72명의 역대 제왕이 남긴 각석에는 형체가 서로 같은 문자가 없었다."고 묘사하였는데, 여기에서 그는 정확하게 문자기원의 복잡성을 지적하였다. 이 점이야말로 참으로 귀중한 것이라고 할 수 있을 것이다.

(2) 사회적 실천과 언어문자의 관계를 분명하게 명시하였다

저 멀리 2천 년 전에 허신은 이미 사회의 실제 상황과 연계해 언어와 문자의 문제를 다룰 줄 알았다. 즉 그는 언어와 문자는 사회의 발전에 따라 변하는 것이라고 정확하게 보았던 것이다. 초기의 "결승으로 세상을 다스리는 방법"에서 발전하여 "처음으로 글자를 만들었으며", 사물의 형체에 의거해 묘사하는 "의류상형依類象形"에서 발전하여 형태와 소리를 서로 더하는 "형성상익形聲相益"의 단계에 이르렀고, "말의 소리가 달라지고, 문자의 형체가 다르게 되었다."(言語異聲, 文字異形)고 하는 상황 속에서 진나라가 천하를 통일하여 서동문書同文(전국에서 사용하는 문자가 서로 같음을 말함)하게 되었던 것이다.

『서문』의 문장을 통해 사회발전은 문자의 발생과 통일을 촉진시킬 뿐만 아니라, 게다가 문자 내부의 변화와 발전을 촉진시켜 주었으며, 한자의 발전은 대전大篆에서 소전小篆으로, 그리고 소전小篆에서 예서隸書로 발전되었다는 사실을 보여 주었다. 또 한편으로 그는 한자 구성 형태의 발전과 그 추세를 밝혀 놓았다. 즉 도형에서 부호로, 표의表意에서 표음表音으로, 그리고 복잡한 형태에서 간략한 형태로 발전한 과정을 설명해 놓았는데, 이 점이 바로 한자 형체(형상과 구조)의 발전에 대한 객관적 규칙을 과학적으로 명시한 것이라 하겠다.

또한 허신은 『서문』 중에서 언어와 문자가 사회와 정치문화의 발전을 촉진시킬 수 있음에 주목하였다. 즉 언어는 인류에게 있어 가장 중요한 교제도구이지만, 문자는 언어의 부족한 점을 보완해 한 민족의 문화를 대대로 전승 가능하게 만들어 줄 수 있기 때문이다. 이 점이 바로 "문자는 육경의 근본이고, 왕도정치의 시작이다. 전대 사람은 문자를 통해 문화를 후대에 전하고, 후대는 문자에 의거해 고대문화를 안다."(文字者, 經藝之本, 王政之始, 前人所以垂後, 後人所以識古.)고 하는 의미이다.

(3) 문자의 형・음・의 3요소의 통일성에 대한 인식

문자는 언어를 기록하는 부호이다. 그렇기 때문에 각 한자마다 세 가지 요소를 갖추고 있는데, 이것이 바로 자형(형태)・자음(소리)・자의(뜻)이다. 언어문자학의 각도에서 볼 때, 하나의 한자 안에 내포된 의미를 밝히고자 할 때는 반드시 그 글자의 형태・소리・뜻 세 가지 요소에 대한 철저한 분석이 선행되어야만 하는데, 한자의 모든 내용을 통섭하고 문자의 형태・소리・뜻 세 가지 요소를 서로 관통시켜 종합적 연구를 진행한 점이 바로 허신의 독창성이다. 그는 『서문』에서 "문文은 사물 형상의 근본이며"(文者, 物象之本), "서書는 (사물의 형상과) 같다는 뜻이다."(書者, 如也)고 언급했는데, 이는 허신이 한자의 표의表意적 특징을 깊이 인식하고 있었다는 사실을 설명해주는 말이다. 한자는 의義(뜻)에 의거해 형形(모양)을 그리는 까닭에 그 형形(모양)과 의義(뜻)는 서로 긴밀하게 관련되어 있다. 이 때문에 그는 "공자가 육경을 쓰고 좌구명이 『춘추전』을 저술할 때(춘추시대)도 모두 고문을 사용했기 때문에 그 뜻을 설명할 수 있었다."(至孔子書六經, 左丘明述『春秋傳』, 厥意可得而說也.)고 말한 것이다. 한자는 또 표음적인 성질을 가지고 있기 때문에, 허신은 또 "그 후에 형상(形)과 소리(聲)를 서로 합쳐서 만들었는데, 그것을 자字라고 말한다."(其後形聲相益, 卽謂之字)고 하였다. 그래서 단옥재는 『설문 · 서』에 주석을 하면서 "허신은 소리는 뜻에서 생기고, 뜻은 형태에서 드러나며, 성인이 글자를 만든 것은 뜻이 있음으로써 소리가 있고, 소리가 있음으로써 형태가 있다고 여겼다. 학자가 글자를 알려면 반드시 형태를 살핌으로써 소리를 알고, 소리를 살핌으로써 그 뜻을 알게 된다. …… 형태가 세워지면 소리와 뜻이 모두 분명해진다. …… 이는 과거에는 없었던 것으로 허신이 홀로 창조한 것이다. 마치 그물이 벼리에 있는 것과 같고, 마치 가죽옷을 정리하려면 옷깃을 들어야 하는 것과 같으며, 사물의 근원을 찾아서 모든 사물을 받아들이고, 요점을 잡음으로써 상세하게 모두 말하였다. …… 형태를 가지고서 소리와 뜻을 말한 것은 이른 바 그 근원을 분석해 궁구하기 위함이다."(許君以爲音生于義, 義著于形, 聖人之造字, 有義以有音, 有音以有形; 學者之識字, 必審形以知音, 審音以知義 …… 形立而音義皆明 …… 此前古未有之書, 許君之所獨創, 若網在綱, 如裘挈領, 討源以納流, 執要以說詳 …… 就形以說音義, 所謂剖析窮根源也.)고 개괄하였다. 이처럼 단옥재는 문자의 세 요소에 대한 허신의 견해와 그 성취를 매우 철저하게 지적하였다.

2) 허신의 문자관

문자학적인 측면에서 볼 때, 『서문』 중에서 허신이 표명한 문자관 역시 대단히 풍부하고 심오한데, 그 특징은 아래와 같이 몇 가지 방면에서 구체적으로 드러나 있다.

(1) 조자造字의 기본원칙

"그 무늬가 서로 다른 것을 안다."(分理別異)

(2) 한자발전의 추세

"파생되어 나와 점점 많아진다."(滋乳浸多)와

"간략하고 쉬운 방향으로 나아갔다."(以趨約易)

(3) 한자의 형체形體 구조

한자의 조자造字 규칙과 "육서" 및 그 정의에 대해 결론지었다.

(4) 한자의 표의表意적 특징

"그 뜻을 설명할 수 있다."(厥意可得而說)

(5) 한자의 작용

"전대 사람은 문자를 통해 문화를 후대에 전하고, 후대는 문자에 의거해 고대문화를 안다."(前人所以垂後, 後人所以識古)

제2장

『설문해자』의 체례

爾雅卷上

宋 鄭樵 註

釋詁第一 詁故也古人之言也故從言以古言於今有詁轉故作釋詁以五方於此有異同故作釋言然古人之言亦有五異五方之言亦有古今不同故釋詁釋言各有註其義互通

初哉首基肇祖元胎俶落權輿始也 初衣始哉神木也首元皆人之首也肇始闢戶也祖人之先孚形也俶初動作也落初胎也權輿胚胎未物之始凡此皆始也可以文義求他有因音不可以文義求者難專泥此舊註引尚書三

1. 『설문해자』의 판본 및 개황

『설문』 후서後序에 "영원곤돈지년永元困頓之年"이라는 말이 보이는데, 여기서 "곤돈困頓"은 바로 경자년(한 화제 영원 12년, 100년)을 가리킨다. 허충許沖이 표문表文을 올려 책을 진상한 시기가 바로 한대 안제安帝 건광建光 원년(121년)이다. 그러므로 이를 전후해 경과한 시간이 22년이다. 『설문』후서에서 "이 14편은 540부로 구성되어 있으며, 문이 9,353자이고, 중문이 1,153자이다. 그리고 해설이 무릇 133,441자로 이루어져 있다."(此十四篇, 五百四十部, 九千三百五十三文, 重一千一百六十三, 解說凡十三萬三千四百四十一字.)고 언급하였다.

단옥재는 『설문해자주』에서 "지금 대서본에 실려 있는 글자 수에 의거하여 계산해보면, 정문이 9,431자로서 78자의 문이 더 보태어져 있으며, 그리고 중문이 1,279자로 116문이 더 보태어져 있다. 반면에 해설은

122,699자로 오히려 1,742자가 줄어들어 있다. 전문은 원래 시작할 때보다 많아졌으나 해설은 오히려 처음보다 적어졌다. 이와 같이 늘어나거나 줄어드는 것이 모두 후인들로 인한 것이니, 지금 억지로 말해서는 안 될 것이다. 다만 허신이 언급한 133,411자의 해설은 사실 서문을 함께 말한 것이다."(今依大徐本所載字數核之, 正文九千四百三十一, 增文者七十八文. 重文一千兩百七十九, 增多者一百一十六文. 解說十二万兩千六百九十九, 少一千零七百四十二. 篆文多餘本始, 解說少于厥初, 其增損皆由後人. 今未可强說耳. 許云解說十三萬三千四百四十一字者, 實兼敍言之.)고 하였다. 왜냐하면 "서敍"에는 5,030자가 더 있어서 혹여 그 부족한 수를 채워 넣을 수 있기 때문이다.

현재 볼 수 있는 『설문』의 최초 판본은 당대唐代의 잔사본殘寫本인데, 오직 "목木"부部의 188자만이 남아 있을 뿐이다. 일반적으로 9세기 20년대 당 목종穆宗 때 쓰여진 것이라 보고 있다. 이 잔사본은 그저 중요한 참고적 가치만 지니고 있을 뿐, 완전한 책은 아니다.

현재 볼 수 있는 『설문해자』는 두 가지 계통으로 전해져 내려온 것이다. 첫 번째는 남당南唐 서개徐鍇의 『설문해자계전』으로, 일명 소서본小徐本이라 칭한다. 그리고 두 번째는 북송 초기 서현徐鉉 등의 교정본으로, 일명 대서본大徐本이라 칭한다. 서현과 서개는 형제 사이이며, 이들은 『설문』 연구에 깊은 조예를 가지고 있었다. 서개는 서현의 동생이지만 일찍 세상을 떠났다. 그가 지은 『계전』에서

徐鉉(916-991)

서개는 자신의 견해를 많이 표명하였다. 서현은 형으로서 송나라에서 벼슬을 지냈으며, 후에 송 태종太宗 옹희雍熙 3년(986년)에 『설문』에 대한 교정 작업을 완성하였다. 그는 『설문』자체에 대한 교감과 정리에 편중해 『설문』 본래의 진면목을 회복하고자 노력하였다.

허신이 생존했던 시대부터 오늘날까지 이미 2,000년에 가까운 세월이 흘렀으며, 서현과 서개 두 형제가 생존했던 시대부터 오늘날까지 또한 이미 1,000년에 가까운 세월이 되었다. 이와 같이 오랜 시간 동안 여러 차례에 걸쳐 전초傳抄와 번각飜刻을 거쳤던 까닭에, 지금 우리가 보는 『설문』은 원래 허신이 지었던 모습과 거리가 있으며, 또한 대서본과 소서본 역시 원래의 모습이 아니다. 청대 학자들이 이 방면에 심혈을 기울여 교감작업을 하였다고는 하지만, 대서본과 소서본에도 각자 이동異同이 있을 뿐만 아니라, 그 옳고 그름에 대해서는 오랜 쟁론으로 이어져 오고 있다. 따라서 『설문』을 인용해 증명하고자 할 때는 반드시 먼저 어떤 판본을 채용했는지 분명하게 밝혀야 한다.

2. 『설문해자』의 체례

옛 사람들은 책에 주석을 달아 그 의미를 표현하는 습관을 가지고 있었는데, 이것이 바로 이른 바 체례이다. 체례는 하나의 저작물에 대해 해설이나 강론, 생각의 표현, 내용을 기술하는 차례 등의 규칙을 말하는 것으로, 이는 거의 모든 동류同類의 상황을 요약하고 개괄한 후에 하나의 고정된 개념이나, 혹은 특정한 형식을 통해 확정짓는 것이다. 이 때문에 고서에 표현된 체례를 분석하는 것이 바로 고서를 읽고 이해하는데 있어 중요한 전제가 된다. 전주傳注 가운데 그 범례를 들어 설명하기 시작한 것은 이미 상고시대부터 이어져 내려온다. 바로 『춘추좌씨전』 중에 적지 않은 범례가 보이고 있는 까닭에, 일찍이 두예杜預가 『좌전서 · 서』에는 "범례를 들어 말하였다."(發凡以言例)고 하였던 말한 것이다. 예를 들면, 『좌전 · 환공』원년에 "가을철에는 큰물이 난다. 대체로 들판에 물이 나는 것을 큰물이라 한다."(秋, 大水. 凡平原出水爲大水.)고 하였고, 또한 『좌전 · 장공』11년에 "무릇 사師의 범례에 따르면, 싸움에서 적군이 아직 진형을 취하지 못한 상황에서 이겼을 때는 어느 사師가 패퇴시켰다 말하고, 서로 진형을 취해 싸운 것을 전戰이라 말하고, 적군이 크게 무너졌으면 패적敗績이라 말한다."(凡師, 敵未陳曰敗某師, 皆陳曰戰. 大崩曰敗績.)고 하였고, 『좌전 · 장공』29년에 "여름에 정나라가 허許나라 땅을 침범하였다. 무릇 사師의 범례에 따르면, 종과 북을 울리며 공격하는 것을 벌伐이라 말하고, 그렇지 않은 것을 침侵이라 말한다. 예상치 못하게 날랜 군사로 급습하는 것을 습襲이라 말한다."(夏, 鄭人侵許. 凡師, 有鍾鼓曰伐, 無曰侵, 輕曰襲.)는 등등의 경우이다. 어떤 사람이 이를 통계하였는데, 『좌전』 중에 범례를 말한 곳이 무릇 50여 곳이 넘는다고 하였다. 이것이 이른 바 "미현천유微顯闡幽", 즉 미미하게 드러나 있는 작은 일을 보고 앞으로 일어날 일을 밝힌다는 것이다.

『설문』에서 "범凡자는 모두 개괄해 말하는 것이다."(凡, 最括而言也.)고 하였는데, 단옥재는 이에 대해 "『주례』에서 범凡자를 많이 말했는데, 모두 모아 개괄한다는 것을 말한 것이다. 범凡자를 쓴 것은 마치 그물에 벼리가 있는 것과 같은 것이다. 두예가 『춘추』를 해설하면서 '전傳의 의례義例는 모두 범凡자로 귀결된다.'(『좌전 · 서』)고 말한 것처럼 범凡자를 범氾이라 말한 것은 범람하는 일체를 포괄한다는 것을 말한 것이다." (『周禮』多

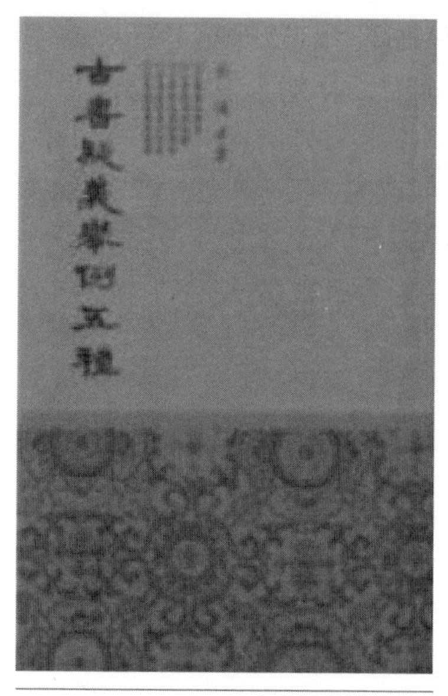

兪樾의 『古書疑義擧例』

言凡, 皆聚括之謂. 擧起凡則若網在綱. 杜預之說『春秋』曰: '傳之義例, 總歸諸凡'(『左傳·序』). 凡之言泛也, 包擧泛濫一切之謂也.)고 설명하였다.

이보다는 못하지만 옛 전적에는 모두 사용한 말의 특징과 규칙이 있기 때문에, 세심하게 전체 내용을 들여다 보면 스스로 작자가 사용한 말의 체례를 찾아낼 수도 있지만, 만일 먼저 체례라는 이 열쇠를 파악한다면, 자연히 적은 노력을 기울이고도 많은 효과를 거둘 수 있을 것이다.

유월兪樾은 "지금 사람들이 한 줄 한 줄 읽고, 한 글자 한 글자 읽으면서 오로지 자구에만 얽매어 참 뜻을 알지 못하는 문법文法에 집착해 주周·진秦·양한兩漢시대의 글을 읽는다고 하니, 이를 비유하자면 마치 초야草野에 사는 남자가 한나라의 감천궁甘泉宮과 건장궁建章宮을 이야기하는 신하와 짝이 되려고 집착하는 것과 같다."(執今人尋行數墨之文法, 而以讀周秦兩漢之書, 譬猶執山野之夫, 而與言甘泉建章之臣麗也.)고 할 수 있을 것이니, 참으로 이해하기 어려운 것이라고 말하였다. 그래서 그는 『고서의의거례古書疑義擧例』를 지어서 『구경九經』과 제자서諸子書에 보이는 문장의 표현방법을 분석해 한漢·당唐대의 훈고와 관련 있는 표현방식의 주석을 종합함으로써 우리에게 고서를 읽고 이해하는데 어느 정도 어려운 장애물을 제거해 주었다.

허신은 『설문·서』에서 일찍이 간략하게 『설문』의 체례는 "지금 전문

篆文을 설명하면서 고문古文과 주문籒文을 덧붙이고, 여기에 저명한 학자들의 견해를 널리 채택하였다."(今敘篆文, 合以古籒, 博采通人)고 언급하고, 이어서 "부수를 배열할 때 '일一'부部를 시작으로 삼았다. 바야흐로 동일한 부류의 글자를 모으고, 사물은 각기 동일한 무리로 나누었기 때문에 동일한 체계로 구성되어 있으며, 또한 공통된 이치가 서로 꿰뚫고 있다. 비록 복잡하나 사물의 이치를 초월하지 않고

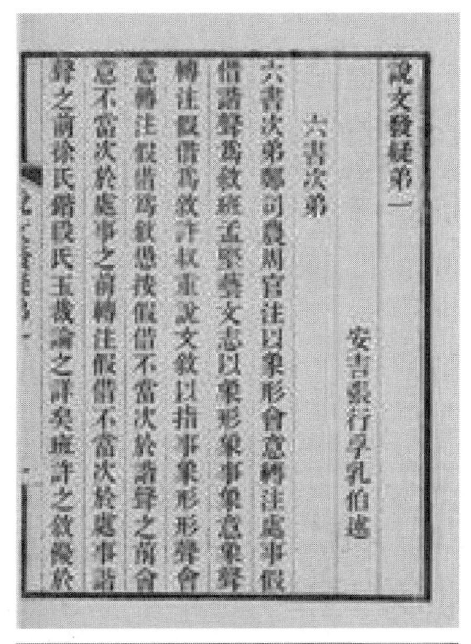
說文發疑弟一
安吉張行孚乳伯述
六書次弟
六書次弟鄭司農周官注以象形會意轉注處事假
借諧聲爲敘班孟堅藝文志以象形象事象意象聲
轉注假借爲敘許叔重說文敘以指事象形形聲會
意轉注假借爲敘愚按假借不當次於諧聲之前會
意不當次於處事之前轉注假借不當次於處事諧
聲之前徐氏鍇段氏玉裁論之詳矣班許之敘幾於

張行孚의『說文發疑』

자형에 따라 연계되어 있으며, 이것을 확대시켜 만물의 근원을 궁구하였다."(其建首也, 立一爲端. 方以類聚, 物以群分, 同條牽屬, 共理相貫, 雜而不越據形繫聯, 引而申之, 以究萬源)고 말한 적이 있는데, 역대의 학자들 역시 이러한 구체적 내용에 대해 일찍이 탐구와 분석을 시도해 적지 않은 체례를 귀납시켜 놓았다. 그 중에서 안지추安之推는『안씨가훈·서증편』에서 "대저 내가 이 책에 탄복하지 않을 수 없는 것은 은밀하게 개괄하면서도 체례의 조리가 뚜렷할 뿐만 아니라, 문자에 내포된 의미를 분석해 그 근원을 궁구할 수 있다는 점이다. 정현이 경서에 주석을 할 때도 때때로『설문』을 인용해 증거로 삼았는데, 만약 우리가『설문』의 해설을 믿지 않는다면, 어두워서 문자의 한 점 한 획이 무슨 뜻을 가지고 있는지 모를 것이다."(大抵服其爲書, 隱括有條例, 剖析窮根源, 鄭玄注書, 往往引以爲證; 若不信其

所, 則冥冥不知一點一劃, 有何意焉.)고 높게 평가하는 말을 남겼다. 단옥재는 『설문』에 주석을 할 때, 많은 정력을 쏟은 끝에 비로소 『설문』의 체례를 만들 수 있었다. 그러나 그는 문장을 따라 주석을 했던 까닭에 『설문』의 체례에 대한 체계적인 설명을 밝히지 못했던 것이다. 전대흔錢大昕, 계복桂馥, 엄가균嚴可均 등의 사람들 역시 비록 새로운 견해를 내놓기는 했지만, 그 주장이 대부분 여기저기 흩어져 산견되고 있다. 그 후 강원江沅과 왕균王筠 두 사람 모두 『설문석례說文釋例』를 편찬하였으며, 장행부張行孚는 『설문발의說文發疑』, 진전陳瑑은 『설문거례說文擧例』, 왕종성王宗誠은 『설문의례說文義禮』, 악삼岳森은 『설문거례說文擧例』 등의 저서를 찬술하였으며, 모두 여러 가지 측면에서 『설문』의 체례에 대해 체계적으로 깊이 있게 설명해 놓았다. 이들 저서 중에서 왕균의 『설문석례』가 가장 잘 갖추어져 있다고 할 수 있는데, 그가 『설문석례』의 자서自序에서 "20년이라는 오랜 시간 공을 들인 후에야 비로소 옛 사람이 이 책을 지은 뜻과 허신이 쓴 책의 체례, 그리고 천 여 년 동안 옮겨 쓰면서 변하고 어지럽게 된 까닭과 정신鼎臣(서현徐鉉)이 사사로이 산개刪改하여 생긴 오류를 명확하게 깨닫게 되었다." (積二十年, 然後于古人制作之意, 許君著書之體, 千餘年傳寫變亂之故, 鼎臣徐鉉)以私意竄改之謬, 犁然辨晳.)고 밝힌 바와 같이 자신의 저서에 대해 대단한 자부심을 가지고 있었다는 사실을 엿볼 수 있다. 그렇지만 왕균이 책에서 언급한 범위가 지나치게 넓고 자세하기 때문에 지금 우리가 반드시 이 모든 내용을 이해할 필요는 없다. 더욱이 결론 부분에 가서 "정례正例"와 "변례變例"를 예로 들었을 뿐만 아니라, 비록 상세하고 빠진 것이 없다고는 하지만 조목이 지나치게 많아 실제로는 대단히 번잡한 감이 있다. 변례가 지나치게 많지만, 체례라고 언급할만한 것이 없다. 『설문』처럼 거의 14만자에 가까운 초기 저작물에 대해 어떤 누락도 없이 하나같이 처음부터 끝까지 엄정함을 요구한다는 것은 사실상 거의 불가능한 일이라고 하겠다. 그렇기 때문에 지금 『설문』의 체례를 완벽하게 귀납해 낸다는 것 역시 대단히 곤란한 일이다. 그러나 전대 사람들이 이미 지적한 『설문』의 내용을 이해하는데 도움이 되는 체례를 숙지하는 일은 오히려 반드시 필요한 일이다. 따라서 여기서는 이러한 점에 바탕을 두고서 『설문』의 체례를 소개해 보고자 한다.

1) 글자의 배열을 각 부로 구별한 체례

『설문・서』에서 "글자의 배열을 각 부로 구별해 서로 어지럽게 섞이지 않도록 하였다."(分別部居, 不相雜厠)고 언급한 바와 같이 이 책에서는 9,353자를 540개의 부로 나누었으며, 각 부部마다 하나의 글자를 세워 부수로 삼았다. 부수의 창안은 허신이 창조한 위대한 유산이다. 의부意符로서의 부수는 그 부에 속하는 글자의 의미 범주를 나타낸다. 즉 번잡한 한자의 분부귀류分部歸類에 대해, 그 귀속 체계를 운문韻文의 식자識字 교본과 다르게 한 것이다. 이러한 문자의 형체구조에 대한 분석은 대단히 필요한 것이다. 그렇기 때문에 후세에도 오래도록 이와 같이 부수를 구분하는 방법이 그대로 이어오고 있는 것이다.

사례詞例 : 무릇 모某부에 속하는 글자들은 모두 모某부를 의부義符로 삼는다.(凡某之屬皆從某) 예를 들면,

> 一 : 무릇 '일一'부에 속하는 글자들은 모두 '일一'을 의부로 삼는다.
>
> 一 : 凡一之屬皆從一. (一卷上)

> 示 : 무릇 '시示'부에 속하는 글자들은 모두 '시示'를 의부로 삼는다.
>
> 示 : 凡示之屬皆從示.) (一卷上)

> 玉 : 무릇 '옥玉'부에 속하는 글자들은 모두 '옥玉'을 의부로 삼는다.
>
> 玉 : 凡玉之屬皆從玉. (一卷上)

이 용어는 해당되는 글자가 바로 부수라는 것을 설명한 것이다. 그 글자 아래에 한 무리의 의미 범주가 그것과 상관되는 글자들을 거느리고 있다.

540부 간의 연계는 후서後敍에서 "거형계련據形繫聯"이라고 말했는데, 즉 무릇 형체形體가 서로 관련이 있고, 서로 비슷한 글자들을 순서에 따라 배열한 것을 가리킨다. 예를 들면,

> 상上 · 하下 · 시示자는 모두 상上자와 관련이 있다.
>
> 上 · 下 · 示, 均和上有關.

> 삼三 · 왕王 · 옥玉 · 각珏자는 모두 삼三자와 관련이 있다.
>
> 三 · 王 · 玉 · 珏, 均和三有關.

> 초屮 · 초艸 · 욕蓐 · 망茻자는 모두 초屮자와 관련이 있다.
>
> 屮 · 艸 · 蓐 · 茻, 均和屮有關.

일부 글자들은 그와 같은 류類를 서로 따르게 한다. 예를 들면,

시豕 · 단彖 · □㣇 · 돈豚 · 치豸 · □𢊁 · 역易 · 상象 · 마馬 · 치廌 · 녹鹿 · 추麤 · □㲋 · 토兔 · 현萈 · 견犬 · □㹜 · 서鼠 · 웅熊은 모두 짐승의 종류이다.

豕 · 彖 · 㣇 · 豚 · 豸 · 𢊁 · 易 · 象 · 馬 · 廌 · 鹿 · 麤 · 㲋 · 兔 · 萈 · 犬 · 㹜 · 鼠 · 熊, 都是獸類.

근斤 · 두斗 · 모矛 · 거車는 모두 용기의 종류이다

斤 · 斗 · 矛 · 車, 都是器用類.

갑甲 · 을乙 · 병丙 · 정丁 · 무戊 · 기己 · 경庚 · 신辛 · 자子 · 축丑 · 인寅 · 묘卯 · 진辰 · 사巳 · 오午 · 미未 · 신申 · 유酉 · 술戌 · 해亥는 모두 간지의 종류이다.

甲 · 乙 · 丙 · 丁 · 戊 · 己 · 庚 · 辛 · 子 · 丑 · 寅 · 卯 · 辰 · 巳 · 午 · 未 · 申 · 酉 · 戌 · 亥, 皆是干支類.

부수는 "일一"부部부터 "해亥"부部까지 배열해 놓았다. "시일종해始一終亥"라는 말은 한대의 음양오행가들이 주장했던 "만물은 하나에서 생겨나 마지막에 해亥에서 끝난다."(萬物生於一, 畢終於亥.)는 유심주의적 철학사상에 근거해 배열한 것이다.

보기에 540부 간의 전후관계는 어떤 필연적인 원인이 없어 보이며, 허신 역시 어떤 깊은 의미를 두고 있지 않은 것 같아 지나치게 마음을 써가며 견강부회할 필요는 없을 것 같다. 그러나 전대 사람들은 이 문제로 많은 노력을 기울였다. 서개徐鍇는 『계전』가운데 "부서部敍"를 지었으며,

단옥재와 왕균 역시 다소 분석을 남기고 있다. 이른 바 "부서"란 어떤 부部를 반드시 어떤 부部 뒤에 배열해야 한다는 이유를 설명하고자 기도한 것이다. 이보다 오히려 왕균의 견해가 비교적 진보적이라고 할 수 있다. 왕균은 "부수는 본래 깊은 뜻이 없고, 단지 그것을 의부로 삼는 글자들이 있을 경우 부수로 삼았을 뿐이다."(部首本無深意, 只是有從之者, 便爲部首耳.)는 말을 남겼고, 이어서 "부득이 '일一'에서 시작해 '해亥'에서 끝낸 것은 대저 의도가 있기 때문이다. 서개의 『부서』에 따라 글자 한 자 한 자마다 뜻을 구하였는데, 이는 마치 『서괘전序卦傳』을 쉽게 변경할 수 없는 것처럼 통하지 않는다고 쩔쩔맬 필요가 없는 것이다."(不得以始一終亥, 大體有義, 遂依小徐『部叙』, 字字求義, 如『序卦傳』之不可移易者, 以致周章不通也.)고 자신의 견해를 피력하였다.

『설문』 부部 안에 있는 글자의 순서에 대해 연구자들은 일부 글자들이 그와 같은 류類를 서로 따르게 함으로써 서로 뒤섞여 뛰어넘지 못하게 하는데 있다고 여겼다. 다시 말해서 하나의 부部 안에 있는 글자들은 일반적으로 모두 의미가 서로 가까운 글자들을 한 곳에 모아 놓았다는 말이다. 예를 들면, "언言"부部의 시詩·참讖·풍諷·송誦, 그리고 산訕·기譏·무誣·비誹·방謗을 함께 열거하였고, "육肉"부部의 황肓·폐肺·비脾·간肝·단胆·위胃·포脬·장腸, 그리고 과胯·고股·경脛·비腓·천腨을 함께 열거한 것이다.

이를 세분하게 되면, 앞에는 "길吉"의 의미를 지닌 글자를, 그리고 뒤에는 "흉凶"의 의미를 지닌 글자들을 배열해 놓았음을 알 수 있다. 예를 들면, "시示"부部에서 앞에 배열해 놓은 예禮·희禧·진禛·녹祿·정禎·상祥·지祉·복福 등의 글자들은 모두 "길상吉祥"의 뜻을 가지고 있는 반면, 뒤에 배열해 놓은 침祲·화禍·수祟·요祆 등의 글자들은 모두 "재화災禍"의 뜻을 가지고 있다.

또한 앞에는 실자實字를, 그리고 뒤에는 허자虛字를 배열해 놓았다. 예를 들면, "수水"부部에서 무릇 물의 명칭을 가진 글자들은 앞에 놓았고, 물의 상태를 형용한 글자들은 뒤에 놓았다.

또한 무릇 부수의 형체와 중첩되는 글자나 무릇 부수의 형체와 상반되는 글자들은 모두 해당 부部의 끝에다 놓았다. 예를 들면, □譶는 "언言"부部의 끝에 놓았는데, 신甡·□㼌·뇌磊·섭聶 등의 글자 역시 이와 같지 않은 것이 없다. "촉亍"은 "척彳"의 형체와 서로 상반되기 때문에 "척彳"부部의 끝에 놓았다.

또한 무릇 동한 황제의 이름과 휘자諱字는 반드시 부部의 첫 번째(首)에 열거해 놓았다. 예를 들면, 수秀·장莊·달炟·조肇·호祜자는 각기 광무제光武帝·명제明帝·장제章帝·화제和帝·안제安帝 등의 이름이며, 모두 해당 부部의 첫 글자로 쓰였다.

전대 학자들은 심지어 각 부部에 대해 모든 분석을 시도하기도 했는데, 예를 들면, 왕균은 "망网"부部를 해석하여 "망부网部에 속한 글자들은 먼저 통칭을 열거하고, '조罩'자 이하는 '어漁'(물고기를 잡는다)의 뜻과 관련된 글자들을 나열하였고, '나羅'자 이하는 '전田'(사냥한다)의 뜻과 관련된 글자들을 나열하였다. 그리고 '□羃'부터 마지막 글자까지는 모두 의미를 빌려 쓴 가차자이다."(部中字, 先列通稱, 自罩以下承以漁, 自羅以下承以田, 自羃至末, 則借義矣.)고 말하였다.

단옥재는 "일一"부部의 마지막 부분에 가서 "무릇 각 부部 중에서 글자의 선과 후는 뜻이 서로 비슷한 글자들을 한 곳에 모아 차례로 나열하였는데, 이는 『안씨가훈』에서 말하는 이른바 '은밀하게 개괄하면서도 체례의 조리가 뚜렷하다.'(隱括有條例)는 말과 같은 의미이다. 그렇기 때문에 『설

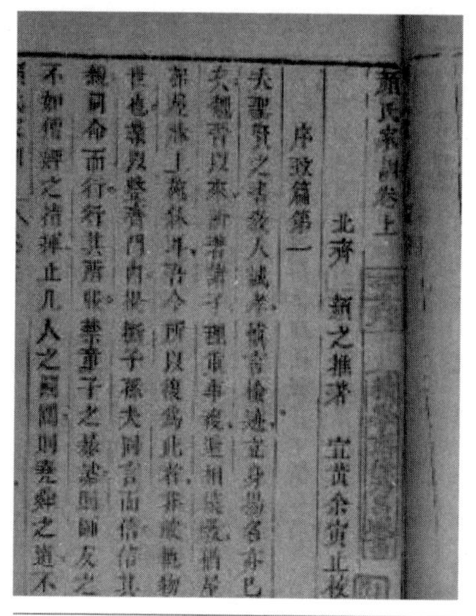
顔氏家訓卷上
北齊 顔之推著 宣黄余寅止校
序致篇第一
夫聖賢之書教人誠孝愼言檢迹立身揚名亦已
矣魏晉以來所著諸子理重事複遞相模斅猶屋
下架屋牀上施牀耳吾今所以復爲此者非敢軌物
範世也業以整齊門內提撕子孫夫同言而信信其
所親同命而行行其所服禁童子之暴謔則師友之
誡不如傅婢之指揮止凡人之鬬鬩則堯舜之道不

顔之推의 『顔氏家訓』

문』의 각 부部는 처음부터 끝까지 그 순서가 정연하여 마치 한편의 문장과 같다고 하겠다. 예를 들면, '일一'자 다음이 '원元'자이며, 원元자는 시작이라는 뜻을 가지고 있다. 즉 시작이 있은 후에 '천天'(하늘)이 있게 되었으며, 하늘보다 더 큰 것이 없기 때문에, '비丕'자를 그 다음에 놓았고, '이吏'자가 '일一'자를 따르는 마지막 글자로써 바로 이와 같은 경우이다."(凡每部中字之先後, 以義之相引爲次. 『顔氏家訓』所謂'隱括有條例'也. 『說文』每部自首至尾, 次第井井, 如一篇文字. 如一而元, 元, 始也. 始而後有天, 天莫大焉, 故次以丕, 而吏之從一終焉, 是也.)고 주석을 덧붙여 놓았다. 단옥재는 "옥玉"부部의 마지막 부분에 가서 다시 "각 부部 중에서 글자의 순서는 뜻으로 서로 이끌 수 있는 것을 차례로 삼았다."(部中字之先後, 以義之相引爲次)는 논점을 언급하고, "생각해 보건데, '요璙'자 이하의 글자들은 모두 옥의 명칭이며, '찬瓚'자는 옥의 등급을 말한다. '영瑛'자는 옥빛을 말하며, '무璑'자 이하 다섯 글자는 옥玉 중에서 품질이 떨어지고 아름다움이 적은 옥을 가리킨다. '벽璧'자에서 '서瑞'자까지는 모두 옥의 상서로운 그릇이 된다는 것을 말한 것이다. 그리고 '교璬'·'형珩'·'결玦'·'이珥'자에서 '뇌瓃'자까지는 모두 옥으로 장식한 것을 말한 글자들이다. '자玼'자에서 '하瑕'자까지는 모두 옥의 빛깔을 말한 것이다. '탁琢'·'조琱'·'리理'자는 모두 옥을 다스리는 것을 말한다. '진珍'자와 '완玩'자 두 글자는 옥을 좋아한다는 것을 말한 것이다. '영

玲'자 이하 여섯 글자는 옥의 소리를 나타낸 것이다. '우瑀'자에서 '구玖'자까지는 옥에 버금가는 돌을 말한 것이다. '이瑘'자에서 '해瑎'자까지는 옥과 비슷한 돌을 말한 것이다. '곤琨'·'민珉'·'요瑤'자는 아름다운 돌을 말한 것이다. '적玓'자에서 '류珋'자까지는 모두 구슬의 종류를 말한 것이다. '함琀'자와 '□𤫇'자 두 글자는 죽은 사람의 몸에 부장하는 구슬을 말한다. '탕璗'자는 종류는 다르나 옥의 빛깔과 같은 돌을 말한 것이다. '영靈'자는 능히 옥을 사용할 줄 아는 무당을 말한다. 이처럼 『설문』의 조리에 통달하면, 소학小學을 배워 익힐 수 있다."(按自璙以下皆玉名也. 瓚者, 用玉之等級也. 瑛, 玉光也. 璑以下五文, 記玉之惡與美也. 璧至瑞, 皆言玉之成瑞器者也. 璬·珩·玦·珥至瓃, 皆以玉爲飾也. 玼至瑕, 皆言玉色也. 琢·琱·理三文, 言治玉也. 珍·玩二文, 言愛玉也. 玲以下六文, 玉聲也. 瑀至玖, 石之次玉者也. 瑘至瑎, 石之似玉者也. 琨·珉·瑤石之美者也. 玓至珋, 皆珠類也. 琀·𤫇二文, 送死玉也. 璗, 異類而同玉色者. 靈, 謂能用玉之巫也. 通乎『說文』之條理, 斯可以治小學.)고 하는 주석을 덧붙여 놓았다.

『설문』에서 부部를 열거하고 글자를 열거하는 부분에 있어 비록 일정한 체례를 갖추고 있다고는 하지만, 그러나 결코 엄밀하다고는 볼 수 없다. 예를 들면, "읍邑"부部의 "정鄭"자와 같은 경우로, "정鄭"자로부터 24자 뒤에 "필邲"자가 있고, 다시 10자 뒤에 "형邢"자가 있고, 또 63자 뒤에 "연郔"자가 출현한다. 그러나 이 글자들이 모두 정나라 땅을 나타냄에도 불구하고, 오히려 이와 같은 글자들을 한곳에 모아 놓지 않았다. 그래서 서현徐鉉 역시 "편방이 심오하고 은밀해 그 뜻을 알 수가 없어 한 글자를 찾으려다가 때때로 권을 끝마치게 된다."(偏旁奥密, 不可意知, 尋求一字, 往往終卷)고 개탄하였던 것이다. 또한 각 부部에 수록된 글자의 수가 많을 경우에는 400자 이상에 달하기도 한다. 예를 들면, "수水"부部의 경우에는 수록된 글자가 468자이고, 중문重文이 39자이다. "초艸"부部의 경우에는 수록된 글자가 445자이고, 중문重文이 31자이다. "목木"부部의 경우에는 수록된 글자가 421자이고, 중문重文이 39자로서, 이 글자들이 모두 하나의 대가족을 이루고 있다. 그러나 적은 경우에는 부部 안에 겨우 한 글자만 수록되어 있는 경우도 있는데, 예를 들면, "기氣" · "고告" · "효爻" 등과 같은 부部이다. 또한 단지 부수만 있고, 그 부 안에 글자가 없는 경우도 있는데, 예를 들면, "삼三" · "구久" · "재才" · "극克", 그리고 "사四" · "오五" · "육六" · "갑甲" · "을乙" · "병丙" · "정丁" 등의 부部가 이와 같은 예에 속한다. 이러한 부수에 종속된 글자가 없는 경우나, 또는 그 형체에 의거해 다른 부部에 귀속시킬 수 없기 때문에 어쩔 수 없이 그 글자들을 부수로 간주한 경우에 해당된다.

바로 이와 같이 『설문』부수와 부部 안에 수록된 글자들을 검색하는데 있어 불편함으로 인해, 후대의 자전字典과 사서詞書는 『설문』의 분부分部 방법을 연용하는 동시에, 글자 필획의 많고 적음에 의거해 부수와 각 부部 안의 글자 순서를 배열하였다. 순수한 문자학적 측면에서도 구분해 놓은 이 540부 역시 합리적이지 못하고, 그 수량 또한 너무 많아 후대에 다시 540부를 줄이고 병합해 대체로 『강희자전康熙字典』의 240부部와 같은 형태가 정해졌다.

『설문』은 각 부部의 뒤에 해당 부部에 수록된 글자의 수와 이체자의 수를 분명하게 기재해 놓았다.

사례詞例 : 문文은 몇 자이고, 중문重文은 몇 자이다.(文某, 重某) 예를 들면,

일一부部 : 문은 5자이고, 중문은 1자이다.

文五, 重一. (一卷上)

시示부部 : 문은 60자이고, 중문은 13자이다.

文六十, 重十三. (一卷上)

옥玉부部 : 문은 126자이고, 중문은 17자이다.

文一百二十六, 重十七. (一卷上)

여기에서 문文은 소전小傳을 가리킨다. 즉 전문篆文으로 해설 앞에 쓴 색인글자(字頭)이다. 중重은 바로 중문重文을 가리키는 것으로, 고문古文과 주문籒文(개별적으로 소전도 있다.) 등의 이체자를 포함하고 있다. 단옥재는 이것을 허신이 기록한 것이며, 각 부部에 수록된 글자의 수를 집계한 것이라고 여겼다. 이것을 일컬어 "도수都數"라고도 칭하는데, 이는 바로 전체의 수라는 뜻이다. 이 숫자가 있으면 베껴 쓸 때 잘못된 것을 쉽게 발견할 수 있다.

2) "육서"의 예를 설명하다

문자는 언어를 기록하는 것으로, 일종의 서사書寫 부호이다. 그렇기 때문에 소리(音)와 뜻(義) 이외에도 하나의 고정된 형체를 가지고 있다. 한자의 구조 형태는 이성적인 성격을 가지고 있다. 초기의 한자는 그 기원을 그림과 도안(도화圖畵)에 두고 있다. 한자의 구조 형태가 이성적 성격을 가지고 있다는 것은 도화圖畵적 성격이 문자 체계 안에 남아 있는 흔적이다. 전서篆書 이전의 초기 한자는 각 글자마다 이성적인 성격을 띠고 있는데, 이는 각 글자에 도화적 요소가 상당히 많이 보존되어 있기 때문이다. 한자의 형체 구조를 분석해 보면, 글자의 소리(音)와 뜻(義)을 이해하는데 도움이 된다. 한자 구조를 분석하는 방법으로 역대로 "육서"의 이론이 있다.

"육서설六書說"은 한대의 사람들이 소전小篆의 형체에 근거해 귀납한 조자造字 규칙이라고 할 수 있으며, 최초의 문자학과 관련된 이론이다. 우리가 만일 상형 고문자까지 거슬러 올라가 한자를 분석하고 한자의 규칙을 탐구하고자 한다면, 반드시 이 소전이라는 관문을 통과해야 할 뿐만 아니라, 또한 반드시 한대인들이 주장한 이 "육서설"에 관한 지식을 파악해야만 한다.

『설문해자』는 중국에서 처음 "육서"를 운용해 한자를 분석한 서책이다. 허신의 "육서설"은 사실상 소전小篆의 조자造字에 대한 분석 방법이라고 할 수 있다. 그래서 단옥재는 "『이아』와 『방언』은 전주와 가차를 발명하였으며, 『창힐편倉頡篇』·『방희편滂熹篇』, 그리고『범장편凡將篇』·『급취편急就篇』·『원상편元尙篇』·『비룡편飛龍篇』·『성황편聖皇篇』 등과 같이 다만 4언과 7언으로 문장을 설명하였을 뿐, 자형의 경위에 대해서는 언급하지 않았다. 그래서 단옥재는 자형으로 책을 지어 학자들이 형태(形)를 가지고 소리(音)와 뜻(義)을 살필 수 있게 한 것은 진정 허신으로부터 시작되었기 때문에, 그의 공로가 막대하다고 하겠다.("一"字注)고 지적하였다.

한자는 이성적인 성격을 가지고 있다. 그러므로 한자의 특징은 "뜻이 형체에 기탁하고 있는 까닭에"(義寄於形), 『설문』은 바로 이것에 근거해 "형체로써 뜻을 설명하였다."(以形說義) 어떤 글자(혹은 말)의 본의를 확정하고자 한다면, 반드시 그 자형의 구조에 근거해야 하는데, 자의의 해석상에서 허신이 지극히 중요한 것을 창조해낸 것이다. 한나라는 시대적으로 고대와 멀지 않았던 까닭에 허신의 수많은 해석들이 선진시대의 고적과 부합될 수 있었던 것이다. 그렇기 때문에 고대의 사의詞義 보존이라는 측면에서『설문해자』의 공헌이야말로 천고에 길이 빛날 중국 고대언어학의 보물창고라고 할 수 있을 것이다. 본의는 모든 인신의(파생의미)의 출발점이다. 그러므로 본의를 파악하기만 하면 인신의는 질서가 있어 문란하지 않다고 할 수 있다.

한자의 글자 수가 번잡하고 많아 이와 유사한 현상이 매우 심각한 편이다. 따라서 "육서"를 가지고 한자를 분석하고 해설하면 한자를 쉽게 알고 기억할 수 있을 뿐만 아니라, 또한 글자를 알고 가르치는데 있어서도 간편하고 믿을만한 방법이라고 할 수 있다.

『설문』가운데 "육서"를 설명한 사례詞例에 관해 다음과 같이 나누어 서술해 보고자 한다.

(1) 상형

상형자는 왕균의 『문자몽구文字蒙求』 통계에 따르면, 모두 264문文이다. 허신은 상형자에 대해 서로 다른 상황에 근거해 서로 다른 해설을 취하였다. 대체로 세 가지 유형으로 나눌 수 있는데, 그 첫 번째 유형은 형체를 본뜬 모양이 아주 분명하기 때문에, 직접적으로 상형이라고 표명하였다.

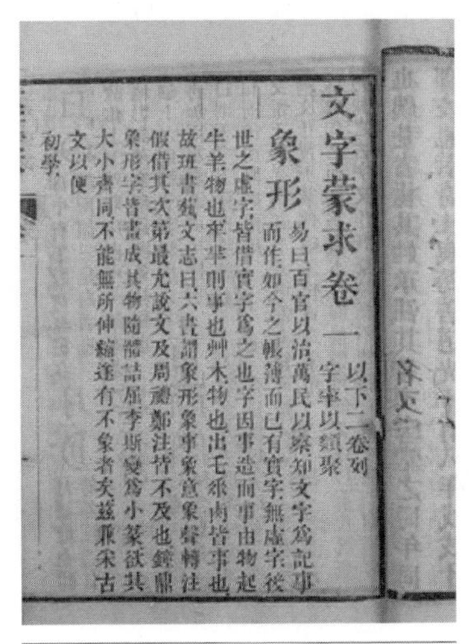

文字蒙求卷一 以下二卷列字率以類聚

象形 易曰百官以治萬民以察知文字爲記事而作如今之帳簿而已有實字無虛字後世之虛字皆借實字爲之也字因事造而事由物起牛羊物也牢半則事也艸木物也出乇乘肉皆事也故班書藝文志曰六書謂象形象事象意象聲轉注假借其次第最允說文及周禮鄭注皆不及也鐘鼎象形字皆畫成其物隨體詰詘李斯變爲小篆欲其大小齊同不能無所伸縮遂有不象者矣茲兼采古文以便初學

王筠의『文字蒙求』

사례詞例 : 모양을 본뜬 상형자이다.(상형) 예를 들면,

기气는 움직이는 구름의 기운이다. 상형자이다.

气 : 雲气也. 象形. (一卷上)

구口는 사람이 말하고 먹는 기관이다. 상형자이다.

口 : 人所以言食者. 象形. (二卷上)

우羽는 새의 긴 깃털이다. 상형자이다.

羽 : 鳥長毛也. 象形. (四卷上)

추隹는 새의 꼬리가 짧은 새의 총명이다. 상형자이다.

隹 : 鳥之短尾總名也. 象形. (四卷上)

도刀는 병기이다. 상형자이다.

刀: 兵也. 象形. (四卷下)

부缶는 질그릇으로, 술과 장을 담는 용기이다. 진나라 사람들은 이것을 두드려서 박자를 맞추어 노래하였다. 상형자이다.

缶 : 瓦器, 所以盛酒漿, 秦人鼓之以節歌. 象形. (五卷下)

월月은 이그러졌다는 뜻이며, 달의 정수이다. 상형자이다.

月 : 闕也, 太陰之精. 象形. (七卷上)

산山은 널리 편다는 뜻이다. 기운을 널리 펴서 만물을 낳을 수 있음을 말한다. 돌이 있고 높다. 상형자이다.

山 : 宣也, 謂能宣散气, 生萬物也, 有石而高. 象形. (九卷下)

두 번째 유형은 본뜬 형상이 그다지 분명하지 않아 설명을 덧붙여 놓았다.

사례詞例 : 어떤 어떤 형태를 본뜨다.(象某某之形) 예를 들면,

옥玉은 돌 중에서 아름답다는 뜻으로, 다섯 가지 덕을 갖추고 있는 것이다. …… 세 개의 옥이 이어져 있고, '곤丨'은 그것이 꿰뚫은 모양을 본떴다.

玉 : 石之美, 有五德者. …… 象三玉之連, 丨, 其貫也. (一卷上)

우牛는 큰 가축이다. …… 두 개의 뿔과 머리, 이 셋과 어깨 봉우리와 꼬리의 모양을 본떴다.

牛 : 大牲也. …… 像角頭三、封尾之形. (二卷上)

책冊은 부명符命으로, 제후가 왕에게 나아가서 받는 것이다. 그 간찰 중에 긴 것과 짧은 것이 하나씩 이어지게 엮었으며, 가운데에는 두 번의 묶음이 있는 모양을 본떴다.

冊 : 符命也, 諸侯進受于王者也. 象其札一長一短, 中有二編之形. (二卷下)

신臣은 끌고 간다는 뜻으로, 군주를 섬기는 사람이다. 구부려 복종

하는 모양을 본떴다.

臣 : 牽也, 事君者. 象屈服之形. (三卷下)

마馬는 화내다, 씩씩하다는 뜻이다. 말의 머리, 갈기, 꼬리, 네 다리의 모양을 본떴다.

馬 : 怒也, 武也. 象馬頭髦尾四足之形. (十卷上)

지止는 아래 터라는 뜻이다. 초목이 뚫고 나올 때 그 터가 있는 모습을 본떴다.

止 : 下基也. 象草木出有址. (二卷上)

격鬲은 솥의 일종이다. 배의 교차된 무늬와 세 발의 모양을 본떴다.

鬲 : 鼎屬. …… 象腹交文, 三足. (三卷下)

정鼎은 세 발과 두 귀를 가졌으며, 다섯 가지 맛을 조화시키는 보배로운 그릇이다. 나무를 잘라서 불을 때는 모양을 본떴다.

鼎 : 三足兩耳, 和五味之寶器也. 象析木以炊也. (七卷上)

세 번째 유형은 합체상형合體象形이다. 어떤 물체의 경우에는 단지 그 본형本形만을 가지고 사람들이 분명하게 인식하지 못하고 항상 다른 물건으로 오인하는 경우가 있기 때문에, 이러한 물체는 반드시 관계가 있는 물체에 어느 정도 의지해야 비로소 그 형상을 나타낼 수 있다. 이처럼 관계가 있는 물체에 의지해야 형상을 나타낼 수 있는 글자를 일컬어 합체상형이라 한다.

사례詞例 : 어떤 글자를 따르며, 상형자이다.(從某, 象形.) 예를 들면,

풍豊은 예를 행할 때는 쓰는 그릇이다. '두豆'자를 따르며, 상형자이다.

豊 : 行禮之器也. 從豆, 象形. (五卷上)

위胃는 곡식을 저장하는 창고이다. '월月'자를 따르며, '전田'자는 상형자이다.

胃 : 谷府也. 從月, 田象形. (四卷下)

과果는 나무의 열매이다. '목木'자를 따르며, 나무 위에 있는 과일의 모양을 본떴다.

果 : 木實也. 從木, 象果形在木之上. (六卷上)

석石은 산의 돌이다. 절벽 아래에 있으며, '구口'자는 상형자이다.

石 : 山石也. 在厂之下, 口象形. (九卷下)

연淵은 물이 땅에서 나와서 흘러가지 않는 물이다. '수水'자를 따르며, 상형자이다. 좌우는 언덕이고, 그 가운데 물이 있는 모양을 본떴다.

淵 : 回水也. 從水, 象形. 左右, 岸也, 中象水貌. (十一卷上)

소巢는 새가 나무 위에 지은 둥지를 '소巢'라 하고, 나무 구멍 속에 지은 것을 '과窠'라 한다. '목木'자를 따르며, 상형자이다.

巢 : 鳥在木上曰巢, 在穴曰窠. 從木, 象形. (六卷下)

미眉는 눈 위의 털이다. '목目'자를 따르며, 눈썹 모양을 본떴고, 그 위는 이마의 주름을 본떴다.

眉 : 目上毛也. 從目, 象眉之形, 上象頟理也. (四卷上)

쇠衰는 풀로 만든 비옷이다. 진나라에서는 '비萆'라고 하였다. '의衣'자를 따르며, 상형자이다.

衰(蓑): 草雨衣, 秦謂之萆. 從衣, 象形. (八卷上)

그러나 허신이 해설한 "從某, 象形" 중에서, 어떤 것은 명확하지 않은 것도 있다. 예를 들면,

亼은 셋을 합하였다는 뜻이다. '亼'자와 '一'자로 이루어져 있으며, 셋을 합한 모양을 본떴다. '집集'자와 같이 발음한다.

亼 : 三合也. 從亼一, 象三合之形. 讀若集. (五卷下)

시矢는 궁수가 쏘는 화살이다. '입入'자를 따르며, 화살촉과 활 시위대, 깃털의 모양을 본떴다.

矢 : 弓弩矢也. 從入, 象鏑栝羽之形. (五卷下)

목木은 나온다는 뜻이다. 땅을 머리로 밀면서 뚫고 나온다. '철屮'자를 따르며, 아랫부분은 뿌리의 모양을 본떴다.

木 : 冒也, 冒地而生也. 從屮, 下象其根. (六卷上)

일日은 가득 차있다는 뜻이다. 태양의 정수로, 이지러지지 않았다. '◯'과 '一'로 이루어져 있으며, 상형자이다.

日 : 實也. 太陽之精, 不虧. 從◯一, 象形. (七卷上)

이러한 글자들은 모두가 완전한 상형으로 보아야 옳다. 또한 상형자를 보는 방법은 여러 가지 시각에서 바라봐야만 그 글자의 형상을 알아볼 수 있다. 그 중에서 어떤 글자는 반드시 평면으로 보아야 하는데, 예를 들면,

일日・월月・정井・전田・지止・과瓜・미米 등이다.

또한 어떤 글자는 반드시 수직으로 보아야 하는데, 예를 들면,

운雲・우雨・산山・석石・대大・부夫・목木 등이다.

또한 어떤 글자는 반드시 거꾸로 놓고서 보아야 하는데, 예를 들면,

수水・목目・귀龜・주舟・차車・시豕 등이다.

이렇게 해야만 비로소 그 글자가 본뜬 물체의 정확한 형상을 알아볼 수 있다.

(2) 지사

지사자는 그 수량이 비교적 적은 편으로, 『문자몽구文字蒙求』 통계에 의하면, 모두 129문文이다. 허신이 지사를 해설한 방식은 네 가지 유형으로 나눌 수 있는데, 그 첫 번째 유형은 분명하게 지사라고 가리킨 것이다.

사례詞例 : 지사指事(지사자이다.) 예를 들면,

상上은 높다는 뜻이다. 지사자이다.

上 : 高也. 指事也. (一卷上)

하下는 아래라는 뜻이다. 지사자이다.

下 : 底也. 指事. (二卷上)

두 번째 유형은 순수한 부호적 성질의 지사자이다.

사례詞例 : 어떤 모양을 본떴으며, 어떤 어떤 모양을 본떴다.(象某形, 象某某.) 예를 들면,

팔八은 나눈다는 뜻이다. 물체가 나뉘어 서로 등진 모양을 본떴다.

八 : 別也. 象分別相背之形. (二卷上)

국口은 돈다는 뜻이다. 둘러싸고 있는 모양을 본떴다.

口 : 回也. 象回帀之形. (六卷下)

인刃은 칼의 가장 견고하고 날카로운 부분을 가리킨다. 칼에 날이 있는 모양을 본떴다.

刃 : 刀堅也. 象刀有刃之形. (四卷下)

흉凶은 나쁘다는 뜻이다. 땅이 파인 곳에 다리가 엇갈려 그 가운데로 빠지는 모양을 본떴다.

凶 : 惡也. 象地穿交陷其中也. (七卷上)

단옥재는 일事이 있으면 형形이 있는 까닭에, 지사는 모두 상형이라고 말할 수 있다고 보았다.

세 번째 유형은 상형의 기초 위에 지사 부호를 덧붙인 것이다. 사례詞例 : 어떤 것을 따르고, 아울러 해설을 덧붙였다.(從某, 竝加以解說.) 예를 들면,

본本은 나무 밑의 뿌리 부분을 본本이라 한다. 의부義符인 목木의 뜻을 따르며, 일一(뿌리)은 나무 아래에 있는 것을 가리킨다.

本 : 本下曰本. 從木, 一在其下. (六卷上)

말末은 나무의 끝을 말末이라 한다. 의부義符인 목木의 뜻을 따르며, 일一(나무의 끝)이 나무 위에 있는 것을 가리킨다.

末 : 木上曰末. 從木, 一在其上. (六卷上)

단旦은 날이 밝은 것을 가리킨다. 의부義符인 일日(해)의 뜻을 따르며, 일日(해)이 일一(지평선) 위에 나타난 것을 가리킨다. 일一은 땅이다.

旦 : 明也. 從日見一上, 一, 地也. (七卷上)

무毌는 막대기로 물체를 꿰뚫어 그것을 들어 올리는 것을 가리킨다. 一(물건을 꿰뚫는 물건)을 가지고서 가로로 꿰뚫은 것을 가리킨다. 귀중한 물건의 모양을 본떴다.

毌 : 穿物持之也. 從一橫貫, 象寶貨之形. (七卷上)

회回는 돈다는 뜻이다. 가운데는 회전하는 모양을 본떴다.

回 : 轉也. 中象回轉之形. (六卷上)

역亦은 사람의 겨드랑이이다. 의부義符인 대大의 뜻을 따르고, 양쪽 겨드랑이의 모양을 본떴다.

亦 : 人之臂亦(腋)也. 從大, 象兩亦之形. (十卷上)

네 번째 유형은 기타 방식을 통해 해설한 것으로, 명확한 사례詞例를 말할만한 것이 없다. 예를 들면,

십+은 수가 완전히 갖추어진 것이다. '일一'은 동서이고, '곤丨'은 남북이니, 사방과 중앙이 갖추어져 있다.

十 : 數之具也. 一爲東西, 丨爲南北, 則四方中央備矣. (三卷上)

주丶는 끊고 멈추어야 하는 곳이 있어서, 주丶를 찍어 표시한다는 뜻이다.

丶 : 有所絶止, 丶而識之也. (五卷上)

그렇다면 우리는 어떻게 상형자와 지사자를 구분해야 하는가? 허신의 지사에 대한 정의는 비교적 함축적이고 모호하다. 왜냐하면 "봐서 알 수 있다"(視而可識)는 말은 상형과 혼동되고, "살펴 그 뜻을 알 수 있다"(察而見意)는 말은 회의에 가깝기 때문이다. 또한 사례詞例에서 상형과 지사 양자의 글자 활용에 있어서도 서로 같다. 그러나 근본적인 측면에서 본다면, 상형이 묘사하는 대상은 구체적인 물체로써, 순수한 객관적 태도와 사실적 방법을 통해 사물 형체의 외부 윤곽을 중점적으로 묘사한 것을 말한다. 이에 반해 지사指事가 묘사하는 대상은 추상적인 물체로써, 객관적이면서 주관적인 태도와 상징적 방법을 통해 사태事態에 내재된 성질의 의미를 중점적으로 묘사한 것을 말한다. 그 효용성을 가지고 말하자면, 상형은 표시하는 개념이 개별적이고 협소하지만, 이에 비해 지사가 표시하는 개념은 일반적이고 광범위하다. 이상의 인식을 기본적인 토대로 삼는다면, 우리는 상형과 지사를 구분할 수 있을 것이다.

(3) 회의

회의자는 『문자몽구』의 통계에 따르면, 모두 1,254문文이며, 회의에 대한 해설방식 역시 네 가지 유형으로 나눌 수 있다. 그 첫 번째 유형은 명확하게 회의라고 가리킨 것이다.

사례詞例 : 회의자이다.(會意) 예를 들면,

신信은 성실하여 거짓이 없다는 뜻이다. 의부義符인 인人의 뜻과 의부義符인 언言의 뜻을 따르며, 회의자이다.

信 : 誠也. 從人, 從言, 會意. (三卷上)

상喪은 도망한다는 뜻이다. 의부인 곡哭의 뜻과 의부인 망亡의 뜻을 따르며, 회의자이다. 망亡은 또한 소리이다.

喪 : 亡也. 從哭, 從亡, 會意. 亡亦聲. (二卷上)

환圂은 뒷간이다. 의부인 위口의 뜻을 따르며, 돼지가 우리 안에 있는 것을 본떴다. 회의자이다.

圂 : 厠也. 從口, 象豕在口中也. 會意. (六卷下)

두 번째 유형은 조합한 편방을 가리키며, 그 글자가 서로 합쳐서 이루어진 뜻이라는 것을 암시한다.

사례詞例 : 어떤 글자의 뜻을 따르고, 어떤 글자의 뜻을 따른다. 혹은 어떤 어떤 글자의 뜻을 따른다.(從某從某, 從某某) 예를 들면,

취取는 포획한다는 뜻이다. 우又(오른 손)의 뜻을 따르고, 이耳의 뜻을 따른다. 『주례周禮』에서 "포획한 것은 왼쪽 귀를 벤다."고 하였다.

取 : 捕取也. 從又從耳. 『周禮』: "獲者取左耳." (三卷下)

역役은 변방에서 병역兵役을 복무한다는 뜻이다. 수殳(창)의 뜻을 따르고 척彳(순행하다)의 뜻을 따른다.

役 : 戍邊也. 從殳從彳. (三卷下)

복伏은 살핀다는 뜻이다. 인人의 뜻을 따르고 견犬의 뜻을 따른다. (개가 집을 지키고 있다가 사람이 오면 짖는다는 뜻이다.)

伏 : 司(伺)也. 從人從犬. (八卷上)

미美는 맛이 달다는 뜻이다. 양羊의 뜻을 따르고 대大(大人)의 뜻을 따른다. 양은 육축六畜의 하나로, 주로 사람에게 바친 음식이었다.

美 : 甘也. 從羊從大. 羊在六畜, 主給膳也. (四卷上)

폐吠는 개가 짖는다는 뜻이다. 견犬의 뜻과 구口의 뜻을 따른다.

吠 : 犬鳴也. 從犬口. (二卷上)

시是는 정직하다는 뜻이다. 일日의 뜻과 정正의 뜻을 따른다.

是 : 直也. 從日正. (二卷上)

고古는 옛날이란 뜻이다. 십十의 뜻과 구口의 뜻을 따르며(입에서 입으로 서로 전해진다는 뜻이다), 이전의 말을 기억하는 것이다.

古 : 故也. 從十口, 識前言者也. (三卷上)

고杲는 해가 나와서 밝다는 뜻이다. 해가 나무 위에 있다는 뜻을 따른다.

杲 : 明也. 從日在木上. (六卷上)

병秉은 볏단이다. 우又(오른손)로 벼(禾)를 잡는다는 뜻을 따른다.

秉 : 禾束也. 從又持禾. (三卷下)

세 번째 유형은 조합하여 만들어진 편방을 말하며, 그리고 나서 다시 분석을 한 것이다. 사례는 두 번째 유형과 같지만, 다만 해설한 단어가 좀 더 많을 뿐이다. 예를 들면,

장章은 음악의 한 곡을 끝마친 것을 1장이라 한다. 음音의 뜻과 십十의 뜻을 따른다.(음音과 십十으로써 악곡이 끝났음을 나타낸다) 십十은 수의 마지막 숫자이다.

章 : 樂竟爲一章. 從音從十. 十, 數之終也. (三卷上)

조弔는 죽은 사람을 위문한다는 뜻이다. 옛날에는 죽을 사람을 묻을 때 띠 풀로 두껍게 감싸서 들판에다 놓았다. 인人이 궁弓(활)을 잡고 있다는 뜻을 따름으로써 상喪을 당한 집과 함께 짐승을 몰아낸다는 뜻을 나타낸다.

弔 : 問終也. 古之葬者, 厚衣之以薪, 從人持弓, 會驅禽也. (八卷上)

연輦은 사람이 끄는 수레이다. 차車의 뜻과 반扶의 뜻을 따르며, 사람이 수레 앞에서 나란히 끌고 가는 것을 말한다.

輦 : 挽車也. 從車扶, 扶在車前引之也. (十四卷)

편扁은 문 위에 쓰여 있는 글자이다. 호戶와 책冊으로 뜻을 나타내며, 호책戶冊은 바로 문의 편액 위에 쓴 글자이다.

扁 : 署也. 從戶冊, 戶冊者, 署門戶之文也. (三卷下)

병兵은 병기이다. 입廾(스무 명의 사람)이 도끼를 잡고 있다는 뜻을 따르며, 힘을 함께 하는 모양을 나타낸다.

兵 : 械也. 從廾持斤, 并力之貌. (三卷上)

이隶는 이른다, 포획한다는 뜻이다. 우又(오른손)의 뜻을 따르고 미尾를 줄인 모양을 따르며, 오른 손으로 꼬리를 잡는다는 것은 뒤에서 따라잡는다는 뜻을 나타낸다.

隶 : 及也. 從又從尾省, 又持尾者, 從后及之也. (三卷下)

네 번째 유형은 회의를 구성하는 제문諸文으로 조합해 사조詞組로 만들고, 다시 "종從"자를 덧붙인 것이다. 이 유형은 글자를 나란히 하고 뜻을 합치는(比類合誼) 특징을 가지고 있기 때문에, 이 경우에는 사례詞例를 귀납하기가 어려운 점이 있다. 이러한 유형은 두 개 이상의 의부意符가 조합되어 만들어진 회의자이다. 예를 들면,

제祭는 제사한다는 뜻이다. 시示의 뜻을 따르고, 손으로 고기를 들고서 시示(신)에게 바친다는 뜻이다.

祭 : 祭祀也. 從示, 以手持肉. (一卷上)

추帚는 소제한다는 뜻이다. 우又(오른손)에 수건을 들고서 멱冖안을 소제한다는 뜻을 따른다.

帚 : 糞也. 從又持巾掃冖內也. (七卷下)

관盥은 손을 닦는다는 뜻이다. 구臼(두 손으로)로 수水(물)를 받쳐 들고서 명皿(그릇)이 있는 곳에 임하는 뜻을 따랐다.

盥 : 澡手也. 從臼水臨皿也. (五卷上)

찬爨은 불을 때서 밥을 짓는 것을 말한다. 제나라 방언에서는 취炊자를 찬爨이라 말한다. 구臼는 두 손이며, 손으로 시루를 들어서 아궁이 위에 놓는 모양을 본떴다. 멱冖은 아궁이이며, 입廾은 양 손으로 장작을 밀어 아궁이에다 집어넣고서 불을 지피는 것을 나타낸다.

爨 : 齊謂炊爨. 臼象持甑, 冂爲灶口, 廾推林納火. (三卷上)

한寒은 춥다는 뜻이다. 사람이 면宀(집)아래에 있다는 뜻을 따른 것

으로, 사람이 집안에서 풀로 엮은 방석으로 몸 위를 덮고서 추위를 막고, 밑에는 얼음이 있는 것을 나타낸다.

寒 : 凍也. 從人在宀下, 以茻薦覆之, 下有冰. (七卷下)

폭暴은 햇볕에 말린다는 뜻이다. 일日(해)이 나와 입廾(두 손)으로 미米(쌀)를 말린다는 뜻을 따른다.

暴 : 晞也. 從日出廾米. (七卷下)

이외에도 형체가 똑같은 글자 두 개가 합해져서 이루어진 회의자, 혹은 세 개가 합해져서 이루어진 회의자, 네 개가 합해져서 이루어진 회의자가 있는데, 이들의 사례詞例 역시 두 번째 유형과 똑같다. 예를 들면,

종从은 서로 따른다는 뜻이다. 두 개의 인人(사람)자로 조합되어 이루어져 있으며, 한 사람은 앞에 한 사람은 뒤에 있음을 나타낸 것으로, 따른다는 뜻이다.

從 : 相聽也. 從二人. (八卷上)

비比는 친밀하다는 뜻이다. 두 개의 인人(사람)자로 조합되어 이루어져 있는데, 똑바르게 쓰면 종从자가 되고, 종从자를 반대로 쓰면 비比자가 된다.

比 : 密也. 二人爲從. 反從爲比. (八卷上)

염炎은 불빛이 위로 치솟는 것을 말한다. 두 개의 화火자로 조합하

여 이루어진 것으로, 불 위에 또 불이 있는 것을 나타낸다.

炎 : 火光上也. 從重火. (十卷上)

정晶은 빛(광채)이다. 세 개의 일日자가 조합되어 이루어져 있다.

晶 : 精光也. 從三日. (七卷上)

뇌磊는 많은 돌이 쌓여있는 모양이다. 세 개의 석石자가 조합되어 이루어진 회의자이다.

磊 : 衆石也. 從三石. (九卷下)

굉轟은 많은 수레가 행진하는 소리를 형용한다. 세 개의 차車가 조합되어 이루어진 회의자이다.

轟 : 群車聲也. 從三車. (十四卷上)

망茻은 온갖 갖가지 풀들이 무더기로 자라나는 모양이다. 네 개의 철屮자가 조합되어 이루어진 회의자이다.

茻 : 衆草也. 從四屮. (一卷下)

뇌㗊는 많은 입을 나타낸다. 네 개의 구口자가 조합되어 이루어진 회의자이다.

㗊 : 衆口也. 從四口. (三卷上)

회의자의 특징은 두 개의 글자를 합쳐 새로운 뜻을 만드는 것이기 때문에, 회의자는 필연적으로 표현상에 있어 결함이 따른다. 왜냐하면 회의자의 표의表意는 글자를 만든 사람의 주관적 견해에 의해 규정되는 것이기 때문에, 하나의 개념 속에 내포된 많은 특징 중에서 어느 하나를 대상으로 선택해야 한다. 그러므로 기본적으로 단편적일 수밖에 없어 전반적인 성질이 결여되어 있다. 사물의 발전은 무궁하지만 한자(方塊字)는 한계가 있는 까닭에 만일 하나의 복잡한 의미를 한 글자(方塊字) 안에 표시하려고 한다고 할 때, 알맞게 표시하면서도 누락되지 않게 표시한다는 것은 사실상 거의 불가능한 일이다. 예를 들면, "막莫"자는 해가 우거진 풀 속에 있는 모양(從日在茻中)을 표시한 것으로, 날이 저문다는 뜻을 나타내는데, 어째서 이 "막莫자"를 초원에 태양이 떠오른다는 뜻으로 이해해 이른 아침이라는 뜻으로 사용할 수 없단 말인가? 또한 예를 들면, "휴休"자는 사람이 나무에 기대어 있는 모양(從人依木)을 표시한 것인데, 휴식한다는 뜻으로 해석한다. 그렇다면 어째서 이 휴休자를 일을 한다거나 혹은 나무를 쪼갠다는 등의 뜻으로 이해할 수 없단 말인가? "찬竄"자는 쥐가 구멍 속에 있는 모양(鼠在穴中)인데, 숨는다는 뜻이 되고, "돌突"자는 개가 구멍 속에 있는 모양(犬在穴中)인데, 분주하게 돌아다닌다는 뜻이 된다. 이처럼 조자造字의 의미는 서로 같으나 개념은 오히려 완전히 상반된다. 그렇기 때문에 회의자를 이해함에 있어 함부로 글자만 보고 대강 그 뜻을 짐작해서는 안 되는 것이다.

그렇다면 지사자와 회의자는 또 어떻게 구별해야 하는가? 형식적인 측면에서 말하면, 지사자는 독체자(형체 구조를 더 쪼갤 수 없는 한자)이거나, 혹은 독체자에 지사적 성질의 부호를 더한 글자이다. 반면에 회의자는 합체자로서 두 개 이상의 글자가 서로 조합해 새로운 뜻을 만들어낸 글자이다. 본질적인 측면에서 말하면, 지사자의 중점은 사물의 형상을 묘사하는 데 있지만, 회의자의 중점은 서로 합쳐진 글자가 의미상에서 연계될 수 있도록 소통시키는데 있다. 그러므로 그 출발점은 사유와 개념이며, 이성적 인식의 심화라고 할 수 있다.

(4) 형성

형성자는 한자 중에서 차지하는 비중이 가장 크다. 그래서 『설문』에 수록된 9,353문文 중에서 82.3%인 7,697자를 차지하고 있다. 현대의 한자는 형성자가 총 한자 수의 90% 이상을 차지한다.

형성자는 형방形旁과 성방聲旁이 조합되어 이루어진 글자이며, 허신이 해설한 방식은 다섯 가지 유형으로 나눌 수 있다.

첫 번째 유형은 하나의 형방과 하나의 성방으로 이루어진 형성자이다. 이는 가장 보편적인 조합 형식이지만, 형방과 성방의 배합 형식이 고정되어 있지 않고, 열여덟 가지가 넘는 조합 형식이 존재하기 때문에 우리가 분별하는데 어려움을 가져다준다. 이 열여덟 가지 유형의 형성자 조합 방식은 다음과 같다.

동등한 방식

1. 左形右聲(왼쪽이 형부이고, 오른쪽이 성부인 형성자) : 강江 하河 송松 백柏
2. 右形左聲(오른쪽이 형부이고, 왼쪽이 성부인 형성자) : 기期 합鴿 흠欽 로顱

3. 上形下聲(위쪽이 형부이고, 아래쪽이 성부인 형성자) : 화花 소宵 교窖 편篇
4. 下形上聲(아래쪽이 형부이고, 위쪽이 성부인 형성자) : 합盒 가架 전煎 기基
5. 外形內聲(바깥쪽이 형부이고, 안쪽이 성부인 형성자) : 고固 각閣 활闊 위圍
6. 內形外聲(안쪽이 형부이고, 바깥쪽이 성부인 형성자) : 문聞 문問 봉鳳 분分

분산된 방식

1. 形分左右, 聲在中間(형부가 좌우로 나누어져 있고, 성부가 중간에 있는 형성자)

: 호衚 동衕 아衙 구衢

2. 形在中間, 聲分左右(형부가 중간에 있고, 성부가 좌우로 나누어져 있는 형성자)

: 변辨 수𨽸 수隨 유游

3. 形分上下, 聲夾中間(형부가 상하로 나누어져 있고, 성부가 중간에 끼어있는 형성자)

: 충衷 과裹 위韋 언彥

4. 形夾中間, 聲分上下(형부가 중간에 끼어 있고, 성부가 상하로 나누어져 있는 형성자)

: 애哀 망莽

한쪽 모서리에 있는 방식

1. 形左上(형부가 왼쪽 위에 있는 형성자) : 성聖 형荆
2. 形左下(형부가 왼쪽 아래에 있는 형성자) : 수雖 강疆
3. 形右上(형부가 오른쪽 위에 있는 형성자) : 시匙 제題
4. 形右下(형부가 오른쪽 아래에 있는 형성자) : 수修 강强
5. 聲左上(성부가 왼쪽 위에 있는 형성자) : 귀歸 장醬
6. 聲左下(성부가 왼쪽 아래에 있는 형성자) : 청聽
7. 聲右上(성부가 오른쪽 위에 있는 형성자) : 도徒 사徙
8. 聲右下(성부가 오른쪽 위에 있는 형성자) : 기旗 매寐

사례詞例는 어떤 글자의 형부를 따르고, 어떤 글자의 성부를 따른다.(從某, 某聲.) 예를 들면,

> 본鳳은 신비로운 새이다. 조鳥는 형부이고, 범凡은 성부이다.
>
> 鳳 : 神鳥也. …… 從鳥, 凡聲. (四卷上)

> 형荆은 가시나무이다. 초艸는 형부이고, 형刑은 성부이다.
>
> 荊 : 楚也. 從艸, 刑聲. (一卷下)

> 서書는 쓰다는 뜻이다. 율聿은 형부이고, 자者는 성부이다.
>
> 書 : 箸也. 從聿, 者聲. (三卷下)

도徒는 걸어서 간다는 뜻이다. 착辵은 형부이고, 토土는 성부이다.

徒 : 步行也. 從辵, 土聲. (二卷下)

수讐는 응應(대답하다)과 같다. 언言은 형부이고, 수雔는 성부이다.

讐 : 猶應也. 從言, 雔聲. (三卷上)

두 번째 유형은 뜻을 나타내는 형부가 많은 형성자이다. 이러한 형성자는 두 개, 혹은 두 개 이상의 의부義符를 가지고 있으며, 각 의부마다 모두 일종의 유속類屬이나, 혹은 성질을 대표하며, 각 의부가 나타내는 뜻은 모두 원래의 글자에 당연히 포함되어 있는 뜻이다.

사례詞例 : 어떤 글자와 글자는 형부를 따르고, 어떤 글자는 성부를 따른다.(從某, 從某, 某聲.) 예를 들면,

춘春은 봄이며, 양기陽氣가 음기陰氣를 밀어내고 올라오는 모양을 그린 것으로, 만물이 번성함을 나타낸다. 초艸와 일日은 형부이며, 풀은 대부분 봄에 싹이 터 자라며, 둔屯은 성부이다.

春 : 推也. 從艸, 從日, 艸, 春時生也, 屯聲. (一卷下)

사嗣는 제후가 국군國君의 자리를 계승하는 것을 말한다. 책冊과 구口는 형부이고, 사司는 성부이다.

嗣 : 諸侯嗣國也. 從冊口, 司聲. (二卷下)

봉奉은 이어 받는다는 뜻이다. 수手와 입廾은 형부이며, 또한 뜻이 같으며, 손의 일종의 동작을 나타내며, 봉丰은 성부이다.

奉 : 承也. 從手廾, 丰聲. (三卷上)

보簠는 기장과 피를 담는 둥근 그릇이다. 죽竹과 명皿은 형부이고, 보甫는 성부이다.

簠 : 黍稷圓器也. 從竹、從皿, 甫聲. (五卷上)

세 번째 유형은 생략한 형부形符로 이루어진 형성자이다. 이러한 글자는 의부義符의 필획이 줄어든 것이다.

사례詞例 : 어떤 글자의 형부를 생략하고, 어떤 글자의 성부를 따른다. (從某省, 某聲.) 예를 들면,

고考는 연로하다는 뜻이다. 노老는 생략한 형부이고, 교丂는 성부이다.

考 : 老也. 從老省, 丂聲. (八卷上)

구屨는 리履이며, 신을 가리킨다. 한대 이전에는 구屨라고 했고, 한대 이후에는 리履라고 칭하였다. 리履는 생략한 형부이고, 루婁는 성부이다.

屨 : 履也. 從履省, 婁聲. (八卷下)

네 번째 유형은 생략한 성부聲符로 이루어진 형성자이다. 이러한 글자는 성부의 필획이 줄어든 것이다.

사례詞例 : 어떤 글자의 형부를 따르고, 어떤 글자의 성부를 생략한다. (從某, 某省聲.) 예를 들면,

용茸은 풀이 가늘고 부드러운 모양이다. 초艸는 형부이고, 총聰은 생략한 성부이다.

茸 : 草茸茸貌. 從艸, 聰省聲. (一卷下)

역疫은 사람들이 모두 병이 들었다는 뜻으로, 유행성 급성전염병의 통칭이다. 녁疒은 형부이고 역은 생략한 성부이다.

疫 : 民皆疾也. 從疒, 役省聲. (七卷下)

산珊은 산호이며, …… 옥玉은 형부이고, 산刪은 생략한 성부이다.

珊 : 珊瑚 ……. 從玉, 刪省聲. (一卷上)

념恬은 편안하다는 뜻이다. 심心은 형부이고, 첨甜은 생략한 성부이다.

恬 : 安也. 從心, 甛省聲. (十卷下)

형부를 생략하는 형부와 성부를 생략하는 성부는 『설문』에서 발견한 형성자를 만드는 규칙 가운데 하나이다. 즉 성형省形과 성성省聲은 필획 구조의 균형을 맞추기 위해 한자의 필획을 줄인 것이다. 그러나 이렇게 형부와 성부가 생략됨으로써 의부義符의 의미를 정확하게 표현할 수 없게 되었고, 성부聲符 역시 정확하게 발음을 표현할 수 없게 됨에 따라 글자를 익히는데 어려움이 가중되어 한자 표의表意의 모호성이 더욱 심각하게 만드는 결과를 초래하였다. 예를 들면,

곡哭은 슬프게 우는 소리이다. 훤吅은 형부이고, 옥獄은 생략한 성부이다.

哭 : 哀聲也. 從吅, 獄省聲. (二卷上)

가家는 거주하는 곳이다. 면宀은 형부이고, 가豭는 생략한 성부이다.

家 : 居也. 從宀, 豭省聲. (七卷下)

이에 대해 단옥재는 "생각 하건데, 허신의 『설문』에서 언급한 생략한 성부는 의심나는 점이 많이 있다. 하나의 편방을 취하되 온전한 글자를 쓰지 않고 어떤 글자를 생략한 것이라고 말하는데, 이것은 가家자의 성부에서 가豭자를 생략한 것이나, 곡哭자의 성부에서 옥獄자를 생략한 것처럼 모두 믿을 수가 없다."(按許書言省聲, 多有可疑者. 取一偏旁, 不載全字, 指爲某字之省, 若家之爲豭省, 哭之從獄省, 皆不可信.)("곡哭"자의 주注)고 지적하였다.

다섯 번째 유형은 역성亦聲의 회의자, 혹은 형성자의 형부겸의聲符兼義라고 칭한다. 이러한 글자들을 서현은 대부분 회의자에 귀속시켰으나, 서개는 이와 달리 형성자에 귀속시켜 놓았다. 이러한 점으로 미루어 볼 때, 이 글자들이 "육서"의 두 가지 특징을 모두 갖추고 있다는 사실을 설명해주는 것이라 볼 수 있다.

사례詞例 : 어떤 글자와 글자는 형부를 따르고, 어떤 글자는 또한 성부를 따른다.(從某, 從某, 某亦聲.) 예를 들면,

예禮는 예의를 행한다는 뜻이며, 예로서 신을 섬겨 복을 이루기 때문이다. 시示와 풍豊은 형부이며, 풍豊은 또한 성부이다.

禮 : 履也, 所以事神致福也. 從示, 從豊, 豊亦聲. (一卷上)

혼婚은 시집하는 여자의 집이다. 『의례儀禮』에서 남자가 어두울 때에 아내를 취한다고 하였다. 부인은 음陰의 성질이기 때문에, 혼婚이라 말한다. 여女와 혼昏은 형부이며, 혼昏은 또한 성부이다.

婚 : 婦家也. 『禮』娶婦以昏時. 婦人, 陰也, 故曰婚. 從女, 從昏, 昏亦聲. (十二卷下)

인姻은 아내를 얻는 남자의 집이다. 남자의 집은 여자가 의지하는 곳이기 때문에, 인姻이라 말한다. 여女와 인因은 형부이며, 인因은 또한 성부이다.

姻 : 婿家也, 女之所因, 故曰姻. 從女, 從因, 因亦聲. (十二卷下)

궤餽는 오나라 방언이며, 귀신에게 제사하는 것을 궤餽라 한다. 식食과 귀鬼는 형부이고, 귀鬼는 또한 성부이다.

餽 : 吳人謂祭曰餽. 從食, 從鬼, 鬼亦聲. (五卷下)

강羌은 서융을 말하며, 양을 키우는 유목민족이다. 인人과 양羊은 형부이고, 양羊은 또한 성부이다.

羌: 西戎, 牧羊人也. 從人, 從羊, 羊亦聲. (四卷上)

구雊는 수컷 꿩이 운다는 뜻이다. 천둥이 치기 시작할 때 수컷 꿩이 울면서 그 고개를 구부린다. 추隹와 구句는 형부이고, 구句는 또한 성부이다.

雊 : 雄雉鳴也. 雷始動, 雉乃鳴而句其頸. 從隹, 從句, 句亦聲. (四卷上)

형성자는 대부분 형부가 왼쪽에 있고 오른쪽에 성부가 있으며, 성부 가운데 어떤 것은 뜻을 겸하고 있는 경우도 있다. 그렇기 때문에 송나라 사람 왕자소王子韶가 일찍이 "우문설右文說"을 제기하여 동일한 성부의 글자들은 뜻이 반드시 서로 같다고 보았다. 예를 들면, 전戔은 작다는 뜻이다. 물의 작은 것을 천淺이라 하고, 금(金)이 작은 것을 전錢이라 하며, 뼈가 부서져 작은 것을 잔殘이라 하고, 조개(貝)의 작은 것은 천賤이라 한다.(如戔, 小也. 水之小者曰淺, 金之小者曰錢, 歹而小者曰殘, 貝之小者曰賤. 『몽계필담夢溪筆談』에 보임) "우문설右文說"의 범위는 동일한 성부에 제한되는데, 청대의 왕념손王念孫·학의행郝懿行·초순焦循·완원阮元·황승길黃承吉·유사배劉師培 등은 이를 "음근의통설音近義通說"로 발전시켰으며, 근대의 장병린章炳麟과 양수달楊樹達 역시 이 설을 주장하였다. 즉 그들은 단지 소리가 서로 가깝기만 하면 뜻이 서로 통한다고 보았다. 예를 들면, "명明"자와 관련 있는 유자紐字(M)에는 모두 가리다, 닫다, 적막하다, 막막하다, 모호하다는 등의 뜻을 가지고 있다고 보는 경우이다.

"음근의통설"은 우리들에게 한어와 한자의 성聲과 의義의 관계를 연구하는 규칙을 제시해 주었다. 즉 소리(聲)로 말미암아 뜻(義)을 구한다는 "인성구의因聲求義"와 음이 같은 글자는 통용된다는 "동음통용同音通用", 이와 아울러 동음통용에 대한 튼튼한 이론적 토대를 마련해 주었다. 음이 유사하면 뜻이 통한다는 "음근의통音近義通"은 어떤 상황 아래에서 객관적 근거가 있다고 하는 말은 어느 정도 일리가 있기는 하지만, 음이 유사한 모든 글자의 뜻이 반드시 서로 통하는 것은 아니다. 그것의 조건은 반드시 동원同源이어야 한다. 어원語源이 서로 같거나, 혹은 서로 유사한 단어 속에서 "음근의통音近義通" 현상이 일어날 수 있기 때문이다.

동원사同源詞는 주로 언어 속의 음音과 의義의 문제인 까닭에, 문자의 형체가 같다고 해서 반드시 연계시킬 필요는 없다. 그러나 형성자의 성부가 독음讀音을 표시하는 이상, 자연히 동원사와의 관계가 발생하기 때문에 음이 같거나 유사한 동원사일 경우는 같은 성부로 표시한다. 이와 같이 성부가 서로 같은 형성자 중에서 일부는 동일한 어원 속에서 분화되어 나온 것이다. 왜냐하면 동원사인 까닭에, 그 의미 역시 자연적으로 서로 같거나 혹은 서로 유사한 것이다.

형성자를 접할 때, 우리가 주의 깊게 봐야 할 점은 후에 생겨난 형성자 가운데 일부 불필요한 형부가 증가되었다는 사실이다. 형부는 사물의 유별類別을 표시할 때 쓰이는 까닭에 개괄성이 비교적 큰 편이며, 또한 글자로 하여금 사의詞義의 유별을 비교적 분명하게 표시할 수 있게 해준다. 그러나 소전小篆이 예변隸變을 거쳐 해서로 발전한 후에 원래의 글자 중에서 일부 글자가 이미 더 이상 분명하게 사의의 유별을 표시할 수 없게 되자, 이때 사람들은 여기에 다시 하나의 형부를 보태었는데, 이러한 현상을 고금자古今字라고 부르기도 하는데, 왕균은 분별문分別文이라고 칭하였다. 예를 들면,

연然－연燃 막莫－모暮 숙孰－숙熟 익益－일溢

량梁－량樑 폭暴－폭曝 채采－채採 과果－과菓

망网－망罔－망網

이외에도 형성자와 관련해 한자 형체의 “유화법類化法” 현상이 보이는데, 이것은 질서정연한 것을 좋아하는 일반 사람들의 심리로 인해, 항상 형성자의 원칙에 의거해 형부가 없는 글자, 즉 엄격히 말하자면 원래 형부가 있어서는 안 되는 글자에 하나의 형부를 보탠 것을 말한다. 예를 들면,

부용夫容과 부용芙蓉 아미娥眉와 아미峨嵋 파초巴蕉와 파초芭蕉

봉황鳳皇과 봉황鳳凰 화반火伴과 화반伙伴 가구家具와 가구傢俱

식부息婦와 식부媳婦

형성자의 성부는 고음학古音學과 더욱 밀접한 관계를 가지고 있다. 현대 한어의 각도에서 볼 때, 성부가 나타내는 독음은 매우 불확실하다고 할 수 있다. 그러나 상고시대, 특히 글자가 만들어지던 시대에는 성부가 같은 글자의 독음일 경우 틀림없이 서로 같거나 서로 비슷했을 것이다. 고음古音을 말할 때 해성諧聲을 떠나서는 말할 수 없는데, 해성은 일반적으로 모두 『설문』을 근거로 삼는다. 그렇기 때문에 형성자의 성부를 이해하고 분석하는 것은 우리들이 상고어음上古語音 체계를 이해하는 데 커다란 도움을 준다.

(5) 전주

전주轉注에 대해 허신은 오직 『설문 · 서』에서 정의를 내렸을 뿐, 『설문』의 본문에서는 이에 관해서 명확하게 언급한 바가 없기 때문에, 전주의

사례詞例를 귀납할 수 있는 방법이 없다. 더욱이 전주에 대한 정의 또한 지나치게 간략해, 이로 인해서 후대 학자들의 의견 역시 분분한 결과를 초래하였다. 이미 제1장 『설문・서』에서 상세하게 서술했기 때문에, 여기서는 더 이상 언급을 피하고자 한다.

(6) 가차

"육서"에서 말하는 가차는 바로 조자造字의 원칙을 가리키는 것이지, 결코 고적에 보이는 글자상의 동음가차同音假借는 아니다. 그러므로 이 점에 대해서 먼저 반드시 명확하게 인식할 필요가 있다. 가차에 대한 허신의 설명은 두 가지 유형으로 나눌 수 있다.

첫 번째 유형은 뜻이 인신(원의를 확대하다, 파생되다)된 가차이다. 이는 바로 후대에 상용되고 있는 의미로서, 해당 글자가 조자造字할 때 원의原義에서 인신되어 나왔다는 뜻이다.

사례詞例 : 그러므로 ~ 삼다. ~여기다.(故爲, 故以爲, 以爲, 故因以爲.) 예를 들면,

> 내來는 주나라가 받은 상서로운 소맥과 대맥이다. 하나의 맥각麥殼에는 하나의 맥망麥芒이 있고, 각殼에는 두 개의 보리낟알이 있으며, 보리에 까끄(망속芒束)이 있는 모양을 본떴다. 하늘이 준 것이기 때문에, 인신하여 "가고 온다"에서 온다는 뜻으로 삼았다.
>
> 來 : 周所受瑞麥麰, 二麥一縫(鋒), 象芒刺之形, 天所來也, 故爲行來之來. (五卷下)

오烏는 효성스런 새이다. 상형자이다. 까마귀의 형상을 본뜬 것으로, 몸이 검어서 눈이 보이지 않는다. 공자는 "오烏는 입을 벌려서 숨을 내쉬는 소리이다."고 하였다. 그것이 숨을 내쉬는 것에 도움이 되어 사람의 발어사發語詞인 오호嗚呼와 같음이 있기 때문에, 오烏자를 빌려서 탄식을 나타내는 감탄사로 삼았다.

烏 : 孝鳥也. 象形. 孔子曰 : "烏, 盱呼也." 取其助气, 故以爲烏呼. (四卷上)

붕朋("봉鳳"의 중문重文이다.) 봉鳳자의 고문이며, 상형자이다. 봉황이 날면 수만 마리의 뭇 새가 따라서 날아오르기 때문에, 그래서 인신하여 붕당이란 뜻의 글자로 삼았다.

朋("鳳"重文): 古文鳳, 象形. 鳳飛, 群鳥從以萬數, 故以爲朋黨字. (四卷上)

위韋는 서로 어긋난다는 뜻이다. 천舛은 형부이고, 국口(위圍)은 성부이다. 짐승의 가죽을 무두질한 후에 굽고 틀어지고 서로 어긋난 물건을 쌀 수 있기 때문에, 이를 빌려서 가죽이란 뜻의 글자로 삼았다.

韋 : 相背也. 從舛, 口聲. 獸皮之韋, 可以束枉戾相韋背, 故借以爲皮韋. (五卷下)

서西는 새가 둥지에 있는 형상을 본뜬 상형자로서 서식한다는 뜻이다. 해가 서쪽으로 기울면 새가 둥지에 들어가 쉬기 때문에, 그래서 방향을 나타내는 "동서"에서 서쪽의 뜻으로 삼았다.

西 : 鳥在巢上. 象形. 日在西方而鳥棲, 故因以爲東西之西. (十二卷上)

지止는 아래 터라는 뜻이다. 초목이 나올 때 일정한 터가 있는 모습을 본떴기 때문에, 그러므로 지止자를 가지고 발(足)의 뜻으로 삼았다.

止 : 下基也. 象草木出有址, 故以止爲足. (二卷上)

두 번째 유형은 고문古文과 주문籒文의 가차이다.

사례詞例 : 고문에서는 ~라고 여기다. 주문에서는 ~라고 삼다.(古文以爲, 籒文以爲.) 예를 들면,

여旅는 고대 군대의 편제단위로, 군사 오백 명이 여旅가 된다. 언㫃과 종从으로 이루어진 회의자이다. 언㫃은 깃발이고, 종从은 두 사람으로 깃발 아래 모두 모인 것을 나타낸다. 고문에서는 여旅자를 "노魯나라 위衛나라"의 노나라라는 뜻으로 썼다.

旅 : 軍之五百人爲旅. 從㫃, 從從. 從, 俱也. 古文以爲魯衛之魯. (七卷上)

피詖는 변론한다는 뜻이다. 고문은 피詖자를 편파偏頗하다의 파頗자로 썼다.

詖 : 辯論也. 古文以爲頗字. (三卷上)

원爰은 끌어당긴다는 뜻이다. 주문에서는 원爰자를 거원車轅(수레의 양쪽에 대는 긴 채)의 원轅자로 썼다.

爰 : 引也. 籒文以爲車轅字. (四卷下)

현臤은 견고하다는 뜻이다. 고문에서는 현臤자를 현명하며 재능이 있다는 현능賢能의 현賢자로 썼다.

臤 : 堅也. 古文以爲賢字. (三卷下)

쇄洒는 씻는다는 뜻이다. 고문에서는 쇄洒자는 물을 뿌리고 쓴다는 쇄소灑埽의 쇄灑자로 썼다.

洒 : 滌也. 古文以爲灑埽字. (十一卷上)

가차자는 상당히 일찍부터 사용되어 갑골문 중에서 대다수를 차지할 정도이다. 고대의 문헌일수록 가차자가 더 많이 보인다. 가차의 작용은 매우 크다고 할 수 있다. 사회가 발전할수록 새로운 사물이 끊임없이 증가하기 때문에 새로운 조자造字 역시 끊임없이 요구되어진다. 상형・지사・형성 등의 방법에 의거해 글자를 만들어 나간다고는 하지만, 간혹 곤란함을 느낄 때가 있다. 그런데 가차는 기존에 사용되고 있는 동음同音의 글자를 가지고 새로운 말의 뜻에 기탁해 이 문제를 간단하고 쉽게 해결해 준다. 이에 손이양孫詒讓은 "천하의 일이 무궁하거늘, 조자造字 초기에 만일 가차와 같은 예가 없어 글자를 쫓아 글자를 만들었다고 한다면, 아마도 이루 헤아릴 수 없이 많은 글자가 필요했을 것이다. 하지만 이는 분명 한계성을 지니고 있었던 까닭에, 소리에 의거해 일(事)을 기탁하였던 것이다. 그 글자를 보면 비록 그 글자는 아니지만, 말을 하면 그 소리이고, 들으면 서로 충분히 알 수 있기 때문에 글자를 가차해 끝없이 사용할 수 있는 것이다. 그러므로 가차는 조자造字의 한계성을 뛰어넘어 변통할 수 있게 해주는 것이다."(天下之事無窮, 造字之初, 苟無假借一例, 則逐字而爲之字, 而字有不可勝造之數, 此必窮之數也, 故依聲而拖以事焉. 視之不必是其字, 而言之則其聲也; 聞之足以相喩, 而用之可以不盡. 是假借可救造字之窮而通其變.)(『여왕자장논가차서與王子壯論假借書』)고 지적하였던 것이다. 이와 같은 견해는 매우 수긍이 가는 주장이라고 하겠다. 하지만 가차방법을 사용한 후에 하나의 형체가 여러 가지 서로 다른 뜻을 대표하게 됨으로써 형체는 같으나 뜻이 다른 "형동의이形同義異"의 현상을 초래하여 사람들이 쉽게 혼동하는 일이 발생하게 되는데, 이 점이 바로 가차의 결점이다.

3) 석의釋義의 예

『설문해자』는 중국 최초의 자형을 분석한 저서일 뿐만 아니라, 또한 한어어학사에 있어서도 최초의 가장 중요한 훈고 서적이라고 할 수 있다. 완원阮元은 『설문』의 쓰임에 대해 "고금古今의 훈고를 통하게 하고, 성독聲讀의 옳고 그름을 분별해주었다."(通古今之訓詁, 辨聲讀之是非)(『단씨설문주정서段氏說文注訂敍』)고 평가하였다. 그리고 단옥재는 "무릇 전서篆書의 각 글자마다 먼저 그 뜻을 해석하였는데, 시始와 같은 글자에 전顚이라고 해석한 것이 이것이다. 그 다음에는 형체를 해석하였는데, 어떤 글자는 형부를 따르고, 어떤 글자는 성부를 따른다는 것이 이것이다. 그리고 그 다음에는 음을 해석하였는데, 어떤 글자의 성부는 어떤 글자와 같이 발음한다고 한 것이 이것이다."(凡篆一字, 先訓其義, 若始也, 顚也是. 次釋其形, 若

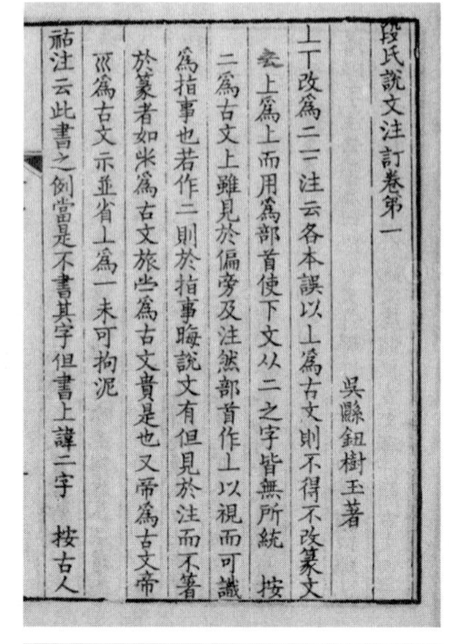
段氏說文注訂卷第一

吳縣鈕樹玉著

上丅改爲二二注云各本誤以丄爲古文則不得不改篆文𠄞上爲上而用爲部首使下文从二之字皆無所統 按二爲古文上雖見於偏旁及注然部首作丄以視而可識爲指事也若作二則於指事晦說文有但見於注而不箸於篆者如𠂔爲古文旅𡀦爲古文貴是也又帝爲古文帝从爲古文示並省丄爲一未可拘泥

祜注云此書之例當是不書其字但書上諱二字 按古人

阮元의 『段氏說文注訂敍』

從某, 某聲是. 次釋其音, 若某聲及讀若某是.)("元"字의 注에서)고 하였다. 한어로 사의詞義를 해석하는 전통학과로서의 훈고학은 그 석의 방법에 있어서 여러 가지 수단이 있다. 여기에서 구체적으로 나누어 설명하면 아래와 같다.

(1) 성훈

성훈聲訓은 또한 음훈音訓이라고도 하는데, 이는 훈고학에서 사의詞義를 해석하는 방법 가운데 하나로써 독음이 서로 같거나, 혹은 서로 비슷한 글자를 가지고 사의를 해석하는 방법이다. 『설문』에 보이는 성훈의 형식은 세 가지 유형으로 나눌 수 있다.

첫 번째 유형은 자사字詞가 뜻을 얻은 이유를 분명하게 말한 것이다. 예를 들면,

> 신祳은 토지신에게 제사지내는 고기이며, 신蜃(조개. 제기)에다 고기를 담기 때문에, 이것을 일러 신祳이라 칭한다.
>
> 祳 : 社肉, 盛之以蜃, 故謂之祳. (一卷上)

> 창倉은 곡식 창고이다. 황급하게 가져다 곡식을 저장하기 때문에, 그것을 창倉이라 칭한다.

倉 : 谷藏也. 倉黄取而藏之, 故謂之倉. (五卷下)

맥麥은 까끄라기 있는 곡식이다. 가을에 심고 깊이 묻기 때문에, 맥麥이라 칭한다.

麥 : 芒谷. 秋種厚埋, 故謂之麥. (五卷下)

화禾는 좋은 곡식이다. 음력 2월에 자라기 시작하고, 음력 8월에 익는데, 자라고 익는 것이 춥지도 않고 덥지도 않은 때의 중화中和를 얻기 때문에, 화禾라 칭한다.

禾 : 嘉谷也. 二月始生, 八月而熟, 得時之中和, 故謂之禾. (七卷上)

구韭는 채소의 이름이다. 한 번 심으면 오래 살기 때문에 구韭라 칭한다. 상형자로서 길게 나온 부추의 모양을 본떴다. 일一 위에 있으며, 일一은 땅이다.

韭 : 菜名. 一種而久者, 所謂之韭, 象形. 在一之上, 一, 地也. (七卷下)

여閭는 마을 어귀에 세운 큰 문이다. 형성자로, 문門은 의부이고, 여呂는 성부이다. 『주례周禮·지관地官·대사도大司徒』에서 "다섯 집은 비比이고, 다섯 개의 비比는 여閭이다."고 하였다. 여閭는 반려伴侶의 뜻이다. 스물다섯 집이 서로 모여서 함께 산다는 뜻이다.

閭 : 里門也. 從門, 呂聲. 『周禮』: "五家爲比, 五比爲閭." 閭, 侶也, 二十五家相群侶也. (十二卷上)

두 번째 유형은 쌍성雙聲이나 첩운疊韻으로 훈석하는 것이다. 예를 들면,

문門은 듣는다는 뜻이다. 좌우 두 개의 호戶(외짝 문)가 조합되어 이루어진 상형자이다.

門: 聞也. 從二戶, 象形. (十二卷上)

이에 대해 단옥재의 주에서는 "밖에서 안의 것을 들을 수 있고, 안에서 밖의 것을 들을 수 있는 것을 말한다."(謂外可聞于內, 內可聞于外也.)고 해석하였다.

호戶는 보호한다는 뜻이다. 문門의 반쪽을 호戶라고 하며, 상형자이다.

戶 : 護也. 半門曰戶, 象形. (十二卷上)

외짝 문을 설치한 것은 바로 스스로를 보호하기 위한 것이다.

일日은 빛이 꽉 차 있다는 뜻이다. 태양의 정수는 어그러지지 않는다. ○(태양의 외곽)과 一(그 안이 꽉 차 있는 것을 표시함)이 조합해 이루어져 있는 상형자이다.

日 : 實也. 太陽之精不虧. 從○一, 象形. (七卷上)

『석명釋名』에서는 일日자에 대해 "일日은 꽉 차있다는 뜻이며, 빛이 완전히 꽉 차 있는 것을 말한다."고 하였다.

日, 實也, 光明盛實也.

월月은 비어 있다는 뜻이다. 태음의 정수이다. 달이 다한 모습을 본뜬 상형자이다.

月 : 闕也. 太陰之精. 象形. (七卷上)

이에 대해 『석명釋名』에서는 “월月은 이지러지다는 뜻이며, 달은 꽉 차면 이지러지는 것을 말한다.”(月, 缺也, 滿則缺也.)고 하였다.

시詩는 뜻이다. 언言은 형부이고, 사寺는 성부이다.

詩 : 志也. 從言, 寺聲. (三卷上)

이에 대해 『모시서毛詩序』에서는 “시는 뜻이 가는 것을 가리킨다. 마음에 있으면 뜻이 되고, 말을 내면 시가 된다.”(詩者, 志之所之也. 在心爲志, 發言爲詩.)고 하였다.

서書는 쓴다는 뜻이다. 율聿은 형부이고, 자者는 성부이다.

書 : 箸也. 從聿, 者聲. (三卷下)

이에 대해 『설문 · 서』에서는 “대나무와 비단에 쓰는 것을 서書라고 한다. 서書는 같다는 뜻이다.”(著于竹帛謂之書. 書者, 如也.)고 하였다.

금琴은 금지한다는 뜻이다. …… 상형자이다.

琴 : 禁也 …… 象形. (十二卷下)

이에 대해 『백호통白虎通』에서는 "금禁은 금지한다는 뜻으로, 바르지 않음을 금지하여 사람의 마음을 바르게 하기 때문이다."(琴, 禁也, 以禁止淫邪正人心也.)고 하였다.

유儒는 유순하다는 뜻이다. 도술道術이 있는 사람에 대한 칭호이기도 하다. 인人은 형부이고, 수需는 성부이다.

儒 : 柔也. 術士之稱. 從人, 需聲. (八卷上)

이에 대해 단옥재는 주에서 "정鄭『목록目錄』에서 유儒는 넉넉하고 부드러워서 사람을 편안하게 할 수 있고, 사람을 순종하게 할 수 있는 것을 말한다. 또한 유儒는 적셔 윤택하게 한다는 뜻으로, 선왕의 도는 능히 그 몸을 적셔 윤택하게 할 수 있기 때문이다."(鄭『目彔』云 : 儒之言優也, 柔也, 能安人, 能服人. 又 : 儒者, 濡也, 以先王之道能濡其身.)고 하였다.

세 번째 유형은 정의를 내리는 가운데 성훈聲訓한 글자의 뜻을 은밀히 내포하고 있는 것이다. 예를 들면,

이吏는 백성의 일을 다스리는 사람이다.

吏: 治人者也. (一卷上)

이에 대해 단옥재는 주에서 "치治자와 이吏자는 똑같이 제1부에 있으며(생각해 보건데, 이는 『육서음운표』의 분부分部를 가리킨다.), 여기에서도 역시 동부同部의 첩운으로 훈석을 삼고 있다."(治與吏同在第一部(按 : 指其『六書音韻表』之分部), 此亦以同部疊韻爲訓也.)고 하였다.

> 시祡는 장작을 쌓아서 그 위에 희생을 놓아 불을 피워 태워 천신에게 제사를 지내는 것을 말한다.
>
> 祡 : 燒柴燎以祭天神. (一卷上)

장작을 태워서 제사를 지내기 때문에, 시祡로 제사의 이름을 삼았다.

> 토土는 땅은 만물을 성장하게 하는 것이다. 이二는 땅 위와 땅 속의 모양을 본떴으며, 곤丨은 사물이 나오는 모양을 본 뜬 것이다.
>
> 土 : 地之吐生萬物者也. 二象地之上、地之中, 丨, 物出形也. (十三卷下)

이에 대해 『석명』에서는 "토土는 밖으로 나오게 하는 것을 가리키며, 만물을 밖으로 나오게 하는 것이다."(土, 吐也, 吐萬物也.)고 하였다.

> 산山은 널리 편다는 뜻이다. 땅의 기운을 펴서 흩어지게 하여 만물을 생육한다. 돌이 있고 높다는 뜻으로 상형자이다.
>
> 山 : 宣也, 宣气散生萬物. 有石而高. 象形. (九卷下)

이에 대해 『석명』에서는 "산山은 낳는 것을 가리키며, 즉 만물을 낳는 것이다."(山, 産也, 産生物也.)고 하였고, 『계전』에서는 "산은 구름과 비를 냄으로써 땅의 기운을 펴서 흩어지게 하는 것이다."(山出雲雨, 所以宜地氣.)고 하였다.

천川은 흐르는 물을 관통시키는 것을 가리킨다.

川 : 貫穿通流水也. (十一卷下)

이에 대해 『석명』에서는 "천川은 관통한다는 뜻이며, 땅 속을 관통하여 흐르기 때문이다."(川, 穿也, 穿地而流也.)고 하였다.

왕王은 천하 사람들이 귀의하여 의지하는 사람이다. 동중서董仲舒는 "옛날에 글자를 만든 사람이 가로로 세 개(三)의 선을 긋고 세로로 그 가운데에 하나(丨)의 선을 그어 이를 연결시켜 왕王자라 칭하였다. 왕이란 하늘과 땅, 그리고 사람의 도를 상징하며, 이것을 완전히 통달한 사람이 왕이다."고 말하였다. 공자는 "온몸(一身)으로 하늘과 땅, 그리고 사람의 도를 관통하는 일을 맡을 수 있는 사람이 왕이다."고 말하였다.

王 : 天下所歸往也. 董仲舒曰: "古之造文者, 三畫而連其中謂之王. 王者, 天地人也; 而參通之者王也." 孔子曰 : "一貫三爲王.")

(一卷上)

이에 대해 『한서・형법지』에서는 "백성들이 그에게 귀의하여 따를 수 있으면, 그 사람은 왕이 될 수 있다."(歸而往之, 是爲王矣.)고 하였다.

귀鬼는 사람이 돌아간 것을 귀鬼라고 한다.

鬼 : 人所歸爲鬼. (九卷上)

이에 대해 『예기禮記·제의祭義』에서는 "사람은 태어나면 반드시 죽으며, 죽으면 반드시 흙으로 돌아가는데, 이것을 귀鬼라고 말한다."(衆生必死, 死必歸土, 此之謂鬼.)고 하였고, 『이아·석훈』에서는 "귀鬼는 돌아가는 것을 말한다."(鬼之謂言歸也.)고 하였다.

> 처妻는 아내가 남편과 지위가 똑같은 사람이다.
>
> 妻 : 婦與夫齊者也. (十二卷下)

이에 대해 단옥재는 주에서 "처妻는 (지위가) 동등하다는 뜻이며, 첩운으로 해석을 하였다."(妻, 齊, 以疊韻爲訓.)고 하였고, 또한 『석명』에서는 "선비와 백성들은 처妻라고 말한다. 처妻는 동등하다는 뜻이며, 남편이 신분이 낮아 높여서 부르지 못하기 때문에, 동등하게 말한다."(士庶人曰妻. 妻, 齊也, 夫賤不足以尊稱, 故齊等言也.)고 하였다.

성훈은 오래된 사의詞義를 훈석하는 방법이다. 예를 들면, 『논어』 가운데 『안연편』에서 "정政은 바르다는 뜻이다. 그대가 바른 도로서 백성들을 이끈다면 누가 감히 바르지 않겠는가?"(政者, 正也. 子帥以正, 孰敢不正?)라고 한 말과 『팔일편』에서 "주나라 때 사람들은 밤나무를 심었는데, 이렇게 한 뜻은 백성들로 하여금 두렵게 하고자 하는 데에 있었다."(周人以栗, 曰使民戰栗.)고 한 말이 모두 성훈에 속한다. 유희劉熙가 지은 『석명』에서는 오직 성훈만을 설명하고 있다. 옛 사람들은 어원을 탐색할 때, 발음이 서로 같거나 비슷한 어휘를 가지고 그 어휘가 이름을 얻게 된 경위와 내용을 설명하였는데, "성훈"이라는 명칭은 바로 여기에서 생겨난 것이다. 성훈은 한대에 이르러 한 때 시대적 풍조로 자리 잡았는데, 이러한 풍조의 영향으로 마융馬融・복건服虔・정현鄭玄 등과 같은 경학자들 역시 경서를 주석할 때 모두 성훈을 운용하였다.

『설문』에서 성훈 형식의 다양화는 전대인들의 경험을 종합한 결과이다. 허신은 성훈을 자사字詞와 그 뜻을 파악할 수 있는 방법으로 충분히 운용하였다. 만약 허신이 "어원"이 없었다고 하면, 즉 음音과 의義의 상관관계를 나타내는 각종 사물이 명칭을 얻게 된 유래의 기본적 관념은 음音・형形・의義의 관계에 대한 종합적 연구와 전반적 고찰이 없었다고 하면, 어떤 특정한 사詞의 음音과 의義의 유래와 동원同源 관계를 이처럼 분명하게 나타내지는 못했을 것이다.

처음에 사물이 명칭을 얻게 된 것은 임의적인 것이었다. 바로 『순자・정명편』에서 "명칭은 마땅히 고정되어 있지 않으나, 사람들의 약정을 통해 명명되어진다. 약속으로 정해져 그 명칭이 습속으로 굳어지면, 이것이 마침내 마땅한 명칭이 되는 것이다."(名無固宜, 約之以命, 約定俗稱謂之宜.)고 말한 바와 같다. 그렇지만 하나의 사詞가 여러 개의 사로 발전하는 경우에는 더 이상 임의적인 것이 아니고, 발음상에서 관계가 발생하게 된다. 성훈은 바로 선진시대 고적 가운데 발음의 실마리에 근거해 자의를 명확하게 밝혀내는 방법이다. 이러한 방법은 훈고를 연구하는 후대 학자들에게 대단히 중요한 길을 열어주었기 때문에, 정현鄭玄의 "취원문자지성류고훈고就原文字之聲類考訓詁"라고 하는 방법이 등장할 수 있었던 것이며, 청대의 왕념손王念孫 역시 "동성자同聲字는 서로 훈석할 수 있으며, 음이 비슷하면 뜻이 통한다." 또한 "고음古音으로 고문古文을 구하는데 있어, 갈래를 나누고 종류별로 구분하며 형체에 제한을 두지 않는다."(就古音以求古文, 引申觸類, 不限形體)는 학설을 제창할 수 있었던 것이며, 또한 음동音同・음근音近・음전音轉 등의 세 가지 음훈율音訓律을 제기하였는데, 이와 같이 성음聲音이 훈고와 통한다는 주장은 사의학詞義學이나 사휘학사詞彙學史에 커다란 업적을 남겨주었다.

음이 비슷하면 뜻이 통한다는 "음근의통音近義通"설을 너무 지나치게 강조하다보니 오류를 범하고 말았다. 왜냐하면 언어 속에는 또한 음이 같아도 뜻이 다른 사詞가 존재하기 때문에, 만일 음이 서로 같거나, 혹은 서로 비슷하면 뜻이 반드시 서로 통한다고 했을 때는 동음사同音詞가 바로 동의사同義詞가 되기 때문이다.

성훈은 일종의 훈고방법이라는 점을 반드시 이해해야 한다. 그러나 성훈 역시 너무 믿을 수 없는 점이 있다. 우선 학자들의 성훈이 간혹 서로 모순을 일으켜 뜻이 서로 너무 먼 경우가 있다. 예를 들면, "미未"자에 대한 해석을 『설문』에서는 "미未는 맛이란 뜻이다. 6월에 맛이 든다."(未, 味也, 六月滋味也.)고 하였고, 『사기・율서』에서 "미未는 만물이 모두 성숙하여 맛이 있는 것을 말한다."(未者, 言萬物皆成, 有滋味也.)고 하였는데, 이것이 일가의 학설이 되었다. 그러나 『석명』에서 "미未는 어둡다는 뜻이다. 해가 중천에 있으면 기울어져서 어두워 분명하지 않은 곳으로 향한다."(未, 昧也. 日中則昃, 向幽昧也.)고 하였고, 『회남자・천문훈』에서는 "미未는 어둡다는 뜻이다."(未者, 昧也.)고 주장해 일가의 학설을 이루었지만, 양자의 훈석이 서로 다르다. 두 번째는 설사 동일한 사람일지라도 동일한 사물에 대한 성훈 역시 두 가지 견해를 말하기도 했다. 예를 들면, 『설문』에서는 "마馬는 용맹하다. 분노하다는 뜻이다."(馬, 武也, 怒也.)고 해석한 반면에, 『석명』에서 "풍風자는 연兗・예豫・사司・기冀 지역에서 입을 옆으로 하고 입술을 합쳐 말하는데, 풍風은 뜬다(범泛)는 뜻이다. 그 기운이 널리 떠서 만물을 움직이기 때문이다. 청青・서徐 지역에서는 풍風자를 말할 때 입을 평평하게 한 다음 입술을 열고 숨을 밀어내면서 말하는데, 풍風

자는 내보낸다는 뜻으로 사용된다. 기운이 입 밖으로 나가 흩어지기 때문이다."(風, 兖豫司冀横口合唇言之, 風, 泛也, 其氣博泛而動物也. 青徐言風, 踧口開唇推气言之, 風, 放也, 气放散也.)고 해석하였다. 세 번째는 성훈이 때때로 억측을 하거나 견강부회하는 요소가 많다는 점이다. 예를 들면, 노나라 애공哀公이 재아宰我에게 주나라 사람들은 어째서 사목社木을 밤나무(栗)로 하느냐고 묻자, 재아가 "백성들로 하여금 두려워하도록 하기 위함입니다."(使民戰栗)라고 대답했는데, 이와 같은 경우가 바로 견강부회한 예에 속한다고 할 수 있다. 이 일로 재아는 공자에게 꾸지람을 받았다. 다시 하나 더 예를 들면, 『설문』에서 "신臣"자를 견牽(이끌다)자로 훈석한 반면에, 『광아』에서는 견堅(견고하다)자로 훈석하였고, 『백호통』에서는 단繵(묶다)자로 훈석하였다. 그리고 위소韋昭가 주석한 『국어』에서는 신愼(삼가다)자로 훈석하였는데, 이러한 성훈들 역시 모두 억측한 예에 속한다. 따라서 이들의 해석을 믿고 따르기에는 어려운 점이 있다.

(2) 형훈

형훈形訓은 바로 자형의 구조에 근거해 자의를 해석하는 방법을 말한다. 글자의 형체를 가지고 뜻을 해설하는 방법이 『설문해자』의 특징인 까닭에, 자형의 분석을 통해 우리로 하여금 형체를 보고 그 뜻을 알 수 있게 해 줄뿐만 아니라 자의에 대한 이해를 더욱 깊게 해준다. 단옥재가 "무릇 글자가 어떤 형부를 따르고, 어떤 무리에 속하는가에 대해 허신은 반드시 그 까닭을 말하였다."(凡字從某、爲某之屬, 許君必言其故)("진瑱"자에 대한 주석)고 언급한 것이 바로 형훈에 대해 말한 것이다. 『설문』의 형훈 형식은 두 가지 유형으로 나눌 수 있다.

첫 번째 유형은 설명하는 과정 속에서 형훈을 구체적으로 드러내는 것이다. 회의자는 대체로 모두 형훈을 구체적으로 드러내었다. 예를 들면,

묘苗는 풀이 밭 가운데에서 나는 것을 말한다. 형부 초艸와 전田이 조합되어 이루어진 것이다.

苗 : 草生于田者. 從艸, 從田. (一卷下)

분分은 나눈다는 뜻이다. 형부 팔八과 도刀가 조합되어 이루어진 것으로, 칼로써 물체를 쪼갠 모양이다.

分 : 别也, 從八刀, 刀以分别物也. (二卷上)

생각해 보건데, 『설문』에서 "팔八은 나눈다는 뜻이며, 물체를 쪼개고 나서 서로 등지고 있는 모양을 본떴다."(『說文』"八, 别也, 象分别相背之形.")(二卷上)고 하였다.

근筋은 뼈에 붙어 있는 힘줄(근육)이다. 육肉과 역力, 그리고 죽竹이 조합되어 뜻을 나타낸다. 죽竹은 힘줄이 많은 물체이다.

筋 : 肉之力也. 從力從肉從竹. 竹, 物之多筋者. (四卷下)

전典은 오제의 전적이다. 책冊(전적)이 기丌(시렁) 위에 놓아 이를 높여서 시렁에 놓는 것을 나타낸다.

典 : 五帝之書也. 從冊在丌上, 尊閣之也. (五卷上)

효梟는 효성스럽지 않은 새이다. 하지夏至에 효梟(올빼미)를 잡아서 그것을 찢어 죽인다. 새의 머리를 나무 위에 놓는 것에서 뜻을 취한 것이다.

梟 : 不孝鳥也. 日至, 捕梟磔之. 從鳥頭在木上. (六卷上)

부負는 의지한다는 뜻이다. 인人이 패貝(조개나 화폐)를 지키고 있어 의지하는 것이 있다는 것에서 뜻을 취하였다.

負 : 恃也. 從人守貝, 有所恃也. (六卷下)

서黍는 벼에 속하며, 점성이 있는 것이다. 대서大暑에 파종하므로 서黍라고 한다. 화禾는 형부이고, 우雨는 생략한 성부이다. 공자는 "서黍로 술을 만들 수 있으므로, 화禾(벼)가 수水(물)에 들어가는 모양에서 뜻을 취하였다."고 하였다.

黍 : 禾屬而粘者也. 以大暑而種, 故謂之黍. 從禾, 雨省聲. 孔子曰 : "黍可爲酒, 故從禾入水也." (七卷上)

두 번째 유형은 단지 자형의 어느 한 부분의 결구에 대해서만 분석한 것이다.

사례詞例 : 어떤 글자는 어떤 글자와 비슷하고, 어떤 글자와 뜻이 같다. (某與某相似, 與某同意.) 예를 들면,

어魚는 물에 사는 동물이다. 상형자이다. 어魚의 꼬리는 연燕의 꼬리와 모양이 서로 비슷하다.

魚 : 水蟲也. 象形. 魚尾與燕尾相似. (十一卷下)

생각해 보건데, 단옥재의 주에서는 "물고기의 꼬리는 모두 지느러미이기 때문에, 지느러미의 모양을 본뜬 것이지, 형부 화火가 아니다."(其尾皆枝, 故象枝形, 非從火也.)고 하였다.

녹鹿은 짐승의 이름이다. 머리와 뿔, 네 다리의 모양을 본떴다. 전서에서는 새와 사슴의 족足자 형태가 서로 비슷하다.

鹿 : 獸也. 象頭角四足之形. 鳥鹿足相似. (十卷上)

귀龜는 오래 되었다는 뜻이다. 겉은 뼈이고 속은 살이다. 형부 타它(蛇 : 뱀)를 따르며, 귀龜의 머리와 타它(뱀)의 머리 모습과 같다. …… 발과 껍질, 꼬리의 모양을 본떴다.

龜 : 舊也. 外骨內肉者也. 從它, 龜頭與它頭同……象足甲尾之形. (十三卷下)

미美는 맛이 달다는 뜻이다. 형부 양羊과 대大가 조합하여 뜻을 나타낸다. 양羊은 여섯 가지 가축 중의 하나로, 주로 음식을 제공한다. 미美는 선善자와 뜻이 같다.

美 : 甘也. 從羊從大. 羊在六畜主給膳也. 美與善同意. (四卷上)

생각해 보건데, 선善자의 구조 역시 양羊자를 따른다. 단옥재는 "대체로 어떤 글자가 어떤 글자와 뜻이 같다고 말한 것은 모두 자형의 뜻이 서로 비슷한 것이 있다는 것을 말한 것이다."(凡言某與某同意者, 皆謂字形之意有相似者.)("공工"자의 주석)고 하였다.

> 구裘는 가죽옷이다. 의衣는 형부이고, 구求는 성부이다. 일설에는 상형이라 하며, 쇠衰자와 뜻이 같다.
>
> 裘 : 皮衣也. 從衣, 求聲. 一曰象形, 與衰同意.
>
> (八卷上)

생각해 보건데, 『설문』에서 "쇠衰는 풀로 엮은 비옷이다. 진에서는 비萆라고 말한다. 의衣는 형부이며, 상형이다."(衰, 草雨衣. 秦謂之萆. 從衣, 象形.)고 하였는데, 단옥재는 "이 두 글자는 모두 의衣가 형부이며, 그 모양을 본뜬 것이다."(兩字皆從衣而象其形也.)고 하였다.

> 오午는 거스른다는 뜻이다. 5월에는 음기가 양기를 거스르고 땅을 뚫고 나온다. 오午는 시矢자와 뜻이 같다.
>
> 午: 啎也. 五月陰氣啎逆陽, 冒地而出. 此與矢同意.
>
> (十四卷下)

생각해 보건데, 단옥재의 주에서는 "시矢자의 머리 부분은 오午와 서로 비슷하며, 모두 뚫고 나오는 모양을 본떴다."(矢之首與午相似, 皆象貫之而出也.)고 하였다.

자형의 분석을 통해 자의를 정확하게 해설하는 방법은 허신의 뛰어난 공헌이다. 그러나 허신이 설명할 때 지나치게 자형에 얽매이는 경향으로 인해, 그 석의釋義가 경전에서 자주 사용되는 뜻과 서로 맞지 않는 상황을 야기 시켰다. 예를 들면,

담監은 피가 있는 고기로 만든 육장이다. 혈血은 형부이고, 탐肬은 성부이다. 『예기禮記』에는 담해監醢가 있는데, 말린 소고기, 기장, 소금을 술에 섞어서 만든 것이다.

監 : 血醢也. 從血, 肬聲. 『禮記』有監醢, 以牛乾脯粱曲鹽酒也. (五卷上)

왕균은 『설문구두』에서 "글자가 혈血의 형부를 따르기 때문에, 부득이 혈해血醢라고 말한 것이지만, 그것은 사실 혈血이 아니다."(字從血, 不得不說之以血醢, 其實非血也.)고 하였다.

초秒는 벼 까끄라기이다. 화禾는 형부이고, 소少는 성부이다.

秒 : 禾芒也. 從禾, 少聲. (七卷上)

자朿는 나무가시이다. 상형이다.

朿 : 木芒也. 象形. (七卷上)

망芒은 풀의 뾰족한 끝이다. 초艸는 형부이고, 망亡은 성부이다.

芒 : 草端也. 從艸, 亡聲. (一卷下)

『설문구두』에서 "무릇 사람을 찌르는 것을 망芒이라 한다. 허신이 망芒자에 속하는 풀, 자朿에 속하는 나무, 초秒에 속하는 벼 등의 명칭을 한가지로 썼다고는 하지만, 그 설명은 모두 통한다."(凡刺人者謂之芒, 許君以芒屬之草, 以朿屬之木, 以秒屬之禾, 各專其名, 而解說則通之.)고 하였다.

총寵은 높은 자리에 거한다는 뜻이다. 면宀는 형부이고, 용龍은 성부이다.

寵 : 尊居也. 從宀, 龍聲. (七卷下)

『설문구두』에서 "총寵은 단지 높다는 뜻이며, 형부 면宀(집)의 뜻을 따르기 때문에, 거(居)한다고 말한 것이다."(寵只是尊, 以從宀, 故言居也.)고 하였다.

진疢은 열이 나는 병이다. 녁疒은 형부이고, 화火는 성부이다.

疢 : 熱病也. 從疒, 從火. (七卷下)

『설문구두』에서 "『시』전箋에서 말하길, 진疢은 병이 났다는 말과 같으며, 진疢은 단지 통칭이며, 허신이 열이 난다고 말한 것은 진疢자가 형부 화火의 뜻을 따르기 때문이다."(『詩』箋 : 疢, 猶病也, 疢只是通名, 許君云熱, 以其從火也.)고 하였다. 다시 예를 들면,

호虎는 산짐승 중의 왕이다. 형부 호虍(호랑이의 무늬)의 뜻을 따르고, 호랑이의 발은 사람의 발 모양을 본떴으며, 상형자이다.

虎 : 山獸之君. 從虍, 虎足象人足, 象形. (五卷上)

허신의 뜻을 미루어 헤아려보면, 호虎자의 마지막 두 획은 소전의 "인人"자와 서로 비슷하기 때문에, 마침내 "호랑이의 발은 사람의 발 모양을 본떴다"고 설명한 것이 분명하다. 그렇지 않다면, 호랑이 발과 사람의 발이 어떻게 서로 닮은 점이 있겠는가? 사실상 호虎자의 마지막 한 획은 바로 호랑이의 꼬리이지 호랑이의 발이 아니다. 그래서 왕균은 『설문석례』에서 "그는 뜻을 해설할 때 반드시 자형과 서로 억지로 비교해 끼워 맞추었다. …… 그러므로 흔히 볼 수 있는 글자를 반대로 보기 드문 글자로 설명해 놓는 바람에 흔히 볼 수 있는 설명과 자형이 서로 맞지 않게 되었다. 이익이 이로부터 생기고, 폐단이 이로부터 생겨났다. 옛것을 돌이켜 처음으로 돌아가는 것은 이익이라고 할 수 있지만, 고의古義가 실전된 글자나 형체가 와전된 글자의 정확한 뜻을 구하려고 하다가 오히려 어쩔 수 없는 상황에 이르게 된 것은 그것의 폐단이다."고 하는 말을 남겼는데, 그의 이러한 견해는 정확하게 정곡을 찔렀다고 하겠다.

우리는 옛 사람들이 글자를 만들 때 하나의 협소한 측면에서 어떤 사물의 현상을 가지고 뜻을 취한 다음, 후에 그 글자를 가지고 이 기본적인 뜻과 관련된 뜻보다 더 많은 것들을 표시한다고 생각하기 쉬운데, 바로 이러한 인식으로 인해 자형에 의거해 분석한 뜻과 그 상용하는 뜻(常用義)이 서로 불일치하는 상황이 출현하게 되었던 것이다. 예를 들면,

> 강彊(强)은 강한 활이다. 궁弓은 형부이고, 강畺은 성부이다.
>
> 彊(强) : 弓有力也. 從弓, 畺聲. (十二卷下)

자형은 궁弓에 힘이 있다는 것에서 뜻을 취하였지만, 인신引伸하여 힘이 있는 모든 것을 가리킨다. 다시 예를 들면,

고庫는 병기와 전차戰車를 놓아두는 창고이다. 거車(戰車)가 엄广(房屋) 아래 있는 모양에서 뜻을 취하였다.

庫 : 兵車藏也. 從車在广下. (九卷下)

자형이 형부 거車의 뜻을 따르기 때문에, 병거를 놓아두는 곳으로 해석하였으나, 자의는 실제로 물품을 보관하는 모든 건물을 가리킨다. 이러한 점은 마땅히 주의해야 하며, 형훈形訓에 지나치게 구속되는 것은 마땅치 않다.

(3) 의훈

의훈義訓은 직접 사의詞義를 서술하는 것으로, 다시 말해서 통행하는 사詞를 가지고 고어사古語詞나 방언사方言詞를 해석함으로서 자음과 자형을 빌리지 않는 것을 말한다. 『설문』의 의훈 형식은 여덟 가지 유형으로 나눌 수 있다.

첫 번째 유형은 같은 뜻의 글자로 훈석하는 "동의위훈同義爲訓" 방식으로, 즉 하나의 동의사同義詞로 훈석하는 글자를 해석하는 것이다. 이 유형은 다시 직훈直訓・호훈互訓・체훈遞訓・동훈同訓 등의 네 가지 유형으로 세분할 수 있다.

직훈의 예를 들면,

원元 : 始也.(시작이라는 뜻이다.)

비丕 : 大也.(크다는 뜻이다.)

상上 : 高也.(높다는 뜻이다.)

하下 : 底也.(낮다는 뜻이다.)

정禎 : 祥也.(상서롭다는 뜻이다.)(이는 모두 1권상에 보인다.)

호훈은 바로 동의사同義詞로 대석對釋하는 방식이다. 다시 말해서 두 개의 동의사가 상호 서로 훈석하는 것을 가리킨다. 『설문』의 호훈자互訓字는 380자가 있는데, 그 중에서 부部가 같은 동부同部인 경우는 다음과 같다. 예를 들면,

풍諷－송誦　신信－성誠　첨諂－유諛　악握－지持

희欷－허歔　주洒－척滌　추追－축逐　교橋－량梁

요遼－원遠　봉逢－우遇　기飢－아餓　동棟－극極

부部가 다른 이부異部인 경우는 다음과 같다. 예를 들면,

근謹－신愼　경警－계戒　염厭－포飽　경更－개改

체逮－급及　사赦－치置　휘徽－소召　기棄－연捐

참慚－괴愧　치耻－욕辱　창創－상傷　첩牒－찰札

문問－신訊　감甘－미美　선善－길吉　계誡－칙敕

기寄－탁托　속束－박縛　감減－손損　궁躬－신身

두頭－수首　도逃－망亡　기技－교巧　가歌－영咏

완完－전全　진珍－보寶　방邦－국國　봉奉－승承

체훈은 세 개 이상의 동의사同義詞가 번갈아가면서 훈석하는 형식이다. 예를 들면,

> 롱嚨－喉也. 후喉－咽也. 인咽－嗌也. (二卷上)
>
> 역逆－迎也. 영迎－逢也. 봉逢－遇也. (二卷下)
>
> 반返－還也. 환還－復也. (二卷下)
>
> 어語－論也. 논論－議也. 의議－論也. (三卷上)
>
> 기譏－誹也. 비誹－謗也. 방謗－毀也. (三卷上)

서로 훈석하는 방법과 번갈아가면서 서로 훈석하는 방법은 사의詞義를 해석하는 원시적인 방법이다. 동의사同義詞로 대석對釋하는 방식은 간명하면서도 일목요연하다. 특히 금어今語로 고어古語를 해석하고, 통어通語로 방언方言을 해석하는 것이 가장 간편한 석의 방법이다. 그러나 호훈과 체훈 역시 어느 정도 한계성을 가지고 있어 언어 속에서 두 개, 혹은 두 개 이상의 사詞와 자字가 의미나 용법상에서 절대적으로 상동相同하는 경우는 대단히 적은 편이다. 이른 바 동의同義라는 것은 일반적으로 단지 의미나 용법이 서로 가까운 것에 지나지 않으며, 게다가 다의사多義詞의 경우에는 때때로 그 중에서 한 가지 뜻만이 양쪽과 서로 같을 뿐, 모든 의미가 서로 다 같은 것은 아니다. 그러므로 만일 일률적으로 모두 같게 한다면, 이는 분명 잘못을 저지르는 일이며, 또한 만일 훈석에 사용한 사詞 중에서 하나라도 독자가 알지 못하는 것이 있다면, 이 역시 이해의 곤란함을 초래하게 될 것이다.

동훈은 하나의 상용사常用詞를 가지고 수많은 동의사同義詞를 해석하는 방법이다. 『이아』가 바로 이와 같은 훈석 체례를 채택해 수많은 동의사

를 한 곳에 모아 놓고 한 조組를 만든 다음 해석을 시도하였다. 예를 들면, 『석고』편에서 "초初·재哉·수首·기基·조肇·조祖·원元·태胎·숙俶·낙落·권여權輿는 처음이라는 뜻이다"(初·哉·首·基·肇·祖·元·胎·俶·落·權輿, 始也.)고 해석하였는데, 『설문』에서도 이러한 훈석방법을 채택하였다. 예를 들면,

탁琢·조琱·리理는 모두 "옥을 다듬는 것이다."고 훈석하였다.

琢·琱·理均訓"治玉也." (一卷上)

쾌噲·탄呑·익嗌은 모두 "목구멍이다"고 훈석하였다.

噲·呑·嗌均訓"咽也." (二卷上)

포逋·유遺·수遂·도逃는 모두 "도망하다."고 훈석하였다.

逋·遺·遂·逃均訓"亡也." (二卷上)

배排·저抵·최摧는 모두 "밀치다"고 훈석하였다.

排·抵·摧均訓"擠也." (十二卷上)

두 번째 유형은 반의反義를 가지고 훈석한다는 것은 반의사反義詞를 가지고 훈석하는 것을 말한다. 즉 어떤 사詞의 반의사를 가지고 문장 속에서 해당 사詞의 정확한 뜻을 해석하는 것이다. 일정한 조건 아래에서는 사詞의 뜻이 대립되는 쪽으로 전화轉化되어 상호 대립되는 두 가지 뜻이 하나의 사詞 속에 병존하는 현상이 형성될 수 있다. 예를 들면,

난亂은 다스린다는 뜻이다.

亂 : 治也. (十四卷下)

통通은 도달하다는 뜻이다.

通 : 達也. (二卷下)

달達은 길에서 서로 만나지 못하는 것을 말한다.

達 : 行不相遇也. (二卷下)

이러한 언어적 현상은 극히 드문 경우이다. 사의詞義가 거듭 인신됨으로 인해 최초의 본래 뜻과는 전혀 연관성이 없는 뜻으로 변하거나, 심지어 완전히 서로 대립되는 뜻으로 변하기 때문에 반훈反訓이라는 말이 생겨나게 된 것이다. 반훈反訓은 언어의 명확성을 혼란스럽게 만들기 때문에 형식논리에서는 용납되지 않는 방식이다. 형식논리는 짧고 협소한 시공간적 범위 내에서의 모순을 용납하지 않는다.

세 번째 유형은 금어今語로 고어古語를 해석하는 방식이다. 고어는 후대 사람들이 알지 못하기 때문에, 금어로 해석할 필요가 있다. 공영달孔穎達은 『모시정의毛詩正義』에서 "고훈詁訓"을 해석하여 "고詁라는 것은 옛날이라는 뜻이며, 고금의 서로 다른 말을 통하게 하여 사람들로 하여금 알게 하는 것이다."("詁者, 古也, 古今異言, 通之使人知也.)고 말하였다. 예를 들면,

주舟는 선船(배)이다. …… 상형자이다.

舟 : 船也. …… 象形. (八卷下)

단옥재는 주에서 "고인은 주舟라고 말하였고, 한나라 사람들은 선船

이라 말하였다."(古人言舟, 漢人言船.)고 하였다.

숙尗은 숙菽과 같으며, 두豆(콩)이다. 숙尗은 콩이 처음 나오는 모양을 본떴다.

尗(菽) : 豆也. 象尗豆生之形也. (七卷下)

단옥재는 주에서 "숙尗과 두豆는 고금의 말이다."(尗·豆古今語.)

모旄는 당幢(기)이다.

旄 : 幢也. (七卷上)

『설문구두』에서 "한나라 때의 명칭을 가지고 고대의 명칭을 해석하였는데, 쉽게 알게 함을 취한 것이다. 그러므로 건巾부部에서 당幢자를 수록하지 않았다."(以漢名釋古名, 取其易曉也. 故巾部不收幢字.)고 하였다.

리詈는 매罵(욕하다)이다.

詈 : 罵也. (七卷下)

『설문구두』에서 "매詈는 『시경』과 『서경』에 보이며, 주나라 때의 말이다. 매罵는『사기』에 보이며, 한나라 때의 말이다. 『상유』편에서 '등을 돌리고서 크게 욕한다.'는 말이 있는데, 매詈자가 전해지지 않은 것은 아마도 진나라 때는 오히려 매詈자만을 말하였기 때문일 것이다."(詈, 見『詩』『書』, 是周語也; 罵, 見『史記』, 是漢語也. 『桑柔』 '覆背善詈', 無傳者, 蓋秦時猶但言詈.)고 하였다.

이 네 번째 유형은 통어通語로 방언을 해석하는 방식이다. 즉 이 글자의 뜻이 어느 지역에서만 사용되는 방언이라 통용되는 언어가 아니기 때문에, 통용되는 언어로 그 글자를 해석한 것을 말한다. 『설문』에서는 방언과 속어를 인용한 서식이 그다지 통일되어 있지 않다. 어떤 글자는 방언 지역의 범위를 분명하게 밝히고 있으나, 어떤 글자는 방언과 속어라고 말하면서도 지명을 분명하게 밝히지 않은 경우도 있다. 예를 들면,

> 면眄의 뜻은 한쪽 눈이 닫혀 있는 것을 말한다. 또 다른 일설에는 곁눈질한다는 뜻이라 말한다. 진秦(섬서) 지역의 말이다.
>
> 眄 : 目偏合也; 一曰, 斜視也. 秦語. (四卷上)

> 궤餽는 오吳(지금의 강소성 일대) 지역 사람들은 귀신에게 제사지내는 것을 궤餽라고 말한다.
>
> 餽 : 吳人謂祭曰餽. (五卷下)

> 과夥는 제(지금의 산동성 중부) 지역 사람들은 과夥라고 말한다.
>
> 夥 : 齊謂多爲夥. (七卷上)

> 희睎는 멀리 바라본다는 뜻이다. 발해와 태산 지역의 사이에서는 면眄(곁눈질하다)을 희睎라고 말한다.
>
> 睎 : 望也. 海岱之間謂眄曰睎. (四卷上)

> 우霱는 비오는 모양이다. 방언이다.
>
> 霱 : 雨貌. 方語也. (十一卷下)

기殉는 버린다는 뜻이다. 속어에서는 죽는 것을 대기大殉라고 말한다.

殉 : 棄也. 俗語謂死曰大殉. (四卷下)

다섯 번째 유형은 공명共名으로 별명別名을 해석하는 방식이다. 즉 상위사上位詞를 가지고 하위사下位詞를 해석하는 것을 가리킨다. 예를 들면,

초苕는 풀이다.

苕: 草也. (一卷下)

규葵는 채소이다.

葵: 菜也. (一卷下)

안雁은 새이다.

雁: 鳥也. (四卷上)

이李는 과일이다.

李: 果也. (六卷上)

허鮭는 물고기이다.

鮭: 魚也. (十一卷下)

공명共名으로 별명을 해석하는 방식은 그다지 명확하지 않다. 그렇기 때문에 "속屬"과 "별別"의 구분이 생겨나게 된 것이다. 사물의 유별類別을 표시할 때, 사물 간의 공통성을 강조하기 위해서 어떤 사물은 어떤 것에

속한다고 해석하였고, 사물 간의 구별을 강조하기 위해서 그것은 어떤 것과 다르다고 해석하였다. 예를 들면,

등橙은 귤에 속하는 과수이다.

橙 : 橘屬. (六卷上)

시豺는 이리에 속하는 짐승이다.

豺 : 狼屬. (九卷下)

패稗는 벼와는 다른 잡초이다.

稗 : 禾別也. (七卷上)

여섯 번째 유형은 계설界說(정의의 옛말)을 세우고 사의詞義에 정의를 내리는 형식의 해설이다. 즉 가장 정련된 언어를 가지고 사의에 대해 정확한 묘사를 진행하여 그 중요한 본질적 특징을 뚜렷하게 나타내는 것이다. 『설문』의 어떠한 계설은 고도의 개괄적 성격을 갖추고 있어서 후대 사전詞典의 석의釋義를 위해 전범을 세워주었다. 예를 들면,

구口는 사람이 말을 하고 음식을 먹는 기관이다.

口 : 人所以言食也. (二卷上)

지舓는 혀로 음식을 핥아 먹는 것을 말한다.

舓 : 以舌取食也. (三卷上)

약藥은 병을 치료하는 풀이다.

藥 : 治病草也. (一卷下)

계鷄는 때를 알리는 가축이다.

鷄 : 知時畜也. (四卷上)

추雛는 병아리이다.

雛 : 鷄子也. (四卷上)

말袜은 발에 신는 양말이다.

袜 : 足衣也. (五卷上)

역疫은 사람들이 모두 병을 앓는 전염병이다.

疫 : 民皆疾也. (七卷下)

쇠衰(蓑)는 풀로 엮어 만든 비옷이다.

衰(蓑) : 草雨衣. (八卷上)

일곱 번째 유형은 형상을 묘사하는 방식이다. 즉 해당 글자가 나타내는 실물에 대해 묘사와 설명을 덧붙인 것이다. 예를 들면,

낭狼은 형상이 개와 비슷하며, 머리를 뾰족하고 길며, 빰은 희며, 몸의 앞은 높고 뒤는 넓다.

狼 : 似犬, 銳頭白頰, 高前廣後. (十卷上)

사麝는 순록과 같으나 몸집이 작으며, 배꼽에 향기가 있다.

麝 : 如小麋, 臍有香. (十卷上)

종琮은 상서로운 구슬이며, 크기는 8촌이고, 모양은 마치 수레 바퀴통과 비슷하다.

琮 : 瑞玉, 大八寸, 似車釭. (一卷上)

서犀는 남요南徼(서남 변방 지역)에서 사는 무소이다. 하나의 뿔은 코에서 자라고, 하나의 뿔은 정수리에서 자라는데, 형상이 마치 돼지와 비슷하다.

犀 : 南徼外牛. 一角在鼻, 一角在頂, 似豕. (二卷上)

석鼫은 다섯 가지 재주를 가진 쥐의 일종이다. 그것은 날 수 있지만 지붕을 넘지 못하고, 잡고서 기어 올라갈 수 있지만 나뭇가지 끝까지 가지 못하고, 헤엄칠 수 있지만 골짜기를 건너가지 못하고, 구멍을 팔 수 있지만 몸을 숨기지 못하고, 달려갈 수 있지만 사람을 앞서지 못한다.

鼫 : 五技鼠也. 能飛不能過屋, 能緣不能窮木, 能游不能渡谷, 能穴不能掩身, 能走不能先人.) (十卷上)

난赧은 부끄러워 얼굴이 빨개진 것이다.

赧 : 面慚而赤也. (十卷上)

여덟 번째 유형은 비황譬況이다. 즉 비유하는 방법으로 예를 들어서 설명하는 방식이다. 예를 들면,

창蒼은 푸른 풀의 빛깔이다.

蒼 : 草色也. (一卷下)

흑黑은 불의 연기에 그을린 색깔이다.

黑 : 火所熏之色也. (十卷上)

황黃은 땅의 빛깔이다.

黃 : 地之色也. (十三卷下)

견絹은 보릿대와 같은 빛깔의 비단이다.

絹 : 繒如麥稍色也. (十三卷上)

4) 독음讀音의 예

허신이 살았던 동한시대에는 반절反切이 없었고, 반절로 음을 표시한 것은 삼국시대 위魏나라 손염孫炎의 『이아음의爾雅音義』에서 시작되었다. 지금의 『설문』의 대서본 반절은 당대唐代 손면孫愐이 저술한 『당운唐韻』의 반절에 의거해 덧붙여 놓은 것이다. 『설문계전』(소서본)의 반절은 남당南唐시

대 주고朱翱가 덧붙여 놓은 것이다.

『설문』에서 허신은 한자의 독음문제를 두 가지 방법으로 처리하였다. 첫 번째는 형성체계를 사용하였는데, 즉 형성자에서 형부의 모성某聲・성성省聲・역성亦聲을 가지고 조자할 때 독음을 설명한 것이다. 두 번째는 "독약讀若"을 사용해 한대 사람들의 독음을 모방해 본뜬 것이다.

『설문』속에는 "독약讀若"이 800여 가지가 있다.

사례詞例 : 어떤 글자와 같이 읽고, 어떤 글자처럼 읽고, 어떤 글자와 같다. 읽을 때 어떤 글자와 같이 읽는다. 예를 들면,

> 유莠는 벼나 조 아래에서 자라는 풀이다. 초艸는 형부이고, 수秀는 성부이다. 음은 유酉처럼 읽는다.
>
> 莠 : 禾粟下生莠也. 從艸, 秀聲. 讀若酉. (一卷下)

> 구玽는 옥처럼 아름다우나 옥에 비해 뒤떨어진다. 옥玉은 형부이고, 구句는 성부이다. 음이 마치 구苟처럼 읽는다.
>
> 玽 : 石之次玉者. 從玉, 句聲。讀若苟. (一卷上)

> 삼森은 나무가 많은 모양이다. 형부 임林과 목木이 조합하여 이루어진 회의자이다. 음은 마치 증삼曾參(공자의 제자의 이름)의 삼參처럼 읽는다.
>
> 森 : 木多貌. 從林, 從木. 讀若曾參之參. (六卷上)

> 사玜는 옥과 비슷한 돌이다. 옥玉은 형부이고, 사厶는 성부이다. 음

은 마치 사私처럼 읽는다.

玜 : 石之似玉者. 從玉, 厶聲. 讀與私同. (一卷下)

난𤔔은 어린아이가 서로 어지럽힌다는 뜻을 나타내며, □𤔔는 두 손을 움직여 그 분쟁을 해결하는 것을 나타낸다. 독음은 마치 난亂과 같다.

𤔔 : 幺子相亂, 𠬪治之也. 讀若亂同. (四卷下)

풍豊은 예의를 행할 때 쓰는 예기禮器이다. 형부 두豆의 뜻을 따르며, 상형이다. 독음은 예禮와 같다.

豊 : 行禮之器也. 從豆, 象形. 讀與禮同. (五卷上)

『설문』의 "독약讀若"을 분석해 보면, "독약"의 작용에는 세 가지가 있다. 첫 번째는 음을 본뜬 것(擬音)이고, 두 번째는 속어·방언·경전의 성어成語로 음을 주석한 것이고, 세 번째는 문자의 통가通假에 대한 단서를 제공해 준다.

첫 번째는 음을 본 뜬 것(擬音)이다. "독약"은 일반적으로 직음直音이라고 말할 수 있다. 어떤 글자와 같이 읽는다는 독약모讀若某는 아마도 완전히 음이 같거나, 혹은 단지 음이 서로 가깝다는 것을 나타낸다. 음이 같은 글자를 예로 들어 보면,

자朿는 나무가시이다. 상형이다. 독음은 자刺와 같다.

朿 : 木芒也. 象形. 讀若刺. (七卷上)

연肰은 개고기이다. 육肉과 견犬이 조합하여 뜻을 나타낸다. 독음은 연然과 같다.

肰 : 犬肉也. 從肉犬. 讀若然. (四卷下)

가椵는 나무이며, 평상과 책상을 만들 수 있다. 목木은 형부이고, 가叚는 성부이다. 독음은 가賈와 같다.

椵 : 木, 可作床几. 從木, 叚聲. 讀若賈. (六卷上)

무毌는 막대기로 물체를 꿰뚫어 그것을 들어 올리는 것을 가리킨다. 일一(물건을 꿰뚫는 물건)을 가지고서 가로로 꿰뚫은 것을 가리킨다. 귀중한 물건의 모양을 본떴다. 독음은 관冠과 같다.

毌 : 穿物持之也. 從一橫貫, 象寶貨之形. 讀若冠. (七卷上)

순珣은 의무려醫無閭(지금의 요녕성 북진현에 있는 산의 명칭)에서 나는 우기玗璂(옥의 명칭)이다. 『주서周書』에서 말하는 이른바 동이東夷의 미옥美玉이다. 옥玉은 형부이고, 순旬은 성부이다. 일설에는 그릇(器)라고 하며, 독음은 선宣과 같다.

珣 : 醫無閭(山名)之珣玗璂(玉名), 『周書』所謂夷玉也. 從玉, 旬聲. 一曰器, 讀若宣. (一卷上)

섭燮은 조화를 이룬다는 뜻이다. 언言, 우又(手), 염炎자가 조합되어 이루어진 글자이다. 독음은 습濕과 같다.

燮 : 和也. 從言, 從又炎. 讀若濕. (三卷下)

명皿은 밥 먹을 때 사용하는 그릇이다. 상형이다. 두豆자와 뜻이 같다. 독음은 맹猛과 같다.

皿 : 飯食之用器也. 象形. 與豆同意. 讀若猛. (五卷上)

음이 비슷한 글자로는 예를 들면,

경哽은 말을 하는데 혀가 사이에 끼여 숨이 막히는 것을 말한다. 구口는 형부이고, 경更은 성부이다. 독음은 우물 속에 물을 긷는 경綆(두레박)과 같다.

哽 : 語爲舌所介也. 從口, 更聲. 讀若井汲綆. (二卷上)

암黯은 연한 황색 중의 흑색이다. 흑黑은 형부이고, 감甘은 성부이다. 독음은 검붉은 색을 나타내는 추감緅紺의 감紺자와 같다.

黯 : 淺黃黑也. 從黑, 甘聲. 讀若染繒中束緅黚. (十卷上)

에饐는 배가 고프다는 뜻이다. 식食은 형부이고, 액戹은 성부이다. 독음은 초나라 지역 사람들이 에인恚人이라 말하는 에恚자와 같다.

饐 : 饑也. 從食, 戹聲. 讀若楚人言恚人. (五卷下)

과𣄨는 나쁜 일을 만나 놀라 내는 말이다. 기旡는 형부이고, 괘咼는 성부이다. 독음은 초나라 지역 사람이 많은 것을 말할 때 과夥라고 말하는 과夥자와 같다.

𣄨 : 逆惡驚詞也. 從旡, 咼聲. 讀若楚人名多夥.

(八卷下)

사卸는 수레를 멈추고 말을 풀어놓는다는 뜻이다. 형부 절卩과 지止의 뜻을 따르고, 오午는 성부이다. 독음은 여남(지금의 하남성 남부) 지역 사람들이 말하는 서사書寫의 사寫자와 같다.

卸 : 舍車解馬也. 從卩止午. 讀若汝南人寫書之寫.

(九卷上)

『설문구두』에서 "속어를 정독正讀해보면, 초나라 사람들은 에인恚人을 말할 때, 그 말을 에䬥라고 읽지 에恚라고는 말하지 않는다."(以俗語正讀, 謂楚人言恚人其詞似䬥也, 非謂讀若恚.)

독약讀若 중에서 경전의 성어成語(전대 사람들은 경전을 인용하였다고 칭한다)를 인용한 것은, 한나라 때 사람들이 일반적으로 모두 경전을 잘 알고 있었기 때문에 음을 주석할 때 경전을 인용해 증명함으로써 그 음독音讀의 정확성을 강조하기 위한 것이었다. 그래서 청나라 때 진수기陳壽祺는 일찍이 "글자는 여러 개의 음을 포함하고 있으며, 음音 역시 여러 개의 뜻을 포함하고 있다. 그렇기 때문에 경전에서 자주 보이는 문장을 들어 그것을 증명하고자 한 것이다. 즉 글자는 하나의 음과 하나의 뜻을 가지고 있다."(字包數音, 音包數義, 故學經典習見之文以證之, 卽字止一音一義.)고 말한 것

이다. 예를 들면,

찬轛은 거형車衡(소나 말의 목에 가로 얹는 둥그렇게 구부러진 막대)을 세 방면으로부터 묶은 것이다. 혁革은 형부이고, 찬爨은 성부이다. 독음은 『논어』에 보이는 "찬수鑽燧"의 찬鑽과 같다.

轛 : 車衡三束也. 從革, 爨聲. 讀若『論語』"鑽燧"之鑽. (三卷下)

생각해 보건데, "『논어 · 양화편』에서 "나무를 뚫어 불을 취하는 나무도 1년이면 그친다."(『論語 · 陽貨篇』有"鑽燧改火, 期可已矣.")고 하였다.

□受는 물건이 떨어진다는 뜻이다. 두 손으로 서로 주는 것이다. 조爪와 우又가 조합되어 이루어진 회의자이다. 독음은 『시경 · 소남 · 표유매』의 표摽와 같다

受 : 物落. 上下相付也. 從爪, 從又. 讀若『詩』"摽有梅". (四卷下)

세 번째는 『설문』의 독약은 독음을 표시하지만, 간혹 문자 통가通假의 단서를 가리키기도 한다. 전대흔錢大昕 · 왕균王筠 · 유월兪樾 · 장행부張行孚 등 여러 학자들의 연구에 의거하자면, 『설문』의 독약 중에는 고서古書에서 글자의 동음同音을 이용해 대체한 현상을 엿볼 수 있다. 예를 들면,

□敷는 닫는다는 뜻이다. 복攴은 형부이고, 도度는 성부이다. 독음은 두杜와 같다.

敷 : 閉也. 從攴, 度聲. 讀若杜. (三卷下)

『설문』에 의하면, 두杜는 본래 나무 이름인 감당甘棠을 말한다. 그러나 경전에서 "폐閉"자의 의미가 오히려 "두杜"자로 사용되었다. 예를 들면, 『국어·진어』에서 "호돌狐突은 문을 닫고 나가지 않았다."(狐突杜門不出.)와 같은 예가 보인다.

□勢은 건장하다는 뜻이다. 역力은 형부이고, 오敖는 성부이다. 독음은 호豪와 같다.

勢：健也. 從力, 敖聲. 讀若豪. (十三卷下)

『설문』에서 "호豪는 돼지의 갈기가 마치 붓대와 같다"(豪, 豕鬣如筆管者.)고 말한 것이 바로 호저豪猪이다. 후대의 "호걸豪傑"의 뜻은 오히려 호豪만 쓰고, □勢는 사용하지 않는다.

귀宄는 도둑질한다는 뜻이다. 밖의 도둑을 도盜라 하고, 안의 도둑은 귀宄라 한다. 면宀은 형부이고, 구九는 성부이다. 독음은 궤軌와 같다.

宄：奸也. 外爲盜, 內爲宄. 從宀, 九聲. 讀若軌. (七卷下)

『설문』에 의하면, 궤軌는 수레바퀴의 궤적軌迹을 나타낸다. 그러나 경전에서는 "간귀奸宄"의 뜻으로 오히려 "궤軌"를 사용했다. 예를 들면, 『좌전·성공17년』에서 "난亂이 밖에 있는 것을 간奸이라 하고, 안에 있는 것을 궤軌라 한다."(亂在外爲奸, 在內爲軌.)고 하였다.

곤䖵은 벌레의 총칭이다. 두 개의 충虫자로 이루어졌다. 독음은 곤昆과 같다.

䖵 : 虫之總名也. 從二虫. 讀若昆. (十三卷上)

『설문』에서 "곤昆은 같다는 뜻이다. 형부 일日과 비比로 이루어져 있다."(昆, 同也, 從日從比.)고 하였다. 이에 대해 서개徐鍇는 "해와 해가 견준다는 뜻으로 같다는 의미이다."(日日比之, 是同也.)고 하였다, 그러나 『예기禮記·왕제王制』편에 이미 "곤충昆虫"의 명칭이 보일 뿐만 아니라, 지금까지도 연용 되어 오고 있다.

곤丨은 위와 아래가 서로 통하는 것을 가리킨다. 위로 끌어당겨 쓰면 독음이 신囟과 같고, 아래로 끌어당겨 쓰면 독음이 퇴退와 같다.

丨 : 上下通也. 引而上行讀若囟, 引而下行讀若退.

(一卷上)

방玤은 옥보다 떨어지는 돌이다. 이것으로 계벽繫璧을 만들었다. 옥玉은 형부이고, 봉丰은 성부이다. 독음은 『시경·대아·생민』의 "과질봉봉瓜瓞菶菶"의 봉菶과 같다. 또 다른 일설에는 독음이 합방蛤蚌의 방蚌과 같다고 한다.

玤 : 石之次玉者, 以爲繫璧. 從玉, 丰聲. 讀若『詩』曰 : "瓜瓞菶菶". 一曰, 若蛤蚌.(一卷上)

5) 전적을 인용하여 증명한 예

허신은 『설문해자』를 편찬하면서 “신이유증信而有證”, 즉 믿을 수 있을 뿐만 아니라 그 증거까지 수집하는데 최선의 노력을 다하였다. 그는 광범위하게 여러 전적을 인용하여 “박채통인博采通人”과 “계찬기설稽撰其說” 등을 입론의 근거로 삼았다. 그는 당시 오경에 있어서 그와 견줄만한 사람이 없는 경학의 대가였기 때문에, 유가의 『시경』·『서경』·『예기』·『주역』·『춘추』·『논어』·『효경』 등을 인용한 것 이외에도, 산실된 『논어』·『맹자』·『좌씨전』·『공양전』·『한시전韓詩傳』·『노자』·『묵자』·『한비자』·『국어』·『이아』·『초사』·『여씨춘추』·『산해경』·『사마법司馬法』·진대의 석각刻石·한대의 율령律令 등을 인용하였다. 오옥진吳玉搢의 『설문인경고說文引經考』에 보이는 통계에 의하면, 『설문』에 인용된 경전은 모두 1,112조목이며, 누락되어 생략된 것이 24조목이라고 한다. 승배원承培元은 『설문인경증례說文引經證例』에서 경전을 인용했다고 언급하지는 않았으나 실제로 경전을 인용한 것이 있기 때문에, 책 전체에 인용된 증거자료는 모두 1,320조목에 이른다고 말하였다.

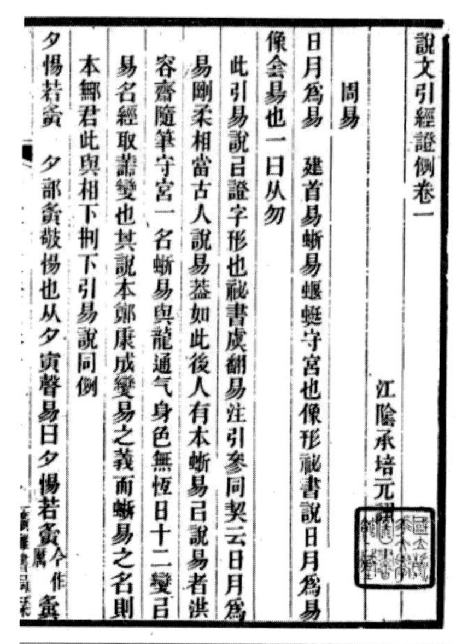
說文引經證例卷一
江陰承培元
周易
日月爲易　建首易蜥易蝘蜓守宮也像形祕書說日月爲易
像侌昜也一曰从勿
此引易說㠯證字形也祕書虞翻易注引參同契云日月爲
易剛柔相當古人說易蓋如此後人有本蜥易㠯說易者洪
容齋隨筆守宮一名蜥易與龍通气身色無恆日十二變㠯
易名經取諸變也其說本鄭康成變易之義而蜥易之名則
本鄦君此與相下引易說同例
夕惕若夤　夕部夤敬惕也从夕寅聲易曰夕惕若夤今作厲夤

吳玉搢의 『說文引經考』

사전詞典이 “전典”으로 칭해진 까닭은 바로 그것이 제공하는 지식이 정확하고 믿을 만하며, 또한 주음注音, 석의釋義, 인용한 예가 모두 근거가 있으며, 글자마다 내력이 있어 확실하게 증명할 수 있기 때문이다. 전적을 인용해 증명한다는 것은 바로 고서를 인용해 글자를 해석하는 것으로서, 이는 독자가 고서의 문의文意를 숙지하여 자의字意를 해석하는데 편리하도록 하기 위한 것이다. 『설문』은 일찍이 2천 년 전에 이미 자각적으로 사전詞典의 서증書證 원칙을 운용해 커다란 성공을 거두었다.

『설문』에서 서증書證을 인용할 때, 어떤 것은 뜻을 해석(釋義)하고, 어떤 것은 형체를 해석(解形)하고, 어떤 것은 음에 주석(注音)을 달았다.

뜻을 해석한 것으로 예를 들면,

> 시祡는 제사의 명칭이며, 장작을 쌓아서 그 위에 희생을 놓아 불을 피워 태워 천신에게 제사를 지내는 것을 말한다. 『우서虞書』에서 "대종(泰山)에 이르러 시祡(제사)를 지냈다."고 하였다.
>
> 祡：燒柴燎以祭天神.『虞書』: "至于岱宗，祡."　(一卷上)

> 체禘는 제사의 이름으로, 군묘群廟의 신주를 태조의 사당에서 함께 제사지내므로, 그 소목昭穆의 순서를 자세히 살펴야 한다. 서로 섞여 어지럽게 해서는 안 된다. 『주례』에서 "5년에 한 번 체제禘祭를 지낸다."고 하였다.
>
> 禘：諦祭也.『周禮』曰: "五歲一禘."　(一卷上)

> 권睠은 고개를 돌려서 본다는 뜻이다. 『시경·대아·황의』에서 "이에 고개를 돌려 서쪽을 돌아본다."고 했는데, 바로 이 뜻을 쓴 것이다.
>
> 睠：顧也.『詩』曰："乃睠西顧."　(四卷上)

상相은 살핀다는 뜻이다. 형부 목目과 목木이 조합되어 이루어진 회의자이다. 『주역』에서 "땅에서 관찰할 수 있는 것으로, 나무와 비교할 수 있는 것은 아무 것도 없다."고 하였으며, 『시경・용풍・상서』에서 "쥐를 자세히 보아도 가죽이 있다."고 하였는데, 바로 이 뜻을 쓴 것이다.

相 : 省視也. 從目, 從木. 『易』曰 : "地可觀者, 莫可觀于木." 『詩』曰 : "相鼠有皮." (四卷上)

엽饁은 농부에게 밥을 갖다 준다는 뜻이다. 『시경・빈풍・칠월』에서 "저 남쪽 밭에 밥을 갖다 준다."고 하였는데, 바로 이 뜻을 쓴 것이다.

饁 : 餉田也. 『詩』曰 : "饁彼南畝." (五卷下)

관館은 관방官方에서 빈객을 접대하는 집이다. 『주례周禮・유인遺人』에서 "50리에 시市가 있고, 시市에는 관館이 있는데, 관館에는 쌓아놓은 곡식이 있어 이것으로 왕을 배알하기 위해 찾아온 빈객을 접대한다."고 하였는데, 바로 이 뜻을 쓴 것이다.

館 : 客舍也. 『周禮』: "五十里有市, 市有館, 館有積, 以待朝聘之客."(五卷下)

윤閏은 여분의 달로써 5년에 두 번 윤달을 둔다. 옛날에는 고삭告朔의 예가 있어 매월 초하루에 조종祖宗에 고하여 제사하고 천자가 종묘에서 제사를 지냈는데, 윤달에는 상응문相應門 안에 기거한다. 『주례·춘관·태사』에서 "윤달에 왕이 문안에 기거하며 달을 마친다."고 하였는데, 바로 이 뜻을 취한 것이다.

閏 : 餘分之月, 五歲再閏也, 告朔之禮, 天子居宗廟, 閏月居門中. 從王在門中. 『周禮』曰 : "閏月, 王居門中終月也." (一卷上)

장葬은 시신을 매장한다는 뜻이다. 죽은 사람이 풀숲 안에 있다는 뜻을 나타낸다. 그 가운데 일一을 그은 것은 죽은 사람을 (풀로 엮은 멍석으로) 덮기 때문이다. 『주역·계사』편에서 "옛날에는 죽은 사람을 매장할 때 장작으로 시신 위를 두껍게 덮어주었다."고 하였다.

葬 : 藏也. 從死在茻中. 一其中, 所以薦之. 『易』曰 : "古之葬者, 厚衣之以薪." (一卷下)

매買는 산다는 뜻이다. 망网과 패貝가 조합되어 이루어진 회의자이다. 『맹자·공손추』에서 "높은 언덕에 올라가 시장의 이익을 다 차지하다."고 하였다.

買 : 市也. 從网貝. 『孟子』曰 : "登壟斷而网市利." (六卷下)

위에서 경전을 인용해 글자의 뜻을 증명한 것은 다름 아닌 말의 뜻을 취해 인용한 것이다. 『맹자·공손추』 하편에서 "어떤 욕심 많은 사내는 반드시 높은 언덕을 찾아 올라가 좌우를 살피고서 시장의 이익을 차지할 것이다."(有賤丈夫焉, 必求壟斷而登之, 以左右望, 而罔市利.)고 하였다.

음音을 증명한 예는 이미 "독음讀音의 예"에서 경전의 성어를 가지고 음을 주석한 예를 살펴보았다.

『설문』에서 경전을 인용해 글자의 뜻을 증명한 예를 고찰할 때, 마땅히 다음과 같은 점에 주의해야 한다.

첫 번째, 허신이 인용해 사용한 경전의 문장이 지금의 판본과는 많이 다르다는 점이다. 예를 들면,

> 닐䵒은 붙는다는 뜻이다. 서黍는 형부이고, 일日은 성부이다. 『좌전 · 은공』원년에서 "의롭지도 않고 가깝지 않다."고 하였다.
>
> 䵒 : 粘也. 從黍, 日聲. 『春秋傳』曰 : "不義不䵒." (七卷上)

이 인용문은 『좌전 · 은공』원년에 보이며, 지금의 판본에는 "불의부닐不義不暱"이라고 되어 있다.

> 애僾는 어렴풋하다는 뜻이다. 인人은 형부이고, 애愛는 성부이다. 『시경』에서 "어렴풋하여 보이지 않다."고 하였다.
>
> 僾 : 仿佛也. 從人, 愛聲. 『詩』曰: "僾而不見." (八卷上)

이 인용문은 『시경 · 패풍 · 정녀』에 나오며, 지금의 판본에는 "애이불견愛而不見"이라고 되어 있다.

> 자玼는 옥 빛깔이 선명한 것을 말한다. 옥玉은 형부이고, 차此는 성부이다. 『시경 · 패풍 · 신대』에서 "새로 세운 높은 대가 매우 선명하다."고 하였다.
>
> 玼 : 玉色鮮也. 從玉, 此聲. 『詩』曰: "新台有玼." (一卷上)

이 인용문은 『시경·패풍·신대』에 나온다. 단옥재는 "지금의 판본에는 차泚자로 되어 있으며, 『한시』에서는 최漼자로 쓰고 선명한 모양이라 하였다. 바로 지금의 최찬璀燦(광채가 선명하다)자이다."(今本作泚, 韓『詩』作漼, 云 : 鮮貌. 卽今璀燦字.)고 하였다.

이렇게 『설문』에서 인용한 경전의 내용과 지금의 판본이 서로 일치하지 않는 현상이 출현하게 된 주요 원인은 한대의 유학자들이 경전 연구에 있어 금문학자와 고문학자로 나누어져 있었으나, 고문경학을 학문의 근본으로 삼았던 허신이 금문경학을 폐하지 않고 글자의 뜻을 증명하는 가운데 때때로 금문경학자들의 주장을 받아들였기 때문이다. 한나라 때는 설사 같은 일가一家의 학문일지라도 사도師徒가 말을 통해 입으로 구전했던 까닭에 독음이 조금씩 서로 다르고, 글자의 형체 또한 차이가 있었다. 이러한 원인으로 인해 경문이 불일치하는 현상이 많아지게 되었다. 물론 문헌을 대대로 베껴 써 전함에 따라 노魯자를 어魚자로 쓰기도 하고, 해亥자로 쓰기도 하고, 시豕자로 쓰기도 하는 등, 서로 비슷한 글자들을 잘못 쓰는 현상을 면하기 어려웠다. 그러나 이러한 점들에 대해 우리가 깊이 연구할 필요는 없고, 다만 오늘날 보고 있는 판본의 경전을 근거로 삼아야 할 것이다.

두 번째는 인용한 내용이 설사 동일한 경전의 문장일지라도, 서로 다른 두문자頭文字(첫머리 글자) 아래에서는 문장이 서로 일치되지 않기도 한다. 예를 들면,

> 요枖는 나무가 어리고 무성한 모양이다. 『시경·주남·도요』에서 "복숭아가 어리고 무성하다."고 하였다.
>
> 枖 : 木少盛貌. 『詩』曰: "桃之枖枖." (六卷上)

요媄는 예쁘다는 뜻이다. 『시경·주남·도요』에서 "복숭아가 사랑스럽다."고 하였는데, 일설에는 여자가 웃는 모양을 말한다.

媄 : 巧也. 『詩』曰: "桃之枖枖." 一曰女子笑貌. (十二卷下)

단옥재는 "목木부部에서 이미 '도지요요桃之枖枖'라고 말하였는데, 여기서는 요요媄媄라고 썼으니, 이는 아마도 삼가三家의 『시』일 것이다."(木部已稱桃之枖枖矣, 此作媄媄, 蓋三家『詩』也.")고 하였다. 생각해 보건데, 지금 판본의 『시경』에서는 "도지요요桃之夭夭."라고 되어 있다.

□娖는 용모가 예쁘다는 뜻이다. 『시경』에서 "얌전한 아가씨 예쁘기도 하다."고 하였다.

娖 : 好也. 『詩』曰: "靜女其娖." (十二卷下)

주袾는 아름답다는 뜻이다. 『시경』에서 "얌전한 아가씨 아름답기도 하다."고 하였다.

袾 : 好佳也. 『詩』曰 : "靜女其袾." (八卷上)

단옥재는 "『시경·패풍·정녀』의 구절이다. 지금의 『모시』에서는 주姝로 쓰여 있으며, 전傳에서 '주姝는 아름다운 색이다.'고 하였다. 어찌 허신이 본 문장이 『모시』와 다른가? 혹 삼가三家에서 취한 것인가?"(『邶風·靜女』文. 今毛『詩』作姝, 傳云: 姝, 美色也. 豈許所見毛『詩』異與? 抑取諸三家與?")라고 의문을 던졌다.

세 번째는『설문』에서 경전을 인용해 글자를 증명한 뜻이 간혹 두문자頭文字의 본의와 전혀 상응하지 않는 경우도 있다. 예를 들면,

> 리利는 날카롭다는 뜻이다. 칼은 크기가 적합한 후에야 편리하다. 도刀와 화和가 생략되어 조합된 회의자이다.『주역』에서 "리利는 의義의 화합이다."고 하였다.
>
> 利 : 銛也. 刀和然後利. 從刀, 從和省.『易』曰 : "利者, 義之和也." (四卷下)

두문자頭文字의 본의는 칼날이 날카로운 칼을 가리킨다. 그러나『주역周易·건乾·문언文言』에서 말하고 있는 뜻은 이익을 가리키는데, 후대에서는 이 뜻을 그대로 따라 의義와 리利의 대칭적 개념으로 사용하고 있다.

> 가假는 참이 아니다. 일설에는 이르다는 뜻이다.『우서虞書』에서 "하늘과 땅에 이르다."고 하였다.
>
> 假 : 非眞也. 一曰, 至也.『虞書』曰: "假于上下." (八卷上)

오늘날 볼 수 있는『상서·요전』에서는 "격어상하格於上下"라고 쓰여 있는데, "격格"의 뜻은 "이르다(至)"는 의미이다.『설문』에서 "가假는 이르다는 뜻이다."(假, 至也)고 하여 "가假"를 이르다는 뜻으로 해석하였는데, 이 역시 본래의 뜻이 아니다.

> 탐耽은 귀가 커서 늘어졌다는 뜻이다.『시경·위풍·맹』에서 "사내가 쾌락에 빠지다."고 하였다.

耽 : 耳大垂也. 『詩』曰: "士之耽兮." (十二卷上)

이 인용문은 『시경·위풍·맹』의 구절로, 여기서 "탐耽"의 뜻은 "즐겁다"는 뜻이다. 그러나 경전을 인용해 글자의 뜻을 증명한 내용이 본의를 설명하기에는 부족함이 있다.

『설문』의 가장 큰 특징이 바로 본의를 밝혔다는 점에 있기 때문에 경전을 인용해 자의字義를 증명하는 과정에서 본의와 일치하지 않는 이와 같은 경우가 당연히 발생해서는 안 된다. 그러므로 예를 들어 증명한 것이 적합하지 않다고 말할 수 있을 것이다. 그럼에도 불구하고 단옥재는 『설문』을 주석하면서 하나의 새로운 조례를 세워 이를 "경전을 인용해 가차를 말한" 것이라고 주장하였다. 이는 그야말로 현자를 위해 직언을 꺼린 것이니, 그 마음 씀이 진실로 대단하다고 말할 수 있다.

6) 여러 학자들의 학설을 광범위하게 채택한 예

허신은 『설문·서』에서 "여러 학자들의 학설을 광범위하게 채택하여 크고 작은 것에 대해 믿을 수 있는 증거를 확보하였다."(博采通人, 至于大小, 信而有證)고 말하였다. 여기서 통인通人은 학식이 풍부한 전문가를 가리킨다. 그러므로 박채통인博采通人이란 말은 저명한 학자의 설법을 광범위하게 받아들여 썼다는 것을 말하는 것이다. 허신이 『설문』에 인용한 인물로는 공자孔子·가시중賈侍中·동중서董仲舒·반고班固·사마상여司馬相如·양웅揚雄·회남자淮南子·윤동尹彤·원례爰禮·장도庄都·관부官溥·주성周盛·두림杜林·서순徐巡·담장譚長·왕육王育·영엄甯嚴·상흠桑欽·녹안逯安·

장철張徹・구양고歐陽喬・유흠劉歆・송홍宋弘・유향劉向・부의傅毅・장림張林・황호黃顥・경방京房・위굉衛宏・정중鄭衆 등 모두 30여 명이며, 글자는 모두 103조목을 설명하였다.

사례詞例 : 어떤 어떤 설(某某說). 예를 들면,

전典은 오제五帝의 전적이다. 책册(전적)을 기丌(시렁) 위에 놓은 모양으로, 이를 높여서 시렁 위에 놓아둔다는 것을 나타낸 것이다. 장도莊都는 "전典은 대大와 책册이 조합되어 이루어진 회의자이다."고 말하였다.

典 : 五帝之書也. 從冊在丌上, 尊閣之也. 莊都說:"典, 大冊也." (五卷上)

양羊은 상서롭다는 뜻이다. □丫로 구성되었으며, 네 발과 꼬리의 모양을 본떴다. 공자는 "우牛나 양羊과 같은 글자들은 모두 형상으로 나타낸다."고 하였다.

羊 : 祥也. 從丫, 象四足尾之形. 孔子曰: "牛羊之字, 以形擧也." (四卷上)

동東은 움직인다는 뜻이다. 목木으로 구성되었다. 관부官溥의 설법에 의하면, 해가 나무 사이에 있는 모양을 나타낸 것이라 하였다.

東 : 動也. 從木. 官溥說, 從日在木中. (六卷上)

예豫는 큰 코끼리이다. 가시중賈侍中은 예豫는 다른 동물을 해치지 않는다고 하였다. 상象은 형부이고, 여予는 성부이다.

豫 : 象之大者, 賈侍中說, 不害于物. 從象, 予聲. (九卷下)

가시중은 바로 가규賈逵를 말하는 것으로, 허신의 스승이었다. 여기서 관직을 일컫고 이름을 언급하지 않은 것은 스승에 대한 존중을 표시한 것이다.

운芸은 운향芸香을 일컫는 것으로, 향초香草의 일종이며, 목숙(苜蓿)과 비슷하다. 『회남자淮南子』에서 예향은 죽은 사람으로 하여금 다시 살아나게 할 수 있다고 하였다.

芸 : 草也, 似目宿. 『淮南子』說, 芸草可以死復生. (一卷下)

빈玭은 구슬이다. 옥玉은 형부이고, 비比는 성부이다. 송홍宋弘이 "회하에서 빈주玭珠가 나온다."고 말하였다. 빈玭은 소리가 나는 구슬이다.

玭 : 珠也. 從玉, 比聲. 宋弘云: "淮水中出玭珠." 玭, 珠之有聲者. (一卷上)

허신은 통인通人(학식이 풍부한 전문가)의 말을 인용할 경우, 간혹 의심이 나는 부분은 그대로 남겨두는 태도를 취하였다. 예를 들면,

독禿은 머리카락이 없다는 뜻이다. 인儿으로 구성되었고, 윗부분은 벼이삭의 모양을 본떴는데, 화수禾秀의 수秀와 독禿의 음이 서로 비슷하여 수秀의 음을 취하였다. 왕육王育은 창힐倉頡이 집에서 나와 머리

카락이 없는 사람이 벼가 심어져 있는 논 속에 몸을 엎드리고 있는 것을 보고 글자를 만들었다고 하는데, 이것이 사실인지는 알 수 없다고 하였다.

禿 : 無髮也. 從儿, 上象禾粟之形, 取其聲. 王育說, 倉頡出見禿人伏禾中, 因以制字. 未知其審. (八卷下)

7) 본의本義 이외의 뜻을 그대로 보존한 예

『설문』에서는 각 글자 아래에 일반적으로 한 가지 뜻만을 해설하였는데, 이것이 바로 그 글자의 본의를 나타낸다. 그러나 이 가운데 일부는 하나의 뜻을 더 기술해 놓았는데, 이것이 바로 존이存異(본의 이외의 뜻)이다. 단옥재는 "무릇 뜻이 다른 두 가지"가 있을 경우에는 "일왈一日"이라고 표시하였는데, 바로 이러한 현상을 말한 것이라고 하였다.

사례詞例 : 일왈(一曰)의 예를 들면,

기奇는 기이하다는 뜻이다. 일설에는 짝이 되지 못되는 뜻이다. 즉 홀수라는 뜻이다.

奇 : 異也. 一曰不耦. (五卷上)

해解는 가른다는 뜻이다. 칼로 소의 뿔을 가른다는 뜻을 나타낸다. 일설에는 해치解廌라 하는데, 짐승의 이름이다.

解 : 判也. 從刀判牛角. 一曰解廌, 獸也. (四卷下)

권權은 노란 꽃이 피는 나무이다. 일설에는 규칙을 위반한다는 뜻을 가리킨다.

權 : 黃華木也. 一曰反常. (六卷上)

조琱는 옥을 다듬는다는 뜻이다. 일설에는 옥과 같은 돌을 가리킨다.

琱 : 治玉也. 一曰石似玉. (一卷上)

종踵은 뒤쫓는다는 뜻이다. 일설에는 왕래하는 모양을 가리킨다.

踵 : 追也. 一曰, 往來貌. (二卷下)

길桔은 길경(도라지)이며, 약초의 이름이다. 일설에는 곧은 나무를 가리킨다.

桔 : 桔梗, 藥名. 一曰直木. (六卷上)

교驕는 말의 키가 6척인 것을 교驕라고 한다. 일설에는 야생마를 가리킨다.

驕 : 馬高六尺爲驕. 一曰野馬. (十卷上)

유囿는 동산에 담이 둘러져 있는 것을 유囿라고 한다. 일설에는 새와 짐승을 기르는 것을 유囿라 한다.

囿 : 苑有垣曰囿. 一曰養禽獸曰囿. (六卷下)

그리고 간혹 두 가지 서로 다른 뜻이 보이는 것은 다름 아닌 허신이 서로 다른 학파의 관점을 동시에 모두 채택함으로서 나타난 현상이다. 하지만 이러한 상황은 비교적 적은 편이다. 예를 들면,

심心은 사람의 심장이다. 토장土臟이며, 몸의 중앙에 있다. 상형자이다. 금문경학자의 설에 의하면 화장火臟이라고 한다.

心 : 人心, 土臟, 在身之中. 象形. 博士說以爲火臟. (十卷下)

존이存異에는 또한 자형字形과 독음讀音을 언급한 것도 있다. 자형을 분석한 것에 관 것은 예를 들면,

축祝은 제사할 때 축문을 송독하는 일을 주관하는 사람이다. 형부 시示와 인人, 그리고 구口가 조합해 이루어진 회의자로, 어떤 사람이 입으로 신 앞에 축도하는 것을 나타낸다. 또 다른 설은 형부 태성兌省을 따른 것이라 한다. 『주역·설괘』에서 "태괘兌卦는 구설口舌을 나타내고, 무巫를 나타낸다."고 하였다. 따라서 형부 태성兌省은 축도祝禱의 뜻을 나타낸다.

祝 : 祭主贊詞者. 從示, 從人口. 一曰從兌省. 『易』曰 : "兌爲口爲巫."(一卷上)

정貞은 점을 쳐서 묻는다는 뜻이다. 형부 복卜과 패貝가 조합되어 뜻을 나타내며, 패貝로서 점을 치는 비용으로 삼았다. 일설에는 정성鼎省이 성부聲符라고 말하는데, 이는 경방京房이 말한 것이다.

貞 : 卜問也. 從卜, 貝以爲贄. 一曰鼎省聲, 京房所說. (三卷下)

구丘는 토산土山으로, 지세의 높고 낮음으로 인해 저절로 형성된 것이지 사람의 힘으로 만든 것이 아니다. 형부 북北과 일一이 조합되어 이루어진 회의자이다, 일一은 땅을 표시한다. 사람은 구丘의 남쪽에 살기 때문에, 글자는 북北의 뜻을 따르며, 북쪽이 구丘이다. 중방中邦(즉 화하지방華夏之邦)의 거처는 곤륜산의 동남쪽에 있다. 일설에는 사방은 높고 중간이 낮은 지형을 구丘라고 한다. 상형자이다.

丘 : 土之高也, 非人所爲也. 從北, 從一. 一, 地也. 人居在丘南, 故從北. 中邦之居, 在昆侖東南. 一曰四方高中央下爲丘. 象形.

(八卷上)

번煩은 열이 남으로 인해 머리가 아픈 것을 말한다. 형부 혈頁과 화火가 조합되어 이루어진 회의자이다. 일설에는 범성焚省이 성부인 형성자라고 본다.

煩 : 熱頭痛也. 從頁, 從火. 一曰焚省聲. (九卷上)

독음讀音을 분석한 것에 관해, 예로 들면,

구玖는 옥보다 못한 검은 빛깔의 돌이다. 옥玉은 형부이고, 구久는 성부이다. 독음은 기芑와 같다. 어떤 사람은 인구척人句脊의 구句처럼 읽어야 한다고 한다.

玖 : 石之次玉黑色也. 從玉, 久聲. 讀若芑. 或曰若人句脊之句.

(一卷上)

투牏는 담을 쌓을 때 양옆에 세우는 짧은 널빤지이다. 편片은 형부이고, 유俞는 성부이다. 독음은 유俞와 같다. 일설에는 독음이 뉴紐와 같다고 한다.

牏 : 築墻短版也. 從片, 兪聲. 讀若兪. 一曰若紐. (七卷上)

"독음의 예" 중에서 "곤丨"과 "방玤"은 독음에서 존이存異의 예에 속하기도 한다.

『설문』 속에서 존이存異는 그 수량이 적지 않은 편이다. 어떤 학파의 학자들은 이것이 원래 원서에 있었던 것이 아니고 후인들이 첨부해 수록한 것이라고 보기도 한다. 왕균은 "이 '일왈一日'이라는 두 글자는 허신의 본문에서 대체로 적게 보이는데, 후인들이 덧붙여 놓은 것이 하나의 예이며, 또한 『설문』에 『자림』을 합친 다음 '일왈一日'로 구별한 것이 또 하나의 예이다. 혹은 두 책이 서로 달라 교정하는 사람이 하나로 모아 '일왈一日'이라고 했거나, 지금의 사람들이 책을 교정하면서 '일본작모一本作某'라고 한 것이 또 하나의 예이다."(此'一曰'二字爲許君本文者蓋寡, 其爲後人附益者, 一種也; 合『字林』于『說文』而以'一曰'區別之者, 又一種也; 其或兩本不同, 校者匯集爲一, 則所謂'一曰'者, 猶今人校書云'一本作某'也, 是又一種也.)(『설문석례說文釋例』 권10)고 하였다.

8) 의심나는 부분을 비워 둔 예

『설문·서』에서 "그 알지 못하는 것에 대해서는 억지로 안다고 하지 않고 비워 두었다."(其於所不知, 蓋闕如也.)고 했는데, 이는 『설문』에 대한 허신의 찬술 태도가 매우 진지하고 엄숙했다는 사실을 설명한 말이다. 즉 자신이 알지 못하는 곳은 그대로 비어두었으며, 또한 자신이 모르는 것을 억지로 안다고 하지 않았다는 사실을 밝힌 것이다. 섭덕휘葉德輝의 『설문해자궐의석례說文解字闕義釋例』 통계에 의하면, 대서본과 소서본을 합쳐 『설문』에는 모두 53곳에 "궐闕"자가 보이는데, 이 중에서 대서본과 소서본에 모두 보이는 곳은 39곳이고, 대서본에는 "궐闕"자가 보이나 소서본에 없는 곳이 모두 5곳이다. 그리고 소서본에는 "궐闕"자가 있으나 대서본에 없는 곳이 9곳이다. 따라서 이 두 책을 종합해 보면 "궐闕"자가 모두 53곳이 있다.

葉德輝(1864-1927)

『설문』의 해설 가운데 "궐闕"자를 표기한 것에 대해, 단옥재는 허신이 이러한 글자의 형・음・의 중에서 어느 한 측면에 대해 이해하지 못하였기 때문에 "궐闕"자를 표기한 것이라고 보았다. 그러나 엄가균은 『설문』을 후세에 베껴 쓰면서 누락된 것이 생기자, 이 누락된 곳을 교감하는 사람이 "궐闕"자로 표기한 것이지, 결코 허신의 원본에 처음부터 있었던 것은 아니라고 보았다. 왕균은 단옥재와 엄가균의 설을 함께 채택했는데, 단옥재나 엄가균의 설 보다 더 합리적인 것으로 보인다. 왕균은 "대체로 『설문』에 보이는 '궐闕'자는 대부분 겸소縑素(흰 비단)에서 잔결殘闕된 것으로, 아마도 교감하는 사람이 허신의 예에 따라 '궐闕'자를 쓴 것으로 보이나, 이를 자세하게 궁구할 수가 없다."(凡『說文』'闕'字, 多繫縑素殘闕, 校者依

許君例, 概書'闕'字, 不可詳究也.)(『설문구두說文句讀』조자주爪字注)고 하였다.

『설문』의 해설 중에서 궐의闕疑, 즉 의심나는 부분을 비워 둔 경우는 대체로 여섯 가지 유형으로 나눠 볼 수 있다. 즉 뜻을 비워 둔 궐의闕義, 형체를 비워 둔 궐형闕形, 음을 비워 둔 궐음闕音, 형체와 음을 모두 비워 둔 형음균궐形音均闕, 음과 뜻을 모두 비워 둔 음의균궐音義均闕, 형체·음·뜻을 모두 비워 둔 형음의전궐形音義全闕 등이다. 이와 같은 궐의 중에서 어느 곳이 허신이 찬술할 때부터 있었던 것이고, 어느 것이 후세에 베껴 쓸 때 누락된 것인지 지금으로서는 명확하게 구별할 수가 없다. 하지만 다행히도 이러한 글자들은 모두 상용자가 아니기 때문에 깊이 연구할 필요는 없다.

사례詞例 : 궐闕에 대해 예를 들면,

> 방旁은 넓다는 뜻이다. 비어둔다.
>
> 旁 : 溥也. 闕. (一卷上)

단옥재의 주에서, "궐闕은 멱冖의 뜻을 따른다는 설을 듣지 못한 것을 말한다."(闕, 謂從冖之說未聞也.)고 하였다.

> 단單은 크다는 뜻이다. 훤吅과 □甲가 조합하여 뜻을 나타내며, 훤吅은 또한 성부이다. 비워둔다.
>
> 單 : 大也. 從吅甲, 吅亦聲. 闕. (二卷上)

단옥재의 주에서는 "□형甲形은 아직 듣지 못한 것을 말한다."(謂甲形未聞也.)고 하였다.

가叚는 빌린다는 뜻이다. 비어둔다.

叚 : 借也. 闕. (三卷下)

단옥재의 주에서는 "그 글자의 형체를 비워놓은 것을 말한다. 그 글자의 형부가 비록 무엇인지는 알 수 있지만, 그 나머지는 나타내는 것을 알지 못하므로, 비워둔다고 말하였다."(謂闕其形也. 其從又可知, 其餘則未解, 故曰闕.)고 하였다.

모某는 과일나무의 일종으로, 열매가 시다. 형부 목木과 감甘이 조합되어 이루어진 회의자이다. 비워둔다.

某 : 酸果也. 從木甘. 闕. (六卷上)

단옥재의 주에서는 "모某는 지금의 매화나무의 정자正字이다. 여기에서 '궐闕'의 뜻은 시다고 해석하고 형체는 감甘을 따르지만, 그 해석을 얻지 못한 것을 말한다."(某, 今梅子正字. 此闕謂義訓酸而形從甘, 不得其解也.)고 하였다.

질質은 물건으로 저당 삼는 것을 가리킨다. 형부 패貝와 은所이 조합되어 이루어진 회의자이다. 은所의 뜻은 분명하지 않아 비워두었다

質 : 以物相贅. 從貝從所, 闕. (六卷下)

단옥재의 주에서는 "은所의 설을 따른다는 것을 비워놓았다."(闕從所之說也.)고 하였다.

9) 행문行文 해설의 예

『설문』해설의 가장 큰 특징은 바로 언어가 매우 정련되어 있다는 점이다. 『설문』에는 모두 10,516자의 중문重文이 포함되어 있는데, 그 해설은 단지 133,441자만을 사용했을 뿐이니, 평균적으로 각 글자의 해설에 단지 12자가 사용되었다고 볼 수 있다. 행문行文 해설 중에는 훈고학에서 통용되는 술어가 많이 사용되고 있는데, 예를 들면, 위謂・위지謂之・의意・사詞・모貌 등이며, 여기서는 더 이상 언급하지 않겠다. 각 글자에 대한 해설 체례는 먼저 뜻을 해석하는 석의釋義, 그리고 다시 그 글자의 구조를 분석해 "육서" 가운데 어디에 속하는지를 밝혔다. 또한 어떤 자는 "독약讀若"의 형식을 사용해 음을 주석하였다. 이외에도 그 행문行文은 다섯 가지 특징을 갖추고 있다.

(1) 형체를 해석할 때, 먼저 부수를 언급하였다.

『설문』에서 뜻을 해석한 후 형체를 해석할 때, 먼저 그 해당되는 부수를 말한 후에 다시 다른 편방偏旁을 언급하였는데, 이는 바로 부수로 나누고 정리하여 서로 섞이지 않게 한다는 "분별부거分別部居"와 무릇 한 부류에 속한 여러 글자가 어떠한 부수를 따른다는 "범모지속개종모凡某之屬皆从某"의 원칙을 구현한 것이다. 예를 들면,

> 리理는 옥玉을 다듬는다는 뜻이다. 옥玉은 형부이고 리里는 성부이다.
>
> 理 : 治玉也. 從玉, 里聲. (一卷上・玉部)

문問은 묻는다는 뜻이다. 구口는 형부이고, 문門은 성부이다.

問 : 訊也. 從口, 門聲. (二卷上・口部)

매眛는 눈이 밝지 않다는 뜻이다. 목目은 형부이고, 말末은 성부이다.

眛 : 目不明也. 從目, 末聲. (四卷上・目部)

하賀는 예물로서 서로 경축하는 것을 가리킨다. 패貝는 형부이고, 가加는 성부이다.

賀 : 以禮相奉慶也. 從貝, 加聲. (六卷下・貝部)

그러나 또한 소수의 예외가 있다. 예를 들면,

수杸는 군대 중의 병사가 가지고 있는 창이다. 형부 목木과 수殳가 조합되어 이루어진 회의자이다.

杸 : 軍中士所持殳也. 從木從殳. (三卷下・殳部)

수杸는 형부가 성부를 겸한 회의자이며, 수殳와 수杸는 동음同音이며, 뜻이 수殳에 있기 때문에, 수부殳部 안에 들어 있다.

절折은 끊는다는 뜻이다. 근斤으로 풀을 끊는 모양을 본떴다. 이것은 담장의 설이다.

折 : 斷也. 從斤斷草. 譚長說. (一卷下・草部)

이는 자형을 해설한 말의 경우 글자를 연결해 뜻을 삼았기 때문에, 만약 이 문장을 반대로 "종초종근从草从斤"이라고 말한다면 뜻이 통하지 않는다.

부否는 아니라는 뜻이다. 형부 구口와 불不이 조합되어 뜻을 나타내며, 불不은 또한 성부이다.

否 : 不也. 從口, 從不, 不亦聲. (十二卷上・不部)

이는 불不자가 성부를 겸하기 때문이다. 성부를 해설하는 글자는 언제나 뒤에 열거하였다.

(2) 같은 종류를 연결하여 해설하였다.

어떤 글자를 해설할 때, 또한 하나 혹은 몇 개의 글자를 상관되는 글자와 연결해 해설하였는데, 이것은 동의사同義詞를 판별하여 분석하는데 도움이 된다. 예를 들면,

낙落은 대체로 풀잎이 떨어지는 것을 영零이라 하고, 나뭇잎이 떨어지는 것을 낙落이라 한다.

落 : 凡草曰零, 木曰落. (一卷下)

척隻은 새 한 마리를 가리킨다. 우又(오른손)로 추隹(새)를 잡고 있는 모양을 본떴다. 하나의 새를 잡고 있는 것을 추隻라 하며, 두 마리를

쌍雙이라 한다.

隻 : 鳥一枚也. 從又持隹. 持一隹曰隻, 二隹曰雙. (四卷上)

언言은 직접 말하는 것을 언言이라 하고, 변론하고 담론하는 것을 어語라 한다.

言 : 直言曰言, 論難曰語. (三卷上)

유乳는 사람이나 새가 새끼를 낳는 것을 유乳라 하고, 짐승이 새끼를 낳는 것을 산産이라 한다.

乳 : 人及鳥生子曰乳, 獸曰産. (十二卷上)

독獨이란 개가 서로 만나면 싸우는 것을 가리킨다. 견犬은 형부이고, 촉蜀은 성부이다. 양은 무리 이루기를 좋아하기 때문에 군群자는 양羊의 뜻을 따르고, 개는 싸우기를 좋아하고 무리를 짓기 어렵기 때문에 독獨자는 견犬의 뜻을 따랐다.

獨 : 犬相得而鬪也. 從犬, 蜀聲. 羊爲群, 犬爲獨. (十卷上)

겸兼은 함께 한다는 뜻이다. 우又(오른손)에 두 화禾를 가지고 있다는 모양을 본떠 뜻을 나타내었다. 겸兼은 두 개의 벼를 집고 있다는 뜻을 따르고, 병秉은 한 개의 벼를 집고 있다는 뜻을 따른 것이다.

兼 : 幷也. 從又持秝. 兼持二禾, 秉持一禾. (七卷上)

경坰은 도읍 밖의 교郊를 말한다. 교郊의 밖을 야野라 하고, 야野의 밖을 림林이라 하고, 림林의 밖을 경坰이라 한다.

坰 : 邑外謂之郊，郊外謂之野，野外謂之林，林外謂之坰.

(五卷下)

(3) 앞뒤 글자의 보충적 작용을 언급하였다.

『설문』에서 연면사連綿詞(같은 글자 두 자가 합하여 이루어진 단어나 발음이 유사한 두 개의 글자가 합하여 이루어진 단어)를 해설할 때, 때때로 그 중 한 글자만을 상세하게 해설하고 다른 나머지 한 글자는 간략하게 해설을 하는 경우가 있는데, 이는 두 글자의 해설이 앞과 뒤에서 서로 보충하는 역할을 하기 때문이다.

『설문석례』에서 "무릇 말을 연결해 형용할 때는 반드시 두 글자를 합쳐야만 비로소 뜻이 이루어진다. 그렇기 때문에 앞 글자에서 전체의 뜻을 나타내고, 뒤의 글자가 이를 잇는다. 같은 부部나 다른 부部를 막론하고 그렇지 않은 것이 하나도 없다."(凡連語形容, 必合兩字乃成義. 而于上字見全義, 下字承之. 無論同部異部, 莫不然也.)고 하였다. 그러나 『석례』에는 또한 "변례變例"의 설이 보이는데, 요컨대 한 글자는 상세하게 해설하고 나머지 한 글자는 간략하게 해설한다는 의미이다. 예를 들면,

산珊은 산호이며, 색은 붉으며, 바다에서 나오는데, 혹은 산에서 나온다. 옥玉은 형부이고, 산刪은 성부가 생략된 것이다.

珊 : 珊瑚, 色赤, 生于海, 或生于山. 從玉, 刪省聲. (一卷上)

호瑚는 산호이다. 옥玉은 형부이고, 호胡는 성부이다.

瑚 : 珊瑚也. 從玉, 胡聲. (一卷上)

앵鸚은 앵무이며, 말을 할 수 있는 새이다.

鸚 : 鸚䳇, 能言鳥也. (四卷上)

무䳇는 앵무이다.

䳇 : 鸚䳇也. (四卷上)

편蝙은 박쥐이다.

蝙 : 蝙蝠也. (十三卷上)

폭蝠은 박쥐이며, 또는 복익服翼이라 부른다.

蝠 : 蝙蝠, 服翼也. (十三卷上)

이른 바 "변례變例"라는 것은 바로 두 글자의 해설 중에 상세함과 간략함이 있는 것을 말한다. 예를 들면,

낭琅은 낭간琅玕이다. 구슬과 비슷한 미옥美玉 혹은 미석美石을 가리킨다.

琅 : 琅玕, 似珠者. (一卷上)

간玕은 낭간琅玕이다. 『상서尙書·우공禹貢』편에서 "옹주雍州는 구

球 · 림琳 · 랑간琅玕이다."고 하였다.

玕 : 琅玕也. 『禹貢』: "雍州, 球琳琅玕." (一卷上)

노蘆는 노복이다. 일설에는 냉이의 뿌리를 가리킨다.

蘆 : 蘆菔也. 一曰薺根. (一卷下)

복菔은 노복이며, 마치 무청과 같으며, 씨는 마치 작은 콩과 같다.

菔 : 蘆菔, 似蕪菁, 實如小菽者. (一卷下)

(4) 상반되는 말에 부정사를 덧붙여 해설하였다.

이는 바로 해당 글자에 대해 부정사를 가지고 해설한 것을 말한다. 이러한 상황은 형용사가 많다. 어떤 형용사는 적당한 동의사同意詞가 없어 호훈互訓 방법을 쓰기도 어렵고, 또한 그 형상을 묘사하기도 어렵기 때문에, 허신은 뜻이 상반되는 말에 부정사를 덧붙여 해설하는 방법을 채택하였던 것이다. 현대의 사전에서도 여전히 이러한 방법을 채택해 사용하고 있다. 예를 들면,

소少는 많지 않는다는 뜻이다.

少 : 不多也. (二卷上)

귀貴는 물건이 싸지 않는다는 뜻이다.

貴 : 物不賤也. (六卷下)

한旱은 비가 내리지 않는다는 뜻이다.

旱 : 不雨也. (七卷上)

잠暫은 오래 되지 않다는 뜻이다.

暫 : 不久也. (七卷上)

수粹는 여러 가지가 섞이지 않았다는 뜻이다.

粹: 不雜也. (七卷上)

졸拙은 뛰어나지 않다는 뜻이다.

拙 : 不巧也. (十二卷上)

(5) 앞의 문장을 요약해 해설하였다.

『설문』의 해설은 간명하여 일반적으로 글자의 사용이 많지 않다. 개별적인 글자가 본문에 대한 해석 이외에도, 앞의 문장을 요약하여 개괄적인 설명을 덧붙이는 까닭에 글자의 수가 비교적 많은 편이다. 예를 들면,

장璋은 위를 깎은 것이 규圭이고, 규圭의 반쪽을 장璋이라 한다. 옥玉은 형부이고, 장章은 성부이다. 『주례 · 추관 · 소행인』에서 "여섯 가지 예물이 있는데, 규圭는 말馬로서 배합하고, 장璋은 가죽皮로서 배합하고, 벽璧은 비단帛으로서 배합하고, 종琮은 수놓은 비단錦으로서 배합

하고, 호박琥은 수黼로서 배합하고, 서옥璜은 보黼로서 배합한다."(璋 : 剡上爲圭, 半圭爲璋. 從玉, 章聲. 『禮』"六幣: 圭以馬, 璋以皮, 璧以帛, 琮以錦, 琥以繡, 璜以黼.")고 하였다. (卷一上)

『설문구두』에서 "여섯 가지 옥이 모두 위 문장에 보이는데, 이것은 서로 어울리는 예물을 개괄해 놓은 것으로 왕을 알현할 때 사용하는 옥이라는 것을 나타낸 것이다."(六玉皆見上文, 此以所配之幣總結之, 以見其爲朝聘所用之玉也.)고 하였다.

강羌은 서쪽의 이민족인 융족을 가리키며, 양을 키우는 사람이다. 형부 인人과 양羊이 조합되어 뜻을 나타내며, 양羊 역시 성부이다. 남방의 이민족인 만족蠻族과 민족閩族은 자형이 충虫으로 이루어져 있고, 북방 이민족인 적족狄族은 자형이 견犬으로 이루어져 있다. 그리고 동방의 이민족인 맥족貊族은 자형이 치豸로 이루어져 있고, 서방의 이민족인 강족羌族은 자형이 양羊으로 이루어져 있는데, 모두 종족이 다른 여섯 이민족을 가리킨다. 서남쪽의 북인僰人과 초요僬僥 등의 종족은 자형이 인人으로 이루어져 있으며, 서남은 대체로 곤지坤地에 속하기 때문에 상당히 이치를 따르는 성품을 가지고 있다. 오직 동이족東夷族만이 자형이 대大로 이루어져 있다. 대大는 사람이다. 동이족의 풍속이 인후하며, 인후하면 오래 산다. 동방에는 죽지 않는 군자의 나라가 있다. 공자가 "나의 도가 행해지지 않는다면, 뗏목을 타고서 바다를 건너 구이九夷에 가겠다."고 하였는데, 그렇게 말한 까닭이 바로 여기 있다.(羌 : 西戎, 牧羊人也. 從人, 從羊, 羊亦聲. 南方蠻閩, 從虫; 北

方狄, 從犬; 東方貉, 從豸; 西方羌, 從羊, 此六種也. 西南僰人·僬僥從人, 蓋在坤地, 頗有順理之性. 惟東夷從大. 大, 人也. 夷俗仁, 仁者壽, 有君子不死之國. 孔子曰 : "道不行, 欲之九夷, 乘桴浮于海", 有以也.)고 하였다. (四卷上)

단옥재의 주에서는 "남방의 만蠻과 민閩 이하부터는 사방의 이민족을 나타내는 글자가 각각 다른 뜻이 있음을 총괄하여 서술한 것이다."(自南方蠻閩以下, 總論四夷字各不同之意.)고 하였다.

언焉은 언조焉鳥를 가리키며, 황색을 띠며 강회江淮 일대에서 나온다. 상형자이다. 대체로 글자는 붕朋은 금조禽鳥의 우두머리이며, 조烏는 태양 속의 준오踆烏(세 발 달린 까마귀)이며, 석舄은 태세太歲의 위치를 알며, 연燕은 자식을 청한 후조候鳥로 이 새는 둥지를 지을 때 무기戊己인 날을 피한다. 모두 귀하게 여길만한 곳이 있기 때문에, 그것들을 위해 만든 글자는 모두 형상을 본뜬 상형자이다. 언焉자 역시 이러하다.(焉 : 焉鳥, 黃色, 出于江淮. 象形. 凡字, 朋者, 羽虫之長; 烏者, 日中之禽; 舄者, 知太歲之所在; 燕者, 請子之候, 作巢避戊己. 所貴者, 故皆象形. 焉亦是也.) (四卷上)

장순휘張舜徽는 "'범자凡字' 이하 44자는 의심컨대 후대 사람이 첨가한 것이며, 허신의 책에 본래 있었던 것이 아니다."(自'凡字'以下44字, 疑爲後人所附益, 非許書舊有也.)고 하였다.

제3장

역대 『설문해자』에 대한 연구

1. 『설문해자』의 전파와 교정校定

1) 중당中唐 이전의 『설문해자』 전파

허신은 한대 화제和帝 영원永元 12년(100년)에 『설문해자』의 저술을 완성하였고, 그의 아들 허충許冲이 안제安帝 건광建光 원년(121년)에 황제에게 『설문해자』를 바쳤다. 그 후 『설문』이 세상에 광범위하게 전파되기 시작하였다.

대경학가였던 정현鄭玄은 여러 경서에 주석을 하였으며, 특히 『의례·기석례』·『주례·고공기』·『예기·잡기』 등과 같은 경우는 모두 『설문』을 인용해 경전을 주석하였다. 응소應劭의 『풍속통의風俗通義』와 육기陸璣의 『모시초목조수충어소毛詩草木鳥獸蟲魚疏』 역시 모두 『설문』을 인용해 설명하였다. 남북조시대의 혼란한 정국으로 인해 『설문』의 전파 역시 어느 정도

慧琳의 『一切經音義』

영향을 받았을 가능성이 있지만, 북제北齊 때 안지추顔之推가 『안씨가훈 · 서증편』과 『면학편』에서 모두 『설문』 혹은 허신에 대해 언급했을 뿐만 아니라, 아울러 이에 대한 평가를 하였다. 『수서隋書 · 경적지經籍志』 · 『구당서舊唐書 · 경적지經籍志』 · 『당서唐書 · 예문지藝文志』에서도 『설문』에 대한 기록이 보이는데, 이는 『설문』이 지속적으로 세상에 광범위하게 전파되었다는 사실을 설명해준다고 하겠다. 당대唐代에 들어서 중국의 문화가 크게 번영하였는데, 육덕명陸德明이 지은 『경전석문經典釋文』, 이선李善이 주석한 『문선文選』, 현응玄應과 혜림慧琳의 『일체경음의一切經音義』에서도 『설문』을 대량으로 인용하였다. 그 중에서 혜림의 『일체경음의』에 인용된 내용만도 5천에서 6천 조목에 이른다. 안사고가 주석한 『한서』, 공영달이 주석한 『주역』 · 『상서』 · 『시경』 · 『예기』 · 『좌전』, 그리고 가공언賈公彥이 주석한 『의례』와 『주례』에서도 『설문』을 인용해 증명한 부분이 많이 보인다. 청대 엄가균嚴可均과 요문전姚文田이 저술한 『구설문록舊說文錄』의 기록에 의하면, 정현의 『삼례주三禮注』를 비롯한 『경전석문經典釋文』 이하 50종에 이르는 고서에 『설문』을 인용한 부분이 17,000조목이 넘게 보이는데, 이는 바로 『설문』이 사회에 얼마나 커다란 영향을 끼쳤는지를 설명해 주는 좋은 예라고 할 수 있다.

양조梁朝 시기에는 유엄묵庾儼默이 지은 『광설문廣說文』 1권이 있고, 『수서 · 경적지』에 『설문음은說文音隱』 4권이 수록되어 있는데, 이는 『설문』이

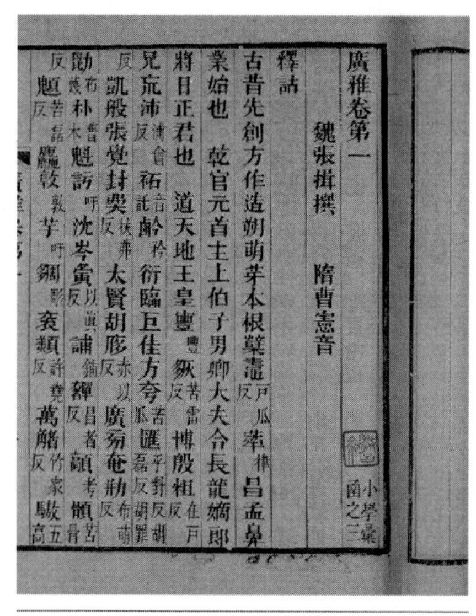
廣雅卷第一

魏張揖撰　隋曹憲音

釋詁

古昔先創方作造朔萌芽本根櫱鼃戸瓜反𦬆律昌孟鼻

業始也　乾官元首主上伯子男卿大夫令長龍嫡郎

將日正君也　道天地王皇蘴豐𩡧若雷反博般粗在戸反

晃㠩沛滂會反祏音託齡矜衍臨巨佳方夸苦瓜反匯乎對反嘏胡罪反

反凱般張覺封奘扶弗反太賢胡彪亦以反廣𢀱奄勅布萌反

勱布蔑反朴普木反魁訏吁沈岑夤以眞反誧鋪䋵昌者反顧考頎苦骨反

反魌苦磊反䰰敦敦芋吁𪏭彤衺頖許堯反萬艏竹家反駿五高

小學彙函之三

張揖의 『廣雅』

세상에 널리 전해졌음을 설명해 주는 동시에, 또한 이미 『설문』을 전문적으로 연구하는 저서가 있었다는 사실을 설명해준다고 하겠다.

『설문』의 영향을 받아 그 체제를 토대로 이루어진 자서字書가 출현하였는데, 즉 삼국시대 위魏의 장읍張揖이 지은 『고금자고古今字詁』, 진晋의 여침呂忱이 지은 『자림』, 양梁의 고야왕顧野王이 지은 『옥편玉篇』 등이 있다. 이 중에서 장읍이 지은 『광아廣雅』의 영향이 가장 크며, 그 『고금자고古今字詁』는 『설문』에 비유해 저술한 것으로, 고금의 이체자異體字를 수집해 하나로 묶어 어째서 고체古體인지, 어째서 금체今體인지를 밝힌 다음 여기에 반절反切로 주석을 달았다. 이 책은 이미 망실되었으나, 청대 임대춘任大椿이 『소학구침小學鉤沈』에 그 내용의 일부를 수집하여 수록해 놓았다. 『자림字林』은 『설문』에서 누락되거나 생략된 내용을 보충해 지은 것으로, 수록된 글자는 12,824자로서 『설문』에 비해 3,471자가 더 많으며, 부목部目은 『설문』을 그대로 본받아 역시 540부로 구성되어 있다. 『자림』은 당시에 『설문』과 함께 명성을 얻었다. 『안씨가훈·면학편』에서 "대체로 문자라는 것은 고대전적을 근본으로 한다. 그러나 세상의 학도들은 대부분 문자를 알지 못한다. 『오경』을 읽는 사람은 서막徐邈을 옳다하고 허신이 잘못되었다고 한다. 부賦를 익혀 암송하는 사람은 저전褚詮을 신봉하고 여침呂忱은 홀시

한다."(夫文字者, 墳籍根本. 世之學徒, 多不曉字: 讀『五經』者, 是徐邈而非許愼; 習賦誦者, 信褚詮而忽呂忱.)고 하였다. 당대唐代는 과거시험을 통해 관리를 선발함에 있어 『설문』 육첩六帖과 『자림』사첩四帖을 시험 봐야했으니 그 지위가 얼마나 높았는지 충분히 짐작해 볼 수 있을 것이다. 『설문』을 연구하는 사람들은 금본 『설문』이 실제로는 『자림』의 일부분과 하나로 합쳐졌다고 본다. 즉, 『자림』이 이미 『설문』 속에 섞여 들어가 있다고 생각한다. 그러나 안타깝게도 『자림』은 이미 송宋·원元대에 망실된 까닭에, 지금은 다만 청대의 임대춘任大椿이 편찬한 『자림고일字林考逸』과 도방기陶方琦가 편찬한 『자림보일字林補逸』을 통해서 그 일부를 살펴볼 수 있을 뿐이다. 지금 볼 수 있는 『설문』을 모방해 편찬한 완전한 자서로는 오직 고야왕顧野王의 『옥편玉篇』이 있을 뿐이다. 고야왕은 양梁의 오군吳郡 사람으로 성품이 돈후하고 배우기를 좋아해 박식하고 다문하였으며, 양 무제武帝 때 태학박사가 되었다. 후에 그는 칙명을 받고 『옥편』을 편찬하였다. 『옥편』에 수록되어 있는 글자의 수는 16,917자이다. 비록 『설문』을 그대로 모방했지만, 『설문』의 부수를 다시 조정해 11부를 삭제하고 13부를 증설해 모두 542부로 나눔으로써 총체적으로 『설문』의 "자형에 근거하여 연계한다."(據形繫聯)는 배열 순서를 혼란스럽게 만들어 놓고 말았다. 책 전체는 모두 30권으로 이루어져 있으며, 책의 편篇과 질帙이 번잡해 당대에는 오직 손강孫强이 개정한 발췌본이 있었을 뿐이다. 송宋 진종眞宗 대중상부大中祥符 6년(1013년)에 진팽년陳彭年·구옹丘雍 등이 손강의 발췌본에 의거해 수정하였는데, 지금 세상에 전해지는 송본宋本 『옥편』(『대광익옥편大廣益玉篇』)이 바로 이것이다. 송본『옥편』의 글자 수는 22,561자로서 원본 보다 5,644자가 더 많이 수록되어 있는데, 이는 진팽년 등이 첨가한 것이다. 그러나 글자에 대한 설명은 원본에 비해 훨씬 간단한 편이다. 이러한 사실은 청말 여서창黎庶昌과 나진옥羅振玉이 전후 일본에서 발견한 『옥편』의 잔권殘卷을 비교 교감한 연후에 세상에 알려지게 되었다.

『설문』이 전서체篆書體 자전이라면, 『자림』은 예서체隸書體 자전이고, 『옥편』은 해서체楷書體 자전이라고 하겠다. 이것은 동일한 체계의 자서가 시대의 수요에 부응해 일어난 변화를 반영한 것이라 하겠다.

2) 이양빙李陽冰의 『설문』 정리

이양빙의 자는 소온少溫이고, 당대 조군趙郡(지금의 하북성 조현趙縣) 사람이다. 그는 대시인 이백의 아저씨뻘이 된다. 당 숙종肅宗 건원建元(758~760년) 연간에 진운령縉雲令이었다가 후에 도령塗令이 되었다. 관직은 장작소감將作少監에 이르렀다. 전서에 뛰어나 스스로 자신만의 독특한 풍격을 이루었으며, 이사李斯에 조금도 뒤떨어지지 않아 당시 사람들은 그에 대해 "필호筆虎"라고 일컬었다. 『선화서보宣和書譜』에서 양빙陽冰은 소전小篆에 뜻을 두었으며, 30세에 이르러서는 전법篆法이 천하에 크게 이름이 났다. 당시 안진경顔眞卿은 이미 서법으로 세상에 이름이 나 있었다. 그러나 안진경은 비碑를 쓸 때면 반드시 이양빙에게 편액을 부탁해 그와 쌍벽을 이룬다는 명성을 얻고자 하였다고 한다. 서현徐鉉은 『상설문표上說文表』에서 그를 칭찬해 "필적이 세상에 비할 데가 없고 고금에 홀로 뛰어났으니, 스스로 이사 선생 이후 자신에 이르기까지 자신뿐이라고 말했는데, 이 말은 허황된 것은 아니다. 이에 『설문』을 간행하면서 필법을 수정함에 따라 전자篆字를 배우는 사람들이 그를 스승으로 흠모하여 전서와 주문籒文이 다시 일어나게 되었다."(篆迹殊絶，獨冠古今，自云斯翁之後，直至小

李陽冰의 書體

生，此言爲不妄矣．于是刊定『說文』，修正筆法，學者師慕，篆籒中興.)고 하였다. 이러한 서술로 볼 때, 이양빙이 전자篆字의 대가였다는 사실은 조금도 의심할 여지가 없어 보인다. 이양빙의 전서 필적은 오늘날에도 여전히 볼 수 있다. 그가 『설문』을 간정刊正한 시기는 당 대종大宗 대력大歷(767~779년) 연간으로, 그는 허신의 『설문』15권을 30권으로 고쳤는데, 이는 역사상 『설문』에 대한 최초의 전면적인 정리인 셈이라고 하겠다. 그렇지만 안타깝게도 대서본과 소서본『설문』이 간행된 후 이양빙이 간정한 『설문』은 망실되고 말았다. 따라서 지금 우리는 단지 대서본에 보이는 서현徐鉉의 말과 소서본의 『거망편袪妄篇』 중에서 이양빙의 일부 견해를 살펴볼 수 있을 뿐이다.

이양빙의 『설문』에 대한 간정은 세 가지 방면에서 그 특징을 살펴 볼 수 있다. 첫째는 전문篆文의 필법을 수정하였다는 점이다. 예를 들면, "왕王"자와 "옥玉"자의 전문 형체가 쉽게 혼동되기 때문에, 대서본의 "왕王"자 아래에 이양빙의 말을 인용해 "가운데 획이 위와 가까운 까닭에, 왕은 하늘을 본받아야 한다는 뜻이다."(中劃近上, 王者則天之義.)고 설명하였으며, "옥玉"자의 아래에도 이양빙의 말을 인용해 "세 획이 균등함이 마치 옥을 꿰어놓은 것과 같다."(三劃正均, 如貫玉也.)고 설명을 덧붙여 두 글자를 구별할 수 있게 하였다. 예서에 이르러서는 "옥玉"자에 대해 세 개의 가로 획 오른쪽 사이에 하나의 점을 보태었다고 말한 반면, 해서에서는 두 번째 획과 세 번째 획 사이의 오른쪽에 점을 찍었다고 설명하였다. 이와 같이 "왕王"자와 "옥玉"자의 서법을 철저하게 구별시켜 놓았다.

둘째는 형성形聲을 간정刊正하여 "육서"의 구성에 대한 자신의 의견을 별도로 내세웠다는 점이다. 예를 들면, 『설문』에서 "수需는 기다린다는 뜻이다. 즉 비를 만나 앞으로 나아가지 못하고 비가 그치기를 기다린다는 의미이다. 우雨는 형부이고, 이而는 성부이다. 『주역』에서는 구름이 하늘 위에 있는 것이 수需라고 하였다."(需, 須也, 遇雨不進, 止須也. 從雨, 而聲. 『易』曰 : 雲上于天, 需.)고 설명하였다. 이에 대해 서현은 안어按語에서 "이양빙이 『주역』의 '운상어천雲上于天'에 근거해 마땅히 '천天'이 형부가 되어야 한다고 말하였으나, 여러 판본과 전인들이 지은 책에서는 모두 '이而'를 따르고 있을 뿐, '천天'을 따른다는 말은 보이지 않는다."(李陽冰據『易』'雲上于天', 雲當從'天', 然諸本及前所作書皆從'而', 無有從'天'者.)고 하였다. 이를 통해 볼 때, 이양빙이 "수需"자를 "형부 우雨와 천天이 조합되어 이루어진"(從雨從天) 회의자로 보았다는 사실을 알 수 있다. 또한 『설문』에서 "로路는 길이다. 족足은 형부이고, 각各은 성부이다."(路, 道也. 從足, 各聲.)고 하였는데, 이에 대해 『계전 · 거망편』에서는 "이양빙이 각各은 성부가 아니다. 족足은 형부이고, 로輅는 생략한 성부이다."(李陽冰云, 非各聲, 從足, 輅省.)고 한 말을 인용해 설명하였다. 다시 말해서 이양빙은 "로路"는 성부가 생략한 글자로서, 그 성부는 "로輅"자가 생략된 것이지 "각各"자가 아니라고 본 것이다.

셋째는 스스로 새로운 주장을 내세웠다는 점이다. 그는 허신의 일부 설명에 대해 이의를 제기하고, 자신의 견해를 제시하였다. 예를 들면, 『설문』에서 "목木은 나온다는 뜻이다. 땅을 머리로 밀면서 뚫고 나오는 모양을 본떴다. 오행의 하나로, 동방에 해당된다. 철屮은 나무가 처음 나오는 모양이고, 아랫부분은 뿌리의 모양을 본떴다."(木, 冒也. 冒地而生. 東方之行. 從中, 下象其根.)고 하였는데, 이에 대해 그는 『거망편』에서 이양빙은 "나무의 모양을 본떴다고 하는데, 나무는 오행 가운데 하나이거늘 어찌 풀에서 그 모양을 취하였는가?"(李陽冰云 : 象木之形, 木者五行之一, 豈取象于草乎?)라고 한 말을 인용해 설명하였다. 이와 같은 그의 분석은 오늘날 사람들마저도 인정하지 않을 수 없는 견해이다. 또한 『설문』에서 "일日은 빛이 꽉 차 있는 것을 가리킨다. 태양의 정수는 어그러지지 않는다. 둥근 원○(태양의 외곽)과 일一(그 안이 꽉 차 있음을 나타냄)이 조합해 이루어졌으며, 상형자이다."(日, 實也, 太陽之精不虧. 從口一, 象形.)고 하였는데, 이에 대해 그는 『거망편』에서 이양빙은 "고문의 정원正圓은 해의 모양을 본뜬 것이고, 그 가운데 점은 조鳥를 그린 것이지, 구口와 일一로 이루어진 글자가 아니다. 이는 대체로 주문籒文과 전문篆文에서 그 외곽을 방형方形으로 하고 점을 끌어들인 것이다."(李陽冰云, 古文正圓象日形, 其中一點象烏, 非口一. 蓋籒篆方其外引其點爾.)고 한 말을 인용해 설명했는데, 이 분석 역시 정확한 것이라고 할 수 있다. 『설문』에서 "자子는 11월에 양기가 움직여 만물이 번식하는 것을 가리킨다. 사람들이 이것으로 아이를 칭한 것이다."(子, 十一月陽气動, 萬物滋. 人以爲稱.)고 하였는데, 서현은 안어案語에서 이양빙의 말을 인용해 "자子는 포대기 안에 있고, 두 발이 나란히 함께 있는 것을 말한다."(李陽冰曰: 子在襁褓中, 足竝也.)고 덧붙여 설명하였다. 허신은 음양오행설로 지지地支의 글자를 해설하였는데, 이에 대해 이양빙은 정확하게 "자子"자의 상형적 특징을 지적한 것이다. 『설문』에서 "해亥는 풀뿌리이다. 10월에 미양微陽이 땅속에서 일어나 성음盛陰과 접하게 된다. 이二는 형부이며, 이二는 고문의 상上자이다. 한 사람은 남자이고, 한 사람은 여자이다. 을乙의 뜻을 따르며, 아이를 안아 방긋방긋 웃는 모습을 본뜬 것이다. 『춘추전 · 양공』 30년에서 해亥는 두 개의 머리와 여섯 개의 몸을 가지고 있다."(亥, 荄也. 十月微陽起, 接盛陰. 從二, 二, 古文上字. 一人男, 一人女也. 從乙, 象抱子咳咳之形. 『春秋傳』曰 : 亥有二首六身.)고 하였는데, 이에 대해 그는 『거망편』에서 이양빙의 말을 인용해 "고문은 본래 상형자이며, 다른 여러 가지 뜻은 모두 견강부회한 것이다."(李陽冰曰 : 古文本象形, 諸義穿鑿之爾.)고 설명하였다. 고문에서는 "해亥"자와 "시豕"자의 형체가 똑같다. 따라서 소전의 "해亥"자는 바로 "시豕"자를 잘못 쓴 것이다. 허신이 이러한 잘못된 형체에 근거해 해설하였기 때문에, 한 사람은 남자이고 한 사람은 여자이며, 방긋방긋 웃는 아이를 안고 있다는 설법이 나오게 된 것이다. 따라서 이양빙의 견해는 오히려 식견이 있는 주장으로 결코 허황된 것은 아니라고 하겠다.

『설문계전 · 거망편』에 수록된 56자를 살펴볼 때, 이양빙의 설법 중에서 어떤 것은 확고하지 못한 것도 있다. 예를 들면, 『설문』에서 "요幺는 작다는 뜻이다. 아이가 막 태어난 모양을 본뜬 것이다."(幺, 小也, 象子初生之形.)고 하였는데, 이에 대해 그는 『거망편』에서 이양빙의 말을 인용해 "사厶는 공평하지 않다는 뜻이다. 사厶자를 겹쳐서 쓴 것이 요幺자이며, 사리에 어두운 몽매한 모습이다. 회의자이지 상형자가 아니다."(李陽冰云 : 厶, 不公也. 重厶爲幺, 蒙昧之象也, 會意, 非象形.)고 설명하였다. 또한 『설문』에서 "조弔는 죽은 사람을 위문한다는 뜻이다. 옛날에는 죽을 사람을 묻을 때 띠 풀로 두껍게 감싸서 들판에다 놓았다. 사람人이 궁弓(활)을 잡고 있다는 뜻을 따름으로써 상喪을 당한 집과 함께 짐승을 몰아낸다는 뜻을 나타낸다."(弔, 問終也. 古之葬者厚衣之以薪, 從人持弓, 會驅禽也.)는 견해를 제기했는데, 이에 대해 그는 『거망편』에서 이양빙의 말을 인용해 "조弔는 두 사람이 서로 왔다 갔다 하면서 조문한다는 뜻이다."(李陽冰云 : 吊從二人往返相吊問之義.)고 하였다.

이러한 해석들은 분명히 글자만 보고 대충 그 뜻을 짐작해 억지로 해설한 것이라 할 수 있다. 그러므로 서현 역시 이양빙에 대해 "지나치게 허신을 배척한 나머지 충분한 근거 없이 주관적인 억측을 내세웠다. 대저 자신이 옳다고 생각하여 선대 유가의 학설을 깨트리고 말았으니, 이어찌 성인의 뜻에 부합한다 할 수 있겠는가!"(然頗排斥許氏, 自爲臆說. 夫以師心之見, 破先儒之祖述, 豈聖人之意乎!)라고 비평하였다. 『설문』에 대한 이양빙의 간정刊正은 얻은 것도 있지만 또한 잃은 것도 있다. 전란을 거치는 과정에서 『설문』학이 자취도 없이 사라지려고 하던 찰나에 이양빙이 독자적으로 일가를 이루어 허신의 설을 계승하였으니, 그 공은 결코 적지 않다고 하겠다. 그러나 이양빙 역시 결국 한 사람의 전서가篆書家였던 까닭에, 그가 말한 것이 옳다고 하는 것은 주로 고문자의 입장에서 해석한 소전小篆의 구조적 형태에 대한 부분이었을 뿐, 경학이나 소학 방면의 조예에 있어서 오경을 겨룰 자가 없었던(五經無雙) 허신과 동등하게 논할 수 있는 입장은 아니었다. 더욱이 그가 본 고문자 자료가 허신보다 많았다고 할 수도 없다. 육조시대부터 중당시대에 이르는 시기는 고문자학에 대한 연구가 상당히 쇠미했던 시기였기 때문에, 주관적인 조건이나 객관적인 조건에서 볼 때, 이양빙이 허신을 능가했다고는 할 수 없다. 따라서 『설문』학에 대한 이양빙의 공헌을 지나치게 높게 평가하는 것은 바람직하지 않다고 본다.

3) 대·소서본의 특징과 이서二徐의 공헌

(1) 서현 등의 『설문』에 대한 교정

서현徐鉉(916~991년)의 자는 정신鼎臣이며, 회계會稽(지금의 절강성 소흥시) 사람이다. 그의 부친이 강도江都에서 벼슬을 지냈기 때문에, 광릉廣陵(지금의 강소성 양주시)에서 정착해 살았다. 젊어서는 오吳나라에서 교서랑校書郎의 벼슬을 지냈다. 남당南唐이 오나라를 멸망시킨 후 이변李昪·이경李璟·이욱李煜 등의 황제를 모셨으며, 중서사인中書舍人을 거쳐 상서우승尙書右丞·병부시랑兵部侍郎·한림학사翰林學士·어사대부御史大夫·이부상서吏部尙書 등의 관직을 두루 지냈다. 그는 문장을 잘 지었을 뿐만 아니라, 당시에 유명한 화가였던 한희재韓熙載와 함께 명성을 날려 강동江東 지역에서는 그들 두 사람을 "한서韓徐"라 칭하였다. 송宋나라에 귀순하여 태자솔경령太子率更令이 되어 급사중給事中을 겸하였으며, 후에 우산기상시右散騎常侍가 되었다가 다시 좌상시左常侍를 역임하고 향년 76세로 세상을 떠났다. 서현은 이사李斯의 소전小篆을 좋아했을 뿐만 아니라, 예서隸書에도 뛰어났었다. 송 태종太宗 옹희雍熙 3년(986년)에 칙명을 받고 구중정句中正·갈단葛湍·왕유공王維恭 등과 함께 『설문』을 교정하였다. 서현의 동생 서개徐鍇 역시 『설문』에 정통하여 강동江東의 "이서二徐"로 불리었다. 이러한 까닭에 서현 등이 교정한 『설문』을 "대서본大徐本"이라 칭하는 것이다.

(2) 대서본의 특징

대서본의 특징은 『설문』자체의 교감과 정리에 중점을 두고『설문』의 진면목을 회복하고자 노력했다는 점에 있다. 서현은 『상설문표上說文表』에 "대체로 전서篆書가 전하지 않은지 이미 오래되었다. 무릇 『설문』을 전사傳寫한 사람들이 학식을 갖추지 못한 사람들이었기 때문에 혼란스럽게 뒤섞이거나 누락된 곳이 이루 헤아릴 수 없었다. 지금 서원書院의 정본正本과 부본副本, 그리고 여러 신하들의 집에 수장되어 있던 판본을 모아 전체적으로 상세하게 고찰하였다."(蓋篆書堙替, 爲日已久. 凡傳寫『說文』者, 皆非其人, 故錯亂遺脫, 不可盡究. 今以集書正副本及群臣家藏者, 備加詳考.)고 하였다. 이와 같이 서현 등의 심혈을 기울인 교정으로 인해 우리가 오늘날 완전하게 『설문해자』를 읽을 수 있게 된 것이다.

대서본의 특징은 아래와 같이 몇 가지 측면에서 표현되었다.

첫째는 누락된 글자를 보충해 놓았다는 점이다. 허신이 『설문』을 찬술하던 당시에는 근거나 모방할만한 자료가 전혀 없었으며, 또한 처음으로 책을 편찬한다는 일이 쉬운 일이 아니었기 때문에 수록되지 못하고 누락되는 글자가 생기는 일은 어쩌면 불가피한 일이었을 것이다. 그래서 서현 등이 『설문해자』를 교정하는 과정에서 정문正文에 수록되지 못하고 주문注文이나 서례序例에 출현한 글자들을 발견하고 보충한 글자가 모두 19자나 된다. 그 글자에는 조詔·지志·건件·차借·퇴魋·기綦·척剔·학觷·저趄·초顦·여璵·응應·삼杉·치緻·소笑·아迓·환睆·봉峰 등이 있다. 서현은 이 글자들을 모두 정문 속에 보충해 수록해 놓았다. 예를 들면, 『서敍』 중에 "유자승조幼子承詔"라는 말이 있는데, 이 말을 "언言"부部에 보충하고, "조詔는 알린다는 뜻이다. 형부 언言과 소召가 조합되어 이루어진 글자이며, 소召는 역시 성부이다."(詔, 告也. 從言, 從召, 召亦聲.)고 설명하였으며, 또한 『설문』에 "시詩는 뜻이다. 언言은 형부이고, 사寺는 성부이다."(詩, 志也. 從言, 寺聲.)고 설명하고 있으나, 정문에는 "지志"자가 보이지 않는다. 그래서 그는 "심心"부部에 "지志"자를 보충하고, "지志는 뜻이다. 심心은 형부이고, 지之는 성부이다."(志, 意也. 從心, 之聲.)고 해설해 놓았던 것이다.

둘째는 새로운 부자附字를 증가해 놓았다는 점이다. 역대의 『설문』 연구학자들은 일찍부터 허신이 『설문』안에 모든 글자를 수록하지 않았나는 점을 지적하였다. 그들은 선진시대의 제자諸子 서적뿐만 아니라 한대 조정에서 경전으로 받들어졌던 유가경전 속의 많은 글자들이 『설문』 중에서 보이지 않고, 또한 한대와 한대 이후 사회에서 통행되었던 일부 글자들 역시 『설문』에서 누락된 것을 발견하였다. 그래서 서현 등은 『설문』을 교정할 때, 이 부분의 글자들을 보충해 각 부部의 마지막 부분에 귀속시켜 "신부자新附字"라고 칭하고, 이와 아울러 "문모文某, 신부新附"라고 주석을 달아 밝혀 놓았다. 전서에 증가된 글자는 모두 402자이다.

그렇지만 540개의 모든 부수 아래에 신부자新附字가 있는 것은 아니고, 어떤 부에는 있고, 어떤 부에는 없으며, 또한 어떤 부에는 조금 더 많고, 어떤 부에는 조금 더 적은 경우도 있다. 예를 들면, 1권 상의 "일一"부와 "상上"부部에는 신부자新附字가 없지만, "시示"부部에는 예禰・조祧・요祆・조祚 등의 4자가 늘어났다. 신부자에는 모두 간단한 해설이 있으며, 그 해설 방법 역시 여전히 허신의 체례를 그대로 따르고 있다. 예를 들면, "초艸"부部에서 "장藏은 숨긴다는 뜻이다. 신 서현 등이 생각해 보건데, 『한서』에서 '장臧'자와 통용되는 것을 볼 때, 형부 초艸의 뜻을 따른다는 것은 후인이 덧붙인 것이라고 생각됩니다."(藏, 匿也. 臣鉉等案 : 『漢書』通用'臧'字,

從'艸'後人所加.), 또한 "구口"부部에서 "조嘲는 희롱한다는 뜻으로, 구口는 형부이고, 조朝는 성부입니다. 『한서』에서는 조啁와 통용된다고 합니다."(嘲, 謔也. 從口, 朝聲. 『漢書』通用啁.), 그리고 "족足"부部에서 "축蹙은 다그친다는 뜻이고, 족足은 형부이며, 척戚은 성부입니다. 신 서현 등이 생각해 보건데, 이선李善의 『문선주』에서는 '축蹴'자와 통용된다고 합니다."(蹙, 迫也. 從足, 戚聲. 臣鉉等案 : 李善『文選注』: '通蹴字'.)고 설명해 놓았다. 이처럼 우리는 글자에 대한 간단한 해설을 볼 수 있을 뿐만 아니라, 허신이 이 글자들을 『설문』에 수록하지 않은 이유가 아마도 다른 글자와 통용된다고 생각했었을 수도 있었다는 사실을 알 수 있다. 오늘날 우리가 『설문說文·신부新附』를 보면, 한대 이후부터 당대 이전까지 새롭게 생겨난 글자들을 고찰해 볼 수 있다.

셋째는 반절反切로 음音을 주석했다는 점이다. 『설문』이 만들어질 때는 아직까지 반절로 음音을 주석하는 방법이 통행되지 않았던 까닭에, 허신은 오직 음을 직접 주석하는 "독약讀若"을 통해 음을 주석하였으며, 후대에 이르러서도 『설문』에 대한 주음注音 방법이 통일되어 있지 않았다. 그러나 당대 손면이 심의해 수정한 『광운』이 송대에 이르러 널리 통행되었던 까닭에, 서현 등은 이전의 여러 가지 주음注音 방법을 버리고 『광운』의 반절 방법을 표준으로 삼고 독음讀音을 통일시켜 많은 독자들이 따르게 함으로써 독음讀音 방법이 여러 가지로 나누어지는 것을 면할 수 있게 해 주었다.

넷째는 『설문』의 권수를 증가시켰다는 점이다. 허충許沖이 『설문』을 진상할 때는 전서가 모두 15권, 즉 정문 14권과 서목 1권으로 이루어져 있었는데, 서현 등이 이를 정리하는 과정에서 편篇과 질帙이 너무 많고 무겁다고 여겨 각 권을 상권과 하권으로 나누어 30권이 되었다고 한다(사서의 기록에는 이양빙이 『설문』을 정리할 때도 역시 30권으로 나누었다고 하나 지금은 고찰할 방법이 없다). 이러한 편제방식은 이 후 그대로 후대에 계승되어 사용되어 오고 있어, 오늘날 『설문』을 검색해 보면, 해당 부수와 해당 글자가 어느 권의 상권, 혹은 하권에 속한 지 명확하게 명시되어 있어 찾아보기에 매우 편리하다.

다섯째는 표목標目, 즉 목록을 증가시켰다는 점이다. 옛 사람들은 책에 주석을 달 때, "서목敍目"을 각 편 끝에 열거해 목록으로 삼았다. 육조시대에 이르러 범엽范曄이 『후한서後漢書』를 주석할 때 목록을 권 앞에 열거하는 선례를 처음 만들었는데, 서현은 이 방법에 의거해 원래 15권의 서목에 열거되어 있던 540부部의 부목部目을 별도로 권 앞에 배치해 목록으로 삼았다. 이것은 단지 표목 가운데 각 부의 순번을 열거하지 않았을 뿐이고, 각 전자篆字 아래에 해서와 반절反切 주석을 덧붙여 놓은 것이다.

여섯째는 이해하기 어려운 글자의 뜻에 대해 훈석訓釋을 달아 놓았다는 점이다. 서현 등이 교정한 『설문』에는 『설문』 중에 보이는 비교적 이해하기 어려운 글자에 대해 보충해설을 덧붙여 놓았다. 이러한 해설 가운데 어떤 것은 허신이 지은 원래 『설문』의 부족한 점을 보충한 것도 있고, 또 어떤 것은 서현 등이 원래의 『설문』 해설을 기초로 그 위에 다시 뜻을 보충해 설명한 것도 있다. 일반적으로 "안어案語"라는 형식을 취하고 있는데, 모두 5, 6백여 곳에 이른다.

이어서 허신의 『설문』에 부족한 점을 보충한 예를 살펴보면,

첫째는 해설을 바로잡았다는 점이다. 예를 들면, "△"부部에서 "△은 셋을 합했다는 뜻이다. '∧'자와 '一'자가 조합되어 이루어져 있으며, 셋을 합한 모양을 본떴다. '집集'자처럼 발음한다."(△, 三合也. 從∧一, 象三合之形. 讀若集.)고 설명하였는데, 이에 대해 대서본에서는 "신 서현 등이 의심해

보건데, 이것은 단지 상형에 불과하며, ∧과 一이 조합되어 뜻을 나타내는 것은 아니라고 생각합니다."(臣鉉等曰 : 此疑只象形, 非從∧一也.)고 주석을 달았다. 왕균의 『설문몽구』에서는 이 글자를 "지사指事"에 열거해 놓았다. "유内"부部에서 "리离는 산신이며, 짐승이다. 날짐승의 머리와 구厹(足)와 철屮(毛冠)이 조합되어 이루어진 글자이다. 구양교가 말하길, 리离는 용맹한 짐승이다."(离, 山神, 獸也. 從禽頭, 從厹, 從屮. 歐陽喬說 : 离, 猛獸也.)고 설명했는데, 이에 대해 대서본에서는 "신 서현 등이 생각해 보건데, 종철从屮은 취한 뜻이 없으며, 의심컨대 리离는 상형자입니다."(臣鉉等曰 : 從屮, 義無所取, 疑象形.)고 설명하였다.

둘째는 중복되는 것은 삭제하였다는 점이다.

『설문』의 9,353문文 가운데 두 번 보이는 글자가 일부 보이는데, 이 글자들에 대해서도 서현 등이 지적을 하였다. 예를 들면, "구口"부部에서 "취吹는 숨을 내쉰다는 뜻이다. 형부 구口와 흠欠이 조합되어 이루어진 글자이다."(吹, 嘘也. 從口, 從欠.)고 설명하였으며, "흠欠"부部에서 또 다시 "취吹는 숨을 내쉰다는 뜻이다. 형부 구口와 흠欠이 조합되어 이루어진 글자이다.(吹, 出气也. 從口, 從欠.)고 설명하였다, 이에 대해 대서본에서는 "흠欠"부部의 "취吹"자 아래에 "신 서현 등이 생각해 보건데, 구口부에 이미 숨을 내쉰다는 취吹자가 있으니, 이는 중복된 것입니다."(臣鉉等案 : 口部已有吹, 嘘. 此重出.)는 말을 덧붙여 놓았다. "구口"부部에 "우吁는 놀라는 소리이다. 구口는 형부이고, 우于는 성부이다."(吁, 驚也. 從口, 于聲.)고 하였으며, "우于"부部에서 또 다시 "우吁는 놀라다는 말이다. 형부 구口와 우于가 조합되어 이루어진 글자이며, 우于 역시 성부이다."(吁, 驚語也. 從口, 從于, 于亦聲.)고 해설하였는데, 이에 대해 대서본에서는 "우吁"자 아래에 "신 서현 등이 생각해 보건데, 구口부에 우吁자가 있으니, 이것은 중복된 것입니다."

(臣鉉等案: 口部有吁. 此重出.)는 말을 덧붙여 설명하였다.

위의 예와 같은 경우는 글자가 중복해서 거듭 나온 경우를 말한 것이다. 또 다른 하나는 중문重文이 중복하여 거듭 출현하는 경우가 있다. 예를 들면, "척彳"부部에서 "득得은 길을 걷다가 얻은 것이 있다는 뜻이다. 척彳은 형부이고, 애㝵는 성부이다."(得, 行有所得也. 從彳, 㝵聲.)고 하였으며, "견見"부部에서 또 다시 "애㝵는 취한다는 뜻이다. 견見과 촌寸이 조합되어 이루어진 글자로 헤아린다는 뜻이다. 역시 손을 표시한다."(㝵, 取也. 從見, 從寸. 寸度之, 亦手也.)고 설명하였는데, 이에 대해 대서본에서는 "애㝵"자 아래에 "신 서현 등이 생각해 보건데, '척彳부部에서 고문의 득得자라고 하였으나, 이것은 중복된 것입니다.'"(臣鉉等案 : "彳部作古文得字, 此重出.)는 말이 보인다. 주준성朱駿聲이 "고대에 '애㝵'자는 있었지만 '득得'자는 없었다. 소전에서 척彳을 덧붙인 것이다. 이 두 글자는 실제로 한 글자이다."(古有'㝵'無'得', 小篆加彳, 實一字也)는 견해를 밝혔다. 이러한 주장이 보다 더 정확하다고 볼 수 있다. "면宀"부部에서 "환寏은 둘러싼 담이라는 뜻이다. 면宀은 형부이고, 환奐은 성부이다."(寏, 周垣也. 從宀, 奐聲.)고 설명하였으며, "부阜"부部에서 또 다시 "원院은 견고하다는 뜻이다. 부阜는 형부이고, 완完은 성부이다."(院, 堅也. 從阜, 完聲.)는 설명을 덧붙이고 있는데, 이에 대해 대서본에서는 "원院"자 아래에 "신 서현 등이 생각해 보건데, 면宀부에 이미 이 글자가 있으니, 이것은 중복된 것입니다."(臣鉉等案 : 宀部已有, 此重出.)는 견해를 밝혀 놓았다. 『설문』에 이와 같이 두 번 중복되는 글자가 모두 38개나 되지만, 서현 등이 이들 글자에 대해 일일이 주석을 달아 밝히지는 않았다. 예를 들면, "오敖"자는 "출出"부와 "방放"부 두 곳에 똑같이 보이지만 서현 등의 안어案語라는 말은 보이지 않는다.

셋째는 훈석을 보충해 놓았다는 점이다. 『설문』중에는 개별자個別字가 있지만, 허신은 이 개별자에 대한 설명은 남기지 않았다. 이 중에서 한 가지 유형은 황제의 휘諱를 피한 것이다. 예를 들면, 호祜 · 장莊 · 수秀 · 달炟 · 조肇 등의 다섯 글자는 각각 안제安帝 · 명제明帝 · 광무제光武帝 · 장제章帝 · 화제和帝의 이름으로, 황제의 휘를 피하기 위해 허신은 이 글자들에 대해 해설을 하지 않고, 단지 "상휘上諱(황상의 명휘名諱이다)"는 말만을 덧붙여 놓았을 뿐이다. 이에 대해 대서본에서는 "호祜"자 아래에 "신 서현 등이 생각해 보건데, 이 글자는 한대 안제의 이름으로, 호祜는 복이란 뜻이다. 응당 시示는 형부이고, 고古는 성부입니다."(臣鉉等曰 : 此漢安帝名也. 福也. 當從示, 古聲.)고 설명하였다. 그리고 "장莊"자 아래에도 "신 서현 등이 생각해 보건데, 이 글자는 한 명제의 이름이다. 형부 초艸와 장壯이 조합되어 이루어진 글자이며, 자세하지 않습니다."(臣鉉等曰 : 此漢明帝名也. 從艸從壯, 未詳.)(장莊자의 본의는 분명하지 않다는 것을 말한다. '장莊'자에 대해 단옥재는 '풀이 큰 것이다.(草大)'고 해석해 놓았다.)는 설명을 덧붙여 놓았다. 또 다른 하나의 유형은 허신이 『설문』을 찬술할 때 해석이 누락된 경우이다. 예를 들면, "저氐"부部의 "□𨐨" 아래에 단지 "궐闕"자라고 표시해 놓았을 뿐이고, 소서본에서는 "가본무주家本無注"라고 표기해 놓았는데, 서개徐鍇의 주석에서는 "의심하건데, 허신의 아들 허충의 말이 아닌가 싶다."(疑許愼子許沖所言也.)는 말을 남겨 놓았다. 대서본에서는 이 글자 아래에 "신 서현 등이 생각해 보건데, 지금의 『옥편』과 『절운切韻』에서는 음이 호皓, 또는 효效이다. 주석에서 잘못된 것입니다."(臣鉉等案 : 今『篇』『韻』音皓, 又音效. 注云 : 誤也.)고 지적하였다.

다시 이어서 허신의 『설문』을 토대로 발전시킨 예들을 살펴보면,

첫째는 변화의 흐름을 명백하게 논술했다는 점이다. 시대적 변천에 따라 자형이나 자의에 변화가 일어날 수 있다. 이러한 문자의 형체와 뜻에

대한 고금의 변화 상황에 대해서 서현 등은 『설문』을 정리할 때 일일이 지적하였다. 예를 들면, "초艸"부部에서 "초草는 초두草頭로서 상수리나무 열매이다. 일설에는 상두자라고도 한다. 초艸는 형부이고, 조早는 성부이다."(草, 草斗, 櫟實也. 一曰象斗子. 從艸・早聲.)고 하였는데, 이에 대해 대서본에서는 "신 서현 등이 생각해 보건데, 지금 세상에서는 이 글자를 빌려 초목艸木의 초艸라 하며, 별도로 다시 조皁자를 새로 만들어 흑색의 조皁라고 하였다. 생각해 보건데, 상수리나무 열매는 비단을 흑색으로 물들일 수 있기 때문에 그것을 초草라 칭한 것이라 생각되며, 초잔草棧의 글자와 통용됩니다. 지금 세상에서 조皁자는 혹은 백白과 십十을 따르거나, 혹은 백白과 칠七을 따릅니다."(臣鉉等曰 : 今俗以此爲艸木之艸, 別作皁字爲黑色之皁. 案櫟實可以染帛爲黑色, 故曰草. 通用爲草棧字. 今俗書皁或從白從十・或從白從七.)고 하는 말이 보인다. 서현의 주를 통해 우리는 한대의 "초草"자가 바로 지금의 "조皂"(皁)자이고, 한대의 "초艸"자가 지금은 "초草"자로 쓴다는 것을 알 수 있다. "수須"부部에서 "수須는 얼굴의 수염이다. 혈頁은 형부이고, 삼彡은 성부이다."(須, 面毛也. 從頁, 從彡.)고 하였는데, 이에 대해 대서본에서는 "신 서현 등이 생각해 보건데, 이 글자는 본래 수염을 나타내는 자로서 살쩍의 수염이고, 혈頁은 머리를 나타내며, 삼彡은 터럭으로 얼굴의 수염을 나타냅니다. 가차하여 필요하다는 뜻의 수須가 되었으며, 세상에서는 수水를 따르는 회湏로도 쓰는데, 옳지 않습니다."(臣鉉等曰 : 此本須鬢之須. 頁, 首也. 彡, 毛飾也. 借爲所須之須. 俗書從水, 非是.)고 해설하였다. "인人"부部에서 "하何는 멘다는 뜻이다. 인人은 형부이고, 가可는 성부이다."(何, 儋也. 從人, 可聲.)고 하였는데, 이에 대해 대서본에서는 "신 서현 등이 생각해 보건데, 담하儋何는 부하負何이고, 하何자는 수하誰何(누구)의 하何(누구)자라는 뜻으로 빌려 쓰며, 지금 세상에서는 별도로 단하担荷라는 말을 만들어 쓰는데, 이는 옳지 않습니다."(臣鉉等曰: 儋何卽負何也. 借爲誰何之何. 今俗別作担荷, 非是.)고 해설하였다. "초艸"부部에서 "거苣는 갈대로 묶어 놓은 횃불이다. 초艸는 형부이고, 거巨는 성부이다."(苣, 束葦燒. 從艸, 巨聲.)고 하였는데, 이에 대해 대서본에서는 "신 서현 등이 생각해 보건데, 지금 세상에서는 별도로 거炬자를 만들어 쓰는데, 이는 옳지 않습니다."(臣鉉等曰 : 今俗別作炬, 非是.)고 해설하였다. 위에서 두 글자가 의미하는 것은 한나라 때 "하何"자의 뜻을 송나라 때 "하荷"자가 이어받았고, "거苣"자의 뜻은 "거炬"자가 이어받았다는 것을 설명한 것이다.

둘째는 음독音讀을 설명했다는 점이다. 북송은 한대로부터 시간적 거리가 이미 근 천년에 가까운 까닭에 발음의 변화 또한 대단히 클 수밖에 없었다. 그렇기 때문에 당시에 허신의 『설문』 주음注音을 읽는다는 것은 매우 어려운 일이었다. 그래서 서현 등은 음독音讀의 설명에 있어서도 일련의 작업을 하였다. 예를 들면, "옥玉"부部에서 "여珕는 조개의 종류이다. 옥玉은 형부이고, 협劦은 성부이다."(珕, 蜃屬. 從玉, 劦聲.)"고 하였는데, 이에 대해 대서본에서는 "신 서현 등이 생각해 보건데, 고劦 역시 음이 여麗이기 때문에 고劦로 성부를 삼았습니다."(臣鉉等曰 : 劦亦音麗, 故以爲聲.)고 하는 설명을 덧붙여 놓았다. 이는 『광운』에 의하면, 여珕의 음은 낭계절郞計切(lì)이며, 협劦의 음은 호협절胡頰切(xié)이기 때문에 양자의 음音 사이에는 상당히 거리가 있어 서현 등이 이에 대해 설명을 보충한 것이다.

"화禾"부部에서 "이移는 벼가 약해 바람에 따라 흔들리는 모양이다. 화禾는 형부이고, 다多는 성부이다. 일설에는 벼의 이름이라 한다."(移, 禾相倚移也. 從禾, 多聲. 一曰禾名.)고 했는데, 이에 대해 대서본에서는 "신 서현 등이 생각해 보건데, 다多와 이移는 지금 성음聲音이 서로 비슷하지 않지만, 대체로 고대에는 이러한 음이 있었다."(臣鉉等曰 : 多與移聲不相近,

蓋古有此音.)고 설명하였다. 서현이 살던 시대에는 고음학古音學이 싹트기 전이라 고음에 대해서 잘 알지 못했다고 볼 수 있다. "다多"의 성聲은 가운歌韻에 속하고, "이移"의 성聲은 지운支韻에 속하는데, 단옥재의 『육서음운표』에 의하면, 각각 제17부部와 제18부部에 속하며, 그 성음이 서로 매우 가까웠다. 하지만 이렇게 지적한다는 것은 이미 쉽지 않은 일이 되고 말았다.

셋째는 자의를 소통시켜 주었다는 점이다. 자의에 대한 허신의 해설이 지나치게 간략한 까닭에 서현 등이 간혹 어떤 글자에 대해 주소注疏를 달아 해석을 덧붙였다. 예를 들면, "명皿"부部에서 "영盈은 그릇에 꽉 찼다는 뜻이다. 형부 명皿과 고夃가 조합하여 이루어진 회의자이다."(盈, 滿器也. 從皿夃.)고 하였는데, 이에 대해 대서본에서는 "신 서현 등이 생각해 보건데, 고夃는 고호절古乎切(gū)이며, 매우 많다는 뜻입니다. 옛날에는 물건을 팔아 많은 이윤을 얻는 것을 고夃라고 했기 때문에, 이 글자는 형부 고夃의 뜻을 따릅니다."(臣鉉等曰 : 夃古乎切(gū), 益多之義也. 古者以買物多得爲夃, 故從夃.)고 해설하였다. 즉, 물건을 팔아 많은 이윤을 얻는 것이 고夃이며, 그릇에 많이 담는 것을 영盈이라 하므로, 이 뜻은 서로 통하는 것이다. "언㫃"부部에서 "번旛은 폭幅을 늘어뜨린 깃발이다. 언㫃은 형부이고, 번番은 성부이다."(旛, 幅胡也. 從㫃, 番聲.)고 하였는데, 이에 대해 대서본에서는 "신 서현 등이 생각해 보건데, 호胡는 폭幅의 아래에 늘어뜨린 것이다."(臣鉉等曰 : 胡, 幅之下垂者也.)고 해설하였다. 이처럼 서현은 보충 설명을 통해 독자가 자의를 더욱 쉽게 이해할 수 있도록 하였다.

이외에도 서현 등은 훈석을 보충하는 과정에서 이양빙과 서개의 관점을 인용하기도 하였다. 그래서 일찍이 그는 『상설문표上說文表』에서 "허신의 주해注解는 말은 간략하나 내용이 심오해 전체적으로 이해하기가 어렵

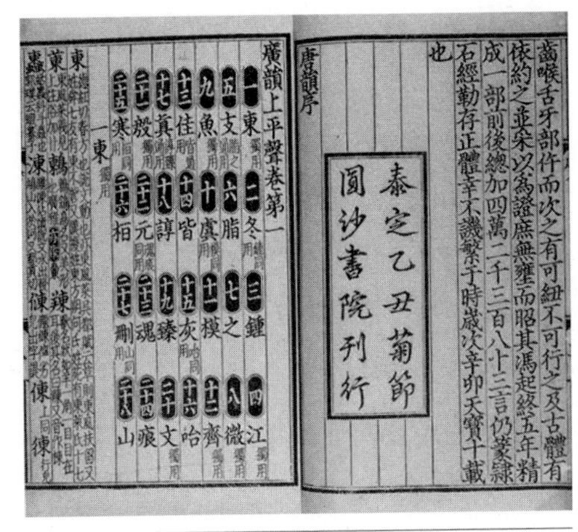

孫愐의 『唐韻』

다. 이양빙 이후 유생들의 훈석 중에서 취할만한 것이 있으면, 또한 상응하는 글자 아래에 붙여놓았다."(許愼注解, 詞簡義奧, 不可周知. 陽冰之後, 諸儒箋述, 有可取者, 亦從附益.)고 하였다. 서현이 이양빙의 관점을 인용해 서술한 부분에 대해서는 이미 앞 문장에서 상세하게 설명하였지만, 여기에서 다시 하나의 예를 더 들어 보충하고자 한다. "죽竹"부部의 "소笑"자 아래에 "지금의 판본에는 이 소笑자가 보이지 않습니다. 신 서현 등이 살펴 보건데, 손면의 『당운』에서 『설문』을 인용해 '소笑는 기쁘다는 뜻이다. 형부 죽竹과 견犬의 뜻을 따른다.'고만 언급했을 뿐, 글자의 뜻에 대해서는 서술해 놓지 않아 지금 세상에서는 모두 형부 견犬을 따르고 있습니다. 또한 생각해 보건데, 이양빙이 간정刊定한 『설문』에서 "소笑는 형부 죽竹과 요夭로 이루어진 글자이며, 뜻은 '대나무가 바람을 맞으면 그 형체가 곧 구부러지는데, 마치 사람이 웃을 때 허리를 구부리는 모습과 같다.'고 설명했지만, 그 자세한 뜻은 알 수가 없습니다."(此字本闕. 臣鉉等案 : 孫愐『唐韻』引『說文』云 : "喜也. 從竹, 從犬." 而不述其義. 今俗皆從犬. 又案李陽冰刊定『說文』"從竹・從夭, 義云 : "竹得風其体夭屈如人之笑". 未知其審.)고 설명을 하였다.

서개의 『설문계전』은 대서본이 출현하기 이전에 완성되었던 까닭에, 대서본에는 서개의 관점을 인용한 부분이 상당히 많이 보인다. 예를 들면, "책冊"부部에서 "사嗣는 제후가 임금의 자리를 계승하는 것을 말한다. 책冊과 구口는 형부이고, 사司는 성부이다."(嗣, 諸侯嗣國也, 從冊, 從口, 司聲)고 하였는데, 이에 대해 대서본에서는 "서개가 말하길, 옛날에 천자가 제후를 책봉할 때 반드시 종묘에서 제사를 지냈으며, 태사太史가 축도를 하고 그 책을 읽었기 때문에, 글자는 형부 구口를 따른다."(徐鍇曰: 冊必于廟, 史讀其冊, 故從口.)고 해설하였다.

"염炎"부部에서 "전장에서 죽은 병사나 혹은 소와 말의 피를 인粦(磷)이라고 한다. 인粦은 바로 세상에서 말하는 도깨비불이다. 형부 염炎과 천舛이 조합되어 이루어진 회의자이다."(粦(磷), 兵死及牛馬之血爲粦. 粦, 鬼火也. 從炎、舛.)고 하였는데, 이에 대해 대서본에서는 "서개가 말하길, 『박물지博物志』에 의하면, 전장에서 죽은 시신이 쌓인 곳에 사람과 말의 피가 물들어 세월이 오래되면 인粦이 된다. 이러한 것들은 땅과 초목에 붙어 있기 때문에 마치 서리나 이슬과 같아서 평소에는 볼 수가 없다. 그러나 일단 접촉하는 동시에 사람의 몸에 달라붙어 빛을 내는데, 이를 털면 그 즉시 무수한 빛이 되어 흩어진다. 또한 탁탁 하는 소리가 나는 것이 마치 콩 볶는 소리와도 같다. 천舛은 사람의 발을 나타내며, 인粦이 떠다니다가 사람의 몸에 달라붙는 것을 말한다."(徐鍇曰 : 案『博物志』: 戰鬪死亡之處, 有人馬血積中爲粦, 着地及草木, 皆如霜露, 不可見. 有觸者, 着人体後有光, 拂拭卽散無數. 又有咤聲如鸞豆. 舛者, 人足也, 言光行着人.)고 설명하였다.

서현 등을 비롯한 여러 사람들이 이처럼 심혈을 기울인 정리와 수정을 통해 허신의 『설문해자』는 마침내 읽기 쉬운 저서로 세상에 전해지게 되었는데, 이점이야말로 서현의 커다란 공로라고 하겠다. 송 태종은 수정본 원고를 본 후에 매우 기뻐하며 "서현 등의 여러 신하들이 과거 역사에 밝을 뿐만 아니라, 이전의 언어를 많이 알고 있어 옳고 그름을 검토해 누락된 것을 보충하여 바르게 할 수 있었다. 책이 완성되어 상주한 것을 보니, 능히 짐의 마음에 부합된다. 이를 간행하게 하여 널리 유포함이 마땅하다."(徐鉉等深明舊史, 多識前言, 果能商榷是非, 補正闕漏. 書成上奏, 克副朕心. 宜遣雕鐫, 用廣流布.)고 책의 간행을 허락하였다. 서현은 일생동안 "은청광록대부銀青光祿大夫・우산기상시右散騎常侍・상주국上柱國・동해현개국자東海縣開國子와 식읍食邑 5백호" 등을 하사받는 영광을 누렸다. 이로부터 『설문』대서본이 『설문해자』의 정종正宗으로 자리 잡게 되었을 뿐만 아니라, 유일한 『설문』판본으로서 세상에 널리 전해지게 되었다. 이 대서본이 세상에 나온 이후 지금에 이르기까지 천여 년 동안 문자학을 연구하는 모든 학자들이 이 대서본을 가장 중요한 문자의 성전聖典으로 삼아 연구를 진행하고 있으며, 『설문』학자들 역시 모두 대서본을 저본으로 삼아 연구에 종사하고 있다. 유명한 언어문자학자였던 황계강黃季剛(侃)선생은 일찍이 『여우인논치소학서與友人論治小學書』에서 "내가 생각하기에, 소학小學에 관한 고서 중에서 이미 완전한 책은 거의 찾아 볼 수가 없다. 『설문』에 보씨保氏와 위율尉律의 유실된 내용이 보존되어 있어 정명正名의 종극宗極이라 할 수 있을 것이다. 비록 유실되고 누락된 부분이 있다고 하지만 크게 지나친 바가 없어 보존될 수 있었던 것이다. 대서본이 비록 허신의 『설문』만 하다고는 할 수 없지만, 그러나 유실되거나 누락되고 잘못된 내용을 수집해 모은 다른 책과는 비교할 수 있는 것이 아니다.(소서小徐의 『계전』이 비록 대서본을 교감할 수 있다고 하지만, 잘못되고 틀린 내용이 너무 많다.) 그렇기 때문에 대체로 다른 책에서 인용한 내용은 믿을만하지 못하다. 예를 들면, 혜림의 『일체경음의』에서 『설문』의 □종시인夾从市人이라는 말을 인용하였는데, 이는 상당히 저속한 글자인 까닭에, 만일 이 말로 『설문』의 내용을 보충한다면, 그 잘못이 지나치게 크다고 할 수 있다. 또한 고인들이 책을 인용할 때 그 권축卷軸을 모두 검색하지 않고 기억에 의지했기 때문에, 간혹 『자림』을 『설문』이라 말하기도 하고, 『설문』의 내용을 취해 다른 책에 주석을 달기도 했으며, 또한 『설문』의 내용을 고쳐서 주석의 뜻으로 삼기도 하였다. 그러므로 이 세 가지 원인에 비춰볼 때, 『설문』의 내용은 오직 대서본에 의거하는 것이 옳다고 본다."(竊謂小學古書, 已少完帙. 『說文』存保氏、尉律之遺, 允爲正名之宗極, 雖如其殘闕, 無寧過而存之. 大徐本雖未必卽爲許君原書, 而究非搜輯他書斷爛訛脫者可比 (小徐『繫轉』雖可校大徐, 而訛誤太衆). 萕他書所引, 未能專信. 如慧琳『經音義』一切引『說文』□從市人, 此乃至俗之字, 若輒以補『說文』, 其過宏矣; 又古人引書, 不盡檢尋卷軸, 但憑記憶, 故時有以『字林』爲『說文』; 其取『說文』注他書者, 改『說文』以就所注之義: 據此三因, 故『說文』惟有依據大徐爲正.)는 설명을 남겼는데, 이러한 그의 논점이야말로 매우 정확한 것이라고 볼 수 있다.

(3) 대서본의 과실

첫째는 속자를 경시했다는 점이다. 즉 서현 등의 사람들이 지나치게 『설문』의 본의와 본자를 신봉한 나머지, 이러한 본의와 본자도 사회의 발전과 시대의 변화에 따라 필연적으로 변화한다는 사실을 간과하고 말았다. 이렇게 허신이 한대에 만들어진 해설을 지나치게 고수하여 글자의 모든 해석을 『설문』에 의지함으로써 새로 생성되는 글자를 경시하고 부정해 "속자"로 간주하였으며, 걸핏하면 "옳지 않다."(非是), "뜻을 취할 것이 없다."(義無所取), "붓을 댈 곳이 없다."(無以下筆)는 등의 입장을 내세우는 과실을 범하고 말았다. 예를 들면, "주走"부部에서 "부赴는 달려간다는 뜻이다. 주走는 형부이고, 부仆는 생략된 성부이다."(赴, 趨也. 從走, 仆省聲.)는 견해를 제기했는데, 이에 대해 대서본에서는 "신 서현 등이 생각해 보건데, 『춘추전』에서 '부고赴告'는 이 부赴자를 썼습니다. 지금 세상에서 별도로 부訃자를 만들어 사용하는데, 이는 옳지 않습니다."(臣鉉等曰:『春秋傳』赴告用此字, 今俗作訃, 非是.)고 설명하였다. 또한 "목木"부部에서 "장杖은 지닌다는 뜻이다. 목木은 형부이고, 장丈은 성부이다."(杖, 持也. 從木, 丈聲.)고 하였는데, 이에 대해 대서본에서는 "신 서현 등이 생각해 보건데, 지금 세상에는 별도로 장仗자를 만들어 사용하는데, 이는 옳지 않습니다."(臣鉉等曰: 今俗別作仗, 非是.)고 설명하였다. "현縣"부部에서 "현縣은 매달다는 뜻이다. 밧줄로 매달아 머리를 거꾸로 한다는 뜻을 나타낸다."(縣, 繫也. 從繫, 持縣.)고 하였는데, 이에 대해 대서본에서는 "신 서현 등이 생각해 보건데, 이 현縣자는 본래 현괘懸挂(매달다)한다는 현懸자의 본자이며, 가차해 주현州縣의 현縣자로 썼다. 지금 세상에는 '심心'방旁을 붙여 별도로 현懸자를 만들어 사용하는데, 이는 취할만한 바가 없습니다."(臣鉉等曰 : 此本是懸挂之懸, 借爲州縣之縣, 今俗加心別作懸, 義無所取.)고 설명하였다. 또한 대서본에서는 "초艸"부部의 "초草"자 아래에 자의의 고금의 변화를 설명한 다음, 다시 그 아래에 "지금 세상에서 조阜자는 혹은 백白과 십十을 따르고, 혹은 백白과 칠七을 따르는데, 조阜와 조皂는 모두 말로 설명할 만한 뜻이 없기 때문에 붓을 댈 것이 없습니다."(今俗書阜或從白從十、或從白從七, 皆無意義, 無以下筆)고 설명하였다. 이러한 풍조의 영향으로 청대의 『설문』 연구의 대가들 역시 경직된 묵수적 태도를 취하였는데, 이러한 입장은 바람직하지 못한 태도이다.

둘째는 고음古音을 명확하게 알지 못했던 까닭에 음독音讀과 훈석訓釋에 많은 오류가 발생하게 되었으며, 또한 허신의 형성자形聲字를 함부로 고치

王安石의 『字說』

는 결과를 초래하는 원인이 되었다. 시대적인 한계로 인해, 서현 등의 사람들이 고음학에 대해 명확하게 이해하지 못하고 있었던 까닭에 『설문』 중에서 때때로 형성자를 종종 독단적으로 지우거나 고치는 경우가 발생하였다. 예를 들면, "계糸系"부部에서 "질絰은 상복을 입을 때 머리 위에 매는 띠이다. 계糸系는 형부이고, 지至는 성부이다."(絰, 喪首戴也. 從糸系, 至聲.)고 하였는데, 이에 대해 대서본에서는 "신 서현 등이 생각해 보건데, 이 글자는 마땅히 질성姪省에서 성부를 얻어야 합니다."(臣鉉等曰 : 當從姪省乃得聲.)고 설명하였다. 사실은 "질姪"자 역시 "지至"로부터 성부를 얻은 것이기 때문에 번거롭게 다시 고칠 필요가 없다고 하겠다. 또한 "복卜"부部의 "괘卦는 점대로 길흉을 미리 점치는 것을 가리킨다. 복卜은 형부이고, 규圭는 성부이다."(卦, 筮也. 從卜, 圭聲.)고 하였는데, 이에 대해 대서본에서는 "신 서현 등이 생각해 보건데, 규圭자의 성음聲音이 괘卦자와 서로 가깝지 않으니, 마땅히 괘성挂省을 성부로 삼아야 합니다."(臣鉉等曰 : 圭字聲不相近, 當從挂省聲.)고 설명하였는데, 이는 서현 등이 "괘卦"자가"규圭"로부터 성부를 얻는 다는 것을 분명하게 알지 못했기 때문에 이와 같은 논설이 나오게 된 것이라고 하겠다. 또 하나의 예를 들면, 소서본의 "면宀"부部에서 "찰察은 반복해서 살핀다는 뜻이다. 면宀은 형부이고, 제祭는 성부이다."(察, 覆審也. 從宀, 祭聲.)고 하여 찰察자가 원래 형성자라고 밝히고 있으나, 대서본에서는 이를 "형부

면宀과 제祭의 뜻을 따른다."(從宀, 祭)는 말로 고치고, 이와 동시에 "신 서현 등이 생각해 보건데, 제사는 반드시 날이 환하게 다 밝은 후에 지내야 하며, 낮에 살필 수 있기 때문에, 찰察자는 형부 제祭의 뜻을 따릅니다."(臣鉉等曰 : 祭祀必天質明, 明, 察也, 故從祭.)고 설명하였다. 즉 서현 등이 주장한 의미는 "찰察"자가 "제祭"의 뜻을 따르며, 제사는 반드시 날이 밝을 때 행해지기 때문에 명찰明察의 뜻을 이끌어낸 것이라고 주장한 것이다. 하지만 이와 같은 견강부회한 해석은 이미 글자만을 대충 보고 뜻을 지어내는 지경에까지 이르고 말았다. 이 때문에 전대흔錢大昕이 이에 대해 "『설문』의 9,353문文 가운데 형부와 성부로 이루어진 것이 열 가운데 아홉이다. 혹은 동부同部의 성음을 취하는데, 이는 지금 사람들이 말하는 첩운疊韻을 말한다. 혹은 서로 비슷한 성음을 취하는데, 이는 지금 사람들이 말하는 쌍성雙聲을 말한다. 서현과 서개가 『설문』을 교정해 간행할 때 처음부터 고음古音과 금음今音의 차이를 살피지 않았고, 또한 서로 비슷한 성음에 대해 전혀 알지 못했기 때문에, '어떤 자는 형부이고, 어떤 자는 성부이다.'는 말을 종종 제멋대로 삭제해 버렸다. 그러나 소서小徐는 의구심을 가지고 이를 다 고치지 않았으나, 대서大徐에서는 과감하게 이를 모두 없애버리고 말았으니, 그의 사실 왜곡이 그의 동생 보다 더 심하다고 할 수 있다."(『說文』九千三百五十三文, 形聲相從者十有其九. 或取同部之聲, 今人所云疊韻也. 或取相近之聲, 今人所云雙聲也. 二徐校刊『說文』, 既不審古音之異于今音, 而于相近之聲全然不曉, 故于'從某, 某聲'之語, 往往妄有刊落. 然小徐猜疑而未盡改, 大徐則毅然去之, 其誣妄較乃弟尤甚.)(『십가재양신록十駕齋养新錄』 4)고 지적하였다.

엄가균 역시 이에 대해 『설문』에는 성음이 뜻을 겸하고 있는 경우가 절반을 넘는데, 대서본에서는 이 점을 알지 못해 제멋대로 255개나 되는 "성聲"자를 삭제했다고 지적하였다. 왕균 역시 이러한 현상에 대해, 『설문석례說文釋例·십사十四』 중에 별도로 『규서糾徐』편을 지었다. 이는 서현이 형성자를 회의자로 곡해했던 까닭에 이와 같은 현상이 생기게 되었던 것이며, 왕안석王安石의 『자설字說』 역시 서현의 영향을 받지 않았다고 말할 수 없을 것이다.(왕안석은 "파파"자를 "흙의 표면"(土之皮)이라 해석했는가 하면, "독篤"을 "대나무로 말을 채찍질하는 것이다."(以竹鞭馬)고 해석하였다.)고 지적하였다.

(4) 서개와 『설문해자계전』

서개徐鍇(920~974년)의 자는 초금楚金이며, 서현徐鉉의 동생이다. 그는 어려서부터 총명하였으나, 네 살 때 부친을 잃고 모친의 가르침을 받았다.

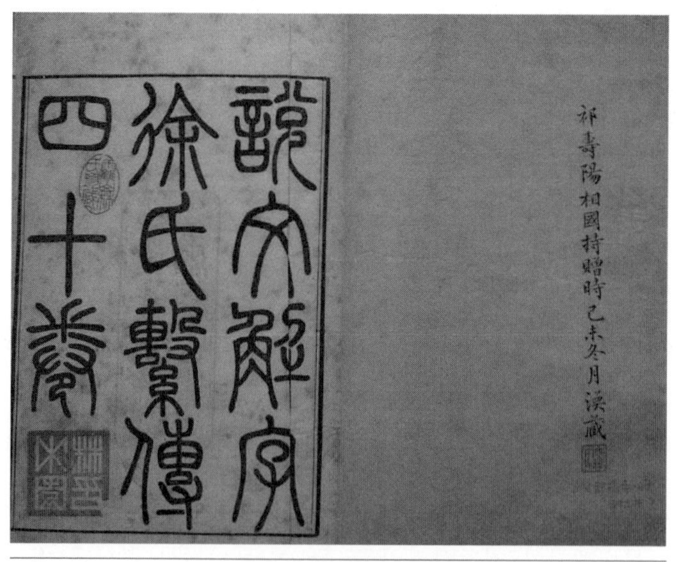

徐鍇의 『說文解字系傳』

또한 그의 형 서현을 따라 공부를 했는데, 평생 글 읽는 것을 좋아해 추위와 더위 속에도 게을리 하지 않았으며, 사물을 널리 알고 이를 잘 기억해 천문天文・지리地理・전장典章・사부詞賦에 대해 통달하지 않는 것이 없었다고 한다. 처음에는 방문을 닫아걸고 벼슬길에 나가지 않았으나, 남당南唐 이경李憬 때 천거를 받아 비서성교서랑秘書省校書郎을 지냈다. 후주後主 이욱李煜 때 다시 둔전랑중屯田郎中에 천거되어 지제고知制誥・집현전학사集賢殿學士・우내사사인右內史舍人 등의 관직을 지냈다. 서개와 그의 형 서현 두 사람 모두 재능이 뛰어나고 박학해 강동江東에서 그들의 명성이 자자해 앙모하지 않는 사람들이 없을 정도였다고 한다. 이 두 사람을 서진西晉의 "이육二陸"(육기陸機와 육운陸雲)에 비유해 "대소서大小徐"라고 불렀다. 송나라 군사가 강남을 정벌해 금릉金陵이 포위되었을 때, 소서小徐는 성 안에서 세상을 떠났는데, 향년 55세였다. 평생 동안 남긴 저술로는 『설문해자계전說文解字系傳』・『설문해자운보說文解字韻譜』・『방여기方輿記』・『고금국전古今國典』・『부원賦苑』・『세시광기歲時廣記』 등이 있으며, 그 외에 수백여 편의 문장이 있다. 남당南唐의 멸망으로 인해, 그가 남긴 글은 대부분 산실되고, 지금은 『설문해자계전』 40권과 『설문해자운보』 10권만이 세상에 전하고 있다.

『설문해자계전』은 이미 잔결殘缺되어 25권이 산실되었으나, 후에 서현이 교정을 하면서 이를 보충했다고는 하지만 완전한 권질을 갖추지는 못했다. 전서 40권 가운데 1권에서 30권까지는 "통석通釋"이며, 이 가운데 1권에서 28권은 『설문』을 훈석한 것이고, 29권에서 30권은 서목敍目을 훈석해 놓은 것이다. 그리고 31권에서 32권은 "부서部敍"로써 540개 부수 간의 내부적인 연계에 대한 요점을 소개하고, 이로써 각 부部의 순서에 대한 이치를 설명하였다. 33권에서 35권까지는 "통론通論"으로써 『설문』

9,353문文 중에서 글자를 몇 개 뽑아 문자학적인 측면에서 훈석과 자의를 설명하였다. 36권은 "거망祛妄"편으로, 주로 『설문』에 대한 이양빙의 잘못된 해석을 지적하였으며, 또한 개별적인 부분에 대해서는 그의 설을 긍정하기도 하였다. 현재 『설문』에 대한 이양빙의 논술은 찾아볼 수 없고, 단지 "거망"편 중에서 그 대략을 엿볼 수 있을 뿐이다. 37권은 "유취類聚"편으로 자군字群 간의 관계를 설명했는데, 동류同類의 명칭을 가진 사물의 글자를 예로 들어 그들이 형상을 취한 바에 대해 설명하였다. 예를 들면, 수사數詞 일一 …… 십十 · 백百 · 천千, 허사虛詞인 이爾 · 우于 · 월粤 · 자者 · 금목수화토金木水火土 · 산천일월山川日月 · 조연어룡鳥燕魚龍 · 견시우양犬豕牛羊 · 갑을병정甲乙丙丁 ……, 자축인묘子丑寅卯 …… 등등이다. 38권은 "착종錯綜"편이며, 옛 사람들이 글자를 만든 뜻을 밝히고 문자의 중요성을 설명하였다. 그는 "한번 붓을 대는 것은 마치 금석金石을 새기는 것과 같으며, 이기彝器에 새기는 것 역시 둘이 될 수 없다."(一着于筆, 如置金石, 刻于彝器, 罔敢或二), 그렇기 때문에 "이것으로 만세의 법을 삼았으며"(以爲萬世法), "그 이름을 칭한 것은 작지만 그 뜻을 취한 바가 크며, 사람에게 들어나는 바가 정미하다."(其稱名也小, 其取義也大, 其著于人也深.)고 하였다. 그가 이처럼 말한 것은 문자가 사회적 성격을 반영하고 있는 까닭에 마땅히 보호해야 상대적으로 안정된다고 여겼기 때문이다. 39권은 "의의疑義"편이며, 유劉 · 지志 · 성騂 · 희希 · 최崔 · 면免 · 유由 등과 같이 경전에는 실려 있으나 『설문』에는 없는 글자를 마땅히 어떤 부部에 넣어야 하는 지에 대해 언급하였고, 또한 의衣 · 장長 · 언言 · 우羽 등의 고금자古今字에 대한 차이를 분석해 놓았다. 40권은 "계술繫述"편이며, 서개의 서언序言이 실려 있다. 여기에서는 전서 40권을 분류한 내용이 소개되어 있는데, 마치 『사기』의 자서自序나 『한서』의 서전敍傳과 같이 각 편의 저술 취지를 설명해 놓았다.

『설문』 당본唐本에는 반절反切이 있었으나, 『계전』에는 주고朱翺가 별도로 반절을 덧붙여 놓았다. 『계전』은 또한 "소서본"이라고도 칭한다.

서개는 『설문계전』을 저술하였는데, 그가 자료를 취한 고서의 범위는 대단히 광범위하여, 유가의 경서 이외에도 주진周秦시대 이후의 각종 자서字書와 『사기』, 『한서』, 남북조사南北朝史, 『문선』 등의 백여 종에 이른다. 남송의 학자 진진손陳振孫은 『직재서록해제直齋書錄解題』에서 이 책에 대해 "인용이 정밀하고 깊으며, 또한 크고 넓어 소학자小學者 중에 그를 따를 자가 없다."(此書援引精博, 小學家未有能及之者.)고 논평하였다.

서명書名을 "계전繫傳"이라고 붙인 까닭은 『역전易傳』(『주역』에 대해 해석한 부분)을 본뜬 것으로, 그가 일찍이 『거망편』에서 "문자의 뜻은 『설문』에서 나오지 않은 것이 없다."고 말한 바와 같이 『설문』을 경經에 비유하고, 자신의 해석을 "전傳"에 비유해 명칭을 붙였다는 사실을 알 수 있다.

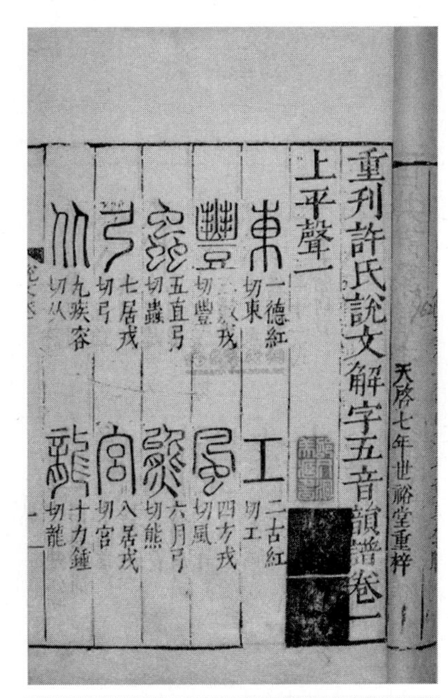
天啓七年世裕堂重梓
重刊許氏說文解字五音韻譜卷一
上平聲一

徐鍇의 『說文解字韻譜』

『거망편』에서는 또한 "『설문』학이 오래되어 그 설을 상세하게 얻을 수가 없으니, 식견 있는 군자가 마땅히 상세하게 논해야 할 것이다. 초楚와 하夏의 음音이 서로 다르고 지방마다 풍속과 말이 다르기 때문에, '육서'에는 형성자가 많이 보인다. 회의자를 학자들이 분명하게 알지 못하는 까닭에 비근鄙近하게 전사傳寫했으면서도 제멋대로 '성聲'자를 덧붙여 놓았다. 독론지사

篤論之士가 이를 고치는 것이 마땅하거늘, 이양빙이 이들을 비난하고 자신의 힘을 내세웠으니, 이 또한 무고함이 있지 아니한가! 『절운』과 『옥편』이 나와 『설문』학이 연기처럼 사라지고 말았으니, 능히 독자를 살펴 말할 수 있는 자가 두 세 사람이 채 못 되는 까닭에 마침내 근본을 버리고 말末을 쫓게 되어 이 지경에 이르렀도다! 저송沮誦은 너무 멀고 허신이 새로 지을 수 없으니, 세상의 지자智者가 이를 진작시키는 것이 옳지 않겠는가!"(『說文』之學久矣哉! 其說有不可得而詳者; 通識君子, 所宜詳而論之. 楚夏殊音, 方俗異語. '六書之內, 形聲居多; 其會意之字, 學者不了, 鄙近傳寫, 多妄加'聲'字. 篤論之士, 所宜隱括, 而李陽冰隨而譏之, 以爲己力, 不亦誣乎! 自『切韻』『玉篇』之興, 『說文』之學湮廢泯沒, 能省讀者不能二三, 棄本逐末, 乃至于此! 沮誦邈遠, 許愼不作, 世之知者, 有可以振之可也.) 그가 『설문계전』을 찬술한 주된 요지는 서현이 『설문해자운보서說文解字韻譜序』에서 "과거 현인의 미언微言을 고찰하고, 허신의 현묘한 뜻을 펴며, 양빙의 신의新義를 바로잡아 세속의 이단을 끊고자 함이다."(考先賢之微言, 暢許氏之玄旨, 正陽冰之新義, 折流俗之異端.)고 한 말에서 그 취지를 찾을 수 있을 것이다. 이와 같은 평론을 볼 때, 동생이 형만 못하지 않다고 말할 수 있을 것이다.

(5) 소서본의 특징

『설문해자계전』은 『설문』을 체계적으로 연구하였을 뿐만 아니라, 가장 먼저 『설문』에 주석을 한 걸작이다. 『계전』은 허신의 학을 발전시켜 『설문』에 새로운 활력을 불어 넣어 주었다. 또한 속자俗字를 중시하고 고금자古今字를 명확하게 변별해 놓았을 뿐만 아니라, 사의詞義의 파생과 가차를 분명하게 밝혀 놓았다. 게다가 최초로 성음聲音에 의거해 뜻을 구하는 학문을 제창하였으며, "육서"이론에 대해서도 새롭게 발전시킨 측면이 있어 『계전』만의 특징을 갖추고 있는데, 이를 구체적으로 서술하면 아래와 같다.

첫째는 허신이 밝히지 못한 부분을 보충했다는 점이다. 허신의 글자 해석이 말은 간략하나 뜻이 심오해 후대 사람들이 이해하는데 많은 어려움을 겪었다. 이 때문에 서개는 『통석通釋』편에서 뜻을 소통시키는데 진력하여 독자로 하여금 명백하게 알 수 있도록 하였다. 예를 들면, "척彳"부部에서 "경徑은 걸어 다니는 길이다."(徑, 步道也.)고 하였는데, 이에 대해 서개는 "작은 길은 수레가 다닐 수 없기 때문에, 사람이 걸어 다니는 작은 길이라 하였다."(小道不容車, 故曰步道.)고 설명하였다. 또한 "어御는 거마를 부리는 것이다. 형부 척彳과 사卸가 조합되어 이루어진 회의자이다."(御, 使馬也. 從彳卸.)고 하였는데, 이에 대해 서개는 "사卸는 말을 수레에서 풀어주는 것을 말한다. 척彳은 말을 몰아 앞으로 가게 하는 것을 나타낸다. 어느 때는 앞으로 가고, 어느 때는 풀어주는데, 이는 모두 수레를 모는 사람의 임무이다."(卸, 解車馬也. 彳, 行也, 或行或卸, 皆御者之職也.)고 설명하였다. "급皀"부部에서 "즉卽은 나아가 밥을 먹는다는 뜻이다."(卽, 卽食也.)고 하였는데, 이에 대해 서개는 "즉卽은 취就(나아가다)와 뜻이 같으며, 가까이 가서 밥을 먹는 것을 말한다."(卽, 猶就也, 就食也.)고 풀이하고 나서, 자형은 사람이 무릎을 꿇고서 음식 앞에 가까이 가는 모양이라고 보충해 놓았다. "목木"부部에서 "본本은 나무 아래의 뿌리 부분이다. 형부 목木의 뜻을 따르며, 일一은 나무의 뿌리 부분을 나타낸다."(本, 木下曰本, 從木, 一在其下.)고 하였는데, 이에 대해 서개는 "일一은 그것이 있는 곳을 표시한다. '말末'자와 뜻이 같으며, 지사자이다."("말末은 나무 위의 끝부분을 가리킨다. 형부 목木의 뜻을 따르며, 일一은 나무의 위 끝부분을 나타낸다.")(一, 記其處也. 與'末'同義. 指事也. (末, 木上曰末, 從木, 一在其上也.))고 보충해 놓았다. "주朱는 속이 붉은 나무이며, 소나무와 잣나무의 종류에 속한다. 형부 목木의 뜻을 따르고, 일一은 나무의 속을 가리킨다."(朱, 赤心木, 松柏屬. 從木, 一在其中.)고 하였는데, 이에 대해 서개는 "적심赤心은 나무의 총명칭이다. 일一은 그 속을 표시한 것이다. 대추나무 역시 마찬가지이다. 주朱 역시 '본本'·'말末'과 뜻이 같다."(赤心, 木之總(名)也. 一者, 記其心, 棗木亦然. 此亦與'本'·'末'同義.)고 설명하였다. 하나 더 예를 들면, "문門"부部에서 "한閒은 틈이라는 뜻이다. 형부 문門과 월月로 이루어진 글자이다."(閒, 隙也, 從門, 從月.)고 하였는데, 이에 대해 서개는 "대체로 문門은 밤에 당연히 닫아야 한다. 문을 닫은 후에도 달빛을 볼 수 있는데, 이것은 문에 틈이 있기 때문이다."(夫門當夜閉, 閉而見月光, 是有間隙也.)고 설명하였다. "천舛"부部에서 "무舞는 춤춘다는 뜻이다. 무용에는 두 발을 서로 등지는 동작이 있다. 천舛은 형부이고, 무無는 성부이다."(舞, 樂也. 用足相背. 從舛, 無聲.)고 하였는데, 이에 대해 서개는 『통론通論』의 말을 인용해 "천舛은 좌우 두 발을 가리키며, 좌우 두 발로 발을 굴러 땅을 밟고 발을 드는 것을 말한다."(舛, 兩足左右也, 兩足左右蹈厲之也.)고 설명하였다. 이러한 해석 모두 『설문』의 함축적 의미를 이해하는데 커다란 도움을 준다.

둘째는 『설문』을 활용해 고서를 해석했다는 점이다.

『설문』에는 한자의 고의古義가 보존되어 있다. 허신이 『설문』을 찬술한 목적은 바로 경전을 올바르게 읽을 수 있도록 도움을 주기 위한 것이었다. 그래서 서개도 이러한 측면의 주석에 온 힘을 기울였다. 예를 들면, "척彳"부部에서 "흔很은 따르지 않는다는 뜻이다."(很, 不聽從也.)고 하였는데, 이에 대해 서개는 "송의宋義는 '흔很이 양羊과 같다.'고 말하였다. 양羊

의 성질은 앞으로 끌면 끌수록 앞으로 나아가지 않는다."(宋義曰 : '很如羊'. 羊之性愈牽愈不進.)고 설명하였는데, 여기서 인용한 송의宋義는 『사기·항우본기』에 보인다. "족足"부部에서 "천踐은 땅을 밟는다는 뜻이다."(踐, 履也.)고 하였는데, 이에 대해 서개는 『상서尙書·서序』를 인용해 "살펴 보건데, 『상서·서』에서 '성왕成王이 동이東夷를 정벌하고 드디어 엄奄 땅을 밟았다. 엄 땅에 있는 나라이다.'고 하였다. 천자는 복종시키지 않은 곳이 없고, 또한 정복하지 않은 곳이 없기 때문에 천踐이라 말하며, 밟고 다닌다는 뜻과 같다."(按『尙書序』 : '成王旣伐東夷, 遂踐奄.' 天子無所不賓, 亦無所剪滅, 故言踐, 若履行之而已.)고 설명하였다. "녁疒"부部에서 "비痱는 중풍에 걸린 병이다."(痱, 風病也.)고 하였는데, 이에 대해 서개는 『사기』를 인용해 "살펴 보건데, 『사기』에서 전분田蚡이 중풍에 걸렸다."(按『史記』曰 : 田蚡病痱.)고 하였는데. 풍병風病은 오늘날의 중풍을 말한다. 이 『사기』의 문장은 『위기무안후열전魏其武安侯列傳』에 나온다. "대大"부部에서 "계契는 크게 약속한다는 뜻이다. 『주역』에서 후대 성인이 그것을 서계로 바꾸었다."(契, 大約也. 『易』曰 : 後代聖人易之以書契.)고 하였는데, 이에 대해 서개는 "『주례』에 '사약司約은 만민의 계약 문건을 관장한다. 대약제大約劑는 종묘제례에 쓰는 술그릇에 쓴다.'는 말이 있는데, 주석에 보면 '대약大約은 제후국의 약속이다.'고 하였다. 그리고 제劑는 바로 계약 문건을 말한다. 『춘추좌전』에 '왕숙씨王叔氏가 그 계약 문건을 내놓을 수 없었다.'는 말이 있고, 『한자韓子』에는 '송宋나라 사람이 길에서 계약 문건을 주워서 몰래 그 계약 문건 위에 있는 치齒의 수를 세었다.'는 말이 있는데, 이는 칼로 문건을 나눈 것을 말하는 것으로 둘을 합치면 치봉齒縫이 서로 들어맞는다. 칼로 찔러 자르기 때문에 계契라고 한다. 제劑자 역시 나눈다는 뜻이다. 권券은 변辨(가리다)과 같으며, 뜻 역시 갈韧과 같다."(『周禮』 : '司約, 掌萬民之約. 大

約劑, 書于宗彝.'注 : '大約, 邦國約也.'劑, 卽券契也. 『春秋左傳』 : '王叔氏不能擧其契.'『韓子』 : '宋人得契, 密數其齒.' 謂以刀分之, 有相入之齒縫也. 刀刺缺之, 故曰契. 劑, 亦分也. 絭, 猶辨也, 義亦同栔.)고 설명하였다.

셋째는 금어今語로 『설문』의 사의詞義를 설명했다는 점이다. 금어今語로 고어古語를 해석할 경우 뜻이 분명해 이해하기가 쉽다. 이는 본래 훈고학자들이 상용하는 방법이기도 하다. 예를 들면, "초艸"부部에서 "애艾는 쑥이며, 빙태冰台라고도 부른다."(艾, 冰台也.)고 하였는데, 이에 대해 서개는 "바로 지금 뜸을 뜨는 쑥이다."(卽今灸艾也.)고 설명하였다. 빙태冰台라는 명칭은 『이아·석초』편에 보인다. 애艾는 애융艾絨을 만들어 침구針灸를 사용할 때 제공되기 때문에, 서개는 금어今語를 가지고 애艾자를 해석한 것이다. 이는 여자나 아이들이 모두 능히 이해할 수 있다. 또한 "근芹은 미나리로, 초규楚葵라고 부른다."(芹, 楚葵也.)고 하였는데, 초규楚葵라는 명칭 역시 『이아·석초』편에 보인다. 옛날 명칭은 이해하기 쉽지 않기 때문에, 서개는 주석에서 "지금의 수근水芹(미나리)이다."(今水芹也.)고 설명하였다. "초芀는 갈대의 화수花穗이다."(芀, 葦華也.)고 하였는데, 이에 대해 서개는 "살펴 보건데, 『이아』에서 '위축葦丑은 초苕이다.'는 말의 주석에서 '그 종류는 모두가 갈대의 이삭이다.'고 하였으며, 축丑은 바로 같은 종류라는 뜻이다. 초苕는 가지를 길게 뽑아 꽃을 피우는데 꽃받침은 없다. 지금 사람들은 이것을 잘라 빗자루를 만들기도 하는데, 초추苕帚라고 말하는 것이 바로 이것이다."(按『爾雅』: '葦丑, 苕.'注: '其類皆芀秀.'丑, 卽類也. 苕者, 抽條搖遠生華而無莩萼也, 今人取之以爲帚, 曰苕帚是也.)고 설명하였다. "래來"부部에서 "래來는 주나라 왕조가 하늘로부터 받은 상서로운 곡물인 래來(소맥)와 모麰(대맥)를 가리킨다. 보리 껍질 위에는 하나의 맥망麥芒이 있고, 껍질 안에 두 개의 보리씨가 있다. 보리에 까끄라기가 있는 모양을 본뜬 상형자이다."(來, 周所受瑞麥來麰, 一來二縫, 象其芒朿之形.)고 하였는데, 이에 대해 서개는 "지금의 소맥이다."(今小麥也.)고 설명하였다. "맥麥"부部에서 "모麰는 래모來麰의 모麰이며, 보리의 일종이다."(麰, 來麰, 麥也.)고 하였는데, 이에 대해 서개는 "지금의 대맥이다."(今大麥也.)고 설명하였다. 또 예를 들어 보면, "녁疒"부部에서 "교疝는 배 속의 격렬한 통증을 말한다."(疝, 腹中急也.)고 하였는데, 이에 대해 서개는 "지금 사람들은 대부분 배속이 뒤엉키는 통증이라 말한다."(今人多言腹中絞結痛也.)고 설명하였다. "가痂는 부스럼 딱지이다."(痂, 疥也.)고 하였는데, 이에 대해 서개는 "지금은 부스럼이 살에서 생겨 떨어져나가 말라버린 것을 가痂라고 말한다. 『남사南史』에 팽성彭城의 유옹劉邕이 부스럼 딱지를 좋아하는 취미가 있었다. 태수가 되자 아전 백여 명에게 사람들의 죄를 묻지 않고 무조건 채찍으로 때려 상처에서 생긴 딱지를 취하도록 명하였다."(今謂瘡生肉所脫乾爲痂. 『南史』: 彭城劉邕嗜瘡痂. 爲太守, 令吏百餘人, 不問有罪無罪, 鞭取創痂也.)고 설명하였다. 이러한 예들은 금어今語를 가지고 고어古語를 해석한 경우이며, 또한 고서를 인용해 증명 자료로 활용한 경우이다.

넷째는 사의詞義의 파생과 문자의 가차를 상세하게 밝혀 놓았다는 점이다. 사의의 파생은 언어발전에 있어서 반드시 필요한 것이며, 문자를 활용하는데 있어 가차 역시 고적 중에서 쉽게 찾아볼 수 있는 현상이다. 서개는 이러한 현상에 대해 여러 번 언급하였다. 예를 들면, "언㫃"부部에서 "려旅는 군대의 편제단위인데, 오백 명이 하나의 려旅가 된다. 형부 언㫃과 종从의 뜻을 따르며, 종从은 두 사람을 뜻하며, 깃발 아래 있는 것을 나타낸다."(旅, 軍之五百人, 从㫃, 从从. 从, 俱也.)고 하였는데, 이에 대해 서개는 "주나라 제도에서는 1비鄙의 군대를 가리킨다. 려旅는 군대라는 뜻이다. 비사鄙師(관직명)는 싸우지 않고 평화롭게 승리를 거두기 때문에, 반드시 서로 따르게 된다. 군대가 나오면 객지에서 임시로 머물기 때문에, 밖에 있는 것을 려우旅寓라고 말한다."(周制一鄙之衆也. 旅者衆也. 師克以和, 故必相順從也. 衆出則旅寓, 故謂在外爲旅寓也.)고 설명하였다. 그는 자형이 형부 종从의 뜻을 따른다고 해석하였고, 또 군려軍旅의 본의에서 인신하여 기려羈旅와 려우旅寓라는 뜻으로 해석하였다. "목木"부部에서 "극極은 대들보이다."(極, 棟也.)고 하였는데, 이에 대해 서개는 "살펴 보건데, 극極은 지붕마루이다. 지금 사람들은 높고 심한 것을 극極이라 말하는데, 이 뜻은 여기에서 나왔다. 또한 위危(높이 솟아 위험하다)라고도 말한다. 『춘추후어春秋後語』에서 '위나라 사람이 장차 범좌范痤를 죽이려고 하자, 범좌가 높은 곳에 올라가서 말했다.'고 한 것이 바로 이것이다."(按: 極, 屋脊之棟也. 今人謂高及甚爲極, 義出于此, 亦謂之危. 『春秋後語』: '魏人將殺范痤, 范痤登危而說'是也.)고 설명하였다. "제梯는 나무 사닥다리이다."(梯, 木階也.)고 하였는데, 이에 대해 서개는 "살펴 보건데, 『사기』에서 '화제禍梯(재앙이 생기는 실마리)가 없다.'고 한 말 중에서 제梯는 바로 계階를 의미한다. 또한 『산해경』의 '서왕모西王母가 작은 탁자에 기대어 머리에는 옥승玉勝을 쓰고 있다.'고 말한 주석에서 '제梯는 기댄다는 뜻이다.'고 하였는데, 신이 생각하기에 기댄다는 뜻은 바로 사다리가 비스듬하게 기대어 있는 것을 나타내는 것이라고 할 수 있습니다."(按『史記』曰 : '無爲禍梯', 梯卽階也. 又『山海經』曰 : '西王母階几而戴勝', 注曰 : '梯, 憑也'. 臣以爲憑則若梯之斜椅着也.)고 설명하였다. 하나 더 예를 들면, "명皿"부部에서 "고盅는 그릇이 비어있다는 뜻이다. 명皿은 형부이고, 중中은 성부이다. 『노자』에서 도道는 비어있으나 작용한다."(盅, 器虛也. 從皿, 中聲. 『老子』曰 : 道盅而用之.)고 하였는데, 이에 대해 서개는 "'고이용지盅而用之'라는 말은 비었으나 작용하는 것을 의미한다. 지금은 '충沖'자를 쓰는데, 이는 가차이다."('盅而用之', 虛而用之也. 今作'沖', 假借.)고 설명하였다. 지금의 판본 『노자』 제4장에서도 "도道는 비어 있지만 쓰임은 항상 차지 않는다."(道冲, 而用之或不盈)는 말이 보이는데, 여기서 "충冲"이란 말과 "기허器虛"는 그 뜻이 서로 일치되기 때문에 서개가 이를 언급한 것이다. "화盉는 맛을 조절한다는 뜻이다. 명皿은 형부이고, 화禾는 성부이다."(盉, 調味也. 從皿, 禾聲.)고 하였는데, 이에 대해 서개는 "『시경』에 '또한 간을 맞춘 맛있는 국이다.'(亦有盉羹)는 구절이 보이는데, 지금의 시에서는 '화和'라고 쓰고 있는데, 이는 가차이다."(『詩』曰 : '亦有盉羹', 今詩作'和', 借也.)고 설명하였다. 서개가 인용한 『시』는 『시 · 상송商頌 · 열조烈祖』편의 구절이며, 금본에서는 "역유화갱亦有和羹"으로 쓰여 있다. 화갱和羹은 간을 맞춘 맛있는 국을 가리킨다. 만약 『설문』의 본의를 따른다면 당연히 "화盉"자를 써야 할 것이다. "입立"부部에서 "입立은 서있다는 뜻이다. 형부 대大의 뜻을 따르며, 사람이 땅 위에 서 있는 것을 나타낸다."(立, 住也. 從大立一之上.)고 하였는데, 이에 대해 서개는 "살펴 보건데, 『주례』의 주석에 의하면, 고대에는 입立자를 빌려서 위位자로 썼다."(按『周禮』注云 : 古借此爲位字.)고 설명하였다. 또한 "이埭는 임한다는 뜻이다."(埭, 臨也.)고 하였는데, 이에 대해 서개는 "『춘추좌전 · 희공』 3년에서 '공자 이莅가 제나라에 가서 맹회에 참석하였다.'고 하는 말이 보이는데, 지금은 이埭자를 이莅로 쓰며, 이는 가차이다."(『春秋左傳』曰 : '如齊莅盟'. 今俗作莅, 借也.)고 설명하였다. 단옥재는 "경전에서는 이蒞자를 간혹 이莅자로 썼으며, 주석하는 사람들은 임한다는 뜻이로 풀이하였다. 『도덕경석문』에서 '옛날에는 이莅자가 없어 『설문』에서 이埭로 쓴 것이다.'고 하였는데, 이 말을 살펴 보건데, 이莅자가 나오면서 이埭자는 없어졌다고 하겠다. 대체로 정자正字가 있으나 가차자假借字에게 빼앗긴 글자들이 이러한 류에 속한다."(經典蒞字或作莅, 注家皆曰臨也. 『道德經釋文』云 : '古無莅字, 『說文』作埭.' 按 : 莅行

而逮廢矣. 凡有正字而爲假借字所奪者類此.)고 설명하였다. "조鳥"부部에서 "난難은 새의 일종이다."(難, 鳥也.)고 하였는데, 이에 대해 서개는 "난이難易의 난難자로 가차되었다."(借爲難易之難.)고 설명하였다.

다섯째는 다의사多義詞에 대한 해석을 함께 언급했다는 점이다. 허신은 『설문』에서 주로 본의만을 언급하고, 두 번째 뜻에 대해 말한 경우가 매우 드물었다. 그러나 사詞의 다의성多義性은 객관적으로 존재하는 것이기 때문에, 서개가 종종 이에 대해서도 명확한 주석을 남겨 놓았던 것이다. 예를 들면, "초艸"부部에서 "제薺는 실려蒺藜(냉이)이다. 초艸는 형부이고, 제齊는 성부이다. 『시경』에서 '담 아래에 냉이가 있다.'"(薺, 蒺藜也. 從艸, 齊聲. 『詩』曰 : 墻有薺.)고 하였는데, 이에 대해 서개는 "제薺는 오늘날 약초 전문가들이 쓰는 질려蒺藜이다. 지금 사람들은 이 글자를 냉이의 뜻으로 생각한다."(此今藥家所用蒺藜也. 今人以此字爲薺菜.)고 설명하였다. "착辵"부部에서 "우遇는 만난다는 뜻이다. 착辵은 형부이고, 우禺은 성부이다."(遇, 逢也. 從辵, 禺聲.)고 하였는데, 이에 대해 서개는 "우遇는 서로 우연히 만나는 것을 말한다. 또 제후가 겨울에 천자를 알현하는 것을 우遇라고 한다."(遇之言相偶也. 又 : 諸侯冬見天子曰遇.)고 설명하였다. "언言"부部에서 "우訏는 거짓말로 남을 속이는 것을 말한다. 언言은 형부이고, 우于은 성부이다. 또는 우吁는 탄식하는 것을 말한다. 제齊와 초楚의 방언에는 크게 떠벌리는 것을 우訏라고 한다."(訏, 詭訛也. 從言, 于聲. 一曰吁嗟. 齊楚謂信曰訏.)고 하였는데, 이에 대해 서개는 "살펴 보건데, 『이아』에서 우訏자는 또한 '크다'는 뜻이다. 우訏자 역시 우吁(탄식한다)자로 쓰인다."(按『爾雅』, 又'大'也. 此又吁字.)고 설명하였다. 우訏자가 크다고 한 말은 『이아・석고』편에 보인다.

여섯째는 고금古今의 문자 변화를 설명하였다는 점이다. 비록 동일한

자의일지라도 고금이 차이가 있으니, 이것이 바로 고금자古今字이다. 서개는 이러한 현상에 대해서도 언급을 해 놓았다. 예를 들면, "목目"부部에서 "시眂는 보는 모양이다. 목目은 형부이고, 씨氏는 성부이다"(眂, 視貌也. 從目, 氏聲.)고 하였는데, 이에 대해 서개는 "이것은 또한 고문의 '시視'자와 같다. 무릇 문文에는 고금의 차이가 있다. 예를 들어 '시示'자를 신기神祗라고 썼으나, 지금은 직접 '시示'자를 쓴다. '역歷'은 고대에 '격鬲'자로 썼으나, 지금은 별도로 글자를 만들어 쓰는데, 이와 같은 글자가 많이 있다."(此又古文 '視'字. 凡文有古今異者, 若'示'爲神祗, 今則直爲'示'字, '歷'古爲'鬲'字, 今別爲字, 其類多矣.)고 설명하였다. "사厶"부部에서 "사厶자는 간사하다는 뜻이다. 한비자는 '창힐이 글자를 만들 때, 하나의 획으로 둥글게 원을 그려 사厶를 나타내었다.'고 하였다."(厶, 姦衺也. 韓非曰 : '倉頡作字, 自營爲厶'.)고 하였는데, 이에 대해 서개는 "이것은 공사公厶의 사厶자이며, 지금은 모두 '사私'자를 쓴다."(此公厶字, 今皆作'私'.)고 설명하였다. 『설문』 중에서 "사私"자는 벼의 이름이며, "화禾"부部에 보인다. 이에 대해 단옥재는 "대체로 벼에는 사私라고 부르는 것이 있었으나, 지금은 '사私'자를 빌려 공사公厶의 사厶자로 쓴다."(蓋禾有名私者也, 今則假'私'爲公厶.)고 설명하였다. "척彳"부部에 "□袀은 지나가면서 사람들이 보게 하는 것을 말한다. 척彳은 형부이고, 균勻은 성부이다. 『사마법司馬法』에서 말하길, '머리를 베어서 그 머리를 두루 많은 사람들이 보게 한다.'"(袀, 行示也, 從彳, 勻聲. 『司馬法』: 斬以袀.)고 하였는데, 이에 대해 서개는 "한편으로는 머리를 베고 지나가면서 사람들에게 알리는 것을 말한다. 지금 사람들은 순徇자로 쓴다."(且斬且行以令於衆也. 今人作徇.)고 설명하였다. 단옥재는 "옛날에는 균勻자와 순旬자를 같이 사용하였기 때문에, 역시 순徇자도 썼다."(古勻、旬同用, 故亦作徇.)고 하였다. 또한 장순휘張舜徽는 "경전에서는 순徇자와 통용되지만,

『설문』에는 순徇자의 전문篆文이 보이지 않으며, □彴이 바로 순徇의 본자이다."(經傳通作徇, 而『說文』無徇篆, 彴乃其本字也.)고 하였다. "부缶"부部에 "항缸은 진흙으로 만든 항아리이다."(缸, 瓦也.)고 하였는데, 이에 대해 서개는 "지금은 등燈을 항缸이라 말하는데, 본래는 이 글자를 썼다."(今謂燈爲缸, 本作此字.)고 설명하였다.

또 "산山"부部에서 "쟁영崝嶸은 험준하다는 뜻이다. 산山은 형부이고, 청青은 성부이다."(崝, 嶸也. 從山, 青聲.)고 하였는데, 이에 대해 서개는 "지금은 세상에서 쟁崢자를 쓴다."(今俗作崢.)고 설명하였다. 『방언』과 『옥편』에는 모두 "쟁崝"자가 보인다. 이 글자 아래에 대서본에서는 "신 서현 등이 생각해 보건데, 지금 세상에서는 별도로 쟁崢자를 만들어 쓰는데, 이는 옳지 않습니다."(臣鉉等曰: 今俗別作崢, 非是.)고 설명하였다. 이러한 예들을 통해, 송대의 속자俗字가 오늘날 우리가 사용하는 통용자나 표준자였다는 사실을 알 수 있다.

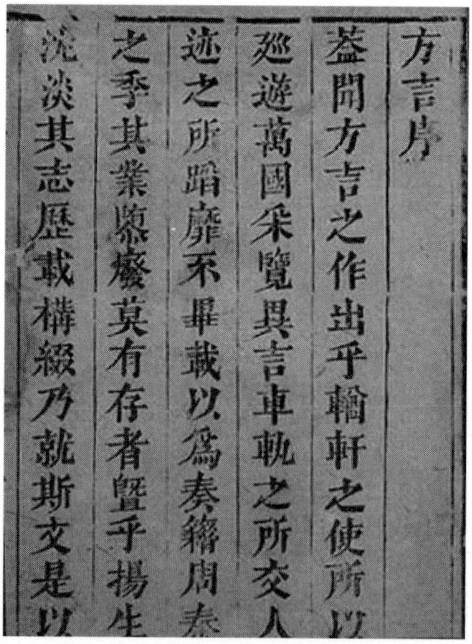
方言序
蓋聞方言之作出乎輶軒之使所以
巡遊萬國采覽異言車軌之所交人
迹之所蹈靡不畢載以爲奏籍周秦
之季其業隳廢莫有存者暨乎揚生
沈淡其志歷載構綴乃就斯文是以

揚雄의 『方言』

일곱째는 자사字詞의 의미 관계를 탐색하였다는 점이다. 자의를 설명할 때, 서개는 성음聲音의 측면에서 그 안에 담고 있는 의미를 설명하고자 하였다. 이러한 방법은 본래 한대 사람들의 성훈聲訓에 근원을 두고 있지만, 그에 이르러 이를 더욱 심화시켰는데, 이는 실제로 청대 훈고학에 있어서 "소리에 근거해 의미를 찾는 "인성구의因聲求義"의

효시가 되었다. 서개는 음의音義의 관계를 탐색함에 있어 두 가지 방법을 운용하였다.

그 하나는 형성자의 성부로부터 자사字詞 간의 음音・의義 관계를 고찰한 점이다. 예를 들면, "시示"부部에서 "양禳은 제사의 명칭으로, 희생의 몸을 가르고 찢어서 제사지내 삿된 재앙을 없애는 것을 말한다. 시示는 형부이고, 양襄은 성부이다."(禳, 磔禳, 祀除癘殃也. 從示, 襄聲.)고 하였는데, 이에 대해 서개는 "양禳은 물리친다(攘)는 것을 말한다."(禳之爲言攘也.)고 설명하였다. "양襄"에는 "없앤다"는 뜻이 있으며, 양禳자와 양攘자는 똑같이 성부 "양襄"으로부터 음을 얻었기 때문에 뜻이 서로 가깝다. "패貝"부部에서 "화貨는 재물이다. 패貝는 형부이고, 화化는 성부이다"(貨, 財也. 從貝, 化聲.)고 하였는데, 이에 대해 서개는 "교역할 수 있는 것을 화貨라 말한다. 화貨는 변화(化)하다는 뜻이다."(可以交易曰貨. 貨, 化也.)고 설명하였다. 단옥재는 "형성形聲에 회의會意를 포함하고 있다."(形聲包會意.)고 설명하였다. 또한 "진賑은 부유하다는 뜻이다. 패貝는 형부이고, 진辰은 성부이다."(賑, 富也. 從貝, 辰聲.)고 하였는데, 이에 대해 서개는 "(진賑)은 떨친다는 뜻이며, 떨치고 일어나는 것을 말한다."(賑), (振也, 振起之也.)고 설명하였다. "비費는 재물을 헤프게 쓰는 것을 말한다. 패貝는 형부이고, 불弗은 성부이다."(費, 散財用也. 從貝, 弗聲.)고 하였는데, 이에 대해 서개는 "재물이 헤프게 나가는 것이 마치 끓는 물이 끓어오르는 것과 같다."(財散出如湯沸然.)고 설명하였다. "천賤은 가격이 낮은 것이다. 패貝는 형부이고, 전戔은 성부이다."(賤, 賈(價)少也. 從貝, 戔聲.)고 하였는데, 이에 대해 서개는 "천賤은 밟다(踐)는 것을 말하며, 경시하다는 뜻이다."(賤之言踐也, 輕也.)고 설명하였다. 『석명釋名・석언釋言』에서 "천賤은 천踐이며, 신분이 낮아 짓밟힘을 당하는 것을 말한다."(賤, 踐也, 卑下見踐履也.)고 설명하였다. "천踐"의 어

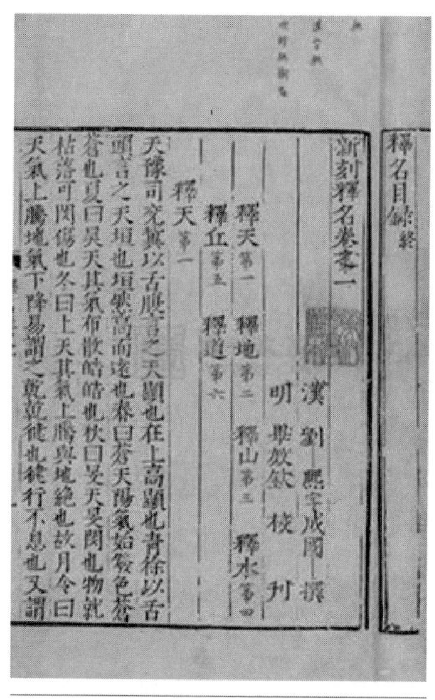
釋名目錄終

新刻釋名卷之一

漢 劉熙字成國 撰

明 畢效欽 校 刊

釋天第一 釋地第二 釋山第三 釋水第四

釋丘第五 釋道第六

釋天第一

天豫司兗冀以舌腹言之天顯也在上高顯也青徐以舌頭言之天坦也坦然高而遠也春曰蒼天陽氣始發色蒼蒼也夏曰昊天其氣布散皓皓也秋曰旻天旻閔也物就枯落可閔傷也冬曰上天其氣上騰與地絕也故月令曰天氣上騰地氣下降易謂之乾乾健也健行不息也又謂

劉熙의 『釋名』

원은 “천賤”이며, 업신여김을 당해 짓밟히는 것을 말한다. “창倉”부部에서 “창倉은 곡물을 저장하는 창고이다. 황급하게 곡식을 거두어 저장하기 때문에, 그것을 창倉이라 말한다.”(倉, 穀藏也. 倉黃取而藏之, 故謂之倉.)고 하였다. “창황倉黃”은 황급하고, 바쁘다는 뜻으로, 허신은 설명 속에서 이미 성훈聲訓을 사용하였는데, 서개 역시 자신만의 견해를 가지고 있었던 것 같다. 그래서 그는 주석에서 “곡식이 익으면 색이 푸르무레하고 누르스름하다.”(穀熟色蒼黃也)고 하였는데, 즉 곡물이 창황蒼黃(푸르무레하고 누르스름) 할 때는 반드시 거두어 저장해야 하며, 그 거두어 저장하는 곳을 창倉이라고 일컫는다고 말한 것이다.

또 다른 하나는 동음同音이나 쌍성雙聲, 또는 첩운疊韻으로 자사字詞 간의 의미 관계를 고찰한 것이다. 예를 들면, “시示”부部에 “불祓은 재앙을 없애고 복을 비는 제사이다.”(祓, 除惡祭也.)고 하였는데, 이에 대해 서개는 “불祓은 불拂(털어 없애다)을 말한다.”(祓之爲言拂也.)고 설명하였다. “초艸”부部에서 “우芋자는 잎이 크고 뿌리가 비대하여 사람들을 놀라게 하는 까닭에 우芋라 말한다. 초艸는 형부이고, 우于는 성부이다.”(芋, 大葉實根駭人, 故謂之芋也. 從艸, 于聲.)고 하였는데, 이에 대해 서개는 “우芋는 우吁와 같다. 우吁는 놀라는 말이기 때문에, 사람을 놀라게 하는 것을 우芋라 한다.”(芋猶言

吁也. 吁, 驚詞, 故曰駭人謂之芋)고 설명하였다. 또한 장순휘는 "허신은 우芋자가 '우于'에서 뜻을 받았다고 설명하였는데, 실은 이미 뜻이 성聲에 근원하고 있다는 이치를 활용한 것이다. 이러한 기준에 따라 같은 유형을 찾아보면, 대체로 성부 '우于'의 뜻을 따르는 글자들은 대부분 '크다(大)'는 뜻을 가지고 있다. 그러므로 놀라서 탄식하는 말을 우吁라 하고, 멀리 도는 것을 우迂라 하며, 눈을 부릅뜨는 것을 우盱라 하고, 지붕처마를 우宇라 하고, 활시위를 힘껏 당기는 것을 오弙라 하고, 탄식하며 비를 구하는 것을 우雩라 하고, 자랑하는 것을 과夸라 한다. 이들 글자들은 모두 똑같이 성부 '우于'의 뜻을 따르며, 아울러 '크다'는 뜻을 가지고 있다. 성음이 이곳에 있기 때문에, 의미 역시 이곳에 있다."(許君明芋字受義于'于', 實已括取義原于聲之理. 循例類求, 則凡從'于'聲之字, 皆有'大'義. 故驚歎詞謂之吁, 遠繞謂之迂, 張目爲之盱, 屋邊謂之宇, 滿弓謂之弙, 吁嗟求雨謂之雩, 奢謂之夸. 同從'于'聲, 竝有'大'義. 聲在是, 義亦在是矣.)(『설문해자약주說文解字約注』 권2)고 설명하였다.

또한 "래萊는 만화蔓華이다"(萊, 蔓華也.)고 하였는데, 이에 대해 서개는 "(『이아』에 의하면, '리釐는 만화蔓華이다.'고 하였는데, 주석이 자세하지 않다. 리釐와 래萊는 음이 같다.)"(按『爾雅』: '釐, 蔓華.'注未詳. 釐與萊音同.)고 설명하였다. "추隹"부部에서 "추雛는 병아리이다."(雛, 鷄子也.)고 하였는데, 이에 대해 서개는 "추雛는 처음을 말한다."(雛, 猶云初也.)고 설명하였다. "목木"부部에서 "표標는 나무 끝을 가리킨다."(標, 木杪末也.)고 하였는데, 이에 대해 서개는 "또한 평성이다. 사람들은 대부분 높은 곳에 놓는다고 말하며, 마치 나무 끝과 같이 높은 곳에 놓는 것과 같은 것을 말한다. 표標는 표시(表)를 말한다. 『춘추좌전』에서 길가의 나무로 도로를 표시한다고 말하며, 멀리서 그 표시를 보고 그 길을 아는 것을 말한다고 하였다."(又平聲. 人多言標置,

言若樹杪之高置也. 標之言表也. 『春秋左傳』謂路旁樹爲道表, 謂遠望其標以知其道也.)고 설명하였다.

하나 더 예를 들면, "구口"부部에서 "령圄은 감옥이다."(圄, 獄也.)고 하였는데, 이에 대해 서개는 "령圄은 난간이며, 짐승을 가두는 우리의 이름이다."(圄者櫺也, 櫳檻之名.)고 설명하였다. "일日"부部에서 "귀晷는 해의 그림자이다."(晷, 日景也.)고 하였는데, 이에 대해 서개는 "귀晷의 뜻은 귀鬼자와 같으며, 모두가 그 현상일 뿐이라 잡을 수가 없다."(晷之義與鬼同, 皆其景象耳, 不可得而執持之也.)고 설명하였다. 그러나 장순휘는 "귀晷는 규揆를 말하며, 그것으로 해의 그림자를 측정하는 것을 말한다."(晷之言揆也, 謂以之度日景也.)고 설명하였다.

여덟째는 "육서"이론에 대한 새로운 탐색을 시도했다는 점이다. 허신은 전대 사람들이 해놓은 기초 위에서 "육서"에 대한 정의를 내렸지만, 그 정의가 간략함으로 인해서 후대 사람들 가운데 여러 가지 설이 분분하게 되었다. 서개는 "육서"의 정의에 대해 새로운 견해를 가장 먼저 제시한 문자학자라고 말할 수 있으며, 이후 그는 역대로 "육서"에 대한 정의를 새롭게 해석할 수 있는 길을 열어주었다. "상上"부部의 "상上"자 아래에 서개는 "무릇 '육서' 가운데 상형과 지사는 서로 비슷하지만, 상형은 실재하는 것이고 지사는 공허한 것이다. 형성과 회의는 서로 비슷하며, 형성은 실재하는 것이고 회의는 공허한 것이다. 전주는 형形과 사事의 구별이 있기 때문에 글자가 만들어지던 초기에는 형성과 유사했지만, 훈석의 뜻과 가차는 대조적인 입장이었다. 가차는 하나의 글자가 여러 글자로 쓰이기도 하는데, 예를 들면, 행行(경莖)·행行(행杏)·행行(항杭)·행行(항沆) 등과 같다. 그러나 전주는 한 가지 뜻이 여러 가지 글자로 활용된다. 예를 들면, 노老자를 바로 해석하면 늙었다는 뜻이지만, 나누어 해석하면

기耆자가 되기도 하고, 질耋자가 되기도 하고, 모耄자가 되기도 하며, 수壽자가 되기도 한다. 무릇 육서는 세 짝이 된다. 신 서개가 생각해 보건데, 옛날에는 육서를 해석하는 사람이 많았으나, 허신 이후로 천박한 학자들의 비루한 학설로 인해 육서의 진면목을 잃게 되었으며, 세상 이치에 통달한 학자들 역시 마찬가지였다. 어찌 알면서 말하지 않고, 장차 말하고자 하면서도 끝까지 궁구하지 않는단 말인가? 후학에게 전한 것 역시 어둡고 혼란스러워 분명하지 않았습니다. 그래서 신이 반복해 육서를 논한 것이니, 오늘 이후로 옥석이 구분될 것입니다."(大凡'六書'之中, 象形、指事相類, 象形實而指事虛. 形聲·會意相類, 形聲實而會意虛. 轉注則形·事之別, 然立字之始, 類于形聲, 而訓釋之義與假借爲對, 假借則一字數用, 如行(莖)·行(杏)·行(杭)·行(沆). 轉注則一義數文, 借如老者, 直訓老耳, 分注則爲耆·爲耋·爲耄·爲壽焉. 凡六書爲三耦也. 臣鍇以爲古者訓六書多矣, 自許愼以後, 俗儒鄙說皆失其眞, 至于通識亦然. 豈知之而不言將言之而不悉乎? 後生傳習, 又懵澒而不明. 臣故反復論之, 而今而後, 玉石分矣.)고 설명하였다. 이러한 서개의 "육서삼우설六書三耦說"이 현대의 학자들 사이에서도 여전히 언급되고 있음을 볼 때, 그의 영향이 얼마나 컸는지 충분히 짐작해 볼 수 있을 것이다.

서개에게는 『설문해자운보說文解字韻譜』라는 저서가 하나 더 있는데, 이 책을 찬술한 동기는 『설문』의 글자 검색이 상당히 불편했기 때문이다. 그래서 그는 "절운切韻"의 사성분운四聲分韻에 의거해 『설문』의 자두字頭를 배열하는 한편, 매 글자마다 개략적인 해설을 붙여 이 문제를 해결하고자 했던 것이다. 즉 이 책의 찬술 목적을 정리해 보면, 첫 번째는 검색을 편리하도록 하기 위함이었고, 두 번째는 독자들이 『계전系傳』을 열독할 때 편리함을 제공하기 위한 것이었는데, 이미 근대적 공구서(조사와 연구 등의 참고가 되는 사전, 자전, 색인, 연표, 연감 등)에 보이는 색인에 대한 의식을 구비하고 있었다고 하겠다. 서현徐鉉이 『운보』에 서문을 썼는데, 그 서문에서 "편방偏旁이 너무 심오해 그 뜻을 알 수 없는 까닭에 한 글자를 찾는데 종종 한권을 모두 뒤적이게 된다. 그래서 노력을 줄이고 공을 배로 얻기 위해서는 그 생각이 합리적이어야 한다. 내 아우 초금楚金이 소학에 특히 뛰어나 황제의 명으로 먼저 허숙중許叔重이 기록한 내용을 취한 다음 『절운切韻』을 배치해 성운聲韻을 구분해 놓은 까닭에 책을 펼치면 바로 알 수 있다."(偏旁奧密, 不可意知, 尋求一字, 往往終卷. 力省功倍, 思得其宜. 余弟楚金, 特善小學, 因命取叔重所記, 以『切韻』次之, 聲韻區分, 開卷可睹.)고 기술해 놓았다.

서개의 『설문』에 대한 연구는 청대 『설문』학자들의 사고 방향을 크게 계발시켜 주었는데, 이는 그들이 힘써 해결하고자 했던 문제들이 이미 『계전』에서 상당부분 언급되어 있었기 때문이다. 『설문』이 지금까지 유전되면서 우리가 볼 수 있는 완전한 판본은 오직 대서본과 소서본 뿐이다. 이전까지는 단지 산발적으로 흩어져 있는 잔권殘卷만을 볼 수 있었다. 따라서 우리가 오늘날 『설문』의 원래 모습을 엿보고자 할 때, 그 유일한 방법은 오직 이 두 판본에 의지하는 수밖에 없다. 더욱이 대서본을

切韻考卷一 序錄
序 番禺陳澧撰
自孫叔然始爲反語雙聲疊韻各從其類由是諸儒傳授四聲韻部作焉
而陸氏切韻實爲大宗蓋自漢末以至隋代審音之學具於斯矣唐季沙
門始立三十六字母分爲等子字母之名雖由梵學其實則據中土切音
然音隨時變隋以前之音至唐季而漸混字母等子以當時之音爲斷不
盡合於古法其後切語之學漸荒儒者昧其源流猥云出自西域至
國朝嘉定錢氏休甯戴氏起而辨之以爲字母即雙聲等子即疊韻實齊
梁以來之舊法也二君之論既得之矣澧謂切語舊法當求之陸氏切韻
切韻雖亡而存於廣韻乃取廣韻切語上字系聯之爲雙聲四十類又取
切語下字系聯之每韻或一類或二類或三類四類是爲陸氏舊法隋以

陸法言의 『切韻』

비교 고찰해 볼 수 있는 판본 역시 오직 소서小徐의 『계전』만이 전하고 있을 뿐이다. 그렇기 때문에 소서본은 『설문해자』를 교감 하는데 매우 중요한 가치를 지니고 있다고 볼 수 있다.

소서본의 형성形聲 자료는 대서본에 비해 훨씬 많이 보존되어 있다. 서현은 고음古音에 대해 명확한 이해를 하지 못하고 있었기 때문에, 자신이 의심스럽다고 여기는 형성자의 성부는 항상 마음대로 삭제해 버렸다. 이로 인해 『설문』의 해성諧聲 체계와 형성形聲 규칙이 깨지고 말았다. 서개의 태도는 그에 비해 훨씬 양호해 『설문』을 주석할 때 감히 가볍게 삭제하지 않고, "속본에는 성자가 있다."(俗本有聲字")고 주석을 달아 놓았다. 이러한 류의 형성形聲과 독약讀若에 관한 자료에 대해 청대학자들의 비교 고찰에 따르면, 소서본이 대서본에 비해 수백 개나 더 많이 보존되어 있다고 한다. 따라서 이 귀중한 자료는 우리가 한어 성운聲韻의 발전 궤적을 탐구하는데 많은 도움을 줄 것으로 기대된다.

결론적으로 볼 때, 대서본은 주로 원서를 교정한 까닭에 주석이 지극히 적은 편이다. 즉 이전 학자들의 설을 그대로 기술하였을 뿐, 새로운 견해를 내세우지는 않았다. 이에 반해 소서본에서는 거의 매 글자 아래에 주석을 붙여 자신의 견해를 언급했는데, 내용이 풍부할 뿐만 아니라 자신의 관점이 많이 기술되어 있다. 판본의 관점에서 말한다면, 대서본과 소서본은 각자 나름대로의 특징을 가지고 있다. 대소본은 교감을 통해 고친 내용이 비교적 많지만, 나라에서 개조開雕를 감독했던 까닭에 잘못 쓴 글자가 비교적 적은 편이다. 이에 반해 소서본은 옛 서적을 그대로 답습한 까닭에 종종 이문異文이 보이기도 한다. 따라서 두 책을 서로 비교해 살펴보면, 『설문』의 진면목을 비교적 잘 살펴볼 수 있을 것이다. 세상에 전해지는 『설문계전』에는 잘못 쓴 글자가 상당히 많이 보이는데, 이에 대한 교감과 정리는 앞으로 학자들의 노력을 기다려야 할 것이다.

4) 정초鄭樵와 대동戴侗 등의 "육서학"

『설문』의 정리와 연구는 남당南唐과 북송시대 이서二徐의 눈부신 업적을 거치면서 정초鄭樵와 대동戴侗 등의 "육서학"이 출현하였다. 그들의 연구는 하나의 특징을 가지고 있는데, 그것은 바로 『설문』의 분부分部 속박에서 벗어나 오로지 "육서"에 대한 연구만을 전문적으로 진행했다는 점이다.

정초鄭樵(1104~1162년)의 자는 어중漁仲이고, 호는 서계일민西溪逸民이며, 남송 신화군新化軍 보전莆田(지금의 복건성 보전현) 사람이다. 평생 과거에 응시하지 않고 배움에 힘쓰고 명산대천을 두루 유람하며 기이한 것을 수집하고 고적을 찾아다니며 30여 년의 세월을 보냈다. 만년에는 천거를 받아 관직이 추밀원편수樞密院編修에 이르렀다. 저서로는 『씨족지氏族志』·『동식지動植志』 등의 80여 종이 있으나 현재 대다수가 전하지 않는다. 만년에 『통지通志』를 찬술하였는데, 그 안에 『칠음략七音略』·『육서략六書略』·『금석략金石略』 등의 편이 있으며, 문자학 연구에 대한 새롭고 참신한 견해를 많이 제시하였다. 그는 "육서"이론에 대한 탐구를 매우 중시하였다. 그래서 그는 『육서략』에서 "육서"에 근거해 문자를 분석하였으며, 아울러 "육서"이론에

鄭樵의 『通志』

대해서도 많은 발전을 거두었다. 또한 "육서"에 대해서도 "육서는 상형을 근본으로 한다. 모양을 본뜰 수 없는 것은 여러 가지 일事에 속하며, 일事을 가리킬 수 없는 것은 뜻意에 속하며, 뜻意으로 모을 수 없는 것은 여러 가지 소리聲에 속한다. 그러므로 소리는 어울리지 않는 것이 없다. 이 다섯 가지가 부족한 후에 가차가 생겨나게 되었다."(六書也者, 象形爲本, 形不可象, 則屬諸事; 事不可指, 則屬諸義; 意不可會, 則屬諸聲, 聲則無不諧矣, 五不足而後假借生焉.)고 지적하였다. 허신 이후 처음으로 "육서"이론을 활용해 한자를 전체적인 측면에서 분석한 사람이 바로 정초이며, 그는 원・명대 "육서" 연구자들에게 많은 영향을 끼쳤다.

대동戴侗은 송・원 시기에 생활하였으나, 생졸연대는 자세하지 않다. 자는 중달仲達이고, 영가永嘉(지금의 절강성 온주시) 사람이다. 송대 순우淳祐(1241~1252년) 연간에 진사에 급제하였고, 태주에서 관리를 하였다. 후에 비서랑秘書郎에 제수되었으나 사양하고 관직에 나아가지 않았다. 저서로는 『육서고六書故』 33권이 있으며, 첫 번째 권 뒤에는 『육서통석六書通釋』 1권이 부록으로 수록되어 있다. 『육서고』는 『설문』과 『옥편』의 체례와는 달리 부수를 사용하지 않았으며, 그 체례는 수數・천문天文・지리地理・인人・동물動物・식물植物・공사工事・잡雜・의疑 등 모두 9부로 나누어 편집되었다. 앞의 7부는 의류義類에 의거해 글자를 수록하였으며, 이 7부에

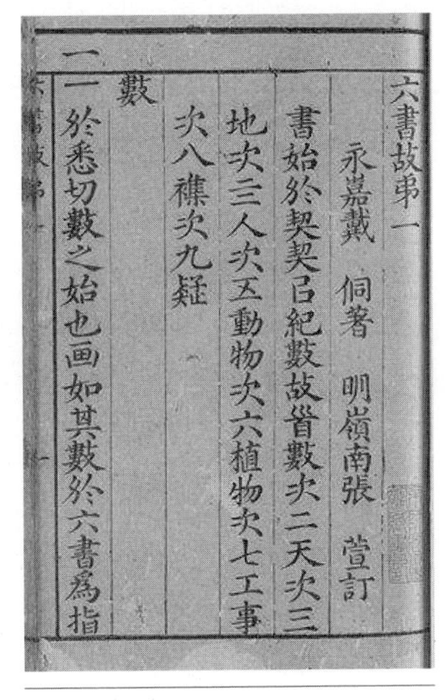
六書故弟一
永嘉戴 侗著 明嶺南張 萱訂
書始於契契㠯紀數故首數次二天次三
地次三人次五動物次六植物次七工事
次八襍次九疑
數
一 於悉切數之始也画如其數於六書為指

戴侗의 『六書故』

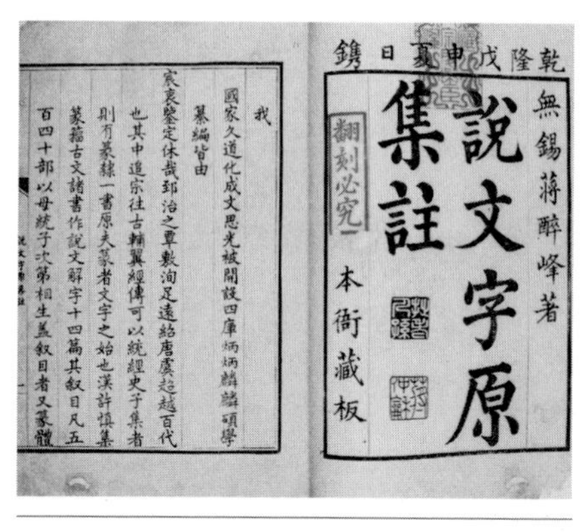
乾隆戊申夏日鐫
說文字原集註
無錫蔣醉峰著
翻刻必究
本衙藏板

我
國家久道化成文思光被開設四庫炳炳麟麟碩學
纂編皆由
宸衷鑒定休哉郅治之軌洵足遠紹唐虞超越百代
也其中追宗往古輔翼經傳可以統經史子集者
則有篆隸一書原夫篆者文字之始也漢許慎集
篆籀古文諸書作說文解字十四篇其叙目凡五
百四十部以母統子次第相生蓋叙目者又篆體

周伯琦의 『說文字原』

귀납시킬 수 없는 글자는 잡부雜部에 넣었으며, 그리고 의부疑部에는 오직 형체가 의심할 만한 글자들만을 수록해 놓았다. 그는 문자의 형의形義에 대한 해석에 있어서 독창적인 견해를 보여주었으며, 이와 동시에 종정鐘鼎 문자의 자료를 활용하는데 적잖이 심혈을 기울였다. 또한 허신의 설을 논박해 바로잡았는데, 어떤 고증은 대단히 정밀하고 상세하였다. 그는 『설문』을 근거로 삼아 대서본 이외에도 당본唐本과 촉본蜀本을 함께 취하였는데, 이 점은 『설문』을 교감하는데 있어 매우 귀중한 자료라고 할 수 있다. 하지만 『육서고』가 지나치게 옛 것에 얽매여 글자를 선택함에 있어 전거典據나 출처가 명확하지 않은 문자를 쓰거나 오류가 많이 보이며, 훈석 또한 억측한 부분이 많이 있다. 이에 『사고전서제요』에서는 "그가 고심해 전거를 취한 것이기 때문에 모든 것을 없앨 수는 없다. 다만 그 오류를 줄이고 그 요점만을 취하면 되는 것이니, '육서'에서 일찍이 밝혀지지 않은 것이 아직까지 없다."(其苦心考據, 亦有不可盡泯者, 略其紕繆而取其精要, 於'六書'亦未嘗無所發明也.)고 논평하였다.

정초와 대동의 뒤를 이어 원대의 양환楊桓은 『육서통六書統』과 『육서소원六書溯源』을 저술하였고, 주백기周伯琦는 『설문자원說文字原』과 『육서정와六書正訛』를 저술하였으며, 명대의 위교魏校는 『육서정온六書精蘊』을 저술하였다. 그러나 이들 저서가 비록 "육서"학을 밝혔다고는 하지만, 엄밀함이 부족하다고 하겠다. 그래서 『사고전서제요四庫全書提要』에서는 "대체로 문

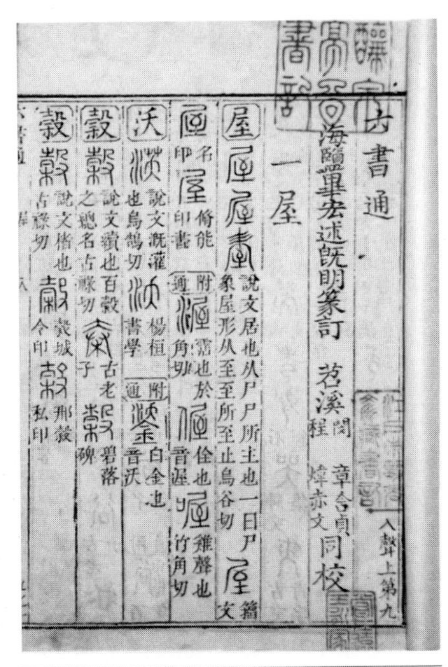

楊桓의 『六書統』

자학은 원·명대 여러 사람에 이르러, 한대 이래로 전해져 내려온 전서篆書를 고치고 자신의 견해를 주장하며 거의 모든 사람이 글자를 만들었다. 대동이 그 흐름의 물꼬를 트고, 주백기周伯琦가 파도를 일으켰지만, 그나마 취할 만한 것이 있어 폐해가 심하지는 않았다. 그러나 양환과 위교에 이르러 너무 지나치게 한쪽으로 흘러 남을 기만하는 것이 더욱 심해졌다."(蓋字學至元明諸人, 多改漢以來所傳篆書, 使就己見, 幾于人人可以造字, 戴侗導其流, 周伯琦揚其波, 猶間有可采, 未爲太甚. 至楊桓與魏校而橫溢旁決, 矯誣尤甚.)고 논평 하였다. 전반적으로 말하자면, 정초와 대동 이후 "육서"학이 『설문』학사에서 비록 어느 정도 위치를 차지하며, 문자학 연구의 새로운 영역을 개척하여 "육서" 연구를 상세하고 깊이 있는 방향으로 이끌어주었다고는 하지만, 그 학술적 가치는 그다지 크지 않으며, 또한 취할 만한 곳도 결코 많지 않은 편이라고 하겠다.

2. 청대의 『설문해자』 연구

『설문』에 대한 연구는 청대에 가장 성행하였다. 건륭乾隆과 가정嘉靖 연간에 『설문』을 연구하는 풍조가 널리 퍼져 "집집마다 허신의 책이 있었을 뿐만 아니라, 사람들이 모두 허신의 학을 따랐다."(家有洨長之書, 人服郎里之學)(유월兪樾의 말)고 하는 상황이 출현하였다. 청대 사람들은 여러 가지 측면에서 『설문』에 대한 정리를 진행하였는데, 『설문해자고림說文解字詁林』의 "인용제서성씨록引用諸書姓氏綠" 통계에 의하면, 청대의 나진옥·왕국유로부터 모두 203여 명에 달한다. 그 저작물이 많게는 천여 권에 이르며, 또한 단편적인 문장 역시 이루 헤아릴 수 없을 정도로 많이 쏟아져 나왔다. 이와 같이 『설문』에 대한 광범위하고 깊이 있는 연구는 청대에 고도로 발달한 언어문자학의 토대가 되었으며, 기타 여러 가지 측면의 학술적인 발전을 촉진시켜 주었다. 이러한 『설문』연구 학자 가운데 가장 유명한 사람으로는 단옥재段玉裁·계복桂馥·왕균王筠·주준성朱駿聲 등을 꼽을 수 있는데, 이들을 일컬어 『설문』의 4대가로 칭한다.

1) 단옥재와 『설문해자주』

(1) 단옥재의 생평과 『설문해자주』의 찬술 경과

단옥재(1735~1815년)는 자가 약응若膺, 또는 무당懋堂이라고 한다. 강소성의 금단현金壇縣 사람이다. 그의 집안은 대대로 가난했지만 힘써 학문을 연마하였다. 단옥재는 품성이 영특하고 자질이 남보다 뛰어나, 13살 때 이미 『시경』·『상서』·『주례·『예기』·『좌전』 등의 경전을 능히 외울 수 있었다. 26세 때 거인舉人에 급제하였고, 28세에 경사京師에 들어가 대진戴震을 스승으로 섬겼다. 일찍이 귀주의 옥병玉屛과 사천의 무산현巫山縣 지현知縣을 지냈다. 46세 이후 고향에 돌아가 저서를 찬술하고, 연구에 매진하여 주周·진秦·양한兩漢의 전적을 읽지 않은 것이 없을 정도였으며, 제가諸家의 소학小學 서적 역시 두루 열람하여 한 시대의 저명한 학자가 되었다. 특히 그는 문자학과 음운학에 조예가 깊었다. 그는 일생동안 모두 30여 종의 서적을 편찬하였는데, 그 주요 저서로는 『시경소학詩經小學』 30권, 『고문상서찬이古文尙書撰異』 32권, 『주례한독고周禮漢讀考』 6권, 『의례한독고儀禮漢讀考』 1권, 『모씨고훈전정본소전毛氏古訓傳定本小箋』 30권, 『춘추좌씨고경春秋左氏古經』 12권, 『급고각설문정汲古閣說文訂』 1권, 『설문해자주說文解字注』 31권, 『육서음운표六書音韻表』 5권, 『경운루집經韻樓集』 12권 등이 있다. 단옥재는 또한 완원阮元의 부름에 응하여 『십삼경교감기十三經校勘記』의 편집을 총괄하였다. 『설문해자주』는 단옥재가 집대성한 저작으로, 이 책은 건륭乾隆 41년(1776년)부터 집필하기 시작해 가경嘉慶 12년(1807년)에 완성하였으니, 전후 모두 31년이라는 세월이 걸렸다. 단옥재는 건륭 41년에 장편長編의 『설문해자주』를 저술하기 시작하였다. 『설문해자독說文解字讀』은 단옥재가 『설문』에 주석을 달기 위해서 쓴 찰기札記인데, 그 주요 내용은 『설문』연구를 통해 얻은

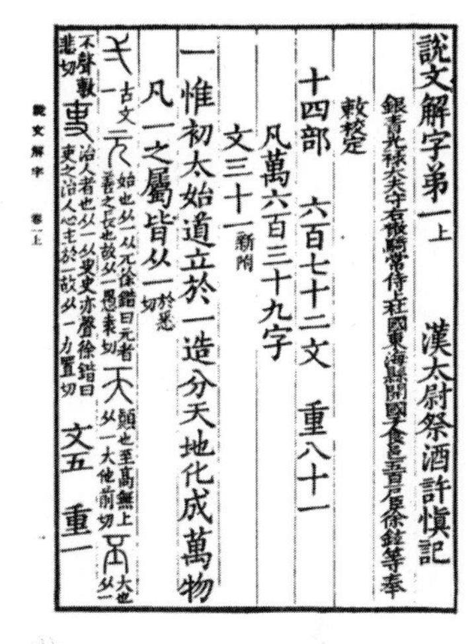
說文解字弟一上　漢太尉祭酒許愼記
銀靑光祿大夫守右散騎常侍上柱國東海縣開國子食邑五百戶臣徐鉉等奉
敕校定
十四部　六百七十二文　重八十一
凡萬六百三十九字
文三十一 新附
一 惟初太始道立於一造分天地化成萬物凡一之屬皆从一 於悉切
弌 古文一
元 始也从一从兀 徐鍇曰元者善之長也故从一 愚袁切
天 顚也至高無上从一大 他前切
丕 大也从一不聲 敷悲切
吏 治人者也从一从史史亦聲 徐鍇曰吏之治人心主於一故从一 力置切
文五　重一

段玉裁의 『說文解字注』

바를 종합해 놓은 것이다. 이 책은 19년이 지난 건륭 59년에 완성되었으며, 『설문』의 각 부部를 나누어 한 권으로 묶은 까닭에 모두 540권이 되었다. 이후 이를 다시 줄이고 개괄하는데 13년이라는 세월이 흐른 다음에야 비로소 『설문해자주』를 완성하게 되었다. 지금 우리가 『설문해자주』를 읽어보면, 여전히 희미하게나마 『설문해자독』의 흔적을 찾아볼 수 있을 것이다. 예를 들면, "심心"부部의 "□意은 가득 차다는 뜻이다. 일설에는 10만을 □意라고 한다."(意, 滿也. 一曰, 十萬曰意.)고 하였는데, 이에 대해 단옥새는 주에서 "『시詩·소사楚茨』선傳에서 '반萬이 둘 있는 섯을 억億이라 한다.'고 하였고, 『풍년豐年』 전에서는 '여러 개의 만萬이 만萬에 이른 것을 억億이라 한다.'고 하였다. 정전鄭箋에서는 '10만을 억億이라 한다.'고 하였다. 『왕제王制』의 주에서는 '억億은 지금의 10만이다.'고 하였다. 위소衛昭의 『정어鄭語』와 『초어楚語』의 주에서는 '가賈와 우虞의 설은 모두 만萬이 둘 있는 것을 억億이라 하였는데, 이는 지금의 수량이다. 후에 정현鄭玄은 십만을 억億이라 하였는데, 이는 옛날의 수량이다.'고 하였다. 이것에 대한 상세한 내용은 『설문해자독』에 보인다. 경經과 전傳에서는 모두 억億자를 썼지 □意자라고는 쓰지 않았으니, 이는 가차자이다."(『詩·楚茨』傳 : '萬萬曰億'; 『豐年』傳 : '數萬至萬曰億'. 鄭箋云 : '十萬曰億'; 注『王制』云 : '億, 今十萬'. 韋昭注『鄭語』·『楚語』曰 : '賈、虞說皆以萬萬爲億, 今數也; 後鄭十萬爲億, 古數也'. 其詳在『說文解字讀』, 經傳皆作億, 無作意者, 假借字也.)고 설명하였다.

『설문해자주』가 완성된 후에 단옥재는 경제적 어려움으로 인해 각인刻印이 어려워 가경 20년(1815년)에 이르러서야 비로소 간행하여 세상에 그 모습을 드러낼 수 있었다. 따라서 원고의 집필에서부터 인쇄에 넘기기까지 총 40년이라는 오랜 시간이 걸렸다. 이 책은 단옥재가 필생의 심혈을 기울여 완성한 저서이다. 그가 지현知縣으로 있을 때, 『대진戴震에게 보낸 서신』 속에서 "매일 공사公事를 처리하고 나서 밤 삼경이 되면 등불을 켜고 이 책을 고쳐 쓰는 일이 일상이 되었습니다."(每處分公事畢, 漏下三鼓, 輒篝燈改竄是書以爲常.)고 자신의 일상에 대해 토로하였다. 책이 간행되자, 그는 동생 진환陳奐에게 탄식하며 "나는 마치 봄누에처럼 누에치기를 이미 완성되었으니, 오직 쓰러져 죽기만을 기다릴 뿐이다."(吾似春蠶一般, 蠶旣成, 惟待斃焉)고 말하였다. 바로 이 해 9월 8일에 단옥재(段大令) 선생은 돌연 세상과 영원히 하직하고 말았는데, 향년 81세였다.

(2) 『설문』 단주段注의 특징

단옥재는 경학에 통달하였을 뿐만 아니라, 음운音韻・훈고訓詁・교감학校勘學에도 뛰어났다. 또한 그는 선진・양한시대의 고서와 전대의 자서字書와 운서韻書에 대해서도 정통하였다. 통계에 의하면, 단주段注에 인용된 고서가 모두 226여 종에 이른다고 한다. 단옥재는 이처럼 자신의 장점을 살려 『설문』에 주석을 하였다. 그는 『설문』전서에 통달했을 뿐만 아니라, 그 안에 내포되어 있는 심오한 뜻을 충분히 밝혀내었다. 또한 그는 고금의 음운에 통달하여 그 요체를 깊이 이해하고 있었던 까닭에 학자들로부터 크게 존중을 받았으며, 그의 『설문해자주』는 『설문』을 주석한 책 가운데 가장 권위 있는 주석서로 인정받았다. 왕념손王念孫은 『설문해자주・서』에서 "『설문』은 문자에 성음聲音과 훈고訓詁를 겸하고 있다……나의 친구 단약응段若膺은 고음古音의 이치를 세심하게 살피고 치밀하게 분석해 일찍이 『육서음운표』를 짓고 17부部를 세워서 이것을 종합해 고찰하였다. 그렇기 때문에 『설문주說文注』에서 형성形聲과 독약讀若에 대해 한결같이 17부部의 원근遠近과 분합分合을 가지고 구함으로써 성음聲音의 도道가 크게 밝아졌다. 허신의 학설에서 정의正義와 차의借義를 통해 그 준칙을 이해하고 그 정통한 바를 살펴볼 수 있다. 그리고 인용한 경전과 지금의 판본이 서로 다른 것은 본자本字가 있다고 차자借字를 버리지 않았으며, 차자借字가 있다고 본자本字를 바꾸지 않았기 때문이다. 또한 여러 경전의 뜻을 헤아리고 본서를 전례로 삼으면 마치 부절符節을 합치는 것처럼 훈고의 도를 크게 밝힐 수 있다. 훈고와 성음이 분명해지면 소학이 분명해지고, 소학이 분명해지면 경학 또한 분명해진다. 대체로 1700년 이래로 이와 같은 책이 나오지 않았다."(『說文』之爲書, 以文字而兼聲音・訓詁者也.……吾友段氏若膺, 于古音之條理, 察之精, 剖之密, 嘗爲『六書音韻表』, 立十七部以綜核之. 因是爲『說文注』, 形聲・讀若, 一以十七部之遠近分合求之, 而聲音之道大明. 于許氏之說, 正義借義, 知其典要, 觀其會通, 而引經與今本異者, 不以本字廢借字, 不以借字易本字, 揆諸經義, 例以本書, 若合符節, 而訓詁之道大明. 訓詁・聲音明而小學明, 小學明而經學明, 蓋千七百年來無此作矣.)고 칭찬하였다. 그의 외손자 공자진龔自珍 역시 외조부의 저서에 대해서 "돌을 쌓아 황하의 물길이 동해로 돌아가게 하니, 한 글자의 원류에서 수만 가지가 나온다."는 평가를 내렸다. 단옥재는 자신의 저서에 대해 커다란 자부심을 가지고 있었다. 그래서 그가 『유단림劉端臨에게 보낸 서신』에서 "『경적찬고經籍纂詁』는 매우 훌륭한 까닭에 바로 학자들의 등림鄧林(좋

阮元의 『經籍纂詁』

은 나무만 있는 숲)이다. 그러나 마치 집안 가득히 흩어져 있는 돈을 꿰지 않은 것과 같다. 졸저 『설문주』의 완성은 바로 이 책의 동전을 꿰어 놓은 것과 같다고 하겠다."(『經籍纂詁』一書甚善, 乃學者之鄧林也. 但如一屋散錢, 未上串. 拙著『說文注』成, 正此書之錢串也. 『설문서說文序』注)고 말하였다. 이러한 심정은 그의 주문注文 곳곳에서 표현되고 있다. 예를 들면, "효장洨長(허신의 관직명)은 어쩌면 나의 지기知己일 것이다."(洨長或許爲知己『설문·서』주)고 하였는가 하면, "누가 지금 사람을 옛 사람보다 뛰어나지 않다고 말하는가!"(孰謂今人不勝古人也. "기軝"字注)고 주장했으며, 또한 "대체로 이 교정이 개인적으로는 반드시 허신의 뜻에 부합된다고 할 수 있다. 그러므로 나를 알아주건 나를 책망하건 문제 삼고 싶지 않다."(凡此校正, 私謂必符許意. 知我罪我, 所不計也. "鏇"字注)는 등의 말을 남겼다.

단옥재의 주석은 넓고 심오한 특징을 가지고 있는데, 이를 간략하게 서술하면 다음과 같이 여섯 가지 방면의 특징을 가지고 있다.

첫 번째는 『설문』을 서술한 체례를 밝혔다는 점이다.

단주가 세상에 모습을 드러내기 전에 『설문』을 연구하는 사람들은 일반적으로 모두 "육서"에 치중하였으며, 『설문』의 주지主旨나 행문行文의 체례(즉 사詞를 사용하여 구句를 만드는 똑같은 방법)에 대해서는 잘 이해하지 못하였다. 단옥재가『설문』을 주석할 때, 『설문』의 체례를 밝히는데 특별히 신경을 써서 한 글자나 한 구句 아래에 주注를 단 것도 있고, 하나의 부部 끝에 주석을 단 것도 있다. 이 점에 대해 청대의 마수령馬壽齡은 『설문단주찬요說文段注撰要』에서 9개의 조목으로 나누어 분석하였으며, 호박안胡朴安의 『중국문자학사』에서는 32개의 조목으로 귀납시켜 놓았다. 통계에 의하면, 단옥재의 주에 명시된 『설문』의 의례義例는 400개의 조목에 이른다고 한다. 왕균의 『석문석례 · 자서』에서 "단옥재의 저서는 규모가 방대하고 생각이 정밀하여 이른 바 통례通例라고 말할 수 있는데, 이는 전인들이 미처 알지 못한 것이다."(段氏書體大思精, 所謂通例, 又前人所未知)고 말하고, 단주가 『설문』의 체례를 밝힌 이 부분에 대해 지극히 높게 평가하였다. 본서 제2장에서 서술한 바와 같이 어떤 것은 단옥재의 주석에서 취하였다. 『설문해자주』를 연구하고자 한다면, 바로 이로부터 착수해야 『설문』에 대해 더욱 깊이 있게 이해할 수 있을 것이다.

두 번째는 문자의 본의를 밝혀 인신의와 가차의를 이끌어 내었다는 점이다.

허신은 『설문』을 찬술할 때 문자의 형체를 가지고 본의를 설명하는 방법을 착안하였다. 거의 대부분의 글자가 형체와 표현하고자 하는 뜻이 서로 일치하지만, 풍부하고 다채로운 사회생활 속에서 도형문자만을 가지고 대표하는 사물의 부호로 삼는다는 것은 결국 제한을 받을 수밖에 없는 일이다. 따라서 사의詞義의 인신이나 가차는 문자의 창조과정에서 필연적인 결과가 되었던 것이다. 단주의 두드러진 성취 가운데 하나는 바로 『설문』의 매 글자마다 본의를 밝혔다는 점 이외에, 또한 더 나아가 그 글자의 인신의와 가차의를 유도해 내었다는 점에 있다. 예를 들면, "표彡" 부部의 "권鬈"자 주에서 "대체로 글자를 말할 때는 반드시 그 본의를 사용해야 하며, 대체로 경을 말할 때는 반드시 문구에 근거해 뜻을 구해야 한다. 즉 글자에 대해 혹은 본의를 취하고, 혹은 인신과 가차를 취하지만, 취해서는 안 되는 것이 반드시 있다."(凡說字必用其本義, 凡說經必因文求義, 則于字或取本義, 或取引伸假借, 有不可得而必者矣.)고 하였다. 『경운루집經韻樓集』 1권에서 그는 또 "본의를 지키고 나머지 뜻을 버리는 것은 그 잘못을 방비하는 것이지만, 그 나머지 뜻을 익히고 그 본의를 망각하는 것은 그 잘못을 숨기는 일이다."(守其本義而棄其餘義者, 其失也固; 習其餘義而忘其本義者, 其失也蔽.)고 하여 사의의 인신과 가차에 주의 하였다. 그는 이렇게 문자에 내포되어 있는 풍부한 함의를 명시하였을 뿐만 아니라, 『설문해자』에 새로운 생명을 불어 넣어 새로운 활력을 증가시켜 주었다. 『설문』연구와 고서의 이해를 사의와 결합시켜 놓은 것이 단옥재 주석의 두드러진 특징 가운데 하나라고 하겠다. 예를 들면,

> "벽辟은 법률이다. 형부 절卩(절제)과 신辛(죄)의 뜻이 조합하여 이루어진 회의자이다. 법률로 그 죄행을 결단하는 뜻을 나타낸다. 형부 구口의 뜻 따르는 것은 법을 사용하는 사람을 표시한다."(辟, 法也. 從卩辛, 節制其罪也. 從口, 用法者也.) (九卷上)

단옥재의 주에서는 "『소아小雅』에서 "법도에 맞는 말을 믿지 않는다(辟言不信)."고 하였고, 『대아大雅』에서 "홀로 법도를 세우지 않는다(無自立辟)"고 했는데, 정현의 전箋에서는 "벽辟은 법도이다."고 하였다. 또한 『문왕유성文王有聲』전箋·『억抑』전箋·『주례周禮·향사鄕師』주注·『융우戎右』주注·『소사구小司寇』주注·『곡례하曲禮下』주注 역시 모두 이와 같다. 인신하여 물리쳐 없앤다는 벽辟의 뜻으로 쓰이는데, 예를 들면, 『주례禮周·혼인閽人』에서 문지기가 사람을 물리칠 때의 벽辟, 『맹자』에서 행차할 때 사람을 피하게 할 때의 벽辟, 그리고 한기를 몰아낼 때의 벽辟, 급성열병을 물리칠 때의 벽辟 등이 모두 이 뜻에 속한다. 또한 인신하여 반벽盤辟의 뜻으로도 쓰이는데, 예를 들면, 『예경

禮經』의 '벽辟'에 대해, 정현의 주에서는 공손하게 뒷걸음친다(준둔逡遁은 뜻의 벽辟이라고 하였다. 또 인신하여 한쪽(一邊)의 뜻으로 쓰이는데, 예를 들면, 『좌전』에서 궐의 서쪽 벽(闕西辟)이라고 말한 것이 바로 이 뜻이다. 혹은 가차하여 벽僻자의 뜻으로 쓰이기도 하고, 혹은 가차하여 비譬자의 뜻으로도 쓰이고, 혹은 가차하여 벽闢자의 뜻으로 쓰이기고 하고, 혹은 가차하여 벽壁자의 뜻으로 쓰이기고 하고, 혹은 가차하여 벽襞자의 뜻으로 쓰이기도 한다."(段注 : 『小雅』: '辟言不信', 『大雅』: '無自立辟.', 傳皆曰 : '辟, 法也.' 又『文王有聲』箋·『抑』箋·『周禮·鄕師』注·『戎右』注·『小司寇』注·『曲禮下』注皆同. 引伸之爲辟除, 如『周禮·閽人』爲之辟, 『孟子』行辟人, 以及辟寒·辟惡之類是也. 又引伸之爲盤辟, 如『禮經』之辟, 鄭注逡遁是也. 又引伸爲一邊之義, 如『左傳』曰闕西辟是也. 或借爲僻, 或借爲避, 或借爲譬, 或借爲闢, 或借爲壁, 或借爲襞.)고 하였다.

또 하나 더 예를 들면,

"여旅는 고대 군대의 편제단위로 오백 사람이 하나의 여旅가 된다. 형부 언㫃과 종从이 조합하여 이루어진 회의자이다. 종从은 두 사람이며, 깃발 아래 모두 모인 것을 나타낸다."(旅, 軍之五百人, 從㫃·從從; 從, 俱也)(七卷上)

단옥재의 주에서 "『대사도大司徒』에 '다섯 사람이 오伍가 되고, 다섯 개의 오伍가 앙兩이 된다. 그리고 네 개의 앙兩이 졸卒이 되며, 다섯 개의 졸卒이 여旅가 된다.'고 하였다. …… 인신하여 많은 사람(凡衆)을

> 말한다. 『소아』에서 '여력이 강성하다'(旅力方剛)는 말에 대해, 전傳에서 '여旅는 중衆(많다)이다.'고 하였다. 또 인신하여 벌인다(陳)는 뜻으로 쓰이는데, 『소아』의 '고기랑 과일도 차려놓다'(殽核維旅)는 말에 대해 전傳에서 '여旅는 벌인다는 뜻이다.'고 하였다. 또 '오랫동안 타향에서 기거하다'(羈旅)고 말하는데, 이 뜻은 려廬자에서 취한 것이다. 려廬는 '기거하다'(寄)는 뜻이기 때문에, 『대아』의 려려廬旅는 처처處處 · 언언言言 · 어어語語라는 말과 같은 경우이다. 또 고대에는 가차하여 검은 활(蘆弓)이라는 노蘆자로 쓰였으며, 속어로 마침내 로旅자가 만들어지게 되었다."(段注 : 『大司徒』: "五人爲伍, 五伍爲兩, 四兩爲卒, 五卒爲旅".……引申爲凡衆之稱『小雅』: "旅力方剛", 傳云: "旅, 衆也."又引申之義爲陳, 『小雅』: "殽核維旅", 傳云: "旅, 陳也."又凡言羈旅, 義取乎廬. 廬, 寄也, 故『大雅』廬旅, 猶處處 · 言言 · 語語也. 又古假爲蘆弓之蘆, 俗乃制旅字.)고 하였다.

이와 같이 "벽辟"과 "여旅"라는 두 글자의 사의 체례에 대한 고서의 용법에 대해서 비교적 체계적으로 이해할 수 있을 것이다. "인人"부部의 "벌伐"자, "엄厂"부部의 "려厲"자, "마馬"부部의 "취驟"자, "사糸"부部의 "소素"자, "리里"부部의 "자厘"자 등에 대해, 단옥재는 각 사의에 대한 인신이나, 혹은 가차 등에 대해서 매우 자세하게 설명해 놓았다.

세 번째는 동의사 변석을 매우 정밀하게 분석해 놓았다는 점이다.

동일한 역사 시기 속에서 서로 다른 언어적 환경은 사의 운용에 대한 넒고 좁음에 대한 차이를 가져다주었다. 이것이 바로 동의사同義詞의 변석辨析이다. 단주는 이 방면에 매우 철저하게 논술을 전개하였는데, 아마도 다른 『설문』학자들 가운데 이와 같은 성취를 거둔 사람은 보이지 않는다. 단옥재가 주석을 할 때 사용한 용어는 "통언統言"(혹은 "혼언渾言"이라고 함)과 "석언析言"이다. 이른바 통언이란 중요한 것을 가리키는 것으로, 그 유속類屬에 착안하여 같음을 밝힌 것이고, 석언은 미세한 것을 가리키는 것으로, 개성적인 측면에서 그 차이를 변석한 것이다. 그렇기 때문에 통언과 석언을 서로 참고해 살펴보면, 보다 더 전체적으로 해당 사詞의 함축적 의미를 이해할 수 있을 것이다.

> "아牙는 어금니이다. 위아래가 서로 교차하는 모양을 본떴다."(牙, 壯齒也. 象上下相錯之形.) (二卷下)
>
> 단옥재의 주에서 "장壯은 크다는 뜻이다. 장치壯齒는 치아 중에서 큰 것을 말한다. 통언하면 모두 치齒를 칭하고 아牙를 칭하며, 석언하면, 앞에 입술과 마주하고 있는 것을 치齒라 칭하고, 뒤에 광대뼈와 턱에 있는 것을 아牙라 칭한다.(생각해 보건데, 이 글자들은 고금의 사의가 다르다. 그래서 지금은 오히려 앞에 입술을 마주 하고 있는 것을 아牙라 하고, 뒤에 있는 것을 치齒라고 한다."(段注 : 壯, 大也. 壯齒者, 齒之大者也. 統言之, 皆稱齒稱牙; 析言之, 則前當唇者稱齒, 後在輔車者稱牙(按 : 此古今詞義不同, 今則前當唇者稱牙, 在後者稱齒.)고 하였다.

"도稻는 벼이다."(稻 : 稌也.) (七卷上)

단옥재의 주에서는 "지금 세상에서는 대체로 점성이 있는 것이나 점성이 없는 것이나 아직 벼 껍질을 벗기지 것을 모두 도稻라고 한다. 나도糯

稻・선도秈稻・경도稉稻 등은 모두 껍질을 벗겨 제거하지 않은 것을 말한다. 이미 껍질을 벗겨 없앤 것을 나미穤米・선미秈米・경미稉米라고 말한다. 고대에는 점성이 있는 것을 도稻라 말하였고, 점성이 있는 쌀을 도稻라고 하였다. 『구곡고九谷考』에서는 "『칠월七月』시에서 '10월에 벼를 거두어 이것으로 춘주春酒를 만든다.'고 하였고, 『월령月令』에서는 '이에 대추大酋에게 명해 차조와 벼를 반드시 똑같이 하도록 했다.'고 하였다. 『내칙內則』과 『잡기雜記』에서도 쌀로 빚은 술이 나오며, 『좌전』에는 쌀로 빚은 술과 말린 양식을 올렸는데, 여기에서 도稻는 점성이 있는 쌀의 이름이며, 점성이 있는 쌀을 가지고 술을 빚었다. …… 그리고 "식의食醫"의 임무는 소고기를 먹을 때 도稌와 배합하는 일이다. 정사농鄭司農이 말하길, 도稌는 바로 메벼이다. 또한 갱稉을 도稻로 해석하기 하는데, 갱稉은 점성이 없는 벼이다. 공자가 쌀밥을 먹는다고 말하였는데, 이 역시 반드시 점성이 있는 것만을 가리켜 말한 것은 아니다."고 하였다. 단옥재는 도稻는 혼언渾言의 명칭이고, 갱稉은 도稻와 상대되는 뜻으로, 석언析言의 명칭이다."(段注 : 今俗概謂粘者・不粘者未去糠曰稻; 穤稻・秈稻・稉稻, 皆未去糠之稱也. 旣去糠則曰穤米・曰秈米・曰稉米. 古謂粘者爲稻, 謂粘米爲稻. 『九谷考』曰 : "『七月』詩: '十月獲稻, 爲此春酒.'『月令』: '乃命大酋, 秫稻必齊.'『內則』・『雜記』幷有稻醴, 『左傳』進稻醴粱糗, 是以稻爲粘者之名, 粘者以釀也.……而"食醫"之職, 牛宜稌. 鄭司農說, 稌, 稉也. 是又以稉釋稻, 稉其不粘者也. 孔子曰 : 食夫稻. 亦不必專指粘者言." 玉裁謂 : 稻, 其渾言之稱; 稉與稻對, 爲析言之稱.)고 하였다.

또 하나 더 예를 들면,

> "궁宮은 집이다."(宮, 室也.)(七卷下)
>
> 단옥재 주에서는 "『석궁釋宮』에서 "궁宮은 실室을 말하고, 실室은

> 궁宫을 말한다."고 하였는데, 곽박郭璞이 "둘 다 고금에 통하는 이어異語로, 실제는 같으나 이름을 달리 함을 밝힌 것이다."고 하였다. 생각해 보건데, 궁宫은 집 밖을 둘러싼 것을 말하며, 실室은 집 안을 말한다. 석언析言하면, 다르지만 통언하면 다르지 않다."(段注 :『釋宮』曰 : "宮謂之室, 室謂之宮." 郭云 : "皆所以通古今之異語, 明同實而兩名." 按 : 宮言其外之圍繞, 室言其內. 析言則殊, 統言不別也.)고 하였다.

그는 "언言"부部의 "풍諷" 아래에 "풍諷"과 "송誦"을 석언하였고, "혁革"부部의 "혁革"아래에 "피皮"자와 "혁革"자를 석언하였고, "심心"부部의 "식息"자 아래에 "천喘"자와 "식息"자를 석언하였다. 또한 "부阜"부部의 "피陂"자 아래에 "피陂"자와 "지池"자를 석언하고 있는데, 모두 지극히 자세하고 주도면밀하게 분석해 놓았다. 『설문해자주』 중에 사의에 대한 통언과 석언을 언급된 곳이 백여 곳이 넘는다.

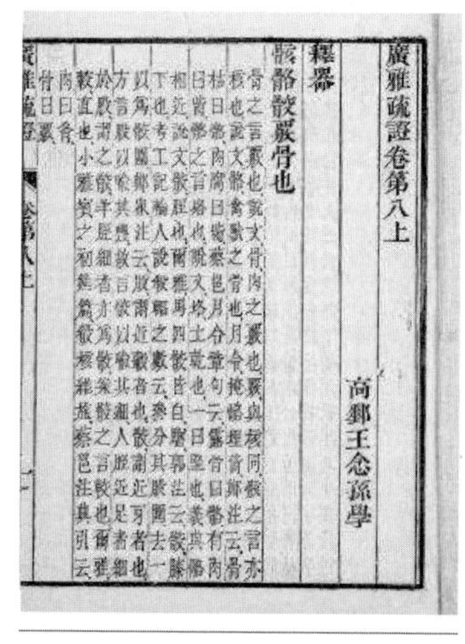

王念孫의 『廣雅疏證』

이 네 번째는 어음과 어의 간의 관계를 밝혀 놓았다는 점이다.

단옥재는 문자의 형形·음音·의義 이 세 가지가 서로 관련되어 있다고 여겼다. 그래서 그는 만일 『설문』을 연구하고자 한다면, 반드시 이 세 가지를 서로 구해야 한다고 주장하였다. 『광아소증서廣雅疏證序』에서 "소학小學은 형이 있고, 음이 있고, 의가 있는데, 이 세 가지는 서로 구해야 한다. 이 중에서 하나만을 구해도 나머지 둘을 얻을 수 있다. …… 성인聖人이 글자를 만들 때 뜻이 있은 후에 소리가 생겼고, 소리가 있은 후에 형태가 생겨났다. 학자들은 문자를 고찰할 때, 형태로부터 그 소리를 얻을 수 있고, 소리로부터 그 뜻을 얻을 수 있다. 경서를 연구할 때 뜻을 얻는 것보다 더 중요한 것은 없으며, 뜻을 얻는 것은 소리를 얻는 것보다 더 절실한 것은 없다."(小學有形有音有義, 三者互相求, 擧一可得其二. …… 聖人之制字, 有義而後有音, 有音而後有形. 學者之考字, 因形以得其音, 因音以得其義. 治經莫重於得義, 得義莫切於得音.)고 지적하였다. 그렇기 때문에 『설문』주에서 단옥재가 특히 음과 형·의 관계에 대해 주의를 기울여 각 글자 아래에 대서본의 손면孫愐 반절反切을 붙여 놓은 것 이외에, 『육서음운표』에 고운古韻 17부의 부류部類를 표시해 독자로 하여금 해당 글자에 대한 고금음古今音의 이동異同을 간략하게 살펴보고, 아울러 음과 형·의 관계를 파악할 수 있도록 하였다. 그는 형성자의 성방聲旁 가운데 어떤 것은 단지 순수하게 표음表音 작용만을 일으키지만, 또한 어떤 것은 소리 중에서 뜻을 알 수 있다고 지적하였다. 그리고 성방이 서로 같은 글자는 어떤 경우에 뜻 역시 서로 통한다고 하였다. 예를 들면,

"진禛은 진심으로 신神을 공경하면 복을 받는다는 뜻이다. 형부는 시示이고, 진眞은 성부이다."(禛 : 以眞受福也. 從示. 眞聲.) (一卷上)

단옥재는 주에서 "이 역시 당연히 "형부 시示와 진眞을 따르며, 진眞 역시 성부이다."고 말해야 하며, 말하지 않은 것은 생략한 것이다. 성부와 의부는 근원이 같기 때문에, 해성諧聲의 부수는 대부분 글자의 뜻과 서로 비슷하기 때문에 회의와 형성 둘 다 겸하고 있는 글자가 많은 편이다. 『설문』에서는 혹은 회의라고만 칭하고 형성이라는 말은

생략했거나, 혹은 형성이라 칭하기만 하고 회의라는 말은 생략하였다. 비록 이와 같다고는 하지만 생문省文은 실제로 서로 따져보아야 하며, 이를 알지 못하면 성부와 의부가 멀어지게 된다."(此亦當云"從示, 從眞, 眞亦聲", 不言者, 省也. 聲與義同原, 故諧聲之傍多與字義相近, 此會意、形聲兩兼之字致多也. 『說文』或稱其會意, 略其形聲; 或稱其形聲, 略其會意, 雖則省文, 實欲互見, 不知此則聲與義隔.)고 하였다.

"구句는 굽었다는 뜻이다. 형부는 구口이고, 구ㄐ는 성부이다."(句 : 曲也. 從口, ㄐ聲.) (三卷上)

단옥재는 주에서 "대체로 지명에 '구句'자가 있는 것은 모두 산이나 하천이 구불구불하다는 뜻을 말한다. 예를 들면, 구용句容·구장句章·구여句餘·고구려高句麗 등은 모두 이와 같이 형세가 구불구불하게 생겼다는 뜻을 가지고 있다. 대체로 장구章句의 구句 역시 문장을 상고해 마땅히 멈출 곳에서 '을乙'의 모양과 같은 부호를 구부려 긋는다는 뜻을 취하고 있으며, 고음은 모두 구鉤자와 같다. 후대 사람들이 구곡句曲의 구句는 음을 구鉤라 하고, 장구의 구句는 음을 구屨라 하였으며, 다시 구곡의 구句자를 구勾로 바꾸었다."(段注 : 凡地名有'句'字者, 皆謂山川紆曲, 如句容·句章·句餘·高句驪皆是也. 凡章句之句, 亦取稽留可鉤乙之意, 古音總如鉤. 後人句曲音鉤, 章句音屨, 又改句曲字爲勾.)고 하였다.

"구雊는 수꿩이 내는 소리이다. 봄에 우레가 치기 시작할 때 수꿩은 울면서 고개를 구부린다. 형부는 추隹와 구句로 이루어진 회의자이며, 구句는 또한 성부이기도 하다."(雊 : 雄雉鳴也. 雷始動, 雉乃鳴而句其頸. 從隹, 從句, 句亦聲.) (四卷上)

단옥재는 주에서 "꿩이 고개를 구부리기 때문에, 글자가 형부 구句를 따른다."(段注 : 句其頸, 故字從句.)고 하였다.

"구跔는 날씨가 추우면 발이 굽는 것을 말한다. 족足은 형부이고, 구句는 성부이다."(跔, 天寒足跔也. 從足, 句聲.) (二卷下)

단옥재는 주에서 "구跔는 굽어서 펴지지 않는다는 뜻이다."(段注 : 跔者, 句曲不伸之意.)고 하였다.

"구絇는 삼을 꼬아서 만든 새끼줄이다. 사糸는 형부이고, 구句는 성부이다. 구鳩처럼 읽는다."(絇: 纑繩絇也. 從糸, 句聲. 讀若鳩.) (十三卷上)

단옥재는 주에서 "구絇는 꼬아서 하나로 합하는 것을 말하며, 구鳩자처럼 읽는 것에서 그 뜻을 알 수 있으며, 로纑나 승繩을 하나로 합쳐 조금 많게 하는 것이 모두 이것이다."(段注 : 絇, 糾合之謂, 以讀若鳩知之, 謂若纑若繩絇之合少爲多皆是也.)고 하였다.

단옥재는 글자가 처음 만들어질 때는 음이 형보다 먼저 생겼기 때문에 형을 살펴 음을 안 이후에 뜻을 알 수 있다고 생각하였다. 예를 들면, "토土"부部의 "곤坤"자 아래 주에서 "문자가 처음 만들어질 때는 뜻(義)이 있은 후에 음이 생겼으며, 음이 있은 후에 형이 생겼다. 그렇기 때문에 음이 반드시 형보다 먼저 나왔다."(故文字之始作也, 有義而後有音, 有音而後有形, 音必先乎形.)고 하였다. 그러므로 "구絇"자는 구鳩자처럼 읽으며, 규합한다는 뜻을 내포하고 있는 것이다. 훈고 중에서 어음語音의 작용을 강조한 것이야말로 단옥재의 학설 중에서 가장 빛나는 점이다. 그렇기 때문에 그는 훈고 중에서 어음의 단서를 쫓아 "성의동원聲義同源"이라는 학설을 제시하고, "인성구의因聲求義"와 "음근의통音近義通"이라는 학설의 이론적 기초를 형성시킬 수 있었던 것이다. 또 예를 들면,

> "농襛은 옷이 두꺼운 모양이다. 의衣는 형부이고, 농農은 성부이다. 『시경』에서 '어찌 저렇게 무성할까?'라고 말하였다."(襛, 衣厚貌. 從衣, 農聲. 『詩』曰 : "何彼襛矣") (八卷上)
>
> 단옥재는 주에서 "대체로 성부가 농農인 글자는 모두 두껍다는 뜻으로 해석된다. 농醲자는 술이 진하다는 뜻이다. 농濃자는 이슬이 많다는 뜻이다. 농襛자는 옷이 두껍다는 뜻이다. 이들 글자들은 인신하여 대체로 많거나 두꺼운 것을 말한다. 『소남召南』에서 "어찌 저렇게도 무성할까?"라고 하였고, 『당체지화唐棣之華』의 전箋에서 "농襛은 융융戎戎(성하다)함과 같다."고 하였다. 생각해 보건데, 『한시韓詩』에서는 융융茙茙이라 썼는데, 이는 융융戎戎의 속자이다. 융戎은 동성同聲을 취하여 그 뜻을 얻은 것이다."(段注 : 凡農聲之字皆訓厚. 醲, 酒厚也. 濃, 露多也. 襛, 衣厚貌也. 引申爲凡多、厚之稱. 『召南』曰 : "何彼襛矣", 『唐棣之華』傳曰 : "襛猶戎戎也". 按『韓詩』作茙茙, 卽戎戎之俗字耳. 戎取同聲得其義.)고 하였다.

이는 송대의 왕자소王子韶가 제시한 "우문설右文說"과는 본질적으로 다르다. "우문설"은 형성자의 오른쪽 성부聲部에 얽매여 오직 자형으로부터 사의의 동원同源을 추구하는 것을 말하지만, 단옥재의 우문설은 "소리(聲)와 뜻(義)의 근원이 같다는 설"과 "문자는 성음聲音에서 시작되었다"는 설에 바탕을 두고, 고운古韻을 귀류歸類(같은 韻에 속하는 글자들끼리 모아 분류한 것) 시킨 다음 이를 토대로 "해성諧聲이 같은 글자는 반드시 동부同部"라는 결론을 이끌어내는 동시에, 자형의 속박에서 벗어나 음과 의 사이의 밀접한 관계에 주의를 기울여 성음으로부터 사의를 탐구해 나가는데 주안점을 두었다. 따라서 이러한 주장은 중국 전통언어학의 커다란 진보라고 할 수 있는데, 단옥재는 이 방면에 뛰어난 공헌을 남겼다.

연면사連綿詞(같은 글자가 둘 합하여 이루어진 단어나, 발음이 유사한 두 글자가 합해져 이루어진 단어)를 해석할 때도 단옥재는 마찬가지로 성음聲音으로 일관시켰다.

"의旖는 깃발이 바람에 펄럭이는 모양을 말한다. 언㫃은 형부이고, 기奇는 성부이다."(旖 : 旗旖施也・從㫃, 奇聲.) (七卷上)

단옥재의 주에서 "의旖와 시施는 첩운자이며, 17부에 있다. 허신은 기旗에서는 기시旖施라고 하였고, 목木에서는 의시檹施라 하였으며, 화禾에서는 의이倚移라고 하였는데, 모두 아나阿那처럼 읽는다. 『회풍檜風』에 보이는 "무성한 그 가지"(猗儺其枝)라는 구절에 대해 정현鄭玄의 전에서 "의나猗儺는 유순하다는 뜻이다."고 하였다. 『초사楚辭・구변九辯』과 『구탄九嘆』에서는 의니旖旎라고 썼다. 『상림부上林賦』에서 "깃발이 바람에 나부낀다."(旖旎從風)는 구절에 대해 장읍張揖은 "의니旖旎는 아나阿那와 같다."고 하였다. 『문선』에서는 의니旖狔라 하였고,

『한서』에서는 의니椅柅라고 하였다. 그리고 『고공기考工記』의 주에서는 의니倚柅라고 하였다.……성음聲音을 사용하는 것을 보면, 글자를 만든 지 오래되었음을 알 수 있다."(旖・施疊韻字. 在十七部. 許于旗曰旖施, 于木曰檹施, 于禾曰倚移. 皆讀如阿那. 『檜風』: "猗儺其枝", 傳云 : "猗儺, 柔順也."『楚辭・九辯』・『九嘆』則作旖旎. 『上林賦』: "旖旎從風", 張揖曰 : "旖旎猶阿那也."『文選』作旖柅, 『漢書』作椅柅, 『考工記』注則作倚柅 …… 知以音爲用, 制字日多.)고 하였다.

이를 종합해 볼 때, 단옥재의 주 중에서 형・음・의의 관계에 대한 설명은 대략 130조목 가량 된다.

다섯 번째는 고금자를 설명하였다는 점이다.

이른바 고금자라는 것은 비록 동일한 사의詞義라고 해도 고금古今에서 사용한 글자가 서로 다른 현상을 일컫는다. 단옥재는 『설문』을 주석할 때, 고금자의 현상에 대해서도 역시 주의를 기울였다. "□△"부部의 "금今"자 아래 주에서 "고금古今 사람이 사용한 글자가 다른 것을 고금자라고 한다."(古今人用字不同, 謂之古今字)고 하였다. 예를 들면,

"리履는 발에 신는 신을 말한다."

履 : 足所依也. (八卷下)

단옥재는 주에서 "옛날에는 리屨라 하였으나 지금은 리履라 하며, 옛날에는 리履라 하였지만 지금은 혜鞋라 한다. 이는 명칭이 시대에 따라 같지 않기 때문이다." (古曰屨, 今曰履; 古曰履, 今曰鞋, 名之隨時不同者也.)고 하였다.

"구屨는 신이다."

屨 : 履也. (八卷下)

단옥재는 주에서 "진晉나라의 채모蔡謨가 말하길, '지금 시대에 말하는 리履자는 한나라 이전에는 모두 구屨라고 하였다.'……『주역』·『시경』·『삼례三禮』·『춘추전』·『맹자』에서는 모두 구屨라고 했지 리履라고는 말하지 않았다. 주나라 말기의 제자諸子와 한나라 때 자서子書에서 리履라고 말하였는데, …… 리履는 본래 밟는다는 뜻으로 해석되지만, 후에 리履를 구屨의 명칭으로 삼았는데, 이는 고금의 말이 다른 것일 뿐이다. 허신은 지금의 글자로 옛 글자를 해석하였기 때문에, 옛날의 구屨가 바로 지금의 리履라고 말한 것이다."(晉蔡謨曰 : "今時所謂履者, 自漢以前皆名屨." ……『易』·『詩』·『三禮』·『春秋傳』·『孟子』皆言屨, 不言履. 周末諸子·漢子書乃言履……履本訓踐, 後以爲屨名, 古今語異耳. 許今釋古, 故云古之屨, 卽今之履也.)고 하였다.

이것은 우리가 오늘날 "혜鞋(신발)"라고 일컫는 이 개념이 한나라 때는 "리履"라고 썼고, 선진시대에는 "구屨"라고 썼다는 것을 설명한 말이다. "언言"부部의 "의誼"자 아래 단옥재가 말하길, "무릇 경전을 읽을 때 고금자를 몰라서는 안 된다. 고금에 정해진 글자가 없을 때, 주나라 때의 글자가 고자古字가 되면 한나라 때의 글자는 금자今字가 되고, 한나라 때의 글자가 고자古字가 되면 진晉·송宋 때의 글자가 금자今字가 되는데, 이는 시대에 따라 사용하는 글자가 다른 것이며, 이를 고금자라 말한다."(凡讀經傳者不可不知古今字. 古今無定時, 周時爲古, 則漢爲今; 漢時爲古, 則晉宋爲今, 隋時異用, 謂之古今字.)고 하였다. 이렇게 고금자가 시대에 따라 다르게 사용된다는 문자 현상에 대해 전대의 훈고학자들은 결코 알지 못했다. "전

田"부部의 "주疇"자 아래에 단옥재가 다음과 같이 지적하였다.

허신은 평평하게 갈아놓은 논밭을 주疇라고 말하였다. 논밭을 갈려면 반드시 나란히 밭을 갈 짝이 있어야 하며, 또한 하나의 짝만이 아니다. 그렇기 때문에 가규賈逵는 『국어』에 주를 달면서 "일정一井이 주疇이다."고 하였고, 두예杜預는 『좌전』에 주를 달면서 "병반幷畔이 주疇이다."고 하였다. 병반幷畔은 바로 이정二井을 말한다. 고유高誘의 『전국책』주석과 위소韋昭의 『한서』주에서는 그 뜻을 인신하여 "주疇는 무리이다."고 하였다. 왕일王逸의 『초사』주에서는 "두 사람을 필匹이라 하며, 네 사람을 주疇라 한다."고 하였다. 장안張晏의 『한서』주에서 "주疇는 같다는 뜻이다."고 하였고, 여순如淳은 "가업을 대대로 서로 전하는 것을 주疇라 한다."고 하였다. 『국어』를 살펴보면, "사람과 사람이 서로 함께 하고, 집안과 집안이 서로 함께 한다."고 하였고, 『전국책』에서는 "대체로 물건마다 각각 같은 무리가 있다."고 하였다. 그리고 『한서』에서는 "자제에게 동등하게 나누어주고, 작읍爵邑을 동등하게 세습시킨다."고 하였다. 왕찬王粲의 『부賦』에서는 '현창과주顯敞寡疇'라 하였고, 조식曹植의 『부』에서는 '명주소려命疇嘯侶'라고 하였다. 대체로 당 이전에는 형부가 "전田"인 주疇자를 쓰지 않은 것이 없으며, 형부가 "인人"인 주儔자를 가지고 "류類"로 해석한 것은 전혀 보이지 않는다. 그렇기 때문에 이러한 고금古今의 변화를 알지 못해서는 안 되는 것이다. 양경楊倞의 『순경荀卿』주에서 "주疇는 마땅히 주儔자로 써야 한다."(許謂耕治之田爲疇. 耕治必有耦, 且非必一耦. 故賈逵注『國語』曰 : "一井爲疇", 杜預注『左傳』曰 : "幷畔爲疇". 幷畔則二井也. 引申

之, 高注『國策』·韋注『漢書』: "疇, 類也." 王逸注『楚辭』: "二人爲匹, 四人爲疇, "張晏注『漢書』: "疇, 等也." 如淳曰 : "家業世世相傳爲疇." 考『國語』: "人與人相疇, 家與家相疇. "『戰國策』曰 : "夫物各有疇."『漢書』曰 : "疇人子弟. 疇其爵邑. 王粲『賦』: 顯敞寡疇. 曹植『賦』: 命疇嘯侶. 蓋自唐以前無不用從"田"之疇·絶無用從"人"之儔訓"類"者. 此古今之變, 不可不知也. 楊倞注『荀卿』, 乃云 : "疇, 當爲儔"矣.)고 말하였다.

여기에서 단옥재는 주疇자의 본의가 전주田疇이며, 인신하여 일정一井·이정二井이라는 땅의 뜻으로 쓰이게 되었으며, 또한 인신하여 동류同類의 뜻으로 쓰이게 되었다고 지적하였다. "류類"자의 사의는 당대에 "주儔"자로 썼으나, 당대 이전에는 "주疇"자로 썼다. 양경楊倞이 『순자』에 주를 할 때, 이와 같이 고금에서 사용하는 글자가 다른 문자 현상을 정확하게 알지 못한 까닭에, "주疇"를 "주儔"라고 써야 한다고 한 것이므로, 이는 불필요한 말이다. 『순자·권학편』에서 "초목은 밀집해 자라고, 금수는 무리지어 살아간다."(草木疇生, 禽獸群焉.)는 말에 대해, 양경楊倞은 주에서 "주疇와 주儔는 뜻이 같으며, 동류同類를 말한다."(疇與儔同, 類也.)고 하였다. 양경 역시 "주疇"의 사의를 간파하기는 했지만, 그는 이를 통가자로 간주해 고금자로 처리하지는 않았다.

여섯 번째는 『육서음운표』의 상보상성相輔相成의 작용을 들 수 있다.

단옥재는 일찍이 『시경운보詩經韻譜』와 『군경운보群經韻譜』를 찬술하여 『시경』과 선진시대 제자서諸子書 중에 사용된 운韻의 상황을 분석하였다. 『설문』의 형성 체계를 연구하는 과정에서 그는 형성자의 형부가 『시경』의 압운

체계와 서로 일치한다는 사실을 발견하였다. 그래서 그는 『설문』학의 연구를 음운학과 결합시켜 "해성諧聲이 같은 글자는 반드시 부部가 같다"는 결론을 도출해 내고, 여기서 한 걸음 더 나아가 "소리와 뜻의 기원이 같다"(聲義同原)는 관점을 제기하였다. 이로부터 그의 고음학 이론이 형성되었던 까닭에 『육서음운표』를 저술하게 된 것이다.

『육서음운표』에는 모두 다섯 개의 표가 포함되어 있는데, 첫 번째 표인 『금운고분십칠부표今韻古分十七部表』에서는 각 운부韻部에 포함된 『광운』의 운목韻目과 부部를 나누는 이유, 그리고 그 경계를 열거해 놓았다. 두 번째 표인 『고십칠부해성표古十七部諧聲表』에 대해서는 "해성諧聲이 같은 글자는 반드시 부部가 같다"(同諧聲者必同部)는 원칙에 의거해 각 부部에 포함된 형성자의 형방形旁을 열거해 놓았다. 세 번째 표인 『고십칠부합용류분표古十七部合用類分表』에서는 6류類 17부部를 성음이 서로 가까운 관계에 의거해 앞뒤로 배열하고, 이어서 서로 인접한 부류部類를 비롯해 이와 서로 배합되는 입성入聲이 해성諧聲·가차假借와 통용된다고 설명해 놓았다. 네 번째 표인 『시경운분십칠부표詩經韻分十七部表』에서는 17부部에 의거해 운韻을 나누어 놓은 『시경운보詩經韻譜』가 수록되어 있다. 다섯 번째 표인 『군경운분십칠부표群經韻分十七部表』에서는 제자諸子의 문장을 17부部에 의거해 운韻을 나눈 『군경운보』를 수록해 놓았다. 『육서음운표』 중에서 단옥재는 고운古韻의 운부韻部를 운모韻母의 성질에 따라 배열해 17부部 6류類로 나누었는데, 첫 번째 류類는 "지之"부部이고, 두 번째 류類는 "소宵·유幽·후侯·어魚" 등의 4개 부部이고, 세 번째 류類는 "증蒸·청淸·담談" 등의 3개 부部이고, 네 번째 류類는 "동東·양陽·경耕" 등의 3개 부部이다. 그리고 다섯 번째 류類는 "진眞·문文·원元" 등의 3개 부部이고, 여섯 번째 류類는 "지脂·지支·가歌" 등의 3개 부部이다. 이렇게 이웃하고 있는 운韻의 개념이 분명하게 되었고, 합운合韻 역시 표준을 세우게 되었다. 또한 『육서음운표』를 이용해 "음과 의를 서로 구한다."(音義互求), "음이 비슷하면 뜻이 서로 통한다."(音近義通)는 이치를 설명할 수 있게 되었을 뿐만 아니라, 고음의 통가通假 이치 역시 분명하게 설명할 수 있게 되었다. 그래서 단옥재는 『육서음운표』를 『설문해자주』의 뒤에 부록으로 덧붙여 주석과 서로 보완 작용을 할 수 있게 하였다. 이는 특별히 그가 마음을 쓴 것이다.

(3) 『설문』 단주段注의 과실

청대 『설문』을 연구한 대가 중에서 단옥재의 『설문해자주』의 출현이 가장 이를 뿐만 아니라, 넓고 심오해 그 영향력도 가장 컸지만 『설문해자주』 역시 어쩔 수 없이 장점과 함께 단점도 가지고 있었다. 이 책이 세상에 나온 이후 학술계로부터 지대한 관심을 불러 일으켰으며, 또한 이러한 시대적 추세에 힘입어 서승경徐承慶의 『설문해자주광류說文解字注匡謬』·뉴수옥鈕樹玉의 『설문단주정說文段注訂』·왕소란王紹蘭의 『설문단주정보說文段注訂補』·풍계분馮桂芬의 『설문해자주고정說文解字注考正』·서호徐灝의 『설문해자주전說文解字注箋』 등의 저서가 세상에 쏟아져 나왔다. 그 중에는 단옥재의 주에 보이는 오류를 바로 잡고 누락된 것을 보충한 경우도 분명 있었지만, 오류가 아닌 것을 잘못 수정한 경우가 더 많은 상황을 고려해볼 때, 그들의 견식이 단옥재의 견해에 훨씬 못 미친다는 것을 알 수 있다. 하지만 왕력王力은 이러한 당시 상황에 대해서 "단옥재의 주를 바르게 고친 사람들 역시 모두가 단옥재를 존경하고 높였던 사람들인데, 그들이 바르게 고치는 작업을 진행한 이유는 사실 청년 세대를 위한 것이었다. 그러므로 이러한 학술 기풍은 충분히 칭찬할만한 가치를 지니고 있다."(匡正段氏的人也都是尊崇段氏的人, 其所以做匡正工作, 實在是爲了青年一代, 這種學術風氣是值得讚揚的.(『중국언어학사中国言語學史』)고 긍정적인 평가를 내렸다.

객관적으로 살펴보면, 단옥재의 주에 나타나는 과실은 아래와 같이 세 가지 측면에서 살펴 볼 수 있을 것이다.

첫 번째는 『설문』을 교정할 때 자신의 주장이 너무 지나쳐 독단적으로 흘러간 경향을 보인다는 점이다.

단옥재는 『설문』을 주석하면서 가장 민저 신경을 쓴 부분은 『설문』판본에 대한 교감이었다. 그래서 우선 그는 대서본과 소서본을 서로 대조하여 교감을 진행하는 동시에 『경전석문』·『오경정의』·『사기』·『한서』주·『문선』주注·『일체경음의一切經音義』 등에 인용되어 있는 내용을 근거로 대서본과 소서본의 오류를 교정하여 『급고각설문정汲古閣說文訂』을 저술하였다. 그가 비록 교감에 심혈을 기울였다고는 하지만, 지나치게 자신의 견해를 믿고 독단적인 경향으로 흘러 후인들의 비난을 면치 못하였다. 그가 교정한 자형 가운데 수정한 글자는 모두 전서篆書 118자, 첨부한 글자는 전서 24자, 그리고 21자를 삭제하였다. 예를 들면, "목木"부部의 "본本"자를 대서본에서는 "나무 아래 뿌리 부분을 본本이라 한다. 목木은 형부이고, 일一은 나무의 아래를 나타낸다."(木下曰本. 從木, 一

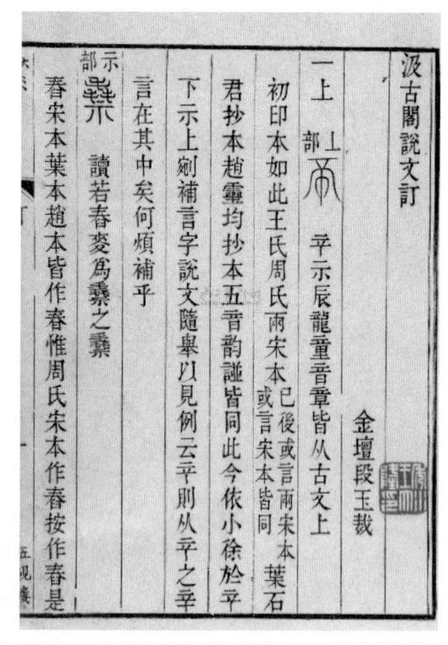
汲古閣說文訂
金壇段玉裁
一上 上部 辛示辰龍童音章皆从古文上
初印本如此王氏周氏兩宋本已後或言兩宋本或言宋本皆同 葉石
君抄本趙靈均抄本五音韻譜皆同此今依小徐於辛
下示上剜補言字說文隨舉以見例云辛則从辛之辛
言在其中矣何煩補乎
示部 讀若春麥爲桼之桼
舂宋本葉本趙本皆作舂惟周氏宋本作舂按作舂是

段玉裁의 『汲古閣說文訂』

在其下)고 하였고, 이어서 서개의 말을 인용해 "일一은 뿌리가 있는 곳을 가리킨다. 본本·말末·주朱는 뜻이 모두 같다."(一記其處也. 本·末·朱皆同義.)고 하였다. "말末"자에 대해, 대서본에서는 "나무의 윗부분을 말末이라 한다. 목木은 형부이며, '일一'은 나무의 윗부분을 가리킨다."(木上曰末. 從木, 一在其上.)고 하였다. 단옥재는 주에서 "본本"자를 "종목从木, 종하从下"로 고치고, "말末"자를 "종목从木, 종상从上"으로 고치고 나서 "본本"자 아래에 "지금 『육서고』에 인용된 당본唐本에 의거해 바로잡았다. 본本자와 말末자는 모두 글자의 형태로부터 뜻을 얻은 것이기 때문에, 그 형체의 '일一'은 나무의 윗부분을 가리키고, 또한 '일一'은 나무의 아랫부분을 가리킨다. 그러한 까닭에 뜻이 바로 여기에 있는 것이며, 『설문』에는 이러한 글자들이 많이 있다. '일一'을 처해 있는 곳을 말하는 것이라고 적혀 있으나, 이는 물체의 형태를 말하는 것이 아니다."(今依『六書故』所引唐本正. 本·末皆于形得義, 其形一從木上, 一從木下, 而意卽在是, 全書如此者多矣. 一記其處之說, 非物形也.)고 설명하였다. 이에 대해 엄장복嚴章福은 『설문교의의說文校議議』에서 "본本과 말末은 모두 지사자이지 회의자가 아니다. 『설문』에서 '일一'이라 말한 것은 '일一'이 위에 있으면 '상上'자이고, 아래에 있으면 '하下'자이지만, 여기에서는 '상上'자와 '하下'자로 해석하지 않는다. 본本자는 형부인 목木을 따르고, '일一'은 그 아래에 있다. 주朱자는 형부인 목木을 따르고, '일一'은 그 중간에 있다. 말末자는 형부 목木을 따르며, '일一'은 그 위에 있다. 이처럼 '일一'은 목木자의 위와 중간, 그리고 아래에 있는 것에 지나지 않으며, 단지 '일一'로서 그것이 처해 있는 곳을 가리켰을 뿐이다. 만약 '일一'을 따르지 않고, '하下'를 따른다고 한다면, 주朱자는 당연히 '중中'을 따른다고 해야 할 것이다."(本·末皆指事, 非會意. 『說文』凡言'一'者, 在上爲'上'字, 在下爲'下'字, 而此不作'上''下'字解. 本從木, 一在其下; 朱從木, 一在其中;

末從木, 一在其上, 不過就木之上中下, 以'一'記其處耳. 若不從'一'而從'下', 朱字當從'中'矣.)고 말하였는데, 이러한 그의 견해는 상당히 정확하다고 볼 수 있다. 또 하나 더 예를 들면, "일日"부部의 "흔昕은 날이 밝아온다는 뜻이다."(昕, 旦明也.)고 하였는데, 이에 대해 단옥재는 "차명且明"으로 고쳤으나, 이러한 그의 해석은 사람들에게 받아들여지지 않았다.

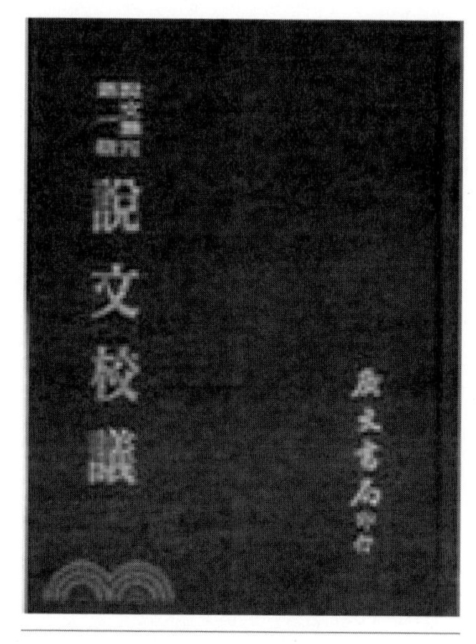

嚴章福의『說文校議議』

두 번째는 인신引伸에 대한 설명이 부족하다는 점이다.

단옥재의 주석 가운데 자의에 대한 인신을 설명한 부분이 780여 조목이나 되지만, 인신에 대한 명확한 해석이 부족한 편이다. 그가 언급한 자의에 대한 인신의 설명이 매우 복잡할 뿐만 아니라, 또한 인신에 속하지 않은 글자 역시 인신으로 칭하고 있어 그 개념에 대한 설명이 명확하지 못한 측면이 있다. 예를 들면, 위의 문장에서 언급했던 "벽辟"자가 바로 이를 설명해준다고 하겠는데, 즉 단옥재는 인신과 가차에 대한 개념을 명확하게 정의하지 못했다. 예를 들면, "초艸"부에서 "막莫(暮)은 해가 장차 떨어져 어두워지려고 할 때를 말한다."(日且冥也)고 하였는데, 단옥재의 주에서 "차명且冥은 장차 어두워진다는 말이다. …… 인신의引伸義는 있고 없다는 말에서 없다는 뜻을 말한다."(且冥者, 將冥也. …… 引申之義爲有無之無)고 하였다. 그렇지만 "막莫"자를 "무無"자로 해석한다는 것은 상당히 무리가 따른다. 그 이유는 "막莫"자가 해질 무렵(日暮)이라는 뜻에서 인신되어 나왔기 때문이다. 또 예를 들면, "우羽"부部에서 "우羽는 새의 긴 털이다. 상형이다."(羽, 鳥長毛也. 象形.)고 하였는데, 단옥재는 주에서 "장모長毛는 모毛의 가는 무늬와는 구별되는 것이다. 인신하여 궁宮·상商·각角·치徵·우羽의 우羽가 된다."(長毛, 別于毛之細縟者. 引申爲五音之羽.)고 하였다. 하지만 우羽는 상형자이며, 깃털의 모양을 본뜬 것으로, 오음五音인 궁宮·상商·각角·치徵·우羽의 우羽는 우모羽毛의 뜻과 동음가차同音假借이지 뜻을 인신한 것은 아니다. 주준성은 오음五音 가운데 우羽의 뜻을 "탁명표식자托名標識字"에 귀납시켜 놓았는데, 이 역시 가차이다. 단옥재는 어떤 경우에는 "인신과 가차"를 연결지어 말하였다. 예를 들면, "이而"부部에서 "이而는 수염이다. 상형자이다. 『주례』에서는 물고기의 비늘이 된다."(而 : 須也. 象形. 『周禮』曰 : 作其鱗之而)고 하였는데, 단옥재의 주에서 "각 판본에서는 '빰의 털이다. 털의 형태를 본뜬 것이다."(頰毛也, 象毛之形)고 했는데, 지금 바로 잡았다. …… 인신가차해 말(語詞)이 되면, 혹은 처음에 놓거나, 혹은 문장 중간에 놓으며, 혹은 문장 끝에 놓는다."(各本作'頰毛也, 象毛之形', 今正. …… 引申假借之爲語詞, 或在發端, 或在句中, 或在句末.)고 하였다. "이而"자의 석의釋義가 빰의 수염이다, 아니면 턱수염이다 하는 문제는 잠시 제쳐두고라도 허사로 쓰인 것은 분명히 가차이기 때문에 인신과는 아무런 관계도 없다. 단옥재는 이처럼 인신과 가차를 연결지어 언급함으로써 오히려 개념을 모호하게 만들어 놓았다. 『설문구두』에는 "상모지형象毛之形" 다음에 "가차위어조假借爲語助"라는 말이 보이지만, 또한 주에서 "이것은 후인이 보탠 것이다."(此後人增也.)고 밝혀 놓았다. 또 예를 들면, "견犬"부部에서 "독獨은 개는 만나면 서로 싸우는 것을 가리킨다. 견犬은 형부이고, 촉蜀은 성부이다. 양羊은 무리를 지으며, 개는 홀로 생활한다."(獨 : 犬相得而鬪也. 從犬, 蜀聲. 羊爲群, 犬爲獨.)고 하였는데, 단옥재의 주에서 "개는 싸우기를 좋아한다. 싸우기를 좋아하면 고독하며 무리를 짓지 않는다. 인신가차하여 전일專一이라는 뜻으로 쓰인다. 『소아小雅・정월正月』의 전에서 '독獨은 혼자이다.'고 하였고, 『맹자』에서는 '늙어서 자식이 없는 것을 독獨이라 한다.'고 하였는데,……모두 가차의 뜻이 통행되면서 본의가 없어진 경우이다." (犬好鬪, 好鬪則獨而不群. 引申假借之爲專一之稱. 『小雅・正月』傳曰 : '獨, 單也.' 『孟子』曰 : '老而無子曰獨.'……皆假借義行而本義廢矣.) 고 설명하였다. 조자造字의 측면에서 살펴볼 때, "독獨"자는 형부 견犬의 뜻을 따르며, 개는 싸우고 이빨로 무는 것을 좋아해 혼자 지내는 성질 때문에 인신하여 단독單獨이라는 뜻과 전념한다는 뜻이 나왔다고 하는 말은 어느 정도 설득력이 있지만, 단옥재가 사의의 인신을 가차에 귀납시켜 놓은 점은 분명 타당이 부족하다고 하겠다.

세 번째는 본자에 지나치게 얽매였다는 점이다.

단옥재는 주에서 허신이 『설문』의 본자本字에 너무 지나치게 얽매여 『설문』에 실려 있는 형체가 모두 본자의 본의本義라고 단정하였다. 그래서 그는 무릇 고서의 글자가 『설문』의 본자에 부합되지 않으면 모두 가차라고 칭하였다. 예를 들면, "전專"은 마땅히 "전嫥"으로 써야 하며, "성省"은 마땅히 "성渻"으로 써야 하며, "거居"는 마땅히 "고凥"로 써야 한다는 등등, 주에서는 모두 『설문』의 본자를 그대로 따랐다.

허신이 확정지은 본자는 모두 자형을 근거로 판단한 것이었다. 당시의 자형 중에는 이미 와변訛變된 것이 많았기 때문에, 자형을 근거로 추리해 판단한 본의에 오류가 생기는 것은 당연한 일이었다. 상고시대 문헌에는 동음가차同音假借가 대단히 보편화되어 있었던 까닭에, 경전 중에서 자주 사용하는 뜻이 종종 『설문』의 본의와 부합되지 않는 경우가 발생하였다. 더욱이 문자의 사용은 사회적으로 약속된 규칙을 따르는 것이 원칙인 까닭에, 『설문』의 본자에 얽매여 자기주장만을 내세우는 것은 역사적 발전 관점에도 부합되지 않는다. 일찍이 심겸사沈兼士는 『단연재잡문段硯齋雜文』에서 "언어를 표시하는 문자는 반드시 본자만을 사용하지는 않는다. …… 언어는 시대를 따라 점점 더 많이 생성되는 까닭에, 후에 생긴 언어의 본자가 반드시 고서에 있다고 할 수는 없다."고 했는데, 이 말이야말로 정확한 견해라고 할 수 있다.

2) 계복과 『설문해자의증』

(1) 계복의 생평과 『의증』의 찬술 목적

계복桂馥(1736~1806년)의 자는 동훼冬卉이고, 호는 미곡未谷이며, 산동성 곡부曲阜 사람이다. 건륭 55년(1790년)에 진사가 되어 운남雲南 영평현永平縣의 지현知縣을 지냈다. 관직에 있는 동안 선정善政을 많이 베풀었으며, 임지에서 세상을 마쳤다. 계복은 어려서 가학을 이어 받아 많은 책을 두루 섭렵하였으며, 특히 문자학 연구에 심혈을 기울여 성의聲義에 정통하였다. 그는 "학문을 하는 사람이 경전에 통달하지 않으면 실제에 능히 응용하지 못하며, 훈고를 분명하게 알지 못하면 경전에 능히 통달하지 못한다."(士不通經不足致用, 而訓詁不明不足以通經.)고 여겼다. 그렇기 때문에 그는 생원으로 시작한 40여 년의 관직 생활동안 매일 허신의 『설문』을 꺼내들고 여러 경전의 뜻과 서로 소증疏證하여 『설문해자의증』 50권을 지었다.

이는 근원을 찾고자 했던 그의 일생의 노력과 정력의 소산이다. 계복의 또 다른 저서로는 『설문해성보고증說文諧聲譜考證』·『무전분운繆篆分韻』·『찰박札朴』·『만학집晩學集』·『미곡시집未谷詩集』 등이 있다.

계복은 젊은 시절에 일찍이 우공優貢(매 3년마다 각 생원 중에서 우수한 인재로 뽑힌 자)으로 북경의 국자감에 파견되어 공부하게 되었다. 이때 그는 환파皖派의 대가였던 대진戴震과 가까이 지냈는데,

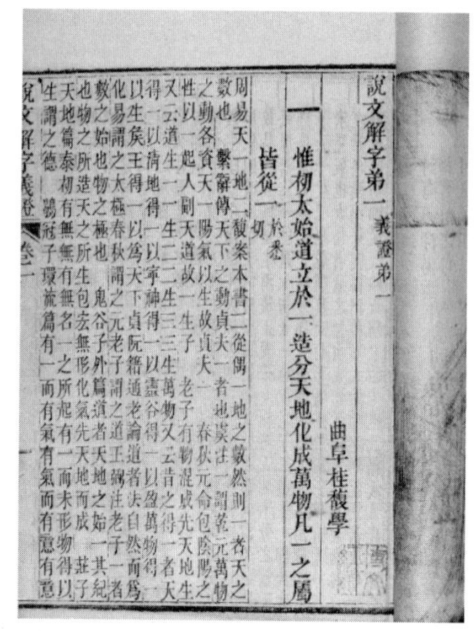
說文解字弟一 義證弟一

曲阜桂馥學

一 惟初太始道立於一造分天地化成萬物凡一之屬皆從一 於悉切

周易天一地二馥案本書二從偶一地之數然則一者天之數也 繫辭傳天下之動貞夫一者也虞注一謂乾元萬物之動各資天一陽氣以生故貞夫一 春秋元命包陰陽之性以一起人副天道故一生一生子 老子有物混成先天地生又云道生一一生二二生三三生萬物又云昔之得一者天得一以清地得一以寧神得一以靈谷得一以盈萬物得一以生侯王得一以為天下貞阮籍通老論道者法自然而爲化易謂之太極春秋謂之元老子謂之道王弼注老子一者數之始也物之極也 鬼谷子外篇道者天地之始一其紀也物之所造天之所生包宏無形化氣先天地而成 莊子天地篇泰初有無無有無名一之所起有一而未形物得以生謂之德 鶡冠子環流篇有一而有氣有氣而有意有意

說文解字義證卷一

桂馥의 『說文解字義證』

대진이 그에게 준 영향은 매우 크다. 대진은 훈고로 의리義理를 밝힐 것을 주장하였는데, 대진의 이러한 영향을 받은 계복은 마침내 『설문』연구에 있어 글자의 뜻을 증명하는 의증義證 위주의 방법을 떠올리게 되었다. "의증義證"은 여러 가지 서적을 널리 인용해 『설문』 중의 자의를 증명하는 것을 말한다. 계복은 일찍이 스스로 "『양서梁書·공자거전孔子袪傳』에서 '고조高祖는 『오경강소五經講疏』와 『공자정언孔子正言』을 편찬하고, 공자거孔子袪로 하여금 여러 서적을 살펴 그 뜻을 증명하도록 하였다.' 계복이 『설문』학을 연구할 때도 역시 여러 서적에서 그 증명을 취했기 때문에, 제목을 『의증義證』이라고 한 것이다."고 밝혀 놓았다.

(2) 『설문해자의증』의 체례와 특징

계복의 『설문』연구 출발점은 『설문』 본래의 면목에 의거해 『설문』을 연구하는 것이었다. 그가 『의증』을 편찬한 원칙은 첫 번째로 고서의 문의文義를 참조해 『설문』의 석의釋義를 증명하는 것이며, 두 번째는 예증例證의 편차編次 속에서 취사선택하는 것이었는데, 이는 바로 호박안이 "『설문의증』을 지을 때 역시 고적을 열거하고, 부部 아래에 자신의 견해를 첨부해 놓았다. 방증할만한 자료를 널리 인용하고 점차 증가시켜 나가 읽는 이가 저절로 통할 수 있도록 하였다. …… 그 책은 각 글자마다 깊이 파고들어 탐구하고 여러 책을 인용해 증명하였는데, 혹은 몇 가지 뜻이나 혹은 십여 가지 뜻이 같은 이치로 통할 수 있게 하였다."(其著『說文義證』也, 臚列古籍, 部下己意. 博引旁證, 展轉孳乳, 使人讀之觸類自通.……其書每字鉤玄探賾, 證引群書, 或數義, 或十數義, 同條共貫.)(『중국문학사中國文字學史』)고 말한 바와 같은 것이다. 『의증』의 체례는 두 부분으로 구성되어 있다. 첫 번째 부분에서는 예증을 통해 『설문』의 자두字頭에 대한 본의를 증명하였으며, 두 번째 부분에서는 고서의 실례를 널리 인용해 허신의 해설을 증명하였다. 예를 들면,

> "환環은 옥이다. 가운데의 구멍이 만약 같으면 그것을 환環이라 한다. 옥玉은 형부이고, 경瞏은 성부이다."(環 : 璧也. 肉好若一謂之環. 從玉, 瞏聲.)

『의증』에서는 『좌전 · 소공昭公』 16년의 "선자유환宣子有環"이라는 말에 대해, 주에서는 "옥환玉環"이라고 하였으며, 『진어晉語』의 "이환석

언以環釋言"이라는 말에 대해서 위주韋注에서는 "환環은 옥으로 만든 고리이다. 환環은 돈다는 뜻이다."(環, 玉環. 環, 還也.)고 하였다. 『세본世本』에서는 "순임금 때 서왕모가 흰 옥고리와 패옥을 바쳤다."(舜時西王母獻白玉環及玦.)고 하였으며, 『손자孫子·병세兵勢』편에서는 "기습과 정공법이 서로 보완함이 마치 순환循環하는 것처럼 끝이 없으니, 누가 능히 그것을 궁구할 수 있겠는가?"(奇正相生, 如循環之無端, 孰能窮之哉.)고 하였으며, 『회남자·설림훈』에서는 "둥근 옥으로 둥근 모양을 비유할 수 있으니, 수레바퀴를 가지고 둥근 모양을 비유할 필요가 없다."(環可以喩員, 不可以輪.)고 하였다. 가운데 구멍이 같은 것을 환環이라고 말한 것이 『석기釋器』에 보인다. 『좌전정의左傳正義』에서는 이순李巡의 말을 인용해 "그 구멍과 가장자리의 크기가 알맞은 것을 환環이라 한다."고 하였다. 『급취편』에 "옥결환패미종용玉玦環佩靡從容"이라는 말이 있는데, 안주顔注에서 "가운데 구멍이 같은 것을 환環이라 말한 것은 구멍과 몸체의 광협廣狹(넓고 좁음)과 풍쇄豊殺(풍부함과 마름)가 바르고 가지런한 것을 말한 것이다.'(『昭十六年左傳』: "宣子有環." 注云: "玉環."『晉語』: "以環釋言."韋注: "環, 玉環. 環, 還也."『世本』: "舜時西王母獻白玉環及玦."『孫子·病勢篇』: "奇正相生, 如循環之無端, 孰能窮之哉."『淮南·說林訓』: "環可以喩員, 不可以輪." 肉好若一謂之環者, 『釋器』文. 『左傳正義』引李巡曰: "其孔及邊肉大小適等曰環."『急就篇』: "玉玦環佩靡從容." 顔注: "肉好若一謂之環, 言孔及質廣狹豊殺正齊也.")고 말하였다.

또 하나 더 예를 들면,

"주走는 달린다는 뜻이다. 형부 요夭와 지止로 이루어진 회의자이다. 요지夭止는 발을 구부린다는 뜻이다."

(走 : 趣也. 從夭止. 夭止者, 屈也.)

『의증』에 "본서에서 분奔은 달린다는 뜻이며, 주走자와 뜻이 같다." 고 하였다. 취趣란 『석명釋名』에서 "빨리 가는 것을 주走라 한다. 주走는 달린다(奏)는 뜻이며, 재촉해 달려가 이르는 곳이 있는 것이다."고 하였다. 『대대례大戴禮 · 제후천묘편諸侯遷廟篇』에서는 "자리에 있는 사람이 잰 걸음으로 빨리 물러난다."고 하였는데, 노변盧辯의 주에서 "주走는 빨리 가는 것이다."고 하였다. 『회남자 · 인간훈』에서는 "주走란 사람이 달려가는 것이다."고 하였다. 『홍무정운洪武正韻』에서는 "주走는 빨리 가는 것이다."고 하였다. 『맹자』에서는 "짐승이 넓은 들판으로 달려가는 것이다."고 하였다. 『동중서전董仲舒傳』에서는 "마치 물이 아래로 빠르게 흘러가는 것과 같다."고 하였다. 『항적전項籍傳』에서는 "한나라 군사가 모두 남쪽 산으로 달아났다."고 하였다. 『고기高紀』에서는 "강가에 진을 친 군사 쪽으로 달려갔다."고 하였고, 또한 "채찍질하여 빨리 달리게 하였다."고 하였다. 요지夭止를 굴屈이라고 한 것은 본서에서 "지止"는 발을 가리키고, 요夭는 구부린다고 했기 때문이다.(『義證』 : 本書, 奔 : 走也, 與走同意. 趣也者, 『釋名』 : "疾趣曰走. 走, 奏也, 促有所奏至也." 『大戴禮 · 諸侯遷廟篇』 : "在位者皆反走." 盧辯注云 : "走, 疾趣也." 『淮南 · 人間訓』 : "走者, 人之所以爲疾也." 『洪武正韻』云 : "走, 疾趣之也." 『孟子』 : "獸走壙." 『董仲舒傳』 : "如水之走下." 『項籍傳』 : "漢軍皆南走山." 『高紀』 : "走水上軍." 又 : "驅而走之也." 夭止者屈也者, 本書, "止"爲足. 夭 : 屈也.)고 하였다.

『의증』의 가장 큰 장점은 자료가 풍부하다는 점이다. 광범위하게 자료를 수집해 경사자집經史子集이 그 안에 포함되지 않은 것이 없으며, 또한 이러한 자료들은 그의 심혈을 기울인 노력을 거쳐 편집되어 나온 것이었다. 그래서 왕균은 계복을 추앙하여 『설문석례·자서』 중에서 "계복이 글자의 뜻을 증명하기 위해 인용한 자료들이 비록 풍부하지만, 앞뒤가 서로 연관되어 있어 조리가 분명하고, 앞에서 말을 다하지 못한 것은 뒤의 말로 보충하였고, 앞의 말에 잘못이 있으면 뒤의 말로서 바로잡았다. 무릇 인용에 있어서도 모두 차례가 있으며, 허신의 말을 충분히 통달하고 나서야 멈추었다."(桂氏證引雖富, 脈絡貫通, 前說未盡, 則以後說補苴之; 前說有誤, 則以後說辯正之. 凡所稱引, 皆有次第, 取足達許說而止.)고 언급하였다.

계복은 『의증』을 찬술할 때, 또한 『광운』 등의 책에 의거해 『설문』을 정정訂正하였으며, 『옥편』과 『광류정속匡謬正俗』, 그리고 본서의 해설에 의거해 115字와 중문重文 4자를 더해 총 119자를 보충하였다. 『의증』은 대서본 『설문』을 근거로 삼았지만, 그러나 오히려 대서본 『설문』의 "신증자新增字"에 대해서는 증명을 하지 않았는데, 이것은 우리가 주의를 기울여야 할 부분이다.

계복과 단옥재는 동일한 시대에 생활하였고, 두 사람 모두 『설문』을 연구하였지만, 각자 자신만의 특징을 가지고 있다. 단옥재의 책은 세상에 나오자마자 바로 천하에 이름을 떨쳤으나, 계복의 원고는 그가 세상을 떠난 후 근 50년이라는 세월이 흐른 후, 즉 함풍咸豊 2년(1852년)에야 비로소 책으로 출간되어 나왔다. 이후 왕균의 추앙과 장지동張之洞의 선전으로 인해 비로소 단옥재와 계복이 이름을 나란히 할 수 있게 되었다. 장지동은 『설문해자의증·서』에서 "무릇 단옥재의 책은 소리와 뜻을 함께 밝혔으며, 특히 소리에 대한 조예가 깊었다. 계복의 책은 소리 역시 언급하기는 했지만, 특히 뜻에 대해 정통하였다. 단옥재는 깊은 이치를 찾아내기 위해 비교할 수 없는 것을 가지고 비교하였을 뿐만 아니라, 스스로 능히 허신의 뜻에 부합된다고 여겨 지나친 자신감을 보여주었지만 스스로 일가를 이루었다고 말할 수 있다. 그렇기 때문에 파자破字(한자의 자획을 풀어서 나눔)와 창의創義가 많다. 계복은 전적으로 허신의 설을 도와 분명하게 널리 통할 수 있도록 인신에 집중해 학자들에게 그 뜻이 귀착되는 곳을 스스로 얻을 수 있게 하였다. 그러므로 단옥재의 책은 간략해 빠른 시간 안에 통달하기 어렵고, 계복의 책은 번다하지만 깊이 파고들어 성찰해보면 쉽게 알 수 있다. 무릇 마음에서 얻은 것을 말한다면 단옥재가 더 낫다고 하겠지만, 사람들에게 편한 것으로 말한다면 단옥재가 그보다 앞서지는 못한다."(蓋段氏之說, 聲義兼明, 而尤邃于聲; 桂氏之書, 聲亦竝及, 而尤博于義. 段氏鉤索比傅, 自以爲能冥合許君之旨, 勇于自信, 自成一家之言, 故破字創義爲多; 桂氏專佐許說, 發揮旁通, 令學者引申貫注, 自得其義之所歸. 故段書約而猝難通辟, 桂書繁而尋省易了. 夫語其得于心, 則段勝矣; 語其便于人, 則段或未之先也.)고 말하였다. 간략하게 말해서, 단옥재의 책은 논단이 과감하여 주관적인 입장에 가깝고, 계복의 책은 일일이 열거해 객관적인 입장에 가깝다고 할 수 있다.

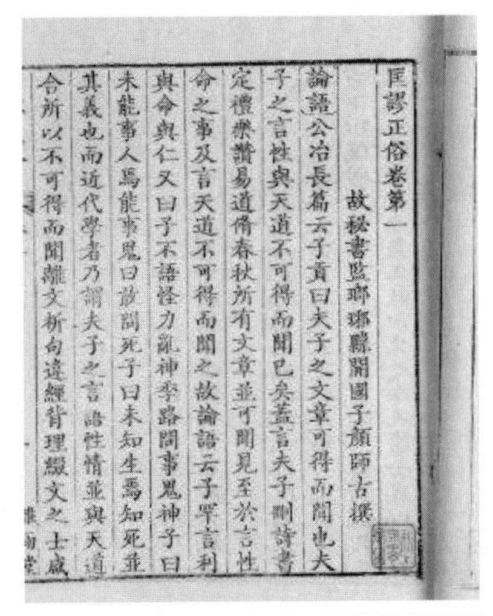
匡謬正俗卷第一
故秘書監琅琊縣開國子顏師古撰
論語公冶長篇云子貢曰夫子之文章可得而聞也夫
子之言性與天道不可得而聞已矣蓋言夫子刪詩書
定禮樂贊易道脩春秋所有文章並可聞見至於言性
命之事及言天道不可得而聞之故論語云子罕言利
與命與仁又曰子不語怪力亂神季路問事鬼神子曰
未能事人焉能事鬼曰敢問死子曰未知生焉知死並
其義也而近代學者乃謂夫子之言謂性情並與天道
合所以不可得而聞離文析句遺經背理綴文之士感

顏師古의 『匡謬正俗』

『의증』의 결점은 우선 허신의 설에 억지로 맞추려고 했다는 점에 있다. 그는 감히 허신의 해설을 비방하거나 혹은 바르게 고친 것이 없다.

예를 들면, "조爪"부部에서 "위爲는 어미 원숭이다."(爲, 母猴.)고 하였는데, 이에 대해 『의증』에서는 "어미 원숭이다. 육기陸機는 초나라 사람들은 이를 목후沐猴라 말한다고 했는데, 나는 목沐과 모母의 소리가 가깝다고 생각한다."(母猴也者, 陸機云 : 楚人謂之沐猴. 馥謂沐、母聲近.)고 하였다. 목沐과 모母가 음이 비슷하므로, 목후沐猴가 바로 모후母猴라고 증명할 수는 있겠지만, "위爲"자가 어떻게 모후母猴인지는 증명할 수가 없다. "수殳"부部에서 "전殿은 치는 소리이다."(殿, 擊聲也.)라고 했는데, 이에 대해 『의증』에서는 "내가 살펴 보건데, 격성擊聲이란 이른 바 물러서라고 외치는 소리이다."(馥案, 擊聲者, 所謂呵殿也.)고 생각된다. 가전呵殿은 결코 치는 소리가 아니며, 이렇게 뜻을 증명한 것은 대단히 억지를 부린 것이다. 그 다음은 증명을 위해 지나치게 광범위한 내용을 인용하고 있어 체례가 일정하지 않다는 점이다. 예를 들면, "초艹"부部에서 "검芡은 계두鷄頭(물에서 나는 식물, 즉 가시연)이다."(芡, 鷄頭也.)고 했는데, 『의증』에서는 "소철蕭徹의 시에서 '芡葉初生縐如穀, 南風吹開輪轉穀. 紫苞青刺攢蝟毛, 水面放花波裏熟. 森然赤手初莫近, 誰料明珠藏滿腹.'"라고 읊었으며, 『환우기寰宇記』에서는 "漢陽軍出芡仁"이라고 했는데, 이러한 것은 문장을 수식하는 자료에 속하는 것이지, 문자학이나 사휘학詞彙學에 대한 의의는 그다지 크지 않은 편이다.

3) 왕균과 『설문석례』, 『설문구두』

(1) 왕균의 생평과 저술

왕균王筠(1784~1854년)의 자는 관산貫山이고, 호는 녹우菉友이며, 산동성의 안구安丘 사람이다. 도광道光 원년(1821년)의 거인擧人이며, 관직은 산서성의 영향寧鄕 지현知縣을 지냈다. 『설문』연구에 있어서 그는 전대의 여러 학자들의 설을 종합하고 분석해 후인들에게 『설문』연구의 통로를 열어주었다고 할 수 있다. 저서로는 『설문석례說文釋例』·『설문구두說文句讀』·『문자몽구文字蒙求』·『설문계전교록說文繫傳校錄』 등이 있다.

(2) 『설문석례』의 내용과 특징

『설문석례』는 "육서"의 설명과 『설문』을 귀납하는 체례에 초점을 맞춰 『설문』을 가지고 『설문』을 증명했기 때문에, 『설문해자』 연구에 있어 중요한 참고 서적이라고 할 수 있다. 이 책은 도광 정유년(1837년)에 완성되었다. 왕균의 『석례』가 편찬되기 이전에 이미 단옥재의 『설문해자주』가 세상에 간행되어 나왔다. 비록 단옥재의 책 속에서 『설문』체례에 대해 밝혀놓은 것이 많다고는 하지만, 그가 글자를 따라 주석하는 찬술방식을 채택하면서 요점을 간명하게 제시하거나 조목마다 조리 있게 분석할 수가 없었던 까닭에 자세하고 완전하게 갖추지는 못했다. 이러한 점을 감안해 왕균이 마침내 『설문석례』를 찬술하였던 것이다. 그는 『석문석례·서』에서 말하길,

균筠은 어려서 전서篆書와 주문籒文을 좋아해 정자正字와 속자俗字를 가리지 않았다. 내 나이 30살에 가까워 『설문』을 읽고 좋아하게 되었다. 매번 책을 볼 때마다 반드시 한 번씩 필독하였는데, 속각俗刻 『오음운보』 역시 필독하였다. 양조羊棗하고 회자膾炙한지 20년이 되어서야 비로소 고인이 책을 만든 뜻과 허신이 책을 저술한 체제, 그리고 천여 년 동안 전사傳寫하면서 변하고 혼란스럽게 된 원인과 정신鼎臣(서현)이 제멋대로 고친 잘못에 대한 마음속의 의문이 풀리게 되었다. 그래서 조목조목 세밀하고 조리 있게 분석해 그 뜻을 소통시켰다. 체례에 얽매인 것은 전대 사람의 견해를 그대로 답습한 것이 아니라, 나 개인의 생각일 뿐이다.(筠少喜篆籒, 不辨正俗, 年近三十, 讀『說文』而樂之. 每見一本, 必讀一過, 卽俗刻『五音韻譜』亦必讀也. 羊棗膾炙, 積二十年, 然後于古人制作之意, 許君著書之体, 千餘年傳寫變亂之故, 鼎臣(徐鉉)以私意竄改之繆, 犁然辨晳, 具于胸中. 爰始條分縷析, 爲之疏通其意. 体例所拘, 無由沿襲前人, 爲吾一家之言而已.)

왕균은 독창적인 정신이 매우 풍부하였다. 그래서 그는 『석문구두·서』에서 이러한 점에 대해 자랑스럽게 『석문석례의』의 편찬 동기에 대해 언급해 놓았다.

나는 평생을 오로지 하나의 뜻에 매진하여 남의 자리를 빼앗거나 남의 말을 베끼는 것을 좋아하지 않았는데, 이것이 바로 『설문석례』를 저술하게 된 이유이다. 영원永元(89~105년)부터 오늘에 이르기까지 천백여 년 동안 안지추顔之推 일가가 여러 대에 걸쳐 모두 이 분야에 정통하였으나, 지금 세상에 전하는 책은 없다. 이서二徐의 책이 비록 전해지기는 했지만, 대부분 거칠고 간략한 측면이 많다. 더구나 이도李燾가 그 순서를 뒤섞어 놓음에 따라 각 부部에 의거해 모아서 분류하고 배열한 맥락을 짚어볼 수 없게 되었다. 그래서 많은 서적을 두루 섭렵했던 고정림顧亭林은 오직 『오음운보』만을 보고서 조리가 없이 난삽하다고 생각해 때때로 비난을 하였다. 사실 단옥재가 난무하는 이설異說을 힘써 제거해 허신과 한 마음으로 서로 부합시키지 않았다고 한다면, 세상에서 어찌 『설문』이 있는 줄 알 수 있었겠는가! 처음 통례를 만들었으나 체재에 얽매여 상세하게 설명하지 못했다. 이 때문에 내가 자료를 모아 전문적인 책을 만들어 제각기 갈 길을 가게 함으로써 허신의 뜻을 조금이라도 밝히고 단옥재가 갖추지 못한 것을 보충하였으니, 이 또한 옳은 것이라고 생각된다.(余平生孤行一意, 不喜奪人之席, 剿人之說, 此『說文釋例』之所爲作也. 自永元以至今日, 凡千七百餘年, 顔黃門一家數世, 皆精此業, 而未有傳書. 二徐書雖傳, 多涉草略. 加以李燾亂其次第, 致分別部居之脉絡不可推尋. 故博極群書之顧亭林, 只見『五音韻譜』, 以其雜亂無章也, 時時訾謷之. 苟非段茂堂力辟榛蕪, 與許君一心相印, 天下亦安知有『說文』哉 ! 惟旣創爲通例, 而体裁所拘, 未能詳備. 余故輯爲專書, 與之分道揚鑣, 冀少明許君之奧旨, 補茂堂所未備, 其亦可矣.)

『설문석례』는 모두 20권으로 이루어져 있으며, 1권에서 5권까지는 주로 "육서"의 조례를 설명해 놓았고, 6권에서 11권까지는 주로 동부중문同部重文·이부중문異部重文·분별문分別文·누증자累增字·열문列文의 순서·설해·독약讀若 등의 조례를 설명해 놓았다. 12권12에서 14권까지는 주로 탈문脫文·연문衍文·오자誤字·보전補篆·산전刪篆·개전改篆·규서規徐 등의

說文釋例卷一
安邱王筠貫山學
六書總說
漢書藝文志曰六書謂象形象事象意象聲轉注假借造
字之本也顏注曰象形謂畫成其物隨體詰詘日月是也
象事即指事也謂視而可識察而見意上下是也象意即
會意也謂比類合誼以見指撝武信是也象聲即形聲謂
以事爲名取譬相成江河是也轉注謂建類一首同意相
受考老是也假借謂本無其字依聲託事令長是也文字

王筠의 『說文釋例』

교감에 대해 설명해 놓았다. 15권에서 20권까지는 의심나는 부분, 즉, 『설문』 각 권 중에서 타당성이 부족한 부분에 대한 질의가 수록되어 있다. 『석례』 중에 보이는 이부중문異部重文·분별문分別文·누증자累增字 등의 논술에 대해서 황간黃侃 선생은 불후의 학설이라고 논평하였다. 전서를 『설문』의 체례에 귀납시킴에 따라 모두 54조목으로 구성되어 있다. 이 점에 대해 호박안은 "『석례』는 『설문해자』에 대한 분석에서 그 조리를 얻었다고 말할 수 있다. 단옥재가 비록 이것을 보았다고 해도 조리 있는 분석을 할 수 없었기 때문에, 『석례』와 같이 명확한 견해를 밝히지 못했을 것이다. 왕균 이전에는 『석례』와 같은 책이 없었으며, 왕균 이후 그의 뒤를 이어 연구하는 사람들 역시 왕균처럼 이렇게 세심하지는 못할 것이다."(『釋例』對于『說文解字』一書, 可謂分析而得其條理矣. 段氏雖見及于此, 然不能條理分析, 無如是之明顯也. 王氏以前, 無此『釋例』之本; 王氏之後, 踵而爲之者, 皆不能周密如王氏也.)(『중국문자학사中国文字學史』)고 논평하였다. 청대의 많은 문자학자들 역시 『설문』의 체례를 해석해 책을 엮기는 했지만, 후대 학자들에게 충분히 길을 열어준 책은 당연히 『설문석례』를 꼽을 수 있을 것이다.

그러나 『석례』의 결점은 지나치게 번잡하고 장황하다는 데 있다. 정례正例 이외에 변례變例를 세우고, 또한 허신을 위해 한쪽으로 치우쳐 왜곡된 학설을 주장했는데, 이는 취할 만한 것이 못된다. 더욱이 전서全書의 편폭

이 천 페이지에 가까워 이 또한 지나치게 장황한 느낌을 준다.

(3) 『설문구두』의 내용과 특징

『설문구두』는 도광道光 경술년(1850년)에 저술되었다. 본래 『설문』을 처음 배우는 사람들이 읽기 편리하도록 편집하여 저술한 책이다. 왕균은 『설문구두 · 서』에서 말하길,

> 내가 『설문』을 전사해 준 사람들은 대부분 『설문』을 잘 알지 못했다. 그래서 여러 책에서 인용한 내용의 결함을 보충해야 한다고 생각하여 마침내 무당茂堂 · 엄嚴(可均)철교鐵橋 · 계미곡桂未谷 등 세 분의 군자가 모은 것을 취한 다음, 여기에 내가 쓴 원고를 보태어 혹은 늘리고, 혹은 삭제하고, 혹은 고쳐서 초학자가 『설문』을 읽고 배우기 편리하도록 하였다. 그러한 까닭에 이 책의 이름을 『구두』라 한 것이다. (余以『說文』傳寫多非其人, 群書所引有可補苴, 遂取茂堂及嚴(可均)鐵橋、桂未谷三君子所輯, 加之手集者, 或增或删或改, 以便初學誦習, 故名之曰『句讀』)

왕균은 『구두』의 범례 중에서 또 말하길,

> 이 책을 처음 집록할 때는 다만 그 구두를 분명하게 밝히고자 하는 생각뿐이었다. 그런데 이미 세 권에 이르렀을 때, 진설당陳雪堂과 진송남陳頌南이 나에게 통찬通纂할 것을 재촉하여, 이에 『설문의증』과

『설문해자주』를 취해 번거로운 곳은 삭제하고 요점만을 추려서 이 책을 완성하였다. 간혹 단옥재와 계복의 설이 같을 경우에는 계복의 설을 많이 취하였다. 이 책이 아직 세상에 나오지 않은 까닭에, 그 대강의 내용을 간단하게나마 남겨두고자 한다. 조리에 맞춰 세밀하게 분석한 점은 계미곡(계복)이 더욱 뛰어나다. 다만 두 사람의 견해가 서로 일치되지 않는 곳만 내 스스로 고찰해 언급했지만, 이 역시 천백여 가지 일에 지나지 않는다. (此書之初輯也, 第欲明其句讀而已. 已及三卷, 而陳雪堂、陳頌南迫使通纂, 乃取『說文義證』·『說文解字注』, 刪繁擧要以成此書. 其或二家說同, 則多用桂氏說. 以其書未行, 冀少存其梗概；且分肌擘理, 未谷尤長也. 惟兩家未合者, 乃自考以說之, 亦不過一千一百餘事.)

이 글을 통해서 왕균의 『설문구두』가 친구 권유로 인해 계복·단옥재·엄가균의 견해를 취하고, 자신의 견해를 덧붙여 쓴 것임을 알 수 있다.

서명을 『설문구두』라고 칭한 이유에 대해, 왕균은 "범례" 속에서 다음과 같이 말하였다.

한나라 때 사람들의 경설經說은 대체로 장구章句를 가지고 이름을 삼았으나, 청대 장張(爾岐)호암蒿庵의 『의례정주구두儀禮鄭注句讀』에서만 홀로 『구두』라는 이름을 세웠는데, 이는 자신을 낮춘 것이다. 그렇지만 『의례』경經에는 『장구章句』가 있고, 주注에는 다만 『구두』만 있을 뿐이다. 즉 그 이름 역시 사실을 기록했기 때문이다. 내가 이 책을 찬술한 것은 허신의 설을 소해疏解하기 위함이니, 감히 내세울만한 장章

이 없다. 이로써 남몰래 내 자신을 고암에게 견주어본다.(漢人經說, 率名章句. 而張(爾岐)蒿庵『儀禮鄭注句讀』獨立此名者, 謙也. 然『禮儀』經有『章句』, 注但有『句讀』而已, 則其名亦所以紀實也. 余纂此書, 則疏解許說, 無章可言, 是以竊比蒿庵.)

여기서 왕균이 말한 의미는 고서의 주해 체례에 의거하여 경전의 원문에 주석을 붙인 것을 『장구』라고 칭하며, 만일 주해에 다시 주석을 붙인 것이라면 오직 『구두』라는 명칭만을 붙일 수 있다는 말이다. 그의 책은 주로 『설문』에 대한 이름 있는 학자들의 주석을 집록한 것으로, 자신의 견해는 많지 않기 때문에 자신을 낮추어 『구두』라고 말한 것이다.

『설문구두』는 모두 30권으로 구성되어 있는데, 1권에서 28권까지는 『설문』 1권에서 14권까지를 나누어 해석하였고, 29권에서는 『설문 · 서』를 해석하였다. 그리고 30권은 부록으로, 장화蔣和의 『설문부수표說文部首表』 · 엄가균嚴可均의 『허군사적고許君事迹考』 · 『설문교의說文校議 · 통론通論』 · 모의毛扆와 계복桂馥의 설說 · 서개徐鍇의 『계술繫述』 · 서현徐鉉의 『진설문표進說文表』 등의 내용을 집록해 놓았다.

왕균은 『설문구두』 중에서 구두와 어기語氣에 대해 대단히 주의를 기울였다는 사실을 알 수 있다. 예를 들면,

"천天은 정수리이다. 지극히 높아 위가 없다. 형부 일一과 대大로 이루어졌다."

天 : 顚也. 至高無上. 從一大. (卷一)

『구두』에서 말하길 "전顚은 정수리이며, '일대一大'와 서로 그다지 일치하지 않기 때문에, '지고무상至高無上'이란 말을 보태어 이끌어 내

었다. 만약 뜻과 형체가 서로 만났다면, '지고무상'이란 이 구절은 없었을 것이다. 뒤는 이를 그대로 따른다."(顚者頂也, 與'一大'不甚相中, 故加'至高無上'以引起之. 若義與形相值者, 則無此句矣. 後仿此.)

"제禔는 안녕한 복이다. 시示는 형부이고, 시是는 성부이다."

禔 : 安福也. 從示, 是聲. (卷一)

"단옥재의 주에서는 '복福'자를 삭제하였다. 『구두』에서는 '안安'자 아래에서 구句를 끊어 말하길, 『옥편』에서는 "제禔는 복福이고, 안安이다."고 하여 두 가지 뜻이 다 있다고 하였다. 그러나 허신은 오히려 제禔는 안安이며, 안安은 복福이라고 하여 하나의 뜻으로 보았다. 『난촉노문』에서는 "안과 밖이 제복禔福하다."고 하였다. 내가 살펴 보건데, "제복禔福"을 함께 이어서 쓴 것은 복어復語이지만, 그러나 허신이 "안安"자를 보탠 것은 "안安"은 복이 나오는 근원이기 때문이다. 『법언』에서 제신禔身은 바로 안신安身이다. 『방언』에서는 "제禔는 복福이다."고 말하였다."(段注刪去'福'字. 『句讀』于'安'字下斷句, 云 : 『玉篇』 : "禔, 福也, 安也."以爲兩義, 許君則云禔也者安也, 安也者福也, 以爲一義. 『難蜀老文』 : "中外禔福, " 案"禔福"連言, 是復語, 而許君加"安"字以原其福之所自. 『法言』之禔身, 卽安身也. 『方言』曰 : "禔, 福也.")

"체禘는 제사를 살피는 것이다. 시示는 형부이고, 제帝는 성부이다."

禘 : 諦祭也. 從示, 帝聲. (卷一)

단옥재의 주에서는 "체제諦祭"를 연독連讀하였다. 『구두』에서는 "체諦"자 아래에서 구句를 끊고 말하길, 『백호통』에서는 "체禘는 살피는 것을 말한다."고 하였고, 노식盧植은 "섬겨 존중하고 밝게 살핀다."(事尊明諦)고 하였고, 황간은 "소昭와 목穆을 자세히 살핀다."고 하였고, 최영은崔靈恩은 같다(等)는 뜻이라 하였고, 가규賈逵는 갈마들다(遞)는 뜻이라 하였는데, 이는 모두 소리(聲)를 가지고서 뜻(義)을 해석한 것이다. 따라서 "체諦"자는 마땅히 구句를 끊어야 하며, 제야祭也라고 해야 한다는 것을 알 수 있으며, "야也"자는 명사로 해석해야 한다. 예를 들면, "어魚"부部 중의 "어야魚也"를 대서본에서는 대부분 "물고기 이름"이라 하고 있는데, 비록 후인이 함부로 고친 것이라고 해도 뜻은 본래 틀리지 않았다. 그러므로 여기서는 "체제명야諦祭名也"라고 말해서는 안 된다. 뒤는 모두 이를 그대로 따른다.(段注"諦祭"連續. 『句讀』于"諦"字下斷句, 云 : 『白虎通』云 : "褅之爲言諦也." 盧植曰 : "事尊明諦." 皇侃曰 : "審諦昭穆也." 崔靈恩曰 : 等也; 賈逵曰 : 遞也, 均以聲解義. 知"諦"字當絶句者, 祭也, "也"字作名字解, 如"魚"部中"魚也", 大徐本多作"魚名", 雖後人妄改, 義固不誤, 此不可云"諦祭名也". 後皆仿此.)

이외에도 왕균은 또한 어법語法의 분석에 주의를 기울였다. 예를 들면,

"보補는 옷을 깁는 것을 말한다. 의衣는 형부이고, 보甫는 성부이다."
補 : 完衣也. 從衣, 甫聲.) (卷十五)
"『구두』에서 완完은 동사라고 하였다." (『句讀』云 : 完, 動字.)

"위危는 높은 곳에 있어서 무섭다는 뜻이다."
危 : 在高而懼也. (卷十八)

『구두』에서 말하길, 첨产과 위危는 대개 한 글자인데 동자動字(동사)와 정자靜字(형용사)로 나누었을 뿐이다. 사람이 언덕 위에서 높은 곳에 올라가 아래 깊은 곳을 쳐다보고, 사람이 고개를 들어 위를 쳐다보면 두려움을 느낀다. 이것은 단지 두려워할 만한 형상을 본뜬 것이기 때문에, 정자靜字라 말하였다. 위危는 동자動字이다.(『句讀』云：产・危蓋一字, 分動・靜耳. 人在厂上, 登高臨深, 人之仰之者代爲之栗矣. 此但擬一可懼之象, 故曰靜字. 危, 動字也.)

왕균이 말한 이른바 동자動字는 동사를 가리키며, 정자靜字는 형용사를 가리킨다.

왕균은 『구두』를 찬술할 때, 다른 학자들이 연구한 『설문』서적에 대해 자세한 비교와 변별을 진행하였다. 중복된 것이 있거나 삽입시킨 것이 있으면 하나하나 바르게 고치고, 의심이 나는 곳이 있으면 설명을 덧붙여 놓았다. 자체字體 측면에서도 여러 판본을 검토한 후에 그 중에서 가장 정확하고 적절한 하나를 채택하였다. 원고를 다 쓰고 나서 다시 읽어보고 보정補正할 부분이 있을 때는 각 권의 끝부분에 첨부해 놓았다. 『보정補正』 30권에서 왕균은 "함풍 4년(1854년) 8월에 다시 읽기 시작해 11월 말에 끝이 났다. 산개刪改하고 증익增益한 것이 대략 수 백 개인데, 이를 별도의 책으로 엮어 『보정』이라고 하였다. 11월 초 3일 동지에 기록하였다."(咸豐四年(1854)八月復閱之, 至十月杪而畢. 凡所刪改增益約數百事, 將別勒爲一冊, 刻爲『補正』. 十一月初三日冬至記.)고 기술해 놓았다. 또한 그의 아들 왕언동王彥侗의 부기附記에서 "선친께서는 이미 병석에 계셨으나 매일 별책別冊을 쓰시면서 손에서 놓으시지 않으셨으며, 제6권에 이르러 드디어 붓을 놓고 완성하셨다. 12월 초 9일에 병세가 위중하여 언동이 이 책을 마땅히

王筠의 『說文解字句讀』

출판해야 한다는 말로 청하자, 부친께서 이를 허락하셨으며, 그렇게 하신 후에 마침내 세상을 떠나셨다."(是時先大人已病, 猶日鈔別冊不釋, 至第六卷, 遂成絶筆. 十二月初九日, 疾革, 彦侗以是冊宜付梓爲請, 然之, 遂卒.)고 하였다. 이는 작자의 태도가 매우 엄숙하고 신중할 뿐만 아니라, 또한 필생의 정력을 다 소모하고 죽음에 이르러서야 비로소 붓을 놓은 상황을 설명해 주고 있다. 반조음潘祖蔭은 왕균의 이 책을 칭찬하며, "신중하게 널리 채택하고, 공평한 마음으로 실제와 부합되는 뜻을 구하고, 번잡하고 잡다한 설을 없앴다."(愼采博擇, 持平心, 求實義, 絶去支離破碎之說.)고 하였다.

왕균은 또한 『문자몽구』 4권을 찬술하였다. 서명은 원래 『자학몽구字學蒙求』였으며, 도광 8년(1838년)에 처음으로 발간하였다. 도광 26년(1846년)에 다시 발간하면서 지금의 이름으로 바꾸었다. 본서는 원래 친구의 요청을 받아들여 그의 손자에게 문자를 알도록 가르치기 위해 지었던 까닭에 "몽구蒙求"라고 하였는데, 이 말은 『주역』의 "동몽구아童蒙求我(몽매한 어린아이가 나에게 구한다)"라는 말에서 취한 것이다. 이 책은 『설문』 중에서 2천여 자를 발췌하여 해서와 전서를 함께 나열한 다음 허신의 해설에 의거해 다시 자세하게 설명을 붙였는데, 그 해석은 대체로 질박하고 꾸밈

이 없어 마땅하다는 평가를 받는다. 이 책을 편찬한 취지에 대해, 왕균은 『서』에서 "사람이 글자를 모르는 것은 그 병폐가 나누지 못하는 데에 있다. 만약 하나의 글자를 몇 개의 글자로 나누고자 한다면 점획을 늘이거나 줄여서는 안 되며, 또한 쉽게 기억하면서 잊기 어렵게 해야 한다. 처음 배울 때 먼저 어떤 것이 상형이고, 어떤 것이 지사인지를 알게 해야 한다. 또한 회의자는 이 둘을 합쳐 이루어지며, 형성자는 이 셋을 합쳐 이루어지는 것이니, 어찌 간략한 것을 잡고서 번다한 것을 제어하는 방법이 아니겠는가!"(人之不識字也, 病于不能分; 苟能分一字爲數字, 則點劃必不可以增減, 且易記而難忘矣. 苟于童蒙時, 先令知某爲象形某爲指事, 且會意字卽合此二者以成之, 形聲字則合此三者而成之, 豈非執簡御繁之法乎!)고 하였다. 이 책은 모두 4권이며, 상형 · 지사 · 회의 · 형성 등의 네 권으로 나누어 설명하였다. 이는 문자를 학습하는 입문서이다. 그렇기 때문에 아동뿐만 아니라 일반적으로 문자를 학습하는 사람에 대해서도 역시 훌륭한 입문서라고 할 수 있다.

(4) 왕균의 『설문』학에 대한 논평

왕균의 『설문』에 대한 연구는 시간적으로 약간 뒤지기는 하지만, 아래와 같이 전현前賢과 구별되는 세 가지 특징을 가지고 있다.

첫 번째는 광범위하게 열람하고 요점만을 간략하게 취해 자신의 견해를 덧붙였다는 점이다. 이러한 특징은 『설문구두』의 찬술에서 특히 두드러지게 나타나고 있다.

두 번째는 보급에 주의를 기울였다는 점이다. 청대의 『설문』 4대가 중에서 유일하게 왕균만이 문자학 보급에 신경을 많이 썼다. 그의 『석례』와 『구두』에 모두 점호點號(콤마 : 표점부호)를 표시하였는데, 이는 이전의 학자들이 찬술한 책에서 구두句逗(표점부호)를 표시하지 않은 것에 비해 하나의 새로운 진전이라고 할 수 있다. 또한 그는 고사를 인용해 문자학에 대한 흥미 유발에 신경을 썼다. 예를 들면,

· "해楷는 나무의 일종이다. 공자의 묘위에 심어져 있는 나무이다."

楷 : 木也. 孔子冢蓋樹之者. (권11)

『구두』에서 『수동일기水東日記』를 인용해 말하길, "오징吳澄이 오정도吳正道에게 묻기를, "해楷와 모模 두 글자가 가차입니까?" 오정도가 회남왕淮南王 안安의 『초목보草木譜』를 가지고 대답하길, "옛날에 모模나무가 자주 주공周公의 묘에서 자랐는데, 그 잎이 봄에는 푸르고, 여름에는 붉고, 가을에는 희고, 겨울에는 검은데, 색깔로써 그 바름을 얻었기 때문이다. 해楷나무는 공자의 묘위에 자랐는데, 가지들은 드물었지만 굽지 않았으니, 형체가 그 곧음을 얻었기 때문이다. 만약 바름과 곧음으로서 법칙으로 삼을 수 있거늘, 하물며 주공의 묘와 공자의 묘에 있어서랴!"(『句讀』云 : 『水東日記』 : "吳澄問吳正道曰 : "楷模二字, 假借乎?" 吳擧淮南王安『草木譜』以對曰 : "昔模數生周公冢上, 其葉春靑夏赤, 秋白冬黑, 以色得其正也; 楷木生孔子冢上, 其餘枝疏而不屈, 以質得其直也. 若正與直, 可爲法則, 況在周公 · 孔子冢乎!)

세 번째는 고문자의 자료를 가지고 자의를 설명하였다는 점이다. 왕균은 당시의 금석명각학金石銘刻學의 연구 성과를 이용해 고문자의 각도에서 문자에 담겨 있는 의미를 해석하였으며, 이와 아울러 허신의 정확하지 못한 일련의 해설을 바로잡았다. 『설문석례』 중에서 "목木"·"절折"·"지止" 등의 글자에 대한 분석은 모두 상당한 식견을 보여준 예라고 하겠다.

4) 주준성과 『설문통훈정성』

(1) 주준성의 생평과 저술

주준성朱駿聲(1788~1858년)의 자는 풍기豊芑이고, 호는 윤천允倩이며, 강소성의 오현吳縣 사람이다. 어려서 부친의 교육을 받았고, 13세 때는 경전을 읽기 시작했는데, 반드시 문자의 원류를 물었다. 『설문』을 한 번 읽고는 바로 훤하게 통달하였다. 15세에 군시郡試에 급제하여 부府의 학생에 보임되어 전대흔錢大昕의 문하, 즉 자양서원紫陽書院에서 수업을 받았다. 그는 당시에 "통재대유通材大儒"라고 일컬어졌는데, 전대흔이 주준성에게 "나의 의발衣鉢을 장차 그대에게 전할 것이다."(吾衣鉢之傳, 將在子矣.)고 하였다. 주준성은 일곱 번 과거시험에 응시했으나 급제하지 못하자, 마침내 고학古學에 전력하여 저술을 업으로 삼았다. 전후 강음江陰, 오강吳江, 소산蕭山 등지의 서원에서 강의를 하였다. 도광 6년(1826년)에 거인擧人으로 선발되어 이현훈도黟縣訓導를 제수 받았다. 강학하는 틈틈이 저술에 매진하여 많은 저술을 남겼다. 주준성의 『설문』 연구는 오랫동안 그의 노력 끝에 이루어진 결과물이다. 그는 『설문』은 이서二徐 이후 단옥재·전점錢坫·엄가균 · 계복 등에 이르러, 이에 관한 해설이 이미 대단히 상세해졌지만, "육서"의 전주와 가차의 뜻에 대해서는 분명한 주석을 남기지 않았다고 생각하였다. 그래서 처음으로 의례를 만들어 『설문통훈정성』을 저술하였다. 함풍 원년(1851년)에 자신이 저술한 『설문통훈정성』 등을 바쳤는데, 이로 인해 국자감박사國子監博士를 제수 받고 양주부교수楊州府敎授로 발탁되었다. 그러나 후에 병으로 인해 부임하지 못하고 이현黟縣 석촌石村에 살다가 지병으로 세상을 떠났는데, 향년 71세였다.

주준성은 학식이 박식하여 경사經史 · 소학小學 · 사장詞章 · 천문天文 · 지리地理 · 역산曆算 · 의복醫卜 등에 이르기까지 두루 섭렵하지 않는 것이 없으며, 일생동안 그가 저술한 저서는 약 100여 종에 이른다. 소학에 관한 저서로는 『소학식여小學識餘』 · 『경운루설문주상經韻樓說文注商』 · 『육서가차경증六書假借經證』 · 『설문인서분록說文引書分錄』 · 『설문통훈정성說文通訓定聲』 · 『설아說雅』 · 『간운柬韻』 · 『고금운준古今韻準』 · 『소이아약주小爾雅約注』 등이 있다. 그는 필생의 정력을 주로 『설문통훈정성』을 저술하는데 쏟았다.

(2) 『설문통훈정성』의 내용

『설문통훈정성』 18권은 도광 13년(1833년)에 완성되었으며, 도광 29년(1849년)에 이르러 비로소 간행되었다. 간행한 책의 수량이 비교적 적어 세상에 널리 전해지지 않았으며, 동치同治 9년(1870년)에 다시 간행하였다. 이 책의 초판이 나온 후에 주준성은 다시 직접 교감하여 교정한 곳이 모두 800여 곳에 이른다. 광서光緖 8년(1822년)에 개정한 부분을 엮어 『설문통훈정성보유說文通訓定聲補遺』 2권을 간행하였다.

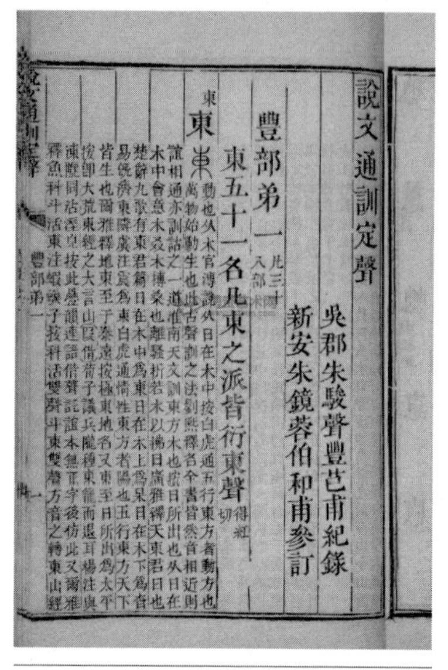
說文通訓定聲

吳郡朱駿聲豐芑甫紀錄

新安朱鏡蓉伯和甫參訂

豐部弟一

東五十一名凡東之派皆衍東聲

東

朱駿聲의 『說文通訓定聲』

서명의 명칭에 대해 주준성은 “‘제목에서 설문說文’이라 한 것은 종지를 나타내기 위한 것이며, ‘통훈通訓’이라 한 것은 전주와 가차의 예를 밝힌 것이다. 그리고 ‘정성定聲’이라 한 것은 『광운廣韻』의 금운今韵이 옛것이 아니라는 것을 증명하고, 그 원류를 이끌어낸 것이다.)”(題曰‘說文’, 表所宗也 ; 曰‘通訓’, 發明轉注・假借之例也 ; 曰‘定聲’, 證『廣韻』今韻之非古而導其源也.)고 설명하였다. 이 책에는 세 가지 측면의 내용이 포함되어 있는데, 바로 설문說文・통훈通訓・정성定聲이다.

첫 번째는 설문이 『설문해자』의 내용을 기초로 삼아 보충하고 예를 들어 덧붙여 놓았다는 점이다. 『설문』에 수록된 글자는 모두 9,353자인데, 여기에 주준성이 다시 7,000여 자를 첨부했기 때문에, 이 책에 수록된 글자는 모두 17,240자이다. 매 글자마다 본의本義를 설명하였는데, 어떤 때는 “별의別義”를 언급하였다. 즉 『설문』 해설에서 “일왈一日”을 가리키는 것으로, 다시 말해서 두 번째 뜻이라는 의미이다. 주준성이 “별의”라고 언급한 것 중에서 어떤 것은 『설문』에 실려 있지 않은 것도 있다. 본훈本訓(글자의 본의)에 중점을 두었던 까닭에 주로 언급한 것은 상형, 지사, 회의, 형성 등의 네 가지와 관련된 내용이다.

두 번째는 통훈은 통석훈고通釋訓詁을 가리키는 것으로, 전주와 가차를 말한 것이지만, 사실은 인신과 동음가차同音假借를 가리킨다. 주준성이 생각하기에 『설문』과 『이아』에서 인신과 가차를 말하지 않았기 때문에, 이에 "특별히 이 책을 집록하여 『설문』에서 소홀하게 다루어진 전주와 가차의 결점을 보완하고, 경서經書·자서子書·사서史書 등에 사용된 글자의 융통을 고찰하고자 하였다."(專輯此書, 以苴『說文』轉注·假借之隱略, 以稽群經子史用字之通融.)(『상설문통훈정성주절上說文通訓定聲奏折』)고 말한 바와 같다.

주준성은 가차에 대한 삼원三原·사례四例·팔용八用의 설을 남겼다.

삼원은 첫째, 후에 정자正字가 있고, 앞에 정자가 없는 가차를 말한다. 예를 들면, "원爰"은 고대에 "거원車轅"이었다. 둘째, 본래 정자가 있었지만, 우연히 다른 글자로 가차한 경우를 말한다. 예를 들면, 예전에는 "즐堲"자를 "질疾"이라고 썼다. 셋째, 사용한 지가 이미 오래된 경우, 오자誤字에 익숙해져 바꾸지 않은 경우, 그 본자를 폐기하고 다른 글자를 전용한 경우의 가차를 말한다. 예를 들면, "초草"를 "초艸"라 쓰고, "용容"을 "송頌"라 쓴 경우이다.

사례는 첫째, 동음가차同音假借를 말한다. 예를 들면, "덕德"을 "덕悳"이라 하는 것과 같은 경우이다. 둘째, 첩운가차疊韻假借를 말한다. "빙冰"을 "붕掤"이라 하는 것과 경우이다. 셋째, 쌍성가차雙聲假借를 말한다. "답荅"을 "대對"라 하는 것과 같은 경우이다. 넷째, 합음가차合音假借를 말한다. "질려蒺藜"를 "자茨"라 하는 것과 같은 경우다.

팔용은 ① 동성통사자同聲通寫字를 말한다. 예를 들면, "의義"는 "의誼"와 통용된다는 것과 같은 경우이다. ② 탁명표식자托名標識字(고유명사)를 말한다. 예를 들면, "무계戊癸"는 "과병戈兵"에서 취한 것과 같은 경우이다.(본의는 무기의 이름이며, 가차하여 천간天干의 이름으로 쓰인다) ③ 단사형황자單辭形況字를 말한다. 예를 들면, "솔이率爾"는 결코 전망田网(사냥하는 그물)이 아닌 것과 같은 경우이다. ④ 중언형황자重言形況字(상형자)를 말한다. 예를 들면,

"주주朱朱"는 닭이 우는 소리를 형용하는 것과 같은 경우이다. ⑤ 첩운연어疊韻連語(연면사)를 말한다. 예를 들면, "몽융蒙戎"이 결코 초구草寇(산적)가 아닌 것과 같은 경우이다. ⑥ 쌍성연어雙聲連語를 말한다. 예를 들면, 『역』의 "차차次且"(趑趄)와 같은 경우이다. ⑦ 조어사助語詞를 말한다. 예를 들면, "능能"·"위爲"가 걸어 다니는 짐승의 이름을 가차한 것과 같은 경우이다. ⑧ 발성사發聲詞를 말한다. 예를 들면, "내乃"나 "약若"은 2인칭 대명사인 너, 또는 그대로 쓰이는 것과 같은 경우이다.

세 번째는 정성은 문사를 고운古韻에 의거해 분류한 것을 말한다. 주준성은 『설문』의 540부를 나누어 글자의 형체를 버리고 글자의 소리를 취하고 나서 이를 다시 분석해 성부 1,137개를 얻었다. 그리고 이것을 다시 고운古韻 18부部에 귀납시켰다. 18부部는 『주역』의 괘명卦名을 표목標目으로 삼았다. 즉,

1. 풍豊 (東冬)	2. 승升 (蒸)	3, 임臨 (侵緝)	4. 겸謙 (談葉)	5. 이頤 (之職)	6. 부孚 (幽)
7. 소小 (宵藥)	8. 수需 (侯屋)	9. 예豫 (魚鐸)	10. 수隨 (歌)	11. 해解 (支錫)	12. 리履 (微物質)
13. 태泰 (月)	14. 건乾 (元)	15. 둔屯 (文)	11. 곤坤 (眞)	17. 정鼎 (耕)	18. 장壯 (陽)

괄호 안은 고운古韻 운부韻部의 명칭이다. 이렇게 배열한 것은 형성자의 배치와 전주·가차를 밝히는데 편리하도록 하기 위해서이다.

설문·통훈·정성은 형·음·의 세 가지를 모두 포함하고 있다. 설문

은 글자의 형체에 중점을 두고 있으며, 통훈은 글자의 뜻에 중점을 두었다. 그리고 정성은 글자의 음에 중점을 두었는데, 상고시대 운문의 용운用韻을 가지고 고음古音을 증명하였다. 동운同韻으로 압운하는 것을 "고운古韻"이라 칭하며, 린운隣韻으로 압운하는 것을 "전음轉音"이라 일컫는다. 예를 들면, "둔屯"부部에서,

분氛(雰)은 상서로운 기운을 나타낸다. 기气는 형부이고 분分은 성부이다. 혹은 형부 종从과 우雨를 따른다. 『좌전·양공』 27년의 "초분심악楚氛甚惡"라는 구절과 『좌전·소공』20년의 "재신망분梓愼望氛"이라는 구절의 주에서 "분氛은 기운이다."(氣也.)고 하였다. 『초어』의 "태불과망분상台不過望氛祥"의 주에서 "나쁜 기운이 분氛이다."고 하였다. 『한서·원제기』의 "분사세증氛邪歲增"의 주에서 "나쁜 기운이다."고 하였다. 『사현부』의 "분모용이천선혜氛旄容以天旋兮"의 주에서, "분기氛气는 깃발이다."고 하였다. 『서경부』의 "소분애우중신消雰埃于中宸"의 주에서 "더럽다는 뜻이다."고 하였다. 【전주】『예기·월령』의 "분분명명雰雰冥冥"이라는 구절과 『소문·육원정기대론』의 "한분결위상설寒氛結爲霜雪"이라는 구절의 주에서, "추운 기운을 분氛이라 한다."고 하였다. 【가차】중언형황자重言形況字. 『시경·신남산』의 "우설분분雨雪氛氛"이라는 구절과 『백첩』에서 이를 인용해 "분분紛紛"이라 하였는데, 역시 같다. 『초사·원사』의 "설분분이박목혜雪氛氛而薄木兮"라는 구절과 『비회풍』의 "격응상지분분激凝霜之氛氛"이라는 구절에 대해, 『광아·석훈』에서 "분분氛氛은 (비처럼) 내린다는 뜻이다."고 하였다.

【성훈】『석명 · 석천』에서 "분氛은 분粉(가루)이다. 축축한 기운이 초목에 붙으면, 차가운 기운에 하얗게 얼어 마치 흰 가루 같은 형태를 띤다." 【고운】『시경 · 신남산』에서 운雲과 분雰이 협운協韻을 하고, 『초사 · 석송』에서 전顚 · 천天 · 분雰이 협운을 한다고 하였다. 【전음】『초사 · 비회풍』에서는 분雰과 원湲이 협운을 한다고 하였다. (氛(雰): 祥气也. 從气, 分聲. 或從雨. 『左襄二七傳』: "楚氛甚惡. "『昭二十傳』: "梓愼望氛. "注: "气也."『楚語』: "台不過望氛祥." 注 : "凶气爲氛."『漢書 · 元帝紀』 : "氛邪歲增." 注 : "惡氣也." 『思玄賦』 : "氛旄容以天旋兮."注 : "氛气爲旄也."『西京賦』: "消雰埃于中宸." 注 : "塵穢也." 【轉注】『禮記 · 月令』 : "雰雰冥冥." 『素問 · 六元正紀大論』 : "寒氛結爲霜雪." 注 : "寒氣曰氛也." 【假借】重言形况字. 『詩 · 信南山』 : "雨雪氛氛." 『白帖』引作"紛紛", 亦同. 『楚辭 · 怨思』 : "雪氛氛而薄木兮."『悲回風』 : "激凝霜之氛氛." 『廣雅 · 釋訓』 : "氛氛, 雨也." 【聲訓】『釋名 · 釋天』 : "氛, 粉也. 潤氣著草木, 因寒凍凝色白若粉之形也." 【古韻】『詩 · 信南山』協雲 · 雰. 『楚辭 · 惜誦』協顚 · 天 · 雰. 【轉音】『楚辭 · 悲回風』協雰 · 湲.)

(3) 『설문통훈정성』의 특징

첫 번째는 주준성이 언급한 전주 · 가차가 허신과는 다르다는 점이다. 허신은 『설문 · 서』 중에서 전주 · 가차의 정의에 대해 다음과 같이 말하였다.

전주는 하나의 기준으로 세워서 같은 뜻끼리 서로 주고받는 것이니 고考·노老 등이 그것이다. (轉注者, 建類一首, 同意相受, 考老是也.)

가차는 본래 그 글자가 없어서 소리에 의지해 사실을 기탁하는 것이니 영令·장長 등이 그것이다.(假借者, 本無其字, 依聲托事, 令長是也.)

주준성은 또 다른 새로운 뜻을 세웠는데, 다음과 같다.

전주는 형체를 고치지 않고 뜻을 인신하여 서로 주고받는 것이니 영令·장長 등이 그것이다.(轉注者, 體不改造, 引意相受, 令長是也.)

가차는 본래 그 뜻이 없어서 소리에 의지해 글자를 기탁하는 것이니 붕朋·래來 등이 그것이다.(假借者, 本無其意, 依聲拖字, 朋來是也.)

아울러 진일보하여 서술하길, "무릇 하나의 뜻으로 관철시키면 통할 수 있는데, 그 통하게 하는 것이 전주이다. 하나의 소리에 가까워 유사하지만 그 글자가 아니기 때문에 그 글자를 있게 하는 것이 가차이다. 본자本字와 본훈本訓을 이리저리 인신하여 다른 훈으로 삼는 것을 전주라 말한다. 인신하지 않고 별도로 본자와 본훈을 가지고 이름을 가리키는 것을 가차라 말한다. 형체에 의거해 글자를 만들어, 그 형체를 보고 뜻을 말하는 것이 바로 전주이다. 소리 나는 대로 음을 읽어 그 뜻을 아는 것이 가차이다. 가차는 성음이 바뀌지는 않으나 형체가 다른 글자를 쓰기 때문에 옛 사람의 어음을 이해할 수 있다. 전주는 글자가 바뀌게 하는 것이 아니라 형체가 없는 글자를 있게 만드는 것이므로, 후대 세속에서 쓰이는 글자를 살필 수 있다. 가차한 숫자는 하나의 글자로만 쓰이기 때문에 반드시 본자가 있어야 한다. 전주한 하나의 글자는 숫자를 갖추어 쓰기 때문에 번거롭게 글자를 만들 필요가 없다. 전轉이라는 것은 선旋의 뜻을 가지고 있어 마치 바퀴의 굉목이 구르면 굴러 갈수록 점점 더 멀어지는 것 같으며, 또한 전轉이라는 것은 환還의 뜻을 가지고 있어 마치 하나의 바퀴자국처럼 비록 굴러간다고 해도 결국 함께 돌아오는 것 같다."(凡一意之貫注, 因其可通而通之爲轉注; 一聲之近似, 非其所有而有之爲假借. 就本字本訓, 而因以展轉引申爲他訓者曰轉注; 無展轉引申而別有本字本訓可指名者曰假借. 依形作字, 睹其體而申其義者, 轉注也; 連綴成文, 讀其音而知其意者, 假借也. 假借不易聲而役異形之字, 可以悟古人之音語; 轉注不易字而有無形之字, 可以省後世之俗書. 假借數字供一字之用, 而必有本字; 轉注一字具數字之用, 而不煩造字. 轉者旋也, 如發軔之後, 愈轉而愈遠; 轉者還也, 如軌轍之一, 雖轉而同歸.)(『설문통훈정성說文通訓定聲·전주轉注』) 이와 같이 밝힌 주준성의 관점은 매우 명확하다. 그는 인신을 전주로 보았던 것이다. 따라서 그가 비록 사의의 발전에 대한 공로가 있다고는 하지만, 이미 허신의 뜻에서 너무 멀어졌을 뿐만 아니라, 게다가 한자의 발전과는 무관한 측면을 가지고 있다. 또한 가차에 대한 그의 새로운 정의는 오히려 허신의 해석만 못하다고 할 수 있다.

두 번째는 여러 가지 다양한 측면에서 사의를 해석하였다는 점이다. 하나의 글자에 여러 가지 뜻(一詞多義)이 있는 경우는 말 중에서 흔히 볼 수 있다. 『설문』은 주로 문자의 형체에 의거해 뜻을 설명하였는데, 어떤 글자들은 하나의 뜻만이 있는 것이 아니기 때문에, 단지 그 형체와 상응

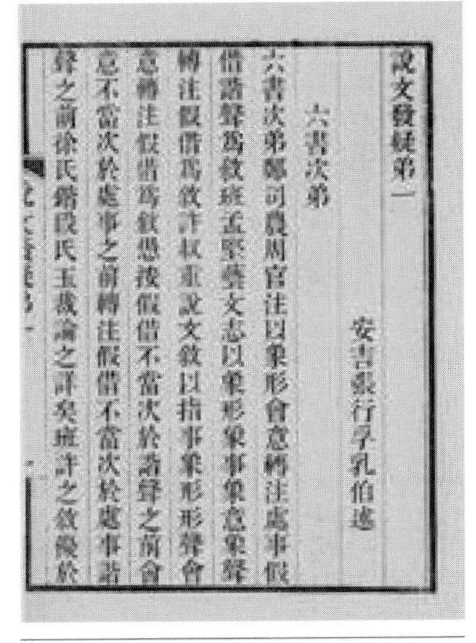

說文發疑弟一

安吉張行孚乳伯述

六書次弟

六書次弟鄭司農周官注以象形會意轉注處事假借諧聲爲敘班孟堅藝文志以象形象事象意象聲轉注假借爲敘許叔重說文敘以指事象形形聲會意轉注假借爲敘愚按假借不當次於諧聲之前會意不當次於處事之前轉注假借不當次於處事諧聲之前徐氏鍇段氏玉裁論之詳矣班許之敘幾於

張行孚의 『說文發疑』

하는 뜻만을 취해서 쓰고, 다른 뜻은 모두 버리고 기록하지 않았다. 이와 같이 『설문』 자체에 얻은 것도 있고 잃은 것도 있지만, 본의만은 보존되었다고 할 수 있다. 그러나 다의사多義詞를 놓고 볼 때는 분명 모든 뜻을 밝힌 것은 아니다. 주준성의 탁견은 인신의와 가차의의 중요성을 인식했다는 점에 있다. 즉 그는 허신이 전문적으로 본의만을 설명한 범위를 뛰어넘어, 응용적인 측면에서 자의의 변화와 발전을 논술해 놓았는데, 이는 전적을 열독하는데 커다란 도움이 된다. 이러한 사의에 대한 해석은 서증書證도 있고, 또한 고훈古訓도 있다. 즉 경·사·자·집의 고훈을 모두 수록하고 있어 자료의 풍부함에 있어서는 『경적찬고』와 비교할만하지만, 논리적인 측면이나 체계적인 측면에 있어서는 오히려 『경적찬고』보다 훨씬 뛰어나다. 그 체례와 방법을 살펴볼 때, 독창적으로 인신과 가차를 설명한 훈고학적 전문서적일 뿐만 아니라, 고대한어의 연구에 대해 매우 큰 참고적 가치가 있다고 말할 수 있을 것이다.

세 번째는 배열에 있어서 자형과 부수의 속박에서 벗어나 성음聲音상에서 사의의 회통會通을 관찰하고, 한자를 자형배열법字形排列法에서 운부배열법韻部排列法으로 바꾸어 놓았다는 점이다. 가차는 반드시 음이 같거나 음이 비슷해야 한다. 고운古韻의 부部에 의거해 자류字類를 나누어 가차를 말할 수 있는 토대를 마련해 놓았다. 또한 모든 동일한 성부聲符의 글자들을 한 곳에 모아놓음으로써 "음근의통설音近義通說"의 토대를 확고하게 마련해 주었다.

이들 4대가 이외에, 청대『설문』연구에 탁월한 성취를 이룬 학자로는 전대흔錢大昕『십가재양신록十駕齋養新錄』· 전점錢坫『설문해자짐전說文解字斟詮』· 엄가균嚴可均『설문교의說文校議』, 장행부張行孚『설문발의說文發疑』등이 있으며, 이들은『설문』학 연구 분야에 귀중한 업적을 남겼다.

청대 학자들의『설문』에 대한 연구가 비록 전반적이며, 또한 깊이 파고들었다고 하지만, 문자의 형 · 음 · 의라는 세 가지 측면에서 볼 때, 자형에 대한 연구는 자음이나 자형에 비해 크게 못 미친다. 비록 그들 중에 어떤 학자(예를 들어, 왕균)가 금석학 자료의 이용을 중시했다고 하지만, 결국 자료의 한계로 인해 그 연구 수준도 그렇게 높지 않았다. 더욱이 당시에는 갑골문이 아직 출토되기 전이라 학자들은 기본적으로『설문』을 토대로 삼아 문장을 쓰는 상황이었기 때문에 조자造字의 근원을 설명할만한 충분한 근거 자료가 없었다. 또한 학자들은『설문』에 대한 믿음이 지나쳐 맹목적으로 숭배하는 지경에까지 이르렀다. 그 결과 이해하기 어려운 부분이 있다는 것을 분명하게 알면서도 온갖 방법으로 허신의 주장을 비호하였는데, 이러한 점이 오히려 학자들의 연구를 크게 제한하는 결과를 가져다주었다.

3. 근현대의 『설문해자』 연구

1) 『설문해자고림』

(1) 편찬자의 생평

정복보丁福保(1874~1952년)의 자는 중호仲祜이며, 강소성의 무석無錫 사람이다. 일찍이 경사京師의 태학당大學堂과 역학관譯學館의 교습敎習을 지냈다. 후에 상해에 의학서국醫學書局을 창립하여, 의학서적을 편집하고 간행하는 일 이외에도 『설문해자고림說文解字詁林』·『문선류고文選類詁』·『불학대사전佛學大辭典』·『전한삼국진남북조시全漢三國晉南北朝詩』·『역대시화속편歷代詩話續編』·『청시화淸詩話』 등을 편찬하였다.

丁福保의 『說文解字詁林』

(2) 『설문해자고림』의 체례와 특징

청대는 『설문』에 대한 풍성한 연구성과를 거두어 『설문해자주』에 대한 연구 서적만도 거의 20여 종에 이르렀다고는 하지만, 연구자가 관련 자료를 찾기에는 쉽지 않았던 시대였다. 정복보는 22세 때 이미 『설문』

에 관한 자료를 모아 집대성하고자 하는 뜻을 가지고 있었으며, 이러한 생각을 토대로 거의 30년에 가까운 각고의 노력 끝에 마침내 1928년 『설문해자고림정편說文解字詁林正編』이라는 방대한 작업을 완성하였다. 『고림』에는 모두 182종이 수록되어 있으며, 미 간행된 친필원고를 비롯한 종정관식鐘鼎款識, 갑골문자甲骨文字, 정시석경正始石經까지 합치면 모두 총 1,036권에 이른다. 『설문』과 관련된 연구서적을 집대성해 놓은 까닭에, 이 책의 서명을 『고림』이라 붙인 것이다.

『고림』의 편집체례는 대서본을 경經으로 삼고, 자의를 고석考釋한 역대의 저서를 각 글자 아래에 잘라 붙인 다음 영인하였다. 정편正編 앞에 전편前編이 있는데, 전편에는 인용한 서목書目과 각 서적의 서발序跋, 그리고 "육서"총론, 『설문』총론, 허신의 사적 등의 내용이 포함되어 있다. 정편 뒤에는 후편後編이 있는데, 후편에는 『설문』의 일자逸字와 외편外編, 그리고 『육서음운표』·『통검通檢』 등의 내용이 포함되어 있다. 수록된 저서는 열한 가지로 분류한 다음, 각 글자 아래에 종류에 따라 배열해 놓았는데, 그 순서는 아래와 같다.

1. 대서본 및 교정해 간행한 자구에 관련된 내용
2. 소서본 및 교정해 간행한 자구에 관련된 내용
3. 단옥재의 주注 및 단옥재의 주를 고정考訂한 내용
4. 계복桂馥의 『의증』 및 변정辯訂에 관련된 내용
5. 왕균王均의 『구두』와 『석례釋例』 및 보정補正에 관련된 내용
6. 주준성朱駿聲의 『통훈정성』 및 보유補遺에 관련된 내용
7. 잡고雜詁와 별술別述에 관련된 내용
8. 인용한 경전 및 인용한 고어에 관련된 내용

9. 어떤 자와 어떤 구의 해석과 관련된 내용(여러 사람의 문집에서 수집한 내용)
10. 금문과 갑골문으로 방증을 삼을 수 있는 내용이나, 혹은 허신의 『설문』에서 누락된 것을 보충한 내용
11. 일자외편逸字外编에 관련된 내용

『설문해자고림』 편찬 이후에도 정복보는 계속하여 자료를 수집하고, 이 자료들을 『고림』의 체례에 의거해 『보유補遺』를 편찬하고 1936년에 출간하였다. 이후 『설문해자고림』 전서는 1988년 중화서국에서 영인하여 다시 출간되었다.

본서의 "통검通檢"은 『강희자전康熙字典』의 부수에 의거해 자子로부터 해亥까지 모두 12집으로 나누어 편성하였으며, 여기에 수록된 단자單字는 해서로 써서 각 부部에 편입시키고, 그 아래에 페이지 번호를 기입해 놓았다. 따라서 사용할 때 일반적인 자전의 부수에 의거해 찾고자 하는 글자를 찾을 수 있고, 다시 표시해 놓은 페이지에 의거해 검색할 수 있어, 책을 한 번 펼쳐 곧바로 글자를 찾을 수 있게 비교적 편리하게 편집되어 있다.

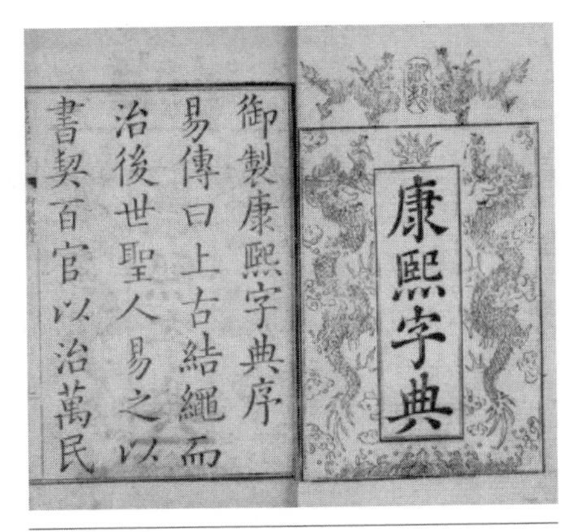
康熙字典
御製康熙字典序
易傳曰上古結繩而
治後世聖人易之以
書契百官以治萬民

康熙字典

일찍이 정복보는 이 책의 네 가지 장점에 대해서 언급하였다. 첫 번째는 한 글자의 검색을 통해 여러 가지 학설을 살펴볼 수 있으며, 두 번째는 이 한 권의 책을 구입하면 『설문』에 관한

여러 가지 판본을 살펴볼 수 있다. 세 번째는 삭제하지 않았기 때문에 각 판본의 원본이 그대로 보존되어 있다. 네 번째는 원본을 영인한 까닭에 착오를 피할 수 있다. 그래서 "글자를 신속하게 검색할 수 있을 뿐만 아니라, 한 글자에 여러 가지 학설이 모두 갖추어져 있는 까닭에, 이는 허신의 학설을 집대성한 것뿐만 아니라, 『설문』 연구의 지름길이라고 할 수 있다."는 평가를 받았다.

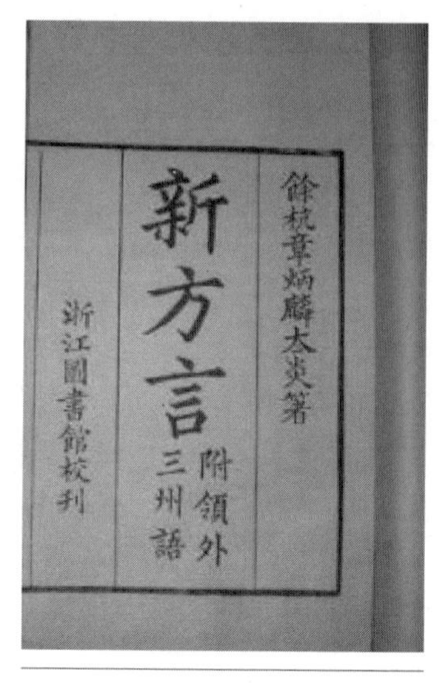

章炳麟의 『新方言』

2) 장황학파의 『설문』 연구

장병린章炳麟과 황간黃侃이 이룩한 언어문자학 측면의 성과는 청말에서 근대에 이르기까지 구"소학小學"에서 현대언어문자학으로 전환되는 과도기적 단계를 상징한다고 할 수 있는데, 이들의 학설을 "장황지학章黃之學"이라고 부른다.

장병린(1869~1936년)은 절강성의 여항余杭 사람이다. 자는 매숙枚叔이고, 호는 태염太炎이다. 유월兪樾에게서 수학하였으며, 또한 황이주黃以周에게 학문을 물었다. 후에 유신운동과 신해혁명에 참가하는 등 민주혁명의 선봉자 역할을 하였다. 장병린의 학문은 넓고 깊었으며, 특히 문학·역사학·언어문자학 등에서 커다란 성취를 거두었다. 언어문자학과 관련된 저서로는 『문시文始』·『신방언新方言』·『소학답문小學答問』·『국고논형國故論

衡』 등이 있으며, 모두『장씨총서章氏叢書』에 수록되어 있다.

황간(1886~1935년)은 호북성의 기춘蘄春 사람이다. 자는 계강季剛이고, 노년에는 양수거사量守居士라고 불렀다. 어렸을 때부터 총명함이 일반 사람들을 뛰어넘었다. 후에 혁명에 참가하였고, 일본에 유학하였다. 그는 장병린을 스승으로 모셨으며, 음운학과 훈고학에 뛰어났다. 귀국한 후에 북경대학·북경사범대학·동북대학·중앙대학 등에서 교수를 역임하였다. 그가 남긴 저서로는『황간논학잡저黃侃論學雜著』·『문자성운훈고필기文字聲韻訓詁筆記』·『설문전식사종說文箋識四種』·『설문전강說文箋講』·『이아음운爾雅音韻』·『문선평점文選平點』 등의 학술논문집이 여러 권 있다.

장章황黃의 "소학小學" 중에서 가장 특징적인 것은『설문』학에 대한 연구이다. 이 체계는 장병린의 손에서 개창되어 황간의 손에서 정밀하고 심오해졌다. 건가乾嘉의『설문』학과 비교해 볼 때, 장황의 성취는 형의形義의 체계 연구에서 음의音義의 체계 연구로 전환시켜 놓았을 뿐만 아니라, 또한 시대적인 특정한 현상 연구에서 역사적인 원류 연구로 전환시켜 놓았다는 점에서 그 특징을 찾을 수 있다. 그 중에서 장병린의『문시文始』와 황간의『설문동문說文同文』은 어원을 탐구한 저작물이다. 장병린의『신방언』과 황간의『기춘어蘄春語』는『설문』을 가지고 방언에 관한 고금古今의 변천을 탐구한 저서로, 어음 단서에 의거해『설문』 중에서 방언사方言詞의 원시적 서사書寫 형식을 찾고자 노력하였다. 그리고 장병린의『소학답문』과 황간의『설문자통』은 본자本字를 연구하는데 유효한 전문서적이다. 이러한 것이 장章황黃『설문』학의 중요한 틀이 되었다.

장병린은 "육서"이외에도 초문初文(상형과 지사), 준초문準初文(합체회의合體會意, 합체상형合體象形), 자字(회의, 형성) 등의 개념을 제시하였다. 이것은 전서篆書가 초문初文을 형위形位로 삼는 것을 나타낸 것으로, 형위를 생성하는 조자방법을 운용하였다. 이러한 체계적인 방법을 통한 문자 분석은 한자의 역사적 발전을 촉진시키는데 커다란 작용을 하였다. 또한 장병린은 "자유孳乳"와 "변이變異"라는 두 가지 큰 규칙을 가지고 한자의 역사적 변천과 그 유형을 설명하는 동시에, 이를 이용해 『설문』의 자군字群을 실명하였으며, 『성균운도成均韻圖』를 처음 제정하여 『설문』학으로부터 고운학을 발전시켜 나갔다.

黃侃(1886-1935)

황간은 『설문』에 보이는 규칙을 상세하게 설명하고, 『설문』의 훈석 체례를 호훈互訓(뜻이 같은 글자로 설명하는 것을 말함), 의계義界(한 구절로 한 글자의 뜻을 해석하는 것으로, 즉 정의를 내리는 것을 말함), 추인推因(해당 자의가 소리를 얻게 된 유래를 추구하는 것을 말함) 등으로 귀납시켜 사의학詞義學에 대한 훈석의 규칙을 제기하였다. 문자의 형체를 분석할 때, 황씨는 "필의筆義"·"필세筆勢" 등의 개념을 제기하였는데, 이른바 필의筆意는 자형의 한 점點과 한 획劃, 그리고 그 구조에 의해 나타나는 함축적 의미를 가리킨다. 필세筆勢는 자형이 오랜 시간 변화 발전을 거치면서 점차 간략하고 쉽게 변하거나, 혹은 서법에서 그 형체만을 취해 원래부터 있던 필의筆意는 사라지고 오직 점과 필세만이 남은 경우를 말한다. 이와 같은 분석은 『설문』 중의 고문과 소전小篆의 변혁관계를 더욱 명확하게 살펴볼 수 있게 해준다.

장章황黃의 『설문』학은 문자형의학文字形義學·이론훈고학理論訓詁學·자원

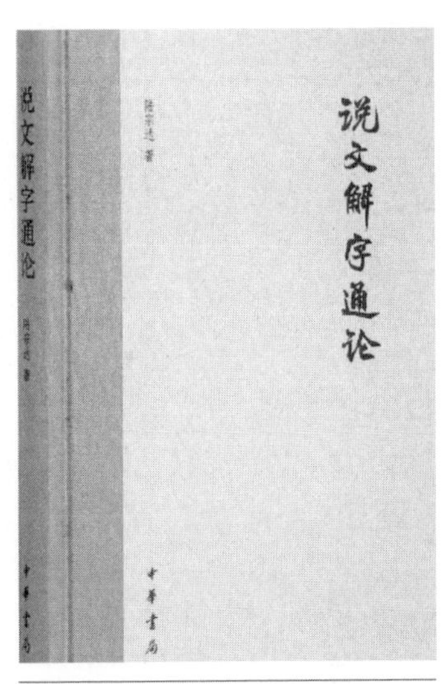

陸穎明의 『說文解字通論』

학字源學 · 방언사휘학方言詞彙學 등의 내용을 포함하고 있을 뿐만 아니라, 또한 그 연구방법도 독특하고 이론 역시 심오하다. 그들은 청대 학자들의 학설을 집대성하여 그들만의 성취를 이룩하는 동시에, 그들이 계승한 전통을 현대언어문자학에 물려줌으로써 현대의 언어문자학에 많은 영향을 주었다.

장황의 학설을 계승하여 발전시킨 사람은 육영명陸穎明(종달宗達)선생이었다. 육종달(1905~1988년)선생은 절강성의 자계慈溪 사람으로, 자는 영명穎明이었다. 일찍이 그는 젊어서 5 · 4운동에 참가하였으며, 1926년부터 황간 선생을 스승으로 모시고 『설문』을 중심으로 한 문자음운훈고학을 깊이 연구하여 경사자집經史子集에 통달하였다. 전후 상해기남대학上海暨南大學 · 북경대학北京大學 · 중국대학中國大學 · 보인대학輔仁大學 · 북경사범대학北京師範大學 등에서 교수를 역임하였다. 또한 그에게는 『훈고천담訓詁淺談』 · 『훈고간론訓詁簡論』 · 『설문해자통론說文解字通論』 · 『훈고방법론訓詁方法論』 · 『고한어사의답문古漢語詞義答問』 등의 전문서적과 100여 편에 가까운 학술논문이 있다. 육선생은 중국훈고학연구회의 창립자로서 회장과 명예회장 등의 직책을 역임하면서 전통학술문화의 발전을 위해 많은 공헌을 세웠다.

그의 저서 가운데 『설문해자통론』은 『설문』의 체례, 운용, 의미, 제한 등을 체계적으로 서술한 전문서적이다. 육선생은 전체적으로 장황학파의 학술전통을 계승하고 발전시켰는데, 그 특징은 다음과 같다.

첫 번째, 사승師承을 근본으로 삼았으나, 또한 기존의 학설에 얽매이지 않았다. 『설문』에 대해 긍정도 하고 비평도 했으나, 말에는 반드시 근거를 제시하였다. 자의를 훈석하고 어원의 기원을 밝히며, 문자의 파생관계를 찾는 가운데, 그는 융통성 있게 "이성구의以聲求義" 원칙을 운용하였으며, 또한 문헌에 보이는 언어와 문자의 형체에 대한 근거를 반드시 구하고자 하였다.

두 번째, 심오하지만 또한 통속적인 측면을 가지고 있다. 책 속에 보이는 예증은 모두 선생이 깊이 연구에 몰두하여 거둔 성과이다. 그러나 찬술할 때 가능한 통속적이고 평이하게 기술하여 후학자들이 허신의 학문적 정수를 이해하고, "장황학파"에 쉽게 입문할 수 있도록 하였다.

세 번째, 자료는 상세하나 논술은 간단하고 명료한 특징을 가지고 있다. 책 속의 각 이론적인 문제에 대해서는 상세한 증거를 찾고자 노력하는 동시에 성운을 고찰하고 문헌을 통해 증명하였으며, 또한 현대적인 언어와 연계시킴으로써 이론적인 논술에 있어 비록 말은 간략하지만 뜻은 충분히 드러내었다. 본서의 가치는 일련의 이론적인 문제에 대한 설명뿐만 아니라, 어떤 언어 현상에 대한 해석, 그리고 이러한 문제를 제기하거나 문제를 분석할 때 그가 운용했던 방법에 있다.

그가 책 속에서 설명한 전주와 가차에 대한 논술은 대단히 상세하다. 전주에 관한 설은 이미 제1장에서 소개하였기 때문에, 여기에서는 가차의 논점에 대해서 소개하고자 한다. 일찍이 육선생은 다음과 같이 말하였다.

> 전주는 한자를 번식하는 데 있지만, 가차는 한자를 절제하는데 있다. 이 두 가지는 서로 상반되지만 서로 도와주며, 또한 서로 영향을

준다. 한자의 발전과정 속에서 처음부터 끝가지 모두 전주와 가차의 모순적인 운동이 존재한다. 가차는 한자의 무한적 발전 측면을 절제시키는 측면에서 두 가지 규칙을 가지고 있다.

첫 번째는 사의詞義가 발전해도 별도로 새로운 어휘나 글자를 만들지 않고, 이전의 어휘와 글자에 새로운 뜻을 보태는 것이다. 이것은 훈고학에서 "인신의"라고 부르며, 조자 법칙을 가지고 말하면, 이것을 "가차"라고 부른다. 이러한 가차는 "본래 그 글자가 없는"(本無其字) 것이다. 가차자가 표시하는 뜻과 해당 글자가 원래 표시하는 글자의 뜻은 서로 밀접한 관련이 있다. 이것은 "본래 그 글자가 있는"(本有其字) 통차通借(통가)와는 다르다. 통차는 즉 무릇 동음자는 모두 서로 대체할 수 있으나, 근본적으로 사의와는 관계가 없다. 이는 본자를 쓰지 않고 동음자를 대체하는 서사書寫 습관에 속하며, 조자법의 가차는 아니다.

두 번째는 어느 한 어휘의 의미가 어떤 때는 본래의 뜻과 대립되는 방향으로 전환되어 새로운 단어의 뜻을 형성하는데, 이렇게 생겨난 새로운 뜻에 대해서 또한 달리 새로운 어휘나 글자를 만들지 않고 그대로 이전의 어휘와 글자를 써서 표시하기 때문에, 어떤 한 어휘가 어떤 때는 서로 모순되고 서로 대립되는 두 가지 뜻을 가지게 되는데, 이 역시 가차이다. …… 뜻은 서로 반대되지만 글자는 여전히 그대로 인 것도 있는데, 조자법造字法을 가지고 볼 때, 이 역시 가차라고 말할 수 있다. (轉注是在繁殖漢文, 而假借在節制漢文. 兩者相反相成, 互相影響. 在漢字的發展過程中, 自始至終都存在着轉注. 假借的矛盾運動. 假借在節制漢字無限制地發展方面有兩條規律 : 第一, 詞義發展

了，不另造新詞新字，而是給舊詞舊字增加上新義. 在這訓詁學上說，叫做"引申義"，以造字法則言，則謂之"假借". 這种假借是"本無其字"的，假借字表示的意義與該字原來所表示的意義是有密切關聯的. 這與本有其字的通借(通假)不同. 通借卽凡同音字都可以互相代替，根本與詞義無關，這屬于不用本字而用同音字代替的書寫習慣，不是造字法的假借. 第二，一個詞的意義有時向着自己的對立面轉化形成新的詞義，對于這樣產生的新義也不另造新詞新字，仍用舊詞舊字來表示，因而一個詞有時具有互相矛盾・互相對立的兩种意義，這也是假借. …… 義相反而字依舊，說就是假借.)

이외에도 "이용방견설해利用旁見說解"와 "『설문』의 훈석자訓釋字와 피훈석자에 관해 주의를 기울인" 부분 등은 모두 육선생이 『설문』 연구에 보여준 독창적인 견해들이다.

3) 『설문해자육서소증』

『설문해자육서소증說文解字六書疏證』은 마서륜馬叙倫의 저서이다. 마서륜(1884~1970년)은 절강성의 여항余杭 사람이다. 자는 이초夷初이고, 유월兪樾을 스승으로 삼아 섬겼다. 그는 젊어서 동맹회同盟會에 참가하였으며, 아울러 청화대학과 북경대학에서 교수를 역임한 민주주의 혁명가이자 교육자였다. 건국 후에 교육부장・고등교육부장 등의 직책을 맡았다. 저서로는 『설문해자육서소증』・『석옥여침石屋餘沈』・『석옥속침石屋續沈』 등이 있다.

『설문해자육서소증』 30권은 1911년에 집필을 시작해 1928년에 완성하였다. 그리고 1957년에 과학출판사에서 출간하였다. 본서의 당초 서명은 『육서분찬六書分纂』이었으며, 이 책을 저술한 취지는 "육서"에 의거해 『설문』의 글자를 분석한 다음, 각자 해당되는 종류에 따라 글자를 귀납시키는 데 있었다. 그는 건가乾嘉의 학자들이 『설문』 연구의 중점을 통경通經에 두고 있어 오히려 "육서"에 대해서는 아직 명확하게 이해하지 못하고 있다는 사실을 깨닫고 중국의 전통문화를 연구하려면 반드시 문자 가운데서 그 증명을 찾아야 한다고 생각하였다. 중국이나 외국의 학자들이 중국문화를 연구하면서 문자의 구조를 명확하게 이해하지 못하기 때문에, 문자를 잘못 해설하거나 견강부회하는 경우가 발생한다고 여겼다. 이에 마서륜은 반드시 글자의 각 규칙을 정확하게 이해해야만 비로소 진정으로 각 글자의 정확한 의미를 이해할 수 있다고 생각하였다. 그렇기 때문에 『소증』의 주요 임무는 바로 중국문자의 구조에 대한 규칙을 분명하게 설명하여 중국고대문화를 연구함에 있어 정확한 결정과 평가를 내릴 수 있도록 도와주는 역할을 하는 것이었다.

馬叙倫의 『說文解字六書疏證』

전체적으로 『소증』은 『설문』의 대서본을 따랐으며, 아울러 소서본을 참고하였다. 또한 『설문해자고림』에 수록된 서적에 의거하는 동시에 갑골문과 금문 자료, 그리고 신문과 잡지 등의 간행물, 필기 등을 함께 참고하였다. 이외에도 그는 여러 주석을 광범위하게 취해 『설문』에 수록된 글자 하나하나에 소증疏證을 첨부해 놓았는데, 풍부한 자료뿐만 아니라 설명 또한 일가의 말을 이루었다고 하겠다. 특히 대량으로 갑골문과 금문 자료를 인용하였는데, 그는 『자서』에서 "내가 30년간의 노력 끝에 이 책의 초고를 완성하였는데, 바르게 밝힌 것이 크고 작은 것을 합쳐 거의 천 가지에 이른다."(倫以三十年之勤, 草成此書, 所發正者, 巨細將近千事)고 밝혀놓았는데, 이점이야말로 이전의 『설문』 학자들이 거두지 못했던 성과이다. 예를 들면,

비丕는 크다는 뜻이다. 일一은 형부이고, 불不은 성부이다.

丕 : 大也. 從一, 不聲.

『소증』에서 말하길, 왕국유王國維는 "『상서』 중에 '비丕'자가 많이 보이는데, 어사語辭로 쓴 것이 많다. 아마도 본래 '불不'자였던 것을 후인들이 '대大'자로 잘못 해석하여 '일一'을 '불不'자 아래에 보태어 '비丕'자로 바꾼 것일 것이다."고 말하였다.

내가 살펴 보건데, "불不은 대大이다."고 한 말은 『이아·석고』의 문장이다. 그러나 숫자를 나타내는 명칭인 "일一"자에는 "대大"의 뜻이 없으니, 의심하건대 천天의 본자를 따라 "일一"자로 쓴 것이 아닌가하는 생각이 들며, 또한 의심하건데 "비丕"는 "배坏"자의 초문初文이 아닌가하는 생각이 든다. 배坏에서 토土는 형부이고 불不은 성부이다. 여기에서 형부 "일一"을 따르는 것은 "일一"이 지地의 초문初文이기 때문이다. 본서의 "이二"의 아래에 "이것은 고문의 상上자이다."는 주석이 있다. 이二는 일一이 일一 위에 있는 것을 가리키며, 아래로 선을 그으면 지地가 되고, 위로 선을 그으면 표식이 되며, 이것은 그것이 위에

있다는 것을 가리킨다. 또한 "둔屯"자 아래에서 일一은 지地라고 말하였으며, "지之"자 아래에서 일一은 지地이다고 말하였다. 그리고 "단旦"자 아래에서 일一은 지地라고 말하였고, "지至"자 아래에서 일一은 지地와 같다고 말하였다. 또한 "혹或"자 아래에서 일一은 지地라고 말하였으니, 이러한 모든 것이 지地의 초문初文이 "일一"이라는 증거이다. 일一의 형체가 숫자를 나타내는 명칭인 "일一"과 섞여 있는 까닭에, 형부 토土와 성부 야也로 이루어진 지地자의 초문이 마침내 사라지게 되었던 것이다. "비丕"자가 형부 일一을 따르는 것은 "배坏"자가 형부 토土를 따르는 것과 같다. 그러므로 "대大의 뜻이다"고 한 말은 인신한 뜻이다.(『疏證』云 : 王國維曰 : "『尙書』中多'丕'字, 且多作語辭用. 疑本爲'不'字, 後人誤釋爲'大', 因加'一'其下, 改爲'丕'字耳." 倫按"不, 大也"者, 『爾雅·釋詁』文. 然從數名之"一"無"大"義, 疑從天之本字作"一"者, 又疑"丕"爲"坏"之初文. 坏從土不聲, 此從"一"者, "一"爲地之初文. 本書"二"下曰 : "此古文上". 二者, 一在一上, 下劃爲地, 上劃爲標識以指其爲在上者耳. 又"屯"下曰 : 一, 地也. "之"下曰 : 一者, 地也. "旦"下曰 : 一, 地也. "至"下曰 : 一猶地也. "或"下曰 : 一, 地也. 此皆地之初文作"一"之證. 一形混于數名之"一", 故造從土也聲之地, 而初文遂廢. "丕"從一, 猶"坏"從土矣. "大也"者, 引申之義.)

마서륜은 당시 학술사조의 영향을 받았는데, 이러한 내용 역시 『소증』에 반영되어 있다. 예를 들면, 생식기를 숭배하는 설을 주장하여 "시示"자·"조祖"자·"우祐"자 아래에 이와 관련된 논리를 첨부해 놓았으며, 또한 "야也"자가 "여자의 생식기이다."는 해설과 연계하여 함께 설명하기도 하였다. 그러나 사실상 생식기를 숭배한다는 주장은 국외에서 온 학설로서 중국의 고대전적 속에는 이와 관련된 증거를 찾을 수 없다. "야也"자는 "이匜"자의 초문으로 보고 있는데, 이는 이미 확실하게 정해진 훈고이다. 따라서 마서륜의 이러한 관점은 학술계의 공인을 얻지 못하였다.

마서륜이 교감과 주석을 하면서 자신의 생각을 밝힐 때, 간혹 논거가 부족해 독단적인 견해에 빠지는 경우가 발생하였다. 예를 들면, "부阜"부部에서 "함陷은 높은 곳에서 아래로 떨어진다는 뜻이다. 일설에는 떨어진다는 뜻이다."(陷, 高下也. 一曰陊也.)고 하였는데, 『소증』에서 그는 "'높은 곳에서 아래로 떨어진다는 뜻을 따르다.'고 한 것은 본훈도 아니고, 또한 본의도 아닌 바로 함臽자의 뜻이다. '일설에는 떨어진다는 뜻이다'고 한 것은 다른 뜻이 아니고, 역시 『자림字林』의 해석으로 교정하는 사람이 이문異文을 수록한 것이다. 이 글자는 의심컨대 『자림』에서 나왔을 것이다." ('從高而下也'非本訓, 亦非本義, 乃臽字義也. '一曰陊也'非別義, 蓋亦『字林』訓, 校者錄異文也. 此字疑出『字林』.)고 말하였다. "유酉"부部의 "짐酖은 술을 마시기를 즐긴다는 뜻이다"(酖, 樂酒也.)고 하였는데, 그는 『소증』에서 그는 "내가 살펴 보건데, 현응의 『일체경음의』에서 『자림』의 '술을 즐기는 것을 분酚이라 한다.'고 한 말을 인용한 것이다. 나는 허신이 침沈이라 해석해야 옳다고 생각한다. '술을 즐기는 것을 분酚이라 한다.'고 한 말은 모두 『자림』의 문장이며, 혹 '술을 즐기는 것을 분酚이라 한다.'고 한 말이 바로 교감한 말일 것이다."(倫按 : 玄應『一切經音義』引『字林』'嗜酒曰酚'. 倫謂許當訓沈也. '樂酒也曰酚'皆『字林』文, 或'嗜酒曰酚'爲校語也.)고 말하였다. 그의 이러한 결론은 사실상 사람들이 믿고 따르기에 어려움이 있다.

4) 『설문해자약주』

『설문해자약주說文解字約注』는 장순흠張舜欽의 저서이다. 장순흠(1911~1993년)은 호남성의 원강沅江 사람이다. 민국대학民國大學, 난주대학蘭州大學, 서북사범학원西北師範學院의 중문과와 역사과 교수를 역임하였고, 화중사범대학華中師範大學의 중국역사문헌연구소 교수 겸 소장을 지냈다. 일생 동안 중국문화 연구에 매진하였으며, 많은 서적을 열람하여 문학과 역사와 철학 등 각 분야에 대한 많은 논술을 남겼다. 만년에는 독자적인 길을 개척해 중국문헌학을 전문적인 성격의 학문으로 발전시켰다. 그의 저서로는 『설문해자약주說文解字約注』·『광문자몽구廣文字蒙求』·『중국고대사적교독법中國古代史籍校讀法』·『중국문헌학中國文獻學』·『중화인민통사中華人民通史』 등 모두 20여 종이 전하고 있다.

장순흠은 『설문해자약주·자서』에서 "어려서부터 『설문』학 공부를 좋아해 단옥재의 『설문해자주』, 왕균의 『설문구두』·『설문석례』 등을 모두 열독하였으며, 다시 계복의 『의증』, 엄가균의 『교의』, 주준성의 『통훈정성』 등과 비교하여 그 이동異同을 책의 말미에 기록해 놓았으며, 간혹 자신의 의견을 첨부하기도 하였다. 작은 글씨로 촘촘하게 책 위아래는 물론 사방을 빽빽하게 모두 채워 놓았다. 20세 때 『설문해자고림』이 출간되어 세상에 알려지자 한편으로 수집된 자료의 풍부함에 찬탄을 금치 못하면서도, 또 한편으로는 잡다하게 뒤섞여

張舜欽의 『說文解字約注』

있는 것을 병폐로 여겼다. 여러 학자들을 나열해놓았다고는 하지만 논단이 없어 사람들이 큰 바다를 보고 탄식하듯이 공연히 사람들로 하여금 자신의 능력이 미치지 못함을 개탄하게 만들 뿐, 무엇을 어떻게 따라야 할지 알지 못하기 때문에 마땅히 번잡한 부분을 삭제하고 간명하게 밝혀야 하며, 그 중에서 요지만을 취해 별도로 하나의 책으로 엮어 초학자들이 편리하게 읽을 수 있도록 해야 한다고 여겼다. 50세 이후부터 차츰 금문과 갑골문을 취해 허신의 책을 증보하고 정정하였는데, 그는 지붕을 쳐다보고 생각하다가 때때로 새로운 말을 떠올리기도 하였으며, 이전 사람들이 소석疏釋한 허신의 책을 널리 보되 간략히 취하였다. 또한 훌륭한 말은 골라 따르고 번잡한 말은 삭제하여 요지만을 남긴 후에 자신의 견해를 덧붙여 논정하였다. 이렇게 하여 본서는 1971년에 마침내 완성되었는데, 구상에서부터 완성하기까지 전후 40년이라는 시간이 걸렸으며, 다시 20년 후인 1983년에 비로소 하남인민출판사에서 출간되었다.

책의 제목을 『약주』라고 정한 이유는 세 가지 의미가 내포되어 있다. 첫 번째는 송대 이후 허신의 책을 소석疏釋한 서적 중에서 가장 훌륭한 것을 간략하게 취해 논정하였다는 점이고, 두 번째는 지나치게 진부한 말의 사소하고 잡다함을 없애고, 고증의 번잡한 것을 제거하였으며, 말은 요지를 숭상하고 언어는 간략함을 따랐다는 점이다. 그리고 세 번째는 문자의 발생과 파생을 모두 소리의 근원에서 궁구했으며, 자의를 밝힘에 있어 쌍성雙聲의 이치를 가지고 따랐다는 점이다.

『약주』는 『설문해자고림』의 성과를 받아들인 것 이외에도, 문집文集이나 필기筆記 중에서 요지를 골라 주석에 집어넣었으며, 역대 전적 중에서도 예를 들면, 『구경자의九經字樣』·『몽계필담夢溪筆談』·『본초강목本草綱目』 등에서 허신의 주장에 도움이 될 만한 내용을 취하여 "널리 보되 간략하게 취한다."(博觀約取)는 작자의 찬술 의도를 충분히 반영하였다. 전서 30권은 각 글자마다 『설문해자』 15권을 주석한 것 이외에, 별도로 엄가균의 『허군사적고許君事迹考』・도방기陶方琦의 『허군년표고許君年表考』・황간黃侃의 『한대부터 송대에 이르는 『설문』학자를 논함論自漢迄宋爲『說文』之學者』 등 세 편의 논문을 첨부해 놓았다. 그리고 편의 마지막 부분에 "통검通檢"을 덧붙이고, 필획의 순서에 의거해 글자를 수록해 놓았는데, 그의 찬술체례를 살펴보면 다음과 같다.

"상祥은 복이다. 시示는 형부이고, 양羊은 성부이다. 또는 선善을 말한다."

祥 : 福也. 從示, 羊聲. 一云善. (卷一)

『약주』에서 단옥재는 "무릇 종합해 말한 즉, 재앙災의 뜻을 상祥이라 하며, 구분해 말한 즉, 선善을 상祥이라 말한다."고 하였다. 내가 살펴 보건데, 상祥은 선善을 말하는 것이다. 무릇 길흉을 먼저 보는 것을 모두 상祥이라 한다. 소공昭公 18년 『좌전』가운데 "장차 크게 상서로움이 있을 것이다."(將有大祥)는 말에 대해, 두예의 주에서 "상祥은 변이變異하는 기운이다."고 말했는데, 이는 상祥자의 뜻이 본래 좋고 나쁜 일을 통틀어 말한다는 것을 의미한 것이다. 해설 마지막 부분에 보이는 "일설에는 선이라 말한다."(一云善)는 세 글자는 원래 소서본에는 보이지 않는데, 의심컨대 후인이 보탠 것이라 생각된다. (『約注』云 : 段玉裁曰 : "凡統言則災意謂之祥, 析言則善者謂之祥." 瞬徽按 : 祥之爲言善也. 凡吉凶之先見者, 皆謂之祥. 昭公十八年『左傳』:

"將有大祥" 杜注云 : "變異之氣". 是其義本統善惡而言也. 說解末 "一云善"三字, 小徐本無, 疑爲後人所增.)

"제祭는 제사이다. 시示는 형부이며, 손으로 고기를 잡고 있는 모습을 본떴다."

祭 : 祭祀也. 從示, 以手持肉. (卷二)

『약주』에서 마서륜은 "제사祭祀라는 말 중에서 제祭자는 예서隸書에서 삭제하지 않은 글자를 다시 말한 것이다."고 말하였다. 내가 살펴보건데, 마서륜의 설은 따를 만하다. 계복은 "제사祭祀"는 마땅히 "찰사詧祀"라고 써야 하며, 왕균은 "찰사察祀"라고 써야 한다고 하였는데, 모두가 옳지 않은 말이다." (『約注』云 : 馬叙倫曰 : "祭祀也者, 祭字是隸書復擧字之未刪者." 舜徽按 : 馬說可從. 桂馥謂"祭祀"當爲"詧祀", 王筠謂當作"察祀", 皆非.)

"토討는 다스린다는 뜻이다. 언言은 형부이고, 촌寸은 성부이다."

討, 治也. 從言, 從寸. (卷五)

『약주』에서 말하길, 계복은 "『논어』의 '세숙世叔이 토론한다.'(世叔討論之)는 말에 대한 주석에서 '토討는 찾아서 밝힌다는 것이다.'고 하였다. 계복은 한나라 때 비석에 치治『역易』·치治『시詩』·치治『춘추春秋』라는 말이 많이 보이는데, 여기서 이 치治자는 바로 토론한다는 뜻이라 생각한다."고 하였다. 내가 살펴 보건데, 찾아서 밝힌다는 것을 토

討라고 말하는 것은 대체로 구求자 뜻을 인신한 것이다. 그러므로 주誅와 토討 두 글자는 본래 호훈互訓할 수 있다. 주誅와 구求는 연계하여 말할 수 있다. 즉 토討자 역시 본래 구求자의 뜻을 가지고 있다. 지금 세상에서는 오히려 자신이 부족한 것을 남에게 빌어 구하는 것을 토討라고 말하는데, 이는 무릇 고어古語 중에서 겨우 남아있는 것이다. 토討자는 형부 언言과 촌寸으로 이루어진 글자이다. 형부 촌寸과 형부 우又는 같은 뜻이며, 손의 모습을 본뜬 상형자이다. 남에게 빌어 구할 것이 있으면, 반드시 먼저 말로써 해야 하기 때문에, 형부 언言자를 따른 것이며, 그 다음에는 손을 내밀어야 하는 까닭에, 형부 촌寸자를 따른 것이다. 이 글자는 마땅히 토구討求를 본의로 삼아야 하고, 그밖에 나머지 뜻은 모두 인신가차한 뜻이다. 서개는 촌寸은 법法의 뜻이다. 그러므로 엄정한 말로서 죄 지은 자를 벌하는 까닭에, 형부 언言자를 따르는 것이라고 말하였다. 이것은 바로 후에 생긴 뜻을 가지고 말한 것이며, 글자를 만들 당시의 본의는 아니다. (『約注』云 : 桂馥曰 : "論語'世叔討論之'. 注云 : '討, 尋究也.' 馥謂漢碑多言治『易』治『詩』治『春秋』, 治卽討論也." 舜徽按 : 尋究謂之討, 蓋求義之引申. 誅討二字, 本可互訓. 誅求卽可連言, 則討亦自有求義. 今俗猶謂己所匱乏而從人有所乞求者爲討, 蓋古語之僅存者. 討字從言從寸, 從寸與從又同, 卽從手也. 從人有所乞求者, 必先之以辭, 故從言; 次出之以手, 故從寸. 此字當以討求爲本義, 餘皆引申假借義也. 徐鍇謂寸者法也, 奉辭伐罪, 故從言. 此乃据後起之義爲說, 非造字時本意.)

본서에서는 또한 갑골문자와 금문자를 운용해 허신의 책을 해석하는

데 상당한 주의를 기울였다. 예를 들면,

> "복福은 돕는다는 뜻이다."
> 福 : 祐也. (卷一)

『약주』에서 말하길, 복福자는 갑골문 속에서 두 손으로 시示(지신) 앞에서 술잔을 받들고 있는 모습을 본뜬 것이며, 그 본의는 당연히 술을 권하는 것을 말한다. 술을 권할 때 정성으로 하면 스스로 복이 온다. 『예기·제통』의 "반드시 복을 받는다(必受其福.)는 말에 대해, 정현은 주에서 "세상에서 말하는 복福이란, 귀신의 도움을 받는 것을 말한다."고 하였는데, 바로 이 뜻이다. 고대에는 미혹되게 귀신을 믿어서 항상 귀신에게 제사지내 도움을 구하였기 때문에, 허신은 바로 우祐자로서 복福자를 해석한 것이다. (『約注』云 : 福字在甲文中, 象兩手奉尊于示前, 其本義當爲侑酒. 侑酒以誠, 自能致福. 『禮記·祭統』: "必受其福." 鄭注云 : "世所謂福者, 謂受鬼神之祐助也."是其義已. 古代迷信鬼神, 恒祀神以求祐助, 故許君卽以祐訓福.)

> "득得은 걸어가다가 얻은 것이 있는 것을 말한다."
> 得: 行有所得也. (卷四)

『약주』에서 말하길, 갑골문에서 오른손으로 조개를 가지고 있는 모양을 본뜬 것으로, 취하여 얻는다는 뜻이다. 허신은 형부 견見자를 따른다고 했는데, 이는 전서의 형체에 의거한 설이며, 그 실제의 뜻은 잃어버리고 말았다." (『約注』云 : 甲文從又持貝, 取得之意也. 許君以爲從見, 乃据篆体之說, 失其實矣.)

장순흠은 또한 때때로 주석 가운데 자신의 관점을 밝혀 놓았는데, 간혹 새로운 해석이 보인다. 예를 들면,

"제帝는 살핀다는 뜻이다. 천하에서 왕 노릇하는 사람의 칭호이다."
帝 : 諦也. 王天下之號也. (卷二)

『약주』에서 말하길, 제帝는 천하에서 왕 노릇하는 사람의 칭호라는 것은 본래가 가차한 뜻이다. 제帝자를 고찰해보면, 가장 먼저 받는다는 뜻으로, 당연히 일日자와 근원이 같다. 천지 사이에서 가장 잘 살피는 물건 중에 해만한 것은 아무 것도 없으며, "일日"과 "제帝"는 단지 설상음舌上音과 설두음舌頭音의 차이일 뿐, 음이 본래 서로 비슷한 것을 보면, 아마도 본래 한 글자였을 것이다. 그 후 사람의 무리 중에서 통치하는 사람이 출현하자, 처음에 사람들이 그를 해에 비유했던 까닭에, 그를 제帝라고 불렀을 것이다. 옛날에 "하늘에는 두 개의 해가 없고, 백성들에게는 두 명의 왕이 없다."는 말이 있고, 또한 "이 태양이 언제나 없어질 것인가?"라는 말이 있는데, 이는 모두 천하에서 왕 노릇하는 사람을 가리켜 말한 것이다. (『約注』云 : 帝爲王天下之號, 自是借義. 考帝字最初受義, 當與日字同原. 天地間最省諦之物莫如日, "日"與"帝"止舌上・舌頭之分, 音本相近, 蓋本爲一字也. 其後人群有統治者出, 初民卽擬之于日, 故以帝稱之. 古稱"天無二日, 民無二

王", 又稱"時日曷喪", 皆指君天下者而言.)

"왕王은 천하가 돌아가는 바이다. 동중서가 말하길, '옛날에 글자를 만든 사람은 세 개의 획을 긋고 그 중간을 연결시키는 것을 왕王이라 하였다. 세 개의 획은 하늘과 땅과 사람이며, 이 셋을 통달한 사람이 왕이다.'고 하였다. 공자는 말하길, '하나가 셋을 꿰뚫은 것을 왕王이라 한다.'고 하였다." (王 : 天下所歸往也. 董仲舒曰 : "古之造文者, 三劃而連其中謂之王. 三者, 天地人也, 而參通者土也." 孔子曰 : "一貫三爲王.")

『약주』에서 말하길, 오대징吳大徵은 "한나라 때 유학자들은 대체로 소전小篆에 의거해 경전을 말하였는데, 이는 고대에 처음 글자를 만들었을 때의 본의와는 완전히 부합되지는 않는다. 왕王자는 고문에서 땅속에는 불이 있으며, 그 기운이 성한 것을 나타낸 것이다. 불이 왕성한 것을 왕王이라 하며, 덕이 왕성한 것 또한 왕王이라 하였기 때문에, 천하에서 왕 노릇 하는 사람의 칭호이다."고 하였는데, 내가 살펴보건데, 땅 밑에 불을 왕이라 칭한 것은 천상의 해를 제帝라 칭한 것과 같다. 왕王과 제帝는 천지간에서 가장 큰 위력을 가지고 있기 때문에, 상고시대 사람들이 이를 취해 통치자의 호칭으로 삼았을 것이다." (『約注』云 : 吳大澂曰 : "漢儒多依小篆以說經, 與古初造字之本義不盡合. 王字古文作地中有火, 其氣盛也. 火盛曰王, 德盛亦曰王, 故爲王天下之號." 舜徽按 : 地下之火稱王, 猶天上之日稱帝. 二者皆天地間威力最烈之物, 故初民取以爲統治者之號.)

장순흠은 주석에서 특별히 "쌍성상연雙聲相衍"을 가지고 어원의 이치를 밝히는 것을 강조하고, 스스로 "보잘 것 없는 작은 뜻이지만 온 힘을 기울였다."(區區寸心, 頗謂盡力)고 자신의 생각을 밝혔다. 예를 들면, "옥玉"부部의 "곤琨"자 아래에 말하길, "곤琨을 혼混이라 말한 것은 그 형태가 둥글어서 굴러 움직일 수 있는 것을 말한다. 고대에는 혼混을 고본절古本切로 읽었으며, 바로 지금의 곤滾자이다. 형태가 둥글고 작고 빛깔이 옥처럼 아름다운 돌이 있는데, 그것을 탁자 위에 놓으면 움직이는 것이 마치 물이 세차게 흘러가는 것처럼 보이는 까닭에, 그래서 그것을 곤琨이라 말한 것일 뿐이다." (琨之言混也, 謂其形圓能滾動也. 古讀混爲古本切, 卽今之滾字. 石有形圓小而色美似玉者, 置之几案, 則流動有似于水之滾轉, 因謂之琨耳.) "민珉"자 아래에 말하길, "민珉을 문文이라 말한 것은 여러 가지 색깔이 뒤섞여 있고 무늬가 많기 때문이다."(珉之言文也. 謂其色駁雜多文也.) "초草"부部의 "낙落"자 아래에 말하길, "영락零落이라는 두 글자는 쌍성이지만 실제로는 하나의 말이다. 말을 쪼개면 구분이 있지만, 말을 통합하면 구별이 없다."(零落二字雙聲, 實卽一語. 析言有分, 統言無別.) "우牛"부部의 "특特"자 아래에 말하길, "거세를 하지 않은 수컷 소를 특特이라 하며, 이는 거세하지 않은 말을 등騰이라고 말하는 것과 같다. 특特과 등騰은 쌍성으로, 말이 전환된 것이다."(牡牛之未犗者謂之特, 猶馬之未犗者謂之騰耳. 特藤雙聲, 語之轉也.) "족足"부部의 "과踝"자 아래에 말하길, "지금의 말에서는 사람 발의 오른쪽과 왼쪽의 뼈를 고괴孤拐라 하는데, 바로 골骨과 과踝 두 글자의 말이 전환된 것이다."(今語稱人足左右骨曰孤拐, 乃骨踝二字之語轉.)

상술한 여러 가지 예들은 모두 능히 일가의 말을 이룰 수 있는 말들이다.

5) 고등교육기관과 학술단체의 『설문』에 대한 연구

80년대에 들어서 학술 분위기의 팽배와 학술사업의 번영에 따라 『설문해자』에 대한 연구 역시 더 크고 광범위하게 진행되고 있다. 종합대학을 비롯한 일부 사범학교 내에서도 『설문해자』 과목을 개설하여 운영하고 있으며, 현재 상당히 많은 대학들이 한어사漢語史 석사연구생(대학원)을 육성하고 있다. 또한 역사가 깊은 일부 대학에서는 한어사 박사연구생을 육성하고 있는데, 이 과정 중에 『설문해자』 강의와 연구 역시 빠지지 않는 중요한 과목 가운데 하나이다. 이외에도 상당히 많은 고등교육기관 내에 고적정리연구소古籍整理研究所, 혹은 언어문자연구소言語文字研究所가 설립되어 운영되고 있으며, 그 중에 일부 연구원들은 『설문』학에 대한 다양한 연구를 진행하고 있다. 따라서 고등교육기관에서 근무하고 있는 교수진이나 연구원들 모두 『설문』학 연구의 주력부대라고 말할 수 있을 것이며, 또한 이들은 이미 상당히 많은 학술적 성과를 이루어 내기도 하였다.

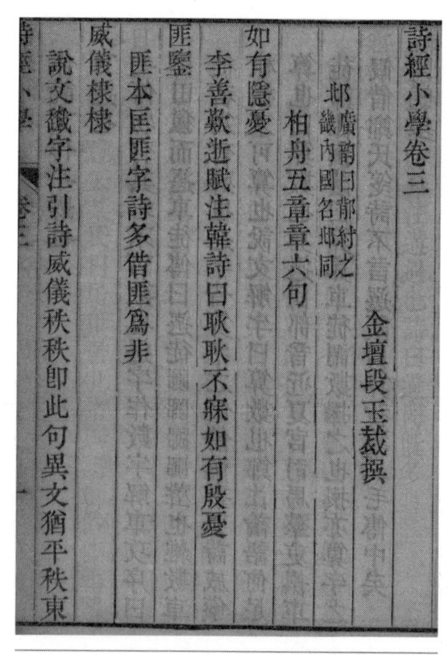
詩經小學卷三 金壇段玉裁撰
邶 廣韵曰鄁紂之畿内國名邶同
柏舟五章章六句
如有隱憂 李善歎逝賦注韓詩曰耿耿不寐如有殷憂
匪鑒 匪本匡匪字詩多借匪爲非
威儀棣棣 說文䥫字注引詩威儀秩秩卽此句異文猶平秩東

段玉裁의 『詩經小學』

중국훈고학연구소中國訓詁學研究所는 1981년에 성립되었는데, 회장 육영명(종달) 선생이 바로 『설문해자』를 연구하는 전문가이자 "장황학파章黃學派"의 계승자이기도 하다. 중국훈고학연구회, 하남성언어학회, 하남대학, 정주대학이 공동으로 1985년 4월 하남성 개봉시開封市에서 "허신기념학술토론회"를 개최하였다. 회의에 참석한 사람들은 70여 편의 논문 제출과 함께 열띤 토론을 벌였으며, 주요 토론 내용은 허신의 생평을 비롯해 『설문』의 체례, 설해, 사휘학, 고음학 등 다양한 방면에서 이루어졌다. 또한 회의에 참석한 대표들은 언성郾城까지 직접 찾아가서 허신의 묘에 참배하고, 낙양시에 들려 허신의 동상건립 낙성식에 참가하였다. 한편, 하남성 사회과학원에서는 허신의 학문을 연구하는 중심센터로서 언성허신연구소를 설립하고 국내의 각 고등교육기관의 허신학 전문가를 겸임연구원으로 초빙하였다. 아울러 1991년과 그 후 연이어 두 차례의 국제적 학술회의의 성격을 지닌 허학학술토론회許學學術討論會를 개최하였다.

중국훈고학연구회는 또한 금단현金壇縣 정부와 공동으로 1985년 10월 단옥재의 고향에서 "단옥재탄생기념 250주년 대회"를 개최하였는데, 전국 각지에서 참석한 120여 명의 전문가와 금단현의 주민들이 함께 단대령段大令(단옥재)의 탄신을 기념하기 위해 성대한 경축회를 거행하였다. 기념활동기간에 3일 동안 학술토론회가 열렸으며, 회의에 참석한 학자들은 52편의 학술논문에 대해 열띤 토론을 벌였다. 이들은 단옥재의 문자·음운·훈고 등의 성취에 대한 집중 토론을 벌였을 뿐만 아니라, 이외에도 단옥재의 『시경소학詩經小學』과 방언方言 자료의 운영 등 여러 방면에 이르기까지 다양한 자신들의 견해를 제시함으로써 단옥재의 학문연구에 새로운 영역을 개척하였다.

청대의 『설문』 4대가의 저서를 비롯한 『설문해자고림』 등의 서적 역시 관련 국내 출판사에서 지속적으로 재판을 세상에 내놓아 연구자나 애호가를 위해서 없어서는 안 되는 연구 자료를 제공하였다. 전통문화연구에 대한 열기가 뜨거워짐에 따라 『설문』학은 앞으로도 더욱 더 많은 사람들의 관심과 중시를 받게 될 것이다. 이러한 활동 분위기 속에서 기초가 튼튼하고 역량이 뛰어난 학자들이 고독함 속에서 부지런히 연구를 진행하고 있다. 이처럼 많은 사람들의 노력을 통해 『설문』학 연구는 중국 학술문화라는 테두리 속에서 앞으로 더욱 더 찬란한 꽃을 피우게 될 것이며, 또한 더욱 더 많은 열매를 맺을 것으로 기대한다.

제4장

『설문해자』의 응용

1. 『설문』을 운용한 고서의 사의 해석

1) 본의의 식별과 운용

본의本義는 하나의 사詞가 가지고 있는 본래의 뜻을 의미한다. 사詞의 뜻을 확정지으려면 반드시 먼저 자형으로부터 고찰해야 한다. 선조들은 글자를 만들 때 때때로 형체를 가지고 그것이 나타내는 의미를 표시하고, 뜻은 자형에 기탁하였는데, 이것이 이른 바 "의기우형義寄于形"이다. 따라서 사詞의 본의와 서사書寫 형식은 필연적인 관계를 가지고 있다. 상형자·지사자·회의자는 본의가 글자의 형체에 기탁하고 있어 글자의 형체와 뜻이 서로 부합되지만, 그러나 형성자의 형방은 단지 해당 글자가 지니고 있는 뜻의 범주만을 표시한다.

글자의 본의를 밝히는데 있어서 허신은 대단히 큰 공헌을 하였다. 이에 대해 단옥재는 “허신이 『설문』을 쓴 것은 한나라 때 사람들이 통가通借하는 일이 번잡하고 많아 그 뜻을 궁구할 수가 없어 학자들은 어떤 글자가 본래의 글자인지, 또한 어떤 뜻이 본래의 뜻인지 알지 못하였다.…… 그러므로 이를 위해 글자의 형체에 의거해 음과 뜻을 말함으로써 글자의 본의를 분명하게 알 수 있게 되었다. 본의가 이미 분명해짐에 따라 이 글자의 음을 쓰되 이 글자의 뜻을 쓰지 않는 것을 가차라고 정할 수 있게 되었다. 본의가 분명하면 가차 역시 분명하지 않은 것이 없을 것이다.”(許之爲是書也, 以漢人通借繁多, 不可究詰, 學者不知何字爲本字, 何義爲本義,……故爲之依形以說音義, 而制字之本義昭然可知. 本義既明, 則用此字之聲而不用此字之義者, 乃可定爲假借. 本義明, 而假借亦無不明矣.)(『설문 · 서』주석)고 말하였다. 허신이 글자의 본의를 파악하게 되자 훈고의 문제를 근본적으로 해결할 수 있게 되었던 것이다. 본의는 모든 인신의의 출발점이다. 따라서 본의를 파악하게 되면 인신의 역시 조리가 서기 때문에 혼란스럽지 않다. 본의를 파악하면 가차의 역시 분명해진다.

일부 글자 가운데 우리에게 익숙한 뜻이 그 글자의 인신의일 가능성이 있다. 따라서 본의로부터 해석을 얻고자 한다면, 『설문』을 검색해 봐야 한다. 예를 들면,

> 『좌전左傳 · 성공成公』 2년의 “뱀에게 상처를 입고도 이 일을 숨겼기 때문에 수레를 끌 수가 없어서 추격을 당하였다.”(傷而匿之, 故不能推車而及.)는 말에 대해, 두예는 주에서 “한궐韓厥에게 추격을 당했다.”(爲韓厥所及)고 하였다.

『설문』을 살펴보면, “이隶는 뒤좇아 온다는 뜻이다. 형부 우又와 미尾를

생략해 이루어진 글자이다. 또한 오른손으로 꼬리를 잡는다는 의미로, 뒤에서 쫓아오는 것을 나타낸다."(隶, 及也. 從又, 從尾省. 又持尾者, 從後及之也.)(권3하)고 하였고, "체逮는 당체唐逮이며, 뒤에서 쫓아온다는 뜻이다."(逮 : 唐逮, 及也.)고 하였다. 단옥재는 "'체逮'자가 널리 쓰여 지자, '이隶'자는 없어졌다고 하였다. 마서륜은 마땅히 "강이康隶처럼 읽는다"(讀若康隶)고 해야 하나 앞에 잘못 놓았다고 하였다. 또한 『순자·효문』에서 "위나라의 무후가 일을 꾀함이 합당하여, 군신 가운데 그를 따를 자가 아무도 없었다(魏武侯謀事而當, 群臣莫能逮.)"고 하였는데, 이는 모두 체逮와 급及이 호훈互訓한 예로, 그 본의는 뒤쫓는다는 것을 가리킨다.

> 『시詩·소아小雅·대전大田』에서 "저기에는 남은 볏단이 있고, 여기에는 빠트린 벼이삭이 있으니, 그것은 과부의 몫이다."(彼有遺秉, 此有滯穗, 伊寡婦之利.)

『설문』에서 "병秉은 볏단이다. 오른손으로 벼를 잡는다는 뜻을 따른다."(秉, 禾束也. 從又持禾.)(권3하)라고 하였는데, 이것이 병秉자의 본의이다. 『의례·빙례』에서도 "네 묶음의 볏단을 거筥라 한다."(四秉曰筥)고 하였으니, 이것으로 본의를 증명할 수 있다.

> 『시·제풍·남산』에서 "장작을 패려면 어떻게 하나? 도끼가 없으면 팰 수 없지. 장가를 들려면 어떻게 하나? 중매가 아니면 들 수 없지."析薪如之何? 匪斧不克. 取妻如之何? 匪媒不得.)

『설문』에서 "석析은 나무를 쪼개는 것을 말한다. 또는 꺾는 것을 말한다. 형부 목木과 근斤으로 이루어진 글자이다."(析, 破木也. 一曰折也. 從木從斤.)(권6상)고 하였으며, 또한 "사斯는 쪼갠다는 뜻이다. 근斤은 형부이고, 기其는 성부이다. 『시경』에서 말하길, 도끼로 쪼갠다."(斯, 析也. 從斤, 其聲. 『詩』曰 : 斧以斯之.)(권14상)고 하였는데, 여기서 사斯와 석析은 첩운疊韵이며, 동의사同義詞로서 훈석하였는데, 또한 은연중에 성훈聲訓이 내포되어 있다. 『시·진풍·묘문』에서 "묘문에 가시나무가 있어 도끼로 그것을 쪼갠다."(墓門有棘, 斧以斯之.)고 하였다.

> 『전국책全國策·제책齊策』에서 "과인이 고루 마음을 쓰지 못하여 조상이 재앙을 내려 벌을 받았다."(寡人不詳, 被于宗廟之祟.)

『설문』에서 "수祟는 귀신이 내리는 재앙이다. 형부 시示와 출出이 합쳐서 이루어진 회의자이다."(祟, 神禍也. 從示出.)(권1상)고 하였는데, 이는 정확하게 구절 중의 사의를 해석한 것이다.

> 『좌전·소공』 22년에 "빈맹賓孟이 교외로 나갔다가 수탉이 스스로 자기의 꼬리를 물어뜯어 끊는 것을 보았다. 그 이유를 물으니, 시자가 대답하길, 스스로 제물에 희생되는 것을 싫어해서입니다."(賓孟適郊, 見雄鷄自斷其尾. 問之, 侍者曰 : 自憚其犧也.)라는 말이 보이는데, 이에 대해 두예는 주에서 수탉이 희생되어 종묘에 바쳐지는 것을 두려워하기 때문에, 스스로 자기 부리로 꼬리를 깨물어 없앤 것이다.(畏其爲犧牲奉宗廟, 故自殘毁.)고 설명해 놓았다.

『설문』에서 "희犧는 종묘의 제사에 쓰는 희생이다."(犧, 宗廟之牲也.)(권2상)고 하였으며, "생牲은 통째로 제사에 쓰이는 소이다."(牲, 牛完全也)고 하였다. 『주례 · 목인』의 정현 주에서 "희생犧牲은 털과 깃이 완전히 갖추어진 것이다."(犧牲, 毛羽完具也.)(권2상)고 한 말을 참고해 보면, 고대의 예제禮制에서 종묘의 제사에 올리는 것은 반드시 완전히 다 갖추어진 형태로 올린다는 사실을 반영한 것이라 하겠다. 『춘추 · 성공』7년에 "생쥐가 교제郊祭에 올리는 소의 뿔을 갉아먹었기 때문에, 점을 쳐서 다른 소로 바꾸었다. 생쥐가 또 다시 그 소의 뿔을 갉아먹었기 때문에, 소가 희생으로 쓰이던 것을 면하게 되었다."(鼷鼠食郊牛角, 改卜牛. 鼷鼠又食其角, 乃免牛.)고 한 말이 보이는데, 이는 완전하지 못하면 제사의 제물이 될 수 없었다는 사실을 설명해준다고 하겠다.

> 『문선文選 · 상림부上林賦』에서 "망시공亡是公이 입을 듣고 난 후에 웃었다."(亡是公聽然而笑.)"고 한 말이 있다.

『설문』에서 "청聽은 웃는 모양이다. 구口는 형부이고, 근斤은 성부이다."(聽, 笑貌也. 從口, 斤聲.)(권2상)고 하였다. 의인절宜引切(음은 yǐn)이다. 또 "흔欣은 기뻐한다는 뜻이다. 흠欠은 형부이고, 근斤은 성부이다."(欣, 笑喜也. 從欠, 斤聲.)(권8하)고 하였다. 또 "흔訢은 기뻐한다는 뜻이다. 언言은 형부이고, 근斤은 성부이다."(訢, 喜也. 從言, 斤聲.)(권3상)고 하였다. 성부 근斤으로부터 음音을 얻은 이 세 글자는 모두 웃으며 기뻐한다는 뜻이 내포되어 있다. 지금의 음 tīng이란 음은 가차가 간체화한 것이다.

『보임안서報任安書』에 "손빈은 다리의 슬개골이 잘리는 빈각臏脚의 형벌을 받고서도 『손자병법』을 찬술하였다."(孫子臏脚, 兵法修列.)

『설문』에서 "빈臏은 정강이뼈이다."(臏, 膝端也.)(권4하)고 하였다. 빈각臏脚의 형벌은 슬개골膝蓋骨을 잘라내는 것을 말한다. 『설문』에서 "각脚은 정강이를 말한다."(脚, 脛也)(권4하)고 하였다. "경脛은 행胻이고"(脛, 胻也), "행胻은 경단脛端이다."(胻, 脛端也.) 『사기史記·위기무안후열전魏其武安侯列傳』에서 "가지가 줄기보다 크고, 정강이가 넓적다리 보다 크니, 꺾어 정리하지 않으면 반드시 끊어져 갈라질 것이다."(枝大于本, 脛大于股, 不折必披.")(피披는 분열한다는 뜻이다.)고 하였는데, 경脛자를 고股자와 대조시켜 경脛(脚)의 옛날 뜻이 소퇴小腿(정강이. 종아리)라는 것을 설명한 것이다. 문헌에서 살펴보면, 빈형臏刑과 월형刖刑은 같지 않다. 『설문』에서 "월刖은 발을 자른다는 뜻이다."(跀, 斷足也.)(권2하)고 말하였는데, 월刖자는 또한 □跀, 올兀이라고도 하며, 발을 베는 형벌이다. 발을 베인 사람은 다만 용踊(윈발 신. 월형을 받은 사람이 신는 윈발 신)을 신을 수 있기 때문에, 『좌전·소공』3년에서 "이때 경공이 형벌을 남용하여 월형을 받은 사람이 신는 윈발 신을 파는 사람이 있었다. 그러므로 대답하길, 월형을 받은 사람이 신는 윈발 신은 비싸고, 한 쌍의 신발은 싸다고 했다."(于是景公繁于刑, 有鬻(賣)踊者. 故對曰 : 踊貴, 屨賤.)는 말에 대해, 두예는 주에서 "용踊은 월형을 받은 사람의 신을 가리키며, 월형을 받은 사람이 많았다는 것을 말한다.(踊, 刖足者屨. 言刖多.)고 하였다. 『장자·덕충부』에서 "노魯나라에 발 하나가 잘린 숙산무지라는 사람이 있었는데, 발꿈치를 질질 끌면서 중니(공자)를 만나러 왔다."(魯有兀者叔山無趾, 踵見仲尼.)는 말이 나오는데, 이것 또한 월형刖刑을 받은 사람은 발꿈치만으로 걸을 수 없는 상황을 반영한 것이다. 고의古義에서 발(足)은 하지下肢에 신을 신는 부분을 가리키기 때문에, 월형刖刑과 빈형臏刑은 다르다.

『사기 · 회음후열전』에서 "항왕項王은 사람을 만날 때 공손하고 자애로운 태도로 자상하게 말하고, 사람에게 질병이 있으면 눈물을 흘리며 자신의 음식을 나누어 주지만, 사람이 공을 세우게 하고서 응당 작위에 봉해 줄 때에 이르면, 관인官印이 다 닳아 못쓰게 되어도 그것을 차마 주지 못하였으니, 이는 이른바 아녀자의 인자함이다." (項王見人恭敬慈愛, 言語嘔嘔, 人有疾病, 涕泣分食飮, 至使人有功當封爵者, 印刓弊, 忍不能予, 此所謂婦人之仁也.)고 하였다.

『설문』에서 "완刓은 깎는다는 뜻이다."(刓, 剸也.)(권4하)고 하였는데, 단옥재와 왕균은 전剸자는 마땅히 단團자로 써야 한다고 하였다. 『한서음의漢書音義』에 보면, "완刓은 둥글어서 모난 귀퉁이가 없는 것을 말한다."(刓, 謂刓團無棱角也.)고 하였다. 그러므로 "인장이 닳아 못쓰게 되도 차마 주지 못하였다."(印刓弊, 忍不能予)는 말의 뜻은 남에게 줄 도장을 이미 다 새겨 놓고 만지작거려 도장의 모서리가 다 없어졌지만, 아까워 주지 못하는 것을 말한 것이다. 『초사 · 회사』에서 "모난 것을 깎아서 둥근 것이 되어도 법도는 바꾸지 않는다."(刓方以爲圜兮, 常度未替.)는 말이 있는데, 이 뜻은 네모난 형태를 깎아서 둥글게 만든다 해도, 법도는 결코 바꿀 수 없다는 것을 말하며, 이 문장 또한 『사기』의 문장과 함께 "완刓"자의 뜻을 증명할 수 있다.

『좌전 · 희공』28년에서 "잡역을 하는 사람들이 말하는 소리를 들으니, 들과 밭에 풀이 무성하니, 그 묵은 뿌리를 뽑아 버리고 새 씨앗을 뿌려야겠다고 하네."(聽輿人之誦曰 : 原田每每, 舍其舊而新是謀.)라는 말에 대해, 두예는 주에서 "진나라 군대가 훌륭하고 강한 것이 마치 들과 밭에 풀이 무성한 것과 같음을 비유하였다."(喻晉軍美盛, 若原田之草每每然.)고 하였다.

『설문』에서 "매每는 풀이 무성하게 위로 올라온 것을 말한다. 중屮은 형부이고, 모母는 성부이다"(每, 草盛上出也. 從屮, 母聲.)(권1하)고 하였는데, 이 자의字義로 경전의 사의詞義를 설명할 수 있다.

『상서·반경』에 "마치 농부가 논에서 열심히 농사를 지어야만 풍성한 수확을 거 둘 수 있는 것과 같다."(若農服田力穡, 乃亦有秋.)

『설문』에서 "추秋는 농작물이 익은 것을 말한다."(秋, 禾穀熟也.)(권7상)고 하였다. 추秋자의 본의는 농작물이 익은 것을 말하므로, 후에는 농작물이 익는 계절을 가리키게 되었다. 『반경』에 보이는 구절의 뜻은 마치 농부가 밭에 씨를 뿌리고서 단지 열심히 경작해야 비로소 좋은 수확을 얻을 수 있는 것과 같다는 것을 말한 것이다.

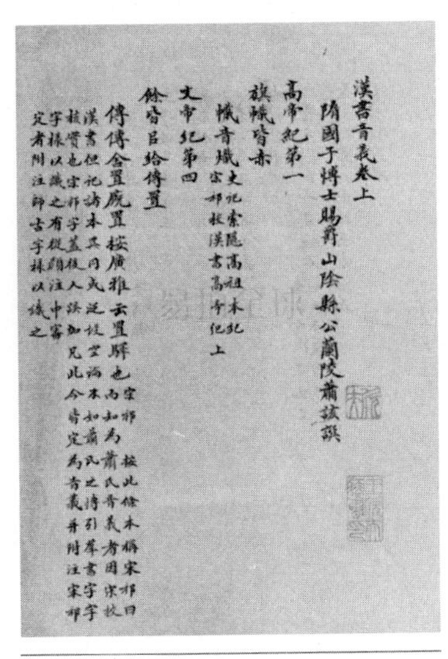

漢書音義卷上
隋國子博士賜爵山陰縣公蘭陵蕭該撰
高帝紀第一
旗幟皆赤
幟音熾 史記索隱高祖本紀 宋祁校漢書高帝紀上
文帝紀第四
餘皆以給傳置
傳傳舍置廄置 按廣雅云置驛也

韋昭의『漢書音義』

2) 고금古今 사의 변천의 명시

역사의 발전은 사의에도 변화를 발생시켰다. 오늘날 우리에게 익숙한 사의는 고문과는 다른데, 이것은 고금古今에 있어서 사의詞義의 차이이며, 또한 사의의 변화와 발전이기도 하다. 이러한 차이에 대해서도 『설문』 속에서 그 해석을 찾을 수 있다. 예를 들면,

> 『좌전 · 양공』10년에 "적사미狄虒彌는 큰 수레의 바퀴를 세우고 가죽으로 만든 갑옷을 씌워 큰 방패로 삼았다."(狄虒彌建大車之輪, 而蒙之以甲以爲櫓.)

『설문』에서 "노櫓는 큰 방패이다."(櫓, 大盾也.)고 하였다. 『좌전』에 보이는 구절의 뜻은 가죽으로 만든 갑옷을 큰 수레바퀴에 씌워서 방패로 삼은 것을 말한다. 『맹자 · 진심』하에서 "맹자가 말하길, 『서경』을 다 믿으면 『서경』이 없는 것보다 못할 것이다. 나는 『무성武成』에서 두 세 죽간을 취하였을 뿐이다. 어진 사람은 천하에 대적할 자가 없으니, 지극한 인仁으로써 지극히 불인不仁한 자를 정벌하였는데, 어떻게 그처럼 방패를 띄울 정도의 피를 흐르게 하였단 말인가?"(孟子曰 : 盡信『書』則不如無『書』. 吾于『武成』, 取二三策而已矣. 仁人無敵于天下, 以至仁伐至不仁, 而何其血之流杵也?)고 하였다. 『설문구두說文句讀』에서 "『서경 · 무성』의 '혈류표저血流漂杵'는 고문에서 '표노漂櫓'라고 썼으니, '저杵'가 가차자라는 것을 알 수 있다. 『맹자』의 조기趙岐 주에서는 '혈류용저血流舂杵'라고 하였는데, 이는 옳지 않다."(『書 · 武成』'血流漂杵, 古文作'漂櫓'. 是知'杵'者借字耳. 趙注『孟子』謂血流舂杵, 非也.)고 하였다. 왕균의 견해가 옳다. 이는 전쟁의 잔혹함을 형용한

것으로, 피가 흘러 온 들판에 흥건하고 방패가 둥둥 떠다닌다는 말이 비록 과장되기는 했지만, 사람의 정리를 잃지는 않았다. 선혈이 낭자하여 노를 뜨게 했다는 말은 상상할 수 없는 말이다. 조기趙岐는 '저杵'의 원래 뜻을 가지고 해석한 것이니, 이는 잘못된 것이다.

> 『좌전 · 소공』11년에서 "나무 끝이 크면 반드시 부러지며, 꼬리가 크면 흔들지 못한다."(末大必折, 尾大不掉.)

> 『국어 · 초어』상에서 "예를 들어 소나 말 같은 경우는 처서가 되면 등에가 많이 몰려들어 그 꼬리조차 흔들 수 없다."(譬之如牛馬, 處暑之既至, 虻螿之既多, 而不能掉其尾.)

> 『사기 · 회음후열전』에서 "그리고 역이기는 일개 선비로 세 치의 혓바닥을 놀려서 제나라의 70여 성을 함락했다."(且酈生一士, 伏軾掉三寸之舌, 下齊七十餘城)

『설문』에서 "도掉는 흔든다는 뜻이다."(掉, 搖也.)(권12상)고 하였다. 『좌전』에서는 나무의 끝이 지나치게 크면 반드시 바람에 부러짐을 초래하고, 가축의 꼬리가 너무 크면 흔들기가 쉽지 않다는 것을 말하는 것으로, 이는 신하의 세력이 지나치게 크면 나라의 임금이 지휘하기가 쉽지 않음을 비유한 것이다. 『국어』와 『사기』의 구절 속에서 "도掉"는 모두 흔든다는 뜻으로 쓰였다.

『전국책·진책』에서 "강태공의 『음부경陰符經』에 보이는 계책을 얻어 엎드려 외워 가며 사색하고 탐구했다. 책을 읽다가 졸음이 오려고 하면 송곳을 가져다 스스로 자기의 허벅지를 찔러 피가 흘러 발등까지 이르렀다."(得太公陰符之謀, 伏而誦之, 簡練以爲揣摩. 讀書欲睡, 引錐自刺其股, 血流至足.)

『사기·상군열전』에서 "위앙衛鞅이 오랫동안 말을 하였는데, 효공이 때때로 졸면서 듣지 않았다."(衛鞅語事良久, 孝公時時睡, 弗聽.)

『설문』에서 "수睡는 앉아서 조는 것을 말한다. 형부 목目과 수垂로 이루어진 회의자이다."(睡, 坐寐也. 從目垂.)(권4상)고 하였다. 즉 눈꺼풀이 아래로 내려가 앉은 채로 조는 것을 말하는 것으로, 누워서 잠을 자는 것이 아니다.

『시·주남·도요』에서 "복숭아나무 싱싱하고, 그 꽃이 활짝 피었다. 이 아가씨 시집가니, 온 집안을 화목하게 하라."(桃之夭夭, 灼灼其華. 之子于歸, 宜其室家.)

『설문』에서 "귀歸는 여자가 시집을 간다는 뜻이다. 형부 지止와 생략된 부婦를 따르고, 성부는 □自이다."(歸, 女嫁也. 從止, 婦省, 自聲.)고 하였다. 귀歸의 본의는 여자가 시집간다는 뜻이며, 자형으로부터 설명을 얻을 수 있고, 역시 『도요桃夭』의 내용과 서로 부합된다. 혹자는 갑골문과 금문에서 "귀歸"는 빗자루로 활을 닦는다는 뜻으로, 사냥이나 혹은 전쟁이 끝난

후 돌아온다는 뜻을 나타내는 것이라고 하여, 또 다른 하나의 설을 세우기도 하였다.

『논어·자로』에서 "우리 마을에는 정직한 사람이 있는데, 그의 아버지가 양을 훔치자, 그 아들이 그것을 고발하였다."(吾黨有直躬者, 其父攘羊, 而子證之.)

『설문』에서 "증證은 알린다는 뜻이다."(證, 告也.)(권3상)고 하였는데, 이는 바로 오늘날의 고발, 혹은 폭로한다는 말에 해당된다. 오늘날의 "증명證明"은 고대에는 일반적으로 "징徵"자를 썼다. 예를 들면, 『논어·팔일』에서 "하나라의 예는 내가 말할 수 있지만, 기杞나라는 증명하기에 부족하다."(夏禮, 吾能言之, 杞不足徵也.)고 한 것이 바로 그 증거이다.

『사기·항우본기』에서 "항왕이 이에 말하길, '나는 한왕이 내 머리를 천금에 사고, 만호후에 봉해 주겠다고 했다는 말을 들었다.'"(項王乃曰 : 吾聞漢購我頭千金, 邑萬戶.)

『설문』에서 "구購는 재물로서 구하는 것이 있다는 뜻을 가리킨다."(購, 以財有所求也.)(권6하)고 하였는데, 이에 대해 단옥재는 주에서 "비싼 값을 내걸어 그 물건을 구하는 것이다."(懸重價以求得其物也.)고 하였다. 마서륜 역시 "구購는 재물을 가지고서 서로 사례하는 것이다."(購, 以財相謝.)고 하였다. 『한서·고조기』의 "내이다김구희장乃以多金購豨將"에 대해 안사고顔師古의 주에서 "상금을 내걸어 구하는 것이다."(設賞募也.)고 하였는데, 역시 『설문』의 뜻과 일치한다.

『사기·항우본기』에서 "그래서 군중에 명령을 내리며 말하길, 사납기가 호랑이와 같고, 제멋대로 하는 것이 양과 같고, 탐욕스럽기가 이리와 같아, 고집이 세어 부릴 수 없는 자들은 모조리 목을 벨 것이다."(因下令軍中曰 : 猛如虎, 很如羊, 貪如狼, 强不可使者, 皆斬之.)

『설문』에서 "흔很은 말을 듣지 않는다는 뜻이다."(很, 不聽從也.)고 하였다. 이 말은 고집이 세고, 겁이 많으며 완고하다는 뜻이지, 흉악하다는 뜻은 아니다. 양羊의 성질은 온순하지 결코 흉악한 특징은 없다. 따라서 본바탕은 아름답지 못하면서 겉모습만 화려하게 꾸미는 것을 비유하는 "양질호문羊質虎皮"·늑대가 양을 기르는 격이라는 "여랑목양如狼牧羊"·힘들이지 않고 남의 물건을 손에 넣는다는 "순수견양順手牽羊" 등의 성어는 모두 또 다른 측면에서 양의 특징을 설명한 말이다.

『맹자·양혜왕』상에서 "과인의 몸에 이르러, 동쪽으로는 제나라에게 패하였고, 장자가 죽었소……과인은 이를 부끄럽게 여기니, 원컨대 죽은 사람을 대신하여 한번 굴욕을 씻고자 하오."(及寡人之身, 東敗于齊, 長子死焉……寡人耻之, 願比死者一洒之.)

『설문』에서 "쇄洒는 씻는다는 뜻이다."(洒, 滌也.)(권11상)고 하였다. 쇄洒는 선례절先禮切이며, 음은 xǐ이다. 수水부部에 척滌이 씻는다(洒)는 뜻이 있다. 말沫은 얼굴을 씻는다(洒面)는 뜻이다. 욕浴은 몸을 씻는다(洒身)는 뜻이다. 조澡는 손을 씻는다(洒手)는 뜻이다. 세洗는 발을 씻는다(洒足)는 뜻이다. "쇄洒"자는 지금의 "세척洗滌"이라는 뜻이다. 『맹자』에서 말한 뜻은 치욕을 씻는다는 뜻이다. 『설문』에서 쇄족洒足의 "세洗"자는 음이 소전절蘇

典切이며, Xiǎn으로 발음한다. 한나라 때의 관직명이었던 태자세마太子洗馬의 세洗자 역시 음은 Xiǎn으로 발음한다. 지금은 단지 성씨姓氏에서만 음을 Xiǎn으로 발음하며, 간혹 세洗자로 쓰기도 한다.

또한 『설문해자』를 운용해 고적의 주석 중에서 타당성이 없는 해석들을 찾아낼 수 있다. 예를 들면,

> 『여씨춘추 · 귀졸』편에서 "관중이 활시위를 당겨 공자 소백을 쏘아 허리띠인 요대를 맞추었는데, 포숙아가 공자 소백으로 하여금 넘어지게 하였다."(管仲扜弓射公子小白, 中鉤, 鮑叔御公子小白僵.)는 말에 대해, 고유高誘는 주에서 "어御는 사使(시키다)와 같고, 강僵은 언偃(넘어지다)과 같다."고 하였다. 진기유陳奇猷의 『여씨춘추집석』에서 "강僵은 거짓으로 죽은 척 한다는 뜻으로, 마치 시체가 뻣뻣하게 굳은 것과 같다. 고유高誘는 강僵자를 언偃(넘어지다)이라 해석하고, 아래에서는 폐斃(죽다)(다음 예문에서 보임)라고 해석하였는데, 뜻이 모두 미흡한 점이 있다."고 하였다.(『呂氏春秋 · 貴卒』: "管仲杅弓射公子小白, 中鉤, 鮑叔御公子小白僵." 高誘注 : "御, 猶使也. 陳奇猷『呂氏春秋集釋』云 : "僵, 佯死也, 如尸勁硬也. 高此訓爲偃, 下訓爲斃(見下例), 義均未洽.)

> 또한 『귀졸』편의 "주무군周武君이 사람을 시켜 영리伶俚를 동주東周에서 죽이라고 시켰는데, 영리가 죽은 척 하였다. 자기 아들로 하여금 재빨리 울면서 '누가 나의 아버지를 죽였습니까?'라고 말하라고 시켰다. 자객이 듣고서는 죽었다고 생각하였다. 주周는 죽었다고 믿지 않

> 았기 때문에, 그에게 무거운 벌을 내렸다."(又『貴卒』篇 : "周武君使人刺�俚于東周, 佮俚僵. 令其子速哭曰 : '以誰刺我父也?' 刺者聞, 以爲死也. 周以爲不信, 因厚罪之.")는 말에 대해, 고유는 주에서 "강僵은 죽은 것을 말한다."(高誘注 : 僵, 斃也.)고 하였다.

『설문』에서 "강僵은 넘어진다는 뜻이다."(僵, 僨也.)고 하였고, "분僨은 넘어진다는 뜻이다."(僨, 僵也.)(둘 다 권8상에 나옴)고 하였고, "폐斃는 갑자기 넘어지는 것을 말한다." (斃, 頓仆也.)(권10상)고 하였다. 강僵자와 언偃자의 뜻은 얼굴을 들고 넘어지는 것을 말하며, 폐斃자의 뜻은 앞으로 넘어지는 것을 말한다. 문장 속에서 공자 소백과 영리는 결코 죽지 않았으며, 또 사람이 죽자마자 어떻게 금방 그렇게 빨리 몸이 뻣뻣하게 굳을 수가 있겠는가? 이는 문맥이 통하지 않는 말이다. 고유高誘의 주가 오히려 틀리지 않았다. 조경曹冏이 『육대론六代論』에서 "발을 많이 가진 벌레는 죽음에 이르러도 넘어지지 않는데, 몸을 부축하는 것이 많기 때문이다."(百足之蟲, 至死不僵, 扶之者衆也)고 하였는데, 이는 부축하는 것들이 많기 때문에, 죽어도 땅에 넘어지는 정도까지는 이르지 않는다는 것을 말하는 것이지, 그것이 몸이 뻣뻣하게 굳어 경직되는 것을 말한 것은 아니다. "강僵"을 시신이 뻣뻣하게 굳었다는 뜻으로 해석한 것은 중고中古시대의 사의이다. 따라서 『광운』을 보면, 『교석校釋』의 오류는 중고시대의 사의를 가지고 상고시대의 문장을 해석했다는 점에서 찾을 수 있을 것이다.

3)『설문』을 통해 이해한 사의 인신과 경전의 가차

인신은 사의 운용에 있어 기본적인 형식이며, 사詞는 인신의 방식을 통해 부단히 새로운 의항義項(사전에서 동일한 어휘를 의미에 따라 배열한 항목)을 발생시킨다.『설문』은 우리에게 사의의 인신의에 대한 단서를 찾을 수 있게 계시해준다고 할 수 있다. 예를 들면,

> "경景은 해의 빛이다. 일日은 형부이고, 경京은 성부이다."
>
> 景 : 日光也. 從日, 京聲. (卷七上)

『문선文選 · 칠애시七哀詩』에서 "붉은 해는 북쪽 땅으로 달리고, 떠 있는 노을빛이 갑자기 서쪽으로 가라앉는다."(朱光馳北陸, 浮景忽西沈.), 이백李白의 시『증선성조태수열贈宣城趙太守悅』에서 "해를 관장했던 희화의 햇빛을 빌려, 사람들을 위해 엎어놓은 동이를 비추기를 원한다."(願借羲和景, 爲人照覆盆.),『악양루기岳阳樓記』에서 "봄날이 화창하여 햇볕이 밝고, 물결이 잔잔할 때가 되면, 하늘빛과 물빛이 위아래 서로 비추어 푸른 하늘과 푸른 호수가 일체가 되어 넓게 펼쳐진다."(至若春和景明, 波瀾不驚, 上下天光, 一碧萬頃.)고 하였는데, 상술한 이 세 개의 예에서 "경景"자는 모두 햇볕이란 뜻으로 사용되었다. 그러나 일광日光이 비추는 곳이 외부 물체에 의해 차단되면 그림자가 생기게 된다. 그래서 "경景"자에는 또한 "그림자(陰影)"라는 뜻이 있게 되었다. 이것이 바로 사의의 인신이다.『시 · 대아 · 공류』에서 "해 그림자를 재고 언덕에 올라, 음과 양을 살핀다."(旣景迺岡, 相其陰陽.)는 말에 대해, 모전毛傳에서 "해 그림자를 살피는 것이다."(考于日景)고 하였고, 공영달孔穎達의 소疏에서는 "해의 그림자를 가지고 그 토지와 강역

의 경계를 정하는 것이다."(以日影定其經界.)고 말하였다. 『설문』에서는 "귀晷는 해의 그림자이다."(晷, 日景也.)(권7상)고 하였다. 역시 한대에는 "경景"자에 일광日光과 음영陰影이라는 두 가지 뜻이 모두 있었다는 것을 증명하는 예라고 할 수 있다. 후에 그림자라는 뜻은 "영影"자가 맡게 되었다.

"폐斃는 갑자기 넘어지는 것을 말한다."

斃 : 頓仆也. (卷十上)

돈부頓仆는 앞을 향해 넘어진다는 의미이다. 『좌전 · 성공』2년에서 "그 오른쪽 전사를 쏘니, 전차 가운데에 쓰러졌다.……한궐이 몸을 숙여 쓰러진 오른쪽의 전사의 시체를 똑바로 눕혀주었다."(射其右, 斃于車中.……韓厥俛定其右.)는 말에 대해, 두예의 주에서 "면俛은 고개를 숙인다는 뜻이다. 화살에 맞아 쓰러진 사람이 오른쪽 수레 가운데 있었기 때문에, 몸을 숙여서 편안하게 해준 것이다."(俛, 俯也. 右被射仆車中, 故俯身安隱之.)고 하였다. 『좌전 · 애공』 2년에서 "정나라 사람이 조간자를 쳐서 어깨에 맞아 수레 안에서 쓰러졌다. …… 간자가 말하길, 나는 활을 넣는 전대 위에 쓰러져 피를 토하였다."(鄭人擊簡子中肩, 斃于車中. …… 簡子曰 : "吾伏弢嘔血.")고 하였다. 위의 이 두 예문에서 "폐斃"자는 모두 쓰러져 넘어진다는 뜻이다. 그러나 넘어지게 되면 아마도 영원히 일어나지 못하기 때문에, 인신하여 "죽다(死)"는 뜻이 나온 것이다. 예를 들면, 『좌전 · 희공』 4년에서 "헌공이 돌아오자, 여희가 그 제물에다 독을 넣어서 바쳤다. 헌공이 그것을 땅에 부어 제사를 지내니, 땅이 부풀어 올랐다. 개에게 먹이니, 개가 쓰러져 죽었다. 잡일하는 신하에게 먹이니, 잡일하는 신하 역시 쓰러져 죽었다."(公至, 毒而獻之. 公祭之地, 地墳. 與犬, 犬斃. 與小臣, 小臣亦斃.)

고 한 말과 같은 경우이다.

> 시市는 사고팔기 위해 가는 장소이다.
>
> 市 : 賣買所之也. (卷五下)

『주역 · 계사하』에서 "한낮에는 시장을 만들어 천하의 백성을 오게 하고, 천하의 재물을 모아 교역交易하고 돌아가게 하여, 각각 그 얻고자 하는 것을 얻게 한다."(日中爲市, 致天下之民, 聚天下之貨, 交易而退, 各得其所.) 고 하였다. "시市"의 본의는 바로 시장이다.

> 매買는 물건을 산다는 뜻이다.
>
> 買 : 市也.

이에 대해 단옥재는 "시市는 물건을 사는 장소이며, 이로 인해 물건을 사는 것 역시 시市라고 말한다."(市者買物之所, 因之買物亦言市.)라고 말하였다.

> 악惡은 과실이다.
>
> 惡 : 過也. (卷十下)

『논어 · 공야장』에서 "백이와 숙제는 남이 저지른 옛날의 허물을 생각하지 않아, 원망하는 이가 드물었다."(伯夷叔齊不念舊惡, 怨是用希.)고 하였다. "악惡"의 본의는 잘못이며, 명사이다.

증憎은 미워한다는 뜻이다."

憎 : 惡也. (卷十下)

이에 대해 단옥재는 "사람에게 잘못이 있는 것을 악惡이라 하며, 잘못이 있어서 사람들이 그를 미워하는 것 역시 오惡라 한다."(人有過曰惡, 有過而人憎之, 亦曰惡.)고 하였다. "증오憎惡"의 오惡는 동사로 쓰인다. 이러한 동사와 명사가 똑같이 한 글자를 쓰는 현상을 일러 이전 사람들은 "체용동칭體用同稱"이라고 불렀다.

소梳는 머리카락을 가지런히 한다는 뜻이다."

梳 : 理髮也. (卷六上)

이에 대해 단옥재는 "도구를 소梳라 하며, 그것을 가지고서 머리카락을 빗는 것 역시 소梳라 말한다. 대체로 글자의 체용동칭體用同稱은 이와 같다."(器曰梳, 用之理髮因亦曰梳, 凡字之體用同稱如此.)고 하였다.

전적에 보이는 일부 글자들에 대한 해석에 있어서 『설문』에서는 또 다른 글자 역시 같은 해석을 하였는데, 문헌학자들은 『설문』의 글자를 본자本字로 보고, 전적에 쓰인 글자를 차자借字라 여겼다.

『시 · 칠월』에서 "팔월에는 대추를 털고, 시월에는 벼를 수확한다. 봄 술을 담가서 노인들의 장수를 빈다."(八月剝棗, 十月獲稻; 爲此春酒, 以介眉壽.)

이에 대해 『설문』에서 "복攴은 가볍게 치는 것을 말한다. 우又는 형부이고, 복卜은 성부이다."(攴, 小擊也. 從又, 卜聲.)고 하였다. 단옥재는 "경전에서는 소전이 예서로 변했기 때문에 복扑으로 썼다. '팔월박조八月剝棗'의 박剝자를 빌려서 복攴자의 뜻으로 쓴 것이다. 모전毛傳에서는 친다는 뜻이라고 말하였다."(經典隷變作扑. '八月剝棗'. 假剝爲攴. 毛曰 : 擊也.)고 하였다.

『사기 · 회음후열전』에서 "비록 순임금과 우임금과 같은 지혜를 갖고 있을지라도, 입을 다물고서 말하지 않으면, 벙어리나 귀머거리가 손짓하는 것만 못하다."(雖有舜禹之智, 吟而不言, 不如瘖聾之指麾也.)

『설문』에서 "음吟"의 본의를 신음呻吟하는 것이라고 하였다. 탄식과 읊조린다는 뜻은 위의 문장에 부합되지 않는다. 단옥재는 이곳의 "음吟"의 본자는 당연히 "금噤"(입을 다물다)자라고 하였다. 『설문』에서 "금噤은 입을 다물다는 뜻이다."(噤, 口閉也) (권2상)고 하였다. 그러므로 "음이불언吟而不言"은 입을 닫고 말하지 않는 것을 말한다. 『사기 · 원앙조착열전』에서 "천하의 선비들이 입을 닫고서 감히 다시 말하지 않았다."(天下之士噤口不敢復言.)는 말이 있는데, 이것이 바로 본자를 쓴 예이다.

『노자 · 이십장』에서 "오직 나만이 오히려 담담하여 마음에 움직임이 없고, 혼돈하여 마치 웃을 줄 모르는 갓난아이와 같다."(我獨怕兮, 其未兆; 沌沌兮, 如嬰兒之未孩.)

『맹자 · 진심』상에서 "두세 살 된 아이도 그 부모를 사랑할 줄 모르는 아이가 없다."(孩提之童, 無不知愛其親者.)는 말에 대해, 조기赵岐는 주에서 "해제孩提는 두세 살 포대기 속에서 웃을 줄을 알며 안을 수 있는 아이를 가리킨다."(二三歲之間在襁褓知孩笑可提抱者也.)고 하였다.

『진정표陳情表』에서 "아이가 태어난 지 6개월 만에 자애로운 아버지가 세상을 떠났다."(生孩六月, 慈父見背.)고 하였다.

『설문』에서 "해咳는 아이가 웃는 것을 말한다. 구口는 형부이고, 해亥는 성부이다. 고문의 해咳는 형부 자子를 따르며, 해孩라고 한다."(咳, 小兒笑也. 從口, 亥聲. 古文咳從子, 作孩)(권2상)고 하였다. 해咳는 바로 위에서 열거한 세 문장에서 사용한 해孩자의 본자이며, 또한 본의이다. 후대에 기침한다는 뜻과 처음 소아小兒가 태어났다는 뜻이 나왔는데, 모두 위 문장의 뜻은 아니다.

『논어·태백』에서 "증자가 병이 나자, 문하의 제자들을 불러서 말하길, 내 발을 살펴보아라! 내 손을 살펴보아라!"(曾子有疾, 召門弟子曰 : 啓予足 ! 啓予手!)

왕념손王念孫은 "계啓"의 본자는 응당 『설문』에서 "계䁈는 살펴본다는 뜻을 말한다."(䁈, 省視也)(권4상)고 한 "계䁈"자라고 여겼다. 왜냐하면 "계啓"자의 열다, 혹은 계발한다는 뜻을 따르게 되면, 문구에 내포된 의미를 해석할 방법이 없기 때문이다.

2. 『설문』을 통한 고대사회의 상황에 대한 이해

1) 『설문』에 반영된 고대의 과학기술

허신은 당시에 이미 "오경무쌍五經無雙"이라고 불리었을 뿐만 아니라, 자연과학적 방면에서도 매우 해박한 지식을 가지고 있었다. 『설문』의 문자 설해는 당시의 과학적 지식과 생산적 지식을 흡수하여 그 성취를 기록하는 보고 역할을 하였으며, 또한 그 설해의 과학성을 강화시켜 주는 역할을 하였다. 예를 들면, "초草"부部의 545개 조목의 설해 중에는 초목草木식물에 관한 지식을 대량으로 기록해 놓았을 뿐만 아니라, 식물의 특징·습성·분류·산지·용도 등에 대해서도 상세한 관찰과 함께 자세하게 설명해 놓았다. 이외에 "화禾"·"서黍"·"미米" 등의 부部에 대한 설해에서도 농업생산과 관련된 풍부한 지식이 반영되어 있다.

동물학적 측면에서도 허신은 당시의 관련지식을 많이 반영해 놓았다. 예를 들면, "우牛"부部에서는 소의 서로 다른 성장기·서로 다른 형태, 생리활동·밭갈이 소에 관한 용도 등의 내용을 반영해놓고 있는데, 모두가 상당히 깊은 이해를 바탕으로 하고 있다. 이외에도 "양羊"·"돼지豕"·"말馬"·"사슴鹿"·"코끼리象" 등의 부部에 실려 있는 내용도 역시 한

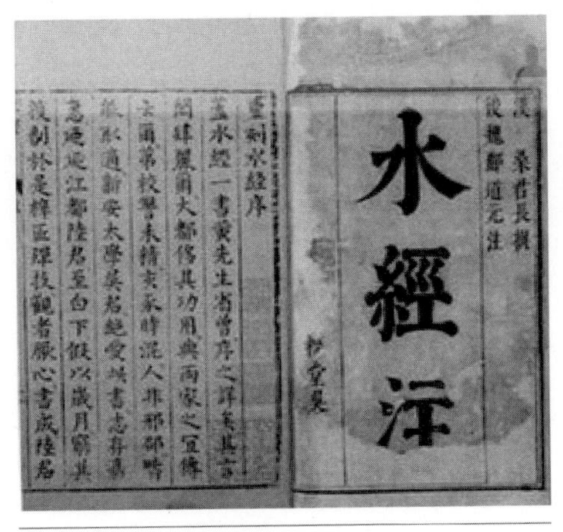

酈道元의 『水經注』

나라 시대의 동물과 관련된 귀중한 자료가 되고 있다. 아울러 동물의 분류학적 측면에서 『설문』은 "속屬"의 개념을 탄생시켰다. 예를 들면, "미麋는 사슴에 속하는 짐승이다."(麋, 鹿屬)고 하였고, "시豺는 이리에 속하는 짐승이다."(豺, 狼屬)라고 한 예가 바로 이것이다.

지리학적 측면에서는 "읍邑"부部에 160여 곳의 지명을 기술해 놓았는데, 이는 관련된 사료를 통해 충분히 인증할 수 있다. 그리고 "수水"부部에는 대략 130여 개에 달하는 하류의 명칭을 기록하고 있으며, 또한 그 발원지와 물이 지나가는 지역 등을 사세하게 설명해 놓았다. 이는 『상서·우공』편에서 물길(水道)을 기록해 놓은 것과 비교해 볼 때, 이미 대단한 진전을 이룩했다고 볼 수 있으며, 『설문』과 동시기에 쓰여진 『수경水經』과 비교해 봐도 『수경』에 기록되지 않은 80여 개 강물의 이름이 더 있었다는 사실을 알 수 있다.

그러나 작가의 지식에도 한계가 있었기 때문에 천문·의학·생물·제당製糖·조지造紙 등의 측면에 대해서는 다만 간략하게 소개하는데 그쳤다.

> 윤閏은 남은 부분의 달로써 5년에 두 번 윤달을 둔다. 고삭告朔의 예를 행할 때, 천자는 종묘 안에 있다. 왕이 문 안에 있다는 뜻을 따른다. 『주례』에서 "윤월은 왕이 문 안에서 지내는데, 한 달 내내 지속된다."고 하였다.
>
> 閏 : 餘分之月, 五歲再閏. 告朔之禮, 天子居宗廟, 閏月居門中, 從王在門中. 『周禮』曰 : "閏月, 王居門中, 終月也." (卷一上)

중국의 고대 역법은 음양합력陰陽合曆을 사용했다. 그래서 음력으로는 365.24일이 1년이 된다. 『상서·요전』에서는 "1년은 366일이며, 윤달로서 사시四時를 정해 1년이 된다."(朞三百有六旬有六日, 以閏月定四時, 成歲.)고 하였는데, 여기에서 말하고 있는 것이 바로 음력이다. 음력은 29.53일을 한 달로 하고, 12달을 1년으로 하기 때문에 1년은 354일내지 355일이 된다. 계절과 절기는 태양의 시운동視運動(태양계 내의 천체를 지구 위에서 본 운동)에 따라 변화하기 때문에, 만약 단순히 달의 회삭晦朔(그믐과 초하루)을 기준으로 삼아 역曆을 계산하게 되면, 매 해의 계절과 절기는 해마다 지난 1년 보다 10여일씩 뒤로 옮겨지게 되어 농업생산에 대단히 불편함을 초래하게 된다. 또한 17년이 지난 후에는 6월이 동계冬季에 처하게 되고, 12월이 하계夏季에 처하게 되어 계절이 거꾸로 바뀌는 현상이 나타날 수 있다. 이 때문에 옛사람들은 윤달을 두는 방법을 창안해 양력이 음력보다 더 많이 남는 일수日數를 누계하여 몇 년마다 하나의 윤달을 두었는데, 이것이 바로 "여분지월餘分之月"이다. 그러나 "5년에 윤달을 두 번 둔다고 해도" 여전히 부족한 까닭에 후에는 다시 "19년에 7번의 윤달을 두는 법칙"을 확정해 놓았다. 이처럼 하력夏曆은 비교적 정확하게 계절과 절기의 변화를 반영하여 만든 역법이라고 하겠다.

세歲는 목성이다. 28개의 별자리를 거치는데, 음(지지地支의 자子에서 사巳까지를 음이라 함)과 양(지지의 오午에서 해亥까지를 양이라 함)을 널리 선포하고, 무릇 12개월마다 다음 성차星次(황도를 중심으로 동서남북에 일곱 개씩 돌려 있는 스물여덟 개 별자리의 차례를 이르던 말)로 옮겨 가기 때문에 세歲라 칭한다. 『율력서律曆書』에서는 목성·금성·수성·화성·토성의 명칭을 5보라고 한다.

(歲 : 木星也. 越曆二十八宿, 徧宣陰陽, 十二月一次. 從步, 戌聲. 『律曆書』名五星爲五步.) (卷二上)

목성은 다섯 개의 큰 행성 가운데 하나로써, 고대 사람들은 목성이 12년마다 한 번씩 태양을 돈다는 사실을 발견하고, 이를 이용해 년年을 기록했는데, 이러한 기년법紀年法을 세성기년歲星紀年이라 하며, 아울러 목성을 세성歲星이라 부른다. 세성이 매년 운행하는 공역空域이 "차次"이며, 12차次에는 각각 고유명사가 있는데, 바로 성기星起・현효玄枵・추자娵訾・강루降婁・대량大梁・실침實沈・순수鶉首・순화鶉火・순미鶉尾・수성壽星・대화大火・석목析木 등이다. 『좌전・양공』30년의 "세재강루歲在降婁"라는 말과 『국이・진어』의 "세새내화歲在大火"라는 말에서 세歲가 의미하는 것이 바로 세성기년歲星紀年이다.

> 루漏는 구리로 만든 물시계에 물을 받는 것으로, 눈금을 새겼으며, 낮과 밤 모두 백 개의 눈금이 있다.
>
> 漏: 以銅受水, 刻節, 晝夜百節. (卷十一上)

루漏는 바로 동호적루銅壺滴漏(구리로 만든 물시계)를 가리키는 것으로, 중국의 고대에 시간을 계산하던 기구이다. 이 기구가 시간을 계산하는 원리는 물을 일정한 속도로 누호漏壺 속에 떨어뜨려 물을 받는 곳에 새겨진 눈금에 따라 시간의 단위에 따라 물의 높이를 계산해 시각을 확정하는 것이다. "각刻"은 시간의 단위로서, 바로 누호漏壺의 눈금에서 나온 말이다. 고대 사람들은 계시기計時器를 이용해 하루의 낮과 밤을 균등하게 100개의 눈금으로 나누고, 다시 길고 짧은 겨울과 여름의 밤낮 길이에 맞춰 서로 다른 계절에 따라 밤과 낮의 눈금 수를 규정하였다. 마융馬融이 말하길, "누호漏壺는 모두 백 개의 눈금으로 새긴다. 봄과 가을은 밤낮의 눈금을 각각 50개로 하고, 동지의 낮은 눈금을 40개로 하고, 밤에는 눈금을

60개로 하였다. 하지 낮에는 눈금을 60개로 하고, 밤에는 눈금을 40개로 하였다."(漏凡百刻. 春、秋分晝夜各五十刻; 冬至晝則四十刻, 夜則六十刻; 夏至晝六十刻, 夜四十刻.)(『주례정의周禮正義』에 보임)고 하였다. 『주례』에 설호씨挈壺氏가 등장하는데, 그가 바로 시간을 계산하는 일을 전담했던 관리였다. 『사기 · 사마양저열전』에 사마양저司馬穰苴가 제齊나라의 군대를 지휘할 때, 감군監軍 장고와 다음 날 정오 삼각三刻(45분)에 군영에 와서 명령을 받을 것을 약속하였다. 그는 시각을 파악하기 위해 "푯말을 세워 해시계를 만들어놓고 물시계를 만들어 물이 떨어지게 하였다."(立表下漏)는 말이 있는데, 이것 또한 동호銅壺를 가지고 물을 떨어뜨려 시간을 계산했던 물시계를 말하는 것이다.

> 란灓은 물이 새어 흐르는 것을 말한다.
>
> 灓 : 漏流也 (卷十一上)

『전국책 · 위책』에서 "옛날 주왕 계력이 초산 자락에 묻혔는데, 새어나온 물이 그의 무덤을 침식하였다."(昔王季歷葬于楚山之尾, 灓水嚙其墓)는 기록을 살펴보면, 이것이 바로 니석류泥石流(흙과 모래와 돌 따위가 섞인 물 사태)의 고유 명칭이다.

『설문』에 기록된 병리病理나 생리生理 역시 매우 정확할 뿐만 아니라, 어떤 술어術語들은 지금까지도 여전히 그대로 사용되고 있다. 예를 들면,

> 요蟯는 배속의 작은 벌레이다.
>
> 蟯 : 腹中短蟲也. (卷十三上)

달疸는 황달이다.

疸 : 黃病也. (卷七下)

학瘧은 오한과 발열이 그쳤다 발작하였다 하는 질병이다.

瘧 : 寒熱休作. (卷七下)

점痁은 열이 있는 학질이다.

痁 : 有熱瘧. (卷七下)

해痎는 이틀에 한 번 발작하는 학질이다.

痎 : 二日一發瘧. (卷七下)

츤齔은 이를 가는 것을 말한다. 남자 아이는 8개월에 이가 나고, 8살에 이를 간다. 여자 아이는 7개월에 이가 나고, 7살에 이를 간다.

齔 : 毁齒也. 男八月生齒, 八歲而齔. 女七月生齒, 七歲而齔. (卷二下)

비痱는 풍에 걸린 병이다.

痱 : 風病也. (卷七下)

『사기 · 위기무안후열전』의 "중풍에 걸려 음식을 먹지 못하여 죽으려고 한다."(病痱, 不食, 欲死.)는 말에 대해, 왕력王力이 주편한 『고대한어古代汉語』주에서 "옛날에는 풍병風病, 혹은 풍종風腫이라 말하였다."(舊說是風病、

風腫)고 말하였다. 풍병風病은 바로 오늘날 말하는 중풍이다. 『영추경靈樞經』에서 “비痱란 질병은 몸에 고통은 없으나 팔다리를 잘 움직이지 못하고, 정신이 어지러우나 심하지 않으며, 하는 말을 조금 알아들으면 치료할 수 있다. 그러나 심하여 말을 할 수 없으면, 치료할 수 없다.”(痱之爲病, 身無痛者, 四肢不收, 智亂不堪, 其言微知, 可治 ; 甚則不能言, 不可治也.)고 하였다. 이것이 바로 중풍 증상에 대한 생동감 있는 묘사이다.

> 성腥은 별이 나타날 때, 돼지에게 먹여서 돼지의 살 속에서 자라게 하는 작은 살이다. 형부 육肉과 성星을 따르며, 성星은 또한 성부이다.”
> 腥 : 星見食豕, 令肉中生小息肉也. 從肉, 從星, 星亦聲. (四卷下)

현見은 나타난다(現)는 뜻이며, 식食은 먹인다(飼)는 뜻이다. 이 병을 오늘날에는 저낭충猪囊蟲이라 말하며, 민간에서는 병을 얻은 살을 미저육米猪肉이라 칭한다. 『설문』에 이와 관련된 기록이 보이기는 하지만, 병의 원인에 대한 분석은 정확하지 않다. 이 병은 결코 별이 나타났을 때 돼지에게 먹여서 생긴 것이 아니기 때문이다. 『주례周禮·내옹內饔』의 “시맹시이교첩豕盲視而交睫, 성腥.”이라는 말에 대해, 정현의 주에서는 “살 속에 마치 쌀과 같이 생긴 것이 있는데, 마치 별과 같다.”(肉有如米者, 似星.)고 말하였다. 『예기·내칙』의 “시망시이고첩豕望視而高睫, 성腥.”이라는 말에 대해, 정현의 주에서는 “망시望視는 멀리 보는 것을 말한다. 성星은 살 속에 있는 쌀과 같이 생긴 것이다.”(望視, 視遠也. 星, 肉中如米者.)고 말하였다. 또한 공영달의 소에서는 “성腥은 살이 뭉쳐 별처럼 된 것을 말한다. 망시望視는 돼지가 멀리 보느라 고개를 쳐든 것을 말한다. 교첩交睫은 눈과 눈썹이 붙어있는 것을 말한다. 돼지가 만약 이와 같으면 그의 살은 마치 별과 같을 것이다.”(腥, 謂肉結如星. 望視, 謂豕望揚. 交睫, 謂目睫毛交. 豕若如此, 則其肉似星也.)고 말하였다. 현대 수의학獸醫學에서는 돼지가 만약 낭충병에 걸리면 시력이 감퇴한다고 기술되어 있다. 따라서 고적의 기록은 정확한 것이라고 하겠다.

고대 사람들이 물후학物候學(동물, 식물 따위를 포함한 자연환경의 계절 변화를 연구하는 학문)에 대한 관찰 내용 역시 『설문』에 기록되어 있다. 예를 들면,

> 䲹鷸은 하늘에서 장차 비가 내릴 섯을 아는 새이다. 『예기』에서 말하길, “천문天文을 관찰하는 관리는 도요새의 깃으로 관冠을 장식하였다.”
>
> 鷸 : 知天將雨鳥也. 『禮記』曰 : “知天文者冠鷸. (四卷上)

안사고顏師古의 『광류정속匡謬正俗』에서 말하길, “䲹鷸은 물새이며, 하늘에서 장차 비가 내리려고 하면 운다.……옛날 사람들은 이 새가 천시天時를 알기 때문에, 그 새의 깃털로 천문을 관장하는 자의 관冠을 장식하였다.”(鷸, 水鳥, 天將雨卽鳴.……古人以其知天時, 使掌天文者冠之.)고 하였다.

> 리離는 꾀꼬리이며, 창경이다. 이 새가 울면 누에가 자라기 시작한다.
>
> 離 : 離黃, 倉庚也. 鳴則蠶生. (四卷上)

리황離黃(꾀꼬리)은 후대에 황리黃鸝, 혹은 황앵黃鶯이라 칭하였다. 『시경・칠월』의 “봄날 햇볕이 따뜻하니 꾀꼬리 울고, 아가씨는 아름다운 광주리를 들고, 저 오솔길을 따라가며, 부드러운 뽕잎을 따네.”(春日載陽, 有

鳴倉庚. 女執懿筐, 遵彼微行, 爰術柔桑.)라는 구절에 대해, 정현의 전箋에서는 "창경倉庚이 울 때가 바로 누에를 치기에 적합한 때이다."고 해설하였다.

어떤 동식물의 특수한 효능에 관한 기록도 『설문』에서 찾아 볼 수 있다. 예를 들면,

> 짐鴆은 독이 있는 새이다.
>
> 鴆 : 毒鳥也. (四卷上)

『좌전・장공』32년의 "사침계짐지使針季酖之"라는 구절에 대해, 두예는 주에서 "짐鴆은 새 이름이다. 그 새의 깃털에 독이 있어, 깃털을 담근 술을 마시면 바로 죽는다."(鴆 鳥名. 其羽有毒, 以畫酒, 飲之則死.)고 하였다. 따라서 새 이름은 짐鴆이며, 그것의 깃으로 독주를 만든 것을 짐酖이라 한다.

> □媧는 맹수가 동물을 먹은 후에, 뱉어낸 그 동물의 가죽과 털 등이 마치 환丸과 같다.
>
> 媧 : 鷙鳥食已, 吐其皮毛如丸. (九卷下)

현대과학에서도 부엉이가 밤중에 쥐를 잡아먹고 나서 뱉은 가죽과 털의 모양이 마치 작은 둥근 공같이 생긴 것을 관찰할 수 있기 때문에 『설문』의 기록이 틀리지 않았다는 사실을 증명할 수 있다. 단옥재 역시 "내가 예전에 무산현을 다스릴 때, 직접 올빼미가 먹고 뱉은 가죽과 털이 환 모양처럼 생긴 것을 보았다."(玉裁昔宰巫山縣, 親見鴟鳥所吐皮毛如丸.)고 하였다.

남藍은 푸른색으로 물들이는 풀이다.

藍 : 染青草也. (一卷下)

남藍은 바로 요람蓼藍(쪽)이며, 그 잎을 제련하면 짙은 남색으로 물들일 수 있다. 『순자·권학』편에 "푸른 물감이 쪽에서 나왔지만, 쪽보다 더 푸르다."(青, 取之於藍而青於藍.)라는 말이 있는데, 이 뜻은 전청靛青(짙은 남색)은 요람蓼藍에서 추출한 것이지만, 그 색깔이 요람보다도 더 선명하다는 것을 밀하며, 제자가 스승을 뛰어넘거나 혹은 후대 사람이 전대 사람보다 뛰어남을 비유한다.

접椄은 접붙이는 나무이다. 목木은 형부이고, 첩妾은 성부이다.

椄 : 續木也. 從木, 妾聲. (六卷上)

단옥재가 말하길, "접椄은 접接을 말한다. 지금은 '접接'자만 쓰이고, '접椄'자는 쓰이지 않는다."(椄之言接也. 今'接'行而'椄'廢.)고 하였다. 『설문』에 이 글자가 수록되어 있는 것으로 보아, 늦어도 한나라에 이르러 옛 사람들이 이미 화훼花卉와 과목果木을 접붙이는 기술을 알고 있었다는 사실을 알 수 있다.

이飴는 쌀이나 맥아를 달여서 만든 당액이다.

飴 : 米蘖煎也. (五卷下)

당餳은 이飴자와 산饊자를 혼합한 것이다.

餳 : 飴和饊者也. (五卷下)

산饊은 쌀을 오래 달여 윤기가 흐르는 것이다.

饊 : 熬稻粻餭也. (五卷下)

단옥재가 말하길, “이飴는 쌀을 달여서 액체가 되도록 만드는 것이며, 쌀은 벼와 기장의 쌀을 말한다. 산饊은 쌀을 약간 건조할 때까지 달여 윤기가 흐르도록 만든다. 이 두 가지는 하나는 물기가 있고, 하나는 조금 건조한 것이며, 이 둘을 서로 섞은 것을 당餳이라 말한다.”(飴者熬米成液爲之, 米謂禾黍之米也. 饊者謂乾熬稻米之張皇爲之. 兩者一濡一小乾, 相和之則曰餳.)고 하였다. 여기에서 말하고 있는 것은 바로 맥아당을 오래 달여서 만드는 기술이다. 한나라 이전에 옛 사람들이 먹던 엿이 바로 이탕飴糖이었으며, 사탕수수는 단지 그 즙을 내어 음료를 만든 것으로, 『초사』에서 언급한 자장柘漿을 말한다.

저藷는 사탕수수이다.

藷 : 藷蔗也. (一卷下)

서개徐鍇가 말하길, “오늘날의 사탕수수이다.”(今之甘蔗也.)고 하였다. 『세설신어世說新語·배조排調』편에서는 “고개지는 사탕수수를 먹을 때, 먼저 끝부분을 먹었다. 그 까닭을 물으니, 점차 맛있는 부분에 이른다고 대답하였다.”(顧長康(愷之)啖甘蔗, 先食尾. 問所以, 云 : 漸至佳境.)고 하였다. 이는 문인들이 사탕수수를 먹었던 고사를 말한 것이다. 예를 들면, 『삼국지三國志·강표전江表傳』에서 “황문黃門을 시켜 중장리中藏吏에게 가서 교주交州에서 헌상한 사탕수수 사탕을 가지고 오게 하였다.”(使黃門就中藏吏取交州所獻甘蔗餳.)고 하였다. 또 북위北魏 가사협賈思勰의 『제민요술齊民要術』에서는 “사탕수수는 원근에 모두 있다. …… 갑자기 즙을 취하면 마치 이당飴餳과 같아서 그것을 이름 하여 당糖이라 하며, 이롭고도 또한 진귀하였다. 또 이를 달여서 햇볕에 말리면 응고되어 얼음처럼 굳어진다."(甘蔗遠近皆有 …… 迮取汁如飴 餳, 名之曰糖, 益復珍也. 又煎而曝之, 旣凝而冰.)고 하였다. 또 남조南朝시대 도경홍陶景弘의 『명의별록名醫別錄』에 보면, "사탕수수는 강동에서 나오는 것이 가장 좋으며, …… 그것을 취해 사탕을 만드는데, 사람들에게 매우 이롭다."(蔗出江東爲勝 …… 取之爲沙糖, 甚益人.)고 하였다. 여기에서 이미 사탕沙糖에 대한 언급이 보이며, 또한 빙당冰糖에 대해서도 언급하였다.

『설문』에 수록된 글자 중에는 고대의 제지기술에 대해서도 반영되어 있다.

> 별潎은 물속에서 솜을 두드리는 것을 말한다.
>
> 潎 : 於水中擊絮也. (十一卷上)

> □箈는 두드린 솜을 빨아서 펴놓는 대자리이다.
>
> 箈 : 潎絮簀也. (五卷上)

> 지紙는 솜을 펼쳐 놓은 대자리이다.
>
> 紙 : 絮一箈也. (十三卷上)

이 세 글자를 종합해 보면, 바로 원시적인 종이를 만드는 과정에 대한 설명이라고 하겠다. 종이의 발명은 물속에서 솜을 치고 두드리는 과정에서 힌트를 얻었다고 볼 수 있는데, 고서에는 물속에서 솜을 두드린 기록이 많이 보인다. 예를 들면, 『장자 · 소요유』편에서 "송나라 사람 중에 손을 트지 않게 하는 약을 잘 만드는 사람이 있었는데, 그의 집안은 대대로 무명 빠는 일을 직업으로 삼았다."(宋人有善爲不龜手之藥者, 世世以洴澼絖爲事)는 기록이 있으며, 또한 『사기 · 회음후열전』에서는 "한신이 성 아래에서 낚시질을 하는데, 나이 지긋한 부녀자들이 빨래를 하였다."(韓信釣於城下, 諸母漂)고 하는 말이 보인다. 이처럼 명주솜을 씻은 후에 문드러진 솜을 대자리에 펼쳐 말리면 글씨를 쓸 수 있는 한 장의 얇은 종이가 된다. 후에 채륜이 이를 토대로 종합해 마침내 채후지蔡侯紙를 만들어 세계문명사에 커다란 공헌을 세웠던 것이다.

『설문』에는 또한 고대의 금속공예에 대해서도 기록해 놓았다.

> 쉬焠는 불에 달군 칼을 찬 물속에 담금질하여 칼날을 더욱 단단하게 하는 것을 말한다.
>
> 焠 : 堅刀刃也. (十卷上)

『한서 · 왕포전』에 보이는 "맑은 물에 칼끝을 담금질한다."(淸水淬其鋒)는 구절에 대해, 안사고는 주에서 "불에 달군 후에 물속에 집어넣어 칼날을 견고하게 하는 것을 말한다."(謂燒而納水中以堅之也.)고 말하였다. 이러한 공예는 현대에서도 그대로 사용되고 있으며, 다만 "쉬화淬火(담금질)"라고 쓸 뿐이다.

이외에도 『설문』에는 고대의 벽력거霹靂車(돌덩이를 던지는 무기)에 대한 기록이 보인다. 이는 살상력이 매우 큰 무기의 일종이다.

> 괴旝는 큰 목판을 설치하여 그 위에 돌을 놓고서 기관으로 돌을 발

사하여 적을 쳐부수는 돌쇠뇌이다.

旝 : 建大木, 置石其上, 發機以破敵也. (七卷上)

그러나 애석하게도 이에 대한 기술이 상세하지 않다. 아마도 이것은 후대의 비포飛炮, 즉 대포의 초기 형태인 것으로 보인다.

2) 『설문』에 반영된 고대의 사회생활

(1) 태고시대

홍수는 아주 오래되고 널리 알려진 신화이다. 오랜 역사를 지닌 수많은 민족들 사이에서는 모두 태고시대에 한 차례 큰 홍수가 일어났었다는 신화가 전해 내려오고 있다. 염황족炎黃族의 신화에서는 대우大禹가 홍수를 다스려 "지평천성地平天成" 할 수 있게 되었다고 말하고 있다. 『설문』 가운데 일부 글자들은 홍수에 대한 태고시대 선조들의 인상을 반영하고 있다. 예를 들면,

석昔은 마른 고기이다. 위 부분은 마른 고기를 본뜨고, 아래는 햇볕에 그것을 말리는 것을 본뜬 것이다.

昔 : 干肉也. 從殘肉, 日以晞之. (七卷上)

"석昔"자는 금문에서 □㫺로 쓰는데, 이는 태양 아래 대지에 끝없이 아득한 홍수를 상징하고 있다. 섭옥삼葉玉森은 "석昔"자가 "고대 사람들이 홍

수로 인한 재앙을 잊지 못하는 것"을 반영하고 있다고 보았다. 즉『상서·요전』에 기록된 내용처럼 "넘실대는 홍수가 대지를 끊어 놓고, 출렁이는 홍수가 산과 언덕을 삼키고, 도도한 물결이 하늘까지 닿았다."(湯湯洪水方割, 蕩蕩懷山襄陵, 浩浩滔天)고 한 것이 바로 홍수의 전모이다. 그렇다면 홍수가 났을 때, 태고시대 선조들은 어디에서 살았을까? 한번 살펴보고자 한다.

주州는 물 가운데 살 수 있는 육지를 주州라 한다. 물이 그 곁에 빙 둘러 싸여 있는 것을 나타내며, 두 개의 천川으로 이루어진 회의자이다. 옛날에 요임금이 홍수가 났을 때, 백성들이 물 가운데 높은 지대에서 거주했기 때문에, 구주九州라고 말하는 것이다.

州 : 水中可居曰□. 周繞其旁, 從重川. 昔堯遭洪水, 民居水中高土, 故曰九州.) (十一卷下)

주州자의 고문은 □巛라고 쓰는데, 이것은 바로 주위에 흘러가는 물이 매우 넓고, 그 가운데 흙더미가 쌓여 있어 사람이 살 수 있는 형태를 본뜬 것이다.

□𡿧는 재해이다. 천川 가운데 일一을 가로로 그어 하류가 막혀 범람으로 인해 재앙이 됨을 나타낸다.『춘추전』에서 말하길, "하류가 막혀서 못이 되었는데, 이는 재앙이다."고 하였다.

𡿧 : 害也. 從一雍川.『春秋傳』曰 : "川雍爲澤, 凶." (十一卷下)

자형에 반영된 것 역시 홍수가 범람하는 모습이다. 『설문』에는 또 "치菑는 갈지 않은 농경지이다."(菑, 不耕田也.)(1권하)고 하였다. 여기에 반영된 것은 거친 풀이 농경지를 메꾼 모습이며, 농업사회의 재앙을 나타낸다. "재災는 저절로 일어나는 불을 재災라고 한다."(灾, 天火曰灾)(10권상)고 하였다. 여기에 반영된 것은 불이 집을 태우는 재앙이다.

사람이 거주할 수 있는 "주州"이외에도, 태고시대 선조들은 또한 "경京"과 "엄厂"에 살았다. 살펴보면,

> 경京은 사람이 만든 대단히 높은 언덕이다. 형부는 생략한 고高를 따르며, 곤丨은 높은 모양을 본뜬 것이다.
>
> 京 : 人所爲絶高丘也. 從高省, 丨象高形. (五卷下)

"경京"자는 갑골문에서는 □ 이라고 썼는데, 높은 언덕 위에 집을 세운 모양을 본떴기 때문에, 경京자에는 높다 크다는 뜻이 있다. 언덕이 높은 것을 경京이라 하고, 물고기가 큰 것을 경鯨이라 하고, 힘이 센 것을 경勍이라 하는데, 모두 형부인 "경京"에서 뜻을 얻었다. 『시・대아・공류』의 "남쪽 산마루에 올라가 높은 언덕을 본다."(迺陟南岡, 乃覯于京.)는 말은 높은 언덕 위에서 정착할만한 좋은 거처를 발견했다는 사실을 반영한 것이다.

> 엄厂은 산 옆에 큰 돌로 이루어진 가파른 절벽으로, 사람이 살 수 있으며, 상형자이다.
>
> 厂 : 山石之崖巖, 人可居, 象形. (九卷下)

사람이 동굴에 살았던 상황을 반영한 것이다. "엄厂"은 바로 "부阜"자가 생략된 글자이며, 부阜 역시 산언덕을 가리킨다. 척陟·강降·타墮·퇴隤·험險·조阻·격隔·장障 등은 모두 형부인 부阜를 따르며, 산과 언덕이 험준해 교통이 불편한 것과 관계가 있다.

> 측仄은 기울어진 것을 말한다. 사람이 엄厂 아래에 있는 것을 나타낸다.
>
> 仄 : 側傾也. 從人在厂下. (九卷下)

『설문계전』에서 말하길, "사람이 가파른 절벽 아래에 있으면 편안하게 있을 수가 없다. 회의자이다."(人在岩石之下不得安處也, 會意.)고 하였는데, 바로 사람들이 절벽 아래에서 거주하는데, 좁아서 편안하게 기거할 수 없는 상태를 반영한 것이다.

> 혈穴은 흙집이다.
>
> 穴 : 土室也. (七卷下)

토실土室은 바로 지교地窖(토굴. 움)를 가리키며, 태고시대 선조들이 들판에 거처하던 곳이다. 『시·대아·면』의 "토굴을 파고 지내셨네, 아직 집이 없어서라네."(陶復陶穴, 未有家室.)는 구절에서 도陶는 토굴을 가리키는 것으로, 아직 정식으로 지어진 가옥에서 거주하지 못했던 당시의 상황을 반영한 것이다. 『맹자·등문공』하에 "요임금 시절에는 물이 거꾸로 올라와 온 나라를 휩쓸어 넘쳤으며, 뱀이나 용이 번성해 사니 백성들은 살 곳이 없었다. 그래서 낮은 지대의 사람은 나무에 둥지를 짓고, 높은 지대의 사람은 굴을 파고 살았다."(當堯之時, 水逆行, 泛濫于中國, 蛇龍居之, 民無所定, 下者爲巢, 上者爲營窟.")는 말이 있는데, 여기서 묘사하고 있는 모습과 바로 동일한 상황이었다. 또한 『맹자 · 등문공』상에서 "요임금 시절 천하가 아직 다스려지지 않아 홍수가 일어 온 천하에 범람하였다. 초목이 우거지고 금수가 번식하였으며, 오곡이 열매를 맺지 못하고, 금수가 사람을 위협하였다. 짐승의 발자국과 새의 발자국이 중국에 교차하였다."(當堯之時, 天下猶未平, 洪水橫流, 泛濫于天下. 草木暢茂, 禽獸繁殖, 五穀不登, 禽獸逼人, 獸蹄鳥迹之道交于中國."고 말하였다. 그렇기 때문에 초목이 우거진 숲은 신기하고 기이한 지역으로 여겨졌던 것이다. 살펴보면,

> 금禁은 길흉을 꺼리는 것이다.
>
> 禁 : 吉凶之忌也. (一卷上)

큰 삼림 중에는 용과 뱀이 사는 곳이기 때문에 금기하는 지역이 되었다.

> 흉凶은 나쁜 일이다. 땅을 파서 그 속에 빠지게 하는 모습을 본뜬 것이다.
>
> 凶 : 惡也. 象地穿交陷其中也. (七卷上)

들짐승을 잡기 위해서 선조들은 함정을 팠는데, 만약 사람이 그 속에 떨어져 들어가면, 이것이 바로 "흉凶"이다.

> 함臽은 작은 함정이다. 사람이 구臼 위에 있는 것을 따른다.
>
> 臽 : 小阱也. 從人在臼上. (七卷上)

역시 사람이 함정에 떨어져 빠진 형상이다. "함臽"은 "함陷"자의 초문初文이며, "함陷"은 "함臽"자 보다 "부阜"자가 하나 더 첨가되어 있지만, 글자를 구성하는 뜻은 서로 같다.

> 길吉은 좋다는 뜻이다. 형부 사士와 구口로 이루어진 회의자이다.
>
> 吉 : 善也. 從士口. (二卷上)

"구口"는 함정이며, "사士"는 함정 위에 세워진 표지이다. 같은 부락의 사람이 이 표지를 보면 함정을 밟는 것을 면할 수 있어 흉험凶險을 피할 수 있는데, 이것이 바로 길吉이다. 함정에 빠지면 어떻게 해야 하는가? 동행이 재빨리 구해주어야 하는데, 이것이 바로 승丞이다.

> 승丞은 돕는다는 뜻이다.
>
> 丞 : 翊也. (三卷上)

승丞의 갑골문은 바로 두 손으로 함정에 빠진 사람을 구해주는 모습을 본떴으며, 또한 "증拯"이라고도 쓰는데, 이는 손을 하나 더 보탠 것이다. 그러므로 "익翊"에는 보좌하다, 돕는다는 뜻이 있다. 후세에 승丞은 관직의 이름으로 사용하였는데, 역시 보좌하다, 백성들을 구제한다는 뜻을 가지고 있다.

승承은 두 손으로 받드는 것을 말하고, 또 받는 것을 말한다.

承 : 奉也, 受也. (十二卷上)

글자를 만드는 의도는 "승丞"자・"증拯"자와 같으며, 세 개의 손으로 한 사람을 떠받쳐 올리는 모습이다.

금수禽獸가 사람을 위협하는 광경이다. 일부 글자들 역시 이를 반영하였다.

학虐은 잔인하다는 뜻이다. 형부 호虍를 따르며, 호랑이가 발톱으로 사람을 끌어당기는 모습을 본뜬 것이다.

虐 : 殘也. 從虍, 虎足反爪人也. (五卷上)

즉 호랑이가 발톱으로 사람을 해치는 것을 가지고 난폭하고 잔인하다는 뜻을 기탁한 것이다.

외畏는 싫어한다는 뜻이다. 형부 불甶과 생략된 호虎로 이루어진 회의자이다. 귀신의 머리에 호랑이의 발톱을 하고 있어, 이를 보고 두려워할 수 있다는 뜻을 나타낸 것이다.

畏 : 惡也. 從甶, 虎省. 鬼頭而虎爪, 可畏也. (九卷上)

"외畏"와 "학虐"은 서로 증명할 수 있으며, 호랑이의 흉맹凶猛이 선조들에게 남긴 인상을 반영한 것이다.

거豦 : 짐승들이 싸우면서 맞붙어 놓아주지 않는 것이다. 형부 시豕

와 호虍로 이루어진 회의자이다. 돼지와 호랑이가 서로 싸우면서 떨어지지 않는 것이다. 사마상여는 거豦는 큰 돼지封豕라고 하였다. 또 다른 설에 의하면, 호랑이가 두 다리를 들고 있는 모습이라고 한다.

豦 : 鬪相丮不解也. 從豕虍. 豕虍之鬪不解也. 司馬相如說, 豦, 封豕之屬. 一曰, 虎兩足擧.) (九卷下)

이 글자에는 세 가지로 뜻을 해석할 수 있는데, 모두 맹수와 관련이 있다. 장순휘张舜徽는 "어로와 수렵시대에는 사람들이 항상 짐승과 싸웠다. 오직 멧돼지와 호랑이만이 제압하기 쉽지 않았기 때문에, 거豦자는 형부 시豕와 호虍를 따르며, 사람이 돼지나 호랑이와 서로 마주쳤을 때 모두 물러설 수 없는 것을 말한다. 이 시豕는 오늘날 가축의 시豕와 다른 산림에서 자라는 멧돼지를 말한다. 내가 일찍이 이것을 사냥꾼에게 물어본 적이 있는데, 큰 멧돼지일 경우 천근이 넘는다고 한다. 이는 아마도 옛 사람들이 말하는 봉시封豕인 것 같다. 힘이 세고 싸우기를 좋아해 사냥꾼이 멧돼지를 잡기 위해서는 반드시 여러 사람이 힘을 합쳐 에워싸고 제압해야 한다. 그렇지 않으면 오히려 멧돼지에게 죽임을 당하게 된다. 밖에서 사냥할 때 오직 호랑이와 멧돼지를 사로잡는 것이 가장 어렵고 위험하다. 그래서 호랑이와 멧돼지를 만난 사람들 중에 두려워하지 않는 이가 없다. 나는 이 말을 듣고 나서 옛 사람이 거豦자를 만들 때 틀림없이 멧돼지와 호랑이로부터 글자 모양을 취하였다는 것이 근거가 없지 않다는 사실을 깨닫게 되었다."(當漁獵之世, 人恒與獸鬪, 惟豕與虎不易制, 故豦字從豕虍, 謂人與豕·虎相遇, 皆不得解也. 此豕非同今日家畜之豕, 乃謂生長山林之野猪也. 余嘗詢之老獵人, 皆言野猪大者過千斤, 殆卽古人所稱封豕. 力大好鬪, 獵者遇之, 必數人合圍, 而後可制, 否則反爲所攫殺矣. 行獵在外, 惟以捕擊虎與野猪爲最難

最險, 見者莫不驚怖焉. 余聞斯言, 乃悟古人造一豦字, 必取象于豕與虎, 不爲無据矣.)(『설문해자약주說文解字約注』)고 하였다.

희豨는 옛날에는 봉희와 긴 뱀의 재해가 있었다.

豨 : 古有封豨修蛇之害. (九卷下)

파巴는 뱀의 일종이다. 혹은 코끼리를 잡아먹는 큰 뱀이라고도 한다. 상형자이다.

巴 : 虫也. 或曰食象虫. 象形. (十四卷下)

타它(蛇)는 뱀의 일종이다. 뱀의 길이가 길고 꼬리를 구부려 늘어뜨린 형태를 본떴다. 상고시대에는 사람들이 풀 더미 속에 있다가 뱀을 만날까 걱정하였기 때문에, 서로 뱀이 없는지를 물었다.

它(蛇): 虫也. 從虫而長, 象冤曲垂尾形. 上古草居患它, 故相問無它乎. (十三卷下)

이러한 글자들은 모두 상고시대 금수禽獸가 사람을 위협한 상황을 반영하고 있다. 『산해경山海經·해내남경海內南經』에 "파사巴蛇가 코끼리를 잡아먹었는데, 3년이 지난 후에 그 뼈를 토해내었다."(巴蛇食象, 三年而吐其骨)고 한 말이 있는데, 역시 서로 증거로 삼을 수 있다.

맹수와 투쟁하기 위해 선조들은 망网(그물)(7권하)·필畢(사냥에 쓰는 자루 달린 그물)(4권하)·격繳(주살의 실)(13권하)·번磻(주살돌 추)(9권하)·노砮(돌살촉)(9권하) 등의 수렵에 필요한 도구들을 처음으로 만들었으며, 이는 사람이 만물의 영장이라는 사실을 증명해준다.

(2) 모계사회

몽매했던 태고시대의 선조들은 군혼제도群婚制度를 실시하였는데, 이러한 내용은 『예기禮記·곡례曲禮』의 "오직 금수만이 예禮가 없어 아버지와 아들이 암컷을 함께 취한다."(夫唯禽獸無禮, 故父子聚麀.)는 말에 반영되어 있다. 우麀는 암사슴이며, 아버지와 아들이 함께 하나의 배우자를 함께 한다는 뜻을 가리킨다. 그 후에 혈족혼血族婚으로 진화 발전하였다. 다시 말하면, 씨족 안에서 동년배의 남녀(형제자매) 사이에 서로 혼인한 것을 가리킨다. 나이 많은 어머니가 씨족의 일을 통솔하고 관리했는데, 이것이 바로 이른 바 모계사회(구석기시대에 해당)이다. 신화와 전설에 의하면, 복희와 여와는 형제자매 사이이며, 또한 부부사이기도 한데, 이것이 바로 이러한 상황을 반영한 것이다. 한대의 화상전畵像磚에는 복희와 여와가 머리는 사람의 형상이고, 몸은 뱀의 형상을 하고 있으며, 두 사람의 꼬리가 서로 얽혀있는 형상으로 출현하는데, 이것이 바로 부부의 상징이다. 『여씨춘추·지군람』에 "백성들이 군집생활을 하니 모친은 알되 부친은 모르고, 친척·형제·부부·남녀의 분별이 없다."(其民聚生群處, 知母不知父, 無親戚兄弟男女之別.)는 말이 보이는데, 이는 바로 이러한 당시의 사회적 상황을 가리킨 것이다. 모계사회의 상황은 『설문』에서도 대략적으로 살펴볼 수 있다.

성姓은 사람이 태어난 가족의 호칭이다. 상고시대의 성인은 어머니가 하늘의 신물神物을 받아 감응하여 아들을 낳았기 때문에, 천자라 칭하였다. 형부 여女와 생生의 뜻을 따르며, 생生은 또한 성부이기도 한다. 즉 회의자 겸 형성자이다. 『춘추전』에서 말하길, "천자는 그 선조가 태어난 지역에 따라 성을 하사하였다."

姓 : 人所生也. 古之神聖母, 感天而生子, 故稱天子. 從女, 從生, 生亦聲. 『春秋傳』曰 : "天子因生以賜姓." (十二卷下)

이른바 "감천이생자感天而生子"라는 말은 바로 "어머니만 알고 아버지가 누구인지를 알지 못하는 것"(知母不知父)을 가리킨 것이다. 『사기 · 은본기』에는 "은나라의 시조 설契의 어머니는 간적簡狄이라 한다. …… 세 사람이 목욕을 하다가 제비가 알을 떨어뜨린 것을 보고 간적이 그 알을 집어서 삼켰는데, 설을 잉태해 낳았다."(殷契, 母曰簡狄, …… 三人行浴, 見玄鳥墮其卵, 簡狄取呑之, 因孕生契.)는 기록이 있고, 『사기 · 주본기』에는 "강원姜原이 들판에 나갔다가 거인의 발자국을 보았는데, 마음이 흔연히 기뻐서 그것을 밟으려고 하였다. 그것을 밟자 몸이 움직이는 것이 마치 잉태한 사람과 같았으며, 기한이 되어 아들을 낳았다."(姜原出野, 見巨人迹, 心欣然說, 欲踐之. 踐之而身動, 如孕者, 居期而生子.)는 기록이 있다. 이러한 내용 역시 혈족의 군혼제가 시행되었던 모계사회의 상황을 반영한 것이다. 사회가 발전함에 따라 사람들은 "만약 동성同姓의 남녀가 통혼通婚을 하면, 그 자손들이 번성하지 못한다."(男女同姓, 其生不蕃)(『좌전 · 희공23년』에 보임)는 도리를 깨닫고 아혈족혼亞血族婚의 단계로 발전했는데, 이는 씨족이 다른 남녀가 서로 혼인을 하는 제도를 말한다. 이때 혈연관계를 구별하는 성姓의 역할이 더욱 중요하게 되었다. 『설문』에는 아주 오래된 성姓들이 기록되어 있다. 예를 들면,

강姜은 신농이 강수에 살았기 때문에 강으로써 성을 삼았다.

姜 : 神農居姜水, 以爲姓. (十二卷下)

희姬는 황제가 희수에 살았기 때문에, 희로써 성을 삼았다.

姬 : 黃帝居姬水, 以爲姓. (十二卷下)

영嬴은 소호씨의 성이다.

嬴 : 少昊氏之姓. (十二卷下)

요姚는 우虞·순舜이 요허姚虛에 살았기 때문에, 그래서 요로서 성을 삼았다.

姚 : 虞舜居姚虛, 因以爲姓. (十二卷下)

"성姓"의 작용은 혼인관계를 가리기 위한 것이었기 때문에, "동성同姓은 혼인하지 못한다."는 목적을 이룰 수 있었다. 이때 서로 다른 씨족 사이에서는 신부를 약탈하는 일까지 종종 발생하였다. 어떤 학자는 『주역周易·둔괘屯卦』의 "어려워서 머뭇거리며, 말을 탔다가 내린다. 도적이 아니라 구혼자다."(屯如邅如, 乘馬班如. 匪寇婚媾.)는 말은 바로 태고시대 신부를 약탈하는 광경을 묘사한 것이다. 둔屯과 전邅은 곤란하다는 뜻이다. 반班은 서성거린다는 뜻이다. 괘사의 뜻은 산을 넘고 물을 건너온 젊은 남자들의 마대馬隊(화물을 나르는 말의 대열)가 마을 밖에서 서성거리는데, 이는 우리가 때려 부수거나 빼앗으려는 것이 아니라, 사돈을 맺기 위한 것이라는 말이다. 이 설은 대체로 신빙성이 있다.

가家는 집이다. 면宀은 형부이고, 가豭는 생략된 성부이다.

家 : 居也. 從宀, 豭省聲. (七卷下)

양수달楊樹達의 『석가釋家』에서 가豭는 수퇘지(豭爲牡猪)라고 말하였다. "가家"자가 가豭의 생략된 성부를 따른 것은 남자(사람)에 비유한 것이기 때문에, 이 글자가 만들어질 때 이미 부계사회父系社會에 진입했다는 사실을 증명할 수 있다.

(3) 토템의 숭배

토템의 숭배는 원시씨족시기에 생겨난 일종의 종교적인 신앙이다. 선조들은 각 씨족마다 어떤 동물이나 식물, 혹은 무생물(예를 들면, 돌)과 혈연적 관계나 기타 특수한 관계를 가지고 있다고 믿었기 때문에, 이러한 것들을 선조나 신령으로 삼아 숭배하였는데, 이것이 바로 토템이다. 토템을 또한 씨족의 표지나 상징으로도 삼았다.

화하족華夏族의 "용龍"·"봉鳳" 역시 이러한 토템이다. 『설문』에서 묘사된 봉황에 관한 해설은 모두 신비롭기 그지없다.

> 용龍은 몸에 비늘이 있는 동물 가운데 가장 큰 것으로, 몸을 숨길 수도 있고, 드러내 보일 수도 있다. 또한 작게도 할 수 있고, 크게 할 수도 있으며, 혹은 짧게 할 수도 있고, 길게 할 수도 있다. 봄에는 하늘에 올라갔다가 가을에는 연못 속에 잠긴다. 형부 육肉을 따르며, 나는 형상이다. 동童의 생략된 성부이다.
>
> 龍 : 鱗虫之長, 能幽能明, 能細能巨, 能短能長. 春分而登天, 秋分而潛淵. 從肉, 飛之形. 童省聲. (十一卷下)

중화민족은 용의 계승자였던 까닭에, 전적에 보이는 용에 관한 기록은 일일이 다 셀 수조차 없을 정도로 많다. 근년에 동북 지역의 요하遼河 유역과 내몽고의 홍산紅山 문화층에서 신석기시대의 것으로 보이는 정교하고 아름다운 옥룡玉龍이 발견되었다. 이 옥룡은 토템적인 의미를 가지고 있는데, 이는 중국의 상고시대 문명의 여명이 이미 도래했다는 것을 의미하고 있다고 하겠다.

봉鳳은 신령스런 새이다. 『천로天老』에서 "봉황의 형상은 앞은 기러기와 같고, 뒤는 기린과 같으며, 뱀의 목, 물고기의 꼬리, 학의 이마, 원앙의 뺨, 용의 무늬, 호랑이의 등, 제비의 턱, 닭의 부리를 갖추고 있으며, 또한 다섯 가지 색을 모두 갖추고 있다. 동방 군자의 나라에서 나오며, 사해의 밖까지 날아갈 수 있다. 곤륜을 지나 지주에서 물을 마시고, 약수에서 털을 씻고, 저녁에는 풍혈에서 잠을 잔다. 봉황이 한번 나타나면 천하가 크게 안녕하다."고 하였다.

鳳 : 神鳥也. 『天老』: "鳳之象也, 鴻前麟後, 蛇頸魚尾, 鸛顙鴛思, 龍文虎背, 燕頷鷄喙, 五色備擧. 出于東方君子國. 翺翔四海之外, 過昆侖, 飮砥柱. 濯羽弱水, 暮宿風穴, 見則天下大安寧.") (四卷上)

이것은 분명히 여러 동물의 특징을 하나로 종합한 토템의 형상을 하고 있기 때문에, 봉鳳을 신조神鳥라 칭하는 것이다.

신석기와 구석기시대에는 돌 역시 숭배를 받았으며, 이 역시 토템으로 삼을 수 있었다. 중화민족은 옥석玉石을 특별히 귀하게 여겼는데, 『설문』에는 옥玉에 관한 기록이 적지 않게 보인다.

옥玉은 돌 가운데 아름다운 것이다. 다섯 가지 덕을 가지고 있는데, 윤택하고 온화하기 때문에 인仁에 비유되고, 결이 어지럽지 않아 밖으로부터 그 내부를 알 수 있기 때문에 의義에 비유되고, 그 소리가 맑고 커서 아주 먼 곳에서도 들을 수 있기 때문에 지智에 비유되고, 부러질지언정 휘지 않기 때문에 용勇에 비유되고, 날카롭지만 다치게 하지 않기 때문에 혈絜에 비유한다.

玉 : 石之美. 有五德: 潤澤以溫, 仁之方也; 䚡理自外, 可以知中, 義之方也; 其聲舒揚, 尃以遠聞, 智之方也; 不撓而折, 勇之方也; 銳廉而不忮, 絜之方也. (一卷上)

옥석에 다섯 가지 미덕을 부여한 것은 완전히 인격화한 것이며, 이는 당연히 옥석을 토템으로 삼아 숭배한 것과 관련이 있다. 절강성의 양저良渚 문화층에서는 여러 차례 옥종玉琮이 발견되었는데, 옥종玉琮의 모양은 기둥의 형태로 겉은 방형方形이고, 안은 원형이다. 그리고 중간은 관통되어 있으며, 겉 표면에는 짐승 얼굴 모양의 문양과 사람 얼굴 모양의 문양이 조합된 문양이 새겨져 있다. 문화사를 연구하는 학자들은 고대인들의 "하늘은 둥글고 땅은 네모졌다."(天圓地方)는 관념에 근거해 판단하였는데, 즉 옥종玉琮이 방원方圓과 방원方圓이 관통한 형태를 함께 갖추고 있는 것은 아마도 하늘과 땅을 상징하는 의미가 가장 크며, 특히 하늘과 땅이 관통되어 있다는 것을 상징하는 의미가 가장 크다고 여겼다.

『시・대아・생민』은 주나라 때 사람들의 사시史詩로서 이 중에는 후직后稷의 탄생에 대해 "애를 낳을 달이 모두 차자, 첫애를 양처럼 쉽게 낳았다네.”(誕彌厥月, 先生如達.)라고 읊고 있다. 이에 대해 정현은 전箋에서 “달達은 어린 양이다. 양처럼 태어났다는 것은 쉽게 태어난 것을 말한다.”(達, 小羊也. 生如達之生, 言易也.)고 말하였다. 주희朱熹의 『시집전詩集傳』에서 “달達은 어린 양이다. 양은 쉽게 태어나므로, 힘들게 하는 것이 없다.”(達, 小羊也. 羊子易生, 無留難也.)고 말하였다. 전통적인 해석은 모두 후직이 태어날 때 마치 어린 양이 태어나는 것처럼 순조로웠다고 보았다. 문화사적인 측면에서 어떤 학자는 강원姜原은 주나라의 시조로서 “강姜”자가 형부양羊을 따르고 있음을 볼 때, 강원이 후직을 낳을 때 태어난 모습이 마치 “새끼 양”과 같았다고 말한 것이니, 이는 바로 그가 양을 숭배하는 토템을 지닌 부족의 직계 자손임을 설명한 것이라고 여겼다.

달羍 : 어린 양이다. 양羊은 형부이고, 대大는 성부이다. 달達자처럼 읽는다.

羍 : 小羊也. 從羊, 大聲. 讀若達. (四卷上)

즉 달羍자는 바로 “시생여달始生如達”의 본자이다.

강羌은 서쪽의 민족을 가리키며, 양을 기르는 사람이다.

羌 : 西戎, 牧羊人也. (四卷上)

민閩은 동남부 지역의 민족을 가리키며, 뱀을 토템으로 삼은 종족이다.

閩 : 東南越, 蛇種. (十三卷上)

만蠻은 남쪽의 민족을 가리키며, 뱀으로 토템으로 삼은 종족이다.

蠻 : 南蠻, 蛇種. (十三卷上)

적狄은 북방에서 생활하는 민족의 통칭이며, 본래 개를 토템으로 삼은 종족이다.

狄 : 赤狄, 本犬種. (十卷上)

맥貉은 북방의 민족으로 맹수를 토템으로 삼은 종족이다.

貉 : 北方豸種. (九卷下)

허신의 이러한 해설들은 모두 선조의 토템 숭배라는 측면에서 이해해야 한다. 그래야 황당무계한 말이나, 혹인 비과학적이라고 여기지 않을 수 있기 때문이다. 『좌전・소공년』17년의 기록에 보면, 담자郯子가 노魯나라에 사신으로 가서 소자昭子와 고대 관직의 명칭으로 삼은 상황에 대해 의론을 벌이는 내용이 있다. "옛날에 황제씨는 구름으로 일을 기록했기 때문에, 관직명을 운사雲師라 하여 구름을 가지고 명칭을 삼았다. 염제씨는 불로서 일을 기록했기 때문에, 관직명을 화사火師라 하여 불을 가지고 명칭을 삼았다. 공공씨는 물로써 일을 기록했기 때문에, 관직명을 수사水師라 하여 물을 가지고 명칭을 삼았다. 태호씨는 용으로서 일을 기록했기 때문에, 관직명을 용사龍師라 하여 용을 가지고 명칭을 삼았다. 나의 고조이신 소호少皞께서 임금이 되었을 때 봉황이 때마침 이르렀기 때문에, 새를 가지고 일을 기록하였으며, 관직명을 조사鳥師라 하여 새로써 명칭을 삼았다."(昔者黃帝氏以雲紀, 故爲雲師而雲名; 炎帝氏以火紀, 故爲火師而火名; 共工氏以水紀, 故爲水師而水名; 太皞氏以龍紀, 故爲龍師而龍名. 我高祖少皞之立也,

鳳鳥適至, 故紀於鳥, 爲鳥師而鳥名.)고 하였는데, 이것 역시 상고시대의 토템 숭배에 대한 상황을 반영한 것이다.

(4) 신분제도

문자는 의식형태를 반영한 산물이다. 그렇기 때문에 문자를 만드는 것과 그에 대한 해석은 반드시 특정한 사회적 현실을 반영해야 한다. 그래서『설문』중에서도 일부 글자들은 계급사회의 신분제도에 대한 상황을 반영하고 있다. 예를 들면,

> 재宰는 집 노비에 충당하는 죄인이다. 형부 면宀과 신辛으로 이루어진 회의자이다. 신辛은 일종의 형구刑具로, 죄가 있는 사람을 나타낸다.
>
> 宰 : 罪人在屋下執事者. 從宀從辛. 辛, 罪也. (七卷下)

"재宰"의 본의는 죄인이다.『예기 · 곡례』에 "대부大夫의 부富를 물으며, 묻기를 읍재가 있는가? 먹을 만한 부세 수입이 있는가?"(問大夫之富, 曰 : 有宰? 食力?)라는 내용이 있는데, 의미는 집안일을 처리하는 노비가 얼마나 있으며, 농업 생산에 종사하는 노비가 얼마나 있느냐를 말하는 것이다.『한비자 · 설난』에는 "이윤이 포로가 되어,……몸소 천한 일을 하지 않고 벼슬길에 나가는 것이 불가능했기 때문에, 이와 같이 불명예스러운 일을 당했던 것이다."(伊尹爲宰, …… 役身以進, 如此其汚也.)는 말이 있다. 재宰는 본래 죄인 혹은 전쟁 포로를 가리킨다. 그들은 주인인 귀족 곁에 있

기 때문에, 주인의 총애와 믿음을 얻을 가능성이 있었다. 이에 점차 직권을 갖게 되고, 아울러 직권의 범위가 넓어져 관료가 되어 국정國政을 장악하게 되었으며, 후대에 이르러 마침내 "천관총재天官冢宰"・"태재太宰"・"재상宰相" 등의 명칭이 있게 된 것이다. 사실상 『주례』에 실려 있는 천관총재天官冢宰에 소속된 관원은 대부분 궁정에서 잡무를 맡아서 하는 사람들로, 예를 들면, 선부膳夫・포인庖人・내옹內饔・외옹外饔・엄인閹人・사인寺人・내수內豎 등이며, 그들은 모두 노비이다. 다시 예를 들면,

노奴는 노奴와 비婢로서 모두 고대의 죄인이다. 『주례』에서 말하길, "죄인은 남자는 감옥에 들어가 복역하는 노비로 넣고, 여자는 절구로 곡물을 빻는 노비로 넣는다."

奴 : 奴婢, 皆古罪人. 『周禮』曰 : "其奴, 男子入于罪隸, 女子入于舂藁."　　(十二卷下)

비婢는 비천한 여자이다. 형부 여女와 비卑를 따르며, 비卑는 또한 성부이다.

婢 : 女之卑者也. 從女卑, 卑亦聲.　　(十二卷下)

첩妾은 죄가 있는 여자로, 궁정이나 관부 안에서 복역하기 때문에 군왕이나 귀족에게 접근할 수 있는 사람이다. 『춘추전』에서 말하길, "여자는 남의 첩이 된다."고 하였는데, 이는 정식으로 혼인하는 것이 아니다.

妾 : 有罪女子給事之得接于君者. 『春秋傳』云 : "女爲人妾", 不聘也.　　(三卷上)

동童은 남자가 죄가 있으면 노奴라고 말한다. 노奴는 동童을 가리키며, 여자는 첩妾이라 칭하였다.

童 : 男有罪曰奴, 奴爲童, 女曰妾. (三卷上)

혜㜎는 여자 종이다.

㜎 : 女隸也. (十二卷下)

갑골문에서 해奚자는 손에 결박당한 사람을 끌고 가는 사람을 본뜬 글자이다. 『주례 · 천관 · 서관』의 "노예가 3백 명이다."(奚三百人)는 말에 대해, 정현은 주에서 "옛날에는 연좌된 남자와 여자를 현縣의 관아에 넣고 노비로 삼았는데, 그 재주가 적은 사람은 노예를 삼았는데, 지금의 시사侍史(관리 밑에서 문서 업무를 담당하는 사람)나 관비官婢이다"(古者從坐男女沒入縣官爲奴, 其少才知爲奚. 今之侍史官婢.)고 하였다. 『회남자 · 본경훈』의 "죄수의 자녀"(傒人之子女)라는 말에 대해, 고유高誘는 주에서 "해奚는 결박되어 감옥에 갇힌 죄수이다."(奚, 繫囚之.)고 말하였다. 고적의 기록과 문자 형체에 반영된 뜻이 서로 일치된다.

『설문』 중에서 일부 글자들은 또한 고대의 가혹한 형벌에 관한 내용을 반영하고 있다. 예를 들면,

걸桀은 사람의 사지를 찢는 혹독한 형벌이다. 천舛(양쪽 발)이 나무 위에 있는 모양을 본뜬 것이다.

桀 : 磔. 從舛在木上也. (五卷下)

천舛은 사람의 양쪽 다리이며, 사람이 거꾸로 매달아 두 다리가 나무

위에 걸쳐지게 하는 형벌로, 이것이 바로 책형磔刑이다.

> 책磔은 큰 죄를 지은 사람에게 행하는 사지를 찢는 혹독한 형벌이다. 걸桀은 형부이고, 석石은 성부이다.
>
> 磔 : 辜也. 從桀, 石聲. (五卷下)

고辜는 죄를 의미한다. 단옥재가 말하길, "『이아』에 바람에게 제사지내는 것을 책磔라 한다고 하였다. 살펴 보건데, 대체로 책磔이란 열다, 벌려놓는다는 뜻으로 쓰이는데, 그 가슴과 배를 갈라서 펼쳐놓아 마르도록 내버려 둔 채 거두지 않는 것을 말한다."(『爾雅』: 祭風曰磔. 按凡言磔者, 開也. 張也, 刳其胸腹而張之, 令其乾枯, 不收.)

(5) 필기구와 문예·오락 용품

『설문』 가운데 상당히 많은 글자 중에 고대 필기도구에 관한 내용이 반영되어 있다. 종이가 발명되기 전에 선조들은 글자를 짐승 뼈와 귀갑龜甲 위에 쓰거나, 혹은 종정鐘鼎 위에 주물로 새겨 놓기도 했다. 그 후에는 죽간竹簡과 목판木版 위에 썼다.

> 간簡은 첩牒이다.
>
> 簡 : 牒也. (五卷上)

> 첩牒은 찰札이다.

牒 : 札也. (七卷上)

찰札은 첩牒이다.

札 : 牒也. (六卷上)

여기에 반영된 것이 바로 서사書寫 도구이다. 『논형論衡・양지量知』에서 "대나무를 자르면 통이 되고, 그것을 다시 쪼개면 첩牒이 되는데, 그 위에 필묵의 형적을 더하면 바로 문자가 된다."(截竹爲筒, 破以爲牒, 加筆墨之迹, 乃成文字)고 하였다.

참槧은 글씨를 쓰는 나무 판에 아직 글자를 쓰지 않은 것을 가리킨다.

槧 : 牘樸也. (六卷上)

판版은 나무를 쪼개어 이루어진 목판을 말한다.

版 : 判也. (七卷上)

독牘은 글자를 쓴 목판을 말한다.

牘 : 書版也. (七卷上)

『설문구두』에서 "판版"자에 대해 말하길, "나무를 쪼개어 만들어진 것을 판版이라 말한다. 그 위에 글자를 쓰지 않은 것을 판版이라 하며, 이미 글자를 쓴 것을 독牘이라 한다."(謂判之而爲版也. 未寫字爲版, 既寫爲牘.)고 하였다. 『논형・양지』에서 "나무를 자른 것을 참槧이라 하고, 그것을 쪼갠 것을 판版이라 한다. 그리고 힘을 들여 깎은 다음에 비로소 주독奏牘이 된다."(斷木爲槧, 析之爲版, 力加刮削, 乃成奏牘)고 하였는데, 여기에는 고대의 서사書寫 상황이 반영되어 있다. 필기구와 관련된 글자를 예로 들어보면,

> 율聿은 글자를 쓰는 붓이다. 초나라 지역의 사람들은 율聿이라 칭하였고, 오나라 지역의 사람들은 불율不律이라 칭하였다. 그리고 연나라 지역의 사람들은 불弗이라 칭하였다.
>
> 聿 : 所以書也. 楚謂之聿, 吳謂之不律, 燕謂之弗. (三卷下)

> 필筆은 진나라 지역 사람들이 칭하였던 명칭이다. 형부 율聿과 죽竹으로 이루어진 글자이다.
>
> 筆 : 秦謂之筆. 從聿從竹. (三卷下)

"율聿"은 초문初文(어떤 글자가 처음 만들어졌을 때의 자체)이며, 손으로 붓을 잡고 글자를 쓰는 모양을 본뜬 것이며, "필筆"은 후기자後起字(특정한 글자와 관련되어 뒤에 만들어진 글자)이다. "불율不律"을 빨리 읽으면 필筆이 된다. 붓으로 글자를 쓰는 것을 "서書"라 한다.

> 서書는 쓴다는 뜻이다. 율聿은 형부이고, 자者는 성부이다.
>
> 書 : 箸也. 從聿, 者聲. (三卷下)

『묵자墨子·천지중天志中』에서 "죽백竹帛에 기록하고, 금석金石에 새겼다."(書之竹帛, 鏤之金石)는 말이 있는데, 이는 바로 문자를 죽간과 비단에 쓸 수 있으며, 또한 청동기나 돌 위에 새길 수 있다는 것을 말한다. 문자를 간독簡牘 위에 쓰면 분량이 방대해져 무거워지기 때문에, 『사기』에서는 진시황이 매일 열람한 간독簡牘 문서의 무게가 120근에 이르렀다고 언급하였으며, 『사기史記·활계열전滑稽列傳』에는 한 무제 때 동방삭東方朔이 "처음에 장안에 들어와 공거부公車府에 이르러 상소문을 작성했는데, 모두 3천 개의 목간木簡이나 되었다. 공거부에서 두 사람을 보내 그 목간을 함께 들게 하여 겨우 들 수가 있었다."(初入長安, 至公車上書, 凡用三千奏牘. 公車令兩人, 共持擧其書, 僅然能勝之.)는 기록이 보인다. "한우충동汗牛充棟"이라는 고사성어 역시 서사 필기구의 상황을 반영한 말이다. 이는 수레에 실은 문서가 너무 많아 소가 땀을 흘릴 정도이고, 집안에 문서를 쌓으면 들보에 이를 정도로 많다는 것을 말한 것이다. 전국시대에 혜시가 세상을 돌며 공부할 때, 그가 가지고 다녔던 책이 다섯 수레에 꽉 찰 정도였다고 한다. 그래서 『장자·천하』편에서 "혜시는 여러 방면에 박학하여, 서책이 다섯 수레나 되었다."(惠施多方, 其書五車)고 하였다. 후에는 책을 널리 읽어 학식이 풍부하다는 "학부오거學富五車"라는 말로 쓰이게 되었다.

흩어져 있는 죽간을 끈이나 가죽으로 엮어 이은 것을 편編이라 불렀다.

> 편編은 죽간을 순서대로 엮은 것을 말한다.
>
> 編 : 次簡也. (十三卷上)

단옥재가 말하길, "실로 죽간을 순서에 따라 배열한 것을 편編이라 말한다."(以絲次第竹簡而排列之曰編.)고 하였다. 『사기·공자세가』에 "공자는 만년에 『주역』을 좋아하였는데,……『주역』을 읽을 때 가죽으로 엮은 끈이 세 번 끊어졌다.”(孔子晩而喜『易』, …… 讀『易』, 韋編三絶)는 기록이 있는데, 이는 바로 공자가 끊임없이 죽간에 쓰여 있는 『주역』을 펼치고 읽다가 죽간을 엮어놓은 가죽 끈이 모두 헐어서 세 번이나 바뀌는 지경에 이르렀음을 말한 것이다. 이 때문에 후에는 바로 “위편삼절韋編三絶”이라는 말을 가지고 사람들이 독서에 힘쓰는 것을 형용하게 되었다. 그리고 엮어 만든 서책을 편篇, 책冊, 전典이라 칭하였다.

편篇은 서책이다.

篇 : 書. (五卷上)

책冊은 부명符命으로, 제후가 왕에게 나아가 받은 것이다. 나무판이 하나는 길고 하나는 짧으며, 중간에 두 줄의 실로 엮은 모습을 본뜬 글자이다.

冊 : 符命也. 諸侯進受于王也. 象其札一長一短, 中有二編之形. (二卷下)

전典은 오제五帝의 전적이다. 형부 책冊이 기丌 위에 있는 것을 따르며, 높여서 시렁 위에 놓은 것이다. 장도莊都가 말하길, 전典은 형부 대大와 책冊으로 이루어진 회의자이다.

典 : 五帝之書也. 從冊在丌上, 尊閣之也. 莊都說, 典, 大冊也.) (五卷上)

전典은 서책을 탁자 위에 올려놓았다는 뜻으로, 이는 존귀함을 설명해준다. 그렇기 때문에 후대의 "전典"자에 전범典範이라는 뜻을 가지게 된 것이다. 성현영成玄英의 『장자莊子・서序』에서 "편篇은 편간編簡으로 뜻을 삼는다. 고대에는 죽간을 살청殺青하여 가죽 끈으로 엮었는데, 간簡을 엮으면 편篇이 되는데, 이는 마치 지금의 종이를 연결해 책을 만드는 것과 같다."(篇以編簡爲義. 古者殺青爲簡, 以韋爲編; 編簡成篇, 猶今連紙成卷也.)고 하였다. 죽간에는 주충蛀蟲이 자라기 쉽기 때문에, 글자를 쓰기 전에 불로 죽간을 쬐어 말리는 것을 "살청殺青"이라 칭한다. 후대에는 이것을 책이 완성되는 날을 가리키는 의미로 사용되고 있다. 불에 쬐어 말릴 때 죽간에서 수분이 나오는데, 이것이 마치 사람이 땀을 흘리는 것과 같기 때문에, 또한 "한청汗青"으로 서책書冊, 혹은 사책史冊을 가리키기도 한다. 문천상文天祥의 『과령정양過零丁洋』이라는 시에 "인생은 자고로 죽지 않는 이가 아무도 없다지만, 단심을 지켜 사서에 비춰 남길 뿐이네."(人生自古誰無死, 留取丹心照汗青.)라는 구절이 있는데, 이는 나라를 위하는 마음을 사책史冊에 쓴다는 것을 말한 것이다.

간刊은 깎는다는 뜻이다.

刊 : 剟也. (四卷下)

산刪은 깎는다는 뜻이다. 형부 도刀와 책冊으로 이루어진 회의자이며, 책冊은 죽간을 꿰어 이루어진 서책이다.

刪 : 剟也. 從刀冊, 書也. (四卷下)

철剟은 삭제한다는 뜻이다.

㓺 : 刊也. (四卷下)

『사기·공자세가』에서 공자가 “『춘추』를 편찬할 때, 마땅히 쓸 것은 썼으며, 마땅히 삭제할 것은 삭제하였다. 그러므로 자하와 같은 사람들이 한 마디도 덧붙일 수가 없었다.”(至於爲春秋, 筆則筆, 削則削, 子夏之徒不能贊一辭.)고 칭찬하는 말을 남기고 있는데, 여기서 삭削은 또한 산刪의 뜻으로 쓰였다. 고사성어 가운데 “불간지론不刊之論”이란 말이 있는데, 이는 고치거나 없앨 수 없는 말을 형용할 때 사용한다.

이러한 간책簡冊의 글에 만약 책을 읽는 사람이 덧붙이고자 하는 것이 있을 때는 네모진 작은 죽편에 써서 해당되는 죽간 옆에 묶어놓는데, 이것을 전箋이라 한다.

전箋은 서적 위에 표기를 한다는 뜻이다.

箋 : 表識書也. (五卷上)

『사고전서제요』에서 말하길, “강성康成(정현의 자)은 특히 모전毛傳에 의거해 그 옆에 표시를 해놓았는데, 지금 사람들의 첨기簽記와 같으며, 이를 모아 질帙을 만들었기 때문에 전箋이라 말한다.”(康成(鄭玄字)特因毛傳而表識其旁, 如今人之簽記, 積而成帙, 故謂之箋.)고 하였다. 후대에는 전箋 또한 고서를 주해하는 일종의 체례가 되었다. 또한 “간고間詁”라고도 부른다. 섭덕형葉德炯의 『묵자간고墨子間詁·발跋』에서 말하길, “간고間詁는 협주夾注라고도 말하며, 전箋과 실제로 뜻은 같으나 이름이 다를 뿐이다.”(間詁犹言夾注, 與箋同實而異名.)고 풀이하였다.

고대의 계약契約은 칼로 죽편竹片이나 목편木片 옆에 치齒를 새겨 표지로 삼았으며, 채무를 상환할 때도 반드시 쌍방이 각자 가지고 있던 문서를 서로 맞추어 보았는데, 이를 "합권合券"이라 말한다. 『전국책 · 제책』에는 풍훤馮諼이 맹상군孟嘗君을 위해 설薛 땅에 가서 채무를 받는 기록이 보이는데, 이때 "합권"이라는 말을 사용했다.

> 권券은 계약증서이다. 칼로 그 옆에 동일한 모양이나 흔적을 새기기 때문에, 서계라 한다.
>
> 券 : 契也. 券別之書, 以刀判契其旁, 故曰書契. (四卷下)

『열자列子 · 설부說符』에는 "송나라에 어떤 사람이 길을 걷다가 남이 잃어버린 계약증서를 주워서 집에 돌아가 그것을 보관하고, 몰래 계약증서 위에 있는 치齒의 수를 세었다. 이웃에게 고하며 말하길, 내가 부자가 될 날이 곧 올 것이다."(宋人有游於道得人遺契者, 歸而藏之, 密數其齒, 告隣人曰 : 吾富可待矣.)는 기록이 보인다. 이것은 현대에 어떤 사람이 길에서 거액의 예금통장을 주운 것에 상당하는 것으로 볼 수 있을 것이다.

또한 『설문』 중에는 고대의 문예 · 오락 · 체육 · 요리 · 일용기물 등에 관한 내용이 기록되어 있다. 예를 들면,

> 부缶는 질그릇으로, 술이나 미음을 담는 것이다. 진秦 지역의 사람들은 그것을 치면서 박자에 맞추어 노래를 불렀다. 상형자이다.
>
> 缶 : 瓦器, 所以盛酒漿. 秦人鼓之以節歌. 象形. (五卷下)

부缶를 악기로 사용한 기원은 매우 오래 되었다. 『주역 · 리괘』에 "부缶를 치지 않고 노래를 부른다."(不鼓缶而歌)고 하였고, 또한 『시 · 진풍 · 완

구』에 "질장구를 치네, 완구로 가는 길에서"(坎其擊缶, 宛丘之道)라는 구절이 있는데 모두 장구를 치는 광경을 묘사한 것이다. 전국戰國과 진한秦漢시대의 문헌 중에는 장구를 치는 장면을 기록한 내용이 많이 보인다. 예를 들면, 『사기 · 염파인상여열전』에 승지澠池에서 개최된 연회에서 진왕秦王이 조왕趙王에게 거문고를 타게 한 기록이 있다. 즉 "인상여가 앞에서 말하길, '조왕께서 진왕이 진땅의 악곡 연주를 잘한다는 말을 들으셨습니다. 지금 제가 진왕께 분부盆缶를 바치고자 하오니, 이 기회를 빌려 서로 즐기시기 바랍니다.'"(藺相如前曰 : '趙王竊聞秦王善爲秦聲, 請奉盆缶秦王, 以相娛樂.'), 이사李斯의 『간축객서諫逐客書』에는 "물독을 두드리고 부缶를 치며, 쟁箏을 뜯고 넓적다리를 두드리며 신나게 부르는 노래가 귀와 눈을 즐겁게 하니, 참된 진나라의 소리입니다."(夫擊瓮叩缶,彈箏搏髀而歌呼嗚嗚, 快耳目者, 眞秦之聲也.), 양운楊惲의 『보손회종서報孫會宗書』에는 "집안이 본래 진나라인 까닭에 능히 진나라 음악을 할 줄 압니다. 집사람은 조나라 출신이라 비파를 잘 탈 줄 압니다. 노비로서 노래하는 자도 몇 명 있습니다. 술을 마신 뒤 얼굴이 불그스레해지면 하늘을 바라보고 질장구를 치며 입으로 중얼중얼 노래를 부릅니다."(家本秦也, 能爲秦聲. 婦趙女也, 雅善鼓瑟. 奴婢歌者數人, 酒後耳熱, 仰天撫缶而呼嗚嗚.)는 등의 기록이 있어 부缶를 악기로 사용했다는 당시의 상황을 엿보게 해준다.

또한 고대 사람들은 족구足球를 즐겼는데, 족구를 국鞠이라 불렀다.

> 국鞠은 고대 가죽 공의 일종이다.
>
> 鞠 : 蹋鞠也　　　(三卷下)

『전국책 · 제책』에는 임치臨淄의 "백성들은 생황을 불고 비파를 뜯고 북을 치고 거문고를 타고, …… 족구를 하지 않는 이가 없었다.”(其民無不吹竽鼓瑟 …… 蹋鞠者)는 기록이 있는데, 이는 당시 제나라의 도성에서 족구가 이미 상당한 규모를 갖추고 있었다는 사실을 설명해주는 것이다. 한나라 때 응소應劭의 『풍속통의風俗通義』에서는 “모환毛丸을 국鞠이라 한다.”(毛丸謂之鞠.)고 하였으며, 『한서 · 매고전』의 안사고 주에서는 “국鞠은 가죽으로 만들며, 그 안에 물건을 채워 넣었다. 그것을 발로 차는 것을 놀이로 삼았다.”(鞠, 以韋爲之, 中實以物, 蹋蹴爲戲.)고 하였다. 족구의 용도에 대해서 유향劉向은 『별록別錄』에서 “족국足鞠은 황제黃帝가 만든 것이라는 말이 전해지는데, 혹자는 전국시대에 시작되었다고 말한다. 답국蹋鞠은 군사의 위세를 나타내기 위한 것이며, 이것으로 군사를 훈련시키면 그 재주를 알 수 있다. 모두 놀기를 좋아했기 때문에 족구를 훈련시키는 것이다.”(蹴鞠者, 傳言黃帝所作, 或曰起戰國之時. 蹋鞠, 兵勢也, 所以練武士, 知有材也. 皆因嬉戲而講練之.)고 하였다. 『한서 · 예문지』에는 『축국蹴鞠』 25편이 있다.

바둑을 『설문』에서는 혁弈이라 칭하였다.

> 혁弈은 바둑이다.
>
> 弈 : 圍棋也. (三卷上)

바둑의 기원 역시 매우 오래 되었다. 『좌전 · 양공』 25년에 “지금 영자寧子가 군주를 보는 것은 바둑을 두는 것만 못하다.”(今寧子視君不如弈棋)고 하였으며, 공자 역시 “배불리 먹으면서 종일 마음 쓰는 곳이 없다면 곤란하다! 장기와 바둑이 있지 아니한가? 그것을 하는 것이 오히려 현명하다.”(飽食終日, 無所用心, 難矣哉! 不有博弈者乎? 爲之, 猶賢乎已. 『논어 · 양화편』)

고 말했는데, 이 뜻은 사람이 만일 밥을 배불리 먹으면서 아무 일도 하지 않는다면, 하루하루가 무료해 견디기 힘들기 때문에 오히려 바둑을 두는 것만 못하다는 의미이다. 『맹자 · 고자상』에서 "혁추弈秋는 전국에서 바둑을 가장 잘 두는 사람이다."(弈秋, 通國之善弈者也.)고 하였는데, 이는 혁추가 바둑의 고수였다는 사실을 설명한 말이다. 또한 『설문』에서는 또 다른 일종의 바둑 놀이에 대해서 언급하고 있다.

> 박簙은 바둑 놀이이다. 여섯 개의 젓가락과 열 두 개의 바둑알이 있다.
>
> 簙 : 局戲也. 六箸二十棋也. (五卷上)

『장자 · 병무』편에는 "장臧과 곡谷 두 사람이 서로 함께 양을 치다가 둘 다 양을 잃어버리고 말았다. 장에게 무엇을 했냐고 물으니, 장은 죽간을 끼고서 책을 보았다고 대답하였고, 곡에게 무슨 일을 했냐고 물으니, 곡은 도박놀이를 했다고 대답하였다. 두 사람이 하는 일은 같지 않지만, 그들이 양을 잃어버린 것은 똑같다."(臧與谷二人相與牧羊而俱亡其羊. 問臧奚事, 則挾策讀書; 問谷奚事, 則博塞以游. 二人者事業不同, 其于亡羊均也.)는 내용이 전하는데, 본래 『장자』의 의도는 두 목동의 고사를 통해 일의 원인은 각자 다르지만, 후에 벌어진 결과는 서로 같다는 말을 하려고 했던 것이다. "박博"과 "새塞"에 관해 초순焦循의 『맹자정의』에서 말하길, "무릇 혁弈이란 단지 바둑알을 두는 것이고, 박博은 투자骰子를 던져 바둑알을 옮기는 것이다. 후대 사람들이 바둑알은 두지 않고, 오직 투자만을 던지는 바람에 마침내 투자만 던지는 것을 도박賭博이라 칭하게 되었다. 결국 박博과 혁弈이 점차 멀어지게 되었다."(蓋弈但行棋, 博以擲采(骰子)而後行棋. 後人不行棋

而專擲采, 遂称擲采爲搏(賭博), 博與弈益遠矣)고 풀이하였다.

(6) 기타

『설문』에서는 또한 위투熨鬪(인두)와 화과火鍋(신선로)에 대해 언급하고 있다.

위尉는 위에서 아래를 누르는 것이다. 형부 □𡰥를 따르며, 우又(오른손)으로 불을 가지고 비단을 펴는 모습을 본떴다.

尉 : 從上按下也. 從𡰥, 又持火, 所以申繒也. (七卷上)

"위尉"자는 후에 "위熨"자로 썼다.

□鬻은 고기와 채소를 끓는 물속에 집어넣어 조금 삶았다가 꺼내는 것을 말한다.

鬻 : 納肉及菜湯中, 薄出之. (三卷下)

섬燅은 끓는 물속에 고기를 반쯤 익히는 것을 말한다. 형부 염炎과 생략된 열熱로 이루어진 글자이다

燅 : 於湯中爚肉. 從炎從熱省. (十卷上)

『설문』에서는 또 고대의 제복制服에 대해 언급하고 있다.

휘徽는 깃발이다. 진홍색의 비단으로 만들어서 등에 꿰매었다.

徽 : 幟也. 以絳帛, 箸于背. (七卷下)

소서본의 해설에는 이외에도 "지금의 불을 끌 때 입는 옷과 같다."(若今救火衣然也)는 일곱 글자가 있는데, 학자들은 아마도 이것이 허신의 원문은 아닐 것이라고 보고 있다. 화재가 날 때, 사람이 불난 틈을 타서 도둑질할까 두렵기 때문에, 오직 불을 끄는 일을 담당한 사람들에게만 제복을 입혀 식별하도록 하였다.

졸卒은 예역隸役을 하는 사람에게 제공하는 옷의 일종이며, 옷에는 표지를 써놓았다.

卒 : 隸人給事者爲卒, 卒, 衣有題識者. (八卷上)

"졸卒"자의 구조형태는 형부 의衣와 일一로 이루어져 있다. 단옥재는 옛날에 옷을 물들여 표기를 해놓았기 때문에, 형부 의衣와 일一을 따른다고 하였다. 일一을 따르는 것은 표기를 써놓은 것을 본뜬 것이다.

『설문』에는 또 고대에는 교통질서를 유지하기 위해서 경고하는 표시가 있었다는 사실을 우리에게 알려주고 있다.

대祋는 창이다. 수殳는 형부이고, 시示는 성부이다. 혹자는 말하길, 성곽의 저자거리 마을 입구에 양가죽의 장대를 높이 걸어놓고, 만약 들어와서는 안 되는 사람이 들어오려고 하면, 잠시 그 장대를 내려 소와 말을 놀라게 하였는데, 이를 대祋라고 하였다. 그러므로 형부 시示와 수殳로 이루어진 회의자이다.

祋 : 殳也. 從殳, 示聲. 或說: 城郭市里, 高懸羊皮, 有不當入而欲入者, 暫下以驚牛馬, 曰祋. 故從示殳. (三卷下)

이러한 장치는 마치 오늘날 철로 입구에 기차가 통과할 때 세워 놓는 경계용 막대와 같이 행인이나 차량이 함부로 지나가서는 안 된다는 것을 표시하는 것이다.

항缿은 돈을 담아두는 그릇이다. 옛날에는 질흙으로 만들었으나, 지금은 대나무로 만든다.

缿 : 受錢器也. 古以瓦, 今以竹. (五卷下)

『한서 · 조광한전』에는 조광한이 아전에게 항용缿筩를 만들라고 시켰다는 내용이 실려 있는데, 소림이 말하길, "항缿은 항아리와 같아서 편지를 담아둘 수 있다."(缿如瓨, 可受投書.)고 하였다. 안사고가 말하길, "항缿은 지금의 돈을 담아 보관하는 병과 같아, 작은 구멍으로 되어 있어 집어넣을 수 있으나 꺼낼 수는 없다."(缿如今盛錢藏瓶, 爲小孔, 可入而不可出.)고 하였다. 『고문원古文苑』에서 말하길, "복만扑滿은 흙으로 된 그릇이며, 돈을 보관하는데 집어넣는 구멍은 있으나 꺼내는 구멍이 없어 꽉 차게 되면 그것을 부수었다."(扑滿者, 以土器, 以蓄錢, 有入竅而無出竅, 滿則扑之.)고 하였다. 이러한 용기容器는 후대에 주로 어린아이들의 저금통장으로 사용되었다는 사실을 엿 볼 수 있다. 그러나 『한서』에 실려 있는 용기는 일종의 현대적 의미의 투서상자와 유사한 것으로, 죽통을 절취한 다음 작은 구멍을 내고 어떤 장소에 걸어두어 민간의 투서를 받았다.

우郵는 변경의 문서를 전달하는 역참이다. 형부 읍邑과 수垂가 조합되어 이루어진 회의자이다. 수垂는 변경이다.

郵 : 境上行書舍. 從邑垂. 垂, 邊也. (六卷下)

수垂는 변경이며, 읍邑은 도시이다. 우정郵亭은 변경과 도읍을 연락하는 작용을 하였다. 『한서 · 황패전』의 주에서 "우정郵亭은 서사書舍로, 문서를 전송할 때 머무는 곳을 말하며, 지금의 역관과 같다."(郵亭書舍, 謂傳送文書所止處, 亦如今之驛館矣.)고 하였고, 『맹자 · 공손추』상편에서 말하길, "덕이 퍼져 나가는 것은 역참을 두어 명령을 전달하는 것보다 빠르다."(德之流行, 速于置郵而傳命.)고 하였다. 이는 고대 우편의 속도가 상당히 빨랐다는 사실을 설명해 준다. 강소성 고우현高郵縣에는 진秦나라 때 그곳에 대臺를 쌓고 우정郵亭을 두었던 까닭에, 진우秦郵라고도 칭하는 곳이 있다.

『설문』에는 또한 사자獅子에 대한 설명이 보인다.

효虓는 호랑이가 우는 소리이다. 일설에는 사자를 말한다.

虓 : 虎鳴也. 一曰師子. (五卷上)

『동관한기東觀漢記』에 기록하길, "양가陽嘉(한 순제의 연호) 연간에 소륵국疏勒國에서 사자를 바쳤는데, 형상은 호랑이와 같은데 털이 황금색이고 수염이 있었다. 그리고 꼬리 끝의 솜털은 국자처럼 컸다."(陽嘉(漢順帝年號)中, 疏勒國獻師子, 形如虎, 正黃, 有髯, 尾端茸毛大如斗.)고 하였다. 『열자列子 · 설부說符』편에 "주나라 선왕 때 짐승을 관리하는 사람 중에 양앙梁鴦이라는 사람이 있었는데, 그는 들새나 들짐승을 잘 길렀다. 그가 정원 안에서 먹이를 주면, 비록 호랑이 · 이리 · 독수리 · 물수리와 같은 들짐승이라도 유순하지 않는 것이 없었다."(周宣王之牧正有役人梁鴦者, 能養野禽獸; 委食于園庭之內, 雖虎狼雕鶚之類, 無不柔馴者.)고 하였다. 『사기·장석지열전』에는 한 문제文帝가 상림원上林園에 놀러나갔다가 호랑이를 키우는 호원虎圈에 들려 색부嗇夫(호랑이 우리 관리인)에게 물으니, 색부의 대답이 흐르는 물과 같이 유창하여 그를 상림령上林令에 임명하고자 했다는 기록이 있다. 이러한 기록은 중국 고대에 이미 동물원과 같은 원림園林이 있었고, 또한 외국의 맹수를 길렀다는 것을 설명해준다.

『설문』에는 또한 수정 구슬을 이용해 불을 취했다는 기록과 유리제품 등의 외국 물품에 대해서도 언급해 놓았다.

> 매玫는 아름다운 돌이며, 화제주(보석의 일종)이다.
>
> 玫 : 玫瑰, 火齊珠也.) (一卷上)

안사고의 『한서음의漢書音義』에서 말하길, "화제주火齊珠는 지금의 남방에서 나오는 화주火珠이다."(火齊珠, 今南方所出火珠也.)고 하였으며, 『환우기寰宇記』에서는 "임읍국林邑國에서 구슬을 바쳤는데, 그 크기가 계란만 하고, 모양은 수정과 같았다. 해가 정오에 이르렀을 때 구슬에 빛을 모아 쑥을 비추면, 불이 일어난다."(林邑國獻火珠, 大如鷄卵, 像如水精. 日正午時, 以一珠承影, 取艾依之, 火見.)는 기록이 있다. 이는 볼록 튀어나온 유리를 이용해 태양의 빛을 모아 불을 취하는 도구를 말하는 것이다.

> 류珋는 빛이 나는 돌이며, 벽류璧珋이다. 서호에서 나온다.
>
> 珋 : 石之有光者, 璧珋也. 出西胡中. (一卷上)

『한서漢書 · 서역전西域傳』에는 계빈국罽賓國에서 벽유리璧流離가 나온다고 기록되어 있다. 벽유리는 외래어로서 일종의 빛이 나는 보석이다. 후에 유리琉璃라고 통칭하였다. 서호西胡는 지금의 중앙아시아 일대이다.

3. 『설문』과 한자의 간체화와 고음 연구

1) 간체화 한자의 참고

『설문』에는 9,353자 이외에, 별도로 중문重文 1,163자가 수록되어 있다. 이른바 중문重文이란 어떤 글자의 다른 형체를 말하는 것이다. 이렇게 다른 형체 안에는 고문古文 · 주문籒文 · 혹체或體 · 속체俗體 등이 포함되어 있다. 고문古文 · 주문籒文과 전문篆文은 다른 시기에 형성된 형체상의 차이에 속하며, 혹체或體 · 속체俗體는 동일한 시기에 형성되었지만 형체가 다른 것이라고 말할 수 있다. 『설문』에 수록되어 있는 혹체或體나 속체俗體는 모두 글자는 같으나 형체가 다른 이체자異體字를 말하는 것이다.

『설문』에 수록되어 있는 중문重文 가운데 어떤 글자는 후에 정체正體의 지위를 대신 차지하기도 했으며, 또 어떤 글자는 현대의 간체자의 토대가 되기도 하였다. 간체지 중에서 『설문』의 중문重文에서 취한 자는 다음과 같다. 예를 들면,

예禮 훤萱 달達 이邇 영咏 여與 억肊 연肰

굉觥 기棄 개個 간秆 점粘 닐昵 □粢 망网

우疣 려麗 재灾 연烟 완浣 무無 처處

조금 더 깊이 분석해 보면, 중문重文 중에는 여전히 간체화에 참고할 만한 가치를 지닌 자료가 보존되어 있다. 현재 컴퓨터 입력을 위해 한자의 간체화가 잠시 일단락을 고했기 때문에, 참고할 만한 가치를 지닌 글자에 대해서는 더 이상 열거하지 않겠다.

2) 고음운 연구의 근거

음운학音韻學과 문자학文字學은 서로 밀접한 관계를 가지고 있다. 협의의 문자학은 전문적으로 문자의 형체만을 연구하는 것을 가리키고, 광의의 문자학은 오히려 자형·자음·자의를 연구하는 것으로, 음운학 역시 이 속에 포함되어 있다. 한자의 형形·음音·의義는 서로 유기적으로 함께 연결되어 있다. 그렇기 때문에 만일 고음古音을 알지 못한다면, 고대의 자형과 자의에 대해서 아마 완전하게 이해하지 못할 것이다.

문자학은 음운학 연구에 있어서도 중요한 자료가 된다. 음운학을 연구할 때 근거가 되는 자료는 1. 고서의 음운音韻, 2. 설문의 성계聲系, 3. 한대인들이 사용한 독약讀若, 4. 경전 속의 이문異文, 즉『설문』의 중문重文, 5. 방음方音, 6. 연면자聯綿字 등이 있는데, 이러한 자료들은 대부분『설문』과 관련이 있다.

한자에서 형성자가 80여 퍼센트를 차지하고 있는 까닭에, 이를 고음의 자료로 활용한다는 측면에서 보면, 그 범위는 이미 고서의 운어韻語를 훨씬 초과한다. 왜냐하면 운각韻脚으로 사용하는 글자는 왕왕 그 범위가 그다지 크지 않아, 어떤 글자는 운각韻脚으로 사용하기 어려운 경우도 있기 때문이다. 그러나 운어韻語 자료가 비교적 적을 때 입운入韻의 글자를 연결시켜 체계적으로 정리하고자 할 경우 곤란을 당하는 때도 있다. 이때 형성자가 일정 부분 어느 정도 보조적인 작용을 할 수 있다. 왜냐하면 형성자는 대부분 그 성부와 성聲이 같거나 운韻이 같으며, 혹은 적어도 운韻은 같지만 성聲이 다르기 때문이다. 이렇게 입운자入韻字를 연결시킬 수 없을 경우에 우리는 형성관계를 이용해 입운자를 연결시킬 수 있다. 형성자는 주周·진秦시대의 고음古音을 연구하는데 특히 유용하다. 왜냐하면 소전小篆 단계까지는 한자의 형성 체계가 대체로 크게 혼란스럽지 않기 때문이다.

형성자의 기원은 매우 이른 편이다. 상내商代의 갑골문 중에서 이미 많은 형성자가 보이는데, 이는 『시경』보다도 훨씬 앞서는 것이 대부분이다. 그렇기 때문에 형성자는 고음을 연구하는데 있어 매우 중요한 자료가 된다. 그렇다면 형성자가 동일한 성부로부터 성聲이 얻어진다고 인정한 이상 글자가 만들어지던 시대의 이러한 글자들의 독음은 응당 같거나, 혹은 비슷했을 것이다. 단옥재는 가장 먼저 형성자를 운용해 선진시대의 운부韻部를 고찰하고, 아울러 "동성필동부同聲必同部"의 원칙을 제기하였는데, 이는 실제로 『시경』의 운각자韻脚字의 분석에서 얻어낸 결과가 형성 체계와 기본적으로 일치한다는 것을 증명해주고 있다. 단옥재는 『육서음운표이六書音韻表二』에서 형성의 편방을 귀납해 놓았고, 『육서음운표사』 4에서는 『시경』의 운각韻脚을 귀납해 놓았는데, 이 점은 단옥재가 『설문』에 대해 세운 연구 성과 가운데 일부분에 지나지 않는다. 『설문통훈정성』의 편제 역시 고음학의 기초 위에서 세워진 것이다.

청대의 학자들이 고음학을 연구한 이유는 결코 단순히 고음학 자체에 대한 흥미뿐만 아니라, 동시에 고서의 훈석을 해결하기 위한 것이었다. 쌍성과 첩운은 바로 어음語音의 어떤 배합관계를 이용해 어휘를 구성하는 것이고, 성훈聲訓은 바로 어음상의 연계를 이용해 사의詞義의 뜻을 훈석하기 위한 것이었다. 통가通假는 성음聲音이 서로 같거나, 혹은 비슷한 것을 반드시 밝혀야 한다. 독파讀破는 독음讀音의 전환을 이용해 사의와 어법의 작용을 구분하는 것이다. 시사詩詞의 평측격율平仄格律과 협운설協韻說 또한 음운학 지식을 운용한 것이다. 그러므로 음운학이 훈고학을 이끌어 주었다고 말할 수 있으며, 또한 문자와 음운은 서로 돕는 보완적 관계라고 말할 수 있을 것이다.

제5장

『설문해자』의 한계성

『설문해자』는 위대한 저서이다. 그러나 처음 만들어졌고, 또한 시대적인 제한으로 인해 어쩔 수 없이 부족한 점을 면치 못하였다. 『설문해자』의 한계성을 지적하고, 해설 중에서 잘못된 점을 바로잡고자 하는 것은 『설문해자』를 더욱 유용하게 활용하는데 그 목적이 있다. 이것은 바로 고염무顧炎武가 언급한 바와 같이 "큰 것은 취하고 작은 것은 버리며, 옳은 것은 택하고 틀린 것을 피하기 위함이다."(取其大而棄其小、擇其是而違其非.)

1. 체례 구조의 결함

본 절에 대한 분석은 당연히 제2장 『설문해자』의 체례에서 서술한 내용과 서로 대조하면서 읽어야 할 것이다. 제2장에서는 의례義例만 언급하고 결점에 대해서는 자세하게 언급하지 않았지만, 이 절에서는 오직 부족한 결함만을 지적해 제2장에서 상술한 내용을 보충하고자 하는 것이 그 목적이기 때문에, 실제로 서로 모순되는 것은 아니라고 하겠다.

1) 부수의 설립 · 순서 · 부部 안의 글자 배열의 혼란

허신은 『서』에서 『설문해자』의 편제에 대해 "부수로 나누고 정리해 서로 섞이지 않도록 하였다."(分別部居, 不相雜厠)고 말한 바와 같이, 처음으로 편방에 한자를 귀납시키는 방법을 창제해 후세에 자전字典을 편제하는 길을 열어주었다. 그렇지만 그 편제의 세밀함이나, 체재 역시 그다지 엄격하지 못한 측면도 함께 가지고 있다.

허신은 540자를 부수로 삼았지만, 540개가 서로 다른 글자는 아니다. 예를 들면, "인人"과 "인儿", "대大"와 "개亣"는 한 글자의 이체異體이지만, 이를 각각 두 개의 부部로 나누어 놓았다. "인人"부部에는 245자가 수록되어 있으나, "인儿"부部에는 단지 올兀, 인儿, 윤允, 태兌, 충充 등의 6자만이 수록되어 있다. "대大"부部에는 18자가 수록되어 있지만, "개亣"부部에는 단지 혁奕, 장奘, 해奚 등의 8자만이 수록되어 있다. 허신이 부部를 나눈 방법은 자형의 필획구조에 따른 것이지, 문자가 다른 것을 근거로 나눈 것이 아니기 때문이다. 그렇기 때문에 한 글자의 이체異體를 다른 부部로 나눈 것처럼 보인다. 이렇게 부部를 나누는 규칙이 불가하다고 할 수는 없지만, 『설문』의 540부가 모두 이 하나의 규칙을 엄격하게 따르고 있는 것은 아니다. 예를 들면, "□𠫓"은 고문으로 "□㐬"이라고 쓰며, 부部 내의 "육育"은 형부 □𠫓을 따르고, "소疏"는 형부 □㐬를 따르지만, 오히려 "□𠫓"를 부수로 삼았을 뿐, 별도로 "□㐬"부를 세우지는 않았다.

『설문』에서 부수의 배열순서를 이른바 "시일종해始一終亥"의 배열법에 의해 배열했다고는 하지만, 사실상 부수배열의 순서에 엄밀한 체계도 보이지 않으며, 또한 앞뒤의 순서 역시 비교적 혼란스러운 편이다. 즉, 필획의 많고 적음에 따른 것도 아니고, 또한 서로 비슷한 형체의 순서에 따른 것도 아니다. 예를 들면, 1권상의 일一・상上・시示・삼三・왕王・옥玉・각珏 등은 형체가 서로 가까운 것끼리 모아 순서를 정해 놓은 것처럼 보이지만, 2권하의 치齒・아牙의 경우는 오히려 뜻이 서로 비슷한 것을 모아 순서로 삼았다. 또한 4권하에서는 구冓 뒤에 요幺를 놓고, 여予 뒤에 방放을 배치해 놓았는데, 이들은 형체도 비슷하지 않고 뜻 역시 서로 전혀 관련이 없는 글자들이다. 서개徐鍇가 일찍이 『부서部叙』에서 부수의 순서에 대한 설명을 시도한 적이 있으며, 단옥재와 왕균 역시 부서部叙에 대한 설명을 제시했지만(『설문해자주』 15권 상과 『설문구두』 30권), 그들 역시 부수배열의 전후에 대해서는 시종 분명하게 설명을 하지 못하였다.

『설문』 각 부部의 글자수는 많고 적음이 일정하지 않다. 많은 경우에는 400자 이상이다. 예를 들면, "수水"부部의 경우는 468자에 중문重文이 39자이며, "초艸"부部의 경우는 445자에 중문이 31자이다. 그리고 "목木"부部의 경우는 421자에 중문이 39자이다. 적은 경우에는 부部 안에 한 글자만 수록된 것도 있는데, 예를 들면, "기气"・"고告"・"록彔"・"극克"・"재才" 등과 같이 글자의 형체가 다른 부部에 귀속시키기 어렵다고 판단하여 그 글자 자체를 부수로 삼은 경우이다.

종합적으로 볼 때, 『설문』의 부部와 글자의 배열에 있어 비록 일정한 규칙이 있다고는 하지만, 결국 세밀하거나 엄격하지 못해 글자 검색에 불편함이 따른다. 그래서 서현徐鉉 역시 "편방이 오묘하고 심오하여 그 뜻을 알 수가 없는 경우 한 글자를 찾으려다가 왕왕 한권이 다 끝나고 만다.”(偏旁奧密, 不可意知, 尋求一字, 往往終卷.)고 지적하였다. 후세의 자전字典과 사서辭書에서는 『설문』의 부를 나누는 방법을 그대로 계승하는 동시에, 또한 필획의 많고 적음에 따라 부수와 부 안의 글자 순서를 배열하는 절충적인 방법을 운용하였다. 더욱이 540부의 구분 방법 역시 합리적이지 못할 뿐만 아니라, 또한 수량이 너무 많아 후에 다시 줄이고 병합해 기본적으로 『강희자전康熙字典』의 214부로 정하였다. 사실상 『강희자전』은 『자회字匯』·『정자통正字通』의 체제를 계승한 것이다.

2) 해설을 지나치게 간략하게 하였다.

『설문해자』의 해설은 지극히 정련되어 있어, 10,516자를 해석하는데 단지 133,441자만을 사용하였다. 즉, 각 글자의 설해가 평균 12자가 조금 넘었을 뿐이다. 이 안에는 또한 부수를 설해한 “범모지속개종모凡某之屬皆从某”라는 말과 육서를 분석한 “종모모성从某某聲”·“종모종모从某从某, 모역성某亦聲” 등의 중복된 용어가 포함되어 있다. 글자의 설명이 많은 경우에도 단지 두 세 글자에 불과해 독자가 이해하기에 많은 어려움이 따른다. “초草”부部와 “목木”부部에서 “초야草也”, “목야木也”라는 등의 해설은 실제로 해석이 없는 경우나 마찬가지이다. 그렇기 때문에 『설문』을 읽을 때는 반드시 청대 학자들의 주석서를 참고해 읽어야 한다. 예를 들면, 『설문해자주』, 『설문구두』 등과 같은 경우이다. 엄격하게 말하면, 『설문해자』는 청대 학자들의 깊은 연구와 주소注疏가 있은 후에 비로소 읽을 수 있으며, 또한 사용할 수 있는 가치를 지닌 책이라고 할 수 있다.

2. 석의釋義의 결함

『설문』은 "형체로서 뜻을 말한다."(以形說義)는 원칙을 관철하고 있지만, 시대적인 한계로 인해 그 언어적 자료는 대부분 주周·진秦과 양한兩漢 문헌에서 취하고 있으며, 수록한 문자는 전국戰國·진秦대 이래의 한대 자체字體를 모아놓은 것에 지나지 않는다. 문자의 발생은 먼저 생긴 글자도 있고 후에 생긴 글자도 있는 까닭에 대대로 전사傳寫해오는 동안 적지 않은 변화가 발생하게 되었다. 그래서 『설문』 중의 일부 글자들은 현존하는 고적에는 보이지 않으며, 고적 중에 쓰여 있는 형체와 글자의 뜻 역시 모두 『설문』과 같지는 않다. 더구나 허신이 『설문』을 편찬할 당시에 더 많은 종정鐘鼎의 명문銘文이나 후에 출토된 갑골문자를 미처 보지 못했던 상황에서, 그가 보고 들은 것은 자연히 한계를 지닐 수밖에 없었다. 이로 인해 누락되거나 잘못된 것은 어쩌면 당연한 일이었을 것이다. 이를 간략하게 요약해 보면, 아래의 몇 가지 측면과 같다.

1) 본의本義의 실전

일부 어떤 글자들은 『설문』의 해석과 현존하는 고적의 자의字義가 서로 부합되지 않는데, 이에 대해 당장 우리가 허신의 해설을 부정할 수 있는 이유를 찾을 수 없기 때문에, 어쩔 수 없이 본의가 실전되었다고 말할 수밖에 없는 상황이다. 예를 들면,

핵核은 나무 이름이다. 만이蠻夷는 나무껍질로 상자를 만들었다. 목木은 형부이고, 해亥는 성부이다.

核 : 蠻夷以木皮爲篋. 從木, 亥聲. (六卷上)

이에 대해 단옥재는 "근본이 자세하지 않다."(未詳所本)고 하였다.

보普는 해가 빛이 없는 것을 말한다. 일日은 형부이고, 병並은 성부이다.

普 : 日無色也. 從日, 並聲. (七卷上)

단옥재는 "이 뜻은 고적에서 쓰인 것이 적다. 지금의 글자는 넓고 크다는 뜻의 글자로 빌려 쓴다."(此義古籍少用. 今字借爲溥大字.)고 하였다.

원願은 사람의 머리가 크다는 뜻이다. 혈頁은 형부이고, 원原은 성부이다.

願 : 大頭也. 從頁, 原聲. (九卷上)

단옥재는 "본의는 이와 같기 때문에, 형부 혈頁을 따랐지만, 지금은 본의가 없어졌다."(本義如此, 故從頁, 今則本義廢矣.)고 하였다.

송宋은 거주한다는 뜻이다. 형부 면宀과 목木으로 이루어진 회의자이다. 송送처럼 읽는다.

宋 : 居也. 從宀木. 讀若送. (七卷下)

단옥재는 "이 뜻은 경전에는 보이지 않는다."(此義未見經傳.)고 하였다.

단亶은 곡식이 많다는 뜻이다. □亩는 형부이고 단旦은 성부이다.

亶 : 多穀也. 從㐭, 旦聲. (五卷下)

왕균은 "경전에서 이 뜻은 보이지 않는다."(經典不見此義.)고 하였고, 단옥재는 "단亶자의 본의는 곡물이 많다는 것을 가리키기 때문에, 그 글자는 □亩을 따르며, 인신의는 두터운 것을 가리킨다. 신信은 정성이다."(亶之本義爲多谷, 故其字從㐭, 引申之義爲厚也. 信也, 誠也.)고 하였다.

출絀은 자주 빛이란 뜻이다. 사糸는 형부이고, 출出은 성부이다.

絀 : 絳也. 從糸, 出聲. (十三卷上)

단옥재는 "이 출絀자의 본의는 없어지고 쓰이지 않는다."(此絀之本義, 而廢不行矣.)고 하였다.

필必은 분별의 극치라는 뜻이다. 형부 팔八과 익弋으로 이루어진 글자이며, 팔八은 또한 성부이다.

必 : 分極也. 從八弋, 八亦聲. (二卷上)

왕균은 "분별하여 그 극치를 얻은 후에야 믿을 수가 있으며, 양다리를 걸친다면 믿을 수가 없다."(分別得其極而後可必, 游移兩可, 不能必也.)고 하였다. 이 해석은 지나치게 견강부회하였다. 다른 예를 들어 보면,

피彼는 가는 곳에 일정한 목적지가 있다는 뜻이다. 척彳은 형부이고, 피皮는 성부이다.

彼 : 往有所加也. 從彳, 皮聲. (二卷下)

간赶은 짐승이 꼬리를 들고서 달려간다는 뜻이다. 주走는 형부이고, 간干은 성부이다.

赶 : 擧尾走也. 從走, 干聲. (二卷上)

분紛은 말꼬리를 씌우는 덮개라는 뜻이다. 사糸는 형부이고, 분分은 성부이다.

紛 : 馬尾韜也. 從糸, 分聲. (十三卷上)

이 글자들의 본의 역시 경전에서는 찾아볼 수 없다.

2) 본의의 재검토

허신의 시대적 한계로 인해 생긴 개인의 편파적 인식, 특히 전문篆文 · 고문古文 · 주문籀文 등의 형체 변화에 대한 인식의 착오는 해설 속에서 일련의 왜곡과 천착穿鑿을 야기시켰다. 근인들이 갑골과 금문에 근거하여 고찰한 결론을 가지고 소전小篆을 해석해 보았는데, 어떤 글자들은 어쩌면 그 본래의 모습을 가지고 있는 것 같다. 예를 들면,

원元은 처음을 뜻한다. 형부 일一과 올兀로 이루어진 글자이다.

元 : 始也. 從一, 從兀. (一卷上)

"원元"의 처음 형태는 □이며, 점점 변하여 □가 되었으며, 즉 이二를 따르고 인人을 따른다.

"이二"는 고문의 상上자로서 사람 몸의 윗 부위, 즉 머리를 가리킨다. 『맹자 · 등문공』하에 "뜻있는 선비는 몸이 구넝이에 있음을 잊지 않고, 용사는 머리를 잃음을 잊지 않는다."(志士不忘在溝壑, 勇士不忘喪其元.)는 말이 있는데, 이 말의 의미는 뜻이 있는 선비는 절조를 굳게 지켜 산골짜기에 시신이 묻히는 것을 두려워하지 않으며, 용감한 사람은 의로운 일을 행함에 있어 머리가 잘려나가는 것을 두려워하지 않는다는 것을 말한다. 문장 중의 보이는 "원元"자가 바로 본의이다. 머리는 사람 몸의 시작이다. 그래서 "원元"을 시작으로 해석한 것은 바로 인신한 뜻이다.

고告는 소의 뿔이 사람에 닿을까 그 뿔에 횡목을 매어 사람들에게 알려준다는 뜻이다. 형부 구口와 우牛로 이루어진 회의자이다. 『주역』에서 "어린 송아지가 울부짖는다."고 하였다.

告 : 牛觸人, 角箸横木, 所以告人也. 從口從牛. 『易』曰 : 僮牛之告. (二卷上)

단옥재는 "허신의 해설과 같다면, 고告자는 바로 횡목을 뜻한다. 소의 뿔에 사람의 입이 만난 회의자가 되었다. 그러나 소와 사람은 한 몸이 아니기 때문에, 우牛와 구口가 문文이 되었지만, 아직 알린다는 뜻은 보이지 않는다. 또한 자형 속에도 목木이 없어 알린다는 뜻이 명확하게 드러나지 않았다. 게다가 말한 바와 같이 일찍이 입을 사용하지 않았다고 했으니, 고告는 입을 사용하지 않았다고 할 수 있다. 그런데 어째서 모든 고告자에 뜻이 보인다고 할 수 있단 말인가! 내가 생각하기에 이는 허신이 '동우지고童牛之告'로 인해 왜곡하여 말한 것일 뿐, 글자의 뜻은 아니라고 본다."(如許說, 則告卽楅衡也. 于牛之角寓人之口爲會意. 然牛與人口非一体, 牛口爲文, 未見告義. 且字形中無木, 則告意未顯. 且如所云, 是未嘗用口, 是告可不用口也, 何以爲一切告字見義哉! 愚謂此許因'童牛之告'而曲爲之說, 非字意.)고 하였는데, 이러한 단옥재의 분석은 대단히 정확하다고 볼 수 있다.

『주역周易・대축大畜』에 보면, "육사, 동우童牛의 곡牿은 잘못을 면할 수 있다."(六四, 童牛之牿, 無咎.)는 말이 있다. 곡牿은 곡梏이라고도 쓴다. 동우童牛는 소의 수컷을 가리킨다. 수컷은 성질이 거칠어 사람을 잘 떠받는다. 목가木枷를 소뿔에 고정시켜 놓으면 사람을 상하게 하지 않는다. 그렇기 때문에 괘상卦象은 허물이 없다는 뜻이 된다. 허신은 맹희孟喜의 『역易』을 인용하여 글자를 고告라고 썼다. 고告은 곡梏의 초문初文이며, 즉 횡목이다. "목木"부部에서 "복楅은 나무로 묶어놓은 물건을 가리킨다. 목木은 형부이고, 핍畐은 성부이다. 『시경』에서 '여름에는 소의 뿔에 횡목을 묶어놓는다.'"(楅, 以木有所逼束也. 從木, 畐聲. 『詩』曰 : 夏而楅衡.)고 하였다. "각角"부部에서 "형衡은 소가 사람을 떠받치는 까닭에 큰 나무를 뿔에 가로로 묶어 놓은 것이다. 형부 각角과 대大를 따르며, 행行은 성부이다. 『시경』에서 '그 횡목을 설치해 놓았다.'"(衡, 牛觸, 橫大木其角. 從角大, 行聲. 『詩』曰 : 設其楅衡.)고 하였다. 여기서 두 글자의 해설은 바로 고告자의 해석과 서로 부합된다.

지止는 물체 아래 부분의 토대이다. 초목이 나오는데 토대가 있는 것을 본떴다. 그러므로 지止로서 발의 뜻으로 삼았다.

止 : 下基也. 象草木出有址, 故以止爲足. (二卷上)

지止는 갑골문에서 사람의 발바닥을 본뜬 것으로, 지止는 고대 발이라고 말했던 "지趾"자의 초문初文이다. 『시경 · 칠월』의 "사월이 되면 발꿈치를 들고 쟁기질을 한다."(四之日擧趾)는 구절을 『한서 · 식화지』에서 인용하면서 "지止"라고 썼다. 무릇 "지止"를 형부로 삼은 글자들은 모두 발이나 길을 걷는다는 뜻과 관련이 있다. 예를 들면, 지之 · 출出 · 보步 · 천舛 · 섭涉 · 척陟 · 위韋 등의 글자들은 모두 발의 동작과 관련이 있으며, 이들 글자의 형부는 모두 "지止" 혹은 "지止"의 변체變體를 가지고 있다. 주준성朱駿聲은 "지止부部의 14개 글자 중에 초목과 관계가 없는 글자는 하나도 없기 때문에, 당연히 족지足止로 본의를 삼아야 하며, 상형이다."(止部文十四, 無一涉草木者, 當以足止爲本義, 象形也.)고 하였다. 허신은 인신의를 본의로 간주하였고, 본의를 오히려 인신의로 간주하였다.

지之는 나온다는 뜻이다. 초목이 싹이 움터 나오는 단계를 거쳐서 가지와 줄기가 점점 더욱 커져 위로 나오는 것이 있는 것을 본떴다. 일一은 땅을 가리킨다.

之 : 出也. 象草過屮, 枝莖漸益大, 有所之也. 一者, 地也. (六卷下)

갑골문과 금문에서 "지之"는 발이 땅 위에 있다.(從止在一上)는 것을 말한 것으로, 결코 땅에서 풀이 싹트는 것을 가리키는 것은 아니다. 또한 어느 곳에 도착한 형상을 본뜬 것이다. 『이아 · 석고』편에서 "지之는 간다는 뜻이다."(之, 往也)고 하였는데, 이것은 당연히 본의이다.

> 행行은 사람이 걸어간다는 뜻이다. 형부 척彳과 촉亍으로 이루어진 회의자이다.
>
> 行 : 人之步趨也. 從彳亍. (二卷下)

갑골문과 금문에서는 □卝이라고 썼으며, 사방으로 통하는 네거리를 본뜬 것이다. 걸어간다(步趨)는 것은 인신의이다. 허신의 해설은 당연히 "촉彳은 작은 걸음으로 걷는 것이다. 사람의 다리를 본떴으며, 넓적다리 정강이 발 이 세 곳이 서로 협조해야만 길을 걸을 수 있다."(彳, 小步也. 象人脛, 三屬相連也.)는 뜻의 영향을 받았다고 하겠다. 『이아·석궁』에서 "행行은 길이다."(行, 道也.)고 하였는데, 이는 바로 "행行"자의 본의이다. 『시·주남·권이』편에 "아 그대 생각에 저 큰길가에 버려두노라."(嗟我懷人, 置彼周行.)라는 구절이 있는데, 여기서 주행周行은 네거리를 뜻한다. 『시·칠월』편의 "女執懿筐, 遵彼微行, 爰求柔桑."라는 구절 중에서 미행微行은 논밭사이의 작은 길을 가리킨다. 그리고 『한서·연자왕단전』에 보이는 "横術何广广兮, 固知國中之無人."이라는 구절에서 횡술横術은 도성 가운데 동서 방향으로 난 큰 도로를 뜻한다. 『좌전·소공』원년에 보이는 "子南知之, 執戈逐之. 及衝, 擊之以戈."라는 구절에서 급충及衝은 교차로에서 추격하다는 뜻을 가리킨다. 성어로는 "먼저 공격을 당할만한 교통의 요지이다."(首當其衝, 交通要衝)는 말을 가리킨다.

> 수叟는 늙은 남자를 가리킨다. 형부 우又와 재災로 이루어진 회의자이며, 그것이 나타내는 것이 자세하지 않다.

叟 : 老也. 從又, 從灾, 闕. (三卷下)

수叟는 갑골문에서 사람이 횃불을 잡고 집안에서 찾는 모양을 본뜬 것이다. 따라서 고문자 학자들은 수叟자가 당연히 "수搜"의 본자라고 여기고 있다. "노老"자로 해석할 경우 자형에서 이 해석을 얻을 수가 없다.

구寇는 난폭하다는 뜻이다. 형부 복攴과 완完으로 이루어진 회의자이다.

寇 : 暴也. 從攴完. (三卷下)

구寇는 금문에서는 손에 몽둥이(攴)를 잡고 집안(宀)에서 사람(元)을 때리는 형상을 본뜨고 있기 때문에, 약탈한다는 뜻을 가지고 있다. 허신이 형부 완完을 따른다고 해설하였으나 정확하지 않다.

두鬥는 두 사람이 서로 마주하고 있고, 병기는 뒤에 있는데, 싸우는 형상을 본뜬 것이다.

鬥 : 兩士相對, 兵杖在後, 象鬭之形. (三卷下)

갑골문에서는 두 사람이 서로 마주보고 맨손으로 치는 모습을 본뜬 것이다. 소전小篆과 해서楷書의 번체자는 바로 이로부터 변화 발전한 것이다. 사士와 병장兵杖이 뒤에 있다는 말은 허신이 글자만 보고 뜻을 대강 짐작해 해설한 것이다.

절卩은 부절이다. …… 서로 일치되는 모양을 본떴다.

卪: 瑞信也 …… 象相合之形. (九卷上)

옛날 사람들은 땅에 자리를 깔고 앉았다. 따라서 갑골문에서 "절卪"자는 땅에 자리를 깔고서 앉아 있는 사람의 모습을 본뜬 것이며, 당연히 "기跽"자의 초문初文이다. "즉卽"자는 사람이 음식 앞으로 나아가는 것을 나타내며, 글자의 왼쪽은 식기를 가리킨다. 향鄕은 향饗자의 초문初文으로, 두 사람이 서로 마주보고 음식을 먹는 것을 나타낸다. 절卪을 부절符節이라 해설하는 것은 본의가 아니다.

의衣는 의지한다는 뜻이다. 상의를 의衣라 하고, 하의를 상裳이라 한다. 두 사람을 덮은 형상을 본떴다.

衣 : 依也. 上曰衣, 下曰裳. 象覆二人之形. (八卷上)

의衣는 소전에서는 상의上衣의 모양을 본뜬 것으로, 영領(옷깃), 수袖(소매), 금襟(옷깃)을 모두 갖추고 있다. 옷 한 벌을 두 사람이 동시에 입을 수 없기 때문에, 허신의 해석은 글자만 보고 뜻을 대강 짐작해 해설한 것이라고 하겠다. 유월兪樾은 "의衣"자의 고의古義는 피被(이불)이며, 두 사람을 덮을 수 있기 때문에, "혹 부부를 본뜬 것이 아니겠는가?"(或象夫婦歟?)라고 하였는데, 이것 역시 뜻을 왜곡한 허신의 허물을 감싸기 위한 주장이라고 하겠다.

위爲는 어미 원숭이이다. 일종의 금수로 긁기를 좋아하며, 아래 배는 어미 원숭이의 형상이다. 왕육王育은 조爪는 형태를 본뜬 것이라고 하였다.

爲 : 母猴也. 其爲禽也好爪, 下腹爲母猴形. 王育曰 : 爪, 象形也. (三卷下)

위爲는 갑골문에서는 손으로 코끼리를 끄는 형상을 본뜬 것이며, 나진옥羅振玉은 코끼리에게 노역을 시켜 노동을 돕게 하는 것이라고 해석하였다. 그러므로 "위爲"자는 하나의 동사로서, 처음에는 생산노동을 나타내었다.

봉鳳은 신기한 새이다. …… 고문 봉鳳자는 상형자이다. 봉황이 날면 수많은 새들이 따르는데, 만萬을 헤아릴 수 있기 때문에, 붕당의 글자로 삼았다.

鳳 : 神鳥也. …… 古文鳳, 象形. 鳳飛, 群鳥從以萬數, 故以爲朋黨字. (四卷上)

고문의 "봉鳳"자와 "붕朋"자는 형체가 비슷하다. 붕당이란 명칭은 한대에서 시작되었기 때문에 글자를 만들 때부터 있었던 것은 아니다. 경전의 "붕朋"자는 "봉鳳"자와 결코 아무런 관련도 없는데, 아마도 허신이 『한서・선제기』에 보이는 "二年, 詔曰 : 鳳凰甘露, 降集京師, 群鳥從以萬數."란 말을 근거로 "붕당朋黨"을 "봉鳳"자에 억지로 끌어다 맞춘 것이라고 생각된다.

사䠶는 활을 몸에서 쏘아 멀리 있는 곳을 맞추는 것을 가리킨다. 형부 시矢와 신身으로 이루어진 회의자이다. 사射는 전문篆文 사射자는 형부 촌寸을 따른다. 촌寸은 법도를 나타내며, 역시 손을 본뜬 것이다.

躲 : 弓弩發于身而中于遠也. 從矢從身. 射, 篆文躲從寸. 寸, 法度也, 亦手也. (五卷下)

갑골문의 사射자는 활시위를 벌려 활을 걸어놓은 형태를 본뜬 것으로, 왼쪽은 활(弓)이지 몸(身)이 아니며, 오른쪽은 손(手)이지 마디(寸)가 아니다. 청나라 심기봉沈起鳳의 『해탁諧鐸』에 한 여자아이가 창힐이 글자를 잘못 만들었다고 하면서, 형부 촌寸과 신身으로 이루어진 사射자는 응당 "왜矮"자이며, 형부 위委와 시矢로 이루어진 왜矮자는 응당 "사射"자라고 말한 적이 있다. 이처럼 한자의 형체는 몇 차례의 변화를 거치면서 다수의 글자들이 이미 그 본래의 모습을 잃어버리고 말았다. 이 때문에 현대의 한자 형체에 의거해 글자의 뜻을 찾고자 할 때는 어느 정도 한계성을 가지고 있다. 이 여자 아이는 후대의 자형에 근거해 글자가 만들어질 때의 본의를 분석한 것이기 때문에 이러한 잘못된 결론을 도출해낸 것이다. 허신이 "사射"자에 대해 "활을 몸에서 쏘아 멀리 있는 곳을 맞추는 것을 나타낸다."고 해석한 것은 글자의 형체만 보고서 마음대로 해석을 한 것이다.

귀鬼는 사람이 죽은 후에 몸을 떠나 존재하는 정령精靈을 가리킨다. 형부 인儿을 따르며, □甶는 정령의 머리를 본뜬 것이다. 형부 사厶를 따르며, 정령의 음기는 사람을 해치기 때문에 형부 사厶을 따른다.

鬼 : 人所歸爲鬼. 從儿, 甶象鬼頭. 從厶, 鬼陰氣賊害, 故從厶. (九卷上)

갑골문은 □𤈦라고 쓴다. 사람을 본뜬 것으로 머리카락이 빠진 대머리를 나타낸다. 고대에는 귀방鬼方(동북쪽)에 만족蠻族이 있었는데, 이것은 귀신이 있는 곳을 가리키는 것이 아니다. 귀鬼는 당연히 후猴의 상형자이며, 후猴는 뒤에 생겨난 상형자이다. 후猴자는 사람이지만 머리카락이 빠진 사람의 대머리를 형상한 글자이다. 혈頁자나 수首자 등은 모두 긴 머리카락을 가진 사람의 머리를 가리킨다. 전囟은 원숭이 머리에 머리카락이 없는 모양을 본뜬 것이다. 『주역 · 규괘』에 보면, "睽孤, 見豕負塗, 載鬼一車."라는 글귀가 있는데, 그 뜻은 나그네가 외롭게 길을 가다가 진흙을 덮어쓴 돼지와 수레에 한 가득 실린 원숭이를 보았다는 의미이다.

> 야也는 여자의 생식기이다. 상형자이다.
>
> 也 : 女陰也. 象形. (十二卷下)

대동戴侗은 "야也는 물을 부어 손을 씻는 대야이다. 흘러가는 곳에 물을 붓는 것으로, 상형자이다. 빌려서 어조사로 쓰인다. 어조사로 쓸 때가 많은 까닭에 본래의 의미를 빼앗겼다. 여기에 다시 혜匸를 더해 이匜자가 되었다."(也, 沃盥器也. 有流以注水, 象形. 借爲語助, 語助之用多, 故正義爲所奪, 而加匸爲匜.)고 하였다. 서호徐灝는 "종정관식鐘鼎款識에는 '야也'자가 매우 많으나, 여자의 생식기라고 그릇에 새긴 것은 하나도 없다. 야也와 이匜는 대개 고금자이다."(鐘鼎款識'也'字甚多, 斷無以女陰銘其器者也. 也 · 匜蓋古今字.)고 하였다. 대동과 서호 두 학자의 설은 이유가 충분하기 때문에, 허신의 해설을 정정하기에 족하다고 할 수 있다.

> 오午는 거스린다는 뜻이다. 5월에는 음기가 양기를 거스르고서 땅에서 뚫고 나온다. 이것은 시矢자와 뜻이 같다.

午 : 牾也. 五月, 陰氣午逆陽, 冒地而出. 此與矢同意. (十四卷下)

시矢자와 뜻이 같으며, 시矢는 형상을 본뜬 상형자이다. 오午 역시 형상을 본뜬 상형자로서, 실제로는 저杵자의 초문初文이며, 쌀을 찧는 도구이다. "구臼"부部에서 "춘春은 곡식을 찧는다는 뜻이다. 초艹(두 손)로 절굿공이를 잡고 절구 위에 있는 것을 따른 것이다. 오午는 저杵의 생략된 글자이다"(春, 擣栗也. 從艹持杵臨臼上. 午, 杵省也.)고 한 것으로 보아 "오午"가 바로 "저杵"자라는 것을 증명할 수 있다. 허신의 "오午"자 해석은 음양오행설을 염두해 둔 까닭에 자형에 내포된 의미는 고려하지 않은 것 같다.

3) 후기자로 본자를 삼았다

한 글자가 때때로 두 개 이상의 뜻을 가지는데, 본의 이외에 인신의도 있고, 가차의도 있다. 취取와 취娶, 사舍와 사捨와 같은 글자를 구별자區別字라고 부른다. 구별자는 후에 만들어진 후기자後起字를 가리킨다. 그러나『설문』에서는 이 후기자를 본자로 삼아 정전正篆에 수록하였다. 예를 들면,

취娶는 남자가 아내를 취한다는 뜻이다. 여女는 형부이고, 취取는 성부이다.

娶 : 取婦也. 從女, 取聲. (十二卷下)

단옥재는 "저 여자를 취해 나의 아내로 삼는 것을 가리킨다. 경전에서는 대부분 취取자를 빌려서 취娶의 뜻으로 썼다."(取彼之女, 爲我之婦也. 經

傳多假取爲娶.)고 하였다.

미媄는 빛깔이 아름답다는 뜻이다. 여女는 형부이고, 미美는 성부이다.

媄 : 色好也. 從女, 美聲. (十二卷下)

주준성은 "경전에서는 모두 미美자를 미媄의 뜻으로 삼았다."(經傳皆以美爲之.)고 하였다.

음婬은 사사로이 간통한다는 뜻이다.

婬 : 私逸也. (十二卷下)

단옥재는 "지금은 대부분 음淫자로 음婬자의 뜻을 대신하여 음淫자는 쓰이지만 음婬자는 없어졌다."(今多以淫代之, 淫行而婬廢矣.)고 하였다. 또한 주준성은 "경전에서는 모두 음淫자를 음婬의 뜻으로 삼았다."(經傳皆以淫爲之.)고 하였다. "수水"부部에서 "음淫은 물이 무늬를 따라 스며든다는 뜻이다. 또는 오랫동안 비가 내리는 것을 음淫이라 한다."(淫, 侵(浸)淫隨理也. 一曰久雨爲淫.)고 하였다.

사捨는 버린다는 뜻이다. 수手는 형부이고, 사舍는 성부이다.

捨 : 釋也. 從手, 舍聲. (十二卷上)

단옥재는 "살펴 보건데, 경전에서는 대부분 사舍자를 가차해 사捨의 뜻으로 쓴다."(按: 經傳多假舍爲之.)고 하였다. 마땅히 먼저 "사舍"자가 있은 후에 "사捨"자가 있었던 것일 것이다.

조琱는 옥을 다듬는다는 뜻이다. 또는 옥과 비슷한 돌을 말한다. 옥玉은 형부이고, 주周는 성부이다.

琱 : 治玉也. 一曰石似玉. 從玉, 周聲. (一卷上)

단옥재는 "경전에서는 조雕나 조彫를 조琱의 뜻으로 삼았다."(經傳以雕、彫爲琱.)고 하였다.

필斁은 다한다는 뜻이다. 복攴은 형부이고, 필畢은 성부이다.

斁 : 塵也. 從攴, 畢聲. (三卷下)

단옥재는 "필畢자가 행해지고, 필斁자는 없어졌다."(畢行而斁廢矣.)고 하였고, 주준성은 "경전에서는 모두 필畢로서 필斁의 뜻으로 삼았다."(經傳皆以畢爲之.)고 하였다. "필畢"자는 작은 새나 짐승을 잡는 자루 달린 그물을 상형한 것으로, 후에 "다한다."는 뜻으로 가차해 쓰면서 훗날 비로소 "필斁"자가 생기게 되었지만, 전적에서는 전혀 보이지 않는다.

이상의 여러 글자 가운데 취娶와 사捨 두 글자를 제외하고 다른 글자들은 후에 모두 통용되지 않았다. 전적에서 쓰이지 않게 된 것은 본자에 이미 문제가 있는 것이라 생각된다. 그렇기 때문에 본의와 본자는 모두 상고시대 전적에 보이는 글자로 제한해야 한다. 여러 서적에 의거해 한 권의 자서를 정정하는 것이 적어도 한 권의 자서에 의거해 여러 서적을 정정하는 것보다 더 합리적이다.

허신의 이러한 방법은 후세에 좋지 않는 영향을 낳았다. 지금 사람들은 고서를 주석할 때, 때때로 좌坐자는 좌座자와 통하고, 현縣자는 현懸자와 통하고, 설說자는 열悅자와 통하고, 막莫자는 모暮자와 통한다고 말하는데, 이것이 바로 허신이 후기자를 가지고 본자로 삼은 방법을 그대로 이어받아 생긴 현상이다.

4) 호훈법의 석의 방식

호훈법互訓法을 사용하면 석의를 간단명료하게 설명할 수 있지만, 이러한 방법도 어느 정도 한계성을 가지고 있다. 언어 중에서 두 개, 혹은 두 개 이상의 글자(어휘)가 의미나 용법적인 측면이 완전히 같은 글자(어휘)는 매우 적다. 다의사多義詞는 때때로 단지 그 중의 한 가지 뜻과 서로 같을 뿐, 모든 뜻이 서로 같은 것은 아니다. 만약 일률적으로 같다고 보면, 실수를 하게 된다. 두 개의 동의사同義詞 간에서도 사용하는 지역・범위・시간・정도, 그리고 기타 여러 가지 부가적인 색채에 있어서 서로 다른 점을 가지고 있다. 그 다음에는 훈석하는 글자(어휘)를 만약 독자들 역시 모른다면, 훈석을 당하는 글자(어휘)를 이해하는 데 있어 어려움을 초래할 수 있다.

5) 성훈법의 석의 방식

성훈법聲訓法을 사용한 석의 방식은 선진시대에 이미 출현하였으며, 한대에 이르러 대단히 성행하였다. 성훈은 일종의 훈고학적 방법으로 이해하는 것이 마땅할 것이다. 그 목적은 어원을 탐색하기 위한 것이었으나,

또한 청대인들의 "음근의통설音近義通說"을 계발시켜 주었다. 그러나 성훈은 때때로 믿을만한 것이 못되는데, 이것은 학자들마다 성훈이 어떤 때는 일치하지 않기 때문이다. 또한 설사 동일한 사람이나 동일한 책 속에서 서술된 것이라도 어떤 때는 두 가지 도리를 말하는 경우도 있기 때문이다. 『순자 · 정명』편에서 "이름은 처음부터 고정된 것이 아니라 사람들이 서로 그렇게 부르기로 약속하는 것이니, 약속으로 정해진 것이 습관적으로 쓰이게 되면 그것이 곧 마땅한 이름이 되는 것이요, 약속에 위배되는 것은 마땅한 이름이라고 할 수 없다."(名無固宜, 約之以命, 約定俗成謂之宜, 異於約則謂之不宜.)고 하였는데, 이 말의 뜻은 사물의 명칭은 본래 고정된 것이 없는 것이며, 사람들이 함께 약속으로 정해 명명命名한 것이라는 것을 말한 것이다. 모든 사람들이 모두 공통된 인식을 가지고 있으면, 그렇게 부르는 것이기 때문에, 모든 사람들이 공인한 명칭에 위배되는 것은 마땅치가 않다. 『자본론資本論』에서도 "어떠한 사물의 명칭은 그 사물이 본래 가지고 성질과는 어떠한 공통점도 없다."고 지적하였다. 이 때문에 사물의 명칭과 사물 성질과의 연계를 찾고자 하는 사람들은 모두 불가피하게 유심주의 방향으로 흘러 억측과 견강부회를 초래하게 되는데, 이것이 바로 성훈이 생명력을 잃게 되는 원인이다.

『중국문자학사』의 저자 호박안胡朴安은 일찍이 그가 젊었을 때 있었던 재미있는 이야기를 한 적이 있다. 어느 날 그가 "聞前流綠準, 護外見靑宣"이라는 두 구절의 5언 시를 지어 다른 사람에게 보이자, 모두 그 뜻을 알지 못해 눈을 휘둥그레 떴다고 한다. 이 시는 원래 그가 『설문』에서 "문門은 문聞이다."(門, 聞也), "호戶는 호護이다."(戶, 護也), "수水는 준準이다."(水, 準也), "산山은 선宣이다"(山, 宣也)고 한 성훈을 시구로 바꾸어놓은 것으로, 그 본래의 뜻은 "문 앞에 푸른 물이 흘러가고, 집밖에 청산이 보인다.”(門前流綠水, 戶外見靑山)는 의미에 지나지 않는다.

3. 과학적인 결점

1) 음양오행설 제기

허신은 음양오행설이 성행했던 동한시대에 살았던 까닭에, 설사 그의 『설문』 찬술 동기가 금문경학今文經學의 음양오행陰陽五行과 참위신학讖緯神學의 잘못된 주장을 타파하기 위한 것이었다 할지라도, 결국 그도 음양오행의 영향에서 벗어나지는 못하였다. 이 때문에 그의 해설 중에는 여전히 견강부회한 음양오행설이 일부 남아 있다. 예를 들면,

> 일一은 우주가 처음 시작될 때 도는 하나에서 세워졌고, 하늘과 땅이 만들어져 나누어진 후에 만물을 화육하여 생성하였다.
>
> 一 : 惟初太始, 道立于一, 造分天地, 化成萬物. (一卷上)

> 이二는 땅의 수이다. 두 개의 일一로써 뜻을 나타낸다.
>
> 二 : 地之數也. 從耦一. (十三卷下)

> 삼三은 수의 명칭이다. 하늘과 땅과 사람의 도이다.
>
> 三 : 數名. 天地人之道也. (一卷上)

> 사四는 짝수이다. 넷으로 나누어진 형태를 본뜬 상형자이다.

四 : 陰數也. 象四分之形. (十四卷下)

오五는 오행五行이다. 이二(음과 양)를 따르며, 음양이 하늘과 땅 사이에서 서로 작용하는 것을 나타낸다.

五 : 五行也. 從二, 陰陽在天地間交午也. (十四卷下)

육六은 『주역』의 수이며, 음陰은 육六에서 변하며, 팔八에서 바르게 된다. 형부 입入과 팔八로 이루어진 회의자이다.

六 : 易之數, 陰變于六, 正于八. 從入八. (十四卷下)

칠七은 『주역』의 양수陽數 가운데 하나로, 칠七은 바름이다. 지사자로 일一을 따르며, 일一은 양이다. 약한 음陰이 그 가운데서 비스듬하게 나오는 것을 본뜬 것이다.

七 : 陽之正也. 從一, 微陰從中邪出也. (十四卷下)

구九는 『주역』의 양수陽數 가운데 하나로, 구九는 양이 변하는 것이다. 구불구불한 선으로 변화를 다한 형상을 본뜬 지사자이다.

九 : 陽之變也. 象其屈曲究盡之形. (十四卷下)

백白은 서방의 색깔이다. 서방은 가을을 표시하며, 이때는 음기陰氣가 일을 처리하며, 만물의 색깔이 희다. 위는 입入을 따르며, 아래는 이二와 연결하여 한곳에 있는 것으로, 이二는 음의 숫자이다.

白 : 西方色也. 陰用事, 物色白. 從入合二; 二, 陰數. (七卷下)

청青은 동방의 색이다. 동방은 오행 중 나무에 속한다. 나무는 불을 생기게 할 수 있다. 형부 생生과 단丹으로 이루어진 회의자이다.

青 : 東方色也. 木生火, 從生丹. (五卷下)

적赤은 남방의 색이다. 형부 대大와 화火로 이루어진 회의자이다.

赤 : 南方色也. 從大火. (十卷下)

금金은 다섯 빛깔의 금속이다. 황금이 가장 좋다. 오래 땅 속에 묻어놓아도 녹슬지 않으며, 백 번 불에 녹여도 가벼워지지 않으며, 용도를 바꾸어도 손상됨이 없다. 오행 중 서방에 속한다. 흙에서 나온다. 형부 토土를 따르며, 좌우에서 붓는 것은 금가루가 흙속에 있는 모습을 본뜬 것이다. 금今은 성부이다.

金 : 五色金也. 黃爲之長. 久埋不生衣, 百煉不輕, 從革不違. 西方之行. 生于土. 從土, 左右注, 象金在土中形. 今聲. (十四卷上)

목木은 모冒이다. 땅을 뚫고 나온 것을 가리킨다. 오행 중 동방에 속한다.

木 : 冒也, 冒地而生. 東方之行. (六卷上)

수水는 평평하다는 뜻이다. 오행 중 북방에 속한다. 중수衆水가 함께 흐르며, 중간에는 약한 양기가 있다.

水 : 準也. 北方之行. 象衆水竝流, 中有微陽之氣也. (十一卷上)

화火는 불이다. 오행 중 남방에 속한다. 불의 성질은 불이 타면서 위로 올라가며, 불꽃의 형상을 본뜬 상형자이다.

火 : 燬也. 南方之行. 炎而上, 象形. (十卷上)

맥麥은 까끄라기가 있는 곡식이다. 가을에 씨를 뿌리고 깊이 묻기 때문에, 맥麥이라 한다. 맥麥은 오행 중 금金에 속한다. 금이 왕성한 가을에 뿌리가 나오고 싹이 트며, 불이 왕성한 여름에 곡식이 익고는 죽는다.

麥 : 芒穀. 秋種厚埋, 故謂之麥. 麥, 金也. 金王而生, 火王而死. (五卷下)

화禾는 가곡嘉穀이다. 음력 2월에 자라기 시작하며, 8월에는 곡물이 익으며, 모두 때의 중화中和를 얻기 때문에 화禾라고 한다. 화禾는 나무에 속하며, 봄에는 목덕木德이 창성할 때 화禾는 자라고, 가을 금덕金德이 왕성할 때 화禾는 죽는다.

禾 : 嘉穀也. 以二月始生, 八月而熟, 得時之中和, 故謂之禾. 禾, 木也. 木王而生, 金王而死. (七卷上)

이외에도 허신은 천간天干과 지지地支 등의 글자에 대한 해석 역시 음양오행설의 영향을 받았는데, 이는 과학적 근거가 결여되어 있다고 할 수 있다.

2) 과학적 근거가 없는 견해

당시 생산력의 발전과 과학수준의 한계로 인해, 사람들은 객관적인 사물에 대한 인식이 충분하지 않았다. 그렇기 때문에 허신의 해설 역시 과학적 근거 없는 주장을 면치 못하였다. 이것은 시대적 한계의 필연이기 때문에, 오늘날의 과학적 인식수준을 가지고 허신에게 가혹하게 요구할 수는 없다. 예를 들면,

호狐는 요사한 짐승이다. 귀신이 여우에게 붙는다. 세 가지 덕이 있다. 황색 털은 중화中和를 이루고, 앞(입과 코)은 작고 뒤(꼬리)는 크며, 죽어서는 고개를 자기가 살던 언덕을 향한다.

狐 : 妖獸也. 鬼所乘之. 有三德; 其色中和, 小前大後, 死則首丘. (十卷上)

신蜃은 꿩이 바다에 들어가 신蜃(대합)으로 변한 것이다.

蜃 : 雉入海化爲蜃. (十三卷上)

역蜮은 단호短狐라고도 한다. 붉은 꿩과 같이 생겼으며, 발이 세 개이며, 기운으로 물을 뿜어 사람에게 쏘아 해친다.

域 : 短狐也. 似鼈, 三足. 以气射害人. (十三卷上)

망蛧은 망우蛧蜽(도깨비의 일종)를 가리키며, 산천의 요괴이다. 회남자가 말하길, 망우蛧蜽는 형상이 마치 세 살짜리 아이와 같고, 얼굴색은 검붉으며, 눈은 붉고, 귀는 길며, 머리카락이 아름답다.

蛧 : 蛧蜽(魍魎), 山川之精物也. 淮南子說, 蛧蜽狀如三歲小儿, 赤黑色, 赤目, 長耳, 美髮.) (十三卷上)

귀龜는 오래 산다. 바깥 뼈는 딱딱하고, 안쪽은 살로 되어 있다. 형부 타它를 따르며, 거북이의 머리는 뱀의 머리와 같다. 천지天地의 성을 받아 어깨가 넓으며 수컷이 없다. 거북이나 자라의 무리는 뱀의 수컷을 짝으로 삼는다. 발과 껍질 꼬리의 형상을 본뜬 상형자이다.

龜 : 舊也. 外骨內肉者也. 從它, 龜頭與它(蛇)頭同. 天地之性, 广肩無雄 ; 龜鱉之類, 以它爲雄. 象足甲尾之形. (十三卷下)

명螟은 곡물의 잎을 먹는 벌레이다. 관리가 몰래 법을 저촉하면 명螟이 생긴다.

螟 : 虫食穀葉者. 吏冥冥犯法卽生螟. (十三卷上)

특蟘은 곡물의 싹의 잎을 먹는 벌레이다. 관리가 재물을 독촉하여 받아내면 특蟘이 생긴다.

蟘 : 虫食苗葉者. 吏乞貸則生蟘. (十三卷上)

부蚨는 청부青蚨(파란강충이)이며, 물속에서 사는 벌레이다. 돈으로 바꿀 수 있다.

蚨 : 青蚨, 水虫. 可還錢. (十三卷上)

순鶉은 암鵪(메추라기)의 종류에 속한다.

鶉 : 鵪屬. (四卷上)

『설문의증說文義證』에서 “지금은 암鵪과 순鶉을 하나로 부르고 있는데, 이는 잘못된 것이다. 실제로 살펴보면, 하마虾蟆가 변한 것이 순鶉이며, 전서田鼠가 변한 것이 암鵪이다.”(今呼鵪鶉爲一物, 誤矣. 以實考之, 蝦蟆化者爲鶉, 田鼠化者爲鵪.)고 하였다.

『설문석례說文釋例·십사十四』에서 “까치는 나뭇가지에 의지하여 새끼를 밴다. 수컷 악어는 바람이 불어오는 쪽에서 울고, 암컷은 바람이 부는 맞은편에서 울면서 새끼를 밴다.”(鳥鵲以傳枝而孕. 鼉以雄鳴上風, 雌鳴下風而孕.)고 하였다.

『설문통훈정성說文通訓定聲·봉부丰部』에서 “메뚜기 새끼는 뭍을 만나면 메뚜기가 되고, 물에 들어가면 물고기가 된다.”(蝗子遇旱爲蝗, 入水則爲魚也.)고 하였다.

민閩은 동남부의 월인越人이며, 뱀으로 토템으로 삼는다.

閩 : 東南越, 蛇種. (十三卷上)

만蠻은 남방의 소수민족이며, 뱀을 토템으로 삼는다.

蠻 : 南蠻, 蛇種. (十三卷上)

적狄은 북쪽에 사는 민족의 통칭이다. 본래 개를 토템으로 삼은 종족이다. 적狄은 음란하고 방탕함을 말한다.

狄 : 赤狄. 本犬種. 狄之爲言淫辟也. (十卷上)

맥貉은 고대 만리장성 북쪽에 사는 민족의 이름이며, 해태를 토템으로 삼은 종족이다.

貉 : 北方豸種. (九卷下)

부록

『설문』의 검색

『설문』의 부수는 번다할 뿐만 아니라, 또한 필획의 많고 적음에 따라 순서를 나누어 놓은 것이 아니기 때문에, 간략하게나마 540개의 부수에 대한 이해가 필요하다. 허신은 부수를 배열하면서 많은 고심을 한 것이 사실이다. 대체로 동류同類, 혹은 서로 비슷한 사물이나 피차 연관성이 있는 것, 혹은 자형의 필획이 서로 비슷한 것들을 모아 함께 배열함으로서 어느 정도 논리성을 갖추어 놓았는데, 이것이 바로 『후서後序』에서 언급한 "같은 조리로 무리를 이끌고, 같은 이치로 서로 관철하는 까닭에, 그 이름이 섞여 있지만 질서를 넘지 않고, 자형에 근거하여 연계한다."(同條牽屬, 共理相貫, 雜而不越, 據形繫聯.)는 말이다. 예를 들면,

一卷 : 一·二·示·三·王·玉·玨·屮·艸·茻.
二卷 : 走·止·癶·步·此·正·是·辵·彳·廴·延·行.

三卷 : 言·誩·音.

四卷 : 目·眉·盾·自·白·鼻·習·羽·隹·鳥·烏·歺·骨·肉·筋·角.

五卷 : 喜·壴·鼓·豈·豆·豊·丰·虍·虎·食·亼·倉.

六卷 : 木·東·林·巢·束.

七卷 : 日·旦·冥·月·明·禾·黍·香·冂·冃·闩·网.

八卷 : 儿·兄·先·秃·見.

九卷 : 頁·面·首·縣·須·豕·豚·豸·易·象.

十卷 : 馬·鹿·毚·犬·鼠·熊.

十一卷 : 川·泉·雨·魚·燕·龍.

十二卷 : 戈·戉·我.

十三卷 : 系·素·絲·虫·它·龜·黽.

十四卷 : 金·斤·矛·甲·乙·丙·丁……

각 권의 이러한 자군字群은 서로 일정한 관련이 있다. 이러한 규칙을 이해하고 부수를 검색한다면 조금 더 편리할 것이다.

『강희자전』과 『중화대자전』에서는 모두 『설문』의 석의를 첫 번째 항목으로 삼았다. 찾는 글자가 『설문』에 수록되어 있는가 하는 문제에 대해서도 『강희자전』이나 『중화대자전』의 검색을 통해 우선 그 유무를 확정할 수 있다.

또한 더욱 빠르게 『설문』 중에서 글자를 찾아 이해하고자 한다면, 전문적으로 『설문』 검색을 위해 편찬된 색인용 도서를 이용할 수 있다.

1)『설문해자說文解字 · 검자檢字』

중화서국 1963년 판 대서본『설문해자』에는 권말에 "검자檢字"가 부록으로 수록되어 있다. 이 "검자檢字"는 세 부분으로 나뉘어져 있다.

(1) 부수의 제자諸字 검색

『설문』540부를 필획에 따라 배열하였으며, 각 글자 아래에 책의 페이지 수를 분명하게 기재해 놓았다.

(2) 정문正文 및 신부자新附字 검색

『설문』의 정문正文과 중문重文을 필획에 따라 배열하였으며, 각 글자 아래에 책의 페이지 수를 분명하게 기재해 놓았다.

(3) 별체자別體字 검색

별체자別體字란 고금자古今字 형체의 변화로 인해 형성된 고금자를 말한다. 금자今字와『설문』의 정체正體 사이에 차이가 비교적 큰 글자를 열거해 놓았다. 이러한 글자를 서현徐鉉은 속자俗字, 별자別字라고 보았지만, 사실은 후대에 통행되었던 정자正字이다. 각 글자 아래에 역시 책의 페이지수를 분명하게 기재해 놓았다.

2) 『설문해자주說文解字注 · 검자檢字』

상해고적출판사 1981년 판 『설문해자주』에는 책 뒷부분에 "검자표檢字表"를 부록으로 수록해 놓았다. "검자표"는 "부수"와 "정문" 두 부분으로 나뉘어져 있고, 그 체례 역시 대체로 대서본의 "검자"와 같지만, 대서본보다 더 정확하고 세밀해졌다.

(1) 부수部首

각 글자 아래에 책의 페이지수를 표기해 놓았을 뿐만 아니라, 또한 그 『설문』의 권수도 표기해 놓았다.

(2) 정문正文

중문重文 아래에 원괄호(())를 써서 정문을 주석해 밝혀 놓았다.

단옥재가 형체를 고친 글자는 원래의 글자를 획수에 따라 배열하고, 각 획의 뒤에 부록으로 첨부해 놓았다. 그리고 글자 아래에 방괄호(【】)를 써서 형체를 고친 단옥재의 글자를 주석해 밝혀 놓았다. 표 가운데 열거한 해자楷字는 고체古體, 혹은 전체篆體에 가까운 글자이며, 모두 금체자今體字의 획수에 의거해 배열하고 각 획의 뒤에 부록으로 첨부해 놓았다. 그리고 글자 아래에 첨괄호(<>)를 써서 고체古體를 주석해 밝혀 놓았다. 이러한 것은 모두 특수한 자체를 검색하기 위해 만든 체제이다.

3) 여영춘黎永椿의 『설문통검』

소엽산방掃葉山房 판 『설문해자주』의 부록이다. "통검通檢"은 "권수卷首"・"정문正文"・"권말卷末" 등의 세 부분으로 나누어져 있다.

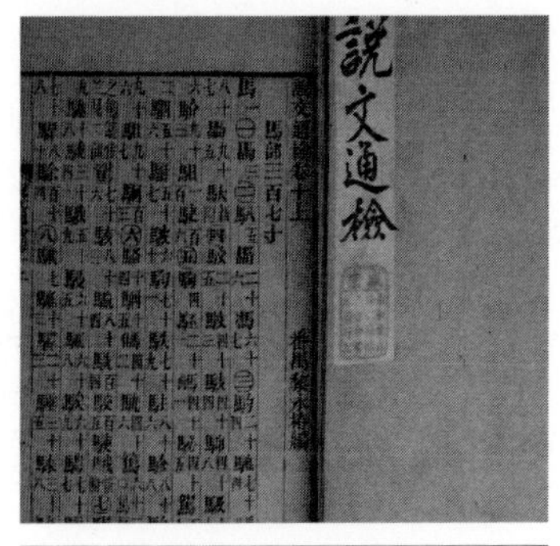

黎永椿의 『說文通檢』

(1) 권수卷首

체례는 위의 두 종류와 같으며, 필획에 의거해 부수가 실려 있는 권수를 검색하는 용도로 제공되었다.

(2) 정문正文

『설문』의 권수에 의거해 이와 상응하게 14권으로 나누었으며, 각 권을 상하로 나누고, 권 안의 부수는 『설문』의 순서에 따라 배열하였다. 그리고 각 부의 글자는 해서楷書의 필획에 따라 배열하였는데, 이러한 방식이 원래 전문篆文 배열의 순서를 혼란시킴에 따라 각 글자 아래에 그 부部 내의 순위를 표기해 놓았다.

(3) 권말卷末

이는 바로 "난검자표難檢字表"를 말한다. 대체로 부수로 확정짓기 어려운 글자를 필획의 수에 의거해 배열한 다음, 각 글자 아래에 그 글자가 어느 부部에 속하며, 아울러 부部 안의 순위를 명기해 놓은 것이다.

중문重文의 부수 편방이 정체正體와 서로 같을 경우에는 마찬가지로 정문正文 아래에 배열하고, 아울러 어떤 글자의 중문인지 밝혀 놓았다. 만약 편방이 정체와 다를 경우에는, 예를 들어, "분蚡"이 "분鼢"의 중문重文이라고 하면, 즉 권말에 배열하고, 아울러 그것이 "분鼢"의 중문이라고 명기해 놓았다. "분鼢"이 속하는 부수를 확정하고 그 부수가 있는 권수아래에서 바로 찾을 수 있게 하였다.

『설문통검說文通檢』에는 부족한 점이 몇 가지 있다. 첫째는 만약 찾는 글자가 『설문』중 어느 부部에 속하는지 알지 못하면 찾기가 쉽지 않다. 둘째는 전서篆書를 해서楷書로 썼다고 하지만, 전서를 해서체화한 글자를 쓰고 금체今體를 쓰지 않은 경우가 많아 일반 사람들이 인식하기 어려운 점이 있다. 셋째는 부수와 정문 모두 해서체만을 열거해 놓은 까닭에, 초학자가 찾았을 때 간혹 전문篆文과 일치하지 않는 경우가 있다. 넷째는 권말에는 필획만을 나누어 놓고 부수를 나누어 놓지 않아 검색하는데 불편함이 있다.

이외에도 근년에 출판된 『설문해자의증說文解字義證』에는 사각호마색인四角號痲索引이 부록으로 첨부되어 있으며, 『설문통훈정성說文通訓定聲』에는 필획검자색인筆劃檢字索引이 부록으로 첨부되어 있어 독자들이 이 책을 읽을 때 편리함을 준다. 물론 만약 독자가 사각호마검자표四角號碼檢字法에 익숙하지 않다면, 숙련될 때까지 한 번은 노력을 기울여야 할 것이다.

『설문说文』부수 검자표

설명 : 본 표는 『설문』의 540개의 부수를 필획의 많고 적음에 의거해 순서대로 배열하고, 부수의 순서, 정문, 독음, 권수를 명기하였다.

一劃

1 一 yī 1上
10 丨 gŭn 1上
174 丶 zhŭ 5上
413 ㇛ quăn 11下
431 乚 yà 12下
446 丿 piĕ 12下
448 乀 yí 12下
456 乚 yĭn 12下
514 乙 yĭ 14下
454 亅 jué 12下

二劃

2 丄 shàng 1下
16 八 bā 2上
23 凵 kăn 2上
35 廴 yĭn 2下
52 丩 jiū 3上
54 十 shí 3上
76 又 yòu 3下
77 𠂇 zuŏ 3下
88 几 shū 3下
94 卜 bŭ 3下
137 刀 dāo 4下
152 乃 năi 5上
153 丂 kăo 5上
171 𠙴 qū 5上
184 入 rù 5下
188 冂 jiōng 5下
244 马 hàn 7上

275	冖	mì	7下
287	人	rén	8上
288	匕	huà	8下
289	匕	bǐ	8上
311	儿	rén	8下
338	卩	jié	9上
343	勹	bāo	9上
348	厶	sī	9上
354	厂	hǎn	9下
414	巜	kuài	11下
447	厂	yì	12下
458	匸	xì 1	2下
459	匚	āng	12下
479	二	èr	13下
488	力	lì	13下
493	几	jī	14上
509	七	qī	14下
510	九	jiǔ	14下
516	丁	dīng	14下
526	了	liǎo	14下

三劃

4	三	sān	1上
9	士	shì	1上
11	屮	chè	1下
15	小	xiǎo	2上
22	口	kǒu	2上
34	彳	chì	2下
47	干	gān	3上
89	寸	cùn	3下
107	習	xí	4上
123	幺	yāo	4下
138	刃	rèn	4下
145	丌	jī	5上
147	工	gōng	5上
157	于	yú	5上
181	亼	jí	5下
198	夊	suī	5下
203	夂	zhǐ	5下
204	久	jiǔ	5下
209	才	cái	6上
211	之	zhī	6下
216	乇	zhé	6下
226	囗	wéi	6下
241	夕	xī	7上
269	宀	mián	7下
276	冃	mǎo	7下

281	巾	jīn	7下
305	尸	shī	8上
331	彡	shān	9上
350	山	shān	9下
353	广	yǎn	9下
355	丸	wán	9下
364	彑	jì	9下
370	馬	mǎ	10上
389	大	dà	10下
394	尢	wāng	10下
402	大	dà	10下
415	川	chuān	11下
428	飛	fēi	11下
430	卂	xùn	11下
438	門	mén	12上
443	女	nǚ	12下
457	亡	wáng	12下
463	弓	gōng	12下
480	土	tǔ	13下
492	勺	sháo	14上
518	己	jǐ	14下
525	子	zǐ	14下
533	巳	sì	14下

四劃

5	王	wáng	1上
8	气	qì	1上
19	牛	niú	2上
27	止	zhǐ	2上
39	牙	yá	2下
55	卅	sà	3上
62	収	gǒng	3上
63	𠬜	pān	3上
73	爪	zhǎo	3下
74	丮	jǐ	3下
79	支	zhī	3下
86	殳	shū	3下
92	攴	pū	3下
96	爻	yáo	3下
120	烏	wū	4上
127	予	yǔ	4下
140	丰	jiè	4下
151	曰	yuē	5上
155	兮	xī	5上
165	豐	fēng	5上
175	丹	dān	5下
177	井	jǐng	5下

183	倉	cāng	5下	327	丏	miǎn	9上
201	韋	wéi	5下	333	文	wén	9上
206	木	mù	6上	358	長	cháng	9下
212	帀	zā	6上	359	勿	wù	9下
214	■	pò	6下	360	冄	rǎn	9下
228	貝	bèi	6下	377	犬	quǎn	10上
231	日	rì	7上	382	火	huǒ	10上
237	月	yuè	7上	391	夨	zè	10下
243	毌	guàn	7上	392	夭	yāo	10下
249	片	piàn	7上	399	亢	gāng	10下
260	凶	xiōng	7上	403	夫	fū	10下
261	■	pìn	7上	408	心	xīn	10下
277	冃	mào	7下	410	水	shuǐ	11上
282	巿	fú	7下	421	仌	bīng	11下
290	從	cóng	8上	423	雲	yún	11下
291	比	bǐ	8上	432	不	bù	12上
295	壬	tǐng	8上	437	戶	hù	12上
303	毛	máo	8上	441	手	shǒu	12上
306	尺	chǐ	8下	444	毋	wú	12上
310	方	fāng	8下	449	氏	shì	12下
313	兂	zān	8下	451	戈	gē	12下
318	見	jiàn	8下	474	風	fēng	13下
320	欠	qiàn	8下	495	斤	jīn	14上
323	旡	jì	8下	496	斗	dǒu	14上

498	車	chē	14上
507	五	wǔ	14下
508	六	liù	14下
511	内	róu	14下
519	巴	bā	14下
523	壬	rén	14下
528	𠫓	tū	14下
529	丑	chǒu	14下
534	午	wǔ	14下

五劃

3	示	shì	1上
6	玉	yù	1上
18	半	bàn	2上
28	癶	bō	2上
31	正	zhèng	2下
36	㢟	chān	2下
41	疋	shū	2下
44	冊	cè	2下
49	只	zhǐ	3上
51	句	gōu	3上
53	古	gǔ	3上
65	異	yì	3上
78	史	shǐ	3下
80	聿	niè	3下
90	皮	pí	3下
95	用	yòng	3下
99	目	mù	4上
104	白	zì	4下
112	𦫳	guǎi	4上
119	鳥	niǎo	4上
126	玄	xuán	4下
131	歺	è	4下
146	左	zuǒ	5上
150	甘	gān	5上
154	丂	kǎo	5上
156	号	hào	5上
170	皿	mǐn	5上
172	去	qù	5上
186	矢	shǐ	5下
207	東	dōng	6上
213	出	chū	6下
215	生	shēng	6下
220	禾	jī	6下
230	𨛜	xiàng	6下
336	司	sī	9上
337	卮	zhī	9上

339 印 yìn 9上

341 𠨍 qīng 9上

344 包 bāo 9上

352 屵 è 9下

357 石 shí 9下

360 冄 rǎn 9下

400 夲 tāo 10下

401 夰 gǎo 10下

404 立 lì 10下

418 永 yǒng 11下

427 龍 lóng 11下

445 民 mín 12下

450 氐 dǐ 12下

452 戉 yuè 12下

462 瓦 wǎ 12下

469 絲 sī 13上

475 它 tuō 13下

484 田 tián 13下

494 且 qiě 14下

497 矛 máo 14上

503 四 sì 14下

504 宁 zhù 14下

513 甲 jiǎ 14下

515 丙 bǐng 14下

517 戊 wù 14下

232 旦 dàn 7上

253 禾 hé 7上

267 瓜 guā 7上

272 穴 xuè 7上

274 疒 chuàng 7下

284 白 bái 7下

292 北 bĕi 8上

293 丘 qiū 8上

312 兄 xiōng 8下

531 卯 mǎo 14下

535 未 wèi 14下

536 申 shēn 14下

六劃

12 屮 chè 1下

24 吅 xuān 2上

30 此 cǐ 2上

37 行 xíng 2上

46 舌 shé 3上

59 䇂 qiān 3上

64 共 gòng 3上

81 聿 yù 3下

85	臣	chén	3下	238	有	yǒu	7上
87	殺	shā	3下	242	多	duō	7上
103	自	zì	4上	247	齊	qí	7上
108	羽	yǔ	4上	248	朿	cì	7上
114	羊	yáng	4上	257	米	mǐ	7上
124	■	yōu	4下	259	臼	jiù	7上
129	𠬪	piào	4下	264	尗	shū	7下
132	死	sǐ	4下	271	呂	lǚ	7下
133	冎	guǎ	4下	279	网	wǎng	7下
135	肉	ròu	4下	280	襾	yà	7下
139	丯	qià	4下	294	㐺	yín	8上
141	耒	lěi	4下	299	㐆	yī	8上
143	竹	zhú	5上	300	衣	yī	8上
158	旨	zhǐ	5上	302	老	lǎo	8上
162	豈	kǎi	5上	309	舟	zhōu	8下
167	虍	hū	5上	315	兜	gǔ	8下
173	血	xuè	5上	316	先	xiān	8下
182	會	huì	5下	324	頁	xié	9上
185	缶	fǒu	5下	335	后	hòu	9上
197	麥	mài	5下	340	色	sè	9上
199	舛	chuǎn	5下	347	甶	fú	9上
210	叒	ruò	6下	351	屾	shēn	9下
219	華	huá	6下	356	危	wēi	9下
234	㫃	yǎn	7上	361	而	ér	9下

390	亦	yì	10下
393	交	jiāo	10下
406	囟	xìn	10下
419	𠂢	pài	11下
433	至	zhì	12上
434	西	xī	12上
439	耳	ěr	12上
460	曲	qū	12下
464	弜	jiàng	12下
467	糸	mì	13上
471	虫	huǐ	13上
489	劦	xié	13下
491	幵	jiān	14上
499	𠂤	duī	14上
502	厽	lěi	14下
506	亞	yà	14下
539	戌	xū	14下
540	亥	hài	14下

七劃

17	釆	biàn	2上
21	告	gào	2上
26	走	zǒu	2上
29	步	bù	2上
33	辵	chuò	2下
40	足	zú	2下
48	谷	jué	3上
50	㕯	nà	3上
56	言	yán	3上
67	臼	jú	3上
121	𠦒	bān	4下
130	𣦼	cán	4下
142	角	jiǎo	4下
149	巫	wū	5上
163	豆	dòu	5上
178	皀	bī	5下
192	㫗	hòu	5下
196	來	lái	5下
202	弟	dì	5下
224	束	shù	6下
227	員	yuán	6下
229	邑	yì	6下
240	囧	jiǒng	7上
251	克	kè	7上
278	㒳	liǎng	7下
285	㡀	bì	7下
298	身	shēn	8上

八劃

368	易	yì	9下
375	兔	tù	10上
378	犾	yín	10上
383	炎	yán	10上
387	炙	zhì	10下
397	㚔	niè	10下
405	竝	bìng	10下
411	沝	zhuǐ	11下
422	雨	yǔ	11下
424	魚	yú	11下
429	非	fēi	11下
461	甾	zī	12下
465	弦	xián	12下
477	黽	mǐn	13下
490	金	jīn	14下
500	𨸏	fù	14下
505	叕	zhuó	14下
520	庚	gēng	14下

九劃

32	是	shì	2下
42	品	pǐn	2下
58	音	yīn	3上
66	舁	yú	3上
70	革	gé	3下
98	旻	xuè	4上
101	眉	méi	4上
102	盾	dùn	4上
113	苜	mò	4上
134	骨	gǔ	4下
160	壴	zhù	5上
180	食	shí	5下
191	亯	xiǎng	5下
246	卤	tiáo	7上
256	香	xiāng	7上
265	耑	duān	7下
266	韭	jiǔ	7下
270	宮	gōng	7下
296	重	zhòng	8上
326	面	miàn	9上
328	首	shǒu	9上
329	県	jiāo	9上
330	須	xū	9上
345	茍	jí	9上
346	鬼	guǐ	9上
374	㲋	chuò	10上
407	思	sī	10下

416	泉	quán	11下
481	垚	yáo	13下
524	癸	guǐ	14下
527	孨	zhuǎn	14下
538	酋	qiú	14下

十劃

25	哭	kū	2上
60	丵	zhuó	3上
71	鬲	lì	3下
75	鬥	dòu	3下
100	䀠	jù	4上
122	冓	gòu	4上
179	鬯	chàng	5下
187	高	gāo	5下
189	𩫖	guō	5下
193	畐	fú	5下
205	桀	jié	5下
217	𠂹	chuí	6下
233	倝	gàn	7上
235	冥	míng	7上
245	東	hàn	7上
254	秝	lì	7上
334	髟	biāo	9上
380	能	néng	10上
395	壺	hú	10下
436	鹽	yán	12上
468	素	sù	13上
485	畕	jiāng	13下

十一劃

68	晨	chén	3上
93	教	jiāo	3下
110	奞	suī	4上
195	嗇	sè	5下
220	禾	jī	6下
223	桼	qī	6下
263	麻	má	7下
268	瓠	hù	7下
273	㝱	mèng	7下
365	豚	tún	9下
369	象	xiàng	9下
372	鹿	lù	10上
398	奢	shē	10下
442	𠦬	guāi	12上
470	率	shuài	13上

482	堇	jín	13下
486	黃	huáng	13下
501	𠂤	fù	14下
512	嘼	xù	14下
530	寅	yín	14下
386	炎炎	yàn	10下
397	壹	yī	10下
409	惢	suǒ	10下
455	珡	qín	12下
472	䖵	kūn	13上

十二劃

14	茻	mǎng	1下
45	㗊	jí	3上
61	菐	pú	3上
106	皕	bì	4上
111	萑	huán	4上
136	筋	jīn	4下
148	㠭	zhǎn	5上
159	喜	xǐ	5上
200	舜	shùn	5下
236	晶	jīng	7上
255	黍	shǔ	7上
286	黹	zhǐ	7下
304	毳	cuì	8上
349	嵬	wéi	9上
376	萈	huán	10上
384	黑	hēi	10上

十三劃

13	蓐	rù	1下
161	菐	pú	5上
164	豊	lǐ	5上
166	虛	xī	5上
218	華	huá	6下
250	鼎	dǐng	7上
301	裘	qiú	8上
342	辟	bì	9上
371	■	zhì	10上
379	鼠	shǔ	10上

十四劃

57	誩	jìng	3上
91	甍	ruǎn	3下
105	鼻	bí	4上

144 箕 jī 5上

381 熊 xióng 10上

522 辡 biǎn 14下

十五劃

20 犛 máo 2上

221 稽 jī 6下

308 履 lǚ 8下

十六劃

72 䰜 lì 3下

117 雔 chóu 4上

169 虤 yán 5上

258 毇 huǐ 7上

419 瀕 bīn 11下

426 燕 yàn 11下

十七劃 이상

43 龠 yuè 2下

115 羴 shān 4上

116 瞿 jù 4上

225 㯻 hùn 6下

473 蟲 chóng 13下

425 𩺰 yú 11下

118 雥 zá 4上

417 灥 xún 11下

69 爨 cuàn 3上

373 麤 cū 10上

주요 참고 서적

『說文解字』, 許愼, 中華書局.

『說文解字系傳』, 徐鍇, 涵芬樓本.

『說文解字注』, 段玉裁, 上海古籍出版社.

『說文解字義證』, 桂馥, 中華書局.

『說文句讀』 王筠, 中國書店.

『說文釋例』, 王筠, 武漢古籍書店.

『文字蒙求』, 王筠, 中華書局.

『說文通訓定聲』, 朱駿聲, 萬有文庫本.

『說文解字詁林』, 丁福保, 中華書局.

『說文解字六書疏證』, 馬敘倫, 上海書店.

『說文解字約注』, 張舜徽, 河南人民出版社.

『十三經注疏』, 中華書局.

『諸子集成』, 中華書局.

『史記』, 中華書局.

『漢書』, 中華書局.

『後漢書』, 中華書局.

『玉篇』, 顧野王, 中國書店.

『顏氏家訓集釋』, 安之推, 上海古籍出版社.

『廣韻』, 涵芬樓本.

『說文解字通論』, 陸宗達, 北京出版社.

『許愼與說文解字』, 姚孝遂, 中華書局.

『說文解字講稿』, 蔣善國, 語文出版社.

『中國文字學史』, 胡朴安, 中國書店.

『中國語言學史』, 王力, 山西人民出版社.

『中國語言學史』, 濮之珍, 上海古籍出版社.

『文始』, 章炳麟, 浙江圖書館本.

『黃侃論學雜著』, 黃侃, 上海古籍出版社.

『說文箋識四種』, 黃侃, 上海古籍出版社.

『訓詁與訓詁學』, 陸宗達・王寧, 山西教育出版社.

『中國歷代語言文字學文選』, 洪誠, 江蘇人民出版社.

『廣文字蒙求』, 張舜徽, 華中師大.

『問學集』, 周祖謨, 中華書局.

『說文稽古篇』, 程樹德, 商務印書館.

『許愼與說文解字研究』, 董希謙, 河南大學出版社.

후기

중문학과 83학번부터 『설문해자』를 개설하여 지금에 이르렀으니, 이미 거의 10년에 가까운 세월이 지났다. 이 기간 동안 자료를 모으고 보충하여 비교적 체계를 갖춤으로서, 젊은 사람들이 쉽게 이해할 수 있는 강의 원고를 마련하게 되었다. 비록 전인들이 이미 『설문해자』에 대한 괄목할 만한 많은 연구 성과를 남겨주었다고는 하지만, 그 안에 반영된 내용이 오늘날 현실과는 많이 동떨어져 있어, 어떻게 하면 젊은 학생들이 쉽게 이해할 수 있을까 하는 고민을 가지고 지속적인 자료 수집과 분석, 그리고 훈고학 관련 학술 활동에 참가하면서 이 재미없어 보이는 과목을 위해 용기를 내어 강의안을 준비하였다.

몇 년 전 상사의 관심으로 이 강의안을 정리해 출판을 결심하게 되었으나, 출판비용에 대한 개인적 부담으로 인해 더 이상 진척 없이 그만 중도에 멈추고 말았다. 그런데 근래에 안휘대학 연구처에서 진행하는 "211 프로젝트" 가운데 하나로 선정되어 책의 출판 지원을 받기로 함에 따라

이 원고를 출판할 수 있는 새로운 동력을 얻게 되었다.

목전의 전공서적 출판이 상당히 어려운 상황이었음에도 불구하고 이처럼 수익을 예상할 수 없는 책을 출판한다는 것은 출판사에서 경제적으로 많은 손해를 보게 된다는 것을 의미한다. 따라서 나는 마음속으로 미안한 마음을 금치 못하면서도, 또 한편으로는 나에 대한 따뜻한 우정과 배려에 새삼 감사를 느낄 수 있었다.

끝으로 필자는 이 작은 책자가 『설문』학을 좋아하고, 학술전당의 동지들에게 유용한 안내자 역할을 할 수 있기를 기대해 본다. 본서는 전현들의 연구 성과와 이 시대의 주요 연구 성과를 토대로 완성되었다. 그렇기 때문에 이 책 중에서 뛰어난 부분은 선현들의 장점을 흡수한 까닭이며, 부족한 점은 나의 공부가 부족했기 때문이다. 그러므로 간절하게 바라 건데 독자 여러분과 전문가 여러분의 따뜻한 비평과 질정을 바라는 바이다.

1995년 청명한 어느 날

안휘대학에서

설문학도론

2017년 12월 10일 초판 인쇄
2017년 12월 20일 초판 발행

지은이 여 경 국(余國慶)
옮긴이 임 진 호
펴낸이 한 신 규
표지디자인 이 미 옥
본문디자인 김 영 이
펴낸곳 문현출판
주 소 05827 서울특별시 송파구 동남로 11길 19(가락동)
전 화 Tel.02-433-0211 Fax.02-443-0212
E-mail mun2009@naver.com
등 록 2009년 2월 24일(제2009-000014호)

ISBN 979-11-87505-16-7 93820 **정가** 35,000원